Luke Smitherd

Stone Man. Die Ankunft

LUKE
SMITHERD

STONE MAN

DIE ANKUNFT

Aus dem Englischen
von Andreas Decker

PIPER

MIX
Papier aus verantwortungsvollen Quellen
FSC® C083411
FSC www.fsc.org

Deutsche Erstausgabe
ISBN 978-3-492-70611-7

Titel der englischen Originalausgabe:
»The Stone Man« 2012

Satz: psb, Berlin
Gesetzt aus der Swift
Druck und Bindung: CPI books GmbH, Leck
Printed in the EU

Alle Männer haben Angst. Je intelligenter sie sind, umso größer die Angst.
George S. Patton

Jeder meiner Kameraden hätte getan, was ich getan habe.
Sal Giunta bei seiner Rede zum Empfang der Ehrenmedaille des Kongresses der Vereinigten Staaten

Eine Entdeckung ist unvermeidbar: Das Leben stützt sich weniger auf das, was man gelernt hat, sondern bedeutend mehr auf das, was man schon von Anfang an im Herzen trug.
Bret »The Hitman« Hart zitiert Mark Helprin

Kein einziges Mal hat er sich für was stark gemacht, um allen das Gegenteil zu beweisen.
Seine Mama nannte ihn Tommy,
alle anderen nur den Feigling.
Aber ich ahnte schon immer, dass sie sich bei Tommy irrten.
Kenny Rogers

Ist die Gefahr weit entfernt oder droht zumindest nicht unmittelbar, sagt einem der Instinkt, dass man erstarren soll. Nähert sie sich, erfolgt der Impuls wegzulaufen. Ist Flucht unmöglich, wehrt man sich. Und ist der Widerstand sinnlos, wird das Tier im Griff der Furcht erstarren.
Bruce Schneier

Bevor du mich beschuldigst, solltest du dich erst einmal genau selbst betrachten.
Bo Diddley

TEIL 1

ALLE ZEIT DER WELT

KAPITEL EINS

Andy am Ende, der Stone Man kommt, eine lange Reise beginnt mit dem ersten Schritt, und die Augen der Welt richten sich auf England

Im Nachbarzimmer läuft der Fernseher. Der Ton ist laut, es sind die Nachrichten, und ich bekomme mit, wie ein schottischer Reporter verkündet, dass alles wieder von vorn losgeht. Natürlich wusste ich das schon, so wie jeder andere Zuschauer auch. Überall im Land und auf der ganzen Welt stellt man sich die »Preisfrage«: *Wer wird es dieses Mal sein?*

Das war mal mein Job, aber den mache ich nicht mehr. Darum nehme ich das hier mit diesem kleinen Digi-Dikta-Dingsbums auf, das Paul mir geschickt hat, nachdem wir das erste Mal mit dieser Sache zu tun hatten. *Damit du alles rauslassen kannst, falls du das Bedürfnis hast,* hatte er gesagt. (Er weiß, dass es mir schwerfällt, mit anderen Menschen zu sprechen; er glaubte, es wäre einfacher, mit einem Gerät zu reden. Es fühlt sich seltsam in meiner Hand an, als wären meine Tage bei der Zeitung schon Jahrzehnte her, statt gerade mal ein Jahr oder so.)

Damals war mir wirklich nicht klar, was er eigentlich damit gemeint hat. Schließlich hatte es ihn viel schwerer getroffen als mich, also hatte ich wirklich nicht verstanden, warum ich das Bedürfnis haben sollte, darüber zu sprechen. Aber schließlich habe ich es natürlich kapiert … nach dem *zweiten* Mal.

Das war schlimmer. Viel schlimmer.

Das Zimmer ist übrigens ganz nett, besser, als das Hotel von außen erschien. Hier zu rauchen macht mir doch tatsächlich zu schaffen, aber ich bin sicher, dass man mir das in diesem Stadium verzeihen wird. Es hilft mir zu entspannen, und logischerweise habe ich den ganzen Inhalt der Minibar vor mir aufgebaut. Noch habe ich nichts davon angerührt, aber ich rechne fest damit, dass ich die meisten Flaschen geleert haben werde, wenn ich mit meinem Bericht zu Ende bin.

Ich bin der Ansicht, dass ich die wahre Version erzählen sollte, solange ich noch Zeit habe. Nicht die von der britischen Regierung genehmigte Version, die nur teilweise der Wahrheit entspricht und die mich auf der ganzen Welt bekannt gemacht hat. Ich nehme das zwar eigentlich nicht für andere auf, so blöd sich das auch anhören mag. Ich glaube nur, dass es mir dabei helfen wird, alles in die richtige Perspektive zu rücken. Vielleicht lösche ich es am Ende auch wieder. Zu gefährlich, um es an die Öffentlichkeit dringen zu lassen. Zumindest im Augenblick.

Logischerweise hatte ich mich unkenntlich machen müssen, um das Zimmer zu bekommen (es ist erstaunlich, womit man im Sommer mit einer anständigen Sonnenbrille und einer Baseballmütze durchkommt), und das war auch gut so. Sonst würde man schon an meine Tür klopfen, die Neuigkeit herausbrüllen und mir etwas sagen, das ich bereits weiß. Dank meiner Tarnung kann ich in aller Ruhe in diesem beigen Yuppie-Versteck mit seinen Designermöbeln und der sanften Beleuchtung sitzen, während im Hintergrund *Steely Dan* auf meinem Handy spielt (tut mir leid, wenn Sie kein Fan sind) und mich niemand stört, bis … Nun, bis ich eben fertig bin. Und es ist Zeit.

Das hier ist auch für dich, Paul. Für dich mehr als für sonst jemanden. Du warst die ganze Zeit dabei, und du bist eine der Schlüsselfiguren. Auch wenn du das nie hören wirst.

Obwohl, eigentlich warst du am Anfang nicht dabei, oder? Das vergesse ich oft. Was natürlich der beste Einstieg wäre. Ha, sieh mal einer an. Eine schöne Überleitung. Ich beherrsche also noch immer das ganze Reporterhandwerkszeug. Sauber …

Entschuldigung, einen Augenblick lang war ich meilenweit weg. Erinnerte mich an den ersten Tag. Wie aufgeregt die Leute waren. Jeder wusste, dass das eine große Sache war.

Niemand hatte Angst. Jedenfalls zuerst nicht.

Es war Sommer. Und Sommer bedeutete, dass die Leute unterwegs waren. Sie kauften ein, betrachteten das andere Geschlecht, trafen sich mit Freunden, saßen draußen in Cafés und tranken Kaffee und verwässertes Bier. In Coventry war die Gelegenheit dazu so selten wie Scheiße von einem Schaukelpferd (nicht eine Wolke war am Himmel zu sehen, und die Sonne schien, und das auch noch an einem *Wochenende!*), also hielten sich mehr Leute im Stadtzentrum auf als zu jeder anderen Jahreszeit. Manchmal frage ich mich, ob dieser besondere Tag aus diesem Grund gewählt wurde. Boten die Menschenmassen einen Anziehungspunkt? Aber vielleicht war es auch reiner Zufall.

Ich hatte mich früher an diesem Tag notgedrungen im Haus aufgehalten, was mich aber nicht gestört hatte. Erstens war ich noch nie gern in der heißen Sonne (ich muss die Augen zusammenkneifen, ich schwitze schnell und bekomme leicht Sonnenbrand, ich kann es nicht ausstehen, wenn mir die Kleidung am Leib klebt ... muss ich das doch weiter ausführen?), und zweitens führte ich gerade ein Interview mit einer lokalen Girl-Group (»Heroine Chic«, ohne Scheiß), die gerade ihre beschissene Debüt-Single veröffentlichte. Und es war *schrecklich*, so richtig schrecklich (weiße Mädchen aus der Mittelschicht, die nur in urbanem Slang sprachen; das war genauso furchtbar, wie es sich anhört), aber zu dieser Zeit befand ich mich noch so gerade eben auf der richtigen Seite der Fünfunddreißig. Also bestand durchaus die Chance, zumindest eine von diesem Trio zu bezirzen. Glaubte ich zumindest. Die Band bestand aus einer Blondine, einer Brünetten und einer Rothaarigen, die Anfang zwanzig waren. Ihr Management setzte zweifellos mehr auf ihr Aussehen als auf ihre Musik. Damals wusste das noch keiner von uns, aber selbst das reichte nicht aus, um »Get Into Me« (und das ist wieder mein Ernst, ohne Scheiß) in die Top Forty zu bringen. Nach zwei weiteren Versuchen, die Heroine Chic nicht in die Charts brachten, geriet die Band in Vergessenheit, bevor sie überhaupt erst berühmt geworden war. Von den sechs Leuten, die sich in diesem Raum aufhielten, einschließlich ihres riesigen Leibwächters und ihres Managers, der aussah, als wäre er noch nicht ganz trocken hinter den Ohren, war es nur einem von uns bestimmt, weltberühmt zu werden. Niemand davon wäre je auf die Idee gekommen, dass ich es sein würde.

Nicht, dass ich in jenen Tagen keine großen Hoffnungen gehabt hätte – träge, aber durchaus ernst gemeinte Träume von einer großartigen Karriere auf dem von mir gewählten Feld. Natürlich würden Leute wie Charli, Kel und Suze mir keinen Job beim *Rolling Stone* einbringen, aber ein paar freiberufliche Artikel für den *Observer* und die *Times* hatten mir gute Kritiken beschert, und beim *Guardian* war ich als Mitarbeiter aufgelistet. Mittlerweile hing ich der Überzeugung an, in ein oder zwei Jahren die Redaktion des Lokalblatts hinter mir lassen zu können, um London aufzumischen. Tatsächlich hatte ich das schon zu Kollegen gesagt: *Ich werde London aufmischen.* Ich ertappe mich oft dabei, so mit anderen Menschen zu reden, mit Schlagwörtern Eindruck zu schinden. Als sich das Interview dem Ende näherte und der Manager mir das Zeichen gab, zum Schluss zu kommen, während er nervös sein Smartphone konsultierte, posierten die Mädchen und ich für ein schnelles Foto vor dem Bürofenster. Sie zogen Schmollmünder, während ich ehrlich grinste und den Augenblick genoss, obwohl keine von ihnen auch nur das geringste Interesse an mir hatte. Ich rechnete das dem Altersunterschied zu, damit ich mich besser fühlte.

Sie gingen mit einem lustlosen Winken, und auf dem ganzen Weg zum Aufzug blockierte der Leibwächter den Blick auf sie. Meine Arbeit für diesen Tag war damit getan. Da wir Wochenende hatten, war ich nur für das Interview am späten Nachmittag gekommen. Es war kurz vor fünf, also würden die Temperaturen bald auf dieses entspannende Sommerabendgefühl sinken, das ich durchaus mochte. Pläne hatte ich keine, und mein Mitbewohner Phil hatte an diesem Wochenende seinen Bruder zu Besuch. Er war ein anständiger Kerl, und sein Bruder war ein guter Gast, aber ich verspürte keine besondere Lust auf ihre endlosen Debatten über Rugby. Also wollte ich mir einen Biergarten suchen und eine Stunde lang etwas lesen. In meinen Zwanzigern wäre das die magische aufregende Stunde gewesen, in der man SMS verschickte und herausfand, wer Lust auf ein spontanes Treffen hatte. Aber so etwas gab es nicht mehr.

Ich schnappte mir meine Tasche und verließ das Gebäude, zog in Betracht, vielleicht auch eine Kleinigkeit zu essen. Allerdings etwas Gesundes, denn in der letzten Zeit hatte ich das Sportstudio nicht mit meiner Anwesenheit beehrt, was langsam sichtbar wurde. Aus keinem besonderen Grund entschied ich mich, zum Millennium Place zu spazieren.

Das war ein großer, offener Platz, eine moderne Plaza, die man für Konzerte und alle möglichen Veranstaltungen geschaffen hatte. Natürlich gibt es sie nicht länger; nach der Zweiten Ankunft hat man dort einen kleinen See angelegt, um zu sehen, ob das vielleicht einen Unterschied macht.

Aus irgendeinem Grund war ich guter Stimmung und hatte kein besonderes Ziel im Auge. Ich wollte mir das Sommerpublikum auf dem Millennium Place ansehen und dann entscheiden, wo es hingehen sollte. So hatte ich Zeit, mir Appetit zu machen. Unterwegs betrachtete ich die Flaneure, passierte spärlich bekleidete junge Pärchen, die mir das Gefühl gaben, alt zu sein, und mich über verpasste Gelegenheiten nachdenken ließen. Dabei wurde mir klar, dass die Melodie, die ich gesummt hatte, »Get Into Me« gewesen war. Ich lachte laut – daran kann ich mich noch ganz genau erinnern –, als ich um die Ecke bog und den gefüllten Millennium Place betrat. Als ich sah, was dort geschah, verschlug es mir die Sprache.

Vermutlich muss ich den Aufruhr schon vorher gehört haben, aber ich war so in meine Gedanken vertieft gewesen, dass ich es nicht wahrgenommen oder unbewusst als die üblichen Geräusche eines Sommerpublikums abgetan hatte. Aber das hier war anders. Ungefähr zweihundert Leute drängten sich im Zentrum des Millennium Place; ein aufgeregtes, verwirrtes Raunen hing in der Luft. Handys wurden hochgehalten und machten Schnappschüsse von etwas in ihrer Mitte. Andere Leute standen ein Stück davon entfernt und filmten wiederum die Menge. Das war der andere Grund, aus dem ich in die Erste Liga wollte;

im digitalen Zeitalter war jeder ein Reporter, und die Zahl der Lokalzeitungen nahm schnell ab.

Von meinem Standort konnte ich nicht erkennen, was sich da in der Mitte befand, aber mir blieb nicht verborgen, dass die anderen Besucher am Rand der Plaza genauso dachten wie ich: *Was geht da vor? Was es auch ist, ich will es sehen.* Verstehen Sie mich nicht falsch, zu diesem Zeitpunkt war es überraschend und interessant, mehr aber auch nicht, die hoffnungsvolle Gelegenheit, etwas zu filmen, das möglicherweise im Netz um die Welt ging. Man darf nicht vergessen, dass niemand zu dieser Zeit wusste, was es wirklich war. Ich nahm an, dass es sich um irgendeinen Straßenkünstler handelte, der seine Vorstellung gab. In Coventry war so etwas eine Seltenheit. Wie dem auch sei, ich ging auf die Aufregung zu. Als ich näherkam, brüllten zwei Leute etwas. Es klang fast schon hysterisch, als wollten sie etwas erklären.

Es waren die Stimmen von einem Mann und einer Frau, und auch wenn ich ihre Worte noch nicht verstehen konnte, hörte ich das Gelächter einiger Zuhörer und Fragen von anderen. Die Menge versperrte mir noch immer die Sicht, dennoch konnte ich sehen, dass sich in ihrer Mitte etwas ziemlich Großes befand, das die Köpfe der Versammelten ein kleines Stück überragte und reglos dort stand.

Ich erreichte die Menge, die nun groß genug war, um ein Durchkommen schwierig zu gestalten. Am Ende musste ich auf Zehenspitzen gehen, um einen klaren Blick zu erhalten. Das war der Augenblick, in dem ich zu einem der ersten paar hundert Menschen der Erde wurde, die den Stone Man sahen.

Natürlich trug er damals noch nicht diesen Namen. Ich würde gern behaupten, dass ich darauf gekommen bin, aber ich fürchte, das wäre eine Lüge. Wie Sie vielleicht wissen, gehörte ich zu den Leuten, die ihn weltweit etabliert haben, aber tatsächlich habe ich ihn bei irgendeinem lokalen Radiosender gehört, als Paul und ich später durch Sheffield rasten (davon später logischerweise mehr), und ich hielt den Namen für perfekt, aber ich hatte niemals die Absicht, ihn zu stehlen. Als ich später vor den Kameras stand, hatte ich ihn so oft benutzt, dass ich mittlerweile ganz vergessen hatte, dass er am Anfang keineswegs allgemeingültig war.

Er war ungefähr zwei Meter vierzig groß (das Home Office kann Ihnen die genaue Größe mitteilen, aber das war damals mein Eindruck) und ließ mich damals wie heute an das Männer-Piktogramm auf einer Toilettentür denken, falls es jemand aus rauem dunkelgrauem Stein nachbauen, die Arme dabei aber so verändern würde, dass sie viel zu lang sind. Und den Kopf mehr wie ein Oval statt einen Kreis gestalten würde. Die obere Körperhälfte war leicht nach vorn gebeugt, aber der größte Unterschied zum Toilettenpiktogramm bestand darin, dass diese Gestalt über eine Art Hände verfügte; sie verjüngten sich zu einer Spitze, die mich an die Spitze eines Lippenstifts erinnerte.

Am verblüffendsten jedoch war der außerordentlich leise Laut, der von dem Körper ausging. Der beste Vergleich, der mir dazu einfällt, ist ein Basston, der so tief ist, dass er beinahe unhörbar ist. Man hat noch immer nicht herausgefunden, was das eigentlich ist.

Jetzt, wo ich näher heran war, konnte ich verstehen, was eine der aufgeregten Personen sagte. Es war die Frau, die ungefähr drei Meter von mir entfernt in vorderster Reihe stand. Basierend auf der Entfernung zwischen der Menge, ihr und dem Stone Man hatte ich den Eindruck, dass sie der Grund war, warum man sich von der großen Gestalt fernhielt und nicht ausschwärmte, um sie anzufassen.

Die Frau patrouillierte mit weit aufgerissenen Augen und schnaufenden Atemzügen vor dem Stone Man hin und her. Falls sie die Leute um sich herum nicht mit Absicht von ihm fernhielt, gelang ihr das trotzdem verdammt gut. Die vielen Menschen auf der anderen Seite des Stone Man schienen von einer anderen Person auf die gleiche Weise zurückgehalten zu werden. Die Frau und der Stone Man versperrten mir den genauen Blick, und durch den allgemeinen Lärm konnte ich auch die Worte nicht verstehen, aber es klang wie ein Mann.

Die Frau war um die fünfzig, gut gekleidet und offensichtlich mit den Nerven am Ende. Ihr Gesicht war knallrot durch ihre Anstrengungen, und sie schwitzte. Ihre schicke weiße Sommerbluse und der beige Rock standen im scharfen Kontrast zu ihrem nervösen Erscheinungsbild, was sie für den Augenblick besonders auffallend machte. Die Zuschauer an der Innenseite des Kreises erschienen unsicher und fragten sich, ob das Ganze eine Performance sein sollte (vermutlich ein weiterer Grund, dass sich alle zurückhielten, weil niemand eine öffentliche Darstellung kaputtmachen oder ein Teil davon werden wollte), und einige von ihnen lächelten sich nervös an. Als ich in Hörweite kam, nahm sich die Frau einen Augenblick, um Atem zu schöpfen. Offensichtlich hatte sie ihre Tirade gerade beendet und rang nun darum, die Fassung wiederzugewinnen, bevor sie fortfuhr. Sie kam zu dem Schluss, dass rationales Verhalten ihrer Sache vermutlich nur helfen konnte.

Sie schloss langsam die Augen und holte tief Luft, hob das Kinn. In diesem Augenblick erinnerte sie mich an Yoda, kurz bevor er Lukes X-Flügler aus dem Sumpf holt. Als sie wieder das Wort ergriff, blieben ihre Augen geschlossen.

»Ich bin nicht verrückt«, sagte sie leise, aber entschieden. Dabei zitterte ihr Tonfall leicht. »Ich erfinde das nicht. Ich bin keine Verrückte, und ich bin auch nicht die Einzige hier, die das behauptet. Das ist kein, kein … ich weiß nicht, irgendein dämliches *Schauspiel* oder etwas in der Art. Genau das ist passiert. Das ist die Realität. Hat einer von Ihnen etwa vorhin gesehen, wie man dieses Ding hergebracht hat? Sehen Sie sich doch nur an, wie viel es *wiegt*, um Gottes willen!«, rief sie plötzlich und schrie die letzten Worte, als sie die Fassung verlor und auf den Stone Man einschlug, zuerst mit der Handtasche und dann mit den geballten Fäusten. Sie trat noch näher heran und stemmte sich mit dem vollen Gewicht ihres Körpers mit den Schultern dagegen. Das Ding bewegte sich nicht einen Millimeter. Ich werde nie die scheinbar unbewusste Reaktion der Menge vergessen, als die Frau darauf einschlug. Alle wichen ein kleines Stück zurück.

In diesem Augenblick war sicherlich jemand gewillt, sie zu beruhigen, aber ich entdeckte keinen, der es tatsächlich versuchte, weil der junge Bursche, der gleichzeitig auf die andere Seite der Zuschauer eingebrüllt hatte, plötzlich die Arme hochriss und sich gewaltsam einen Weg durch die Menge bahnte. Nun hatte ich einen klaren Blick auf ihn. Er trug eine dunkle Kapuzenjacke und übertrieben voluminöse Jeans. Man machte ihm Platz, vielleicht sogar erleichtert. Der menschliche Drang, jede öffentliche Zurschaustellung von lärmendem Benehmen zu behandeln, als wäre es ansteckend, kam voll zum Vorschein. Und ich ging dem Burschen nach. Für den Augenblick hatte ich genug gesehen, und ich wollte ohne jede Störung herausfinden, worum es bei dem Gebrüll überhaupt gegangen war. Immer mehr Menschen gesellten sich zu den Zuschauern, und wenn ich mit ihm sprechen wollte, würde es jetzt sein müssen, falls ich jemals wieder in der Menge einen vernünftigen Platz finden wollte.

Ich eilte um die andere Seite des Rudels herum und sah, dass er noch nicht weit war. Er marschierte mit geballten Fäusten und schüttelte den Kopf. Außerdem hatte er die Kapuze übergezogen, sodass ich aus der Richtung, aus der ich mich ihm näherte, nicht den geringsten Blick auf sein Gesicht werfen konnte. Aber seine ganze Haltung verkündete klar, dass er nicht glücklich war. Zumindest konnte ich erkennen, dass er kleiner war als ich und schmächtig gebaut. Ich entschied mich, es damit zu versuchen, seine rechtschaffene Wut anzusprechen; nach meiner Erfahrung erwärmen sich wütende Leute sehr schnell für einen, wenn man ihnen zustimmt. Ich rannte um ihn herum, um ihm mehrere Meter voraus zu sein, dann blieb ich stehen und schaute an ihm vorbei zur Menge, tat so, als wäre mir gerade erst ein Gedanke gekommen. Ich wartete, bis er ganz in meiner Nähe war, dann schnaubte ich laut.

»Was stimmt denn nicht mit diesen Idioten?«, fragte ich, als würde ich lediglich Konversation betreiben. Vermutlich war ich dabei nicht besonders überzeugend. Ich habe mich bei Small Talk noch nie besonders wohlgefühlt.

»Zum Teufel mit ihnen«, murmelte er und ging an mir vorbei, ohne mir auch nur einen Blick zu schenken. Jetzt konnte ich sehen, dass er bestenfalls Anfang zwanzig war, mit Bürstenschnitt und einem Gesicht, das gerade erst die letzten Verheerungen der Akne hinter sich ließ. Seine Wangenknochen standen hervor, was ihm ein drahtiges Aussehen verlieh. Er fischte eine Packung Zigaretten aus der Tasche, und ich erkannte meine Gelegenheit und holte ein Feuerzeug hervor. Ich bin Nichtraucher, aber ein Feuerzeug dabei zu haben, hat sich oft als nützlich erwiesen, vor allem in diesem Job. Er blieb stehen, immer noch ohne mich anzusehen, und war sich offensichtlich noch immer nicht darüber im Klaren, was er eigentlich tat, steckte noch immer tief in seiner Wut, während er eine Zigarette aus der Packung fummelte und sie sich in den Mund steckte. Ich drehte das Rädchen, eine Flamme erschien. Er streckte den Kopf in ihre Richtung und grunzte einen unverbindlichen Dank, während er an der Zigarette zog und ein Stöhnen ausstieß, das mehr wie ein Zischen klang. Er richtete sich auf, biss die Zähne zusammen, sah zurück zu der Menge und schüttelte wieder den Kopf. Was auch immer die Leute getan hatten, es war ihnen offensichtlich gelungen, ihn richtig sauer zu machen.

»Ich habe es gesehen. Ich habe es verdammt noch mal *gesehen*, Mann.« Er warf der Menge einen finsteren Blick zu, dann schüttelte er sanft den Kopf. Er nahm einen weiteren Zug und stieß den Rauch aus. *»Arschlöcher«*, sagte er mit mehr Betonung, als nötig war.

»Was denn, diese Statue?«, fragte ich. Ich zeigte auf den Kopf, der noch immer ein kleines Stück über die wachsende Menge ragte. Er nickte ohne hinzusehen, inhalierte stattdessen. Die Zigarette beruhigte ihn, beschwichtigte sein Ego. Ich hielt es für sicher, ihn weiter zu befragen. »Aber … haben die es denn alle nicht gesehen?«

Plötzlich fuhr er herum, um in die gleiche Richtung wie ich zu blicken; meine Begriffsstutzigkeit ließ ihn die Miene verziehen. Er sah aus wie eine Ratte, die etwas gewittert hatte, das ihr gar nicht gefiel.

»Nein, du dämlicher …« Er verstummte, als ihm klar wurde, dass er mich nicht nur nicht gut genug kannte, um auf diese Weise mit mir zu reden, sondern ich ihn vermutlich mühelos in seine Einzelteile zerlegen konnte. Ich bin keinesfalls ein großer Kerl, alles andere als ein harter Bursche, aber es war offensichtlich, dass es keine große Herausforderung für mich sein würde, mit dieser halben Portion fertigzuwerden. Er musterte mich schnell von oben bis unten, und sein zorniger Blick senkte sich etwas, auch wenn das nichts an seinem Ausdruck änderte. »Nein. Diese ganzen Arschlöcher haben das Scheißding *gesehen*, Alter. Aber ich habe es als *Erster* gesehen.« Er starrte mich an und wartete darauf, dass ich es verstand. Ich zuckte andeutungsweise mit den Schultern und bestätigte, dass das sobald nicht passieren würde. Sein Gesicht verzog sich noch mehr.

»*Ich* habe gesehen, wie es *auftauchte*. Sonst hat keiner darauf geachtet. Na ja, eigentlich hat diese Frau es ebenfalls gesehen, aber sie hat verflucht noch mal …« Er hielt kurz inne und winkte abschätzig ab. »Von ihr kam nur blödes *Blabla*, das niemanden verflucht noch mal interessiert hat, aber ich habe ihnen *gesagt*, dass ich es *verflucht noch mal* gesehen habe, und alle stehen bloß wie angewurzelt da, und ich sage es ihnen und sage es ihnen, und es geht einfach nicht in ihre dummen Schädel. Beschissene Wichser, Alter, beschissene Wichser.« Wieder nahm er einen Zug von der Zigarette und zeigte mit dem Finger auf die Menge. »Und ein paar von ihnen fingen an zu *lachen*, Alter, Scheißkerle … hat nicht viel gefehlt und ich hätte den Säcken eine gescheuert, *bumm*!«, endete er energisch und unterstrich das Wort mit einem kurzen, aggressiven Schlag, der ausdrückte, dass es sein Ernst war. Dabei war er sich nicht im Mindesten bewusst, wie wenig er damit ausgerichtet hätte. Sein Zorn war so echt, dass ich trotz meiner tiefverwurzelten Abneigung gegen derartige kleine Proleten plötzlich wissen wollte, was er zu sagen hatte.

»Hören Sie«, sagte ich und holte mein Diktafon aus der Tasche. »Erzählen Sie es mir. Ich will es wissen, ich höre zu.« Er starrte das Diktafon an und wich zurück.

»Was ist denn das für ein Scheiß?« Obwohl mein erster

Impuls darin bestand, ihm mit dem Diktafon eine Kopfnuss zu verpassen, lächelte ich und fuchtelte abschätzig damit herum.

»Ich schreibe für die Zeitung. Ich will nur einen Eindruck, was geschehen ist. Ich verschweige auch Ihren Namen, wenn Sie das wollen.«

Zuerst reagierte er nicht, sondern starrte das Diktafon mit seiner angespannten Miene an und rauchte. Kurz drehte er sich zu der Menge um, dann wandte er sich mit einem Schnauben und einem kurzen Kopfschütteln wieder mir zu und bedeutete mir, näherzukommen. Ich wette, dass Straub die Aufnahme noch immer in ihrem Besitz hat. Ich werde ihr niemals verzeihen, dass sie mir das Diktafon abgenommen hat. Jede Wette, dass sie wertvoll ist; vermutlich ist es der erste Augenzeugenbericht der allerersten menschlichen Sichtung.

(Leise Geräusche der Menge. Mittlerweile sind um die dreihundert Menschen im Hintergrund, dazu kommt der ständige Verkehrslärm der Autos, die am Millennium Place vorbeifahren. Der erste Laut ist das deutlich hörbare Einatmen des Interviewten. Man hört mich, wie ich ihm sage, dass die Aufnahme läuft, dann frage ich ihn, ob er mir seinen Namen sagen will.)

»Nee, Alter, lass mal …«

(Es tritt eine lange Pause ein, in der er vermutlich darüber nachdenkt, was er da eigentlich macht, aber dann trifft er eine Entscheidung, will offensichtlich unbedingt gehört werden. Er ist noch immer aufgebracht und wütend, fühlt sich gedemütigt mit der Art von Entrüstung, die nur die Jungen zustande bringen.)

»Ich war gerade am Handy, habe telefoniert und so, da drüben.«

(Die Aufnahme wird leiser, als er sich abwendet, um zur Menge zu zeigen.)

»Da war niemand, alles klar, und vielleicht so … ein paar Leute standen da und dort hinten, und das war's …«

(Wie viele Leute?)

»… dreißig … so an die dreißig, irgendwie verteilt. Aber ich war der Einzige da in der Nähe, denn ich war ja am Handy. Also habe ich es verflucht noch mal gesehen. Das ist, ist …«

(Er hält inne, streckt die Hände aus, sieht es wieder vor sich.)

»Direkt neben mir … es war kalt, richtig kalt, als käme es aus einer verdammten Gefriertruhe. Und ich stehe da, Scheiße, zittere richtig, und allen anderen ist es heiß, verflucht noch mal heiß, und die Sonne scheint, aber ich sehe mich um und will wissen, wo diese Scheißkälte herkommt, aber die anderen sind einfach … ach, egal.«

(Er verstummt und zieht an der Zigarette. Seine Hand zittert.)

»Und dann macht das Handy IIIIIIEEE in mein verdammtes Ohr! Eben ist da noch Donna und dann nur dieser beschissene … Lärm, als wäre der Lautsprecher im Arsch, und ich denke scheiß drauf und lege auf. Ich sehe hoch und da steht es einfach …«

(Er zeigt auf eine Stelle ungefähr einen halben Meter vor sich, will die Entfernung andeuten.)

»… da steht es, und eben war es noch nicht da, Alter, es war verdammt noch mal nicht da, aber es ist nicht richtig da, als könnte ich durch das Scheißding direkt durchsehen.«

(Wieder tritt eine Pause ein, als er mich anstarrt, mich herausfordert, etwas dagegen einzuwenden. Ich reagiere nicht, verstehe nicht. Er fährt fort.)

»Ich meine, das ging schnell, Alter, so eine Sekunde lang konnte ich einfach durchsehen, dann peng, ist es richtig da, und mir ist wieder heiß, und es ist richtig da, aber es ist einfach verdammt noch mal, einfach …«

(Seine Augen sind weit aufgerissen, sein Ausdruck manisch, er starrt mit ausgebreiteten Händen ins Nichts, als er alles wieder vor sich sieht.)

»… Bing! ES IST DA. Aus dem verfluchten Nichts. Und ich starre dieses verdammte Steindings an, das da einfach aufgetaucht ist, Ta-da, wie durch Zauberhand, und ich starre es an, und niemand hat es bemerkt, und ich bin einfach … einfach …«

(Er sucht nach den richtigen Worten.)

»… bin … Scheiße … Alter …«

(Eine lange Pause tritt ein, während er beinahe sichtlich in sich zusammensinkt und den Kopf schüttelt. Selbstmitleid übermannt ihn. Als er fortfährt, hat er meiner Meinung nach vergessen, mit wem er spricht, diesem erwachsenen Fremden mit dem Diktafon, einem Erwachsenen, der vermutlich glaubt, es hier mit einem Kiffer zu tun zu haben. Beinahe schalte ich das Gerät aus und stecke es weg. Später werde ich

wissen, dass er ernsthaft traumatisiert war, weil er das Unmögliche gesehen hat, die Materialisation eines festen gegenständlichen Objekts aus dem Nichts, und einfach nur eine emotionale Reaktion hatte. Aber jetzt glaube ich schlicht, dass er völlig von der Rolle ist. Trotzdem nehme ich weiter auf.)

»... ich bin ... keine Ahnung ... Scheiße, ich habe einfach angefangen ... zu brüllen oder so, und dann kriege ich keine Luft mehr, fange an zu zittern und falle auf den Arsch, aber ich brülle immer noch und zeige drauf, denn ... denn ... es sollte verflucht noch mal nicht da SEIN, kapieren Sie? Und dann muss ich kotzen, und andere Leute kommen an, und ich versuche es ihnen klarzumachen, aber sie verpissen sich schnell. Doch da kommt diese alte Frau, und sie brüllt auch ICH HABE ES GESEHEN ICH HABE ES AUCH GESEHEN, und ein paar Leute bleiben stehen, und ein paar verpissen sich, und so ein paar Arschlöcher lachen ... und ich höre, wie ein paar Leute sagen, es ist eine Statue, es ist eine verdammte ...«

(Er fuchtelt mit der Hand herum, sucht nach dem richtigen Wort. »Skulptur?«, schlage ich vor.)

»Ja, Skulptur. Genau. Und ich sage, es ist keine verdammte Skulptur! Ich stehe wieder auf und fange an zu brüllen, brülle sie endlos an und dann ... verpisse ich mich einfach.«

(Eine lange Pause tritt ein, da ist ein leises Geräusch, als die Kippe in die Gosse fliegt. »Also hat die Frau es auch gesehen?«, frage ich.)

»Muss sie. Sie hat das Gleiche gesagt. ›Ohhh, es war durchsichtig, und dann war es verflucht noch mal einfach da!‹«

(Ich registriere vor allem diese Behauptung, denn jetzt bin ich zum ersten Mal wirklich verwirrt. Die Frau sah zu gut gekleidet aus, um eine Verrückte zu sein, die einfach mitmacht. Sie sah wie eine Lehrerin aus oder eine Mutter. Wieder tritt eine lange Pause ein, als er die Menge betrachtet und den Kopf schüttelt. Ich schweige ebenfalls, eher verwirrt, was zum Teufel hier eigentlich vor sich geht. Plötzlich spricht er.)

»Scheiße. Das Ende der Geschichte. In Sicherheit.«

(Er verstummt einfach und wendet sich zum Gehen, hält mir die Fingerknöchel hin, damit ich dagegen schlage. Ich tue es. »Sind Sie in Ordnung?«, frage ich. Er antwortet, ohne sich umzudrehen, geht noch immer eilig davon, sieht die Menge nicht einmal mehr an.)

»Klar, in Sicherheit, Alter. In Sicherheit.«

Ich blieb einen Augenblick lang dort stehen und sah ihm nach, glaubte, dass es sich tatsächlich um eine Art alberne Performance handelte. Ich wandte mich wieder der Menge zu und suchte nach der Frau. Es war besser, auch mit ihr zu sprechen, vielleicht ein paar Meinungen der Zuschauer einzufangen für einen Kommentar. Aber plötzlich wurde mir bewusst, dass die Frau nicht länger zu hören war. In diesem Augenblick traf der erste Streifenwagen ein. Sie kamen ohne Sirene oder Blaulicht, tauchten einfach leise auf, vermutlich wollten sie überprüfen, ob es dort ein Problem gab. Vielleicht hatte auch jemand das Gebrüll gemeldet. Was es auch war, die Polizei stand da, also eilte ich zurück zur Quelle der Aufregung. Ich kann mich wirklich nicht erinnern, was ich zu diesem Zeitpunkt dachte; vor allem war ich neugierig, glaube ich. Mit Sicherheit glaubte ich nichts von dem, was der Proll gesagt hatte, aber die Sache war zweifellos interessant.

Als ich näherkam, ertönten plötzlich Schreie unterschiedlicher Lautstärke in der Menge, und die Leute machten einen Satz zurück. Ich hörte auf zu gehen und fing an zu rennen. Genau wie die Polizei.

Ich erreichte die Menge zusammen mit den Beamten und folgte ihnen, während sie sich einen Weg nach vorn bahnten und Leute höflich baten, doch Platz zu machen. Ich betrachtete den Stone Man und die Menge, versuchte zu erkennen, was zum Teufel passiert war, um alle so zurückzucken zu lassen. Die meisten Leute kicherten jetzt nervös, verlegen über die eigene Reaktion, aber ich vermochte nicht zu sagen, worauf sie reagiert hatten. Eine schnelle Inspektion des Stone Man verriet nichts. Soweit ich sagen konnte, hatte sich nichts verändert. Die Polizisten sprachen mit Leuten auf der gegenüberliegenden Seite des Kreises, zu weit weg, als dass ich es verstehen konnte, also versuchte ich die Unterhaltungen der Zuschauer um mich herum aufzufangen. Zuerst konnte ich nichts damit anfangen.

Mein Gott, mein Herz!

Ich fühlte mich wie … o Scheiße!

Du hast mich in die Rippen gestoßen, als du gesprungen bist!

Ich wollte gerade das Pärchen rechts neben mir fragen, was passiert war, als ich es plötzlich selbst erkannte. Ich hatte mich geirrt, etwas an dem Stone Man *war* anders.

Er beugte sich nicht länger vor. Er hatte sich aufgerichtet, und sein Kopf war jetzt in den Nacken gelegt und blickte in den Himmel. Auch die Arme schienen etwas breiter ausgestreckt als zuvor. Jeder musste zurückgezuckt sein, als er die Position änderte, aber jetzt, wo er wieder völlig bewegungslos war, waren alle nur aufgeregt. Die Polizisten lächelten und sprachen mit den Leuten, von denen die meisten jetzt amüsiert und erwartungsvoll aussahen. Die Handys waren wieder gezückt. Anscheinend lautete der allgemeine Konsens, dass es sich hier um eine ungewöhnliche, internationale Show handelte, und jeder wartete gespannt darauf, was nun passieren würde.

Aber vor meinem geistigen Auge sah ich wieder die Frau, die wie eine Lehrerin ausgesehen hatte, wie sie sich gegen den Stone Man gestemmt hatte, wie sie auf ihn eingeschlagen hatte. Ich hatte nicht die geringste Bewegung bei ihm bemerkt. Der Stone Man wog offensichtlich wirklich eine Menge, war massiv. Ich konnte auf der rauen steinernen Oberfläche keine Hautfalte entdecken, kein Gelenk. Also wie zum Teufel hatte er sich nun auf diese Weise aufrichten können? Ich suchte nach der Frau. Sie schien genau wie ihr proletenhaftes Gegenstück gegangen zu sein. Einer der Polizisten war am Funkgerät; es klang, als würde er weitere Beamte oder irgendwelche Unterstützung anfordern. Noch immer kamen neue Schaulustige dazu. Aber der Beamte sah eher amüsiert aus. Ich entschied mich zu bleiben. Noch hielt sich mein Hunger in Grenzen, jetzt am späten Nachmittag war die Temperatur angenehm, und es hatte den Anschein, als würde es noch weitere Entwicklungen geben.

Im Verlauf der nächsten Stunde trafen Polizeiabsperrungen und zwei weitere Beamte ein, die freundlich die mittlerweile vierhundert Personen starke Menge um ein paar Meter zurückdrängten, was in einem Chor nicht ernst gemeinter Buh-Rufe resultierte. Dann bauten sie mit Absperrband eine niedrige Absperrung in einem Radius von ungefähr zweieinhalb Metern rings um den Stone Man auf. Irgendwann tauchte ein Mann von der Stadtverwaltung auf, stellte den Polizisten ein paar Fragen und begab sich dann zur Rückseite der Menge, wo er für den Rest der Zeit, die ich blieb, unablässig telefonierte. Wie sich bald herumsprach, versuchte er herauszufinden, wer für die Aktion verantwortlich war, ob sie eine Genehmigung hatten und so weiter. Schließlich versuchte er anscheinend den Abtransport der Skulptur zu organisieren.

Ich hatte von den Leuten in meiner Nähe ein paar Äußerungen eingefangen, viele von ihnen sprachen nur zu gern ins Diktafon. Sie beschrieben, wie sich die Skulptur plötzlich ohne den geringsten Laut bewegt hatte (alle bestätigten die Lautlosigkeit, was bei mir wieder einen Nerv traf. Wie konnte etwas so Schweres sich so verstohlen bewegen?) und gaben ein paar Meinungen zum Besten *(Ich glaube, es repräsentiert den Tod von Coventrys Industrie/Ich glaube, das ist so eine verrückte Marketingaktion/Ich halte das für Scheiße)*, aber ehrlich gesagt stellte sich bei mir eine gewisse Langweile ein. Rich Bell, der Redaktionsfotograf, reagierte auch nicht auf meine Anrufe, also hatte ich lediglich ein paar Bilder, die ich mit der Digitalkamera gemacht hatte, die ich immer in meiner Tasche mitführe; meine Handykamera war für so etwas viel zu primitiv. Selbst diejenigen, die schon die ganze Zeit da waren, fingen an, auf die Uhren zu sehen und ans Abendessen zu denken.

Ich konnte es ihnen nicht verübeln. Am liebsten wäre ich selbst gegangen, wäre da nicht die Tatsache gewesen, dass die Geschichte der Lehrerin die unglaubwürdige Aussage des Proleten bestätigte. Das ließ mich zweimal nachdenken oder erzeugte in mir zumindest den Wunsch nach einer Erklärung, um ein Bleiben zu rechtfertigen. Mein Magen knurrte, und ich überlegte, wo sich der nächste Imbissstand befand, zu dem ich mal eben laufen konnte – auch wenn es bedeuten würde, meinen Platz in der ersten Reihe zu verlieren. Und plötzlich sank die Temperatur um mindestens zwanzig Grad.

Alle fingen an zu zittern und blickten zum Himmel, obwohl die Sonne noch immer heiß brannte. Trotz des noch immer blauen Himmels war es auf eine unmögliche Weise *eiskalt*, und dank meiner Jeans trug ich mehr als andere Leute. An meinem ganzen Körper brach eine Gänsehaut aus, und ich sah Pärchen und Freunde, die sich instinktiv nach Wärme suchend aneinanderdrängten. Ein paar lachten, andere blickten verwirrt. Selbst die Polizisten teilten einen besorgten Blick. Ich erinnerte mich, was der Prolet über die Kälte erzählt hatte, wie um ihn herum die Temperatur unerklärlicherweise gefallen war, und plötzlich durchzuckte mich eine kurze Einsicht: *Er hat nicht gelogen.* Andererseits war das das Zeitalter von Leuten wie David Blaine, Straßenkünstler, die sich mit der Fähigkeit brüsteten, Menschen ausrasten zu lassen, indem sie sie an das Unmögliche glauben ließen, und ich holte tief Luft. Mir fiel auf, dass sich mein Herzschlag dramatisch beschleunigt hatte.

Dann verschwand die Kälte so schnell, wie sie gekommen war, und in diesem Augenblick der Erleichterung – um mich herum gaben alle einen deutlich hörbaren Seufzer von sich und fingen an zu lachen, entzückt darüber, dass die Wärme wieder da war – machte der Stone Man fast unbemerkt zwei Schritte nach vorn und blieb wieder stehen.

Jeder, der genau davorstand (wenn auch durch die Absperrung zweieinhalb Meter entfernt) schrie auf und machte einen Satz zurück. Ein oder zwei Leute weiter hinten stürzten. Die Schritte waren weder schnell noch langsam erfolgt; ein ganz normales Schritttempo. Der Stone Man war stehengeblieben, die Füße nebeneinander, als hätte er nur zwei Schritte machen wollen und keinen mehr. Jetzt stand er wieder völlig reglos, und nervös kichernde Zuschauer nahmen bereits wieder ihre ursprünglichen Positionen ein. Die Polizisten im Inneren der Absperrung waren zurückgewichen, aber einer der Beamten hatte sich bereits wieder gefangen und übernahm höflich das Kommando, bat die Leute, sich zu beruhigen. Der Mann von der Stadtverwaltung verlangte vergeblich, dass man ihm den Weg freimachte; niemand beachtete ihn.

Dann setzte sich der Stone Man in Bewegung.

Das ist wohl der richtige Zeitpunkt, die Miniflasche Jim Beam zu öffnen. Eigentlich mag ich das Zeugs nicht, andererseits bin ich auf die Hälfte des Angebots nicht scharf und habe beschlossen, sie alle zu leeren. Scheiß drauf. Ich bin sogar versucht, den Fernseher einzuschalten und alles live zu verfolgen; schließlich höre ich sowieso so gut wie alles durch die Wand. Wissen Sie was, lassen Sie mich ihn einschalten, damit ich Ihnen alles richtig beschreiben kann.

Da. Es hat sich nicht viel getan, seit ich mit diesem Bericht angefangen habe. Da ist der See, da ist die Absperrung, dahinter kommt die Fahrzeugblockade. Diese Absperrung muss ... drei- oder vierhundert Meter im Durchmesser sein? Das ist eigentlich völlig sinnlos, aber vermutlich soll sie die gesperrte Gegend markieren. Die Soldaten sind nur da, um zu verhindern, dass sich Leute einmischen, sollten irgendwelche Idioten versuchen, hinter die Barriere zu kommen. Aber das ist lediglich eine Vorsichtsmaßnahme. Die Evakuierung hat schon vor einiger Zeit begonnen, und sie wird nicht lange gedauert haben. In Coventry wohnt ohnehin kaum noch jemand, höchstens in den Randbezirken, aber ich vermute, dass man kein Risiko eingeht.

Selbst die Aufnahmen vom Hubschrauber erfolgen deutlich aus großem Abstand; eine offensichtliche Tatsache, obwohl die Kamera so weit zoomt wie möglich. Man kann nur den Klumpen in der Seemitte erkennen, die riesige Gestalt im Mittelpunkt. Die Panzer vor der Barriere erscheinen ziemlich sinnlos. Sie werden sowieso den Weg freigeben, und die Soldaten sind dafür da, die Zivilisten fernzuhalten.

Diese Aufnahme erfolgt aus so großer Distanz, dass sie so gut wie nutzlos ist. Nicht einmal annähernd so gut wie die während der Zweiten Ankunft, die Aufnahme vom Dach der alten Feuerwehr. Die hat man immer wieder gezeigt. Natürlich gibt es die alte Feuerwehr seit der Zweiten Ankunft nicht mehr, genauso wenig wie den Großteil des Stadtkerns darum. Niemand durfte die Gebäude um diese Stelle bewohnen, niemand hat jemals die zerstörten Häuser wiederaufgebaut, und später hat man sowieso alles eingeebnet. Das sei sicherer, hieß es. Man hat alles asphaltiert. In der Mitte von Coventry gab es eine Quadratmeile, die ein Jahr lang niemand betreten durfte, es sei denn, man hatte eine hochrangige militärische Zugangsberechtigung. Ich durfte natürlich hinein. Sobald man sich darüber klar geworden war, was dort vor sich ging, hatte man die Sperrung offiziell aufgehoben, aber der See und seine Barriere wurden besser geschützt als das Weiße Haus. Und das meine ich wortwörtlich. Ich komme natürlich jederzeit rein, falls ich will. Ha! Erstaunlicherweise erfüllt mich das noch immer mit Zufriedenheit. Paul hat vielleicht gesagt, dass ich ein netter Kerl bin, und ich bin mir nicht sicher, ob ich da zustimmen würde (hast du das gehört? Ein netter Kerl, hat jemand gesagt), aber man kann nicht von mir behaupten, dass ich kein Ego habe. Der ist für dich, Paulie.

Also, der Millennium Place, als er noch der Millennium Place war. Der Stone Man läuft los. Alle sind aufgeregt, sagen *ooh* und *aah* … und einen Augenblick lang war das etwas Großartiges, als wüsste jedermann, dass die Welt darüber Bescheid wissen will, eine der erstaunlichsten Straßenvorstellungen aller Zeiten, tolles YouTube-Futter, und dann ausgerechnet auch noch in Coventry! Ich dachte ebenso, dass ich Glück hatte, dabei zu sein. Alle waren sofort davon gebannt. Ein paar Augenblicke lang war es einfach eine aufregende Sache. Dann kam der Kerl mit der grünen Weste ins Spiel, und plötzlich wussten wir es alle besser. Von da an verwandelte sich alles in Scheiße.

Augenblicklich ertönte Jubel. Ich jubelte auch. Es sah einfach so unglaublich aus, wie sich der Stein ohne sichtbare Gelenke oder Falten bewegen konnte. Es hatte den Anschein, als würde er falls nötig zusammengedrückt und danach gestreckt, ohne dass man sah, wie er sich bewegen konnte. Man hätte es für eine Art Gummi halten können, hätte es nicht den Schlägen der Frau widerstanden. Es handelte sich um *Stein*, man sah, dass es *richtiger* Stein war … aber trotzdem beugten sich die »Knie«, wenn sich die Beine bewegten, und die Arme schwangen leicht an den Seiten, ohne dass deutlich auszumachen war, wie sie mit den Schultern verbunden waren. Er ging mit hoch erhobenem Kopf. Man konnte das Gewicht der baumstammdicken Beine tatsächlich fühlen, wenn sie sich senkten. Daran erinnere ich mich noch ganz genau. Es mag seltsam klingen, aber den Stone Man in Bewegung zu sehen, war eines der erstaunlichsten Dinge, die ich genau wie die Menschen um mich herum jemals gesehen hatte. Alle sahen sich mit offenem Mund an, lachten oder schüttelten die Köpfe. Alle hatten denselben Gedanken: *Wie zum Teufel brachte man das nur zustande?*

Ich erinnere mich an die Aufnahmen einer Straßenaufführung in ... ich will Barcelona sagen, aber ich weiß es nicht mehr genau. Ein riesiges Ei in der Mitte der Stadt, aus dem später ein ... Elefant? ... schlüpfte. Ich kann mich nicht mehr genau erinnern, aber ich erinnere mich an die Bilder einer Frau, die darauf ritt, und alle Leute vor Ort waren einfach nur erstaunt. Und es war auch erstaunlich, denn es waren weder Drähte zu sehen noch Leute, die es bedienten. Das Ding spuckte sogar Wasser über die Zuschauer, um Himmels willen! Ich glaube, das alles dauerte ein paar Tage und gehörte zu verschiedenen Aspekten der Show, die in der ganzen Stadt stattfand. Es war wunderbar. Aber als ich dem Stone Man zusah, wie er lief, wirkte der mechanische Elefant im Vergleich einfach nur wie ein Stück Müll.

Jeder, der ihm im Weg stand, sprang zurück, um ihn passieren zu lassen, und das schon, bevor er die Absperrung erreichte. Die Polizisten sahen leicht verblüfft aus und bewegten sich unsicher, gingen eigentlich davon aus, dass er stehenbleiben würde, sobald er das Absperrband erreichte. Aber das tat er nicht. Zur allgemeinen Überraschung ging er einfach weiter, stieß gegen die Barriere und zerrte sie mit sich, als wäre sie nicht vorhanden. Wieder fingen alle an zu jubeln und gingen davon aus, dass der Stone Man die Absperrung mit sich zerrte oder die Polizisten ihn irgendwie aufhielten. Das Erstere wäre auch genauso passiert, wäre einer der Polizisten nicht auf Draht gewesen. Vielleicht glaubte er, der Darsteller im Inneren der Skulptur könnte nicht sehen, was er tat, oder er war der Ansicht, dass die Absperrung zur Gefahr werden würde, wenn man sie über den

Platz schleppte. Vielleicht wollte er auch einfach eine potenziell gelungene öffentliche Darstellung nicht ruinieren. Wie dem auch sei, er löste ein Ende des Absperrbandes und ließ es in den entgegengesetzten Pfeiler zurückschnellen. Damit beendete er das Problem. Wieder jubelte die Menge, und der Beamte grinste verlegen – schließlich wurden hier keine Gesetze gebrochen –, und die Polizisten folgten dem Stone Man, um wie alle anderen zu sehen, wie es weitergehen würde.

Der Stone Man bahnte sich den Weg durch die Menge, die mit ihm Schritt hielt, und von der anderen Seite strömten alle herbei, um ihm zu folgen. Er schlug die Richtung zu dem großen Verkehrsmuseum ein, das am anderen Ende des Millennium Place stand, und ich nahm an, dass er zum Eingang wollte. Schnell schoss ich ein Bild, dann eilte ich ebenfalls hinterher und folgte der unglaublichen gehenden Statue und der lachenden Menge, die sie begleitete.

Als ich an ihrer Seite gleichzog (und dabei ein paar Bilder über ihre Köpfe schießen konnte, von denen einige wirklich gut wurden), sah ich, dass die Leute sicheren Abstand zu dem Stone Man hielten und eine vielleicht anderthalb Meter große Lücke schufen. Zwar konnten wir alle seinen mühelosen Gang sehen, aber niemandem entging das Gewicht seiner Schritte, und keiner wollte das Risiko eingehen, unter einen dieser Füße zu geraten. Und vermutlich wäre das auch eine Weile so weitergegangen, hätte es nicht den Kerl mit der grünen Weste gegeben.

Wie aus dem Nichts löste sich dieser Bursche, der in Gesellschaft von ein paar Mädchen gewesen war, die aus kleinen Taschenflaschen, die sie vor den Polizisten verbargen, getrunken hatten, aus der Menge und rannte lachend los. Seine Begleiterinnen feuerten ihn an. Er kann nicht älter als achtzehn gewesen sein und trug Bootsschuhe, dreiviertellange Cargohosen und die bereits erwähnte grüne Weste. Er fing an, etwas zu rufen, brachte die Worte aber nicht verständlich heraus, weil er so lachen musste, während er neben dem Stone Man herlief und von dessen Beinen Abstand hielt. Plötzlich sprang er, griff nach den steinernen Schultern und zog sich in die Höhe, während die Mädchen wieder jubelten. Aus der Menge stieg ein bestürzter Schrei auf, denn man befürchtete, er würde das Spektakel irgendwie ruinieren, aber daraus wurde ein Entsetzensschrei, als Grüne Weste sofort erschlaffte und vom Rücken des Stone Man rutschte.

Er landete wie ein Sack nasser Zement am Boden, versuchte nicht einmal, den Sturz abzufangen. Ich weiß nicht, was schlimmer war: der ekelhafte Aufprall, als sein Kopf auf den Beton knallte, oder das deutlich hörbare Krachen, als sein Bein unter dem Körpergewicht brach. Drei Viertel der Menge schrie erneut – am lautesten der weibliche Fanclub des Jungen – und blieb stehen, um sich dem gestürzten Mann zuzuwenden. Das verbleibende Viertel warf ihm lediglich einen knappen Blick zu, dann eilte es dem Stone Man hinterher; die meisten Leute lachten noch immer. Sofort kamen die Polizisten an, einer der Beamten rief über Funk bereits ärztliche Hilfe, ein anderer ging neben dem Jungen auf die Knie und fragte ihn, ob er wusste, wo er war und wie er hieß. Ich drängte mich ebenfalls heran, verblüfft, aber besorgt. Erstaunlicherweise war der Junge noch immer bei Bewusstsein und schrie nicht einmal vor Schmerzen. Seine Augen standen offen, aber sein Blick ging in weite Ferne, und seine Lippen bewegten sich schnell. Als weitere Leute näher kamen, befahlen die anderen beiden Polizisten, Abstand zu halten, und einer von ihnen, der mitdachte, forderte Unterstützung an, die dem Stone Man folgen sollte. Selbst inmitten dieses Chaos hatte er erkannt, dass etwas nicht stimmte. Der Junge war nicht einfach nur gefallen, ihm war etwas zugestoßen.

Ich konnte nichts für ihn tun, und der Krankenwagen war unterwegs. Ich hätte nur im Weg gestanden, also entschied ich mich, wieder dem Stone Man zu folgen. Aber als ich mich abwandte, bekam ich etwas von dem mit, was der Verletzte sagte. Es waren keine Worte, nur ein endloser Strom von Silben, ein unaufhörliches Gestammel, das aus einzelnen Buchstaben bestand, wie mir klar wurde. Er sprach nicht einmal undeutlich, wie man nach einem derartigen Sturz erwarten sollte, er betonte sie perfekt und auf extrem schnelle Weise.

»GCCAATTGAATTTGGCCCGTTAACTCAGG …«

Es blieb kaum genug Zeit, mir das zu merken, bevor sich einer der Beamten mir aggressiv näherte und fragte, ob ich taub sei. Ich sparte mir die Mühe einer Antwort und jagte der Menge hinterher, zusammen mit jedem anderen, der stehengeblieben war, um einen Blick auf den Jungen zu werfen. Später sollte ich herausfinden, dass er nie wieder zu Bewusstsein gekommen war.

Der Stone Man hielt weiter auf das Verkehrsmuseum zu, und die darin befindlichen Besucher waren deutlich durch die drei Meter hohe Fensterfront aus Glas und Metallrahmen zu sehen. Beinahe drückten sie sich gegen die Scheiben, um zu sehen, was die Aufregung verursachte. Ein paar lachten erstaunt, verblüfft über die Magie dessen, was sie da erblickten. Vermutlich glaubten sie genau wie ich, dass der Stone Man auf den Museumseingang zuhielt. Das war natürlich nicht der Fall. Als wir näherkamen, wurde plötzlich ersichtlich, dass die laufende Statue bei der derzeit eingeschlagenen Richtung den Eingang um mehrere Meter verfehlen würde und direkt auf die Glasfront zuhielt. Das wurde allen klar, als sie ein paar Meter weiter war, und die Äußerungen wurden unsicher. Als sie zweieinhalb Meter von dem ersten Fenster entfernt war, gab es nervöses Gelächter und ein paar witzig klingende *Oh-oh*-Laute.

Zwei Meter, ein Meter achtzig … das Gemurmel wurde zu aufgeregtem Gelächter, *niemals*, dachten die Leute, *bestimmt nicht, aber* … Unwillkürlich wurde ich davon mitgerissen, fühlte die Erregung, die unmittelbar bevorstehende Zerstörung erzeugte, war aber zugleich davon überzeugt, dass es niemals so weit kommen würde.

Anderthalb Meter, ein Meter … das Lachen verwandelte sich in Worte, Leute johlten, als der Stone Man weitermarschierte, nicht das geringste Anzeichen zeigte, langsamer zu werden.

Neunzig Zentimeter, dann sechzig … Mit der Glasmauer konfrontiert, blieben die Zuschauer bei dieser Entfernung stehen, und die Schreie gingen los, aber es waren Laute des Vergnügens, wie bei den Passagieren einer Achterbahn vor dem ersten großen Absturz, verängstigt und aufgeregt, aber ohne einen echten Schaden zu befürchten. Die Leute auf der anderen Seite der Scheibe wichen plötzlich zurück, die gleiche Mischung aus Unsicherheit und Aufregung auf den Gesichtern. Jetzt betrug die Entfernung nur noch dreißig Zentimeter, und die Schreie verwandelten sich in echtes, schrilles Entsetzen, als alle begriffen, dass der Stone Man *keineswegs stehenblieb.* Die Menschen auf beiden Seiten des Glases erstarrten, als die Hysterie übernahm. Alles geschah so schnell, und niemand hatte die Erregung, die in Entsetzen umschlug, verarbeitet, als die laufende Statue ohne zu zögern direkt durch die Fensterfront des Verkehrsmuseums brach und dabei mühelos den Metallrahmen zerfetzte, der die gewaltigen Scheiben hielt.

Die Menschen im Gebäude zerstreuten sich wie die Ameisen, schrien überrascht auf, während sie zurücksprangen oder stolperten, um aus dem Weg des Stone Man zu kommen und dem Splitterregen und Metalltrümmern zu entgehen, die sich über den Boden ergossen. Die Zuschauer draußen blieben wie erstarrt stehen, jetzt völlig stumm und verblüfft, während die beiden verbliebenen Polizisten (einer war bei der grünen Weste geblieben) vorbeirannten, Unterstützung anforderten und allen zubrüllten, draußen zu bleiben. Als Reporter hätte mein erster Instinkt sein sollen, ihnen trotz der Anweisungen zu folgen. Die Geschichte fand dort statt, wo der Stone Man ging. Aber wenn ich hier ehrlich sein will (und warum zum Teufel nicht?), war ich genauso verblüfft und erstarrt wie der Rest, konnte einfach nicht begreifen, was ich da sah. Wenn das wirklich eine Art Performance war, war sie deutlich über simple Straßenkunst hinausgegangen. Meine Gedanken rasten bei der Suche nach einer Erklärung; vielleicht gehörte das Verkehrsmuseum irgendwie zur Vorstellung? Unmöglich, dachte ich, das hier war viel zu unkontrolliert und gefährlich. Oder war einfach nur etwas schiefgegangen? Das erschien wahrscheinlicher, aber in dem Fall war etwas richtig schiefgegangen.

Der Stone Man befand sich mittlerweile mehrere Meter im Atrium, und erstaunt sah ich, wie er einen ausgestellten Jaguar XK8 zur Seite stieß, als wäre er aus Styropor. Der Kotflügel war dort, wo das Bein des Stone Man ihn getroffen hatte, wie Alufolie zerknittert. Wohlgemerkt, der Stone Man hatte den Wagen nicht getreten; er war einfach weitergegangen, als würde das Auto nicht dort stehen, und hatte es darum getroffen. Der Jag federte nach links und traf ein Paar im mittleren Alter, das dahinter Deckung gesucht hatte, als das Ding die Scheibe durchbrochen hatte. Der Wagen traf sie mit einem dumpfen Laut, und beide gingen mit einem Schmerzensschrei zu Boden. Die Polizisten, die offensichtlich einfach nur reagierten, ohne nachzudenken, und weitere Verletzungen und Zerstörungen verhindern wollten, warfen sich auf den Stone Man in dem Versuch, ihn zu Boden zu ringen. Aber bei der Berührung erschlafften sie und stürzten genau wie Grüne Weste. Auch sie unternahmen keinen Versuch, den Sturz abzufangen, landeten schwer und gnadenlos auf dem gefliesten Atriumboden. Jeder, der die seltsame Wirkung nicht mitbekommen hatte, die die Berührung des Stone Man auf Grüne Weste gehabt hatte, sah sie jetzt. Die übereinstimmende körperliche Reaktion beider Männer machte sie deutlicher und beunruhigender als zuvor. Wenigstens hatten sie sich im Gegensatz zu Grüne Weste nichts gebrochen, auch wenn einer von ihnen von der rückwärtigen Bewegung eines Steinbeins getroffen und mehrere Meter weit weggeschleudert worden war. Mit ziemlicher Sicherheit hatte er innere Verletzungen davongetragen. Mehrere Leute lösten sich aus ihrer Erstarrung und eilten zu ihnen, gefolgt von dem dritten Polizisten, der aufgetaucht war – vermutlich war die Hilfe für Grüne Weste eingetroffen – und jetzt nach Krankenwagen verlangte, aber ich konnte die beiden am Boden liegenden Beamten noch immer hören. Genau wie Grüne Weste sprachen sie leise, schnell und präzise durch den Lärm.

»AATTGAATTTGGCCCGTTAACTCAGGCCAG …«

Alle anderen standen noch immer wie betäubt da, konnten nicht begreifen, wie die Welt vor ihren Augen verrückt wurde. Ich wandte den Blick von den verletzten Polizisten, um zu sehen, wie das Ding die gegenüberliegende Wand des Atriums erreichte und sie ohne langsamer zu werden durchbrach. Der Zusammenstoß war ohrenbetäubend und wurde von den Schreien der Zuschauer noch verstärkt, während Verputz und Schlackebeton auf die Schultern des Stone Man regneten. Gipsstaub wallte auf und verschleierte für den Moment die Sicht auf ihn, aber aus dem Raum, den er erreichte, ertönten Schreie.

Der letzte Polizist erhob sich hastig bei seinem gestürzten Kollegen und streckte die Arme aus.

»Alle raus aus dem Gebäude! Alle raus, hier ist es nicht sicher«, rief er mit zitternder Stimme. »Verstärkung ist auf dem Weg! Alle raus! SOFORT!« Mit beiden Armen scheuchte er sowohl die Neuankömmlinge wie auch die Angestellten und Besucher weg, die sich bereits im Atrium befanden. Hastig strömten Leute zum Ausgang, warfen dabei Blicke auf das Loch, das der Stone Man in die Wand geschlagen hatte. Wieder ertönte ein Schrei, als ein weiteres ohrenbetäubendes Donnern aus den Tiefen des Gebäudes erklang. Das Ding hatte die nächste Wand durchbrochen. Der Menschenstrom nach draußen wurde zu einem Rennen, und ich wurde einfach mit hinausgedrängt. In gewisser Weise war ich erleichtert. Da der Stone Man auf diese Weise durch zwei Mauern gebrochen war, machte ich mir Sorgen um die Stabilität des Gebäudes, ganz egal, wie groß es war. Aber in erster Linie fragte ich mich, was zum Teufel hier vor sich ging! Gerade hatte ich gesehen, wie ein gehendes … Etwas, das wie Stein aussah, eine solide Mauer zerstört hatte, als wäre sie nicht vorhanden. War das eine Art Protest? *Terroristen,* sagte das alte Weib in mir, und ich verwarf den Gedanken beinahe. Aber dann dachte ich ihn erneut, denn das alles war so ungeheuerlich, dass man nichts außer Acht lassen durfte.

Als ich auf den Millennium Place stolperte, es im Gebäude wieder donnerte und ich mich fragte, wie es weitergehen würde, kam mir jäh der Gedanke, dass ich hier sofort einen Fotografen brauchte, denn ich hatte möglicherweise eine Geschichte von nationalem Interesse. Der Gedanke weckte mich auf, und ich nahm mein Handy, um unter meinen Kontakten jemanden zu finden, der eine vernünftige Kamera besaß und ein halbwegs vernünftiges Foto schießen konnte. Schlimmstenfalls hatte ich meine eigene Kamera, die ganz brauchbar war, aber offensichtlich ließen sich Fotos von höherer Qualität besser in den Medien vermarkten. Rich Bell verpasste den Auftrag seines Lebens. Beim nächsten Krachen wandte ich mich wieder dem Museum zu und sah, wie darin das Licht erlosch. Es gab noch immer ausreichend Tageslicht, also war der Unterschied zu vernachlässigen, was die Sicht anging, aber es erzeugte neue Schreie. Noch immer kamen schockierte und ängstlich aussehende Leute heraus, einige davon mit Verputz bestäubt. Von der Ringstraße näherten sich Sirenen, als weitere Fahrzeuge der Behörden zum Tatort rasten.

Die Laute weckten alte Instinkte und ließen mich erkennen, dass man die ganze Gegend bald absperren und mich vermutlich entfernen würde. Rationale Gedanken tröpfelten zurück in meinen betäubten Verstand, und sie sagten nur *Das Geld, lass dir das GELD nicht entgehen,* und ich wusste, dass ich schnell denken musste. Im Museum krachte es wieder, begleitet von neuen, fernen Schreien. Diesmal dauerte einer an. Zumindest eine Person war verletzt, und das schwer. Ich registrierte das, dachte aber weiter über den Knüller nach, der mich möglicherweise groß rausbringen würde. Hier passierte etwas Wichtiges und Verrücktes, und ich steckte mittendrin. Ich musste dranbleiben. Nun kamen Leute von allen Seiten des Millennium Place an, angelockt von dem Lärm und der zerstörten Glasfront des Museums. Zwei Krankenwagen stoppten.

Plötzlich wurde es mir klar: Der Stone Man blieb nicht stehen. Und solange sich sein Ziel nicht im Verkehrsmuseum befand, würde er durch die Rückwand brechen und auf der Cook Street landen. Ich zögerte nicht. Ich holte die Kamera hervor, machte ein schnelles Foto des zerstörten Museums und rannte über den Platz, passierte die rechte Seite des Gebäudes und kam auf den Chauntry Place. Ich lief die leicht ansteigende Straße hinauf, vorbei an mehreren Häusern gegenüber der rechten Museumsseite. Voraus entdeckte ich nur eine einzige andere Person, eine Frau, die ebenfalls lief und offensichtlich die gleichen Absichten wie ich verfolgte. Unbehaglich fragte ich mich, ob sonst noch jemand die gleiche Idee gehabt hatte und bereits auf der Rückseite des Gebäudes wartete. Meine mangelnde Kondition meldete sich, da ich bereits nach Luft schnappte. Fünf Jahre zuvor hätte mir dieser Lauf nicht das Geringste ausgemacht.

Bevor ich den Scheitelpunkt des Chauntry Place erreichte, krachte es gewaltig, Bremsen kreischten. Metall wurde zusammengestaucht, Glas zersplitterte. Nach einer kurzen Pause ertönte ein ähnliches Krachen, gefolgt von Stille. Wenn man von einem Zischen einmal absah. Die Frau voraus war bereits stehengeblieben und starrte etwas an. Ein paar Sekunden später holte ich sie ein, wandte mich nach links und sah es selbst. Es war sofort klar, was geschehen war.

Die Cook Street war eine schmale, einspurige Straße, auf beiden Seiten von Gebäuden gesäumt, die wie Fabriken aussahen. An der rechten Straßenseite ragte ein hoher Metallzaun auf. Links im Zentrum der Museumswand klaffte ein Loch, auf der Straße lagen Trümmer. Ein paar Schritte entfernt hatte sich ein Auto in eine Kombination aus einer taillenhohen Mauer und einem Metallzaun verkeilt. In dem Zaun klaffte ein unregelmäßiges Loch, wo der Stone Man hindurchgegangen war und den verunglückten Wagen zur Seite getreten hatte. (Für eine nur wenig befahrene Straße hatte der Fahrer außerordentliches Pech mit seinem Timing gehabt.) Unbeirrt hatte er seinen Weg beibehalten und dabei Wagen, Mauer und Zaun zerstört. Das Fahrzeug verfügte nur noch über die Hälfte seiner normalen Breite, die Vorderseite war eingedrückt, und das Zischen kam von den Resten des Motors. Von meiner Position aus konnte ich nicht erkennen, was mit dem Fahrer war. In der Mauer des Gebäudes jenseits des Zauns war ein neues Loch, ich musste weiterrennen.

Das alles ließ mich kalt, als hätte sich mein Verstand bereits an die Situation gewöhnt *(Okay, riesiger Stone Man bahnt sich den Weg durch jedes Hindernis, verstanden)* und würde alles kühl bewerten.

Später fand ich heraus, dass der Fahrer unglaublicherweise überlebt und sich völlig erholt hatte. Aber bei dem Weg des Stone Man durch das Museum waren zwei Leute gestorben;

einer hatte das Pech gehabt, ihm im Weg zu stehen, als er die dritte Mauer durchbrochen hatte, und der andere war zwischen zwei Fahrzeugen zermalmt worden.

Meine Lungen brannten, als ich um die linke Ecke des zweiten Gebäudes lief (wie sich herausstellte, war es eine Leihwagenfirma. Zusammen mit dem Verkehrsmuseum war das der Grund für die vielen wilden Spekulationen, dass der Stone Man etwas mit Autos zu tun hatte. Immerhin ergibt das mehr Sinn als viele der anderen frühen Theorien) und zur Einmündung der Tower Street kam, wo sich auf der anderen Seite die gewaltige Masse des Postamtes erhob.

Auf der Tower Street herrschte mehr Verkehr als auf der Cook Street, aber nicht viel mehr. Eine Handvoll Passanten waren unterwegs, und einer oder zwei hatten sich umgedreht, um auf etwas über der Leihwagenfirma zu zeigen. Ich blickte in die Richtung und entdeckte eine Rauchwolke, die in der Nähe aufstieg. Vermutlich kam sie aus dem Museum. Das war der Augenblick, in dem der Stone Man lautstark durch die Wand der Leihwagenfirma brach. Er war staubbedeckt, aber allem Anschein nach hatte ihm bis jetzt noch nichts auf seinem Weg schaden können. Obwohl ich das Gleiche ein paar Augenblicke zuvor gesehen hatte, verblüffte es mich erneut.

Die meisten der Leute auf der Straße schrien auf und rannten weg, aber einer oder zwei blieben vor Schreck erstarrt stehen. Ein Wagen bremste hart, aber unbeschadet nur einen Meter von dem Stone Man entfernt, der die Straße betrat und direkt auf die Postzentrale zuhielt.

»Zurück!«, rief ich. »Fasst ihn nicht an!« Ich weiß nicht, warum ich das tat. Es hatte nicht einmal den Anschein, als wäre jemand auf die Idee gekommen. Ich konnte einfach die Vorstellung nicht ertragen, wieder die stakkatohafte Buchstabenflut zu hören und diese gläsernen Blicke sehen zu müssen. Ich glaube sowieso nicht, dass mich überhaupt jemand gehört hat. Alle waren viel zu schockiert von dem Anblick, wie sich ein Stein bewegte. Den Stone Man auf seine ruhige, fast schon lässige Weise auf die Mauer des Postgebäudes zugehen zu sehen und zu wissen, dass er vor der roten Ziegelwand nicht stehenbleiben würde, war ein absolut seltsames Gefühl. Rückblickend gesehen war es das Aufregendste, das ich jemals erlebt hatte. Ich hielt sogar meine Kamera bereit, um den Augenblick festhalten zu können. Später machte ich mir Vorwürfe, wie ein alter Zeitungsmann gedacht zu haben. Ich filmte nichts davon. Dumm, ich weiß. Ich kann es nur damit entschuldigen, dass ich in diesem Augenblick einfach nicht nachdachte und alten Gewohnheiten folgte.

Da hörte ich Rotorschlag, schaute auf und entdeckte einen Helikopter am Himmel schweben. Ich war mir nicht sicher, ob es sich um Polizei oder Medien handelte (ich hoffte bei Gott, dass es keine Medien waren), aber die Antwort war eindeutig, als die Lautsprecher ertönten.

»BITTE KEHREN SIE IN IHRE HÄUSER ZURÜCK. NÄHERN SIE SICH NICHT DER STATUE. DIE POLIZEI IST AUF DEM WEG, UM DIE SITUATION ZU KLÄREN. WIR EVAKUIEREN DIE GEGEND. BITTE KEHREN SIE IN IHRE HÄUSER ZURÜCK.«

Die Leute gehorchten beinahe augenblicklich und starrten das Loch in der Post an, während sie sich hastig entfernten. Im Gebäude schien die Hölle ausgebrochen zu sein. Nachdem ich ein Foto der Trümmer auf der Straße geschossen hatte, rannte ich nach links und dann die Bishop Street hinauf, die an der vierspurigen Ringstraße endete. Zumindest für die Polizei würde es so aussehen, als würde ich die Gegend verlassen.

Eine Fußgängerüberführung verlief über die Ringstraße, und auch wenn ich nicht das Risiko eingehen wollte, mich darauf zu befinden, wenn der Stone Man vorbeikam (falls ihn sein Weg durch die Stützen der Brücke führen sollte), entschied ich mich, sie zu überqueren und ihm einmal voraus zu sein. Ich eilte die Stufen hinauf und warf dem Polizeihubschrauber einen Blick zu, um zu sehen, was er tat. Er drehte ab und kam in meine Richtung, wollte dem Ding vielleicht ebenfalls zuvorkommen. Zweifellos berichteten sie ständig der Zentrale, also konnten sie planen, um ... Ja, um was eigentlich zu tun? Starke Mauern konnten es nicht langsamer machen, genauso wenig welche aus

Stahl. Nach allem, was ich bis jetzt gesehen hatte, konnte ich mir auch nicht vorstellen, dass eine Reihe Polizeischilde oder Streifenwagen ein Problem darstellen würden.

Ich hatte die Treppe zur Brücke zur Hälfte erklommen, als das ohrenbetäubende Bersten zerstörter Ziegelsteine erklang. Der Stone Man brach durch die Rückseite der Post. Zu der Zeit wusste ich es nicht, aber die Zahl der Todesopfer hatte bereits vier erreicht. Gott allein weiß, welche Opferzahlen es an einem Werktag gegeben hätte. Ich geriet in Panik und erkannte, dass ich die Zeit überschätzt hatte, die mir blieb, um ihm vorauszueilen. Als ich die letzte Stufe der beiden Treppenabsätze zur Überführung erreichte, drei Meter über der Straße, rannte ich zum Geländer, um nach unten zu sehen.

Aus zwei Gründen atmete ich erleichtert auf. Aus dieser Höhe war sofort ersichtlich, dass der Weg des Stone Man mehrere Meter an dem Fußgängerüberweg vorbei führte (er wich niemals von seiner Richtung ab; das hatte ich als Erstes über ihn gelernt) und dass die schmale Gasse hinter der Post, an der er herausgekommen war, ungefähr zwei Meter unterhalb der Ringstraße lag. Die dortige Mauer ging in einen hohen, schwarzen Metallzaun über. Der Stone Man würde sich am Grund einer Betonklippe befinden. Ich bezweifelte, dass sich selbst dieses Ding einen Weg durch eine endlose Masse aus solidem Beton bahnen konnte. Vielleicht würde es das endlich stoppen?

Diese Annahme wurde augenblicklich zunichte gemacht, als es ohne auch nur innezuhalten oder zumindest den Kopf zu bewegen, um sich »umzusehen«, einen Arm schwang und in die Betonmauer schlug. Der andere Arm folgte, und nach zwei oder drei weiteren kurzen Bewegungen hatte sich der Stone Man mühelos einen Weg die Wand hinaufgekrallt, zog sich allein mit den Armen in die Höhe. Sobald er den Mauerrand erreicht hatte, fanden seine Beine wieder Halt, und er ging ohne Verzögerung weiter, durchbrach das Metallgeländer, das mit einem schrillen Kreischen nachgab. Der Beton unter seinen Füßen zerbröckelte. Ich stand da und sah mit offenstehendem Mund zu, konnte nicht verstehen und war dennoch fasziniert, wie dieses unbegreifliche laufende Objekt die nächste Reihe Bewegungen ausführte. Das Geländer blieb dort, wo er durchgebrochen war (es tut mir leid, wo *es* durchgebrochen war, es ist ein *Ding*, das darf ich nicht vergessen), verbogen zurück. Ich erinnere mich deutlich daran, wie ich auf der Überführung nach unten starrte und mich ein gewaltiges Gefühl der Irrealität überkam. Es fühlte sich an, als würde das jemand anderem passieren oder ich träumen. In diesem Augenblick wurde mir endlich klar, dass das, was ich da sah, nicht zu bestreiten war, so verrückt es auch war. Wenn ich jetzt darüber nachdenke, hatte ich die ganze Zeit von dem Augenblick an, an dem *es* sich auf dem Millennium Place in Bewegung setzte, unter Schock gestanden. Aber als ich dem Ding dabei zusah, wie es sich dem Rand der Ringstraße näherte, beherrschte mich nur ein Gedanke. *Das ist völliger Wahnsinn! Das ist völliger Wahnsinn! Das kann unmöglich passieren. Das KANN unmöglich passieren!*

Als der Hubschrauber tiefer ging und Befehle brüllte, auf die ich nicht länger achtete, wurde mir das Fehlen anderer Geräusche in der Nähe bewusst. In meinem fiebrigen Zustand brauchte ich ein paar Augenblicke, um zu begreifen, warum das so war, aber dann kam ich drauf: keine Autos auf der Ringstraße. Die Polizei hatte sie bereits gesperrt, eine Reaktion, deren Schnelligkeit mich damals erstaunte, aber rückblickend betrachtet nehme ich an, dass das nicht schwer gewesen war. Man musste sich nur ans Funkgerät setzen, Streifenwagen losschicken und mit ihnen Auffahrten und Abfahrten sperren. Schnell, simpel und effektiv. In der Ferne ertönten weitere Sirenen, und ein weiterer, tieferer Laut hatte sich dazugesellt. Noch mehr Hubschrauber. Das Militär? Allem Anschein nach hatte man noch keine der weniger extremen Reaktionen versucht, also würde man bestimmt nicht damit anfangen, Bomben zu werfen. Noch hing der Nebel der sich verschärfenden Krise über allen Möglichkeiten, man hatte nicht die geringste Ahnung, was eigentlich los war.

Ich sah zu, wie der Stone Man durch das Trenngitter auf dem Mittelstreifen brach, und erkannte, dass ich mich besser in

Bewegung setzte, wenn ich dem Ding zuvorkommen wollte. Ich hatte keinen Plan, aber ich war geistesgegenwärtig genug, um aus meiner erhöhten Position ein schnelles Foto zu schießen. Ich fummelte sogar mein Diktafon hervor und sprach eine kurze Bemerkung drauf *(gerade Linie vom Verkehrsmuseum über die Cook Street und die Tower Street durch die Post auf die Ringstraße),* dann rannte ich über die Überführung, um die andere Seite vor der schwerfälligen Gestalt dort unten zu erreichen. Ich sollte es nie schaffen.

Ich sollte den Drink etwas verdünnen. Gentleman Jim macht sich bereits bemerkbar, und mir ist etwas wärmer. Mir war gar nicht klar, dass ich jetzt so ein Leichtgewicht bin. Ich sollte mich etwas bremsen, zumindest bis ich mich dem Ende nähere, sonst wird das ein noch unzusammenhängenderes Geschwafel, als es zweifellos bereits ist. Vielleicht sollte ich eine Flasche Wasser aus der Minibar trinken. Ha. Normalerweise mache ich das aus Prinzip nicht. Prinzip … das hat mich überhaupt erst an diesen Punkt gebracht, das Prinzip des Ganzen. Dafür mache ich den Sergeanten verantwortlich. Henry, dieser alte Bastard. Warum konnte er nicht einfach …

Scheiß drauf. Ich nehme mir noch einen Bourbon. Das Letzte, das ich brauchen kann, ist über diesen Kerl nachzudenken.

Also. Die Fußgängerüberführung. Mir war klar, dass ich einige Stunden bewusstlos gewesen war, denn die Sonne stand beträchtlich tiefer. Am Himmel schimmerte der Dunst eines wunderschönen Frühsommerabends, die Art, die diese warmen Schatten hervorbringt, die ich so sehr liebe. Natürlich nahm ich mir keine Zeit, das zu genießen, denn ich war viel zu sehr damit beschäftigt, wegen dem auszurasten, was gerade passiert war.

Moment, Moment … ich greife voraus. Ich war ohnmächtig geworden, habe ich das schon erwähnt? Tut mir leid, ich glaube nicht. Ja, im einen Augenblick rannte ich über die Überführung, und dann, zack, war es ein paar Stunden später und ich lag dort auf der Seite und hörte nichts als Sirenen und Rotorenblätter. Als mir das klar wurde, sprang ich voller Panik auf. Auf den Gedanken, dass ich durch die ruckartige Bewegung mögliche Kopfverletzungen zehnmal schlimmer machte, kam ich nicht.

Ich war kurzatmig, hyperventilierte fast, während ich zu ergründen versuchte, was passiert sein konnte. War es der Schock? Hatte mich etwas getroffen, war ich womöglich angegriffen worden? Die andere Sache, die mir heftig zu schaffen machte, war der Gedanke, dass mir jemand zuvorgekommen war, mir die größte Geschichte meiner ganzen Karriere – eine Geschichte, die möglicherweise die größte in jedermanns Karriere gewesen wäre – durch die Finger geglitten war, während ich auf dem Weg über die Ringstraße ein hübsches Nickerchen gehalten hatte. Ich stürzte zum Geländer. Der Stone Man war lange weg, und es war deutlich zu sehen, dass er tatsächlich die Richtung beibehalten hatte. Das kleine Apartmenthaus auf der anderen Seite der Ringstraße war teilweise eingestürzt, und mehrere Leute hockten in Decken gehüllt am Straßenrand. Der Hubschrauber war auch verschwunden, offenbar kam seine Beobachtungsmission vor zusammenbrechenden Männern auf Überführungen. Aber zwei Krankenwagen standen vor Ort, und ein paar Leute in fluoreszierender Kleidung durchsuchten die Trümmer und schwenkten Handgeräte. Als ich genauer hinsah und die Kopfbedeckungen entdeckte, erkannte ich, dass die helle Kleidung gelbe Schutzanzüge waren. In der Ferne bedeckte schwarzer Rauch den Himmel, in der Nähe schwebten mehrere Hubschrauber. Aus dieser Richtung kam großer Lärm, eine Kakofonie verschiedener chaotischer Laute, die ich nie vergessen werde.

Ich holte mein Handy hervor, während ich behutsam Hinterkopf und Gesicht abtastete. Anscheinend gab es keine Beulen an meinem Schädel, aber auf der linken Wange schienen ein paar kleine Kratzer zu sein, die bei der Berührung brannten. Ich ignorierte sie und entsperrte das Handy, ging sofort zu den Kontakten. Ich hatte die relevanten Nummern aller Medienkonzerne gespeichert in der optimistischen, wenn auch unwahrscheinlichen Hoffnung, irgendwann einmal auf eine Geschichte von nationalem Interesse zu stoßen. (Gelegentlich hatte ich auch schon etwas eingereicht, aber daraus war nie etwas geworden.) Trotzdem hatte ich ein mieses Gefühl im Bauch, denn vermutlich kam ich zu spät. Dennoch wollte ich es versuchen. Selbst wenn es nichts bringen würde, hatte ich immerhin ein paar Fotos, und die mussten etwas wert sein. Ich wählte *The Sun*, und als ich nur ein Piepen erhielt, blickte ich auf das Display. Verbindung gescheitert. Ich versuchte es erneut mit demselben Ergebnis, bei allen anderen Nummern scheiterte ich auch. Mir wurde die volle Signalstärke angezeigt, was aber zu nichts führte; als würde man versuchen, an Neujahr um Mitternacht einen Handyanruf zu machen. Diese Sache wurde jede Minute größer, und ich verpasste verflucht noch mal alles. Ich beschloss, zu dem Rauch zu gehen.

Während ich über die Überführung lief und dann auf der anderen Seite der Ringstraße die Stufen hinunterpolterte, rasten meine Gedanken zu der Tatsache zurück, dass ich einfach so das Bewusstsein verloren hatte. Wie zum Teufel war das passiert? Wilde Spekulationen kamen mir in den Sinn, vielleicht hatte das Militär irgendein neues Gas ausprobiert oder eine neue Waffe, die den Stone Man aufhalten sollte und dabei irgendeinen Einfluss auf mich gehabt hatte. Diese Vorstellung gefiel mir gar nicht. Außerdem wurden meine Kopfschmerzen besorgniserregend. Ich hatte keine schmerzhaften Schwellungen am Kopf, also konnte ich mir nicht vorstellen, dass mein Gehirn beträchtlich in Mitleidenschaft gezogen worden war, aber es handelte sich um einen tief sitzenden Schmerz, wie ich ihn noch nie zuvor auf diese Weise erlebt hatte. Er erfasste den ganzen Schädel. Er ließ mich die Augen leicht zusammenkneifen, machte die bereits im Zwielicht liegenden Gebäude noch dunkler. Die Sonne ging nun schnell unter.

Ich rannte um das zerstörte Wohnhaus herum und versuchte die Blicke der auf dem Bürgersteig sitzenden Leute zu ignorieren. Ein Mann war mit getrocknetem Blut bedeckt und starrte mit gläsernem Blick stur geradeaus, während ein anderer hysterisch weinte. Nach allem zu urteilen, was am Himmel zu sehen war,

war wohl nicht davon auszugehen, dass die Zerstörung so bald enden würde; vielmehr würde es nur noch mehr davon geben. Ich denke oft über diesen Augenblick nach, sehe den Gesichtsausdruck dieser Leute vor mir, wie sie um geliebte Menschen und ihr zerstörtes Zuhause weinten, während ich der Story hinterherlief und mich sorgte, dass mir jemand zuvorkam.

Erinnerungen: Ein Feuerwehrwagen holt sieben oder acht Leute von einem Baum, in den sie gesprungen sind, um aus ihrem zerstörten Gebäude zu entkommen, denn das Erdgeschoss ist teilweise eingebrochen und blockiert. Ein eingestürzter Kindergarten, dessen Kinder glücklicherweise alle in Sicherheit auf dem Rasen versammelt sind; sie haben den Schock des Unglücks bereits abgeschüttelt und wollen spielen, während die Angestellten versuchen, Köpfe zu zählen, und ihnen befehlen, still dazustehen. Ein wunderschöner, in der Mitte zerdrückter Porsche, dessen Besitzer auf dem Bürgersteig sitzt und hilflos in den Armen seiner Freundin schluchzt. Ein Bus, der von einem Objekt in der Größe des Stone Man, das nicht länger da war, beinahe in zwei Hälften geteilt worden war; Rettungsmannschaften, die mit Schneidbrennern Leute aus anderen Wracks holen. Blutüberströmte Menschen. Blanke Leitungen, die Funken sprühen. Verkehr, der hauptsächlich steht, schrille Hupen, die in die Sirenen und Hubschrauberrotoren einstimmen. Und am schlimmsten von allem: zwei verschiedene Fernsehnachrichtenteams. Ich hatte alles verpasst.

Ich war am Boden zerstört, stieß sogar beim Anblick des ersten Übertragungswagens ein Stöhnen aus, aber mein Verstand reagierte wie üblich und erstarrte im mechanischen Prozess der Analyse, statt etwas zu fühlen, prüfte die Möglichkeiten, wie man noch etwas retten konnte.

In dieser Phase würde niemand *Bilder* von den ersten Bewegungen des Stone Man haben, oder zumindest nicht so viele wie ich. Die meisten würden im standardmäßigen mp4-Handyformat sein. Gut fürs Fernsehen, aber ich hatte Fotos mit höherer Auflösung, die im Fernsehen vergrößert viel besser aussehen würden. Sender würden noch immer daran interessiert sein.

Hier ist ein frühes Video ... und hier eine deutliche Nahaufnahme. Nicht das stärkste Argument, aber durchaus relevant.

An eines erinnere ich mich aber genau. Ich kam mir völlig verarscht vor. Aus dem Lauf wurde ein Joggen, das Joggen zu einem keuchenden Gehen und das Gehen zu einer humpelnden, von ständigen Unterbrechungen geprägten, schwitzenden Farce. Meine Kondition war ein Witz, wie ich bereits gefürchtet hatte. Unterwegs hatte ich auch etwas rechnen können und war zu einem ziemlich beunruhigenden Schluss gekommen. Es war jetzt kurz nach neunzehn Uhr. Ich war gegen siebzehn Uhr auf dem Millennium Place gewesen, und nicht lange danach hatte sich der Stone Man in Bewegung gesetzt. Nur wenige Minuten später hatte ich das Bewusstsein verloren. Wenn der Stone Man im normalen Schritttempo ging – ungefähr drei Meilen in der Stunde – und ich mindestens zwei Stunden lang ohne Bewusstsein gewesen war, dann hatte er bereits gute sechs Meilen zurückgelegt. Mit der nötigen Kondition hätte ich ihn vielleicht einholen können, aber es war klar, dass ich sie nicht hatte. Außerdem konnte man mit ziemlicher Sicherheit davon ausgehen, dass ihm mittlerweile ein großer Konvoi aus Polizei oder Militär folgte, und ich würde nicht nahe genug herankommen, um gute Aufnahmen zu machen. Ich war raus.

Ich blieb stehen und beugte mich vor, sowohl um zu Atem zu kommen wie auch als Geste extremer Frustration und Enttäuschung. Ich war von Anfang an dabei gewesen. Ich hatte alles als einer der Ersten gesehen und war der Einzige von ihnen, der alles richtig weiterverfolgt hatte. Jetzt spielte ich mit allen Fangen. Warum zum Teufel war ich ohnmächtig geworden? Wäre das meine Schuld gewesen, hätte ich es akzeptieren können, aber das war einfach nur lächerlich unfair. Ein weiterer potenzieller Karrieredurchbruch, den das Schicksal vereitelt hatte. Ich stand da, schnappte nach Luft, fühlte den Schweiß den Rücken und die Beine hinunterlaufen. Ich war angepisst, um es höflich auszudrücken.

»Fuuuck!«, schrie ich in den Himmel und erregte damit nur kurz die Aufmerksamkeit der Leute um mich herum; sie hatten

an diesem Tag weitaus verrücktere Dinge gesehen. Ich befand mich jetzt mitten in einer Wohngegend, überall standen kleine Grüppchen auf der Straße und teilten hektisch Augenzeugenberichte oder diskutierten Theorien. Mittlerweile stand die Sonne noch tiefer am Himmel.

Während ich wütend dort stand und mich fragte, was ich jetzt machen sollte, traf mich die Ungerechtigkeit von Neuem. Zweifellos hatte man mich ausgebootet. Ich ballte die Fäuste und hielt nach etwas Ausschau, das ich werfen konnte. Perfekterweise lagen keinen Meter von mir entfernt ein paar Ziegelsteine am Straßenrand, die zu der nun zerstörten Gartenmauer dahinter gehört hatten. Ich nahm einen und schleuderte ihn ohne nachzudenken auf die gesprungene Windschutzscheibe eines zur Hälfte zertretenen Wagens. Er zerschmetterte das Glas mit einem zutiefst befriedigenden Splittern. Aber die Zufriedenheit dauerte nur einen Augenblick lang, denn ein Junge auf der anderen Straßenseite machte einen seiner Freunde auf mich aufmerksam. Der Freund schaute auf die Scheibe, dann auf mich, dann rannte er sofort zum nächsten Haus und brüllte DAD! DAD! Es war Zeit, hier so schnell wie möglich zu verschwinden. Ich beschwor meine letzten Energiereserven herauf und rannte los.

Ein paar Minuten später bog ich in eine Straße mit einem Mini-Markt an der Ecke ein. Davor erhob sich eine hüfthohe Mauer, die meinem erschöpften Körper wie ein himmlischer Ort erschien, um sich nach dem Kauf eines dringend benötigten Getränks dort auszuruhen. Mittlerweile hatte ich schon lächerlich heftigen Durst. Geld hatte ich dabei – bei jedem Schritt hatte mein Geldbeutel gegen meinen Oberschenkel geschlagen –, also trat ich ein. Dank der Klimaanlage war es wunderbar kühl. Der junge Asiate hinter der Theke drehte sich kurz um und nickte mir beim Eintreten zu, dann starrte er wieder auf den Fernseher an der Wand, der natürlich die Nachrichten zeigte. Sie können vermutlich ahnen, worum es ging.

Ich war noch immer nicht einmal annähernd bereit zu überwinden, dass ich die größte Chance meiner Karriere verloren hatte, und der Anblick der Hubschrauber auf dem Bildschirm traf mich tief, aber ich schob diese Gedanken beiseite und bat den Angestellten, den Ton lauter zu stellen. Wie jeder wollte ich wissen, was zum Teufel vor sich ging. Während des Laufs hatte ich es wiederholt auf meinem Handy versucht, und jedes Mal war das Ergebnis das Gleiche gewesen. Kein Netz. Noch heute frage ich mich, ob die Behörden dafür gesorgt hatten und das Netz doch nicht von hysterischen Anrufern überlastet worden war. Ich weiß nicht. Seit ich erlebt habe, wie man die Dinge nach der Zweiten Ankunft geregelt hat, bin ich heutzutage grundsätzlich wesentlich misstrauischer, was solche Dinge angeht. Der Bursche hinter der Theke nahm die Augen nicht vom Bildschirm oder gab zu erkennen, dass er mich überhaupt gehört hatte, aber er griff nach der Fernbedienung und stellte lauter.

Das Bild war weit weg, aber unverkennbar. In der Mitte des Bildschirms war deutlich der Stone Man zu sehen, der über ein Feld marschierte. Dem Aussehen der Gegend nach zu urteilen, war meine Sechs-Meilen-Prognose richtig gewesen; der Stone Man schien mittlerweile ein Stück aus dem Zentrum von Coventry heraus zu sein und schritt über ein Stück Land, das nach Nuneaton führte, wie der Kommentator bestätigte. Den Stone Man auf dem kleinen Bildschirm unerbittlich ausschreiten zu sehen, erschien bizarr, nachdem man seinen übernatürlichen Gang aus nächster Nähe erlebt hatte. Wir sahen zu, wie das Ding mühelos einen großen Zaun durchbrach, dann wurde die Aufnahme eines zermalmten Baggers in einer städtischen Gegend eingeblendet. Anscheinend hatte man versucht, den Stone Man mit der Schaufel von den Füßen zu heben. Es hatte nicht funktioniert. Das verriet die Weise, auf die der Bagger mitsamt Schaufel in den Boden gestampft worden war; entweder war der Stone Man zu schwer gewesen oder einfach über die Maschine getrampelt. Ich stützte mich auf die Metalltheke, während der Bericht weiterging. Sämtliche Gedanken an Müdigkeit oder der Durst waren vergessen. Unten auf dem Schirm verbreitete ein Nachrichtenlaufband Schnipsel der Medienhetzjagd, die begonnen hatte, während ich das verschlafen hatte, was bald der größte Nachrichtenevent des Jahrzehnts werden sollte, um später zum größten Ereignis der Menschheitsgeschichte zu werden. Aber selbst ich hatte für den Augenblick aufgehört, über den herzzerreißenden Verlust meines Durchbruchs nachzudenken; die Enthüllungen in dem Bericht waren zu groß, um weiter darüber zu grübeln.

Das Militär hatte anscheinend den Weg des Dings berechnet (hielt ihn im Augenblick aber geheim, um Panik in den Vierteln zu vermeiden, zu denen der Stone Man unterwegs war), und die Polizei evakuierte bevölkerte Gegenden in seinem unmittelbaren Einzugsbereich mit einem, wie sie behauptete, außerordentlich großen Zeitfenster, um falls nötig weitere Viertel zu räumen. Die relativ niedrige Geschwindigkeit, mit der die Statue sich bewegte (man bezeichnete es als Statue; das änderte sich erst, als ich die Bezeichnung Stone Man in den Medien verewigte), sorgte für genug Zeit, um auf Änderungen in der Richtung reagieren zu können und »erforderliche zusätzliche Evakuierungen zu erlauben, sollten unsere derzeitigen Präventivmaßnahmen zu diesem Zeitpunkt nicht ausreichend sein«. Das waren alles Zitate aus früheren Verlautbarungen verschiedener Behörden. Man gab keine Interviews. Diese Zitate waren erfolgt, bevor die ersten »Präventivmaßnahmen« eingeleitet worden waren. Wie sich herausstellte, hätte ich den Laden zu keinem besseren Zeitpunkt betreten können.

Später würde ich die ganze Aufnahme von der Kamera des Kampffliegers sehen, aber an diesem Tag hatte ich nur das Video, das dem Rest der Welt gezeigt wurde. Aus dem Lautsprecher des Fernsehers ertönte das plötzliche Donnern der Jets, als sie mit atemberaubender Geschwindigkeit den ersten Überflug durchführten. Offensichtlich nahm die Regierung das außerordentlich ernst; sie hatte keine Zeit verschwendet, die Luftwaffe einzusetzen. Sofort nach dem Lärm der Jets erklang das fast gleichzeitige Donnern der abgeschossenen Hellfire-Raketen, die in den Rücken des Stone Man einschlugen, mit einem verheerenden Aufblitzen explodierten und Erde und Trümmer in die Höhe schleuderten, die plötzlich den Blick auf das Ding verschleierten.

Ich und der Asiate hinter der Theke zuckten zusammen. Das war eine Liveübertragung, und der Angriff – vermutlich die erste Präventivmaßnahme – war nicht angekündigt worden. Keiner von uns sagte ein Wort, wir standen schweigend da und starrten auf die Wolke vaporisierter Erde, die dort in der Luft hing, wo eben noch die Statue gewesen war. Wir warteten darauf, dass sie sich auflöste, und fragten uns, ob nichts als ein gewaltiger Geröllhaufen oder ein noch immer auf den Beinen stehender Stone Man übrig bleiben würde. Unsere Antwort erhielten wir, bevor die Wolke verschwand. Der Stone Man trat aus dem Dunst, ging noch immer in demselben Tempo, war von dem Angriff anscheinend völlig unversehrt. Abgesehen von etwas Erde und Gras, die an seinem Rücken hafteten und hübsch mit dem Geröllstaub verschmolzen, der hier und dort noch auf der Oberfläche klebte, schien er nicht einmal beschädigt zu sein. Weder der Asiate noch ich schienen die sich überschlagenden Kommentare des Reporters wahrzunehmen. Wir waren zu verblüfft. Oder zumindest ich war es. Das sah langsam ernster aus, als alle vorher gedacht hatten.

Ohne den Blick vom Bildschirm zu nehmen, fummelte ich mit der rechten Hand herum, bis ich den Griff des Kühlschranks neben der Theke fand. Ich schnappte die erste Dose, die ich finden konnte, zog sie heraus und griff mit der linken Hand in die Tasche, um eine Münze herauszufischen. Ich legte sie auf die Theke, ohne auch nur eine Ahnung von ihrem Wert zu haben. Der Verkäufer nahm sie und legte sie wortlos auf die Kasse. Auch er hatte den Blick nicht vom Bildschirm genommen. Ich öffnete die Dose und nahm einen Schluck. Widerliches Dr. Pepper. Es würde reichen müssen.

Die Informationen auf dem Laufband unten am Bildschirmrand spielten jetzt ein Statement aus den Vereinigten Staaten ein. Die Amerikaner wollten wissen, wie die nächste Reaktion Großbritanniens aussehen würde, um »diese Bedrohung« zu neutralisieren, und boten Hilfe und Unterstützung an. Darüber hinaus wiederholte man die Forderung der englischen Regierung, dass sich die Gruppe oder das Individuum meldeten, die dafür die Verantwortung trugen. Also sinnloses großkotziges Gehabe von den Amis, das aber wieder dieses flaue Gefühl zurückbrachte, dieses Gefühl, irgendwie zu *wissen*, dass das der Beginn von einer sehr großen und sehr schlimmen Sache war. Kurz ließ ich den Blick durch den Laden schweifen. Ich würde eine Weile nirgendwohin gehen, und da mein Durst nun gestillt war, wollte ich einen vernünftigen, gottverdammten Drink.

Während ich das Regal direkt oben links von der Theke musterte, wo die härteren Sachen standen, veränderte sich die Szene auf dem Bildschirm. Wegen mangelnden Geschehens bei der Liveübertragung hatte die Redaktion zu einer schnellen Zusammenfassung der bisherigen Ereignisse umgeschaltet, vermutlich für neu dazugekommene Zuschauer. Vieles davon waren Aufnahmen, die ich miterlebt hatte; unscharfe Bilder vom Stone Man, wie er durch das Verkehrsmuseum marschierte (eine weitere Faust der Verbitterung krampfte sich in meinen Eingeweiden zusammen), gefolgt von Aufnahmen der Folgen seines Weges durch die Post und die Leihwagenfirma. Dann kamen Bilder weiterer von ihm verursachter Schäden. Das war der Moment, in dem ich beinahe wieder das Bewusstsein verloren hätte, nur dass ich dieses Mal den Grund dafür kannte. Schock. Meine Knie gaben tatsächlich nach, und ich griff nach Halt suchend zur Theke, was den Verkäufer wieder zusammenzucken ließ.

Da ich die ungefähre Richtung kannte, in die der Stone Man unterwegs war, bin ich im Nachhinein erstaunt, dass ich nicht einmal an diese Möglichkeit gedacht hatte. Ich bin bestenfalls ein Pessimist, und bei allem, was hier vor sich ging, war das das schlimmste Szenarium, an das selbst der kleine Mann auf der Straße gedacht hätte. Aber mir war es nicht einmal in den Sinn gekommen.

Der Fernseher zeigte Bilder eines weiteren platt gemachten Apartmenthauses (diesmal offensichtlich von einem professionellen Kamerateam aufgenommen). Dieses Gebäude war weitaus größer, viele Stockwerke hoch. Laut dem Reporter war die Zerstörung reines Pech gewesen. Der Stone Man hatte nicht nur die östliche Wand getroffen, sondern war die ganze Länge durch sie hindurchmarschiert, wodurch er die Ostseite des Gebäudes sämtlichen Halts beraubt hatte. Es hatte zwanzig Minuten gedauert, bis es vollständig eingestürzt war, und unglaublicherweise war die Handvoll Mieter, die sich zu der Zeit darin befunden hatten, während dieser Spanne von der Feuerwehr evakuiert worden. Aber das Gebäude selbst gab es nicht mehr. Die hinter einem Polizeiabsperrband aufgenommene Aufnahme zeigte die feine Staubwolke, die noch immer in der Luft hing. Das vertraute Wettbüro nebenan kam in Sicht, genau wie der Rand der Domino-Filiale daneben.

Das war mein Wohnhaus gewesen. Jetzt war ich obdachlos. Es war nicht das letzte Mal, dass die Ankunft des Stone Man bedeutete, dass ich etwas verlieren würde.

KAPITEL ZWEI

Eine ganz andere Art Übertragung. Andy fährt nach Norden, und Paul schüttelt eine Hand

Ich erinnere mich, dass das Arschloch lachte. Der Asiate lachte doch tatsächlich, als ich ihm erzählte, das sei mein Zuhause gewesen. *So ein Pech, Kumpel!* Verdammte Scheiße. Ich war zu schockiert, um etwas erwidern zu können, aber dann nahm er eine Flasche Sambuca vom Regal, gab sie mir noch immer kichernd und meinte, das ginge aufs Haus. Ich war noch immer so schockiert und verwirrt sowohl durch das, was ich gesehen hatte, wie auch seine Reaktion, dass ich die Flasche stumm entgegennahm und wortlos aus dem Laden stolperte.

Die Sonne war fast völlig hinter dem Horizont versunken, als ich auf der Straße stand und zu verstehen versuchte, was hier geschah und wo ich mich eigentlich befand, damit ich zurück zu der Straße konnte, in der mein Haus gestanden hatte. Ich weiß nicht einmal, warum ich dorthin wollte. Ich wollte es einfach. Vielleicht irgendeine dumme Hoffnung, etwas aus den Trümmern retten zu können. Vielleicht musste ich es auch einfach nur mit eigenen Augen sehen, um zu glauben, dass es wirklich zerstört war. In diesem Augenblick dachte ich weder an Hausratsversicherungen noch an Besitztümer. Das geschah kurz darauf. Im Augenblick wollte ich einfach nur dorthin.

Jetzt, wo ich niemanden bei den Medien mehr erreichen wollte, entdeckte ich, dass das Netz meines Handys plötzlich wieder stabil war. Typisch. Die wenigen Freunde in der Stadt, die ich hatte, lebten in den Vorstädten und befanden sich größtenteils hinter dem Startpunkt des Stone Man, also waren sie sicher. Meine Eltern waren beide vor einigen Jahren gestorben, also brauchte ich sie nicht anzurufen. Vielleicht würden sich ein paar Leute um mich sorgen, falls sie die Ruine meines Wohnhauses im landesweiten Fernsehen gesehen hatten, aber zu diesem Zeitpunkt war mir das scheißegal. Ich wollte nur zurück, und das Telefonsignal bedeutete, dass ich GPS und Stadtplanfunktion nutzen konnte.

Eine schnelle Suche zeigte, dass ich ungefähr eine Stunde Marsch von zu Hause entfernt war. Ich war sehr müde, und bald würde es völlig dunkel sein. Ich hatte eine Flasche und viel Selbstmitleid. In der Nähe fand ich eine Bank und setzte mich. Dort blieb ich ungefähr zwei Stunden sitzen.

Mittlerweile waren die Straßen ziemlich verlassen. Die meisten Menschen befanden sich vermutlich zu Hause und verfolgten auf dem Fernseher gebannt den Weg des Stone Man. Und warum auch nicht? Wann hatte es im Fernsehen jemals ein echtes Wunder für die ganze Welt zu sehen gegeben? Ein echtes, großartiges, fassbares Wunderding, für das weder CGI noch Marionettenspieler verantwortlich waren, sondern etwas bedeutend Magischeres: ein geheimnisvoller, unbekannter Schöpfer. Das Einzige auf der Welt, das für den Menschen noch unwiderstehlicher ist als die Gier, ist die Neugier und die Notwendigkeit, Antworten zu bekommen. Ich war da nicht anders. Nur hatten mich handfestere Gründe angetrieben, als ich zuvor auf etwas unsicheren Beinen durch die Straßen Coventrys gelaufen war.

Nur selten fuhr ein Auto vorbei, was sowohl an der Verlockung der Fernsehberichte wie auch der Abschreckung durch das Verkehrschaos lag. Bei Einbruch der Nacht schien die Stadt zu einer gewissen Ruhe gefunden zu haben. Obwohl es Tod und Zerstörung in einem Ausmaß gegeben hatte, wie man es seit den Bombardierungen im Krieg nicht mehr erlebt hatte, und Coventry im Mittelpunkt eines Ereignisses lag, das die ganze Welt in seinem Bann hielt, war der erste Schock vorbei. Soweit es jene betraf, deren Häuser noch immer standen, konnte man sich am nächsten Tag um die Folgen kümmern und mit den Aufräumarbeiten beginnen. Die Menschen wollten ruhen. Ich kannte das Gefühl. Jedes Mal, wenn sich Gedanken breitmachen wollten

(Was ist mit deinen Sachen? Was ist mit deinen Dokumenten? Was ist mit deinem Computer? Was ist mit dem Fernseher? Was ist …), nahm ich einfach noch einen Schluck.

Jedermanns Handy leitete sofort zur Mailbox weiter. Selbst jetzt noch hatten andere Leute, normale Leute, geliebte Menschen anzurufen, sich nach Familienmitgliedern zu erkundigen oder Freunde anzurufen, mit denen man sprechen wollte. Hätte ich nicht diese wilde Verfolgungsjagd durchgeführt, hätte ich sämtliche meiner engeren Kontakte innerhalb einer Stunde nach dem ersten Bekanntwerden der Geschichte abgehakt gehabt. Diese Erkenntnis ließ mich kurz innehalten, und mich überkam ein Bedauern, das bedeutend größer war als jedes der Gefühle, die die Zerstörung meiner Wohnung hervorgerufen hatten.

»Andy? Du bist doch Andy, oder?«

Ich zuckte zusammen und sprang auf. Der Sprecher hatte sich mir unbemerkt genähert, so tief war ich in mein Selbstmitleid versunken. Vor mir stand ein Mann, einen Laib Brot und eine Packung Toilettenpaper auf dem Arm. Offensichtlich war er in demselben Laden wie ich gewesen.

»Andy? Ich bin es, Shaun. Phils Freund?« Das reichte. Natürlich. Shaun. Einer von Phils Kumpeln … und dann verspürte ich sofort einen Stich der Besorgnis wegen Phil. Phil, meinen Mitbewohner, und seinen Bruder, der zu Besuch war. Ich hatte nicht einmal einen Gedanken an die beiden verschwendet. Shaun musste es mir vom Gesicht abgelesen haben, denn er hielt schnell die Hand hoch, um mich zu beruhigen.

»Nein, nein, keine Panik, es ist okay. Es geht ihnen gut«, sagte er beruhigend. »Sie waren bei mir, beiden geht es gut. Sie sind losgezogen, um sich die Schäden in der Stadt anzusehen, sie waren einfach neugierig und sind zu mir gekommen, als sie herausfanden, dass sie nirgendwo hin konnten. Dann haben wir euer Haus in den Nachrichten gesehen … Das tut mir echt leid, Kumpel. Ich habe sie zu einer Pension gebracht, wo sie übernachten können, also keine Sorge. Es ist uns gelungen, einen Platz zu finden, so viele Hotels sind gefüllt. Etwas zu finden hat ewig gedauert.«

An Shaun erinnerte ich mich gut. Ein netter Typ. Er war ein paarmal bei uns gewesen, ein Arbeitskollege von Phil, der zufällig in der Nähe wohnte. Er war ein paar Jahre jünger als ich, erst in den Dreißigern, und noch immer in beneidenswert guter Kondition. Er war noch nicht lange verheiratet. Seine Frau hatte ich auch kurz kennengelernt; sie sah umwerfend gut aus. Das war nicht überraschend, denn auch Shaun sah gut aus und war kontaktfreudig. Von Rechts wegen hätte ich ihn verabscheuen müssen, aber es war nun einmal eine Tatsache, dass der Mann von Natur aus sympathisch war. Shaun streckte die Hand aus und lächelte verständnisvoll, während er in seinem T-Shirt und den Strandshorts dort stand. Ich nahm die Hand und schüttelte sie. Außerdem wurde mir klar, dass ich betrunken war, nachdem ich fast die ganze Flasche geleert hatte. Ich hoffte, dass es Shaun nicht auffiel.

»Schön, dass es dir gut geht«, sagte er. »Wir haben uns gefragt, was zum Teufel mit dir passiert ist. Phil hat dich mehrmals angerufen, aber nur die Mailbox erreicht. Wir sind nicht davon ausgegangen, dass du zu Hause warst, denn als sie losgezogen sind, warst du längst weg, und die Feuerwehr konnte ein paar der Wohnungen überprüfen, bevor alles einstürzte, auch deine. Trotzdem …« Er zuckte mit den Schultern. »Schick ihm eine SMS, wenn du ein Netz hast, ja? Sag ihm, dass es dir gut geht.«

»Mache ich«, erwiderte ich und meinte es auch so, glaubte aber nicht, dass sich Phil allzu große Sorgen machte. Wir mochten einander, standen uns aber nicht nahe. »Ehrlich gesagt hatte ich den größten Teil des Tages kein Netz, aber da war ich bestimmt nicht der Einzige.«

»Nein, das sagen alle. Hattest du … hattest du dort etwas Wichtiges?«, fragte Shaun und verzog theatralisch das Gesicht.

»Nöö. Der Laptop ist hier in meiner Tasche, das Handy habe ich, sonst gab es dort nur Klamotten, Essen, ein paar Fotos.« Mittlerweile lallte ich etwas und winkte unkoordiniert ab. »Ich habe eine Hausratsversicherung, aber ich habe nicht die geringste Ahnung, wie das von der Police abgedeckt werden soll.

Willst du einen Schluck?« Ich hob die Flasche Sambuca. Shaun sah sie an, schob sogar den Kopf vor und wollte ablehnen, aber dann hob er die Brauen, nahm die Flasche und schraubte den Verschluss ab.

»Ach, scheiß drauf. Hör mal, kannst du heute Nacht irgendwo unterkommen?« Shaun nahm einen Schluck. Der Nachgeschmack ließ ihn leicht das Gesicht verziehen, dann sprach er weiter. »Ich habe Phil und seinem Bruder das zusätzliche Bett und das Sofa angeboten, aber sie wollten sich nicht aufdrängen. Ganz schön blöd, wenn du mich fragst, das Angebot war ernst gemeint, aber hey, haben wir eben mehr Platz für dich. Willst du? Nicht böse sein, aber du siehst wie ausgespuckt aus.« Ich nahm die Flasche wieder entgegen und dachte über die Frage nach.

»Danke, Shaun. Danke«, sagte ich und meinte es auch so. Plötzlich war ich wieder gefühlsduselig. »Das ist ein sehr, sehr nettes Angebot von dir … von dir … von dir. Okay«, kam ich zum Ende, holte tief Luft, stellte mich aufrecht und blickte mich um. Ein Augenblick verging, und Shaun schien nicht zu wissen, was er sagen sollte. Ich ehrlich gesagt auch nicht. Seine Geste hatte mich sehr gerührt, andererseits war ich wirklich betrunken.

»Okay, Kumpel, okay«, sagte er plötzlich ganz sanft, dachte vielleicht an den Verlust meines Zuhauses und verspürte das Bedürfnis, mich zu beruhigen. »Es ist fünf Minuten von hier.« Er griff nach meinem Ellbogen, als ich etwas schwankte – vermutlich war ihm der Pegelstand der Flasche aufgefallen, ganz egal, wie gut ich es überspielt hatte –, und wir gingen los.

Unterwegs erzählte er mir die neuesten Entwicklungen bei dem Stone Man, die das Fernsehen berichtet hatte. Später, sehr viel später, bekam ich das Material selbst zu Gesicht; man hatte es mit Netzen versucht. Nicht um den Stone Man aufzuhalten – schon zu diesem Zeitpunkt war man darauf gekommen, dass das lächerlich sein würde –, sondern um ihn anzuheben. Man war schnell darauf gekommen, dass man das Ding offensichtlich nicht zerstören konnte, aber falls man es *anheben* und vom

Boden trennen konnte, würde jedes weitere Vorankommen unmöglich sein. Aber wie bei so vielen Entwicklungen mit dem Stone Man war das Ergebnis verblüffend. Man konnte ihn nicht heben. Man hatte ein gewaltiges Stahlnetz ausgelegt und an vier Hubschraubern befestigt, einen an jeder Ecke, und die ganze Konstruktion in den Weg des Monstrums gelegt. Sobald der Stone Man auf das Netz getreten war, hatten die Hubschrauber abgehoben. Aber der Stone Man war einfach weitermarschiert. Das Netz hatte sich gespannt, aber der Teil unter dem Fuß des Dings blieb jedes Mal am Boden verankert. Als es auf den nächsten Teil des Netzes trat (das durch die Zugkraft der Hubschrauber schräg angehoben worden war), drückte es sein Fuß nach unten und zog die Maschinen in die Tiefe. Der Teil, den es hinter sich ließ, sprang augenblicklich so gespannt wie ein Drahtseil in die Höhe. Die wirklich, wirklich verrückte Sache dabei ist, die auch jetzt noch niemand verstehen kann, dass es anscheinend nichts mit dem Gewicht zu tun hat.

Denn das Gewicht, das nötig gewesen wäre, um vier Hubschrauber am Boden zu halten, hätte angeblich einen mehrere Meter tiefen Krater unter jedem Schritt hinterlassen. Ich erinnere mich nicht mehr an die genauen Zahlen. Zwar waren die auf dem Feld hinterlassenen Abdrücke tiefer als die eines normalen Mannes, trotzdem maßen sie lediglich mehrere Zoll. Zivilisten erfuhren erst viel später davon, als die Aufnahmen ans Licht kamen, aber zu dem Zeitpunkt rasteten die Regierung und das Militär völlig aus. Selbst nach der unermesslichen Zerstörung und der Mühelosigkeit, mit der der Stone Man ganze Gebäude zum Einsturz gebracht hatte, befand sich das Ding zumindest nebulös innerhalb unseres Erfahrungsschatzes; wir kannten uns mit Physik aus und verstanden die Gesetzmäßigkeiten, wie größere Kräfte auf solide Objekte einwirken. Mauern stürzen ein, Gebäude kippen um. Alles, was der Stone Man bis jetzt getan hatte, folgte diesen Gesetzen, selbst wenn wir nur eine vage Vorstellung davon hatten, wie eine solche Kreatur oder Maschine erschaffen werden konnte, die zu Handlungen einer solchen Gewalt fähig war. Aber das war das erste Zeichen, dass wir es unbestreitbar mit etwas zu tun hatten, das sich weit, schrecklich weit außerhalb unseres Verständnisses befand. Die Männer und Frauen an der Spitze bekamen große, große Angst. Der Rest der Welt würde sich ihnen anschließen. Aber das geschah alles später.

An jenem ersten Tag, bevor auch nur einer von uns etwas davon wusste, trafen Shaun und ich schließlich bei seinem Reihenhaus ein. Als wir durch die Tür kamen, rief er *Hi*, das hinter der Küchentür am anderen Ende des Wohnzimmers erwidert wurde.

»Ich sage ihr, dass du mitgekommen bist«, sagte Shaun freundlich und ging in die Küche, um seiner Frau zu erklären, warum er einen Betrunkenen mit nach Hause gebracht hatte. Während ich mich mühsam von meinen Schuhen befreite, blickte ich mich um. Shauns Wohnzimmer machte den Eindruck, für den Wiederverkauf eingerichtet worden zu sein; man hatte die Tapeten von den Wänden entfernt und sie mit Magnoliafarbe neu gestrichen, kleine, sorgfältig platzierte Regale trugen bunte Miniaturkerzen. Ich fühlte mich unsicher auf den Beinen, und mir wurde immer klarer, dass ich dringend Wasser brauchte, also ging ich zur Küche. Als ich die Tür öffnete, schmerzte das grelle Licht in meinen Augen und meinem Kopf. War das Wohnzimmer in Magnoliafarbe gehalten, war in der Küche alles weiß-weiß-weiß, hier und dort von seltsam billigen spiegelnden Oberflächen unterbrochen. Shaun stellte den LCD-Fernseher auf der Küchentheke an, während seine Frau darin innehielt, den Geschirrspüler zu beladen, um sich mir zuzuwenden. Zu ihrer ewigen Anerkennung lächelte sie.

»Hi, Andy«, sagte sie, »lange nicht gesehen.« Zog man in Betracht, dass wir uns eigentlich nur ein- oder zweimal begegnet waren, hielt ich das für eine seltsame Begrüßung, aber hey.

»Ich dachte, wir sehen hier Fernsehen, um auf dem Laufenden zu bleiben, während wir dir etwas zu essen machen«, sagte Shaun. »Hast du auf etwas Bestimmtes Hunger?«

»Um ehrlich zu sein, sollte ich wohl besser einen Schluck Wasser trinken«, sagte ich und meinte es auch so.

»Gute Idee.« Seine Frau ging noch immer mit einem Lächeln zum Schrank und holte ein Bierglas, um es an der Spüle zu füllen. »Wir haben nicht viel da, aber sieh in den Schrank und den Kühlschrank. Nimm dir, was du möchtest. Im Ernst, ich gehe morgen einkaufen, also tu dir keinen Zwang an.« Sie durchquerte den Raum, um mir das Glas zu geben, und mir fiel plötzlich auf, wie sehr meine ursprüngliche, verschwommene Erinnerung der Wahrheit entsprach. Sie war in der Tat umwerfend attraktiv.

Vermutlich war sie ein paar Jahre jünger als Shaun, so Ende zwanzig und winzig. Klein genug, um mir bis zum Halsansatz zu reichen, wovon ich normalerweise nicht angetan bin. Als sie aufblickte und mir das Glas entgegenhielt, schaute ich in ihre braunen Augen und nahm das ganze wunderschöne Gesicht mit den hohen Wangenknochen, das von einer Mähne aus langem, hellbraunem Haar eingerahmt wurde, in mich auf. Eine Sekunde verschlug es mir die Sprache. Vielleicht war es der Alkohol, aber ich glaube nicht, dass ich übertreibe. Sie war wunderschön. Aber ich war nicht weggetreten oder betrunken genug, um die feinen Falten auf ihrer Stirn zu übersehen, die sich bildeten, als ich sie einen Augenblick zu lange betrachtete, und ich machte eine große, komödiantische Show daraus, mich »wachzuschütteln«.

»Tut mir leid, ich war meilenweit weg! Sobald du etwas zu essen erwähnt hast, war mein Verstand einfach, du weißt schon: ›Mmh, Essen!‹« Ich lachte wenig überzeugend und nahm das Glas, aber ihr schien das zu reichen. Ihre Miene entspannte sich, und ein ehrlich klingendes Lachen entschlüpfte ihren Lippen.

»Das überrascht mich nicht, du riechst nach Alkohol. Aber wenn jemand jemals eine Entschuldigung hatte, nach allem, was mit deiner armen Wohnung passiert ist, dann du. Es tut mir wirklich leid, das gehört zu haben«, sagte sie mit einem Ausdruck von ehrlichem Mitgefühl, während sie die Hand ausstreckte und meine Schulter rieb.

»Ach, ich habe alle wichtigen Sachen dabei.« Ich zeigte in Richtung der Tasche, die ich im Wohnzimmer gelassen hatte.

»Und wer weiß, vielleicht war es das sogar wert. Ich habe ein paar ordentliche frühe Fotos von diesem Statuending und ein paar Nahaufnahmen, die andere Leute nicht mitbekommen haben …«

Ich konnte meinen Satz nicht beenden, weil Shaun bereits von seinem Stuhl gesprungen war.

»Nicht dein Ernst!« Er kam näher. »Wo? Auf deiner Kamera? Hast du sie dabei?«

»Ja, klar.« Ich ging zurück ins Wohnzimmer und fühlte mich in meinem betrunkenen Zustand tatsächlich verärgert. Ich wollte mein Wasser trinken und etwas essen. Konnte das nicht warten? Ich stolperte zu meiner Tasche und fischte die Kamera heraus, dann schwankte ich zurück in die Küche und gab sie Shaun. »Viel Spaß, Kumpel.« Ich wandte mich seiner Frau zu und wünschte, er würde sie mit dem Namen ansprechen, damit ich herausfinden konnte, wie er verflucht noch mal lautete. »Soll ich mich wirklich bedienen?«

»Natürlich, natürlich«, antwortete sie, tat es aber nur mit halber Aufmerksamkeit und war bereits auf dem Weg zu Shaun, um einen Blick auf die Aufnahmen in meiner Kamera zu werfen. Ich ignorierte die Schränke und kramte im Kühlschrank herum, wo mein Blick auf eine Packung billiger Markenwürstchen fiel. Das würde dicke reichen.

»In Ordnung, wenn ich die nehme?« Mit den Würstchen in der Hand richtete ich mich auf. Shauns Frau widmete mir kaum einen Blick.

»Was? Ja, klar. Bedien dich«, sagte sie und winkte in meine Richtung, dann konzentrierte sie sich wieder auf die Fotos. Pfanne und Öl standen bereits an der Seite, also schaltete ich den Herd ein. Das Wasser lief mir bereits im Mund zusammen. Wenn ich trinke, vergesse ich meistens zu essen, aber in diesem Augenblick verspürte ich Heißhunger. Als ich die Pfanne auf den Herd stellte, geschah eine Reihe sehr seltsamer Dinge gleichzeitig.

Ich hörte, wie Shaun und *Laura* – ausgerechnet in diesem aller Momente fiel mir wieder ein, dass sie *Laura* hieß – zu mir eilten und meinen Namen riefen, mich fragten, was passiert sei, fühlte, wie sie sich hinknieten und versuchten, mich festzuhalten, hörte, wie Shaun Laura anwies, aus irgendeinem Grund einen Holzlöffel zu holen.

Nach außen hin war ich nur Chaos, aber seltsamerweise wich in meinem Inneren die Verblüffung einem Gefühl der Ruhe. Möglicherweise war dies das seltsamste Gefühl meines ganzen Lebens, zumindest bis zu diesem Punkt. Ich nahm wahr, dass mein ganzer Körper zuckte und die Zähne mahlten, dass sich die Fingerknöchel ins Gesicht bohrten, während die Füße auf die Vinylfliesen trommelten. Gleichzeitig war es, als wäre ich mir dessen nur bewusst, als würde es einer anderen Person passieren und nichts davon von Bedeutung sein. Als müsste ich plötzlich über wichtigere Dinge nachdenken. Dieses Gefühl, ein Ziel zu haben, war so allumfassend, dass ich glaubte, meinen Platz im Universum gefunden zu haben. In diesem Augenblick tröstete mich das sichere Wissen, dass ich nur warten musste. Ich weiß, das hört sich verrückt an, nicht wahr? Das wirre Gelaber eines Hippieschamanen. Aber ich kann es nur auf diese Weise beschreiben.

Jetzt kommt es, schien mein Körper zu sagen, und er hatte recht. In meinem Kopf begann sich ein Bild zu formen. Stellen Sie sich vor, wie Sie eine andere Person etwas *für* sich vorstellen lassen; ich kann es nur auf diese Weise erklären. Ich weiß nicht. Besser gelingt es mir nicht. Wie dem auch sei, da war es, vor meinem inneren Auge erschien das Gesicht eines anderen Menschen. Zwar nur ein verschwommenes Gesicht, dennoch ein Gesicht.

Das Gesicht eines Mannes, da war ich mir sicher. Man hätte glauben sollen, dass ich an diesem Punkt vor Verwirrung verrückt wurde, konfrontiert mit dem Wahnsinn eines fremden Gesichts, das da in meinem Kopf auftauchte, aber das passierte nicht. Ich verspürte lediglich eine tiefe Ruhe, die mich das Bild vor mir ausgiebig betrachten ließ. Ein Mann mit blonden Haaren und schmalem Gesicht, aber das Bild war nicht scharf genug, um sein Alter bestimmen zu können. Ich versuchte genauer hinzusehen, wurde aber plötzlich abgelenkt, weil Shaun mir einen

Holzlöffel zwischen die Zähne schieben wollte. Sie wollten mich daran hindern, meine Zunge abzubeißen oder zu verschlucken.

Das Bild verschwand abrupt, und mein Körper entspannte sich. Das Gefühl totaler geistiger Ruhe wurde sofort durch das starke Gefühl von Absurdität ersetzt, während ich mich auf dem Küchenboden eines relativ Fremden wiederfand, der zusammen mit seiner Frau versuchte, mir ein Kochutensil in den Mund zu stopfen.

Sie erkannten, dass ich zu krampfen aufhörte, und entspannten sich, nahmen den Löffel weg und ließen meinen Kopf langsam auf den Boden sinken. Ich blieb dort liegen und starrte zu Shaun und Laura hoch, die schwer atmeten.

»Kannst du stehen?«, fragte Shaun, und ich nickte, streckte meine Hand aus. Er half mir auf einen der Essstühle, dann setzte er sich ebenfalls, gefolgt von Laura. Ein Augenblick stillen Nachbebens setzte ein. Shaun atmete langsam tief ein und blies die Luft durch die aufgeblähten Wangen. »Bist du Epileptiker oder so?«, fragte er behutsam, denn er kannte mich nicht gut genug, um sich bei so einer Frage wohlzufühlen. »Passiert das oft?«

Ich hörte ihn, aber in meinem Kopf surrten Millionen von Fragen. Was auch immer dafür verantwortlich war, hatte mir auch mit Sicherheit auf der Überführung das Bewusstsein geraubt. Und die Frage, auf die ich hauptsächlich eine Antwort haben wollte, war die folgende: Worum zum Teufel ging es bei dem Gesicht, das ich vor mir gesehen hatte? Ich wünschte, ich hätte die Worte, um das Gefühl erklären zu können, das ich bei seinem Anblick gehabt hatte. Die Tatsache, dass mir das nicht möglich war, wäre mir einst unfassbar peinlich gewesen; schließlich verdiente ich mir mit Schreiben meinen Lebensunterhalt. Heute hat Stolz keine große Bedeutung mehr für mich. Aber eines wusste ich mit absoluter Sicherheit. Das war keine Halluzination gewesen. Dazu war es zu … *artifiziell.* Ich kann es nur auf diese Weise beschreiben. Darin lag eine gewisse Erleichterung; es handelte sich *nicht* um irgendeine radioaktive Nebenwirkung oder dergleichen, etwas, das mein Gehirn geschädigt hatte, sondern ich nahm mit etwas *Verbindung* auf. Das war deutlich klar. Ich konnte kaum sprechen. Und da war natürlich noch immer Angst. *Womit zum Teufel nahm ich da Verbindung auf?* Was ging hier nur vor? Zumindest eine Sache war sicher. Ich war wieder nüchtern.

»Nun …«, fing ich an und brach sogleich wieder ab, da mein Hals völlig trocken war. Ich atmete durch die Nase, sammelte mich und fuhr fort. Meine Hände zitterten noch immer etwas, vermutlich durch den Schock. Aber in mir formte sich eine Idee, die mir nicht unbedingt gefiel. »Nein. Es ist schon einmal passiert. Zumindest glaube ich das. Ich habe das Bewusstsein verloren.« Ich erzählte ihnen die Geschichte, wie ich den Stone Man verfolgt hatte, und endete damit, wie ich auf der Überführung ohnmächtig geworden war.

»O mein Gott«, sagte Laura, als ich geendet hatte, eine Hand vor dem Mund. »Und das ist dir noch nie zuvor passiert, bevor du in der Nähe dieser … Statue gewesen bist?« Sie sah nervös aus. Das konnte ich ihr nicht verdenken. Ich konnte ansteckend sein. Aber das glaubte ich nicht, denn da keimte bereits eine Theorie.

Aus irgendeinem Grund zögerte ich, meine Gedanken zu erklären; vielleicht lag es ja daran, dass es zu diesem Zeitpunkt nur eine Theorie *war* und vielleicht auch nur ein gewagter Logiksprung. Oder weil es nur eine weitere fantastische Idee an einem Tag war, an dem es so viele davon gegeben hatte, dass es für ein ganzes Leben lang reichte. Was nun auch zutraf, eines wollte ich diesen beiden mit Sicherheit *nicht* erzählen. Dass ich die Vision eines blonden Mannes gehabt hatte, während ich auf ihrem Küchenfußboden lag.

»Nein, nie. Jedenfalls nicht mehr, seit ich ein Kind war«, fügte ich hinzu, obwohl das gelogen war. Aber sie sollten sich besser fühlen, darum tat ich es. Hatte ich bereits als Kind darunter gelitten, konnte es als Erwachsener wieder geschehen und das Ergebnis von Stress sein, statt die Begegnung mit einem Alien. Es funktionierte; ich sah, wie sich ihre Schultern etwas entspannten. »Vermutlich war es der Stress«, fügte ich hinzu.

»Ja, ja, natürlich, du hattest einen üblen Tag«, sagte sie schnell und peinlich berührt. »Tut mir leid, aber wir haben so etwas noch nie zuvor gesehen.«

»Nein, sei nicht albern.« Ich zwang mich zu einem Lächeln. »Die Sauerei tut mir übrigens leid.« Ich zeigte auf das Öl und die Würstchen am Boden. Dann holte ich Luft und stand auf. »Ich mache sauber. Das geht schon, das geht schon«, fügte ich schnell hinzu, weil Shaun protestieren wollte. »Mir geht es gut, keine Sorge. Davon abgesehen sieht es hier ziemlich sauber aus, und die Würstchen sollten noch immer essbar sein, wenn ich sie brate. Ich verhungere noch immer.« Das ließ Shaun kichern. Er fuhr sich mit den Händen durchs Haar und verzog das Gesicht. *Was für ein Tag!*, besagte seine Miene. Ich war froh darüber. Meine lockeren Bemerkungen waren allein für die beiden bestimmt gewesen, und aus einem Grund, den ich nicht näher benennen konnte, machte sich ein wirklich übles Gefühl in meinem Magen breit.

Aber war nicht dieser ganze Tag völlig verrückt, verrückt jenseits sämtlicher menschlicher Erfahrungen? Wir hatten erlebt, wie eine scheinbar lebendige Statue losging und einen beträchtlichen Teil der Stadt in Schutt und Asche legte, ein bewegliches Objekt wie ein Wunder, das gegen Raketenangriffe immun und anscheinend fähig war, sich an bewusst gewählten Punkten an der Gravitation zu verankern. Vielleicht rastete ich darum nicht mehr aus, nachdem ich Visionen gehabt hatte. Dieser Tag hatte meinem Empfinden von Normalität so schwer zugesetzt, dass ich das Bizarre viel bereitwilliger akzeptierte. Dennoch ... erzählt man, eine Vision gehabt zu haben, denken alle nur an eines, und das fängt mit einem K an und endet mit lapsmühle. Das ging einen Schritt zu weit, zumindest im Augenblick. Ich schnappte mir eine Küchenrolle und wischte das Öl auf, nahm die überall verteilten Würstchen und legte sie wieder in die Pfanne auf dem Boden. Zumindest das war ehrlich gemeint gewesen. Ich würde diese verdammten Würstchen auf jeden Fall braten. Ich konnte denken und noch immer *kochen.*

Wir haben dieses Ding bereits ein paar unglaubliche Dinge tun sehen, dachte ich. *Und von der einen oder anderen Sache bin ich mir nicht einmal sicher, dass sie physikalisch möglich ist. Also ist es nicht unmöglich, dass es andere Dinge tun könnte, die wir eigentlich noch gar nicht bemerkt haben.*

Mir kam die Idee, dass der Stone Man irgendeine Art Signale aussandte. Oder ich fing von einem davon ein Feedback auf.

Shaun beugte sich auf seinem Stuhl zurück, um die Kühlschranktür zu erreichen. Er öffnete sie und holte eine Flasche Wein hervor.

»Das ist doch alles eine verrückte Scheiße«, verkündete er, »und dieser Tag hat unseren Verstand gefickt. Darling?« Er grinste Laura an.

»Verdammt, ja«, sagte sie, und er lachte und holte ein paar Gläser aus dem Schrank.

»Andy?« Er hielt eines in meine Richtung. »Noch einen Schluck?«

»Nein danke.« Ich schüttelte den Kopf und zwang mich um seinetwillen zu einem Lächeln. Mein Verstand arbeitete auf Hochtouren und beschäftigte sich mit dem Bild des blonden Mannes mit dem verschwommenen Gesicht. Ich wollte nüchtern bleiben, außerdem wollte ich etwas essen. Aber mir wurde klar, dass ich so bald wie möglich schlafen sollte. Es war das Beste, das ich tun konnte. Alles andere würde bis zum nächsten Tag warten müssen. Mein Kopf war gegrillt worden. Doch ich war hier Gast. »Aber ich setze mich zu meinen Gastgebern, während ich dieses Sandwich esse, und dann lege ich mich aufs Ohr, bevor ich heute noch weitere Katastrophen erleben muss.« Ich zwang mich zu einem weiteren Lächeln. Ich fühlte mich wirklich nicht danach, auf Gesellschaft zu machen, aber ich wollte höflich sein. Also setzte ich mich zu ihnen an den Tisch. Meine Bemerkung über Katastrophen war als Witz gemeint gewesen, aber sie wussten nicht, ob sie lachen sollten. Am Ende taten sie es etwas unbeholfen und gossen zwei Gläser Wein ein.

»Ach, gräm dich nicht, Andy«, sagte Laura, beugte sich vor und rieb meine Hand.

Als ich am nächsten Morgen erwachte, war Shaun bereits in der Küche. Ich schlurfte herein, schloss den Gürtel und blinzelte, um meine Augen endgültig zu wecken. Dabei war ich mir eines seltsamen ziehenden Gefühls in meiner Kopfhaut bewusst. Zu der Zeit war ich noch verschlafen genug, um es als die Reste eines Katers abzutun. Shaun fühlte sich offensichtlich auch nicht besonders frisch, zusammengesunken hockte er hinter der Zeitung – die Schlagzeile können Sie sicher erraten – und hob bei meinem Eintreten ohne aufzusehen die Hand. Mir wurde klar, dass es Sonntag war, war aber etwas überrascht, ihn hier zu sehen, statt nur einen Schlüssel und einen Zettel mit der Bitte, hinter mir abzuschließen. Shaun arbeitete in einem Autohaus; sonntags konnte durchaus ein Arbeitstag sein. Als hätte er meine Gedanken gelesen, legte er los.

»Der Laden ist geschlossen. Anscheinend sind das viele Läden. Ein paar Regierungsteams nehmen in der Umgebung Proben, also sind viele Straßen in der Stadt heute gesperrt. Laura ist bei ihrer Schwester. Der Kessel hat gerade gekocht, bedien dich.«

»Gibt es etwas Neues über die Statue?«, fragte ich, musterte die an der Seite aufgereihten Cerealienpackungen und überlegte, was ich nehmen sollte.

»Sie hat gerade Derby passiert.« Er schaute auf. Heute sah er nicht so fröhlich aus. Vielleicht hatte er auch einen Kater. Ich hatte sie trinkend in der Küche zurückgelassen, und in der Spüle entdeckte ich drei leere Flaschen.

»Ob du es glaubst oder nicht, es gab noch weitere Todesfälle. Leute, die sich der Evakuierung widersetzt haben, obwohl sie in der Schusslinie standen. Vermutlich liegt es daran, dass das Ding so verdammt langsam ist. Ein paar Leute glauben, dass es schon gut geht. Das ist schon merkwürdig. Wo es sich nur um ein Ding handelt, dem man so einfach aus dem Weg gehen kann, wenn man weiß, dass es kommt ... Man sollte glauben, es wäre die einfachste Sache auf der Welt, weitere Verluste an Menschenleben zu verhindern. Die Leute, die am Anfang getötet wurden, die größte Zahl, sie hatten keine Ahnung. Aber da es nur dieses eine, langsame Ding ist, werden die Leute vermutlich unvorsichtig. Ich weiß auch nicht. Menschen sind dumm«, kam er zum Schluss und schlürfte seinen Tee.

»Kein Widerspruch«, erwiderte ich mit einem erzwungenen Kichern. Mein Kopf fing an, mich zu nerven. Als würden meine Haare versuchen, sich selbst behutsam aus den Wurzeln zu ziehen. Ich kratzte mich, rümpfte die Nase und biss die Zähne zusammen. Ich hatte ganz andere Sorgen, ich musste die Versicherung anrufen und herausfinden, was zum Teufel ich geltend machen konnte. Ob ich überhaupt etwas bekam. Außerdem musste ich eine Übernachtungsmöglichkeit für die kommende Nacht und, was noch wichtiger war, für die Zukunft finden. Diese Leute kannte ich nicht gut genug, um länger zu bleiben. Mein Unbehagen im Umgang mit anderen sorgte dafür, dass ich lieber auf einer Parkbank schlafen würde, als das zu tun. Aber auf dem Wohnungsmarkt würde es heute offensichtlich viele Leute geben, andere Mieter aus meinem Block, die sofort eine Unterkunft finden mussten, und es war … was? Ich schaute auf die Uhr. 10.13 Uhr. Zweifellos war ich schon zu spät dran. *Scheiße*. Ich würde unterwegs etwas essen.

»Man hat auch viele Autobahnen gesperrt.« Shaun senkte die Zeitung. »Es gibt viele Beschwerden, weil manche Sperrungen nicht einmal in der Nähe der Statue sind, aber die Regierung sagt, dass man nicht weiß, was sie plötzlich tun könnte, und wenn sie auf eine viel befahrene Straße stößt, wären die Konsequenzen bla bla bla. Im Augenblick ist so vieles unklar, das ist das Problem.«

»Kann ich den Fernseher anmachen?«, fragte ich. Vor meinem Aufbruch wollte ich ein visuelles Update haben.

»Nur zu«, antwortete er und hob die Zeitung. »Wann willst du los?«, fragte er dann etwas nebensächlicher als nötig. Meine Zeit als willkommener Gast war offensichtlich vorbei, was ich ihm nicht übel nehmen konnte. Er wollte nicht gemein sein, ihn plagte ein Kater, und er wollte seine Ruhe haben, was er aber schlecht verbergen konnte. Er hatte mir ein Bett für die Nacht angeboten, jede Verpflichtung mir gegenüber war damit erledigt.

»Ich trinke den und bin dann weg, Kumpel.« Ich hob den Becher, der gleich mit Tee gefüllt sein würde. »Und nochmals danke, dass du mich aufgenommen hast. Das hat mir viel bedeutet.«

»Das Vergnügen lag ganz bei uns. Wo kommst du heute Abend unter?« Die unterschwellige Botschaft hier lautete: *Einmal war genug, ich will mein Wohnzimmer zurück.*

»Ich habe einem Kumpel eine SMS geschickt, er hat ein Gästezimmer, das geht für die voraussehbare Zukunft«, log ich, erzwang ein Lächeln und schaltete den Fernseher ein. Shaun wirkte erleichterter, als ihm vermutlich klar war; er hob den Daumen. Auf dem Bildschirm endete die Werbung, das Nachrichtenband kam zurück. Zu dieser Zeit hätte es nicht einmal Nachrichten geben sollen, aber die Einblendung mit den neuesten Meldungen vermittelte mir den Eindruck, dass sich das so bald nicht ändern würde. Dauerberichterstattung. Das Bild zeigte den Stone Man, der sich seinen Weg durch ein wohlhabendes Viertel bahnte und auf einer Straße in einem Winkel bewegte, der ihn mitten durch ein Haus in der Nähe führen würde. Das Ding war jetzt von einer Abteilung bewaffneter Soldaten umgeben (vermutlich, weil es sich in einer Wohngegend befand), die im Abstand von einem Meter achtzig einen Kreis darum bildeten. Dahinter fuhr langsam ein Jeep. Allerdings nahm ich in diesem Moment nichts davon so richtig wahr, denn in dem Augenblick, in dem mein Blick auf den Stone Man fiel, fühlte sich meine Kopfhaut an, als hätte jemand kaltes Wasser darüber gegossen. Plötzlich war ich wach. Aber hellwach.

Es war, als hätte jemand in meinem Inneren gerade DA! gebrüllt und sich mit dem Bild im Fernseher verbunden. Etwas zerrte an mir; natürlich nicht körperlich, sondern wie eine Art Drang. Ich empfing etwas, da gab es nicht den geringsten Zweifel. Meine Fingerspitzen und Zehen fühlten sich etwas taub an, mein Herz raste sowohl wegen des Schocks wie auch dieser anderen Macht. Als hätte ich eine leichte Panikattacke. Es war eine physische wie auch mentale Verbindung.

Ich sah Shaun mit weit aufgerissenen Augen an. Er las noch

immer ungerührt die Zeitung. Ich bekam endlich wieder Luft und konnte sprechen.

»Shaun?«

»Hm?«

»Siehst ... siehst du das?« Er musste sich das auch ansehen. Ich musste es wissen. Träge drehte er sich um und warf einen Blick auf den Bildschirm. Er starrte ihn eine oder zwei Sekunden an, blinzelte und wandte sich wieder seiner Zeitung zu.

»Ja«, meinte er. »Hat man einmal gesehen, wie das Ding durch ein paar Häuser marschiert und ein paar Autos plattmacht, lässt der Reiz nach.«

Also nahm nur ich es wahr. Ich war derjenige, der das Bewusstsein verloren hatte, ich war derjenige mit dem Krampfanfall, und jetzt war ich derjenige, der mit dem Ding Verbindung aufnahm. Aber warum ich? Keine Frage, ich hatte mich bei ihm auf Ground Zero befunden, als es »aufgewacht« war, aber ich konnte mir nicht vorstellen, dass das der Grund sein sollte, zumindest nicht allein. Dort hatte es noch viele andere Menschen gegeben, und hätten genug von ihnen die gleichen Erfahrungen wie ich gemacht, wäre das in den Nachrichten gekommen.

Deine Theorie, dachte ich. *Die du gestern Abend hattest.*

Ich hatte nicht die Absicht, das Shaun zu erzählen, aber ich hatte während der Nacht viel darüber nachgedacht, und je länger ich es tat, umso mehr festigte sich meine Überzeugung, dass ich richtig lag.

Als dieses Ding eingeschaltet wurde, waren eine Menge Leute in der Nähe ... aber wie viele davon waren wie du?

Dazu müssen Sie eines wissen: Im Alter von fünfundzwanzig Jahren wurde bei mir das Asperger-Syndrom diagnostiziert.

Asperger ist eine leichte Form von Autismus, wie Ihnen vielleicht bekannt ist, und zwar so geringfügig, dass man sie im Allgemeinen kaum wahrnimmt, es sei denn, man wird darauf aufmerksam gemacht. Aber vielleicht wird einem bewusst, dass etwas nicht so ganz stimmt. Laut Definition ist es ein mangelndes Verständnis für soziale Signale (Sätze werden wortwörtlich interpretiert und Nuancen nicht wahrgenommen) und ein Mangel an Empathie. Häufig auch die eingeschränkte Fähigkeit, Vergnügen aus einer eigentlich vergnüglichen Aktivität zu ziehen. Im Allgemeinen ist unser Verhalten unbeholfener, und wir können bei bestimmten Dingen sehr obsessiv sein. Den Betroffenen soll Routine zusagen, was aber auf mich nicht zutrifft. Heutzutage ist ja angeblich jeder auf dieser Wellenlänge, aber bei mir ist es tatsächlich Asperger im Gegensatz zu irgendeinem verfluchten Yuppie, der nicht verstehen kann, warum ihn seine Frau nicht für witzig hält.

Ich habe viele Jahre an verschiedenen Techniken gearbeitet, um in der »normalen« Gesellschaft besser zu funktionieren (halte genug Abstand zu anderen Menschen, enthülle nicht zu viel Persönliches und stell auch keine zu persönlichen Fragen, lerne, in welchen Situationen derartige Unterhaltungen angebracht sind und in welchen nicht, sei dir bewusst, dass du jemanden langweilen könntest und zu viel redest), aber das verändert nicht die Weise, wie ich denke. Heutzutage vermeide ich grundsätzlich Unterhaltungen mit Fremden. Seit ich erwachsen bin, sehe ich andere Menschen sehr negativ; ich neige dazu, sie als unehrlich und reserviert zu betrachten. Früher war ich oft ziemlich aufgebracht, weil ich nie so richtig kapiert habe, wie sie funktionieren, aber jetzt bringe ich für ihr »Wissen« nur Verachtung auf; die Dinge, die man »einfach nicht tut« oder die Dinge, die »man tut«, so verhalten sich meiner Meinung nach nur Schafe. Handle so, wie du dich fühlst, und nicht, wie man es von dir erwartet. Sag, was du meinst. Aber anscheinend bin *ich* da derjenige, der aus der Rolle fällt. Vielleicht hatte ich aus diesem Grund immer nur einen sehr kleinen und ausgesuchten Freundeskreis, und die meisten meiner Beziehungen waren darum schwierig. In Asperger-Foren lese ich oft von Menschen, die verheiratet sind und Kinder haben (das ist sogar allgemein üblich), aber so funktioniere ich nicht. Das bin ich nicht.

Das hatte ich akzeptiert und kam auch damit klar. *Ihr* Weg war nicht mein Weg, und auch wenn ich wusste, dass ich hier derjenige mit einem »Problem« war, vertrat ich die Ansicht, dass die Weise, auf die ich die Welt betrachtete, hundertprozentig richtig war. Das tue ich noch immer. Aber wie dem auch sei, Asperger gehörte nicht zu den Dingen, mit denen man eine Unterhaltung eröffnete. Warum sollte man auch?

Meine Theorie hinsichtlich meines Zustands und des Stone Man beruhte auf der Annahme, dass mein Gehirn etwas anders verdrahtet war. Diese erste Erschütterung hatte mir das Bewusstsein geraubt. Die zweite hatte das zwar nicht, stattdessen aber einen Krampfanfall verursacht. Allerdings glaubte ich nicht, dass Menschen mit Asperger im ganzen Land meine Erfahrungen teilten. Wie schon gesagt, als der Stone Man »zum Leben erwachte«, war er von mehreren hundert Menschen umgeben gewesen; vermutlich standen die Chancen ziemlich gering, dass noch jemand in dieser Menge wie ich unter Asperger litt *und* eine gewisse Zeit in seiner unmittelbaren Nähe verbracht hatte.

Falls meine Theorie stimmte, war ich ein einzigartiger Fall, und das wiederum bedeutete, dass ich etwas auf eine Weise aufnahm, die kein anderer erlebte und auch nie erleben würde. Was auch immer die Ursache war, die Wirkung war beim zweiten Mal abgeschwächt worden, und sämtliche Nachwirkungen schienen lediglich zu vernachlässigende Empfindungen zu sein. Es hatte sich auf ein leises Summen im Schädel reduziert. Es sei denn, ich betrachtete den Stone Man auf dem Bildschirm. Vielleicht waren die dramatischeren Symptome auch eine Art *anfänglicher* Nebeneffekt, das Resultat dieser wie auch immer gearteten Verbindung bei den ersten paar Malen. Als würde man im Urlaub das lokale Wasser trinken; die ersten paar Gläser bescherten einem Durchfall, bevor sich der Körper daran gewöhnte. Was nun auch stimmte, ich schien jetzt besser auf die Wirkung des Stone Man konditioniert zu sein.

Diese Möglichkeiten hatten mich ernsthaft erschüttert, und ich musste mich kurz setzen. Ich war davon überzeugt, auf der richtigen Spur zu sein. Ich wollte Shaun alles erzählen, aber er war nicht nur nicht dazu in der richtigen Stimmung, meiner Meinung nach hätte er es sowieso nicht geglaubt. Er war nicht die Art offener Typ.

Dieses Gefühl der Dringlichkeit, dass es da etwas gab, das einen wie magnetisch anzog, machte mir noch immer zu schaffen, obwohl ich nicht länger auf den Bildschirm starrte. Also hatte es nichts mit dem visuellen Eindruck zu tun. Ging es um Konzentration? Vielleicht hatte der Anblick des Dings und ihm meine volle Aufmerksamkeit zu schenken diese Verbindung auf irgendeine Weise gestärkt, und jetzt konnte ich an nichts anderes mehr denken und hielt sie darum aufrecht. Allerdings erschienen dieses Mal keine Gesichter.

Ich holte tief Luft und konzentrierte mich mit aller Macht auf den Stone Man, erinnerte mich daran, wie es in seiner Nähe gewesen war. Ich erinnerte mich an seine grobe Oberfläche und Farbe, wie er sich in Bewegung setzte und mit jedem Schritt dieses markerschütternde Beben verursachte. Ich versuchte mich zu entspannen (so schwer mir das mit meinem beschleunigten Herzschlag auch fiel) und schloss die Augen. Shaun war noch immer in seine Zeitung vertieft und bemerkte nichts davon. Vermutlich nahm er an, dass ich mir mit meinem Tee Zeit ließ. Langsam steigerte sich das Kribbeln in meiner Kopfhaut und den Fingern. Das Gefühl, von etwas angezogen zu werden, wurde immer stärker. Aber da war noch immer kein Gesicht, dieses Mal nicht. Dieser Sog, diese Anziehungskraft, die ich verspürte ... wohin lockte sie mich?

Plötzlich wusste ich es, ich schoss in die Höhe, vergoss meinen Tee und ließ Shaun überrascht zusammenzucken.

»Um Himmels willen, du hast mich zu Tode erschreckt«, fing er an, aber ich fuhr zu ihm herum und unterbrach ihn.

»Shaun, ich brauche einen Straßenatlas. Hast du einen? Es ist wichtig.«

Er starrte mich eine Sekunde lang an. *Willst du mich verarschen?*, schien sein Ausdruck zu besagen. Aber dann kam er zu dem Schluss, dass ich nur noch länger hier herumlungern würde, falls er es infrage stellte.

»Ja, Andy. Ja, ich habe einen Straßenatlas. Für derartige Notfälle, bei denen man plötzlich aufspringt, habe ich einen Straßenatlas. In der Schublade links dort drüben. Aber es wäre toll, wenn du vermeiden könntest, mich so zu erschrecken, falls du noch etwas anderes brauchst.« Darauf erwiderte ich nichts, denn ich war bereits auf dem Weg zu der Kommode. Meine Erkenntnis hatte nicht darin bestanden, dass ich wusste, wohin mich dieses Gefühl lockte, sondern dass ich zu wissen glaubte, worum es sich dabei genau handelte. Es verriet nicht *mir* das Ziel, ich glaubte vielmehr aufzufangen, wo sich das Ziel des *Stone Man* befand. Und wenn die Verbindung zu diesem Signal, oder worum auch immer es sich handelte, lediglich eine Sache der Konzentration war …

Es war eine wilde Schlussfolgerung, aber ich hielt sie dennoch für vernünftig. Ich fühlte genau, dass diese Anziehungskraft, dieser Sog, in eine bestimmte Richtung führte, also hatte er mit Sicherheit eine Quelle oder Ziel. Meine Gedanken rasten und hielten keinen Augenblick darin inne, die Geschehnisse zu analysieren (ein für mich außerordentlich seltener Vorgang, den ich bestimmt genossen hätte, hätte ich nicht so tief in der Sache dringesteckt), während ich den Atlas fand und sofort entdeckte, dass er bereits mehrere Jahre alt war. Aber das spielte für meine Zwecke keine Rolle. Ich trug ihn zurück zum Tisch und schlug ihn auf, blätterte zu den ersten Seiten, wo ganz England abgebildet war. Ich zog mein iPhone und wischte zur Kompass-App, um sie vermutlich zum ersten Mal überhaupt zu benutzen. Ich wartete, bis ich Norden gefunden hatte, dann drehte ich die Karte, bis sie in dieselbe Richtung wie der Kompass zeigte.

Ich richtete mich auf und war dabei sowohl aufgeregt wie auch hoffnungsvoll. Vielleicht kam ich mir auch etwas albern vor. Es war durchaus möglich, dass ich mich irrte, aber das glaubte ich nicht. Nicht, wo ich die Verbindung auf diese Weise fühlen konnte. Es schien einfach Sinn zu ergeben.

Wieder schloss ich die Augen (wobei mich Shaun vom anderen Ende des Tisches misstrauisch betrachtete) und versuchte den gleichen Konzentrationstrick wie vor wenigen Minuten. Das Kribbeln in Fingern und Kopfhaut wurde stärker, mein Puls beschleunigte sich. Es war wie bei einem ersten Date, diese flatterhafte Kombination aus dem Mentalen und Körperlichen, nur kälter und klinischer. Auf meinen Unterarmen brach Gänsehaut aus. *Es funktioniert, Scheiße, es funktioniert!*

Ich öffnete die Augen und versuchte die Verbindung aufrecht zu erhalten, während ich die Hand über die Karte hielt. Dabei war ich aufgeregter als je zuvor im Leben. Das hier war der Stoff, aus dem Magie bestand, *und ich lenkte sie.* Ich konnte es nicht einmal ansatzweise verstehen, die dahinterliegende Wahrheit nicht ergründen, und vielleicht war das auch ganz gut so; ich hätte sonst nur den ganzen Tag dort gesessen und darüber gestaunt, ohne der Sache auf den Grund zu gehen. So gelang es mir, mich weiter auf die Aufgabe zu konzentrieren.

Wo befand sich der Stone Man jetzt, was hatte Shaun gesagt? Kurz hinter Derby. Ich hielt die Handfläche über den entsprechenden Teil der Karte und versuchte, das Visuelle mit dem Mentalen zu verbinden. *Irgendwo dort ist das Ziel,* sagte ich mir. *Das ganze Land liegt ausgebreitet vor dir auf dem Tisch, und der Stone Man ist genau dort. Du betrachtest ihn von oben und nimmst dasselbe Leitsignal wahr, das auch er fühlt. Das Ding geht nach Norden, das weißt du. Aber wohin? Wie weit? Wo will es hin? Folge dem Signal. Finde die Quelle.*

Shaun wollte etwas sagen, aber ich brachte ihn mit einem Zischen zum Schweigen. In diesem Moment war mir völlig egal, ob ich ihn sauer machte; das hier war von entscheidender Bedeutung. Ich hörte, wie er die Zeitung zur Seite legte, aber er bewegte sich nicht. Er war kein Mann, der einen anderen herausfordern würde, nicht einmal in seinem Zuhause.

Langsam tat sich etwas. Das Gefühl in meinen Fingerspitzen breitete sich auf meine Hand aus, dann strömte es durch Handgelenk und Ellbogen in meine Schulter. Der Sog wurde stärker, er zerrte beinahe körperlich an mir, und vor meinem inneren Auge sah ich den Stone Man auf der Karte marschieren. Die Karte wurde dreidimensional und grün, das flache Blau, das das Meer repräsentierte, fing an, Wellen zu schlagen, das Gras, das England bedeckt, wehte im Wind, während sich der Stone Man seinen Weg nach Norden bahnte und meine Fantasie ein schrecklich deutliches Bild erschuf. Es war, als würde man einen Film sehen. Mein Körper beugte sich vor, wurde zur Karte gezogen, und der Strom erreichte meine Schulter. Der Arm hob sich wie von selbst.

Das Herz hämmerte immer schneller in meiner Brust, mein Staunen verstärkte die Aufregung noch, während sich meine Augen weiteten und hervorquollen, aber es gelang mir, die Konzentration aufrechtzuerhalten. Ich hatte mich in etwas Fremdes eingeschaltet, und die Übertragung war so stark, dass sie fast unmöglich zu verlieren war. Das Ding war jetzt *in* mir. Ich sah zu, wie sich meine Hand bewegte, als wäre sie besessen – was sie in gewisser Weise auch war. Sie fuhr über die Karte, passierte Sheffield und … hielt an. Unverrückbar.

Ich schaute auf die Gegend, die meine Hand bedeckte. Die Entfernung war gewaltig, aber ich wusste, dass sich der Stone Man in einer geraden Linie bewegte. Solange es keine plötzliche Richtungsänderung gab, konnte ich seine Bewegung zumindest horizontal eingrenzen. Irgendwo unter meiner Handfläche, die in diesem Maßstab ein Gebiet von Hunderten von Meilen abdeckte, würde der Stone Man anscheinend anhalten, aber das war nicht *präzise* genug. Von der plötzlichen Panik ergriffen, das Ding möglicherweise verlieren zu können, schlug ich den Index hinten auf und suchte Sheffield, versuchte die derzeitige Stärke der Verbindung in meinem Kopf auch ohne die visuelle Hilfe aufrechtzuerhalten. Ich schlug die Seite mit Sheffield auf, konnte aber deutlich spüren, wie der geheimnisvolle Input auf seine frühere Stärke sank, obwohl ich mit der Hand über diese Gegend strich.

In den nächsten Minuten versuchte ich es panisch mit verschiedenen Seiten, die größere Versionen der Gebiete entlang der Linie zeigten, die meine Hand gezeichnet hatte, bekam das Signal aber nicht wieder in den Griff. Ich ging sogar zurück zur ursprünglichen England-Seite, und sobald ich nach ein oder zwei Minuten dieselbe Wirkung wie zuvor erzielt hatte – in meinem Kopf erwachte die Karte zum Leben, während ich zusah, wie der Avatar des Stone Man quer durch Großbritannien stapfte –, versuchte ich es mit dem Finger statt mit der ganzen

Hand, in der Hoffnung, dass die kleinere Fläche meiner Fingerspitze für ein genaueres Ergebnis sorgen und die Möglichkeiten eingrenzen würde. Es funktionierte nicht; ich fand lediglich heraus, dass sich das Ziel des Stone Man irgendwo in Sheffield oder Umgebung befand. Mein Finger schwankte über dieselbe Gegend, die zuvor meine Handfläche abgedeckt hatte. Was auch immer ich da auffing, konnte mir in diesem Stadium keinen genaueren Einblick verschaffen. Vielleicht spielte die Entfernung auch eine Rolle. Aber das war nicht wichtig. Ich würde nun ebenfalls nach Norden reisen und selbst herausfinden, ob die Nähe einen Unterschied machte.

Das Blut raste durch meine Adern. Das alles war unglaublich aufregend (immer vorausgesetzt, ich hatte keinen Anfall und bildete mir das alles nur ein), und im selben Moment wurde mir bewusst, wie lange es her war, dass mich etwas auf diese Weise und vor allem in diesem Ausmaß fasziniert hatte. Der Gedanke ließ mich eine Sekunde lang innehalten. Und dann war der Prozess vollendet, und meine Gedanken wandten sich dem nächsten Problem zu, das es zu bewältigen gab, der nächste Posten auf der endlosen Liste.

Aber zuerst musste ich gehen.

Ich schloss den Atlas und warf Shaun einen Blick zu, der mich sehr misstrauisch beobachtete. Mir wurde klar, wie bizarr das Experiment, das ich gerade durchgeführt hatte, für ihn ausgesehen haben musste. Kurz zog ich in Betracht, mir eine Erklärung einfallen zu lassen. Es gelang mir nicht.

»Ich wollte nur eine Idee ausprobieren, ein Experiment mit dem ... du weißt schon ...« Ich tat so, als würden Strahlen in meinen Kopf eindringen, und versuchte ein irres Grinsen. Ich hielt es für einen absolut fruchtlosen Versuch, der Sache ihren Ernst zu nehmen, aber Shaun verzog die Lippen doch tatsächlich zu einem spöttischen Lächeln.

»Ja? Hat es geklappt?«

»Ich fürchte nicht, Kumpel.« Ich nahm schnell einen Schluck Tee und trat dann ans Spülbecken, um den Rest wegzuschütten. »Aber es war nur eine verrückte Idee, die ich ausprobieren musste. Habe mich etwas zu sehr reingesteigert. Egal, entschuldige, wenn ich dich erschreckt habe.« Das entlockte Shaun ein leises Lächeln, und er zuckte mit den Schultern. Ich glaube, ihm war klar, dass ich gehen wollte. »Aber ich sollte los. Nochmals danke, dass du mich aufgenommen hast, Alter, erst recht, da ich so voll war. Die meisten Leute hätten einen großen Bogen um mich gemacht, aber du nicht, und das habe ich gebraucht. Danke.« Ich hielt ihm die Hand hin und war ziemlich zufrieden mit mir. Das hatte sogar glaubwürdig geklungen. Anscheinend konnte ich wirklich Höflichkeit vortäuschen, auch wenn es mir scheißegal war und ich nur weg wollte. Aber es gab ein paar leere gesellschaftliche Gesten, auf deren Einhaltung sogar ich programmiert war.

Urteilen Sie so viel über mich, wie Sie wollen. Scheiße, Sie hätten jedes Recht dazu. Es tut mir leid. Das alles tut mir leid.

Shaun lächelte, stand auf und schüttelte mir die Hand.

»Kein Problem, Kumpel, ich konnte dich ja schlecht auf der Straße sitzen lassen, oder? Du bist eine Gefahr für anständige Leute«, fügte er mit einem Zwinkern und Grinsen hinzu, während er mich ins Wohnzimmer und dann zur Haustür führte. Ich schnappte mir meine Laptoptasche, schlüpfte in meine Schuhe und öffnete die Tür. Die Sonne brannte hell. Das würde wieder eine Affenhitze. Mir wurde bewusst, dass meine Klamotten nach den gestrigen schweißtreibenden Anstrengungen nicht die frischesten waren.

»Und richte auch Laura bitte meinen Dank aus, okay?« Ich trat von der Stufe und wandte mich ihm zu. »Schade, dass ich sie heute Morgen verpasst habe.«

»Mache ich, Kumpel«, sagte Shaun. Wo er jetzt wusste, dass er das Haus für sich haben würde, sah er deutlich entspannter aus. Vermutlich erlebte er das nicht oft. »Du hast einen ganz schönen Weg vor dir, oder?« Er meinte das Haus meines fiktiven Freundes, und er wusste, dass ich zu Fuß unterwegs war. Ich dachte an den BMW, der links von mir in der Auffahrt stand, und mir entging keineswegs, dass er mir nicht anbot, mich zu fahren. Ich konnte mich nicht beschweren, keine Frage, aber es ärgerte mich trotzdem ein bisschen.

»Nein, und ich kann die Bewegung gut gebrauchen. Es ist schön, in der Sonne an der frischen Luft zu sein. Was machst du mit deinem freien Tag? Schnappst du dir ein Bier und setzt dich in den Garten?«

»Kumpel, wenn es so bleibt, trinke ich einen ganzen Sechserpack. Vielleicht ist ein Barbecue fällig!« Er grinste. »Meine bessere Hälfte ist fort, Besucher sind keine angemeldet, also hat Shauny Zeit für sich. Viel Spaß, Kumpel.« Noch immer lächelnd hob er die Hand, und ich erwiderte die Geste, während er die Tür schloss. Ich ging los, zog mein Handy aus der Tasche und wählte die Nummer eines Taxiservice. Ich hoffte, dass ich hier draußen trotz der gesperrten Straßen ein Taxi bekommen würde, und wie sich herausstellte, hatte ich da recht. Ich musste mich irgendwo hinbringen lassen, wo ich ein anständiges Frühstück bekam. Ich ärgerte mich, Shaun nicht gefragt zu haben, ob er ein iPhone-Ladegerät im Haus hatte. Mein Akku war halb leer. Als ich wartete, während es am anderen Ende der Leitung klingelte, musste ich wieder an Shauns letzte Worte denken. *Keine Besucher.* Das war genau das, zu dem ich werden würde: ein Besucher. Denn ich konnte mir nicht vorstellen, dass das Gesicht in meiner Vision zufällig erschienen war, und wenn ich etwas über den Stone Man herausfinden wollte, musste es von außerordentlicher Bedeutung sein. Wenn ich den Ort fand, zu dem der Stone Man unterwegs war – ob er gerufen oder geschickt worden war, ob er erwartet wurde oder nicht –, würde meiner Meinung nach dort eine Person warten. Es würde der Mann mit den blonden Haaren sein. Und ich würde alles tun, was in meiner Macht stand, um dafür zu sorgen, dass ich ihn zuerst erreichte.

Ich werde hungrig. Dieses ganze Gerede über Würstchen und Frühstück bringt tatsächlich meinen Appetit zurück, obwohl ich der Überzeugung war, ihn nie wiederzufinden. Hier liegen ein paar dieser Biskuits in einer kleinen Schale, direkt neben den Briefchen mit Zucker, Teebeuteln und Portionspackungen Milch. Das wird für den Augenblick reichen. Nach Möglichkeit will ich den Zimmerservice nicht rufen; je weniger Kontakt mit anderen Menschen, umso besser. Im Augenblick will ich wirklich, wirklich allein sein. Aber es könnte unvermeidbar sein. Der Gedanke an Schinken lässt mich nicht mehr los.

Außerdem betrachte ich das kleine Fläschchen Sambuca, und mir wird klar, dass ich ihn seit jener ersten Nacht nie wieder getrunken habe. Dafür gab es keinen bestimmten Grund, es hat sich einfach so ergeben. Ich glaube, ich mache als Nächstes damit weiter. Wissen Sie, was die Ironie dieser ganzen Geschichte ist? Ich hasse es zu reisen. Ich finde es einfach nur nervig. Viele Menschen lieben es, was ich bis zu einem gewissen Grad durchaus nachvollziehen kann; neue Menschen, neue Orte, neue Erfahrungen. Das verstehe ich alles, und manchmal verspüre ich selbst Lust darauf. Aber dann muss ich daran denken, wie die Zeit *unterwegs* zum Stillstand kommt, diese grenzenlose Langeweile, die, wenn es um Zeit und Raum geht, nach ihren eigenen Regeln zu funktionieren scheint, und ich entscheide mich, mir das lieber nicht anzutun. Aber seit der Stone Man gekommen ist, habe ich manchmal aus verschiedenen Gründen das Gefühl, als hätte ich nie etwas anderes getan.

Den nächsten Teil werde ich kurz halten. Einzelheiten über die Reise. Langweilig. Danach kommt Paul ins Spiel, also mache ich es schnell. Du bist dran, Paul. Das ist die Stelle, an der ich dich schlecht mache, wie ich es schon immer vorhatte. Nein, nein, nur ein Scherz. Nur ein Scherz.

Der Taxifahrer hatte mich zum nächsten McDonald's gebracht, eine Fahrt, die normalerweise etwa fünf Minuten in Anspruch genommen hätte. An diesem Tag waren es zwanzig. Der Verkehr kroch noch immer, und ich wusste nicht, ob es an Instandsetzungsarbeiten und den daraus resultierenden Engpässen lag oder sich die Regierung einmischte. Ich hielt nach Männern in Seuchenschutzanzügen Ausschau, aber die einzigen Arbeiter, die ich an diesem Tag sah, waren Männer in gelben Schutzwesten, die fleißig mit den ersten Aufräumarbeiten beschäftigt waren. Allerdings *waren* die Regierungsspione hier in Coventry, wie ich später herausfand. Ich lernte sogar den Typen kennen, der den Befehl über die Spione hatte. Viele Leute beschwerten sich über die extremen Schutzmaßnahmen der Regierung während dieser Zeit – Straßensperren und sämtlichen Bahnverkehr in einem Fünfzig-Meilen-Radius um die augenblickliche Position des Stone Man auszusetzen –, aber ich hielt das für richtig. So etwas hatte man noch nie zuvor gesehen; wie hätte man nicht für den schlimmsten Fall planen können? Das ganze Land war betroffen. Anscheinend saßen über fünfundsiebzig Prozent der Nation an diesem Sonntag gebannt vor der Glotze.

Jeder wollte wissen, was zum Teufel dieses Ding war, was zum Teufel es tat, wo es hinwollte, wer es geschickt hatte. In dem Taxi-Radio war zwischen den Songs nichts anderes zu hören, und der Informationsstrom brach niemals ab. Man hätte es nicht glauben sollen – wie viel kann man über etwas sagen, das einfach nur zu Fuß unterwegs ist? Aber es gab stets ein weiteres Gebäude, das zum Einsturz gebracht worden war, einen weiteren vermeidbaren Todesfall für das Schuldzuweisungsspiel, ein weiterer Laberkopf, ein weiterer kleiner Protest in der nächsten Stadt, in der die Regierung zögernd die nächsten temporären Evakuierungen ankündigte. Flugrouten wurden Meilen aus dem Gebiet des Stone Man umgeleitet, damit kein unbekanntes Signal irgendwelche Fluginstrumente stören konnte, was für Chaos beim Flugverkehr und noch größerem Chaos an Flughafenterminals im ganzen Land sorgte, für Transplantationen vorgesehene Organe gelangten nicht rechtzeitig ans Ziel, noch mehr Todesfälle, und so ging es weiter. Das vergessen die Leute immer, wenn sie ihr Erstaunen über die vom Stone Man verursachten Todesfälle zum Ausdruck bringen. Sie glauben, dass die Zahlen immer nur für in ihren Häusern und Autos zerschmetterte Menschen gelten. Sie vergessen die ganzen Wellen, die das Ding verursachte, Wellen, die so viele Leben fortspülten.

Auf dem Weg zum Frühstück schlug ich mich mit dem Dilemma herum, wie ich am besten nach Sheffield kam. Züge waren ein Albtraum, also war diese Route so gut wie unmöglich. Straßen boten mehr Chancen, aber aus den Verkehrsnachrichten ging klar hervor, dass ich es nicht nur mit extrem langen Staus zu tun haben würde – in manchen Fällen Stunden –, sondern auch mit Sperrungen in letzter Minute, die dazu führen würden, dass man wieder feststeckte, weil alles in die entgegengesetzte Richtung unterwegs war. Ich musste den Verkehr falls nötig ignorieren können. Ich brauchte ein Motorrad.

Ich hatte einen Motorradführerschein und konnte auch fahren. Ungefähr vier Jahre lang war ich der stolze Besitzer einer Maschine mit 750 ccm gewesen, bis mir irgendwann klar geworden war, dass ich sie nicht mehr benutzte. Da ich auch keine Garage gehabt hatte, musste sie auf der Straße stehen, und zusehen zu müssen, wie das Chrom zu rosten anfängt, brach mir das Herz. Es war Zeit gewesen, sie zu verkaufen. Was jetzt ein Problem für mich darstellte.

Um es kurz zu machen, ich rief ein paar alte Motorradfahrerkumpel an, mit denen ich über Facebook noch immer flüchtig Kontakt hielt. Von fünf Leuten konnte ich drei nicht erreichen, einer erzählte mir, dass er seine Maschine verkauft hatte, aber Dan, ein großer, dreiundfünfzig Jahre alter Mechaniker mit immer schmutzigen Händen und einem noch schmutzigeren Lachen hatte eine kleine Sammlung und nahm mein Angebot von hundert Mäusen für zwei Tage nur zu gern an. Aber »sämtliche Beschädigungen leiere ich dir aus den Rippen, und zwar mit Zinsen«, sagte er, und es gab nur eine 125 ccm Suzuki Marauder. Das überraschte mich eigentlich nicht. Die Marauder hatte seinem Sohn gehört, und die anderen beiden waren eine Triumph und eine Harley. Ich hatte nicht damit gerechnet, dass er sie verleihen würde. Dem Aussehen nach war die Marauder wie eine Miniversion der Harley – und eine Mikroversion, was die PS anging –, aber hundertsechzig schaffte sie mühelos, und mehr brauchte ich nicht.

Fünfundvierzig Minuten später (mehr als genug Zeit, um mit meinem iPhone online eine befristete Versicherung abzuschließen) rollte Dan auf dem Motorrad auf den Parkplatz des

McDonald's, gefolgt von seiner Frau im Familien-Hyundai. Er brachte den Helm seines Sohnes mit (etwas eng, aber es würde gehen) und eine Lederjacke, die mir ungefähr zwei Nummern zu groß war. Ich bedankte mich überschwänglich und bat ihn, mir zum nächsten Geldautomaten zu folgen, aber er winkte ab.

»Lass mal, ich vertraue dir.« Mit einem Grinsen drohte er mir mit seinem Wurstfinger. »Außerdem weiß ich, wo du wohnst!«, fügte er hinzu, lachte über seinen Witz und hieb mir auf die Schulter. Ich hatte ihm nicht erzählt, dass es mein Haus nicht länger gab. Offensichtlich hatte er es in dem Medienrummel nicht mitbekommen, aber natürlich hatte ich vor, ihn zu bezahlen. »Im Tank sind ungefähr zwölf Liter, also sieh zu, dass das Mistding mit derselben Menge zurückkommt«, sagte er dann. Ich versicherte ihm, dass es das Mistding tun würde.

»Warum willst du überhaupt mit diesem Schrotthaufen fahren?«, fragte Dan, als er es sich auf dem Fahrersitz des Hyundai bequem machte. Seine Frau hatte in der Zwischenzeit auf den Beifahrersitz gewechselt, wo sie geduldig wartete. Diese Frau war daran gewöhnt, eine bestimmte Rolle in Dans Leben zu spielen. »Im Fernsehen wird Geschichte gemacht! Wären da nicht mühelose hundert Pfund drin gewesen, wäre ich nicht vom Sofa aufgestanden. Warum fängst du ausgerechnet heute damit an, dein Motorrad zu vermissen? Du gehörst doch wohl nicht zu diesen Weltuntergangspinnern, oder? Die drehen völlig durch, heißt es im Fernsehen. Noch mehr Proteste!«, rief er, schwenkte theatralisch die Hände über dem Kopf und grinste noch immer.

»Midlife-Crisis«, sagte ich. »Die Lederhose habe ich schon. Ich brauchte nur das Motorrad.« Dan brüllte vor Lachen, stieg ein und schloss die Tür. Als ich den Helm aufsetzte, schaute ich durch das Fenster des Hyundais und konnte sehen, wie er unser Gespräch gerade seiner Frau erzählte, die höflich lächelte. Ich schob die Laptoptasche nach hinten, fühlte, wie ihr Gewicht die Lücke zwischen der zu großen Jacke und meinem Rücken füllte, und schwang mein Bein über den Ledersitz der Marauder. Das Gefühl und das Gewicht des Motorrads gefielen mir; das hatte ich tatsächlich vermisst, wie ich entdeckte. Für die bevorstehende Aufgabe war es perfekt. Es hatte die gleiche Sitzposition wie meine alte Maschine, so konnte ich mich schnell wieder daran gewöhnen. Aber es war klein genug, um sich mühelos durch einen endlosen Stau zu fädeln. Ich steckte den Schlüssel in die Zündung, drückte den Startknopf, und die Marauder erwachte brüllend zum Leben, wenn auch zugegeben mit einem deutlich leiseren Brüllen, als ich gewohnt war.

Fast sofort fühlte sich alles vertraut an, mein Fuß fand problemlos die Kupplung und genoss das Gefühl sogar. Vermutlich half es, dass die Sonne schien, denn auf einem Motorrad zu sitzen gehört zu den wenigen Dingen, die meiner Erfahrung nach durch hohe Temperaturen noch verbessert werden. Der Wind packt einen wie mit einer eisigen Faust, aber an heißen Tagen wird er zu einer köstlichen Brise.

Wie schon gesagt, werde ich Sie nicht mit der Reise langweilen. Es herrschte VIEL Verkehr, sogar noch mehr, als ich erwartet hatte, aber dank der Marauder konnte ich ihn gut bewältigen, wenn auch nur mit einem Bruchteil des Tempos, das ich gern vorgelegt hätte. Mit dem religiösen Element hätte ich allerdings nicht gerechnet. Auf den Parkplätzen der Raststätten, an denen ich auf der Autobahn vorbeikam, hatten sich große Gruppen mit leuchtenden Spruchbändern versammelt. »Es ist Zeit zu bereuen!«, verkündeten sie, und ihre Träger sangen Lieder, die ich über den angestrengt arbeitenden Motor der Marauder nicht verstehen konnte. Auch wenn ein Stone Man wohl kaum ausreichte, um Armageddon zu bringen, betrachtete man ihn wohl als Zeichen, als einen Boten der Zukunft. Diese Demonstrationen waren offensichtlich auf irgendeine Weise koordiniert, denn wie ich in der ersten Stunde meiner Reise bemerkte, stand an jedem Rastplatz eine andere Gruppe. Auf einem davon gab es sogar Krawall, eine Auseinandersetzung zwischen einem der Sänger und einem Burschen, der wie ein Lastwagenfahrer aussah. Anscheinend war nicht jeder mit ihrer Interpretation einverstanden.

Ich erreichte Sheffield so gegen dreizehn Uhr, und ich fuhr im heißen Sonnenschein in die Stadt. Das grelle Licht ließ den

Ort prächtig erscheinen, und an einem normalen sonnigen Sonntag wären überall Menschen gewesen, die in den Betonschluchten ihren Geschäften nachgingen, aber heute war kaum jemand zu sehen. Obwohl ich zwischendurch nachgetankt hatte, protestierten meine Oberschenkelmuskeln heftig, als ich auf dem Parkplatz des Hauptbahnhofs anhielt und mein Bein über den Sitz schwang, um abzusteigen; sie wollten mich wissen lassen, dass sie nicht glücklich darüber waren, so lange in dieser Position gesessen zu haben. Ich stiefelte wie John Wayne zur Vorderseite der Maschine, um den Diebstahlschutz anzubringen, dann blickte ich mich um.

Ich weiß wirklich nicht, warum ich mir diese zentrale Stelle ausgesucht hatte. Der Sheaf Square erschien mir einfach als ein guter Ort, um in die Stadtmitte zu kommen und dann zu versuchen, mir den weiteren Weg zu ertasten. Ich hatte bereits das Gefühl, weitergehen zu müssen. Das Signal war noch immer da, und je mehr ich mich Sheffield genähert hatte, umso stärker war es geworden. Selbst in diesem Augenblick versuchte es mich an einen anderen Ort zu zerren, aber ihm fehlten die Kraft und der Zwang, mich von meinen Füßen dorthin bringen zu lassen, wo es mich haben wollte. Nein, nicht *mich*. Wo es den *Stone Man* haben wollte.

Ich ging zurück zum Motorrad, und nachdem ich die lächerlich große Jacke losgeworden war und meinen verschwitzten Kopf aus dem Helm gezogen hatte, legte ich alles auf den Sitz und öffnete eine der Satteltaschen. Darin steckte ein Atlas, den ich auf der Tankstelle gekauft hatte, bei der ich aufgetankt hatte, und er war zumindest die aktuelle Ausgabe. Ich hatte bereits angefangen, langsam zu atmen und mich zu entspannen, um meinen Verstand für den neuen Trick vorzubereiten, den ich gelernt hatte. Ich hoffte, dass er nun, nachdem ich ihn bereits einmal durchgeführt hatte, leichter fallen würde. Natürlich befand ich mich jetzt viel näher bei dem exakten Ziel, zu dem der Stone Man wollte.

Ich blätterte gerade den Index durch und schaffte es in meiner Hast zweimal, das »S« zu überblättern, als mir plötzlich etwas anderes bewusst wurde. Da war ein neues Gefühl, das so gerade eben zu spüren war. Das Signal bestand noch immer, da gab es keinen Zweifel, aber da war noch etwas. Als würde man hören wollen, ob man den Fernseher in einem anderen Zimmer angelassen hatte, ohne den Ton des Geräts herunterzuschalten, das man gerade benutzte. Es reichte kaum aus, um bemerkbar zu sein, aber gerade, wenn man sich selbst davon überzeugt hatte, dass man es sich einbildete, hörte man es wieder. Diese Empfindung war wie dieser Leitstrahl, fühlte sich tatsächlich sogar sehr ähnlich an, war aber viel schwächer ausgeprägt und anders.

Je mehr ich mich konzentrierte, umso sicherer wurde ich, dass ich es mir nicht einbildete, und je sicherer ich mir wurde, umso müheloser konnte ich dieses zweite Signal empfangen. Es existierte definitiv, und es handelte sich auch nicht um diesen *Sog*. Am besten kann ich es vielleicht als Leuchtfeuer beschreiben, das pulsierte und mich wissen ließ, dass es da war. Ich erinnere mich, dass ich reglos dort stand und mich von diesem Jagdfieber vereinnahmen ließ. (Denn genau das war es mittlerweile, eine Jagd, und dieser Instinkt übernahm mich für schätzungsweise eine Stunde, obwohl ich später, als ich auf die Uhr sah, herausfand, dass es nur ungefähr zehn Minuten gewesen waren. In der Zeit hätte mich jeder beklauen können; ich hätte es nicht einmal bemerkt.) Als ich diesen Drang, dieses beinahe raubtierhafte Verlangen verspürte, das neue Ziel aufzuspüren, wurde mir klar, dass diese neue Dringlichkeit einen Grund hatte. Die Quelle *dieses* Signals befand sich in der *Nähe*. Und ich konnte fühlen, wie es immer näher kam.

Ich nahm mir kaum die Zeit, Jacke und Helm zu schnappen (und die Schlüssel der Diebstahlsicherung, um dafür zu sorgen, dass mir nichts aus den Rippen geleiert wurde, jedenfalls nichts von Dan), bevor ich losrannte. Ich dachte nicht einmal nach – ich kann mich noch ganz genau an das Gefühl erinnern –, sondern genoss einfach die Erfahrung, nicht jeden einzelnen Gedanken analysieren zu müssen, der mir in den Sinn kam.

Die paar Leute, an denen ich vorbei kam, starrten mich an,

wie ich keuchend und ohne auf mein Unbehagen Rücksicht zu nehmen durch die Stadtmitte von Sheffield rannte. Ich fühlte kaum den Schweiß, der mir bereits den Rücken hinunterströmte und sich auf meiner Stirn sammelte. Meine frühere Beobachtung, dass die Straßen ziemlich verlassen waren, bewahrheitete sich größtenteils, aber wie sich herausstellte, waren durchaus noch immer Leute unterwegs. Die meisten würden zu Hause gebannt vor dem Fernseher sitzen und auf neue Informationen über den Stone Man warten, um herauszufinden, ob sie sich auf dem Pfad der Zerstörung befanden und evakuiert werden mussten. Einige würden bereits auf der Autobahn sein, andere würden sich stur weigern, auch nur irgendwohin zu gehen, weil sie bleiben und zusehen wollten.

Ich weiß nicht, wie lange ich rannte. Vielleicht ein paar Minuten. Zwar war ich mir bewusst, dass ich durch eine fremde Stadt eilte, und ich registrierte die verschiedenen Gebäude und erkannte die Ladenketten, die es auch in meiner Heimatstadt gab, aber meinem Verstand waren sie alle völlig egal. Er wollte nur sein Ziel erreichen. Und in dem Moment, in dem ich fühlte, dass ich näher kam, dass sich die Quelle stetig näherte, und erkannte, dass dieser neue Puls jetzt genauso stark wie der erste Leitstrahl war, bog ich in einem verrückten, vergnügten Rausch um die Ecke und rannte direkt in ihn hinein, brachte kaum noch rechtzeitig die Arme nach oben, um meinen Kopf zu schützen, und wurde zum zweiten Mal in genauso vielen Tagen beinahe bewusstlos geschlagen.

Es gab eine dumpfe Kollision, die meine Sinne erschütterte und einen kurzen Augenblick lang sowohl den Puls wie das Signal überschwemmte, als ich mit dem Unterarm und der Brust einer anderen Person zusammenprallte, die so schnell rannte, wie sie konnte. Ich schleuderte Jacke und Helm durch die Luft.

Ich sage Unterarm, weil die Quelle ein anderes menschliches Wesen zu sein schien, das entweder die Voraussicht hatte, den Arm rechtzeitig vors Gesicht zu halten, oder die dazu nötigen schnellen Reflexe. Die Tatsache, dass es fünfzehn Zentimeter größer als ich war – und ich geduckt lief –, bedeutete, dass ich mit dem Kopf auf Ellbogenhöhe gegen seinen erhobenen Unterarm stieß. Das hatte ihm wehgetan, aber mir hatte es beträchtlich mehr Schmerzen bereitet. Als ich an der Mauer des Hauses zusammensackte, wartete ich darauf, dass sich meine verschleierte Sicht klärte, während ich stöhnte und keuchte. Schweiß tropfte in meine Augen und brannte, erschwerte die Sicht noch mehr, aber ich konnte einen ziemlich großen Umriss ausmachen.

»Verfluchte Scheiße«, hörte ich ihn zwischen den zusammengebissenen Zähnen hervorstoßen, und in diesem Moment wurde ich mir wieder beider Signale bewusst. Der Puls war scheinbar überall, und er ging von dem Mann vor mir aus. Meine Sicht klärte sich, und es enttäuschte mich etwas, dass er dunkles Haar hatte. (Ich hatte nicht wirklich erwartet, dass er blond war, weil ich glaubte, dass sich dieser Typ anderswo befand, aber was wusste ich zu diesem Zeitpunkt schon wirklich über die Regeln dieses Spiels?) Aber er war definitiv ein großer Kerl.

Ich blinzelte den Rest Schweiß aus den Augen. Da sich mein Verstand offensichtlich wieder gefangen hatte, konnte ich klar sehen. Der Mann schien ungefähr in meinem Alter zu sein, aber sein Gesicht war deutlich verwittert. Seine stämmige Gestalt schien die Annahme zu stützen, dass er eher ein Frischluftfanatiker war. Allerdings waren es nicht nur Muskeln; er war gebaut wie einige Rugbyspieler, mehrere Pfund Fett auf einer fassähnlichen Figur, die einfach viel Distanz um sich herum erschuf. Obwohl wir ungefähr im selben Alter waren, lichtete sich sein hellbraunes Haar bereits, was einen Gegensatz zu seinem seltsam kindhaften Gesicht bot.

Er hob einen dicken Finger (ein Finger, der an Dan den Mechaniker erinnerte, vielleicht aber noch größer war) und richtete ihn auf mich. Er hielt ihn vielleicht eine Sekunde lang hoch, noch immer mit weit aufgerissenen Augen, dann legte er den Kopf ein Stück zur Seite und hob die Brauen.

»Echt jetzt?«, fragte er und nickte langsam. Ich wusste, was er meinte. Ich erwiderte das Nicken und atmete noch immer schwer.

»Anscheinend«, sagte ich.

»Sind Sie … bist du wegen mir gekommen?« Auf seiner Miene zeichnete sich Begreifen ab, dann schüttelte er ungläubig langsam den Kopf. »Ich wollte zu dir!« Er fing an zu lächeln. Verwirrt, aber erfreut erwiderte ich das Grinsen. Ich war also doch nicht verrückt. Und hier war jemand, der irgendwie die gleiche Verbindung wie ich aufgenommen hatte. Allerdings vermochte ich noch nicht zu sagen, ob er im Gegensatz zu mir mehr darüber wusste, was zum Teufel hier geschah.

»Wie … wie hast du mich gefunden? Was hat dich hergeführt?«, fragte ich zwischen tiefen Atemzügen. Ich wurde mir auch bewusst, wie nass meine Klamotten vom Schweiß waren und dass sie am Körper klebten. Ich hasste dieses Gefühl von ganzem Herzen, aber im Augenblick hatte ich größere Sorgen. Beide Signale dröhnten in meinem Kopf.

Meine Worte ließen ihn das Gesicht zu einer beinahe komisch verdutzten Grimasse verziehen.

»Was mich hergeführt hat? Ich *wohne* hier. Du wohl nicht, wenn ich deinen Akzent höre«, erwiderte er. Ich schüttelte den Kopf.

»Coventry«, keuchte ich. »Aber ich kam wegen etwas anderem … und dann bin ich einfach …« Ich fuchtelte mit der Hand herum und versuchte den richtigen Ausdruck zu finden. Schließlich zuckte ich nur mit den Schultern. »Ich habe dein … keine Ahnung … dein Signal aufgefangen«, sagte ich. Die Erwiderung des großen Mannes bestand darin, das Gesicht noch mehr zu verziehen. Er hielt sich die riesige Pranke vor die Brust.

»*Mein* Signal? Ich bin *deinem* ›Signal‹ gefolgt. Es geht von dir aus wie von einem Lautsprecher.« Sein dicker Akzent klang wieder so klar durch wie ein Glockenschlag. »Ich hätte heute Morgen beinahe gekotzt, dann passierte es ein paar Stunden später noch einmal, und hier bist du. Was zum Teufel hast du nur *getan*?«, fragte er, breitete die Hände aus und sah plötzlich etwas angepisst aus. Das war ganz klar kein Bursche, den man sauer machen wollte. Mit gesenktem Kopf hielt ich die Hände in die Höhe und bedeutete ihm, sich zu beruhigen. Ich hustete leicht, dann räusperte ich mich. Endlich hatte ich mich wieder unter Kontrolle.

»Warte, warte. Sieht so aus … sieht so aus, als würden wir das beide falsch angehen. Ich bin mir nicht sicher, ob auch nur einer von uns weiß, was hier passiert. Fangen wir noch mal von vorn an.« Ich richtete mich auf und streckte die Hand aus. »Andy Pointer.«

Er sah mich an und senkte nach einer Sekunde die Arme, seine Miene glättete sich. Als sich sein Gesicht entspannte, fiel mir auf, wie hell seine Augen waren, was vielleicht auch etwas mit der Tatsache zu tun hatte, dass er sie nicht länger zusammenkniff. Trotzdem waren es die Augen eines jüngeren Mannes, die ihn jetzt etliche Jahre jünger aussehen ließen, fast schon wie einen Jungen. Wie ich später herausfinden sollte, hatte er auch dessen Enthusiasmus, wenn er aufgeregt war. Das war ein großer Teil dessen, was Paul ausmachte. Ausmacht. Tut mir leid, Paul.

»Paul Winter«, sagte er und nickte leise auf diese Wollen-wir-vernünftig-sein-Weise, ohne mir in die Augen zu sehen. Er nahm meine Hand – in seinem Griff fühlte sie sich winzig an –, und ich sah, wie er die Augen weit aufriss, bevor der Strom auch in mich reinknallte. Die fremde Macht verschlang sämtliche meiner Sinne und überlud sie.

Um uns herum verschwand alles in einer Explosion aus weißem Licht.

TEIL 2

MACHEN WIR DAS BESTE DARAUS

KAPITEL DREI

Pauls Geschichte, Fahren unter Alkoholeinfluss, die Schwachpunkte von Doppelverglasung und eine Begegnung mit einem Blonden, die nicht gut verläuft

Das Zimmer ist dunkel, aber es ist nicht Nacht. Die Jalousien sind nach unten gezogen; Sonnenlicht schleicht sich in einem schiefen Muster an den Lamellen vorbei und trifft das Sofa. Die rechteckigen Lichtstreifen ruhen direkt über dem Gesicht des schlafenden Mannes und sorgen gerade für genug Helligkeit, um die Umgebung erkennen zu können. Auf dem großen, teuer aussehenden Couchtisch stehen mehrere leere Behälter von Mikrowellenmenüs, jeder davon etwas frischer als der vorherige. Kleidungsstücke liegen verstreut am Boden, am Heizkörper lehnt ein großer, kaputter Bilderrahmen. Darum herum liegen die Splitter der Glasscheibe, die einst darin steckte, das Bild ist herausgefallen. Es zeigt den schlafenden Mann in einer anderen Zeit, die noch nicht lange her ist. Er lächelt und hält irgendein Diplom in die Höhe.

Im Augenblick ist er bis auf ein paar marineblaue Boxershorts nackt, und sein Schlaf ist offensichtlich unruhig. Ständig murmelt er vor sich hin, und jetzt stößt er einen unartikulierten Schrei aus und schüttelt auf zuckende Art den Kopf. Er wacht nicht auf.

Er sieht anders aus als auf dem Bild am Boden. Jetzt ist er unrasiert, sogar ausgezehrt, mit dunklen Ringen unter den Augen. Aber für dich ist er deutlich erkennbar: Da ist das blonde Haar. Er macht nicht den Eindruck von jemandem, der vernünftig schlafen kann, und das schon seit längerer Zeit. Plötzlich fängt er an zu wimmern und wälzt sich auf dem Sofa herum, schlägt mit den Handkanten gegen den Kopf, immer heftiger …

Da war ein Augenblick einer seltsamen, visuellen Statik, dem wieder das grelle weiße Licht folgte. Dann gab es einen Ruck, und die Straße, auf der ich im Moment stand, kam wieder in Sicht. Zweifellos hätte ich mir normalerweise einen Augenblick lang Zeit genommen, um wieder zu Sinnen zu kommen, um dann mein Erstaunen zu registrieren und meine Umgebung zu verifizieren (von der Tatsache verblüfft, dass ich anscheinend nicht länger im Wohnzimmer eines Fremden stand, sondern unmittelbar wieder an einer Straßenecke in Sheffield), aber daran hinderte mich der grelle Schmerz in meinen Fingern. Pauls monströse Pranke hielt mich so fest, dass seine Knöchel weiß hervortraten. Gleich würden meine Finger brechen. Ein Blick auf seine glasigen Augen und den verkrampften Kiefer verrieten mir, dass er sich noch immer an diesem anderen Ort befand, wo auch immer der war, aber das nutzte mir nichts. Ich musste meine Hand retten. Ich schrie meinen Schmerz heraus, aber er konnte mich nicht hören.

In einem Augenblick der Panik und weil mir in meiner Hilflosigkeit sonst nichts anderes einfiel, trat ich ihn so hart in die Eier, wie ich konnte.

Paul blinzelte. Sein Mund klappte auf, während sein Blick nach rechts und links schoss, dann sah er mich an und Worte sprudelten aus ihm hervor.

»Hast du …«, fing er an und hörte sofort auf, als sein Gehirn mit der physikalischen Realität aufholte. Er kniff die Augen zusammen, seine Hände flogen zu seinen Genitalien, während er ein leises Stöhnen ausstieß und zu Boden sackte. Er rollte sich zusammen und blieb liegen, atmete schwer und stieß leise Geräusche aus.

Da wurde mir etwas bewusst. Der Leitstrahl war stärker als je zuvor, aber der Puls war verschwunden. Der Leitstrahl war *überall*, dennoch zerrte er mich nur in eine Richtung. Besser kann ich es nicht beschreiben. Etwas hatte sich verändert. Der Zusammenstoß mit Paul schien einen Schaltkreis geschlossen oder den Bann des Pulses gebrochen zu haben, er hatte unsere Empfangsfrequenz geändert oder was weiß ich. Auf jeden Fall hatte es meine Verbindung zu dem Leitstrahl verstärkt. Normal zu funktionieren, während er so stark war, war wie der Versuch, in Ruhe nachzudenken, während einem eine Marschkapelle ins Ohr lärmte. Es war zu schaffen, aber man musste sich wirklich konzentrieren.

Aber dann wurde mir klar, dass ich dringendere Sorgen hatte, und konzentrierte mich auf Paul am Boden. Eine Sekunde lang stand ich unbeholfen über ihn gebeugt, während ein Auto mit einer Frau vorbeifuhr, die den zusammengekrümmt auf dem Bürgersteig liegenden Hünen anstarrte. Ich machte eine Was-gibt-es-da-zu-glotzen-Geste, und sie blickte hastig in die entgegengesetzte Richtung und gab Gas. Ich bückte mich, wusste nicht, was ich tun sollte, und berührte Paul an der Schulter. Sein Gesicht konnte ich nicht sehen. Es lag unter seinem Arm begraben.

»Bist du okay?«, fragte ich nervös. Die Antwort kam gedämpft, aber es klang nicht danach, als wäre er von einer so blöden Frage beeindruckt. Hier war etwas kreative Diplomatie angesagt, denn es war keine gute Idee, einen Mann von seiner Größe, mit dem ich vermutlich zusammenarbeiten musste, richtig zu verärgern.

»Als ich zurückkam, ist mir das Gleiche passiert«, log ich, legte aber genug Mitgefühl in die Worte, dass es aufrichtig klang. »Ich war wieder hier, und plötzlich fühlte es sich an, als hätte mir jemand in die Eier getreten. Sobald ich wieder zu Atem kam, hast du einfach da rumgestanden. Du hast offensichtlich noch immer diesen anderen Ort gesehen, also habe ich dich angebrüllt, und du bist aufgewacht. Hast du ihn gesehen? Hast du das Zimmer mit dem Kerl gesehen?« Eine lange Pause trat ein, und ich wurde wirklich nervös, aber dann kam von Paul ein leises Geräusch der Bestätigung.

»Lass dir einen Moment Zeit. Versuche … versuche deine Atmung unter Kontrolle zu bekommen«, sagte ich nicht besonders hilfreich und richtete mich auf, rieb mir die Augen. Diese Vision hatte sich auf einem ganz neuen Level abgespielt. Es war nicht nur einfach ein Gesicht gewesen, sondern eine ganze Szene, die sich meiner Meinung nach in diesem Augenblick abspielte. Da war ich mir sicher. Es war wie eine Liveübertragung gewesen, genau wie die in den Nachrichten über den Stone Man, wenn auch ohne die üblichen redaktionellen Grafiken. Die Vorstellung war unglaublich, aber in diesem Stadium fiel es mir bedeutend leichter, den Wahnsinn zur Seite zu schieben und mich auf die vor mir liegende Aufgabe zu konzentrieren. Paul war eindeutig der Schlüssel. Er hatte mich gefunden, ich hatte ihn gefunden, und als wir uns körperlich berührt hatten, geriet die Macht oder das Signal, in das ich mich zuvor eingeklinkt hatte, plötzlich völlig außer Kontrolle. Als wäre ich eine Antenne und Paul irgendein … Verstärker.

Die Frage war nur, was zum Teufel wir da eigentlich empfingen. Und was hatte dieser blonde Mann damit zu tun? Was auch immer es war, er sah keineswegs glücklich dabei aus. Aber egal, was auch dahintersteckte, wir waren nahe dran. Soweit es mich betraf, lag das Ziel des Stone Man in dieser Stadt oder zumindest in ihrer Umgebung, und ich war der festen Überzeugung, dass ich den blonden Mann mit Paul an meiner Seite leichter finden würde.

Natürlich hatte ich damit recht. Gott vergib mir, ich hatte recht.

Paul rührte sich, streckte mit abgewandtem Kopf eine Hand aus und wollte, dass man ihm aufhalf. Ich schnappte mir seinen Arm und zog, tat mein Bestes, ihm zu helfen, obwohl das so gut wie nichts brachte. Paul ist ein großer Mann. Sobald er stand, klopfte er mir zum Dank auf die Schulter, nahm aber noch immer keinen Blickkontakt auf. Dann stand er mit in die Hüften gestemmten Händen da und nahm schwere, gleichmäßige Atemzüge. Ich schwieg und ließ ihn atmen, während ich nachdachte. Ich brauchte ihn, er musste mit mir zusammenarbeiten, und meiner Einschätzung nach war eine zehnminütige Pause, damit wir uns erholen und ich erfahren konnte, was Paul wusste (falls er überhaupt etwas wusste), eine gute Idee.

Plötzlich schaute er sich wieder um, als würde er etwas Bestimmtes hören. Er drehte sich auf der Stelle um und schaute mich schließlich verwirrt an.

»Was zum Teufel war das … warte. Hast du … hast du das

gefühlt? Es ist … es ist anders.« Also empfing er es nun auch. Der Schaltkreis war geschlossen, was bei uns beiden eine Reaktion ausgelöst hatte.

»Ja.« Ich nickte. »Ich weiß, was du meinst. Hör zu, ich schätze, wir brauchen fünf Minuten, um uns so gut auszutauschen, wie das möglich ist. Ich werde versuchen, dir alles so gut zu erklären, wie ich kann. Dazu gehört auch das, was du gerade gesagt hast. Und du kannst mir deine Seite der Geschichte erzählen. Außerdem können wir uns einander vorstellen. Dann können wir den nächsten Schritt planen.«

»Und was ist der nächste Schritt?« Die Falten auf seiner Stirn wurden tiefer. Ich kratzte mich an der Schläfe.

»Ich glaube, wenn wir dieser Sache auf den Grund gehen wollen, müssen wir den Gentleman finden, den wir beide gerade gesehen haben. Er ist der Grund, aus dem ich hier bin. Irgendwie hat er etwas mit dieser Statue zu tun, und ich glaube, dass du und ich ihn finden können. Zumindest schneller, als ich es allein schaffen würde. Lass uns irgendwo in der Nähe ein Bier trinken. Ich glaube, das brauchen wir jetzt beide. Wir sprechen alles durch, und dann kannst du mir sagen, ob du dabei bist oder nicht. Ja? Ich weiß, das klingt etwas viel auf einmal, ich meine, wir kennen uns ja nicht einmal, aber ich glaube, das ist im Moment die beste Vorgehensweise.« Ich hob beide Hände und überließ die Entscheidung ihm. Er seufzte, dann nickte er.

»Ich bin definitiv dabei«, sagte er und kratzte sich im Gesicht, »als könnte ich das nicht. Diese ganze Scheiße …« Er schüttelte den Kopf und verstummte, schwieg dann fast eine ganze Minute lang mit zu Boden gerichtetem Blick. Dann zuckte er mit den Schultern und kicherte humorlos. Ich wusste, was er meinte. Das alles war so unglaublich, so lächerlich gewaltig und unvorstellbar, dass man es kaum begreifen konnte, also blieb einem nichts anderes übrig, als es einfach verwirrt zu akzeptieren.

»Wahnsinn«, sagte er mit einem traurigen Lächeln. »Absoluter Wahnsinn. Wärst du nicht hier, würde ich glauben, das geschieht alles nur in meinem Kopf.« Sein Akzent war stark, und nach einiger Zeit ertappte ich mich dabei, wie ich unbewusst Dinge übernahm, Vokale verschluckte und Aye statt Ja sagte. »Aber ich will deine Seite hören. Erzähl mir alles. Alles. Das ist einfach …« Wieder verstummte er und winkte dann ab. Er schüttelte den Kopf und deutete mit dem Daumen über die Schulter. »Der nächste Pub ist zwei Minuten die Straße runter, wir können zu Fuß gehen. Du kannst bezahlen.« Er drehte sich um und ging in die Richtung, in die er gezeigt hatte, also war ich mir nicht wirklich sicher, ob der letzte Satz als Scherz gemeint war oder nicht. Ich entschied mich, so zu tun, als wäre er das gewesen.

»Okay, aber die nächste Runde geht auf dich«, rief ich ihm hinterher und folgte ihm, versuchte die Situation etwas aufzulockern.

»Nein«, erwiderte er, ohne sich umzublicken, »die geht auch auf dich.« Das klang schon weniger wie ein Scherz, und ich fragte mich, ob ich es falsch verstanden hatte.

»Und warum?«, fragte ich mit vorgetäuschter Fröhlichkeit.

»Ich sage dir was«, meinte Paul, steckte die Hände in die Taschen und ging stur weiter, ohne zurückzublicken. »Du holst das Bier wie ein braver Junge, ohne Theater zu machen, und wir reden nicht mehr drüber, dass du mir in die Eier getreten hast. Wie hört sich das an?«

Ich blieb kurz wie angewurzelt stehen und fragte mich, ob mein Herz das nicht gerade auch getan hatte.

»In Ordnung«, sagte ich leise und folgte ihm wieder, behielt aber bis zum Pub einen gewissen Abstand bei.

Im Fernsehen ist das Geschrei losgegangen. Ich weiß, was passiert ist, ich brauche nicht einmal nachzusehen. Sie sind da. Jetzt fängt es wirklich an. Das ist der Beweis, dass ich in allem recht hatte.

Ich mache gleich weiter, aber vorher muss ich etwas erledigen.

Da bin ich wieder. Ich weiß nicht, wie viel Zeit mir noch bleibt. Wo war ich?

»Okay.« Paul seufzte und legte sanft die Hände auf den Tisch. »Ich bin dreiundvierzig, verheiratet, keine Kinder, Sachbearbeiter im Sozialamt, leide seit gestern unter schrecklichen Anfällen von Übelkeit, die etwas mit dir zu tun zu haben scheinen, und der Kerl, den ich gesehen habe, als ich dir die Hand geschüttelt habe, hat dasselbe Gesicht wie in meinen Träumen gestern Nacht. Nichts davon gefällt mir besonders, mal abgesehen davon, verheiratet zu sein. Aber du wirst das jetzt alles aufklären, nicht wahr, also sollte es kein Problem sein, oder?« Er hob die Brauen und das Glas zur gleichen Zeit, ließ mich nicht aus den Augen, während er trank.

Wir saßen in der Art Pub, die ich nicht ausstehen kann; ein Raum, eine Theke, Fliesenboden. Ich mag gemütliche Pubs, die wie ein Kaninchenbau gebaut sind, ein Ort, der kuschelig ist. Das hier war viel zu hell, mit zu wenig Polstern und Unterhaltung. Wenigstens war es ruhig. Ein billiges Radio auf einem Regal spielte Musik, was ganz hilfreich war; sonst hätten der in die Jahre gekommene Barmann und die beiden gleichermaßen stummen Trinker auf den Barhockern unsere Unterhaltung mitbekommen. Ich glaube, die Dinge, über die wir sprachen, hätten Aufmerksamkeit erregt, selbst wenn wir unsere Stimmen gesenkt hätten.

»Ich fürchte, das trifft nicht so ganz zu, Paul«, erwiderte ich und versuchte mich an einem schmalen Lächeln. »Ich habe ein paar Annahmen und persönliche Erfahrungen mit der Ursache, die meiner Meinung nach dafür verantwortlich ist, was mit uns geschieht, aber was konkrete Fakten angeht ... Da kann ich nur spekulieren. Lass uns einfach unsere Geschichten erzählen, bevor wir etwas unternehmen, damit wir keine vermeidbaren Fehler machen.« Nervös trank ich einen Schluck von meinem Pint. Ich hatte Paul erst vor vier Minuten kennengelernt, und schon jetzt schien es nicht gut zu laufen. Er trommelte mit den Fingern und betrachtete sie.

»Okay«, sagte er leise, bevor er fortfuhr. »Meiner Meinung nach solltest du anfangen, denn du hast gerade den Großteil von dem gehört, was ich zu sagen habe. Im Grunde ist es das schon, und so wie es sich anhört, hast du etwas mehr zu berichten als ich.«

Also erzählte ich Paul alles, was ich seit der Ankunft des Stone Man erlebt hatte, und meine verschiedenen Theorien ließ ich nicht aus. Das erwies sich als äußerst frustrierend für mich, denn obwohl wir jetzt beide die verstärkte Kraft dieses Leitsignals spürten, war Paul derjenige, der mehr erfahren musste. Er hatte einen Grund, hier zu sitzen und neue Informationen zu erfahren, und ich nicht, was außerordentlich enttäuschend war; ich wiederholte lediglich alte Hüte. Falls er die Wahrheit gesagt hatte, hatte ich tatsächlich bereits fast alles Relevante von ihm erfahren, und das war nicht viel. Mich beschlich der Wunsch, wir wären direkt aufgebrochen, um den blonden Mann zu finden, und hätten uns nicht damit aufgehalten, vorher Geschichten auszutauschen. Das hätte man auch unterwegs erledigen können; wie und warum wir in den Ursprung und die Absichten des Stone Man passten. Um ehrlich zu sein, war ich noch nie der geduldige Typ gewesen, und ich ärgerte mich über mich selbst, den Vorschlag mit der Pause gemacht zu haben. Als mir die Idee mit dem Pub gekommen war, hatte ich nicht klar gedacht, war schockiert gewesen und hatte mich bei dem Burschen einschmeicheln wollen.

Nachdem ich alles erzählt hatte, hatte sich Pauls Körpersprache etwas entspannt, hoffentlich, weil er eingesehen hatte, dass ich wie er war. Jemand, der zufällig in die Sache verwickelt worden war und Antworten finden wollte. Ich war nicht die Ursache der Probleme, und ich war keine Bedrohung. Hoffentlich betrachtete er mich jetzt als Verbündeten.

»Also, ich habe nichts dergleichen erlebt, die Ohnmacht und die Anfälle«, sagte er und rieb sich nachdenklich die Wange. »Aber ich *habe* diesen Kerl schon einmal gesehen, der in dem Zimmer. Du weißt schon, diese Vision. Seit gestern habe ich ihn ein paarmal gesehen.«

»Auf welche Weise denn?«, fragte ich interessiert, obwohl es mich ärgerte, dass er das zuvor nicht erwähnt hatte. Hatte er das nicht für eine wichtige Information gehalten?

»Beinahe wie ...« Paul verstummte und überlegte, wie er es beschreiben sollte. Er starrte zur Decke, sein dicker Hals spannte sich an, während er nach Worten suchte. »Kennst du das, wenn du glaubst, du hättest etwas aus dem Augenwinkel gesehen, und du drehst dich um und es ist nicht da? So war das. Ich habe gerade eine Tasse gespült oder etwas in der Art, und dann war es so, als ... als wäre sein Gesicht in der Tasse. Es sah mich nicht an, es war einfach da. Dann war es wieder verschwunden, aber es war deutlich genug da gewesen, um zu wissen, dass ich es gesehen hatte. Oder dass ich den Verstand verlor und alles nur eine Einbildung war. Aber was nun auch stimmt, es war da.«

»Hast du es jemandem erzählt? Deiner Frau?«

»Nein. Ich habe mir deshalb wirklich Sorgen gemacht und wollte abwarten, ob es ... keine Ahnung ... wieder aufhört oder so. Ich hatte ... nun ja, es gibt einen Grund für meine Sorgen.« Unruhig rutschte er auf dem Stuhl herum und starrte einen Moment lang die Rücken der Typen an der Bar an. Als er weitersprach, war seine Stimme leiser, und er sprach zum Tisch und nicht zu mir. Ihn plötzlich unbehaglich zu sehen, war ungewöhnlich. Ich hatte bereits den Eindruck gewonnen, dass Paul niemand war, der leicht nervös wurde oder schüchtern war. Nicht einmal wegen seiner Größe, obwohl das sicherlich eine Rolle spielte. Er hatte Charisma, Präsenz, nennen Sie es, wie Sie wollen, und das kam offensichtlich von einem angeborenen, mühelosen Selbstvertrauen. Ich beneidete ihn darum, aber mir war klar, dass ich etwas von einer Schwäche hören würde. Offensichtlich der Grund, aus dem er zuvor verschwiegen hatte, das Gesicht gesehen zu haben.

»Vor ungefähr zwei Jahren war ich in einen Unfall verwickelt«, sagte er. »Es war nicht meine Schuld, aber das spielt keine Rolle, wenn man aus seinem Auto geschnitten wird und plötzlich blind ist. Die Sehkraft kehrte offensichtlich zurück, aber das hat eine Weile gedauert. Zusammen mit gewissen motorischen Funktionen, Erinnerungen und Gefühl in der linken Körperhälfte. Mein Gesicht ist auf dieser Seite noch immer völlig taub.« Er zog an der Wange, um es zu beweisen. »Es gab einen Gehirnschaden. Man sagte mir, ich hätte Glück, noch am Leben zu sein, die üblichen Sprüche, und dass ich mich genau im Auge behalten sollte. Für den Fall, dass ich später irgendwelche Episoden erlebe, Blackouts, Schwindel, Halluzinationen. Laut den Ärzten könnte das ein Hinweis auf weitere unvorhergesehene Komplikationen sein. Und sieht man dann plötzlich einen blonden Mann mittleren Alters auf dem Grund des Bierglases, ist es nicht weit bis zu der Vorstellung, wie man sich am Ende das Hemd vollsabbert, während man sich in die Hose scheißt und darauf wartet, dass die Schwester kommt und die verdammte Windel wechselt.«

Paul nahm einen Schluck und knallte das Glas wieder auf den Tisch, die Lippen grimmig verzogen. Ich hatte den Eindruck, dass seine Augen etwas mehr glitzerten als noch vor einem Augenblick, aber ich wollte nicht starren. Ich wartete darauf, dass er weitererzählte.

»Ich wollte Holly nichts sagen. Sie ist schon durch die Hölle gegangen, und ich wollte wissen, ob die … du weißt schon … Visionen weiter kommen. Wollte größere Gewissheit haben. Um ehrlich zu sein, habe ich mir beinahe in die Hose gemacht. Ich habe mir schon einmal den Weg zurück erkämpfen müssen, musste nach dem Unfall wieder ich selbst werden …« Er hob eine Hand und starrte ins Leere, dann schnaubte er kurz, ein humorloses Lachen. »Aber darum ging es gar nicht, oder? Das war alles …« Wieder schnaubte er, und dieses Mal funkelten definitiv Tränen in seinen Augen. Er verzog die Lippen, fuhr sich mit der Hand über die Augen und stieß ein theatralisches Seufzen aus. »Es hatte nichts damit zu tun. Scheiße, Scheiße. Aber egal, du hast sie auch gehabt. Und allem Anschein nach hat das etwas mit diesem Steinkerl zu tun, der sich seinen Weg durch das Land bahnt, wie du sagst. Und der Blonde hat auch damit zu tun. Aber wie zum Teufel passen du und ich da rein?«

»Also, auch dazu habe ich eine Theorie«, sagte ich, starrte in mein Glas und ließ den Inhalt auf seinem Boden kreisen. »Offensichtlich fangen wir etwas auf, eine Art Signal. Ich glaube, das ist ziemlich eindeutig, oder?« Paul nickte. »Welche Form dieses Signal auch immer hat, auf welche Weise es von der Quelle zum Empfänger gesendet wird oder umgekehrt, es führt die Statue zu dem ›Blonden‹, wie du ihn nennst. Und uns führt es auch. Dein Unfall, was das mit deinem Gehirn angestellt hat, ich glaube … was auch immer für einen Schlag es weggesteckt hat, hat es auf die richtige Frequenz eingestellt. Obwohl es sicherlich auch damit zu tun hat, hier in Sheffield und so nahe am Ziel zu sein. Und ob das von mir ausging oder von dir, ich glaube, dieses Signal zu empfangen und sich in der Nähe des anderen zu befinden, hat dafür gesorgt, dass wir einander *bewusst* wurden. Diese Störung haben wir aufgefangen und sind ihr ebenfalls gefolgt. Du hast das Signal aber nicht wie ich empfangen, sondern nur einen Teil davon. Ich glaube, möglicherweise bin ich der Einzige, der das richtig kann. Oder zumindest der Einzige, der es allein kann. Aber du hast *mich* gefunden, und wir sind zusammengekommen. Wir sind wie … wie die Teile eines Schaltkreises, Teile eines Systems, die besser funktionieren, wenn sie zusammen sind. Als wir uns berührt haben, haben wir diesen Schaltkreis geschlossen, und jetzt ist es, als hätte man zusätzliche Antennen an einen Empfänger angeschlossen. Das Signal ist stärker, klarer. Jedenfalls für mich. Du kannst es jetzt auch fühlen, oder? Wie sich dieser Leitstrahl verändert hat?«

»Scheiße, ja«, sagte Paul mit Nachdruck. »Er ist in meinen gottverdammten Plomben. Sie fühlen sich an, als würden sie vibrieren. Seltsamerweise kann ich es auch irgendwie in der tauben Seite fühlen.« Er hielt sich den Kiefer, ohne sich dessen bewusst zu sein.

»Und wann bist du dir dieses Gefühls bewusst geworden? Das dich zu mir geführt hat?«

»So vor einer oder zwei Stunden?« Er zuckte mit den Schultern.

»Also ungefähr zu der Zeit, als ich in Sheffield eingetroffen bin. Oder nahe genug, dass du mich finden konntest.« Ich breitete die Hände aus und lehnte mich zurück, gab ihm einen Augenblick, das alles zu verdauen. Paul schürzte die Lippen und nickte bedächtig. Dann leerte er sein Glas und starrte mich mit seltsam ausdrucksloser Miene schweigend an. Das dauerte eine Weile, und langsam fühlte ich mich unbehaglich, bis der Groschen schließlich fiel und ich zur Theke ging. Als ich mit zwei weiteren Pints zurückkehrte, grinste Paul und hieb mir sanft auf den Arm.

»Okay, du bist vom Haken. Allerdings wirst du gleich fahren, also nehme ich dein Glas.« Er zog auch das andere Bier zu sich. Ich protestierte nicht, er hatte nicht unrecht. Vor uns lag eine Fahrt, und so kurz sie vermutlich auch sein würde, das Letzte, was ich wollte, war ein Ereignis von weltweiter Bedeutung (und die Story meiner Karriere) zu verpassen, weil die Polizei mich anhielt und einem Alkoholtest unterzog. »Also«, fuhr Paul nun beträchtlich entspannter fort, »hier ist die Eine-Million-Dollar-Frage. Was zum Teufel *ist* es?« Ich brauchte nicht zu fragen, was er damit meinte. Wieder zuckte ich mit den Schultern.

»Wer weiß? Das ist zu diesem Zeitpunkt die einzige Antwort. Vielleicht ist der Blonde der Schöpfer? Irgendwie ist das Ding mit ihm verbunden. Vielleicht ist er beim Militär oder dergleichen, und es ist ein entkommenes Experiment.« Ich hatte noch nicht zu Ende gesprochen, da kam ich mir auch schon albern vor, aber zu meiner Freude nickte Paul lediglich weise und zog es als Möglichkeit in Betracht.

»Könnte sein, könnte sein. Vielleicht, du weißt schon …« Er hielt inne, zeigte nach oben und hob die Brauen. »Sieht so aus, als würde es weit jenseits unserer Möglichkeiten liegen.«

Ich konnte nicht anders, als ihm da zuzustimmen. So weit die Idee auch hergeholt war, ich hatte Probleme mit der Vorstellung, dass der Stone Man oder die Statue, wie ich das Ding zu dieser Zeit bezeichnete, selbst mit den fortschrittlichsten Technologien der Menschheit in irgendeinem Labor erschaffen worden war. Das Beste, was wir zu diesem Zeitpunkt zustande bringen konnten, war dieser Asimo-Roboter, auf den alle so wild waren, weil er ein paar Stufen steigen konnte. Ein technisches Wunder, da bestand kein Zweifel, aber da war die Tatsache, dass unsere besten Techniker nötig waren, um eine humanoide Gestalt zu erschaffen, die dazu in der Lage war, die Hunderte von winzigen Faktoren und ständigen Berechnungen zu bewältigen, die man für etwas so Simples wie Laufen benötigte. Dieses Wissen erschwerte die Vorstellung, dass ein Mensch dieses Ding erschaffen konnte, das sich nicht nur den Weg durch ganze Gebäude bahnen konnte, als wären sie nicht vorhanden, sondern sich auf völlig unerklärliche Weise am Boden verankern konnte, um der Kraft von vier Militärhubschraubern zu widerstehen.

»Auch das ist möglich«, sagte ich, »aber wir können den ganzen Tag hier sitzen und spekulieren, ohne zu einem definitiven Ergebnis zu kommen. Wir haben etwas Zeit, bevor unser steiniger Freund die Stadt erreicht, aber je mehr wir haben, umso besser. Hat man bereits angefangen, irgendwelche Viertel zu evakuieren?«

»Mehr oder weniger. Die Regierung geht nun davon aus, dass das Ding nicht anhalten und dieselbe Richtung einhalten wird, während es das Land durchquert. Die ursprüngliche idiotische Taktik, einfach zu warten und die Gegend zu räumen, wenn es näher kommt, funktioniert nicht, das ist offensichtlich. Anscheinend hat es zu viele Todesfälle gegeben. Bis jetzt über neunzig. Der Innenminister ist überall in den Nachrichten und versucht den ursprünglichen Plan zu rechtfertigen, dass man Panik und Hysterie vermeiden wollte, bis man mehr über die Statue in Erfahrung gebracht hatte. Um fair zu sein, tut mir der Kerl irgendwie sogar leid.« Paul trank schwermütig einen Schluck. »Ich kann verstehen, warum man den Weg jetzt offiziell geheim hält, obwohl es im Internet genug Versionen von Leuten gibt, die es sich zusammengereimt haben. Dummerweise widersprechen sie einander so sehr, dass ihnen niemand vertrauen kann. Aber stell dir vor, du bist die Regierung und enthüllst der Öffentlichkeit den richtigen Weg, und jeder auf dieser Linie gerät in Panik und verschwindet, so schnell er kann. Die Straßen sind blockiert, überall kommt alles zum Stillstand, und die Hilfsdienste kommen nicht dorthin, wo sie hin müssen, um das Leben der Leute zu retten, die entweder in das Chaos geraten sind oder in einem Haus feststecken, das dieses Steinding gerade demoliert. Der Innenminister hat schlechte Karten, wenn er es allen verrät, und er hat schlechte Karten, wenn er es kurzfristig macht. Aber wie dem auch sei, noch hat man nichts Offizielles verkündet, also rät man den Leuten, zu Hause zu bleiben und auf weitere Anweisungen zu warten. Das Ding ist noch mindestens ein paar Stunden von uns entfernt.«

»Also gibt es hier noch keinen Ort, der uns versperrt ist, und das ist gut.« Ich verspürte Hoffnung. »Bist du dann für einen kleinen Ausflug bereit? Wie weit wohnst du eigentlich von hier entfernt?«

»Ungefähr zwanzig Minuten zu Fuß. Das sollte uns genug Zeit verschaffen. Wo steht das Motorrad, Easyrider?« Paul grinste. Trotz des freundlichen Spotts erwiderte ich das Lächeln.

»Das ist am Bahnhof angekettet«, sagte ich. »Es sollte dort gut aufgehoben sein, außer es gibt ein Knöllchen, und darüber mache ich mir keine Sorgen. Trink aus und lass uns gehen.«

Paul nickte und trank den Rest seines Glases in einem Zug, während er aufstand. Das andere Glas blieb unberührt auf dem Tisch stehen. Er warf ihm einen Blick zu und seufzte.

»Was für eine Verschwendung.« Er sah mich nachdenklich an. »Komm mal kurz her.« Er winkte mich zu sich. Dann streckte er die Hand aus. Ich tat das Gleiche. Unsere Finger berührten sich. Nichts.

»Ich wollte es nur wissen«, sagte er, und wir gingen.

Wir begaben uns zu Pauls Haus (es hatte drei Schlafzimmer, und nach dem wenigen zu urteilen, was ich sah, hatten sie es sehr nett eingerichtet) und holten seine Schlüssel. Ich wurde seiner Frau Holly kurz als Kollege von der Arbeit vorgestellt. Paul würde mir zu Hause helfen, und ich wurde Zeuge, wie er mühelos ein paar oberflächliche Lügen spann, die unsere Abwesenheit falls nötig bis zum frühen Morgen decken würden (etwas über ein Heimkinosystem, und dass wir uns möglicherweise danach mit ein paar Bierchen und besagtem Heimkino belohnen würden) und die sie zu meiner Erleichterung ohne Fragen zu stellen akzeptierte. Glücklicherweise war Holly heute Abend selbst beschäftigt, eine ihrer Freundinnen veranstaltete einen Frauenabend, und sie trug ein kleines Schwarzes, um sich für die nächsten beiden Stunden anzupassen und nicht das Risiko einzugehen, die »Außenseiterin« zu sein. Wir ließen sie umgeben von kleinen Plastikdöschen mit Pailletten, Aufbügelbuchstaben und Glitzer im Wohnzimmer zurück. Auf dem Tisch stand eine Schachtel mit wie Penisse geformten Trinkhalmen.

»Viel Spaß, Liebling«, sagte Paul und beugte sich herunter, um sie zu küssen, und ich sah zu, wie sie den Kuss kurz, aber liebevoll erwiderte. Mit einem Lächeln schnippte er gegen einen der Lockenwickler in ihrem Haar, und sie schlug seine Hand weg und kniff ihn in den Arm.

»Versuche nicht, mich zu sabotieren, Paul Winter«, sagte sie und drohte ihm mit der Nähnadel. »Ich werde auch so schon lächerlich genug aussehen.«

»Ja, und was würde Sheffields Männerwelt dann von dir denken?«, erwiderte Paul und hielt beide Hände in gespieltem Schrecken an die Wangen. »Wer wird dir Lambrinis spendieren und dich in den Hintern kneifen und sich auf der Tanzfläche an dir reiben? Entsetzlich ...« Er unterbrach sich mitten im Satz, weil ein Fläschchen Textilfarbe von seiner Brust abprallte. Mit einem leisen Kichern wich er zurück.

»Warte nicht auf mich«, zischte Holly und verscheuchte ihn mit der freien Hand. Er blies ihr einen Lippenfurz zu, den sie erwiderte, dann lächelte sie und schüttelte den Kopf, während wir gingen.

»So sind wir«, sagte Paul auf dem Weg zu einem blauen Ford Focus, der am Bürgersteig parkte. Er blieb stehen und sah zum Haus zurück, während ich zur Fahrerseite ging. »Sie ist ein tolles Mädchen, Andy«, sagte er wehmütig und blickte noch immer zur Haustür. »Ich lüge nicht gern, aber ...« Er zuckte mit den Schultern und wandte sich mir zu. Ich nickte. Was hätte er zumindest in diesem Augenblick sonst tun sollen? Zeit war von entscheidender Bedeutung, und wir konnten uns keinerlei Verzögerung leisten, um ihr diese unglaubwürdige Situation zu erklären.

Sobald wir im Focus saßen und angeschnallt waren, startete ich den Motor. Abgesehen von seinem leisen Summen herrschte jetzt Stille.

Der Wagen roch relativ neu, und er war sauber. Paul hatte ihn offensichtlich gepflegt. Ich fuhr los, und er musste nicht fragen, ob ich die richtige Richtung eingeschlagen hatte. Wir funktionierten beide mit dem gleichen inneren Navi. Häuser glitten vorbei, und auch wenn das Signal nur als Luftlinie zu funktionieren schien, bog ich instinktiv rechts und links ab. Paul musste mich lediglich zweimal korrigieren, und das auch nur, weil er wusste, dass es sich um Sackgassen handelte.

Diese ersten Minuten waren seltsam. Hätte man mich gefragt (und Paul hätte bestimmt die gleiche Antwort gegeben), hätte ich jedem gesagt, dass wir ungefähr eine halbe Stunde Fahrt von unserem Ziel entfernt waren. Das wussten wir beide, und auch wenn dieses Konzept völlig atemberaubend war, erschien es unglaublich unbehaglich, darüber sprechen zu wollen. Zumindest kam es mir so vor. Vermutlich fühlte Paul dasselbe, denn auch er unternahm keinerlei Anstalten, eine Unterhaltung zu beginnen. Schließlich waren wir Fremde; uns verband lediglich etwas, das sich völlig außerhalb unseres Vorstellungsvermögens befand, und auch wenn man vielleicht hätte denken sollen, dass diese Verbindung sozialen Barrieren die Bedeutung nahm, erschien Small Talk respektlos, und über das zu sprechen, was wir da taten, kam einem wie ein Tabu vor. Diese Mission war verrückt, und allein das Wissen, dass wir zu zweit waren, hielt uns von der Befürchtung ab, den Verstand verloren zu haben. Wir schienen eine stillschweigende Übereinkunft getroffen zu haben, dass wir es einfach hinter uns bringen und dann sehen würden, was als nächstes geschah.

Natürlich fand Paul nach einer Weile das perfekte konversationelle Gleichgewicht, eine seiner typischen Eigenschaften, wie ich nach einiger Zeit in seiner Gesellschaft herausfinden würde. Es war nicht oberflächlich und sprach auch nicht direkt die Tatsache an, dass wir mit unseren neu gefundenen psychischen Fähigkeiten einen Mann jagten und uns zur gleichen Zeit mit einer laufenden Statue einen Wettlauf lieferten. Er fragte, was wir tun würden, wenn es vorbei war. (Natürlich hatten wir nicht die geringste Ahnung, dass wir uns dem Ende nicht einmal genähert hatten.)

»Also dieses Arschloch. Sagen wir, wir finden ihn und er packt aus, erklärt uns die Fakten, vielleicht sogar, wie man es abschaltet oder so. Oder er weiß gar nichts und ist nur aus irgendeinem Grund das Ziel. Ob wir Antworten und eine Lösung bekommen oder auch keine Antworten … das könnte jetzt eine dumme Frage sein, aber wollen wir damit dann zu den Behörden gehen? Klar, ich weiß, dass man uns vermutlich nicht einmal anhören würde, aber wollen wir versuchen, sie nach Möglichkeit davon zu überzeugen, dass wir Kontakt mit diesem Ding haben? Damit wir sehen, ob man damit etwas anfangen kann?«

In diesem Augenblick wurde mir klar, dass Paul noch nichts von meinem Beruf als Reporter wusste. Weil ich ihn nicht hatte anlügen wollen, aber er auch nicht an meinen Motiven zweifeln sollte, hatte ich bei der Frage nach meinem Hintergrund lediglich gesagt, ich sei Autor, und er hatte nicht nachgehakt. Nun schien er zu glauben, dass ich allein von dem Geheimnis motiviert würde, so wie Richard Dreyfuss im Film *Close Encounters*. Mein Herz schlug etwas schneller, aber ich war keineswegs so nervös. Möglicherweise bin ich ja sozial unbeholfen, aber ich bin immer ein toller Lügner gewesen. Ich denke schnell. Wie schön für mich. Außerdem fand ich es aufregend, nein, war schier begeistert, an dieser Sache beteiligt zu sein, verdammt noch mal. Ich wollte nicht einmal an einen Spielverderber denken, geschweige denn eine mögliche Einmischung von Big Brother. *Wir* würden dieses Rätsel lösen.

»Wir improvisieren«, antwortete ich und konzentrierte mich auf die Straße. Wir bogen auf eine doppelspurige Fahrbahn ein, die uns weiter nach Norden aus der Stadt brachte. Aus der Gegenrichtung kamen mehrere Streifenwagen in einem Konvoi mit ausgeschalteten Sirenen und Blaulichtern, fuhren in stummer Eile. Sie waren fast die einzigen Wagen, die wir bis jetzt auf der Straße gesehen hatten, und die Fahrer starrten uns an, als sie uns passierten. Die Evakuierungen und Straßensperren fingen an. »Wer weiß schon, was in der Zwischenzeit alles geschieht. Sie könnten es auch selbst herausfinden, wer weiß das schon. Wir wissen nicht einmal, ob sie es nicht vielleicht schon herausgefunden haben. Aber falls wir helfen können, werden wir natürlich helfen.«

Paul schwieg eine Sekunde lang.

»Ich bekomme nur einfach den Gedanken nicht aus dem Kopf … ach, scheiß drauf, was zum Teufel sollten wir den Leuten schon sagen, richtig?« Paul hob eine große Hand und wandte sich mir zu. »Das ist doch alles nicht von Bedeutung, bis wir diesen Typen gefunden haben, und dann können wir unsere Geschichte hoffentlich untermauern. Bis dahin wären wir nur zwei bescheuerte Spinner. Ich wünschte nur, es gäbe eine Möglichkeit, sie es jetzt wissen zu lassen, weißt du? Sie dazu zu bringen, uns zu glauben. Es könnte bedeuten, dass es, nun ja, keine weiteren Toten mehr gibt.«

»Ich weiß nicht recht.« Ich wollte nicht, dass sich die Unterhaltung in diese Richtung entwickelte. Das hatte ich nicht einmal in Betracht gezogen. Hätte es wirklich mehr Leben gerettet, die Behörden früher wissen zu lassen, dass sie einen Weg bis nach Sheffield räumen mussten? Vielleicht ja, aber die menschliche Natur würde immer ihre Rolle spielen. Das religiöse Element, die Protestierenden … Andererseits hatte Paul es selbst gesagt: Wie zum Teufel hätte ich sie dazu gebracht, mir zu glauben? »Noch nie hat jemand etwas so Unglaubliches gesehen, etwas, das einem Comic hätte entspringen können, etwas so Magisches. Nicht im ganzen Leben, nicht in der ganzen Menschheitsgeschichte. Es hat alle schockiert, wie noch nie etwas zuvor. Ich wette, es hat auch Selbstmorde gegeben, richtig? Das Ende der Welt? Ich habe kaum Nachrichten gesehen.«

»Ja, bis jetzt hat es drei Selbstmorde gegeben, zumindest wurde diese Zahl berichtet.« Paul sah nachdenklich aus.

»Da hast du es. Ich sage dir, Paul, dieses Ding tötet Menschen allein durch seine Existenz.«

Eine schrille Hupe erfüllte die Luft, als ein Wagen gefüllt mit lachenden Mittzwanzigern vorbeiraste. Natürlich in die andere Richtung.

»Nein, selbst wenn wir die Behörden in dem Augenblick hätten informieren können, in dem dieses Ding auftauchte, und sie den Weg hätten räumen können, wäre das Gleiche passiert. Sie können es nicht aufhalten, also können sie es auch nicht an der Zerstörung hindern, und das wiederum bedeutet, dass sie es nicht hätten geheim halten können, nicht mit dem Internet.«

Daran glaubte ich fest. Zuerst hatte ich ihn nur überzeugen wollen, aber mit meiner improvisierten Rede hatte ich mich selbst überzeugt. (Später sah ich Dinge, die bestätigten, dass ich recht gehabt hatte). Paul saß einen Moment still da und dachte darüber nach.

»Ja, ich verstehe deinen Standpunkt. Dann hängt im Moment alles allein von uns ab …« Er verstummte und rollte theatralisch mit den Augen. »Lieber Gott, das war jetzt aber so richtig Hollywood. Tut mir leid.«

Ich lachte, zugleich amüsiert und froh über den Themenwechsel und die aufgehellte Stimmung. Paul lehnte sich auf seinem Sitz zurück, lächelte schmal und blies Luft aus den aufgeblähten Wangen. Er drückte einen Knopf am Stereoradio, und Radio 2 ertönte, irgendwo in der Mitte des Liedes der neuesten Singer-Songwriterin, die man groß rausbringen wollte. Die Nummer endete, und mir fiel auf, dass der DJ mit gedämpfterem Tonfall als sonst sprach. Ich erinnerte mich daran, wann ich etwas Ähnliches gehört hatte, und zwar am 11. September, als Radio 1 ständig neue Nachrichten brachte und nur Instrumentalmusik ohne Ansage spielte. Das ganze lockere Geplauder und der übliche Blödsinn waren verschwunden, und man hatte lediglich die neuesten Nachrichten mit kurzen Erklärungen gebracht und daran erinnert, warum man an diesem Tag aus Respekt die Dinge anders handhabte. Das Gleiche passierte heute.

Der Bericht informierte über die letzten Bewegungen des Stone Man (hier hörte ich zum ersten Mal, dass man diesen Begriff benutzte, und als Paul und ich ihn hörten, sahen wir uns an. Von da an nannten auch wir ihn den Stone Man) und dass er sich nun dem Rand von Sheffield näherte. Relevante Evakuierungen wurden eingeleitet und Straßensperren aufgestellt, man bat die Bürger außerhalb des Evakuierungsgebiets, in ihren Häusern zu bleiben, es sei denn, Angehörige der Polizei oder des Militärs kamen, um sie zu entfernen. Weiter im Süden, in der Hauptstadt, gab es auf dem Trafalgar Square eine religiöse Versammlung, die immer größer wurde. Nachdem andere Konfessionen dazugekommen waren, war es zu Zusammenstößen mit der Polizei gekommen, was zu den bis jetzt größten Unruhen geführt hatte.

Paul zeigte auf das Hinweisschild einer Ausfahrt. »Nimmst du die?«

»Das hatte ich nicht vor.«

»Ja, ich kenne den Grund, aber da geht es schneller.«

»Okay.«

Mir wurde bewusst, dass meine Finger kribbelten. Das war neu. Auf meinen Unterarmen brach Gänsehaut aus, und Paul setzte sich auf und schaute seine Hand an. Dann sah er mich an, seine Augen waren größer als je zuvor, er grinste aufgeregt.

»Wir kommen näher, was?«, sagte er und atmete etwas schneller. Ich erwiderte das Grinsen, während sich die Gänsehaut auf meine Brust und die Schultern ausbreitete, wodurch es sich im Wagen plötzlich kühler anfühlte.

»Noch immer nach Nordosten.« Ich nickte. »Wir sind noch immer weit genug entfernt, dass es etwas vage bleibt, aber das Signal ist wirklich stark. Ich verstehe, was du mit den Plomben gemeint hast. Ich habe nur ein paar, doch sie fangen an zu summen.« Zur Erwiderung tippte sich Paul gegen die Wange.

»Ich habe eine ganze Menge, um ehrlich zu sein«, sagte er. »Ich war ein dickes Kind. Vermutlich ist dieses Gefühl deshalb so früh bei mir aufgetreten.«

»Vermutlich wird das ziemlich bald noch schlimmer«, meinte ich. Dann kam mir ein unangenehmer Gedanke. »Es könnte sogar schmerzhaft werden.« Und ein noch schlimmerer Gedanke. »Mein Gott, und wenn wir uns nur bis auf eine gewisse Entfernung nähern können? Wenn wir es direkt an der Quelle nicht ertragen können?« Ich wurde ganz blass, und das lag nicht an dem Signal. Sondern weil mir klar wurde, dass ich nicht die geringste Vorstellung hatte, wie stark der Sog werden würde. Entsetzt starrte ich Paul an.

»Schon gut. So schnell gerät die Armee nicht in Panik«, sagte er mit einem Lächeln, das aber nicht seine Augen erreichte. Er wollte mich beruhigen, aber der Gedanke hatte auch ihn nervös gemacht. »Wir werden einfach abwarten müssen. Im schlimmsten Fall haben wir es eben versucht, richtig? Haben den freien Tag verschwendet. Die Antwort werden wir bald erfahren.«

Ich nickte, obwohl ich wusste, dass das nicht sein Ernst war. Andererseits hatte er keine Ahnung, was ich verlieren konnte. Wenn einem jemand mit dem goldenen Ticket für das ganze Leben vor der Nase herumfuchtelte, auf eine Weise, die so wenig Menschen jemals geboten wurde, nur um es einem dann wieder wegzunehmen ... Ich traf die Entscheidung, dass mir egal war, ob meine Adern platzten, ich würde den Blonden erreichen, falls nötig mit kaputten Knien und aufgeschürften Knöcheln.

Im Verlauf der nächsten Viertelstunde wurde der Sog wie erwartet intensiver, und zwar heftig. Wir fühlten ihn sogar in den Knochen. Das klingt schmerzhafter, als es tatsächlich war, denn zu meiner großen Erleichterung tat es nicht richtig weh. Aber wir wurden jetzt aus dem *Zentrum* unseres Ichs gezogen.

Problematisch wurde allerdings die Benommenheit, weil A-Straßen zu B-Straßen wurden und wir durch den Osten von Barnsley fuhren. Ich musste langsam atmen und die Augen zusammenkneifen, um mich aufs Fahren konzentrieren zu können; mittlerweile hatte ich mich an das intensiver gewordene Zerren in meinem Inneren gewöhnt, aber nicht an diese neue zusätzliche Schwierigkeit.

Als wir in eine Straße einbogen, die anscheinend Stonyford Road hieß, entdeckten wir durch die zusammengekniffenen Augen ein Schild, auf dem DARFIELD 1 MILE stand. Paul zeigte schlaff darauf, als wir es passierten, und ich nickte, so gut ich konnte. Also befand sich unser Mann in Darfield. Allerdings verspürte ich nicht die geringste Aufregung; dazu war ich nicht mehr fähig. Jedes Nervenende stand bereits in Flammen, mein Herz pochte, meine Eier schrumpften, und meine Haut war so kalt wie ein Grab. Ich hätte kaum mehr unter Strom stehen können. Paul hockte nach vorn gebeugt auf dem Beifahrersitz und hechelte wie ein Hund.

Darfield war klein, einer jener Orte mit dieser seltsamen Mischung aus Ländlichem und Städtischem, die sich plötzlich abwechselten. In einem Garten stand ein Pferd. Die Anziehungskraft ruckte plötzlich eine kleine Extrakerbe nach oben, und wir beide wussten, dass sie ihren Höhepunkt erreicht hatte. Wir würden es schaffen.

Wir waren nur noch Augenblicke von unserem Ziel entfernt, das wussten wir, als Paul plötzlich nieste und eine kleine Blutwolke gegen die Windschutzscheibe schickte. Ich riss den Kopf herum, um ihn besser sehen zu können, aber er winkte bereits mit einer Hand ab und wischte mit der anderen das Gesicht ab.

»Es tut nicht weh!«, sagte er kurzatmig, öffnete mit zitternder Hand das Handschuhfach und holte Papiertaschentücher hervor. »Eigentlich war es sogar … eine Erleichterung. Es ist eines … von denen, oder?« Paul zeigte auf eine Reihe von Häusern, die an der Ecke der East Street begannen und die seltsam benannte Nanny Marr Road entlangführten. In meinem milden Delirium nahm ich an, dass man sie nach dem Gitarristen von The Smiths benannt hatte. Aber dann fiel mir ein, dass das Johnny Marr war.

»Wir …«, setzte ich an, aber dann verstärkte sich das Schwindelgefühl, als ich den Wagen an den Bürgersteig lenkte. Mein Körper wollte sich weiter bewegen, meine Knochen zogen mich noch immer weiter nach vorn, während der Wagen anhielt. Zurückblickend war das vermutlich das Schlimmste. Ich glaubte, mich gleich übergeben zu müssen.

»Warte eine Sekunde«, sagte Paul, lehnte den Kopf an und holte tief Luft. »Keine Eile, keine Eile. Wir haben noch … Stunden, schätze ich.« Er hatte recht, aber ich hatte lange genug gewartet.

»Ich wollte … ich wollte sagen«, sagte ich und rang mit jedem Wort. Nach ein paar vergeblichen Versuchen mit dem Verschluss schaffte ich es, den Sicherheitsgurt zu lösen. »Wir sollten … absolut sicher sein, dass wir dasselbe Haus meinen. Wir können nicht vor der falschen Tür auftauchen … so, wie wir aussehen. Man würde die Polizei rufen, und dann ist die ganze Sache … zu Ende. Es ist eines der drei Häuser, aber ich werde meine Hand hinter den Rücken halten und ein paar Finger ausstrecken. Du sagst, welches es ist, und wenn es mit dem übereinstimmt, an das ich denke …«

»Das erste.« Paul öffnete die Augen und sah mich müde an. »Es ist das erste Haus. Du weißt es, ich weiß es. Hören wir also mit dem Scheiß auf, okay? Komm schon. Lass uns gehen und Hallo sagen.« Wenigstens hatte er dasselbe Haus wie ich gewählt.

Wir stolperten aus dem Auto. Ich sah aus wie ein Betrunkener, Paul so, als hätte er eine Schlägerei verloren. Während wir das Haus betrachteten, war ich froh, dass es mehr oder weniger freistand. Nur wenige Nachbarn, um die man sich Sorgen machen musste. Tatsächlich war es sogar besser, da das Nachbarhaus ungefähr sechs Meter entfernt stand; zwischen der linken Hauswand und der Reihe aus eingezäunten Bungalows befand sich ein Grasstreifen. Das Haus selbst war nichts, wofür man sich schämen musste; links gab es eine hübsche kleine Auffahrt, die zu einer Garage ein Stück weiter hinten führte. Das hatte ich nicht erwartet. So wie der Blonde in der Vision ausgesehen hatte, hatte ich fast schon so etwas wie ein Crackhaus erwartet. Auch Paul wirkte etwas überrascht.

»Das hat er bestimmt … zu der Zeit gekauft, in der das Foto aus dem zerbrochenen Rahmen aufgenommen wurde«, sagte er mühsam, schniefte und putzte an der noch immer blutigen Nase herum, während er meine Gedanken aussprach.

Er deutete zur Tür. »Klopfst du, oder soll ich?« Wir standen noch immer am Rand des betonierten Vorhofs. Ein Blick auf die Fenster zeigte mir, dass die Jalousien heruntergelassen waren. Es war fast später Nachmittag, und die Sonne stand hoch am Himmel.

»Ich mache es«, sagte ich und stolperte zur Tür. Paul ging mit schwankenden Schritten. Mir fiel auf, wie unnatürlich die Stille um uns herum war; es fuhren keine Autos vorbei, es gab nicht einmal das ständige Dröhnen ferner Wagen oder von Flugzeugen am Himmel. Der Stone Man hatte uns alle mit seiner Anwesenheit verstummen lassen; eine Nation in Ehrfurcht angesichts der Tatsache, dass so ein Ding unter uns wandeln konnte.

Ich erreichte die Schwelle und klopfte an die Tür.

Das Klopfen war schwach, aber laut genug. Trotzdem gab es drinnen keine Reaktion, der einzige Laut bestand aus Pauls angestrengtem Atem, während er sich an der Wand abstützte. Wir warteten ungefähr zwanzig Sekunden, dann klopfte ich erneut. Zeit verging, nichts tat sich.

»Der Scheißkerl ist ... da drin«, keuchte Paul. Die Worte wurden leicht durch die Hand gedämpft, die den Blutstrom aus seiner Nase aufhielt. »Ich kann ihn fast *sehen*, du auch? Er ist in dem vorderen Zimmer, gleich hier vorn.« Ich wusste, was er meinte. Wenn ich mich konzentrierte, war ich mir der Gegenwart des Blonden so stark bewusst, dass ich seine Umrisse beinahe vor mir sehen konnte. Ich versuchte es energischer, stützte mich auch an der Wand ab, damit ich nicht abgelenkt war, versuchte unsere Beute zu erfassen. Der Umriss nahm schärfere Konturen an, blieb aber dennoch vage. Als würde man jemanden auf einem extrem schlechten Wärmebild beobachten.

»Verflucht, du hast recht, Paul«, sagte ich. Ich atmete selbst schwer. »Er ist ... auf der anderen Seite der Wand. Er ist ...« Etwas stimmte nicht. Der Umriss erschien gestaucht, missgestaltet. Ich konzentrierte mich so gut ich konnte, aber daran änderte sich nichts. Da erkannte ich, dass nicht das Bild verkehrt war, es war nur der Winkel, aus dem ich es »sah«.

»Er ist ... unten«, sagte ich. »Stimmt's? Er ist tief unten. Er liegt auf dem Boden. Schläft er dort?«

»Nein«, murmelte Paul grimmig. Seine Augen waren geschlossen, seine Stirn war vor Konzentration verzerrt. »So schläft keiner. So versteckt sich jemand. Er versteckt sich und hofft … dass wir wieder verschwinden. Er will nicht, dass wir ihn finden.«

Paul öffnete die Augen, richtete sich auf, schwankte kurz und begab sich dann zum Briefschlitz. Er stieß ihn mit den Fingern auf und sprach laut genug, dass seine Stimme ins Haus, aber nicht auf die Straße trug.

»Hallo«, rief er leise. »Mein Freund hier ist … einen weiten Weg gekommen, um Sie zu sehen. Wir wissen, dass Sie da sind, also ist jede Hoffnung sinnlos … dass wir glauben, dass Sie nicht da sind. Das alles wird viel schneller gehen, wenn Sie einfach die Tür wie ein braver Junge öffnen. Wir sind nicht hier … um Ihnen etwas anzutun.« Seine Stimme wurde einen Ton sanfter, beruhigender. »Ernsthaft, wir wollen nur … reden. Aber hören Sie, das hier sieht wie ein nettes Haus aus, und ich bin … sicher, Sie wollen, dass es so bleibt, also ist es vermutlich besser, wenn Sie aufmachen, denn wir kommen rein. Auf die eine … oder andere Weise. Glauben Sie mir, Kumpel. Und ich will wirklich nichts kaputt machen, um reinzukommen, denn … äh, wissen Sie, da würde ich mich wirklich mies fühlen. Wirklich. Also tun Sie uns beiden … einen Gefallen und hören endlich auf, auf dem verfluchten Boden rumzukriechen. Hoch mit Ihnen!« Als er verstummte, hielt er das Ohr an den offenen Schlitz und wartete, schloss wieder die Augen und schaukelte leicht auf den Fersen, während er seine Atmung unter Kontrolle brachte.

Nach einer Weile blickte er zu mir hoch, hob die Brauen und schüttelte den Kopf. Dann hielt er den Mund wieder an den Briefschlitz.

»Okay«, rief er, »aber ich muss sagen, dass ich darüber nicht … glücklich bin. Keine Angst, ich werde trotzdem nichts … machen, wenn ich reinkomme, aber Sie haben das für mich zu einer viel schlimmeren … Tortur gemacht, als nötig wäre.« Er wartete einen Moment auf eine Antwort, dann ließ er die Klappe sich schließen und richtete sich auf. Er stieß ein müdes Seufzen aus, fröstelte dabei leicht, dann trat er langsam auf mich zu. »Gut, Scheiße, wir werden … hinten ein Fenster einschlagen. Ich ärgere mich hier nicht den ganzen Tag rum. Dämlicher Arsch.

Ich ertrage diesen Zustand nicht mehr lange. Komm schon.« Er bedeutete mir zu folgen, als er sich von der Tür entfernte und auf zitternden Beinen zur Rückseite ging. Ich erwiderte nichts und folgte ihm brav. Was gab es da schon zu sagen? Er hatte recht. Wir würden dort auf die eine oder andere Weise reingehen, also konnten wir es auch hinter uns bringen. Allerdings fragte ich mich, wie er ein Doppelglasfenster ohne schweres Werkzeug einschlagen wollte. Oder ohne zumindest die Nachbarn rebellisch zu machen.

Die Antwort auf die erste Frage erfolgte ziemlich schnell. Paul überprüfte die Garagentür am Ende der kurzen Auffahrt, fand sie unverschlossen vor und verschwand darin. Ich lehnte mich an das Haus, atmete langsam, während ich wartete, und einen Moment später kam er mit einem kleinen Hammer und einem zufriedenen Lächeln zurück.

»Die Nachbarn ... werden dich hören«, sagte ich und schüttelte den Kopf.

»Ach, das stimmt nicht.« Er zeigte zur Rückseite, die ich von meinem Platz aus nicht sehen konnte. Ich stieß mich von der Wand ab und stolperte zu ihm, widerstand dem Sog, der mich durch die Ziegelmauer zu unserem Ziel zerren wollte. Der Garten auf der Rückseite war klein, aber ordentlich; wieder ein Anblick, der im Widerspruch zu dem stand, was ich hier zu finden erwartet hatte.

Paul zeigte auf die Rückseite oder zumindest den Teil davon, der etwa zwei Meter vom Rest des Hauses abstand, um eine kleine Verlängerung zu bilden. In die Wand war eine Tür mit einer Scheibe eingelassen, direkt rechts daneben gab es ein kleines Doppelglasfenster.

»Der Trick bei einer Doppelglasscheibe«, keuchte er und zeigte mit dem Hammer, der in seiner schwankenden Hand nach rechts und links pendelte, »ist, die Ecke zu nehmen. In der Mitte ist sie extrem stark, aber in den Ecken ...« Er tippte sich an die Nase und grinste selbstzufrieden.

»Woher weißt du das?«

»Ein Freund. Ein Handwerker.« Er stolperte zu dem Fenster.

»Und dieses Baby ist … klein genug, um nicht zu laut zu werden, wenn es zersplittert. Und es wird zersplittern, in viele kleine Stücke. Wir könnten auch die Tür nehmen, aber ein so großer … Bruch würde Aufmerksamkeit erregen, also nehmen wir das Fenster.«

»Da passt du doch niemals durch!«, rief ich aus.

»Nein, ich nicht, aber du schon. Und du wirst bestimmt drinnen … einen Schlüssel finden.«

Ich verspürte einen Stich der Angst, als Paul auf die untere Fensterecke zielte und mit dem Hammer ausholte. Ich hatte keine Angst, die Nachbarn aufzuschrecken – Paul hatte bestimmt recht damit, dass das Fenster klein genug war, um nur wenig Lärm zu machen –, aber die Vorstellung, allein reingehen zu müssen, machte mir Angst. Wir wussten nichts über den Mann und wer er sein könnte. Ja, im Moment versteckte er sich vor uns, aber das bedeutete nicht, dass er sich nicht verteidigen konnte. Und wenn er sich nicht wegen der eigenen Sicherheit versteckte, sondern um eine Situation zu vermeiden, in der er uns möglicherweise töten musste? Es war ein verrückter Gedanke, aber es lag durchaus im Bereich des Möglichen, wenn man die letzten beiden Tage bedachte. Das zuzugeben ist peinlich, aber ich hatte kein Problem mit einem Einbruch, wenn ich a) mit einem großen Mann als Rückendeckung einbrach und b) Paul zuerst ging. Jetzt ging ich allein, ohne jede Garantie, dass ich Paul nachkommen lassen konnte, und erst recht ohne jede Garantie, dass es schnell gehen würde, falls ich ihn brauchte.

Paul schlug mit dem Hammer gegen eine Scheibenecke, und sie zersplitterte problemlos, der dabei entstehende Lärm reichte garantiert nicht aus, um die Aufmerksamkeit der Nachbarn zu erregen, die nebenan zweifellos gebannt vor dem Fernseher saßen. Er zog den Hammerkopf über den Rahmen, entfernte die paar übrig gebliebenen Splitter, steckte den Kopf durch und musterte die Tür.

»Ah, gut. Ein Schlüssel … im Schloss auf dieser Seite. Aber da komme ich von hier aus nicht dran.« Er betrachtete den Raum. »Irgendein Arbeitsraum. Da ist eine Waschmaschine … nichts

Aufregendes.« Er trat zurück und schob die Finger auf Bauchhöhe zusammen. Dann lehnte er sich an die Wand, um sich abzustützen, ging etwas in die Knie und atmete schwer durch die lädierte Nase, um sich zu stählen.

»Das wird schwerer als üblich«, sagte er und hob kurz die verschränkten Hände. »Komm schon, Kumpel.«

Die einzige andere Möglichkeit hätte natürlich darin bestanden, einfach zu gehen, und das war unmöglich. Ich stellte mich vor Paul und packte den Fensterrahmen mit Händen, die sich so zerbrechlich wie das Glas anfühlten, das jetzt drinnen überall am Boden lag.

Es war ziemlich eng, aber ich kam ohne allzu große Schwierigkeiten hindurch. Paul hatte recht damit gehabt, dass es sich um eine Art Hintereingang handelte, der auch als Allzweckraum benutzt wurde. Rechts standen eine Waschmaschine und zwei Wäschekörbe, links eine kleine Reihe Männerschuhe. Die Tür direkt voraus führte ins Haus. Dort befand sich der Blonde. Ich streckte mich nach der Waschmaschine, um mich abzustützen, während ich mich durch das Fenster quetschte, obwohl das Zittern das fast unmöglich machte.

Ich stolperte zur Tür und drehte den Schlüssel. Paul kam rein, und ich fuhr herum und starrte auf die gegenüberliegende Seite. Paul wollte etwas sagen, und ich hielt eine Hand hoch, um ihn daran zu hindern. Ich wollte lauschen.

Nach einem Moment war ich überzeugt, dass niemand kam. Davon abgesehen konnte ich noch immer fühlen, dass sich der Blonde nicht bewegt hatte. Oder doch? Nicht aus dem vorderen Raum, da war ich mir sicher, aber hatte er die Position geändert, vielleicht in unsere Richtung? Ich glaubte schon. Also war er bei Bewusstsein. Und dann wusste er definitiv, dass wir jetzt im Haus waren.

»Bist du in Ordnung?«, flüsterte Paul. Ich hob den Daumen, und er nickte, während er mir sanft auf die Schulter schlug. Seine Sorge war ernst und rührend.

»Mir geht es gut«, flüsterte ich. »Aber den Rest des Weges gehst du voraus.« Paul lächelte kurz und nickte wieder, akzeptierte den Vorschlag ohne Widerspruch und bewegte sich auf die Tür am entgegengesetzten Ende des kleinen Raums zu. Seine Reaktion war keine Zurschaustellung von Wagemut, sondern lediglich die eines Mannes, der eine Sache erledigte. Ich fragte mich, wie genau er über die Unbekannten in der Gleichung nachgedacht oder ob er es überhaupt getan hatte, an die definitive Möglichkeit von Gefahr.

Die Tür war nicht verschlossen; als Paul daran zog, schwang sie lautlos nach innen auf. Dahinter schloss sich ein dunkler, gewöhnlich aussehender Korridor an. Das einzige Licht in diesem Teil des Gebäudes kam von dem kleinen Glasfenster in der Haustür. Rechts führte eine Treppe in die Höhe, auf der es auch kein Licht gab; vermutlich waren die Schlafzimmertüren im ersten Stock genauso geschlossen wie die Tür an der linken Wand. Dahinter versteckte sich der Blonde. Oder wartete.

Der blonde Mann hieß Patrick, wie man uns später informierte. Patrick Marshall. Zu diesem Zeitpunkt fanden wir das nicht heraus, müssen Sie wissen. Natürlich hätten wir es irgendwann erfahren. Es dauerte nicht lange, bis die ganze Welt seinen Namen kannte.

Paul ging wie gewünscht zuerst durch die Tür, er tastete sich langsam an der Wand entlang. Für einen großen Mann bewegte er sich sehr leise; es war ihm sogar gelungen, seine unregelmäßige Atmung unter Kontrolle zu bekommen. Er wandte den Kopf, um zu sehen, ob ich ihm folgte, und mir wurde verlegen bewusst, dass ich es nicht tat, und setzte mich in Bewegung. Paul schüttelte kurz den Kopf, dann ging er weiter. Mit wenigen Schritten erreichte er die Tür. Er griff nach der Klinke, sah mich an und hob die Brauen. *Bereit?* Ich war nicht einmal annähernd bereit. Ich konnte kaum noch stehen, meine Augen brannten, aber ich hob zittrig den Daumen. Er nickte, drückte die Klinke nach unten und stieß die Tür langsam auf.

Das Zimmer dahinter war fast so düster wie der Korridor, aber selbst in diesem Licht war die Wirkung auf uns beide überwältigend. Sie werden nicht verstehen können, wie es war, es sei denn, Sie hätten jemals einen lebhaften Traum gehabt, der sich später in der Realität vor Ihren Augen abspielt. Das hier war wie erwartet das Zimmer aus unserer geteilten Vision, aber es vor uns zu sehen und gleich einen Fuß hineinzusetzen, war überwältigend. Nach den letzten beiden Tagen war es eine ziemliche Leistung, erstaunt zu sein.

Ungefähr drei Meter entfernt lehnte derselbe kaputte Bilderrahmen an der Wand und zeigte dasselbe Foto des bedeutend ordentlicheren Blonden, der stolz sein Diplom hielt. Überall herum verstreut lagen dieselben Klamotten. Und da waren noch weitere Dinge, die wir durch den anderen Winkel zuvor nicht gesehen hatten; in der linken Ecke stand eine Glaskommode voller Auszeichnungen, die vermutlich vom Arbeitsplatz stammten. Rechts davon führte eine weitere Tür vermutlich in die Küche. Und rechts *davon* war ein weiterer Bilderrahmen, der nicht zerstört war, voller Fotos von verschiedenen Touristenattraktionen. Er war zu weit weg, um Genaueres erkennen zu können, und wir schenkten ihm auch keine große Aufmerksamkeit, aber ich glaubte, den Blonden auf jedem Foto mit anderen Leuten posieren zu sehen. Anscheinend war der Mann sentimental.

Ich steckte den Kopf weiter ins Zimmer und blickte an Paul vorbei, als mich die Neugier überwältigte. Jetzt konnte ich die leeren Fertigmenüs sehen, die überall herumlagen, aber in der Realität von dem unangenehmen Geruch von Essensresten und Soßen begleitet wurden, die ein Eigenleben entwickelt hatten. Der Fernseher, ein großer Plasmabildschirm in der Ecke, war ausgeschaltet. Er stand dem großen Ledersofa gegenüber, das im deutlichen Kontrast zu unserer Vision jetzt verlassen war.

Ich warf Paul einen übertrieben überraschten Blick zu. *Wo zum Teufel steckt er?* Paul zuckte mit den Schultern, dann schien ihm etwas einzufallen, und er hob einen dicken Finger.

Der Finger stieg in die Luft, dann beugte sich die Hand, und der Finger bewegte sich nach unten, nach oben und wieder nach unten. Paul glaubte, der Blonde würde sich hinter dem anderen Ende des Sofas verstecken. Er tippte sich gegen die Stirn. *Du kannst es fühlen, nicht wahr?* In der Aufregung – und angesichts der Tatsache, dass die magnetische Anziehungskraft auf diese Distanz beinahe unerträglich war, so überwältigend, dass man sich darauf konzentrieren musste, ihre wahre Richtung zu finden – erkannte ich, dass er recht hatte. Wenn ich mich konzentrierte, konnte ich fühlen, dass sie plötzlich an einer Stelle innehielt, die sich hinter der linken Sofalehne befand. Ich holte tief Luft, und meine Haut schien auf meinem Rücken Wellen zu schlagen. Ich signalisierte Paul wieder mit dem Daumen. Er erwiderte die Geste, und dann riss etwas links von mir ein Stück aus der Wand.

Ich sprang fast dreißig Zentimeter in die Höhe und schrie auf. Paul zuckte zurück, stolperte und fiel. Zwei tiefe dumpfe Geräusche ertönten, eines nach dem anderen; der fliegende Gegenstand landete am Boden, und Pauls Kopf krachte gegen die Tür. Plötzlich bekam ich keine Luft mehr, in meinem Körper lief alles bereits auf Maximum, und das war zu viel. Meine weit aufgerissenen Augen blickten sich hektisch im Zimmer um und suchten nach weiteren Projektilen. Ich sah, was Pauls Kopf knapp verfehlt hatte; es schien sich um eine Buchstütze aus Metall in Form eines Pferdes mit einem Reiter zu handeln. Sie war geworfen worden.

»Scheiße!«, brüllte Paul schmerzerfüllt, hielt sich mit einer Hand den Kopf und griff mit der anderen nach der Türklinke, um sich auf die Beine zu ziehen. »Du blöder Mistkerl, du hättest mich mit dem Scheißding umbringen können!«

Ich stand wie gelähmt da, während Paul mich zur Seite stieß und wütend um das Sofa herum ging. Da ertönte eine schwache Stimme.

»Verschwindet!« Die Stimme klang brüchig. »Das ist mein Haus! Ihr seid in mein Haus eingebrochen! *Raus hier!*« Paul bückte sich und zog jemanden auf die Füße, der zur gleichen Zeit plapperte und zusammenzuckte. Dieser jemand war der Blonde, der lediglich ein schmutziges weißes Unterhemd und eine Unterhose voller Essensflecken trug. Er war kleiner als Paul – möglicherweise sogar kleiner als ich –, und auch wenn sein Gesicht hager wirkte, hatte er die Reste eines Bierbauchs. Sein Blick fiel auf mich, und obwohl Paul einen seiner Arme hielt, zeigte der Blonde mit dem anderen auf mich.

»RAUUUUS HIER!«, brüllte er. Er hatte seine Stimme wiedergefunden. Die Augen quollen ihm aus den Höhlen, seine gelben Zähne verrieten, dass er sie schon seit Tagen nicht mehr geputzt hatte. »LASST MICH IN RUHE! IHR SOOLLTET NIIIICHT HIIER SEIIN!« Es war der Aufschrei eines Wahnsinnigen. Der Blonde hatte offensichtlich seine Grenzen erreicht, wenn er nicht schon darüber hinaus war. Entschuldigung … nicht der Blonde. So hatten nur wir ihn genannt. Patrick. Sein Name war Patrick.

»Seien Sie still«, sagte Paul energisch und schüttelte ihn. Da er viel größer war, schien er keine großen Probleme zu haben, ihn festzuhalten, aber Patrick hörte nicht auf zu kreischen. »Seien Sie still. Seien Sie still«, wiederholte Paul und schüttelte ihn. Patrick brüllte weiter, und plötzlich kam mir in den Sinn, dass der ganze Lärm möglicherweise die Nachbarn alarmierte.

»Paul«, sagte ich, »die Nachbarn.« Paul sah mich noch immer wütend an, aber nach einer Sekunde hatte er kapiert. Er hielt inne, musterte den schreienden Mann, dann zog er Patrick zu sich und legte einen dicken Bizeps um seinen Hals. Er schob den anderen Unterarm unter Patricks Schulter nach oben und hinter den sich windenden Kopf und drückte fest. Augenblicklich wurde Patricks Stimme zu einem Quieken, als seine Luft abgeschnitten wurde, aber er versuchte uns noch immer mit Flüchen rauszuwerfen. Er gab verzweifelte, keuchende Laute von sich, die in regelmäßigen Stößen kamen, und fuchtelte nutzlos mit den Armen herum.

»Psst«, machte Paul, dem die Anstrengung ins Gesicht geschrieben stand. »Psst. Beruhigen Sie sich.«

Zurückblickend glaube ich, dass ihm das normalerweise nicht so schwergefallen wäre, aber den Schläfer festzuhalten als auch sich selbst aufrechtzuerhalten, während er so nahe am Ausgangspunkt des Signals stand, es sogar berührte, musste eine übermenschliche Willensanstrengung gewesen sein. Ich war beeindruckt.

Patrick fing an zu ermüden, und als seine Gegenwehr nachließ, schob Paul ihn zum Sofa und ließ ihn schließlich langsam fallen. Er landete auf dem Gesicht. Im ersten Augenblick geriet ich in Panik – ich glaubte, er sei tot –, aber dann sah ich, dass er ruhig atmete. Ich richtete den Blick auf Paul, der die Hände in die Hüften gestützt hatte und mühsam durch die Nase ein- und den Mund ausatmete. Schweiß bedeckte sein Gesicht. Ich stand wie ein Idiot da, nicht nur von den Geschehnissen und der Schnelligkeit geschockt, mit der sie passiert waren, sondern auch durch meine eigene Unentschlossenheit und Passivität. Sicher, ich war durch das Fenster gestiegen und hatte uns den Zugang zum Haus ermöglicht, aber es war Pauls Idee gewesen. Er hatte auch alles andere getan, während ich da gestanden und gewartet hatte, dass man mir sagt, was ich tun soll. Bis jetzt war ich voller Ideen gewesen, aber als Handeln angesagt gewesen war, und zwar schnell, waren sie mir ausgegangen. Ehrlich gesagt war es peinlich.

»Bist du okay?«, fragte ich Paul verlegen. Er nickte, ohne vom Boden aufzuschauen, auf dem er nun saß. Die Anstrengung, Patrick zur Räson zu bringen, hatte ihn erschöpft.

»Gib mir eine Sekunde«, sagte er und bestätigte das. »Das Zimmer … dreht sich.« Er tastete blind mit der Hand hinter sich und fand eine Sofalehne, an der er sich in die Höhe zog. Dabei hörte ich ein leises Wimmern. Patrick war schon wieder wach. Offensichtlich war er doch nicht richtig bewusstlos gewesen.

Aus seinen zusammengekniffenen Augen liefen Tränen, seine Hände waren zu Fäusten geballt. Er murmelte etwas, während er weinte, aber es kam in einem so schrillen, verzweifelten Wimmern heraus, dass ich ihn nicht verstehen konnte. Ich erkannte, dass Paul einen Moment brauchte und dass das *mein* Augenblick war. Ich setzte mich neben Patricks Kopf. Er schien es nicht zu bemerken, aber das war in Ordnung; mein Verstand war leer. Absolut leer.

Ich versuchte mich zusammenzureißen; ich brauchte Antworten. Ein Reporter bekommt Antworten. Ich musste meinen Job tun, musste wie ein Reporter denken, den ganzen Wahnsinn zur Seite schieben und die Wahrheit herausfinden. Plötzlich kam mir der Gedanke, dass ich mein Diktafon brauchte, damit ich eine Aufnahme hatte, auf die ich in Zukunft zurückgreifen konnte. Das reichte, das brach den Bann. Plötzlich war das hier Arbeit und ich im Arbeitsmodus.

Dummerweise hatte ich Idiot das Gerät zusammen mit meiner Tasche und dem Laptop im Auto gelassen, aber in meinem Kopf hatte eine Veränderung stattgefunden. Ich konnte wieder handeln.

»Paul?«

»Ja. Gib mir nur eine Minute.«

»Nein, schon gut. Ich gehe nur mal eben zum Auto. Kannst du ihn im Auge behalten?«

»Ja.«

»Bist du sicher?«

»Ja.«

»Wenn er sich bewegt, setz dich einfach auf ihn.«

»Mache ich.«

Das würde reichen müssen. Ich stand schnell auf, stürzte beinahe, richtete mich auf und stolperte zum Korridor. Ich schloss hinter mir die Tür, um Patrick die Flucht zu erschweren, falls er es versuchen sollte. Dann ging ich zur Haustür, schob den Riegel zur Seite und öffnete sie. Ich schwankte zum Auto, holte meine Tasche und kehrte ins Haus zurück.

An der Tür zog ich die Schuhe aus – schließlich waren wir hier Gäste, ob nun ungewollt oder nicht – und schloss sie, legte den Riegel wieder vor. Ich warf meine Tasche auf ein kleines Tischchen, das dort stand, fischte das Diktafon heraus und hielt es vor mich, als ich die Wohnzimmertür öffnete.

»Um später etwas in der Hand zu haben«, erklärte ich Paul und rechnete damit, dass ihn meine scheinbare Voraussicht beeindrucken würde; schließlich kannte er meinen Job ja nicht. Er saß nun auf der Sofalehne und schaute auf.

»Ja, ja, natürlich«, sagte er, als wäre er plötzlich aus einem Tagtraum erwacht. Er bedeutete mir fortzufahren. Ich schaltete das Gerät ein und setzte mich neben Patrick, der noch immer weinte oder wimmerte. Ich drückte auf Aufnahme, die kleine rote Lampe leuchtete auf, und es ging los. In den folgenden Stunden während der Wartezeit sollte ich mir diese Aufnahme oft anhören. Ich kannte sie so gut, dass ich sie vermutlich Wort für Wort hätte wiedergeben können, hätte man mich darum gebeten. Aber jetzt könnte ich das nicht mehr.

Jedoch nicht, weil ich mich nicht mehr daran erinnern würde.

(Der Laut von leisem Weinen, Leder ächzt, weil ich näher zu Patrick rutsche. Ich bin die erste Person, die spricht.)

»Können Sie mich verstehen?«

(Keine Reaktion.)

»Wir wollen Ihnen nichts tun. Es tut uns leid, dass wir einbrechen mussten, aber Sie haben nicht geöffnet. Wir hatten keine Wahl. Wir müssen wirklich mit Ihnen sprechen. Dafür bin ich einen weiten Weg gekommen.«

(Jetzt sagt er etwas, aber es ist kaum verständlich.)

»Entschuldigung? Das konnte ich nicht verstehen.«

(Er wiederholt es, und es ist noch immer kaum zu hören, aber es klingt wie »Lügen«.)

»Lügen? Nein, wir lügen nicht. Wir sind nur der Ansicht, dass Sie helfen könnten, ein paar Dinge zu erklären. Menschen sterben.«

»Bitte … bitte … gehen Sie. Ich tue alles.«

(Die Stimme ist voller Angst. Als würde er um sein Leben betteln.)

»Wovor haben Sie solche Angst? Was glauben Sie denn, was wir vorhaben?«

(Eine lange Pause tritt ein, aber das Weinen hat aufgehört. Als er nun spricht, geschieht es in einem heiseren, abgebrochenen Flüstern.)

»Etwas Schreckliches. Etwas Schreckliches. Ich wusste, dass Sie kommen, habe Sie schon vor Tagen kommen gespürt. Habe die Türen verriegelt. Konnte nicht rausgehen. Konnte nicht rausgehen. Musste in Sicherheit sein.«

»Sie … Sie haben gewusst, dass wir kommen? So als … Ich meine, auf die gleiche Weise, auf die wir wussten, wie wir Sie finden müssen?«

»Ich wusste, dass die Katastrophe naht. Irgendeine Katastrophe.

Dass eine Flucht es nur schlimmer macht. Musste mich verstecken. Musste mich verstecken. Mich in Sicherheit bringen.«

(An dieser Stelle tritt wieder eine Pause ein. Er öffnet die geröteten Augen und blickt mich an. Starrt mich mit zitterndem Kopf beinahe eine volle Minute an, dann mustert er mich von oben bis unten. Als er weiterspricht, ist seine Stimme etwas klarer.)

»Sie … sind das gar nicht, oder? Sie sind nicht die … Katastrophe. Sie nicht. Und er auch nicht, oder?«

»Werfen Sie mir noch etwas an den Kopf. Dann erleben Sie eine Katastrophe.«

(Das ist Paul.)

»Ich glaubte …«

(Plötzlich verstummt Patrick, reißt entsetzt die Augen auf. Da sind die Geräusche schneller Bewegungen, als Patrick in die Höhe schießt und meinen Arm schmerzhaft fest ergreift.)

»Das Fenster! Sie haben das Küchenfenster eingeschlagen! Es ist nicht sicher!«

»Schon okay, es war nicht das große, es war nur das kleine …«

»Nein, nein, das muss repariert werden, das muss gesichert werden …«

»Okay, okay, wir lassen Sie das in Ordnung bringen, aber bitte, Sie müssen zuerst ein paar Fragen beantworten.«

»Aber es ist nicht …«

»Das ist unser Handel. Okay? Je schneller Sie unsere Fragen beantworten, desto schneller wird das Fenster abgedeckt. Es tut mir leid, ich weiß, dass es Ihr Haus ist, aber es geht etwas wirklich Schlimmes vor, und Sie könnten dabei helfen, es aufzuhalten. Okay? Also beruhigen Sie sich.«

»BITTE!«

»Tut mir leid, Kumpel. Das ist die Abmachung.« (Das ist wieder Paul.)

(Eine sehr lange Pause tritt ein, dann sackt etwas auf dem Leder zusammen, gefolgt von schwerem Atem.)

»Dann los, los, los, los. Schnell.«

»Sie haben gesagt, dieses Gefühl einer ›Katastrophe‹ hätte vor ein paar Tagen angefangen? Warten Sie, wie heißen Sie eigentlich …«

»Bei der Arbeit. Ich war bei der Arbeit. Ich saß am Computer und bereitete den Vertrag für die Anderson-Lieferung vor, und plötzlich wusste ich, dass ich auf der Stelle nach Hause musste, weil die große Katastrophe kommt. Sie KOMMT. *Ich war draußen nicht sicher. Ich blickte mich im Büro um, aber ich allein wusste Bescheid. Ich wollte es den anderen sagen, aber dafür war keine Zeit. Ich schnappte mir die Schlüssel und ging. Ich glaube, jemand hat mich gefragt, wo ich hin wollte. Ich blieb nicht stehen. Das war Montag. Seitdem habe ich dieses Zimmer nicht mehr verlassen, außer um zur Toilette zu gehen und mir etwas zu essen zu holen.«*

»Das war am Montag? Ist es seitdem schlimmer geworden?«

»Nein. Ich weiß, dass es kommt. Das reicht. Ich hielt Sie dafür. Können wir jetzt das Fenster in Ordnung bringen? Bitte? Sie haben gesagt, Sie helfen mir!«

»Was für eine Katastrophe?«

»Ich weiß *es nicht, das habe ich Ihnen doch gesagt. Ich bin nicht verrückt. Sie kommt. Es macht doch keinen Unterschied, dass ich nicht weiß, was es ist. Wenn es mich findet … wird etwas Schreckliches geschehen. Etwas …* SCHRECKLICHES. *Ich … ich muss hier bleiben und mich in Sicherheit bringen. Hier drinnen bin ich sicher. Ich werde es aussitzen. Einfach aussitzen.«*

(Eine Pause tritt ein, weil ich Paul anblicke. Er erwidert meinen Blick, und ich weiß, dass wir das Gleiche denken. Das Haus wird diesen Mann nicht schützen. Plötzlich sieht Paul verwirrt aus, und er ergreift das Wort.)

»Montag? Aber der Stone Man ist erst gestern eingetroffen. Das ergibt doch keinen Sinn.«

»Der was?«

»Dieses Statuending.«

»Wovon reden Sie da? Helfen Sie mir, das Fenster in Ordnung zu bringen, Sie haben es versprochen.«

(Die Stimme ist wieder verzweifelt, bettelt beinahe wie ein Kind. Paul spricht wieder.)

»Dieses verdammte Ding, diese Statue, die das halbe Land zerstört. Das Einzige, das verdammt noch mal im Fernsehen zu sehen ist!«

»Ich habe es nicht eingeschaltet. Wollte keine Aufmerksamkeit erregen, zu riskant. Ich musste sehr leise sein … musste SICHER *sein!«*

(Wieder tritt eine Pause ein, und ich erinnere mich an die Verwirrung, die Paul und ich teilten. So etwas hatten wir nicht erwartet. Ich ergreife das Wort.)

»Da geht gerade etwas Ungeheuerliches vor. Und wir glauben, nein, wir wissen, dass Sie damit zu tun haben.«

(Ein lauter Atemzug ertönt. Ich sehe noch immer seine großen, angsterfüllten Augen vor mir. Er sagt nichts.)

»Wir haben geglaubt ... Sie könnten uns sagen ...«

(Stille.)

»Sie haben keine Ahnung, stimmt das?«

(Stille.)

»Wenn Sie von einer Katastrophe sprechen, meinen Sie dann für Sie persönlich? Oder meinen Sie eine Katastrophe für alle anderen?«

»Keine Ahnung. Keine Ahnung. Bitte ...«

(Ein lautes Geräusch, als sich Paul bewegt. Er spricht wieder.)

»DIESES Ding, DIESES verfluchte Ding ...«

(Plötzlich ist der Fernseher zu hören, weil Paul ihn einschaltet. Der gleichmäßige Fluglärm von Hubschraubern, unterbrochen von gelegentlich eingestreuten Bemerkungen des Kommentators vor Ort. Wie immer erfolgt die Liveübertragung aus großer Höhe, allerdings ist zuerst nur eine gewaltige Rauchwolke in der Mitte eines Stadtzentrums zu sehen. So geht es eine Weile weiter, während auf dem Laufband am Bildschirmrand die neuesten Meldungen über Evakuierungen vorbeilaufen. Plötzlich zoomt die Kamera heran, und auch wenn die Distanz beträchtlich ist, erscheint die unverkennbare Gestalt des Stone Man aus dem Rauch, unverkennbar und unaufhaltsam.)

»WAS wissen Sie über DIESES Ding?«

(Ein lautes Krachen ertönt, so laut, dass die Aufnahme scheppert. Der Glastisch kippt um. Patrick ist gerade auf die Füße gesprungen und hart genug dagegen geprallt, um ihn umzustoßen. Er bemerkt es nicht einmal. Nun spricht er, seine Stimme ist kaum mehr als ein angestrengtes, entsetztes Flüstern.)

»Was ... Was ...«

»Es ist okay, reden Sie mit uns, und wir ...«

»Es ... es ist durch ein Haus marschiert ... was ist das ... das Haus hat es nicht aufgehalten ...«

»Okay, beruhigen Sie sich eine Sekunde, und wir …«

»ICH BIN NICHT SICHER! ICH BIN NICHT SICHER! ICH BIN NICHT SICHER! ICH BIN NICHT SICHER!«

(Auf der Aufnahme erfolgen hektische Bewegungen, gefolgt von einem ploppenden Laut, und sie endet.)

Patrick stieß mich zur Seite, das Diktafon flog mir aus der Hand. Darauf war ich nicht vorbereitet und wurde völlig überrascht; ich flog wie ein armseliger Kegel zur Seite, als mich dieser ältere, halb verhungerte Mann zu Boden stieß. Paul wollte ihn packen, stolperte aber über die Ecke des umgestürzten Tisches. Zum zweiten Mal innerhalb von fünf Minuten krachte er zu Boden. Patrick riss die Wohnzimmertür auf und verschwand, noch immer unverständliche Laute von sich gebend, im Korridor. Die Haustür öffnete sich, und wir kamen auf die Füße und erreichten den Korridor gerade noch rechtzeitig, um zu sehen, wie Patricks bleiche Gestalt aus dem Haus auf die Auffahrt rannte. Wir stolperten ihm hinterher, behinderten uns gegenseitig in unserem Bemühen, ihn einzuholen. Als wir die Haustür erreichten, hatte Patrick die Hälfte seiner Auffahrt zurückgelegt. In der nächsten Sekunde würde er das Grundstück verlassen haben.

Wie sich herausstellte, spielte das keine Rolle. Als er auf die Straße rannte, bäumte er sich plötzlich auf, als hätte ihn ein Schuss getroffen. Dann wurde er völlig schlaff und kippte zur Seite wie eine Marionette, deren Fäden man durchtrennt hatte.

Schockiert blieben Paul und ich in der Tür stehen, dann humpelte er hastig zu Patricks bewusstloser Gestalt auf dem Asphalt. Ich schüttelte die Lähmung ab und folgte ihm, aber weil Pauls Masse mir den Blick versperrte, konnte ich den Mann nicht sehen. Plötzlich befiel mich ein ganz übles Gefühl. Das war alles sehr vertraut, aber mir fiel der Grund nicht ein.

»Was zum Teufel …«, sagte Paul und blickte erstaunt auf Patrick herunter. Ich wollte fragen, was nicht stimmte, und dann hörte ich es. Sofort fiel mir ein, wo ich so etwas zuvor gesehen hatte.

»GCCAATTGAATTTGGCCCGTTAAACTCAGG …«

Patricks Augen standen weit offen, blickten aber ausdruckslos ins Leere, und auch darin war er genauso wie der Bursche mit der grünen Weste, den ich dabei beobachtet hatte, wie er vor dem Verkehrsmuseum in Coventry auf den Stone Man gesprungen war. Dieses Mal kam das gleiche stakkatohafte Gestammel ununterbrochen und leise aus Patricks Mund. Paul schaut verwirrt zu mir hoch.

»Was ist das? Der Schlag auf den Kopf?«

»Nein, ich fürchte nicht. Ich glaube, hier ist etwas anderes am Werk. Und es ist ziemlich beunruhigend. Das kommt aus weiter Ferne.«

»Das hat mit dem Stone Man zu tun? Das Ding muss doch mindestens noch zwanzig Meilen weit weg sein.«

»Ich weiß. Lass ihn uns reinschaffen, dann erzähle ich es dir. Wir können ihn ins Wohnzimmer legen, ich glaube nicht, dass er irgendwo hingeht. Dann machen wir uns eine Tasse Tee und versuchen, der Sache auf den Grund zu gehen. Wir müssen uns beruhigen.« Paul nickte, dann schaute er auf Patrick herunter und seufzte.

»Armer Kerl«, sagte er. »Etwas hat ihm wirklich übel mitgespielt. Und er hat auch nicht darum gebeten.« Er hielt inne, dann berührte er überraschenderweise Patricks Arm. Die Berührung war sehr sanft. »Ich hätte den Fernseher nicht einschalten sollen. Ich war nur so frustriert. Und wie er durchdrehte, ohne auch nur etwas über den Stone Man zu wissen. Wo all diese Menschen gestorben sind. Ich bin einfach ausgerastet. Das ist meine Schuld.«

Er ging hart mit sich ins Gericht. Zwar war ich auch der Ansicht, dass es dämlich gewesen war, den Fernseher einzuschalten, aber ich konnte seine Frustration verstehen. Ich ging neben ihm in die Hocke und schob meine Hand unter Patricks Schulter. Er stammelte immer noch vor sich hin.

»Es ist geschehen«, sagte ich. »Er könnte wieder in Ordnung kommen, wir wissen es nicht. Zumindest brauchen wir uns keine Sorgen darüber zu machen, dass er etwas Dummes anstellt und sich selbst verletzt. Und hey, es eröffnet uns verschiedene Möglichkeiten, nicht wahr?«

Paul hielt inne, die Hand unter Patricks andere Schulter zu schieben, um dabei zu helfen, ihn aufzurichten.

»Wie meinst du das?«

»Ich sage nur, dass wir uns entscheiden müssen, ob wir versuchen, ihn zum Stone Man zu bringen, oder hierbleiben und warten. Und da er sich in diesem Zustand befindet, nun … das bedeutet doch, dass wir eine Wahl haben, nicht wahr?«

Mir kam das völlig logisch vor, aber Paul starrte mich nur lange an und musterte mich.

»Was?«, fragte ich angespannt. Ich hatte doch die Wahrheit gesagt; wir konnten eine Entscheidung treffen, und in diesem Zustand machte Patrick das leichter, ganz egal, was sonst noch damit zusammenhing. Wir hatten eine Aufgabe zu erledigen, und Patrick befand sich in keinem Zustand, um Entscheidungen zu treffen (nicht, dass er es zuvor gewesen war). Ob es uns gefiel oder nicht, die Verantwortung lag nun bei uns. Warum konnte Paul das nicht verstehen? Aber plötzlich winkte er ab.

»Noch nicht. Du hast recht, Tee. Wir brauchen beide eine Tasse. Schaffen wir ihn rein und trinken einen verfluchten Tee.«

Ich hätte die Küchentür aus zwei Gründen gern geschlossen. Erstens sollte Patrick diese Unterhaltung nicht mitbekommen, sollte er sich aus einem unerfindlichen Grund unserer Anwesenheit bewusst sein. Aber noch wichtiger war, dass es sein unablässiges Gestammel im Wohnzimmer ausgeblendet hätte. Es machte einen schier wahnsinnig, jede Silbe war abgehackt, aber betont. Jedoch war uns beiden völlig klar, warum das nicht ging; schließlich hatten wir keine Ahnung, ob er nicht plötzlich zu sich kommen und wieder zu fliehen versuchen würde. Wir wollten den Burschen einfach im Auge behalten.

Paul stand vor dem brodelnden Heißwasserkocher und schaute aus dem Fenster auf den kleinen Garten. Er schien sich das Rasenspielzeug anzusehen, das Patrick vermutlich selbst dort aufgestellt hatte; bis jetzt hatte es keinerlei Anzeichen dafür gegeben, dass hier sonst noch jemand lebte oder es Familie gab. Keiner von uns sagte ein Wort. Wir nutzten die Unterbrechung, um uns wieder unter Kontrolle zu bringen, kurz durchzuatmen (Patrick in unserem erschöpften Zustand ins Haus zu schaffen, hatte eine beträchtliche Anstrengung erfordert) und unseren ersten für beide Seiten schwierigen Streit zu vermeiden. Schließlich schaltete sich der Kocher aus.

»Nimmst du Zucker?«, fragte Paul. Er kehrte mir den Rücken zu, nahm die entsprechend gekennzeichnete Dose und öffnete den Deckel.

»Zwei Stücke«, antwortete ich. »Aber nur einen Spritzer Milch.«

»Okay.«

Ich fragte mich, wie das ausgehen würde. Seine Reaktion draußen hatte zweifellos Widerspruch gezeigt, aber er hatte ihn nicht in Worte gefasst. Entweder war er für Vorschläge offen, oder er war einer dieser Männer, die ihren Tee zur Stärkung brauchten, bevor sie eine unangenehme Aufgabe erledigten. Aber ich hatte mich entschieden. Es stand zu viel für mich auf dem Spiel. Ich war bereit, mein Verstand geschärft.

Paul reichte mir einen Becher und lehnte sich gegen die Küchentheke. Das Schweigen hielt weiter an, während er einen kleinen Schluck aus seinem Becher nahm und anerkennend die Augen schloss. Dann machte er mit der freien Hand eine theatralische Geste. *Also los!* Es verriet Zögern, aber auch Bereitschaft, die Sache zu klären, weil sie den ganzen Ärger wert war.

Langsam verstand ich Pauls Art. Mich anfangen zu lassen war für ihn ein passiv-aggressiver Schritt. Mich anfangen zu lassen, war seine Weise, zugleich nachzugeben und die Kontrolle zu etablieren, mir die Erlaubnis zum Sprechen zu geben. Ich hatte ihn offensichtlich wütend gemacht, und er wollte gewinnen. Für gewöhnlich bekam ich solche Verhaltenszüge nicht mit, nicht einmal, wenn sie offensichtlich waren, aber Paul hatte das Pech, dass ich genau dieses Verhalten sechs Jahre lang fast jeden Tag bei einem Redakteur erlebt hatte. Bis jetzt hatte Paul das Sagen gehabt – zumindest war das mein Eindruck –, was in Ordnung gewesen war. Ich glaubte nicht, dass er es absichtlich getan hatte, so war er nun einmal. Jetzt bestand die Möglichkeit, dass er meine Pläne durchkreuzte, und gerade hatte er – unabsichtlich – deutlich gemacht, dass er es bewusst *versuchen* würde.

»Nein, nein«, erwiderte ich, »du zuerst. Du hast das Wort.« Das schien ihn zu überraschen, und ich wusste, dass meine Einschätzung richtig gewesen war. Er hatte nicht erwartet, dass ich den Reifen erkannte, den er mir vorhielt, hatte nicht erwartet, dass ich mich weigern würde, einfach so hindurchzuspringen.

»Gut. Ich sage, wir warten«, sagte Paul tonlos. »Er ist offensichtlich irgendwie mit dem Stone Man verbunden, genau wie wir auch, und er weiß, dass etwas Schlimmes passieren wird. Bringen wir ihn zu dem Ding – falls uns das überhaupt gelingt –, beschleunigen wir die Katastrophe nur, wie auch immer sie aussehen wird. Wir haben nicht die geringste Ahnung, ob es alles nicht sogar noch schlimmer machen wird, sollten wir versuchen, ihn hier wegzubringen. Du hast gesehen, was passiert ist, als er das Haus verlassen wollte. Oder zumindest seine unmittelbare Umgebung. Wir wollten hier Antworten finden, und es gibt keine. Jedenfalls noch nicht. Aber uns wurde ziemlich offensichtlich gezeigt, dass die eine Sache, die wir tun könnten, eine Katastrophe anrichtet. Wir warten, und unser Gewissen ist rein. Was auch geschehen wird, wir haben keine Kontrolle darüber.« Er schwieg, starrte mich an und schlürfte wieder einen Schluck aus seinem Becher. Es war ein überzeugendes Argument gewesen, aber ich war nicht besorgt. Ich hatte selbst welche.

»Okay.« Ich erwiderte seinen Blick. »Wir wissen beide, dass wir ihn nicht weit fortschaffen können, sagen wir, nach Schottland oder wohin auch immer. Das wird die Zerstörung nur vergrößern und den Stone Man weiter übers Land führen. Dieser Bursche ist der Signalgeber, und der Stone Man wird ihm folgen. Bringen wir ihn aber zu dem Ding, riskieren wir diese vage und möglicherweise erfundene Katastrophe, die er voraussagt, endet die Zerstörung. Und wir sind noch immer da, um unsere Antworten zu bekommen.«

»Falls es sie überhaupt gibt. Und du nimmst nur an, dass die Zerstörung aufhört.«

»Was meinst du?«

Paul zuckte mit den Schultern und deutete aus dem Fenster.

»Sagen wir, wir bringen ihn zu dem Stone Man, und was auch immer passiert, nimmt seinen Lauf. Nehmen wir einmal an, das führt nicht das Ende der Welt herbei. Woher wollen wir wissen, dass das Ding nicht zum nächsten Ziel aufbricht? Woher wollen wir wissen, dass nicht ein anderer Mensch automatisch zum nächsten Signalgeber wird?«

»Aber das ergibt doch keinen Sinn. Wenn jeder die Quelle sein könnte, warum dann jemanden auswählen, der das halbe Land weit weg ist?« Langsam wurde ich ärgerlich. Ich kann nicht einmal den Grund dafür benennen. Etwas an dem Kerl nervte mich, aber ich wollte nicht als Erster die Beherrschung verlieren, während er diesen unbewegten Ausdruck beibehielt. Die Vorstellung erfüllte mich mit Widerwillen. Ich wollte sehen, wie diese einstudierte Gelassenheit einen Riss bekam. Er hatte sie offensichtlich gemeistert, aber ich glaubte, sie zerstören zu können.

»Vielleicht war er einfach nur der Erste, den das Ding gefunden hat. Die erste … keine Ahnung, die erste passende Person.«

»Glaubst du nicht, dass es sich bemühen würde, jemanden zu finden, der ein Stück näher ist?« Ich legte etwas mehr Hohn in meine Stimme, als ich verspürte. Blieb ich der Sieger? Möglicherweise schon.

»Warum sollte sich das Ding beeilen müssen?«, erwiderte Paul ganz ruhig und biss nicht an. »Es hat doch alle Zeit der Welt. Man kann es nicht aufhalten. Das muss es wissen. Oder derjenige, der es geschickt hat. Hundert Meilen, zehn Meilen, es wird dort in einer akzeptablen Zeit ankommen. Davon abgesehen, sieh dir doch an, was passiert ist. Dieser Kerl wollte die Flucht ergreifen, und jetzt ist der arme Bastard ein vor sich hin stammelnder Idiot. Er könnte nicht einmal auf die andere Straßenseite laufen, begreifst du das nicht? Er ist gefangen. Als er abhauen wollte, hat man ihn abgeschaltet. Also warum sollte sich das Ding beeilen? *Der Blonde geht nirgendwo hin.* Die Entfernung ist dem verdammten Ding egal, die Zeit auch. Die hat nur für uns Bedeutung.«

Eine gute Erwiderung. Aber ich hatte die Trumpfkarte.

»Aber dir ist schon klar, wenn wir einfach hier sitzenbleiben und abwarten ... die Todesfälle, zu denen es bis zu seiner Ankunft kommt? Die gehen auf unser Konto. Unser Konto, Paul. Wir können das Ding aufhalten ...«

»Das weißt du doch gar nicht ...«

»Und du weißt nicht, ob das Gegenteil zutrifft«, fuhr ich fort und ließ keine Unterbrechung zu. Schließlich hatte ich ihn auch ausreden lassen. »Wie ich gerade sagte, wenn sich herausstellt, dass wir das Ding hätten früher aufhalten können, aber uns einfach hingesetzt und abgewartet haben, während es durch zahllose weitere Gebäude bricht und zahllose weitere Krawalle, Herzinfarkte, Selbstmorde aus religiösen Gründen und Prügeleien verursacht, wenn man uns dann fragt, warum wir nichts getan haben, und unsere Antwort dann lautet: ›Wir hatten keine Garantie, dass man das Ding auf diese Weise aufhalten kann‹, wird man uns lynchen. Denn ich sage dir eines, und das weißt du auch: Wenn wir nichts unternehmen, wird diese Statue definitiv zu diesem Haus kommen. Bringen wir den Blonden zu ihr, könnte sie *stehenbleiben*.«

Jetzt war ich mit dem Schulterzucken dran. *Was macht wohl mehr Sinn, sag es mir,* schien es ausdrücken zu wollen. Paul starrte mich noch immer wortlos an, also machte ich weiter.

»Und was ist aus dem ganzen Gerede geworden, den Tag zu retten? Das könnten wir sein. Wir wären die Männer, die das Ding aufgehalten haben.«

»Oder die Männer, die die Katastrophe verursacht haben. Wir kennen seine Absichten nicht!« Da war sie, die erste Spur von Zorn. Ich drang zu ihm durch.

»Aber wir wissen, was das Ding tut.« Ich schob die Hände in die Taschen, beugte mich ein Stück vor und entspannte mich. »Es zerstört das Land, bringt Menschen den Tod.«

»Und was wird das Monstrum mit ihm anstellen, falls wir versuchen, ihn zu ihm zu bringen? Sieh ihn dir doch nur an.

Das geschieht, wenn er drei Meter weit weg will. Was passiert, wenn wir ihn weiter bewegen?«

»Er ist bereits hinüber, Paul.«

»Ist das dein Ernst? Was zum Teufel wissen wir denn schon? Wir haben nicht die geringste Ahnung, ob diese Wirkung anhält oder nicht. Du würdest das Risiko eingehen, ihm nur aufgrund einer Annahme einen dauerhaften Schaden zuzufügen? Was zum Teufel stimmt nicht mit dir?« Paul stellte den Becher weg und sah nun wirklich wütend aus. »Er hat nicht gewollt, dass ihn das Ding findet. Er wusste, dass es etwas Schlimmes anrichtet, obwohl er nicht einmal wusste, worum es eigentlich geht. Und du willst ihn direkt zu ihm bringen?«

»Ich versuche hier *Leben* zu retten …«

»Und was ist mit seinem Leben?« Pauls Stimme hob sich. »Wegen uns hatte er schon einen Anfall. Willst du das Risiko eingehen, ihn zu töten, indem du ihn noch weiter aus der Gegend bringst?« Er hatte nun die Hände ausgebreitet und gestikulierte heftig bei jedem Wort. Mir wurde wieder bewusst, dass er viel größer war als ich. Aber ich war nun ebenfalls wütend, und ich wollte meine gottverdammten Antworten bekommen. Was er da sagte, ergab nicht einmal Sinn.

»Das Ding kommt trotzdem her«, beharrte ich. »Wir können ihn nicht weiter wegschaffen, und wir wissen, dass es kommt. Das Endergebnis wird gleich sein; es wird ihn erwischen. Die eine Weise wird länger dauern und viel mehr Leben riskieren. Die andere ist schneller und riskiert nur ein Leben. Seines. Davon abgesehen können wir ihn unterwegs doch im Auge behalten, Herrgott noch mal. Feststellen, ob es ihm schlechter geht. Du weißt genau, dass das vernünftig ist. Warum streiten wir uns überhaupt deswegen?«

Paul antwortete nicht, stand nur mit zusammengebissenen Zähnen da und schaute aus dem Fenster. Dann drehte er sich wieder um, und ich war bestürzt. Ihm war bewusst, dass er eigentlich keine Argumente hatte, und es machte ihn wütend, das zugeben zu müssen … aber es war offensichtlich, dass er hauptsächlich auf mich wütend war.

»Als er eben zusammengebrochen ist«, sagte er gefährlich leise, »da hast du nicht einen Gedanken an ihn verschwendet, oder? Du warst sofort beim nächsten Schritt, das Nächstbeste, das wir tun können, um irgendwelche Scheißantworten zu kriegen. Anscheinend warst du sogar froh darüber. Du hast gewusst, dass er uns nicht helfen würde. Und dass er in diesem Zustand endet, war offensichtlich ein ... ein Segen oder so, denn dann kannst du ihn zum Stone Man bringen. Du hast keine Sekunde an ihn gedacht.« Plötzlich holte er tief Luft, und ich fragte mich, ob er sich aufrecht halten oder auf diese Weise die Beherrschung behalten wollte. Ich hoffte auf das Erstere, trotzdem hielt ich verstohlen nach allem Ausschau, was ich möglicherweise als Waffe benutzen konnte, um mich zu verteidigen.

»Warte, Paul«, sagte ich, als mir etwas klar wurde. Ich hielt einen Finger in die Höhe. »Als wir die Vision von ihm auf dem Sofa erhielten, hast du nicht gesagt: ›Ich hoffe, mit ihm ist alles in Ordnung‹. Auch du wolltest Antworten, das war alles, was dich beschäftigt hat. Also komm mir hier nicht als guter Samariter. Du hast den Fernseher eingeschaltet, du hast ihn auf die Straße gejagt.« Ich war nicht zu bremsen. »Ich glaube, du fühlst dich schuldig. *Du* fühlst dich schuldig, weil du das verursacht hast, und *du* willst nur dein Gewissen beruhigen, selbst wenn deine Vorschläge keinen Sinn machen. Du willst ihn so lange wie möglich vom Stone Man fernhalten, weil er Angst davor hatte. Obwohl das nur das Unausweichliche hinauszögert. Aber hier steht mehr als nur dein Gewissen auf dem Spiel, und ich lasse nicht zu, dass andere Menschen sterben müssen, nur weil du ...«

Ich bekam nicht mit, wie er sich bewegte, denn ich hatte mich eine Sekunde lang in der Euphorie meiner Erkenntnis verloren. Plötzlich stand er vor mir. Er packte mich mit beiden Händen am Kragen und drückte mich rückwärts über die Arbeitsfläche, das Gesicht direkt vor mir. Sein zwischen den zusammengebissenen Zähnen ausgestoßener Atem traf direkt meinen Mund.

»Hör zu, du kleine Laus«, fauchte er und schüttelte mich dabei. Ich konnte mich nicht bewegen, denn sein überlegenes

Körpergewicht hatte mich eingeklemmt. »Du hast nicht die geringste Ahnung. Mir gefällt nicht, was ich dort draußen gesehen habe, es gefällt mir nicht im Mindesten. Du hättest ihn in einen verfluchten Zementmischer gestoßen, falls du auf diese Weise an mehr Informationen gekommen wärst. Du warst wie ein hungriges Tier. Und ich will verdammt sein, wenn ich dich das machen lasse. Das da nebenan ist ein Mensch, ein *Mensch!* Vergiss das nicht. Vergiss nicht, dass …« Er verstummte, und ich glaubte, er hätte Probleme, die richtigen Worte zu finden, aber als das Schweigen anhielt und sein Blick kurz von meinem Gesicht wich, hatte ich den Eindruck, dass er einen Augenblick lang verloren wirkte. Plötzlich ließ er los und schritt zurück, ohne mich aus den Augen zu lassen. Eine lange Pause trat ein. Ich richtete mich nicht einmal auf.

»Das …«, setzte er an, um dann zu Boden zu schauen. Ich rührte mich noch immer nicht. Er sprach nicht. Wieder trat Schweigen ein.

»Tut mir leid. Tut mir leid. Das war zu viel. Ich habe es nicht so gemeint. Es war ein beschissener Tag, und so, wie ich mich fühle, sind meine Nerven, sie sind einfach … ich bin einfach …« Wieder vollendete er den Satz nicht, und ich fragte mich, was zum Teufel hier gerade passierte. Plötzlich schaute er auf.

»Es tut mir leid, ja? Es tut mir leid. Du sollst nur … vergiss nicht, das da nebenan ist ein menschliches Wesen. Das ist alles.« Er drehte sich um, nahm seinen Becher und stellte das Wasser an, um ihn auszuspülen. Ich wusste nicht, was ich sagen sollte, aber zweifellos erwartete er eine Reaktion. Langsam richtete ich mich auf, zog meine Kleidung zurecht und tastete meinen Hals nach Kratzern ab. Ich bin nicht an Gewalt gewöhnt, ich war schon seit der Schule nicht mehr in einen Kampf geraten, und das war schockierend gewesen.

»Nun …«, begann ich, aber dann fehlten auch mir die Worte. »Okay, das ist natürlich richtig, aber … Mein Gott …«

»Nein, ich weiß, dass es keine Entschuldigung gibt«, sagte Paul, der mir weiterhin den Rücken zuwandte. »Aber das Ganze hat mich ausgelaugt. Ich will nur, dass es vorbei ist. Ich ertrage diesen Zustand nicht länger. Mein Körper ist nur ...« Er ballte die freie Hand zur Faust. Sie zitterte.

»Ich weiß, meiner auch«, erwiderte ich, und das war die Wahrheit. »Aber ich ... vermutlich habe ich das vergessen. Ich habe mich mitreißen lassen, und wir stehen so kurz vor der Wahrheit, aber ... Nein, du hast recht. Vergiss es einfach, okay? Mach es einfach nicht noch einmal, okay? Du bist viel größer als ich. Das ist nicht besonders fair.«

»Ich weiß. Ich hasse diesen Scheiß. Das ist nicht richtig. Mein Temperament geht manchmal mit mir ... Es tut mir leid. Du hast recht. Der Stone Man erwischt ihn so oder so. Wir könnten versuchen, das zu verkürzen und ein paar Leben zu retten. Du hast recht. Du hast recht. Die Bedürfnisse vieler und so weiter. Aber wie du gesagt hast. Wir behalten ihn unterwegs genau im Auge, okay? Geht es ihm schlechter, bringen wir ihn zurück. Wir bringen ihn nicht um, wir versuchen andere zu retten. Ich werde doch niemanden umbringen. Ist das okay?«

»Okay.«

»Gut.« Damit war es erledigt, und das wussten wir beide. Vielleicht ging es uns jetzt nicht besser, aber irgendwie schon. Er stellte den Becher ab, dann drehte er den Wasserhahn zu. Noch immer hatte er sich nicht umgedreht, und jetzt legte er beide Hände flach auf den Spülenrand und stützte das Gewicht auf die Arme, schaute in den Garten. Er seufzte. »Ein armer Kerl, was?«

»Wir wissen nicht, was passieren wird. Ihm muss nichts passieren, sobald er dem Ding begegnet.«

»Hm. Glaubst du das wirklich?«

»Ich weiß es nicht.«

Das Gestammel aus dem anderen Raum füllte die Stille.

»Schaffen wir ihn ins Auto.«

Wir schafften fünf Minuten auf der Straße, bevor sich Patrick übergab. Dann bekam er Krämpfe. Das reichte. Bis zum heutigen Tag habe ich keine Ahnung, was bei der Weiterfahrt passiert wäre. Zum Teufel, wenn ich darüber nachdenke, vielleicht *wäre* alles ganz anders gekommen, hätten wir es getan. Aber darüber will ich nicht nachdenken. Ich kann nicht. Alles, das danach passiert ist, ist passiert. Der Sergeant. Die Frau in Birmingham. Herrgott. Scheiße, ich mache den Sambuca auf.

Wir drehten um und brachten Patrick zurück zum Haus. Um zu warten.

Die nächsten Stunden waren seltsam. Wir wollten nicht Fernsehen, es gab sowieso nur Berichte über den Stone Man. Und wir mussten es auch nicht. Wir konnten mühelos spüren, wie er sich näherte, dafür sorgte die verstärkte Verbindung, die Paul und ich erschaffen hatten. Wir deponierten Patrick wieder auf dem Sofa. Paul holte Spielkarten aus dem Auto, hielt sie wortlos in die Höhe und wartete auf meine Reaktion. Ich nickte, und er öffnete den Satz. Ich suchte in den Küchenschubladen nach Streichhölzern, fand welche und schlug Blackjack vor. Paul hob stumm den Daumen. Die nächsten paar Stunden spielten wir und wechselten nach jedem Blackjack den Kartengeber. Ich fand sogar ein paar Dosen Bier im Kühlschrank, und wir öffneten sie, da mein Kater schon lange vergessen war. Die einzigen Laute im Raum waren Patricks Gestammel und gelegentlich ein zweifaches Tippen auf dem wieder aufgestellten Tisch, um dem Kartengeber zu signalisieren. Auch wenn es vielleicht so klingt, war es keineswegs unbehaglich; in gewisser Weise ließ es uns beide wissen, dass wir uns bereits nähergekommen waren. Schweigen war nun akzeptabel, und nach dem ständigen Stress jetzt Zeit zu haben, hier zu sitzen und zu warten, war beinahe entspannend. Oder so entspannend es sein kann, wenn dein ganzer Körper ausflippt. Es stimmt wohl, dass Menschen in Krisensituationen zusammenfinden. Zwar konnte keine Rede davon sein, dass wir zusammen Vorhänge kaufen würden, aber zumindest hatten wir einen Schritt in die richtige Richtung gemacht.

Manchmal stand Paul auf, um die zittrigen Beine zu bewegen; dann ging er hinaus in den Garten, um Luft zu schnappen. In diesen Pausen hörte ich mir die Aufnahme des Diktafons an. Sie erzeugte ein seltsames Gefühl in mir.

Während die Stunden vergingen, wurde das Licht draußen schwächer. Wir hatten die Jalousien nicht hochgezogen, hatten dazu keine Notwendigkeit gesehen. Aus dem späten Nachmittag wurde ein früher Sommerabend, und die Sonne stand tiefer am Himmel. Die Schatten wurden länger, und Pauls Streichholzstapel wuchs ständig im Gegensatz zu meinem. Ich spiele gern Blackjack, aber Paul schien eine bessere Taktik zu haben als ich, verzichtete manchmal auf weitere Karten, wenn ich es für verrückt hielt, oder wollte mehr, obwohl ich das für seinen sicheren Untergang hielt. Aber er hatte öfters recht als unrecht.

Ich überlegte gerade, wie ich mit einer Sechzehn verfahren wollte (in dieser Partie war Paul der Kartengeber, und die aufgedeckte Karte war eine neun), als wir beide uns eines Lauts draußen bewusst wurden. Er war leise und regelmäßig, klang aber noch immer weit weg. Wir lauschten angestrengt, konnten es aber bei Patricks ständigem Gestammel nicht genau hören. Ich trat ans Fenster, und Paul gesellte sich zu mir.

»Hubschrauber«, sagte Paul. »Nachrichtenteams oder Militär, aber wer es auch ist ... alle kommen.«

»Ja.« Ich warf einen Blick auf Patricks Gesicht mit den weit aufgerissenen Augen, die ins Leere starrten. Waren wir dafür verantwortlich? Wäre es sowieso geschehen? »Es ist noch mindestens ... eine Stunde weit weg?«

»Ich glaube schon.«

»Also werden wir wohl bald Besuch bekommen. Zumindest werden Leute in der Nähe sein, also Leute mit Autorität, mit denen wir versuchen können zu reden. Hat der Innenminister gesagt, dass man vor jeder Evakuierung von Haus zu Haus geht und sie überprüft?«

»Etwas in der Art. Er hat so herumgeeiert, ich kann mich wirklich nicht erinnern, wie man vorgehen will«, antwortete Paul, griff nach der Fernbedienung und schaltete den Fernseher ein. Das Bild zeigte den Stone Man, der wieder von Soldaten umgeben war, die ihn begleiteten. Sie hielten ungefähr drei Meter Abstand in einer Kreisformation. Gerade überquerte er ein Feld; anscheinend befand er sich wieder in einem ländlichen Gebiet.

»Egal, sie werden lange vor dem Stone Man hier sein«, sagte ich und setzte mich auf das Sofa. »Und in diesem Augenblick müssen wir sie davon überzeugen, dass dieser Typ das Ding treffen muss. Wir können ihn nicht im Haus lassen, denn das wird mit ihm zusammen plattgemacht.«

»Und wenn man ihn wegschafft, bringt man ihn ins Krankenhaus, was verheerende Folgen haben könnte.« Paul nickte. »Ich bin von der Annahme ausgegangen, dass du irgendeinen genialen Plan hast, um sie zu überzeugen, dass wir dazugehören. Wenn du Lust hast, den besagten genialen Plan mitzuteilen, ich höre zu.« Ich lächelte schmal und griff nach meiner Tasche. »Ich hatte den Funken einer Idee, und ich habe darüber nachgedacht, während wir gespielt haben. Vielleicht habe ich da etwas.« Ich öffnete die Tasche.

»Das habe ich keine Sekunde lang bezweifelt.«

»Es ist nicht einmal besonders kompliziert. Wenn es funktioniert, wird man uns zumindest eine Chance geben, mit einem der Höherrangigen zu sprechen. Und dann geht es nur noch darum, ob das reicht, um sie völlig zu überzeugen. Etwas heiße Luft gehört auch dazu, aber dieses Risiko müssen wir eben eingehen. Du kannst doch Scheiße erzählen, Paul, oder?« Ich lächelte ihn spöttisch an, aber es war nicht böse gemeint.

»Wie ein Profi. Okay, klingt wie das Siegerlos. Ich liebe es, wenn ein Plan funktioniert. Erklär es mir genau.«

Das tat ich. Es war nicht viel, aber wir hatten nichts Besseres.

KAPITEL VIER

Der Herr General wird überzeugt, Fakten über den Patienten Null und Strahlungsspitzen, und Andy wird mit einem ganz anderen Standpunkt konfrontiert

Ungefähr zehn Minuten waren vergangen, als auf der Straße Lärm erscholl, der nach einem Tag voller unbenutzter Straßen gewaltig klang. Vor zwei Tagen wäre er uns nicht einmal aufgefallen. Mehrere große Fahrzeuge, die zugleich fuhren, wären da nur Hintergrundgeräusche gewesen. Wir traten ans Fenster. Ungefähr acht Armeetransporter parkten ungefähr dreihundert Meter vom Haus entfernt in einer Reihe, dann sprangen Soldaten heraus und eilten zu den Häusern auf beiden Seiten der Straße. Weitere Lastwagen in großer Zahl fuhren weiter auf dem Weg, das nächste Viertel zu evakuieren. Die Soldaten trugen nur ans Bein geschnallte Handfeuerwaffen. Ich konnte nur einen mit einem schweren Automatikgewehr entdecken; er stand in der Nähe der Lastwagen. Anscheinend erwartete man von den Bewohnern keinen Ärger, abgesehen vielleicht von einem gewissen Zögern, sich evakuieren zu lassen. Aber absolut sicher war man sich auch nicht.

»Los geht's«, murmelte Paul und schlug mir auf die Schulter. »Alles hängt von dir ab, alter Junge.« Und dann, wie aus dem Nichts: »Was war noch einmal dein Job?«

»Autor«, sagte ich und fluchte innerlich. Ausgerechnet jetzt, in diesem Moment.

»Ach?« Trotz der Dringlichkeit der Situation erschien Paul ehrlich überrascht. »Habe ich vielleicht etwas von dir gelesen?«

»So ein Autor bin ich nicht.« Ich wechselte das Thema. »Du bleibst drinnen, wenn er zur Tür kommt, okay?«

»Warum?«

»Wenn du zusiehst, sorgt das nur für noch mehr Druck. Falls es funktioniert, bist du gleich dabei.«

»Okay, okay. Es ist dein Spiel.«

Ich nickte, ging zur Haustür und öffnete sie. Auf der Straße begaben sich Menschen zu den Lastwagen. Ein paar der Anwohner protestierten, trugen bereits gepackte Koffer oder drängten Kinder, sich zu beeilen. Die Zahl der Leute hielt sich in Grenzen; ich fragte mich, ob einige der Nachbarn einfach nicht zur Tür gingen, sich versteckten oder bereits weg waren.

Ein Soldat entdeckte mich und hob die Hand. Er winkte mich zu sich. Ich schüttelte den Kopf und bedeutete ihm, zu mir zu kommen. Der Mann erschien verblüfft, dann verärgert. Er drehte sich um und brüllte einem anderen Soldaten etwas zu, der mich ansah und dann dem Fragesteller etwas zubrüllte, der den Kopf schüttelte und zu mir kam. Er war jung, viel jünger als ich, was vielleicht helfen würde. Alles kam darauf an, wie autoritätsgeil der Bursche war.

»Sir, Sie müssen das Viertel verlassen, Sir«, sagte der Soldat, sobald er die Auffahrt erreicht hatte. Er kam nicht näher. »Es ist nur vorübergehend. Wir bringen alle zu einer Sammelstelle, und es sollte nur ein paar Stunden dauern, bis der Stone Man vorbei ist oder wir wissen, dass die Rückkehr sicher ist. Sollte Ihr Haus danach nicht bewohnbar sein, arrangieren wir eine vorübergehende Unterkunft für Sie und Ihre Familie. Sollte sich außer Ihnen noch jemand im Haus befinden, holen Sie sie bitte. Und nehmen Sie nur das Wichtigste mit.« Das alles wurde automatisch gesagt, eindeutig auswendig gelernt, und auf eine Weise heruntergeleiert, die deutlich machte, wie leid er es war, es ständig wiederholen zu müssen. Er war nicht in der Stimmung für Komplikationen, was schlecht für mich war. Trotzdem entging mir nicht, dass er den Stone Man bei dem von den Medien verliehenen Namen nannte. Es klang einfach ungewohnt.

»Das verstehe ich, Soldat«, sagte ich und bereute es sofort. Er konnte genauso gut ein Offizier sein, und in dem Fall hatte ich gerade seinen Rang schwer beleidigt. Ich war automatisch davon ausgegangen, dass er ein einfacher Soldat war, weil er jemanden gefragt hatte, ob er zu mir durfte. Ich redete einfach weiter, und er korrigierte mich nicht, also hatte ich entweder recht, oder es war ihm egal. »Aber ich muss mit Ihrem Vorgesetzten sprechen, bitte. Es ist außerordentlich wichtig.« Der Mann nickte und deutete auf die Lastwagen.

»Das geht in Ordnung, Sir, ich sorge dafür, dass er mit Ihnen spricht, sobald wir bei den Wagen sind. Aber wir müssen heute noch ein großes Gebiet räumen, also holen Sie bitte Ihre Sachen, damit wir losfahren können. Ist außer Ihnen noch jemand im Haus?«, wiederholte er und unterdrückte seine Ungeduld recht anständig.

»Ja«, antwortete ich. »Aber ich fürchte, ich muss mit dem befehlshabenden Offizier sprechen, *bevor* wir einsteigen. Ich muss ihm etwas zeigen.«

»Das wird nicht passieren, Sir«, erwiderte der Uniformierte nun gereizt. Seine Stimme war tonlos, und es war klar, dass hier jemand stand, der gerade zu dem Schluss gekommen war, sich an diesem Tag genug Mist angehört zu haben. »Es tut mir leid. Ich sorge dafür, dass er bei den Wagen mit Ihnen spricht. Aber wir haben die Autorität, Sie hier wegzuschaffen, Sir, wenn Sie Probleme machen. Ich will das nicht tun, also warum kommen Sie nicht einfach brav mit und wir bringen das so schnell wie möglich hinter uns?«

Du kleiner, hochnäsiger Scheißkerl, dachte ich. Es störte mich nicht, dass er seine Befehle befolgte, aber wenn jemand, der mindestens zehn Jahre jünger war als ich, mich anwies, »brav« mitzukommen, würde er sich bei mir niemals beliebt machen. Trotzdem bewahrte ich die Beherrschung.

»Ich sage Ihnen was«, sagte ich und versuchte freundlich zu bleiben, »warum zeige ich es Ihnen nicht? Sie müssen nicht einmal das Haus betreten. Dann können Sie entscheiden, ob es wert ist, Ihren Vorgesetzten damit zu belästigen, aber ich glaube, Sie werden es tun. Wenn Sie wollen, dass wir gehen, sobald wir das erledigt haben, kein Problem. Dann gehe ich.« Ich lächelte und hob Hände und Augenbrauen auf eine Weise, die »Was sagen Sie?« ausdrücken sollte. Der Soldat wollte den Kopf schütteln, hielt dann aber inne. Offensichtlich hatte man ihn instruiert, wie er sich bei Widerstand verhalten sollte. Aber nicht, wenn man ihm einen Handel vorschlug. Erst recht keinen, bei dem er entscheiden konnte, ob ich zum Wagen ging oder nicht. Hätte ich ihn gebeten, das Haus zu betreten, wäre das vielleicht etwas anderes gewesen; das wäre viel verdächtiger erschienen. In diesem Augenblick entschied er sich offensichtlich, dass es einfacher war, mich bei Laune zu halten, als mich mit vorgehaltener Waffe zu zwingen, in den Wagen zu steigen.

»Können Sie an den Anfang der Auffahrt kommen, um es mir zu zeigen, Sir?« Leise seufzte er und trat ein paar Schritte zurück. Keine Ahnung, ob er mir damit zeigen wollte, dass er mich nicht packen würde, oder demonstrieren wollte, dass er mich aus dem Haus haben wollte.

»Jetzt nichts Dummes tun, okay?«, fragte ich und versuchte mit einem gewinnenden Lächeln einen, wie ich hoffte, Scherz zu machen. Es wurde nicht erwidert.

»Sir, unsere Befehle lauten, Anwohner so friedlich und höflich wie möglich zu evakuieren, und nur als letzten Ausweg Gewalt anzuwenden. Ich nehme Sie beim Wort, dass Sie mir zeigen, was auch immer Sie mir da zeigen müssen, um dann ohne Scherereien zu machen in diesen Wagen zu steigen. Ich verlasse mich da auf Sie, Sir. Je schneller wir das erledigen, umso besser für alle Beteiligten, stimmt's? Also tun auch Sie nichts Dummes.« Wenigstens versuchte er vernünftig zu sein. Das wusste ich zu schätzen, aber es reichte nicht, um das mit dem »brav« zu vergessen.

Ich nickte und griff nach meiner Tasche.

»Lassen Sie die Tasche bitte auf dem Boden stehen, Sir. Nehmen Sie heraus, was auch immer Sie da haben«, sagte er. Seine rechte Hand näherte sich der Waffe.

»Das ist okay, das ist okay.« Ich streckte meine blassen, zitternden Hände aus, während ich mich zur Tasche bückte. Ich fummelte eine Sekunde lang darin herum, dann fand ich meine Kamera und hielt sie über den Kopf. Als ich mich dem Soldaten mit mühsamen Schritten näherte, starrte er mich ungeduldig an. Fraglos hielt er mich für einen Blödmann, der sich ein Stück vom Kuchen abschneiden wollte. Wenn ich so darüber nachdenke, hatte er nicht ganz unrecht.

Ich senkte die Kamera und drehte sie, um ihm zu bedeuten, dass ich ihm den Bildschirm auf der Rückseite zeigen wollte. Er machte einen kleinen Schritt zurück, hielt immer noch Abstand zu mir.

»Ich kann von hier aus sehen, Sir.« Er hielt die Hand hoch, um mir zu bedeuten stehenzubleiben. »Zeigen Sie es mir einfach, dann können wir weitermachen.«

Ich antwortete nicht – wozu auch? – und stellte die Kamera auf Abspielmodus. Der Bildschirm erwachte zum Leben, und ich drückte die Abspieltaste auf der Rückseite. Das letzte Foto, das ich betrachtet hatte, erschien. Das hatte ich vorbereitet, während ich auf das Militär gewartet hatte.

Natürlich zeigte das Bild den Stone Man, mitten auf dem Millennium Place, wo ich das Ding fotografiert hatte. Es war offensichtlich, dass dieses Foto im Gegensatz zu den Aufnahmen, die man in den vergangenen vierundzwanzig Stunden ununterbrochen in den Nachrichten gezeigt hatte, aufgenommen worden war, als es völlig reglos dagestanden hatte. Die Ungeduld auf dem Gesicht des Soldaten verschwand; das interessierte ihn. Zwar nicht übermäßig, aber ich hatte zumindest seine Aufmerksamkeit erregt.

»Das wurde gestern aufgenommen«, sagte ich. »Ich war dabei, als es in Coventry anfing. Ich habe nicht den geringsten Zweifel, dass es noch andere Fotos davon gibt – ich war nicht der Einzige mit einer Kamera oder einem Handy. Aber Sie können diese Aufnahme überprüfen lassen. Ich bin sicher, Ihre Vorgesetzten haben eine Kopie von jedem Foto des Stone Man, das online verfügbar ist. Also werden sie herausfinden, ob ich das heruntergeladen habe oder nur selbst aufnehmen konnte. Sie werden wissen, dass ich dort war. Das ist das Erste. Okay?« Ich wartete auf eine Antwort, aber da kam nichts, also wertete ich das als Hinweis weiterzumachen. »Zweitens, und ich begebe mich da zugegebenermaßen auf dünnes Eis, bin ich mir sicher, dass man Sie zumindest in groben Zügen über den Stone Man informiert hat. Schließlich sollen Sie die Evakuierung durchführen. Sie begeben sich zumindest potenziell in eine Gefahrenzone, und Ihre Vorgesetzten haben nicht die geringste Ahnung, ob dieses Ding nicht plötzlich doch schneller geht oder etwas anderes tut, richtig? Also hat man Ihnen sicher die begrenzten Möglichkeiten mitgeteilt, was den besten Umgang mit dem Stone Man angeht. Und zu den Dingen, die man auf gar keinen Fall tun soll, falls man sich in seiner unmittelbaren Nähe wiederfindet, gehört vor allem, *ihn zu berühren.* Und man dürfte Ihnen auch den Grund dafür verraten haben. Das hat man doch, oder nicht?« Der Köder war gelegt; wenn er ihn nicht schluckte, würde man uns in die Wagen verfrachten, und das war es dann.

»Das sind geheime Informationen, Sir«, sagte der Soldat, aber plötzlich sah er genauso jung aus, wie er wirklich war. Seine müde Haltung wich tiefer Verwirrung. Der unbeholfene Kunde, mit dem er es zu tun gehabt hatte, hatte plötzlich etwas völlig Unerwartetes hervorgebracht, und er war erschüttert. Und zwar so sehr, dass sich meine Ahnung zweifellos als richtig erwiesen hatte. Er wusste offensichtlich, was mit dem Jungen mit der grünen Weste passiert war, der auf den Rücken des Stone Man gesprungen war. Oder den beiden Polizisten, die dazugekommen waren.

»Schon okay«, sagte ich und versuchte so beruhigend zu klingen, wie ich konnte. Ich war auf dem richtigen Weg, aber Paul hätte sich besser geschlagen, das wurde mir jetzt klar. Er war im Zwischenmenschlichen wesentlich geschickter als ich, davon war ich überzeugt. »Sie brauchen mir nichts zu sagen. *Ich* bin derjenige, der *Ihnen* etwas verrät, richtig? Richtig. Man muss die Bevölkerung nicht anweisen, das Ding nicht zu berühren. Man hat ihr bereits gesagt, sie soll sich ihm nicht nähern, und das hat man so gut durchgesetzt, wie man kann. Aber *ihr* … ihr könntet ihm nahe genug kommen, um damit in Kontakt zu kommen. Ich habe gesehen, was mit dem ersten Mann passiert ist, der es angefasst hat; ich war dabei, verstehen Sie? Ich glaube, man hat Ihnen gezeigt, was passieren kann. Und worauf man zu achten hat für den Fall, dass jemand derartige Symptome zeigt. Hat man ein Video von ihm gemacht? Oder ist bereits eins im Umlauf, vielleicht von jemandem, der auch dort war und es online gestellt hat?«

Der Soldat schüttelte sanft den Kopf, noch unsicherer als zuvor, aber er sagte kein Wort.

»Hat man Ihnen stattdessen von ihm erzählt, Ihnen gesagt, was mit Leuten passiert, die das Ding berühren, und wie sie danach aussehen?« Mir kam der Gedanke, dass ich es vielleicht übertrieb. »Ganz egal«, fügte ich schnell hinzu. »Drittens weiß ich, dass der Weg des Stone Man *direkt* durch dieses Haus hier führen wird. Sie wissen das vielleicht nicht, keine Ahnung. Möglicherweise lautet Ihr Befehl nur, diese Straße und andere zu räumen. Aber Ihre Vorgesetzten werden Bescheid wissen. Ich weiß, dass die Regierung keine genaue Liste der bedrohten Gebäude veröffentlicht hat, die auf dem Weg liegen, aber man wird die genaue Route ausgerechnet haben. Man weiß exakt, welche Gebäude sich darauf befinden.« Vor der Ankunft der Armee hatten Paul und ich online gehen können (mittlerweile verfügten unsere Telefonanbieter sogar wieder über 3G) und hatten die Regierungsversion des Weges eingesehen. Man hatte keine Gebäude aufgelistet, sondern nur eine Liste »voraussichtlicher Evakuierungsgebiete«, hatte Straßen nach Städten aufgelistet, die vorbereitet sein sollten, »ihre Häuser kurzfristig ein paar Stunden lang zu verlassen«. Das ergab Sinn. Gebäude zu benennen, die vermutlich zerstört werden würden, gab irgendwelchen Idioten nur die Gelegenheit, dem verdammten Ding zu folgen, es in Aktion zu erleben, ganz zu schweigen von anderen Problemen. Das verschaffte Paul und mir einen Vorteil; eine Chance der Glaubwürdigkeit.

»Man wird irgendwo eine Liste haben«, fuhr ich fort und zeigte zurück auf das Haus. »Dieses Gebäude wird darauf stehen. Woher ich das weiß, ist eine andere Geschichte, und die ist für den bestimmt, der den Befehl hat, nichts für ungut. Und viertens: In diesem Haus liegt ein Mann, der sich in genau demselben Zustand wie die Leute in Coventry befindet, die den

Stone Man berührt haben. Von denen Sie wissen. Nur dass dieser Mann nicht einmal zwanzig Meilen in der Nähe dieses Dings war. Man könnte glauben, dass er es vortäuscht, aber vertrauen Sie mir, zeigen Sie ihn Ihrem Vorgesetzten, und er wird Ihnen sagen, dass er das nicht tut. Um es noch einmal zu wiederholen: Wie er zu diesem Zustand gekommen ist, ist eine Geschichte für einen anderen Zeitpunkt, aber ich sage Ihnen das, um Sie davon zu überzeugen, dass der Besitzer dieses Hauses – dieses Ortes, der sich genau auf dem Weg des Stone Man befindet – etwas *Besonderes* ist.«

Noch immer erwiderte der Soldat nichts. Aber ich hielt das für ein gutes Zeichen. »Ich erzähle Ihnen das alles nur, um Sie davon zu überzeugen, dass der Stone Man zu dem Mann will, *dem dieses Haus gehört.* Um ihn geht es. Und mein Freund und ich … wir sind auch darin verwickelt. Aber das müssen wir demjenigen erklären, der hier den Oberbefehl hat. Denn Sie müssen verstehen, dass keiner von uns schon evakuiert werden kann. Darum geht es hier.« Bevor er das Letztere abtun konnte, alles das, was am schwersten zu schlucken war und das Potenzial hatte, ihn davon zu überzeugen, dass das alles Schwachsinn war, drehte ich mich zum Haus und legte die Hände an den Mund. *»Paul!«*

Aufs Stichwort trat Paul in die Tür und füllte sie auf dramatische Weise aus. Er trug Patrick in einem Rettungsgriff über der Schulter, was ihn noch größer aussehen ließ. Er brachte ihn zu mir und dem Soldaten. Normalerweise wäre ihm das nicht schwergefallen; Paul war sehr stark und Patrick ein Leichtgewicht. Aber in seinem derzeitigen Zustand hatte er schon Mühe aufzustehen, und Patrick auf diese Weise zu tragen, war wirklich schwer. Der Soldat sah mit geöffnetem Mund zu, griff aber nicht wieder nach der Waffe. Seine Hände hingen an den Seiten herunter, als wollte er alles verstehen. Paul erreichte uns und nickte dem Soldaten zu.

»Herr General«, grunzte er anstatt einer Begrüßung und legte Patrick auf die Auffahrt. Dafür hätte ich Paul mit Begeisterung wieder in die Eier treten können, und zwar auf der Stelle, während er sich mit einem schmalen spöttischen Grinsen aufrichtete und sich dann auf ein Knie herabließ, um wieder zu Atem zu kommen. Seine Kleidung war am Rücken schweißdurchtränkt.

Glücklicherweise bekam der Soldat die Bemerkung nicht mit. Er starrte mit weit aufgerissenen Augen auf Patricks ausgezehrte Gestalt. Im frühen Abendlicht hätte die offensichtliche Auszehrung des Mannes jeden schockiert, denn die Schatten und Linien nahmen darin noch kantigere Töne an. Aber dazu gab es weitere Einzelheiten; die fast weiße Tönung, die seine Haut seit dem vergeblichen Fluchtversuch angenommen hatte, und die engen Pupillen und der ehrlich gesagt unmenschlich klingende Buchstabenstrom, der aus seinem Mund kam (so schnell und endlos, dabei aber so abgehackt und betont, dass er wie der größte Schnellsprecher der Welt klang), ließ ihn grotesk erscheinen. Es ließ ihn fremdartig aussehen.

Das gab den Ausschlag. Der Soldat wich langsam zurück, ohne sich dessen überhaupt bewusst zu sein. Als ein anderer Soldat nach ihm rief, vermutlich um zu fragen, was da so lang dauerte, warf er schnell einen Blick in dessen Richtung, bevor er sich wieder uns zuwandte.

»Bleiben Sie hier«, befahl er. Er war jetzt selbst ganz blass, und mit einem letzten, beinahe ängstlichen Blick auf mich eilte er zu seinem Kameraden und redete hastig außer Hörweite auf ihn ein.

»Glaubst du, du hast es geschafft?«, murmelte Paul aus dem Mundwinkel und schaute aus seiner knienden Position zu mir hoch. Seine Atmung ging nun etwas leichter, aber seine Stirn war noch immer voller Schweiß.

»Keine Ahnung«, murmelte ich zurück und beobachtete die beiden Soldaten. »Das ist nur der erste Schritt. Sie könnten uns immer noch einfach zur Befragung mitnehmen und den Blonden ins Krankenhaus schaffen. Es sei denn, unser Freund dort macht genug Wind, um die hohen Tiere zu interessieren.«

»Trotz allem, was du gesagt hast?«

»Wer weiß. Bei ihm hat es jedenfalls funktioniert, und der Blonde hat seinen Teil dazu beigetragen.«

»Warte nur, bis sie herausfinden, dass ich der geborene Bauchredner bin und alles mache, ohne dass sich meine Lippen bewegen!«

»Das ist nicht komisch.«

»Nein. Tut mir leid. Das war bescheuert. Tut mir leid. Ich bin nur nervös.«

»Vergiss es. Sie kommen.«

Der Herr General, wie er nun bei uns hieß, kam in Begleitung des anderen Soldaten zurück, blieb aber ein paar Schritte hinter ihm. Der Neuankömmling war etwas älter und auch kleiner, mit dunklen, asiatisch aussehenden Gesichtszügen. Falls er einen höheren Rang als der andere Bursche einnahm, wusste ich nicht, wie ich das feststellen sollte. Es sei denn, ein Klemmbrett war ein Rangzeichen. Als er nahe genug war, um Patrick sehen zu können, starrte er ihn an. Er sagte kein Wort, bis er uns erreicht hatte, und die ganze Zeit starrte er Patrick an, hörte vielleicht dem Morsecode zu, den der brabbelte.

»Wie lange befindet er sich schon in diesem Zustand?«, fragte er, ohne sich vorzustellen.

»So ungefähr drei Stunden«, sagte ich.

»Und wie kam das?«

»Er wollte weglaufen«, sagte Paul und wischte sich mit dem Unterarm die Stirn ab. »Er muss hierbleiben. Und wir auch.« Der Klemmbrettoffizier sah Paul an, als würde er ihn das erste Mal registrieren.

»Sie heißen?«, fragte er Paul, sprach damit aber uns beide an.

»Andrew Pointer und Paul Winter«, sagte ich. »Aber wir wohnen hier nicht. Er schon.« Ich zeigte auf Patrick. »Wir sind hergekommen, weil er wichtig ist. Ich kann Ihnen alles darüber erzählen, aber wir müssen mit einem Ranghöheren sprechen. Und wir können hier nicht weg.« Der Klemmbrettoffizier schaute von seinem Brett auf, auf dem er etwas überprüft hatte.

»Also keiner von Ihnen ist …«, er verstummte, während er seine Papiere prüfte, »P. Marshall?«

»Nein.«

Der Klemmbrettoffizier kritzelte etwas mit einem Kugelschreiber auf das Blatt.

»Okay, Mr. ... Pointer? Sie können mir alles erzählen, und ich gebe es weiter.« Er schlug das oberste Blatt auf seinem Klemmbrett um und hielt den Kugelschreiber über die darunterliegende Seite. Ich holte tief Luft.

»Es tut mir leid, aber das kann ich nicht tun. Wir möchten mit jemandem sprechen, der einen höheren Rang bekleidet. Es ist natürlich Ihre Sache, aber ich glaube nicht, dass Sie viel Zeit verschwenden können. Sie haben ungefähr ... fünfzig Minuten? Bis das Ding hier ist? Es würde länger dauern, falls der Stone Man die Straßen nehmen würde, aber wie wir wissen, zieht er den geraden Weg vor. Und ich weiß, dass er genau in diese Richtung geht.« Der Klemmbrettoffizier starrte mich mit unleserlicher Miene an. Sein Selbstvertrauen und die unerschütterliche Ruhe sprachen Bände; dieser Mann wusste, was er tat. Die zusätzliche Erfahrung stand ihm ins Gesicht geschrieben. Der jüngere Soldat hielt sich immer noch hinter ihm und betrachtete Patrick, als der Offizier sprach.

»Darf ich bitte die Kamera sehen?«

»Sie können Sie sehen. Aber ich gebe sie nicht aus der Hand.«

»Wissen Sie, ich könnte sie mir auch einfach nehmen.«

»Das ist nicht nötig. Außerdem habe ich Kopien«, log ich, hob die Kamera hoch und zeigte ihm das Foto des Stone Man. Er studierte es stumm mit geschürzten Lippen einen Moment lang, dann kritzelte er wieder etwas auf sein Blatt. Erneut schlug er die obere Seite um und zeigte auf die Kamera.

»Behalten Sie sie.« Er holte ein Funkgerät hervor. »Henderson, bitte melden.« Zur Antwort ertönte irgendein Lärm am anderen Ende, den der Klemmbrettoffizier aber zu verstehen schien. »Ich bestätige, Sektion 347, Evakuierung abgeschlossen. Wagen eins bis sieben treffen sich in Sektion 348, Wagen acht bleibt bei mir. Schicken Sie Branson und Carter her.« Er wandte sich uns wieder zu. »Bleiben Sie einen Moment hier, meine Herren. Ich muss mich um ein paar Dinge kümmern.« Er nickte dem Herrn General zu – der Haltung annahm und salutierte –, dann ging er fort und sprach in sein Funkgerät, während zwei andere Soldaten auf uns zukamen. Er traf sie auf halbem Weg und schien Befehle zu geben. Die Männer bauten sich dann neben dem Herrn General auf, während der Klemmbrettoffizier zu einem der Lastwagen ging. Ein paar unbehagliche Augenblicke verstrichen, in denen Paul und ich den Soldaten gegenüberstanden, die kein Wort von sich gaben.

»Bewachen Sie uns etwa?«, wollte Paul wissen. Sie gaben keine Antwort. »Jungs, das ist nicht der Buckingham-Palast«, sagte er dann, setzte sich auf den Boden und stützte sich auf die schwachen Arme. »Ihr könnt es uns verraten. Und ich glaube auch nicht, dass ihr ein paar Zivilisten grundlos erschießt, eh? Stehen wir jetzt unter Hausarrest oder was?«

»Bitte tun Sie, als wären wir nicht da, und bleiben, wo Sie sind«, sagte der Herr General, aber mit deutlich weniger Selbstbewusstsein als zuvor. Er sah aus, als wäre ihm schlecht. Ich warf Paul einen Blick zu, der nur mit den Schultern zuckte und auf den Boden neben sich klopfte. *Warum nicht?* Im Augenblick war uns die Sache aus den Händen genommen, davon abgesehen, je länger wir hier saßen, umso besser. Während wir vor Patricks Haus warteten, kam der Stone Man immer näher, wie er es schon den ganzen Nachmittag getan hatte. Nicht, dass er uns erreichen musste. Die Person, die diese Ehre hatte, war die stammelnde Gestalt zu Pauls Rechter, und sie hatte um nichts davon gebeten.

Ich setzte mich auf die asphaltierte Auffahrt – die die Sommerhitze schön erwärmt hatte – und legte mich auf den Rücken. Obwohl mein ganzer Körper wie eine gerade gezupfte Gitarrensaite vibrierte, war ich froh über die Pause. Ich musste keine Entscheidungen treffen, niemanden interviewen und hatte auch nirgendwo, wo ich hin musste. Ich konnte einfach hier liegen und warten. Ich schaute zu den Wolken hoch, die langsam dahintrieben, und fragte Paul, ob er in Ordnung sei.

»Alles gut.« Seine Stimme klang, als würde er sich genauso fühlen wie ich. Mehr war nicht nötig, und auf diese Weise verbrachten wir die nächsten zehn Minuten oder so. Während wir warteten, fuhren die Armeelaster – vermutlich Wagen eins bis sieben – los. Bestimmt war das ein gutes Zeichen, obwohl ich keine Ahnung hatte, worauf wir eigentlich warteten. Ein Hubschrauber flog dicht über unsere Köpfe hinweg, direkt durch mein Blickfeld, um dann in der Nähe zu schweben. Ich hatte das Gefühl, aus der Ferne gemustert zu werden. In diesem Augenblick war mir das egal. Der Hubschrauber ging in der Gegend runter, über der er geschwebt hatte.

Kurz danach näherte sich Motorengeräusch. Ich setzte mich auf. Zu meiner Überraschung fuhr ein offener Jeep auf uns zu. So einen hatte ich bis jetzt nur in Filmen gesehen, in Szenen von Militärbasen oder Kriegsschauplätzen. Einen in einer überwiegend bewohnten Gegend zu sehen, war gelinde gesagt merkwürdig. Auf den Vordersitzen saßen zwei Gestalten in Uniform, dahinter zwei bewaffnete Soldaten als Eskorte. Jeder von ihnen trug irgendein Automatikgewehr.

»Sieh nur, es geht los.« Paul zeigte auf den Wagen, als hätte ich ihn noch nicht bemerkt. »Sieht so aus, als hätten wir jemanden auf uns aufmerksam gemacht.« Ich nickte. Wir kämpften uns auf die Füße und wollten zum Rand der Auffahrt.

»Bitte warten Sie hier, meine Herren«, sagte der Herr General, ohne uns direkt anzusehen. Dann salutierten die drei Soldaten, als der Jeep näherkam. Ein Stück entfernt stieg der Klemmbrettoffizier aus dem letzten Lastwagen, der nun von Bewaffneten mit Gewehren bewacht wurde.

Der Jeep stoppte vor uns an der Auffahrt, und die Person auf dem Beifahrersitz stieg aus, begleitet von den beiden bewaffneten Soldaten. Zu meiner Überraschung und vermutlich zur Bestätigung meines Sexismus entpuppte sie sich als Frau. Ich hatte es durch die unförmige Uniform und die vermutlich unter die Mütze gesteckten oder kurz geschnittenen Haare auf die Distanz nicht bemerkt.

»Rühren«, sagte sie, und die Soldaten gehorchten natürlich. Sie wandte sich uns zu. Sie war vielleicht Ende vierzig und die kleinste der hier nun versammelten Militärangehörigen. Ihre Gesichtszüge waren hart, aber auf die Weise eines Marathonläufers. Jetzt konnte ich sehen, dass das Haar unter dem Barett zurückgekämmt und braun war. Besagtes Barett wies ein anderes Abzeichen als all die anderen auf, die ich bis jetzt gesehen hatte, und wenn man die Tatsache dazunahm, dass der Herr General und die anderen sie zuerst gegrüßt hatten und sie über einen Jeep mit Fahrer und eigener Eskorte verfügte, gehörte sie einem noch höheren Rang an, als wir verlangt hatten. Der Klemmbrettoffizier war nun auch da, salutierte und stellte sich vor.

»Brigadier Straub, Ma'am, ich bin Sergeant Craddock. Ich habe die Meldung …«

»Vielen Dank, Sergeant Craddock«, unterbrach Brigadier Straub ihn. Sie sah außerordentlich ernst aus. Ihre Art war energisch, aber nicht herablassend; ich hatte den deutlichen Eindruck, dass sie sich des Zeitdrucks überaus bewusst war. »Das sind die beiden Männer?«

»Ja, Ma'am.«

»Gentlemen.« Sie streckte mir die Hand entgegen. »Ich bin Brigadier Straub. Man hat mich geschickt, um mit Ihnen über jegliche Informationen zu sprechen, die Sie vielleicht über die derzeitige Situation haben.« Nachdem ich ihre Hand losgelassen hatte, streckte sie sie Paul entgegen. »Sie müssen mir vergeben, falls ich brüsk erscheine, aber die Zeit drängt und – entschuldigen Sie, wenn ich das so sage – es besteht die ziemlich große Wahrscheinlichkeit, dass Sie die meine verschwenden, also muss ich vorankommen.«

»Das verstehen wir, Ma'am«, sagte Paul höflich, »aber wenn Sie die anderen Leute gesehen haben, die Polizisten und den jungen Burschen, oder Aufnahmen von ihnen – ich habe das nicht, aber Andy hier schon –, dann wissen Sie, dass dieser Kerl leider echt ist.« Straub warf Patrick einen Blick zu, dann nickte sie, aber das war mehr für sich selbst bestimmt als für Paul.

»Ja.« Sie konzentrierte sich wieder auf uns. »Ja, das ist … das ist interessant. Aber wie ich bereits gesagt habe, wir müssen vorankommen. Sollen wir ins Haus gehen und uns unterhalten, Gentlemen? Meine Männer werden Ihren Freund für Sie reinbringen. Sie scheinen nicht in bester Verfassung zu sein, falls ich das sagen darf.«

»Er ist nicht unser Freund, Brigadier Straub«, sagte ich und zuckte kaum merklich mit den Schultern. Als ich über ihre Worte nachdachte, wurde mir bewusst, dass wir uns durch die Nähe zu Patrick etwas akklimatisiert zu haben schienen. Ob es nun an der längeren Zeit lag, die wir ihm ausgesetzt gewesen waren, oder wir uns die letzten paar Stunden hatten ausruhen können, in diesem Moment erkannte ich, dass die körperliche Belastung nicht mehr so schlimm wie zuvor war. Entweder das, oder wir hatten uns einfach daran gewöhnt. Trotzdem sahen wir immer noch schlecht genug aus, dass es ihr auffiel. »Vor dem heutigen Tag sind wir ihm nie begegnet, und selbst dann erst kurz ... erst kurz vor der Ankunft des Militärs. Aber ich glaube, es wäre wohl besser, ihn im Auge zu behalten, ja.«

»Einverstanden«, sagte Straub und wandte sich den Soldaten hinter ihr zu. »Bringen Sie diesen Mann ins Haus, ins Wohnzimmer. Dann können Sie zum Lastwagen zurückkehren und auf weitere Befehle warten.« Während sich die Männer ans Werk machten, wandte Straub sich wieder uns zu und deutete auf das Haus. »Unterhalten wir uns kurz, meine Herren, dann kann ich entscheiden, wie es weitergeht.«

Im Wohnzimmer legte man Patrick auf den Teppich. Paul und ich setzten uns aufs Sofa, während Brigadier Straub den Sessel nahm. Ihre bewaffnete Eskorte baute sich stumm an der Tür auf und behielt uns im Auge.

»Ich will direkt zur Sache kommen«, sagte Straub, beugte sich vor und verschränkte die Finger. Es war bereits offensichtlich, wie sie es beim Militär so weit hatte bringen können, wie sie jede altmodische Bigotterie überwunden hatte, die sich ihr in den Weg gestellt hatte; sie strahlte unerschütterliches Selbstbewusstsein und Effizienz aus. Sie hatte nicht den geringsten Zweifel, von uns zu kriegen, was sie wollte. Vermutlich hatte sie recht. »Den Gentleman in Coventry, den Sie bei der ersten körperlichen Kontaktaufnahme beobachtet haben, bezeichnen wir als K-V-Eins, Kontakt-Vorfall-Eins. Die Polizisten werden als K-V-Zwei und -Drei bezeichnet, und auf diese Weise werden wir zurzeit fortfahren. Irgendwann werden wir die Einzelheiten veröffentlichen, aber Ihnen dürfte klar sein, dass es im Augenblick vernünftig ist, diesen Aspekt der Angelegenheit unter Verschluss zu halten. Verstanden?«

Wir nickten.

Straub erwiderte das Nicken, dann streckte sie die Hand aus.

»Kann ich bitte die Kamera sehen?«

Paul und ich tauschten einen Blick, dann zuckte ich mit den Schultern und gab sie ihr. Was hätte ich sonst tun können? Die beiden Schläger mit den Gewehren sahen aus, als würden sie mühelos mit mir fertig werden, und mit Paul vermutlich auch. Außerdem wollten wir uns bei ihnen einschmeicheln. Straub nahm die Kamera und blätterte die Fotos kurz durch. Dabei schwiegen alle. Als sie fertig war, schaute sie auf.

»Ich werde das behalten. In Ordnung?« Sie sagte das nicht auf eine bedrohliche oder einschüchternde Weise. Sie war lediglich so höflich, die Illusion zu bewahren, eine Wahl zu haben. Stumm nickte ich wieder. Sie hielt die Kamera einem der Soldaten an der Tür entgegen, der sie nahm und einsteckte. »Haben Sie sonst noch Aufnahmegeräte? Kamerahandys, etwas in der Art?«

Paul zückte sein altes Nokia und zeigte es Straub. »Hiermit kann man nicht einmal Fotos schießen. Sehen Sie«, fügte er hinzu und drehte das Handy, um ihr die fehlende Kamera zu zeigen. Straub nickte anscheinend zufrieden und wandte sich mir zu. »Und Sie, Mr. Pointer? Noch etwas?« Etwas an ihrem Tonfall und Blick hatte sich verändert, und wie immer brauchte ich einen Moment, um es zu kapieren. Dann machte es Klick.

Sie wusste, womit ich mein Geld verdiente. Man hatte bereits unsere Namen und Arbeitsplätze überprüft und wusste, dass ich in einer derartigen Situation mehr als nur eine Kamera dabei haben würde. Eine Sekunde lang zog ich in Betracht zu lügen, aber ich hatte mir bereits zu viel Zeit gelassen.

»Mr. Pointer, man wird Sie, Ihre Tasche und Ihren Wagen später durchsuchen«, sagte sie. »Seien Sie lieber einfach ehrlich.« Mit einem tiefen Seufzer gab ich ihr mein iPhone und mein Diktafon. Als sie sie an die Soldaten weiterreichte, hatte ich das Gefühl, sie würde die beste Gelegenheit meiner Karriere wegwerfen.

»Okay.« Sie kam sofort zum nächsten Punkt; der vorherige war abgehakt und bereits vergessen. »Jetzt möchte ich, dass Sie beide mir Ihre Geschichte erzählen, und das in weniger als fünf Minuten. Das ist sehr wichtig. Verstehen Sie?«

»Ja, Ma'am«, sagte Paul.

Straub hob die Hand. »Für Zivilisten einfach nur Brigadier. Ich bin nicht die Königin, trotzdem danke.« Es war eine lockere Bemerkung, aber ihr ernster Ausdruck verschwand nicht. Sie hatte einen Auftrag zu erledigen. »Also los, und lassen Sie nichts aus. Machen Sie sich keine Sorgen über mögliche illegale Dinge, die Sie vielleicht angestellt haben. Im Moment ist das alles rein inoffiziell. Am wichtigsten ist, dass ich die Wahrheit erfahre.«

Wir gehorchten, allerdings sprach hauptsächlich ich, da Paul erst später ins Spiel gekommen war. Er meldete sich zu Wort, als er seine Seite der Geschehnisse vor meiner Ankunft erklären musste. Sobald wir zu der Fahrt durch Sheffield kamen, übernahm Paul, während ich nur gelegentlich etwas beisteuerte, wenn es nötig war. Er war ein wesentlich besserer Geschichtenerzähler als ich, ein für einen Autor peinliches Geständnis. Wir endeten damit, dass Patrick die Flucht ergriffen hatte und wie unser Versuch gescheitert war, ihn zum Stone Man zu bringen. Für die Zeit danach waren keine Einzelheiten mehr nötig; schließlich wusste sie, was passiert war. Unsere gekürzte Version brauchte kaum länger als fünf Minuten. Straub verzog während unseres Berichts keine Miene, nicht einmal bei dem Teil über geistige Visionen oder warum wir einer unerklärlichen Anziehungskraft quer durch das Land zu einem ganz bestimmten Haus in Barnsley gefolgt waren. Ein anständiges Pokerface zu haben war bestimmt hilfreich, wenn man beim Militär Karriere machen wollte.

Sobald wir zum Ende gekommen waren, lehnte sich Straub zurück und legte die Unterarme auf die Sessellehnen. Schließlich trommelte sie mit den Fingern und ergriff das Wort.

»Folgendes.« Aus dem Handgelenk machte sie eine sanfte Geste, um einen Schlussstrich zu ziehen. »Teile Ihrer Geschichte sind vermutlich die Wahrheit. Das *weiß* ich aufgrund der Informationen, die wir haben. Dann gibt es Dinge, von denen ich *nicht* weiß, ob sie stimmen, die aber so klingen, als würden sie Sinn ergeben. Und ein paar dubiose Einzelheiten könnten Sie auch genauso gut erfunden haben, um im Mittelpunkt eines Geheimnisses von internationaler Bedeutung zu stehen. Und ohne Ihnen zu nahe treten zu wollen, Mr. Winter und Mr. Pointer …«

»Für Brigadiers einfach Paul und Andy, Brigadier, wir gehören nicht zum Adel«, unterbrach Paul sie mit einem Zwinkern. Straub lächelte nicht, hob aber eine Braue, als sie fortfuhr. Vielleicht haben ihre Mundwinkel auch ganz kurz gezuckt.

»Ohne Ihnen zu nahe treten zu wollen, Mr. Winter und Mr. Pointer, aber das Letzte, das ich jetzt brauche, sind unnötige und auf keinerlei Weise ausgebildete Zivilisten, die es vielleicht gut meinen, aber mir und meinen Vorgesetzten gewaltigen Ärger einbringen können, falls sie dafür sorgen, dass etwas falsch läuft. Also müssen Sie mich von gewissen Dingen überzeugen, und zwar schnell. Folgendes weiß ich über Ihre Geschichte.« Sie streckte einen Finger der linken Hand aus und berührte ihn mit einer Fingerspitze der rechten. »Erstens ist Ihr Mann hier auf die Straße geflohen …«

»Kennen Sie seinen Namen?«, unterbrach Paul sie erneut.

»Ja, falls das tatsächlich sein Haus ist«, fuhr Straub fort, ohne die Frage zu beantworten. »Er ist also auf die Straße gerannt und erlitt irgendeinen Anfall. Am Ende befand er sich im gleichen Zustand wie K-V-Eins, -Zwei und -Drei. Vermutlich dürfte Ihnen das unbekannt sein, aber mir wurde gesagt, dass die Schnelligkeit und endlose Natur des Sprachmusters, das sie produzieren, für einen Menschen ohne vorheriges Atemtraining unmöglich zu bewerkstelligen ist. Gregorianische Mönche und dergleichen benutzen das für ihren Gesang. Trotzdem behaupten Sie, dies sei passiert, weil er die Umgebung des Hauses verlassen wollte. Ist das korrekt?«

»Das ist korrekt«, sagte ich. Ich fragte mich, ob das eine der Aussagen war, die sie glaubte, oder ob sie uns bei einer Lüge ertappen wollte. Dabei hatten wir keine Lügen erzählt. Jedenfalls noch nicht.

»Dieser Zwischenfall ereignete sich laut Ihrem Bericht ungefähr um sechzehn Uhr?«

»So gegen vier, ja.« Wieder nickte Straub langsam, ohne den Blick von mir zu nehmen, und ich wusste nicht, was ich davon halten sollte.

»Sie können nicht wissen, dass wir gewisse Aspekte des Caementums seit gestern überwacht haben ...«

»Aspekte des was?«, fragte Paul verwirrt.

»Tut mir leid, des Stone Man, wie Sie ihn nennen«, antwortete Straub. »Caementum ist der Name, den ihm das Forschungsteam verlieh. Lateinisch. Wir haben gewisse Aspekte überwacht, soweit uns das möglich ist. Wie Strahlung.«

»Das Ding ist radioaktiv?«, fragte ich und musste an die viele Zeit denken, die ich in Coventry in seiner Nähe verbracht hatte.

»Nur ganz leicht, und auch nur auf einem Niveau, dem Sie lange Zeit ausgesetzt sein müssten, um deswegen Probleme zu kriegen. Ich spreche hier von Tagen, Mr. Pointer, und Sie können in Coventry nicht mehr als zwei Stunden in seiner Nähe gewesen sein. Machen Sie sich keine Sorgen. Das ist hier nicht das Problem. Aber um genau fünfzehn Uhr sechsundfünfzig haben unsere Leute eine vergleichsweise hohe Spitze bei den Strahlungswerten gemessen, und zwar beträchtlich höher als die beiden anderen Spitzen, die wir zuvor registriert haben. Wir haben die Theorie, dass es sich um eine Art Signalverstärkung oder Übertragung handelte, auch wenn wir den Sinn nicht begreifen oder wie das funktioniert. Aber der Zeitpunkt dieses letzten Ausschlags passt zu Ihrer Version, was Sie aber nicht wissen konnten.«

Sofort dachte ich über die anderen beiden Spitzen nach, die

sie gerade erwähnt hatte, und wie ich auf dem Fußgängerüberweg das Bewusstsein verloren und später bei Shaun diesen Anfall erlitten hatte. Aber ich sagte nichts, sondern wechselte nur mit Paul einen Blick.

»Das alles und die Tatsache, dass noch nichts über die K-Vs nach außen gedrungen ist, ganz zu schweigen davon, dass dieser Mann hier den exakt gleichen katatonischen Zustand wie nach einer Berührung aufweist, sagt mir, dass er vermutlich irgendwie mit dem Caementum in Verbindung steht. Wie nützlich er uns sein könnte, wird sich zeigen, vor allem, weil er Zivilist ist, der im Augenblick in den Augen des Gesetzes keine eigenen Entscheidungen treffen kann.«

»Okay, das ist also die gute Neuigkeit«, meinte Paul. »Weiter.«

»Ihr Bericht ist nicht der erste über Visionen und dergleichen.«

Mein Unterkiefer klappte herunter, aber Paul schnaubte nur leise.

»Das überrascht mich nicht«, sagte er. »Ich kann nur ahnen, was für Spinner aus dem Gebüsch gekrochen sind. Aber ich gehe mal davon aus, dass Sie überprüfbare Berichte meinen.«

»Ja«, gestand Straub ein, »ungefähr fünf oder sechs sind akkurat und detailliert genug gewesen, um weitere Untersuchungen zu rechtfertigen. Aber nichts davon hat zu irgendwelchen Ergebnissen geführt. Allerdings wussten diese Leute Dinge, die sie unmöglich sonst hätten erfahren können. Jemand in Schottland hat ein Opfer beschrieben, das bis jetzt nicht einmal für tot erklärt wurde, dazu kamen die Todeszeit und die genaue Weise des Todes. Eine Person in Cornwall und eine weitere in Newcastle wussten, wo sich der Stone Man zu einem genauen Zeitpunkt aufhalten würde, und sie wussten es vorher. Aber nur einmal. Beide Berichte bezogen sich auf zwei unterschiedliche Zwischenfälle; man hat beide aufgesucht, nachdem sich ihre Berichte als zutreffend herausstellten, und gebeten, das noch einmal zu tun. Sie konnten es nicht. Der für uns interessanteste Bericht stammte von jemandem in Wolverhampton, der vor drei Tagen bei der Polizei anrief und fest davon überzeugt war, dass in Coventry etwas Schreckliches passieren und sich dann nach Norden ausbreiten würde. Davon rückte er auch nicht ab. Wir haben ihn im Augenblick in Gewahrsam, aber ich glaube, wir werden ihn wieder gehen lassen. Er weiß nichts. Aber das waren alles nur kleine Geistesblitze, Leute, die einmal kurz etwas empfingen und dann nicht wiederholen konnten. Aber Sie beide sind die Einzigen, die glaubwürdig sind und beweisen können, es über einen längeren Zeitraum getan zu haben. Und glauben Sie mir, die Beweise sind für mich außerordentlich wichtig, damit ich Ihnen glauben kann. Außerdem hat die Überprüfung des Hintergrunds, Telefon und E-Mails ergeben, dass es sehr unwahrscheinlich ist, dass Sie beide sich vor dem heutigen Tag überhaupt gekannt haben.«

Dieses Mal klappte Paul der Unterkiefer herunter; keiner von uns sagte ein Wort. Ich glaubte, bei Straub wieder das winzige Mundwinkelzucken entdeckt zu haben. Sie fuhr fort.

»Im Grunde, Gentlemen, wie Sie sich vermutlich schon gedacht haben, benötige ich von Ihnen irgendeinen Beweis Ihrer … Fähigkeit, bevor wir weitermachen können. Seien wir ehrlich: Sie haben diese Fotos. Sie waren zweifellos am Anfang dabei, darum haben Sie zumindest K-V-Eins erlebt. Da sind Sie aber nicht der Einzige. Und der Bewohner dieses Hauses steht offensichtlich mit dem Caementum in Verbindung; auch da gibt es kaum einen Zweifel. Sie beide könnten die Wegstrecke besser als andere ausgerechnet haben; von den Hunderten online gibt es bestimmt einen Plan, der völlig stimmt. Man weiß es eben nur nicht mit Sicherheit. Aber es ist möglich, dass Sie den Weg durch reine Mathematik gefunden und dann irgendwie auf Mr. …« – sie unterbrach sich – »diesen Mann gestoßen sind. Dann haben Sie seinen Anfall beobachtet, ihn mit K-V-Eins in Coventry in Verbindung gebracht und erkannt, dass Sie da auf etwas Großes gestoßen sind. Sie hätten von einem noch unbeschädigten und nicht evakuierten Haus auf der Strecke zum nächsten gehen können, bis Sie jemanden finden, der mit dem Caementum in Verbindung steht. Es wäre viel Mühe gewesen, aber Sie hatten vierundzwanzig Stunden Zeit. Wir wissen, dass andere das bereits versucht haben, aber denen fehlte nur der korrekte Weg, dem sie folgen konnten. Sie wären nicht der einzige Zeitungsmensch, Mr. Pointer, dem klar wurde, was das für seine Karriere bedeuten kann.«

Ihre Worte ließen mich erstarren, und ich verfluchte stumm die Person, die meine Hintergrundüberprüfung durchgeführt hatte. Paul rutschte auf seinem Sitz herum, und ich achtete darauf, nicht in seine Richtung zu sehen. Ich konnte es nicht. Ich wünschte mir, ich wäre einfach ehrlich gewesen. Warum hatte ich es überhaupt verschwiegen? Was hatte ich gedacht, das Paul tun würde?

»Also stellt sich die folgende Frage«, sagte Straub und hob die Hände. »Können Sie es beweisen? Tun Sie das, und Sie haben meine volle Aufmerksamkeit. Falls nicht ... nun, da fällt die Entscheidung etwas schwerer. Es ist ja nicht so, als wären Sie nicht zu finden, falls wir Sie später noch einmal brauchen, also könnte ich Sie einfach evakuieren lassen und diesen Mann hier in ein Militärkrankenhaus bringen, wo man ihn untersucht. Ehrlich gesagt profitiere ich bei beidem: Können Sie es nicht beweisen, kann ich mit anderen Dingen fortfahren, und sollte ich Sie brauchen, habe ich Ihre Angaben. Aber können Sie den Beweis erbringen, könnten Sie nützlich sein. Ich wäre also eher dazu geneigt, mir jeden potenziellen Rat von Ihnen anzuhören, wenn es um den Caementum und den Besitzer dieses Hauses geht.«

Dieser letzte Teil zeigte eine andere Seite von Brigadier Straub; hier lockte sie mit Zuckerbrot, und ich hatte den Eindruck, es wäre ihr lieber gewesen, wenn ich den Beweis liefern konnte. Nicht aus persönlicher Neugier – anscheinend war Straub eine praktisch veranlagte Frau –, nein, meiner Ansicht nach glaubte sie, ich könnte hilfreich sein, falls ich den Wahrheitsgehalt meiner Geschichte untermauern konnte. Und warum auch nicht? Zu diesem Zeitpunkt waren Militär und Regierung hilflos. Wäre das nicht der Fall gewesen, hätte man nicht einmal mit uns gesprochen. Mittlerweile würde man bereit sein, alles auszuprobieren, das dabei helfen konnte, den

Wahnsinn des Stone Man zu beenden. Und ich konnte es. Das war die gute Nachricht.

»Okay, Brigadier«, sagte ich und griff in meine Tasche. »Nur einen Augenblick.«

Beim ersten Mal war es nicht sehr schwierig gewesen, und ich hatte das Gefühl, dass es jetzt noch leichter oder möglicherweise eine stärkere, klarere Erfahrung sein würde, da Paul in der Nähe war. Seit wir zusammen waren, war alles, was mit dem Stone Man zu tun hatte, viel intensiver gewesen. Ich holte den Atlas hervor, fand Barnsley und legte ihn aufgeschlagen auf den Tisch, nachdem ich unsere Spielkarten weggeräumt hatte.

»Soll ich etwas tun?«, fragte Paul leise und starrte den Atlas an.

»Nein danke«, erwiderte ich, streckte die Hand aus und schloss die Augen. »Ich glaube, du tust bereits eine Menge, indem du da bist.«

»Ist das der Atlastrick, von dem Sie erzählt haben?«, hörte ich den Brigadier sagen.

»Hm«, erwiderte ich und konzentrierte mich. »Lassen Sie mir nur einen Augenblick Zeit, Briga-« Ich unterbrach mich, denn ich fühlte, dass die Verbindung zustande kam. Es war beinahe wie ein Klicken in meinem Kopf. Ich schaute auf die Karte und wusste, dass es diesmal funktionieren würde, und zwar viel leichter. Also schloss ich die Hand zur Faust und streckte einen Finger aus. Als ich die Augen wieder öffnete, konnte ich zusehen, wie sich mein Finger bewegte, als würde er einer anderen Person gehören. Er suchte sich seinen Weg über Barnsley, fand eine Stelle zwischen zwei Straßen und verharrte dort. Dann bewegte er sich unendlich langsam in die Höhe.

»Da«, sagte ich und versuchte die Namen der Straßen zu lesen, zwischen denen sich mein Finger befand (er zeigte auf eine farbige Markierung, die möglicherweise ein Feld oder einen Park darstellte). »Das Ding ist genau dort, und es kommt in diese Richtung. Überprüfen Sie es; Sie wissen, dass ich in der letzten Viertelstunde nicht einmal in der Nähe eines Fernsehers war. Und Sie werden ebenfalls herausfinden, dass es noch immer genau denselben Kurs verfolgt wie zuvor …« Und plötzlich war die Karte verschwunden.

Ich sah Staub und Finsternis, dann zuckte ich zusammen, als ich in helles Tageslicht trat; ich war gerade durch eine Mauer gebrochen. Nun befand ich mich auf einer verlassenen Straße, und plötzlich kamen links und rechts von mir Soldaten angelaufen, die gezwungen gewesen waren, das Gebäude zu umrunden, durch das ich gerade marschiert war. Sie beeilten sich, die Formation um mich herum wiederherzustellen. Am Himmel konnte ich einen Hubschrauber hören, weiter entfernt befanden sich weitere Maschinen, die am Himmel um mich herum ausschwärmten. In den Lücken zwischen den Soldaten entdeckte ich Autos, die am Rand der Straße parkten, die genau vor mir von rechts nach links verlief, eine Straße mit ein paar Läden, darunter auch …

Und dann stand ich wieder in dem Wohnzimmer und starrte die Karte an. Ich blinzelte ein paarmal, dann verwandelten sich meine Beine in Wasser, und ich sackte zurück auf den Stuhl. Ich hatte mich in dem Stone Man befunden.

»Andy? Andy?«, fragte Paul, beugte sich vor und nahm sanft meine Schulter.

»Ich bin okay, ich bin okay.« Zögernd setzte ich mich auf und richtete den Blick auf Straub, die nun stand, um zu sehen, auf welche Stelle ich gezeigt hatte.

»Rufen Sie die Männer, die den Stone Man begleiten«, sagte ich. Plötzlich war mein Hals ganz trocken. »Fragen Sie sie, ob sich direkt vor ihnen ein blauer Land Rover und ein roter … ich glaube, es war ein roter Fiesta, befindet. Und ein Laden, der ›Timmins‹ heißt oder so ähnlich.«

»Was? Wie hast du …?«, fragte Paul ungläubig.

»Dort sind sie gerade.« Ich ignorierte ihn und wandte mich direkt an Straub. »Und was noch wichtiger ist, das Ding befindet sich dort. Das konnte ich unmöglich wissen. Wie sollte ich wissen können, welche Autos dort stehen? Das ist auch gar nicht so weit von hier entfernt. Ungefähr eine halbe Stunde, glaube ich.«

»Ich weiß«, sagte Straub und starrte mich einen Augenblick

lang an. Dann wandte sie sich den beiden Aufpassern an der Tür zu.

»Bleiben Sie hier und behalten die beiden im Auge, bitte.« Sie wandte sich wieder uns zu. »Nichts für ungut, aber Sie können sicher verstehen, warum ich dafür sorgen muss, dass Sie hierbleiben.« Ohne auf eine Antwort zu warten, ging sie und ließ Paul und mich wieder in einem Raum zurück, wo der einzige Laut Patricks unverständliches Gestammel war.

»Hast du das Ding gesehen?«, fragte Paul, ohne mich anzusehen.

»Ja. Ich war *in* ihm. Ich habe alles aus seiner Perspektive gesehen.«

Paul schwieg.

»Gott im Himmel«, sagte er dann.

»Ja«, erwiderte ich und vergaß völlig Pauls mögliche Reaktion auf meinen Job. »Es fühlte sich nicht einmal so seltsam an. Als würde man durch eine Webcam blicken, nur schärfer.« Ich hielt kurz inne und dachte nach. Es hatte sich wirklich nicht seltsam angefühlt und war mit Sicherheit nicht merkwürdiger gewesen, als zu sehen, wie Landkarten zum Leben erwachten, oder eine geistige Verbindung mit einem Mann aus Stein einzugehen. Wie Straub war ich ganz geschäftsmäßig, denn die Zeit war knapp. »Aber es hat mich gerade auf eine Idee gebracht. Obwohl, es ist weniger eine Idee als … Wenn jemand wie ich, der vermutlich gar keine Verbindung zu dem Ding aufnehmen können *sollte*, buchstäblich in seinen Kopf eindringen kann …« Ich verstummte und dachte darüber nach, was es bedeuten konnte, in dem Stone Man mitzugehen. Möglicherweise war ich da einer großen Sache auf der Spur, wie ein Archäologe, der die Spitze einer seit Langem vergrabenen Monstrosität ausgräbt. Möglicherweise hatte ich gerade den Beginn von etwas gesehen, das mich sehr nervös hätte machen sollen. »Ich frage mich nur, wenn ich mich in diesem Ding fortbewegen und sehen kann, was es sieht oder was in der Nähe ist … Wer weiß schon, ob es nicht so konstruiert wurde? Damit jemand genau das tun kann?« Paul runzelte die Stirn. Ich fuhr fort.

»Es fühlt sich so an, als wäre … falls von ihm eine Übertragung ausgeht, dann liegt eine Absicht dahinter. Jemand oder etwas, das weit entfernt ist, will verfolgen können, was da vor sich geht. Es ist, als würde es … Es muss einen Herrn haben. Oder Herren.« Paul schwieg noch immer.

»Es bleibt nicht stehen«, fuhr ich fort und hatte das Gefühl, dass es nun etwas dunkler im Zimmer war, »und soweit wir wissen, wusste das Ding oder wer auch immer es geschickt hat, dass Patrick nicht die Flucht ergreifen konnte. Also warum sollten sie es aus der Ferne kontrollieren müssen? Das wäre doch unnötig. Sie hätten die Barriere einschalten können, mit der sie Patrick festgesetzt haben, und den Stone Man dann einfach zu ihm schicken. Ihn von der Leine lassen und warten. Und zusehen.«

»Was meinst du damit?«

»Um ehrlich zu sein, weiß ich es nicht. Es impliziert Intelligenz, Planung, Absicht. Ich weiß nicht. Es ist fast so, als würde …« Ich fröstelte, als ich etwas Sand von den vergrabenen Knochen wischte. Ich hatte keine Ahnung, ob ich richtig lag, aber es fühlte sich richtig an.

»Es ist beinahe so, als würde … als wäre es die einzige Möglichkeit, auf die sie alles genau verfolgen können. Damit sie wissen, dass der Auftrag erledigt ist.«

»Aber natürlich können sie es sehen. Das Ding ist ständig im Fernsehen«, sagte Paul verwirrt. »Es ist schwer, den Himmel über einer Gegend zu kontrollieren, die sich ununterbrochen verändert. Dann sind da Satellitenübertragungen, das ganze Zeugs.« Er hatte nicht begriffen, worauf ich hinauswollte, aber bevor ich es erklären konnte, trat Straub wieder ins Zimmer. Die beiden Soldaten salutierten.

»Also gut.« Sie hielt die Hände hinter dem Rücken verschränkt. »Wir sind der Ansicht, dass Ihre Geschichten größtenteils stimmen. Jedenfalls die wichtigen Teile. Wir werden K-V-Vier mit dem Stone Man zusammenbringen und sehen, was passiert.« Also war der Blonde nun K-V-Vier.

»Das verraten Sie uns?«, fragte Paul überrascht, dann zeigte er auf mich. »Sogar ihm?«

Ich zuckte leicht zusammen. Also hatte er Straubs Enthüllung doch mitbekommen.

»Ich verstehe, was Sie meinen, Mr. Winter.« Sie neigte leicht den Kopf. »Aber Sie und Mr. Pointer werden jetzt als unverzichtbare Mitarbeiter betrachtet. Wir operieren hier beinahe in völligem Nebel, Gentlemen, und bis jetzt sind Sie die einzige konsistente Einsicht, die wir seit Beginn dieser Angelegenheit hatten.« Sie seufzte. »Ich habe den Befehl erhalten, Ihnen eine hohe Freigabe zu gewähren. Einige meiner Vorgesetzten sind in diesem Augenblick auf dem Weg, dazu kommen noch ein paar Einheiten zur Verstärkung, falls sie gebraucht werden sollten. Die Männer sollen die unmittelbare Umgebung sichern. Die Wissenschaftlerteams werden gleich eintreffen.«

Paul und ich wechselten einen Blick. Das war eine große Sache. Ich konnte nicht glauben, dass man uns ernst nahm.

»Ich muss Sie über ein paar Dinge aufklären, Gentlemen, und sie sind sehr wichtig, also hören Sie mir zu. Erstens: In dieser Angelegenheit sprechen Sie nur, wenn Sie gefragt werden, es sei denn, Sie haben irgendeine Einsicht, die wir nicht haben. Bei jeder Operation ist Effizienz der Schlüssel, und auch wenn wir Sie vielleicht brauchen, dürfen Sie uns auf keinen Fall im Weg stehen. Haben Sie verstanden?«

Wir nickten.

»Zweitens: Von jetzt an bleiben Sie die ganze Zeit bei mir, bis Sie andere Befehle erhalten. Unter gar keinen Umständen werden Sie versuchen, aktiv ins Geschehen einzugreifen, und Sie gehen nirgendwohin, es sei denn, man sagt es Ihnen. Verstanden?«

Wieder nickten wir.

»Drittens werden Informationen über die Operation grundsätzlich auf das beschränkt, was Sie wissen müssen. Also verschwenden Sie keine Zeit mit Fragen, denn man wird Ihnen alles sagen, was Sie möglicherweise wissen müssen. Alles andere geht Sie nichts an. Informationen laufen nur in eine Richtung, von Ihnen zu uns. Verstanden?«

Wieder nickten wir.

»Viertens: Wie ich bereits sagte, werden bald viele unserer Wissenschaftler eintreffen. Möglicherweise haben auch sie Fragen, und falls dem so ist, werden Sie vollständig mit ihnen kooperieren. Verstanden?«

»Ja, aber was …«

»Ich bin noch nicht fertig«, unterbrach mich Straub. »Fünftens – und ich bin nicht gern so streng, wenn es sich vermeiden lässt, aber die Zeit ist knapp und ich kann kein Risiko eingehen – fällt alles, was Sie sehen und hören, unter die Geheimhaltung. Heutzutage können wir den Zugang der Medien nur begrenzt einschränken, aber was diese Operation angeht, wird *alles*, was Sie als Insider erfahren und mir über Ihre Erfahrungen in den vergangenen vierundzwanzig Stunden erzählt haben, das alles wird als geheim eingestuft. Für Verstöße gilt das Strafmaß für Landesverrat. Und um offen und inoffiziell zu sprechen, wir werden alles tun, was uns einfällt, um Sie für den Rest Ihres Lebens zu begraben. Oder Schlimmeres.« Das ließ sie sacken.

Ein weiterer Schlag, und dieser Schlag war der schlimmste und endgültigste. Ich konnte es kaum glauben, aber im Grunde hatte sie mir gerade die beste Chance genommen, die ich jemals auf eine Traumkarriere gehabt hatte. Eine Traumkarriere, die ich die ganze Zeit in der Hand gehalten hatte. Ich wollte protestieren, aber sie fuhr fort.

»Mr. Pointer, ich weiß, das ist das Letzte, das Sie hören wollen, aber ich kann Ihnen etwas versichern: Soweit es Sie betrifft, ist diese Nachrichtensperre nur temporär.«

»Wie temporär?«, fragte ich und klang verzweifelter als beabsichtigt. Als würde mein Kopf bereits in der Henkerschlinge stecken und ich glaubte, jemanden gesehen zu haben, der mit einem Messer kam.

»Bis diese Sache vorbei ist und wir wissen, was zum Teufel da eigentlich vor sich geht. Sobald das geschehen ist, wird man Sie für Ihre Dienste für Königin und Vaterland belohnen, und Sie werden die vollen Exklusivrechte für die Wahrheit erhalten. Oder zumindest für unsere Version davon. Wir werden alles bearbeiten, aber wir werden mit Ihnen zusammenarbeiten und nicht gegen Sie, und Sie dürfen sogar zugeben, dass Sie mit dem Militär kooperiert haben, um diese Bedrohung zu beenden. Schließlich muss das jemand der Presse präsentieren; wir können nicht alle Fakten zusammentragen. Die Öffentlichkeit weiß bereits über den Caementum Bescheid. Die ganze Welt weiß Bescheid. Man will Antworten, und man wird sie auch bekommen, selbst wenn es möglicherweise nur die sind, die wir für angebracht halten. Und um Ihnen die Sache etwas zu versüßen und dafür zu sorgen, dass Sie während der ganzen Zeit mit uns und nicht gegen uns arbeiten, hat man mir befohlen, Sie darüber zu informieren, dass Sie unser Sprecher sein werden. Sie werden ein Held sein, Mr. Pointer. Wir brauchen Sie auf unserer Seite; auf diese Weise sorgen wir für Ihre Kooperation. Damit Sie zufrieden sind.« Sie warf Paul einen Blick zu. »Und Sie wird man auch bezahlen, keine Sorge.« Paul hob die Brauen. Der Handel war nicht völlig unfair.

»Und wenn mir jemand in der Zwischenzeit zuvorkommt?« Ich verspürte eine tiefe Erleichterung, wollte aber auf Nummer sicher gehen. So etwas war unwahrscheinlich, das war mir klar, und als ich darüber nachdachte, kam mir in den Sinn, dass dieses Angebot das Potenzial hatte, noch bessere Resultate zu bringen. Dieselbe Geschichte, aber mit Billigung des Militärs und von höchster Ebene? Außerdem würde der Zugang zu exklusiven Informationen, selbst wenn sie durch den PR-Filter der Armee gegangen waren, der ganzen Angelegenheit zusätzliches Gewicht verleihen.

»Das ist äußerst unwahrscheinlich«, antwortete Straub und warf einen Blick auf die Uhr. »Alles, was jemand möglicherweise bis jetzt zusammentragen könnte, würde nicht einmal annähernd die Einsichten aufweisen, die Sie bereits haben. Und selbst wenn in Zukunft etwas geschieht, das Sie nicht mitbekommen, werden wir dafür sorgen, dass Sie genug Einfluss haben, um alles zu übertrumpfen, was andere haben könnten. Vertrauen Sie uns.« Da hatte ich keine große Wahl. »Aber das ist nur der Anreiz. Stellen Sie sich gegen uns, und Sie werden leider keine große Zukunft haben. Ich kann das nicht deutlich genug betonen. Verstanden?«

Wir nickten wieder, diesmal aber schneller.

»Gut«, sagte Straub. »Das Folgende werden Sie über den Plan wissen müssen. Ich sage Ihnen das, damit Sie sich darauf konzentrieren können, den Caementum zu verfolgen und uns alles zu sagen, was wir möglicherweise wissen müssen, statt darüber zu grübeln, was eigentlich passiert. Es ist ganz einfach. Wir werden K-V-Vier auf dem Weg des Caementums absetzen. Oder vielmehr ganz in der Nähe. Soweit es Sie oder sonst jemanden betrifft, geschieht das mit seiner vollen Kooperation.« Sie wartete auf Widerspruch. In diesem Augenblick wagten wir nichts zu sagen. »Falls er an ihm vorbeigeht, werden wir und Sie ihn weiterhin verfolgen, während wir K-V-Vier zusammen mit Eins, Zwei und Drei untersuchen und versuchen, eine Verbindung zu finden. Und um völlig offen zu sein, wir werden auch Sie beide irgendwann ein paar Tests unterziehen. Nichts Schmerzhaftes, das verspreche ich, aber unsere Jungs werden bestimmt viele Ideen haben, die sie an Ihnen ausprobieren wollen. Wir müssen dieses Ding aufhalten, das verstehen Sie doch.« Vor dem Haus ertönten Motoren und das Geräusch laufender Schritte. Außerdem klirrte Metall; man lud etwas ab. Wir sahen nicht hin, Brigadier Straub hielt uns in ihrem Bann. »Bleibt es nicht stehen, nun … dann müssen wir abwarten.« Diese Behauptung warf viele Fragen auf, aber weder Paul noch ich sagten ein Wort.

»Wir wissen von Tests bei K-V-Eins, dass die Verabreichung von Adrenalin K-V-Vier transportfähig machen sollte«, sagte sie, aber ich unterbrach sie.

»Er ist wach? Ich meine, er bekommt alles mit?«, fragte ich schockiert. Vielleicht bestand ja doch noch Hoffnung für Patrick – oder den Blonden, der er damals noch für uns war.

»Nein, nein«, erwiderte Straub schnell, schüttelte den Kopf und blickte zum Fenster. Ihr Funkgerät knisterte und erwachte zum Leben. Sie hob es an den Mund. »Hier ist Straub, ich bin gleich da. Sorgen Sie dafür, dass jeder auf Position ist, dann lassen Sie mich wissen, wann die Übertragungszentren aufgebaut sind.« Sie befestigte das Funkgerät wieder am Gürtel und wandte sich uns zu. »Ich sagte, er ist transportfähig. Er bekommt nichts mit, kann aber stehen und geführt werden. Soweit es die Welt betrifft, ist er ein Mitglied unseres Teams und ein Freiwilliger. Die Einzelheiten können wir später klären. Niemand wird erfahren, dass er nicht bei Verstand war.« Sie starrte mich an und forderte mich heraus, ihr zu widersprechen, aber das tat ich nicht. Was hätte ich sagen können? Sie wusste, mit wem sie es zu tun hatte; sie wusste, dass ich genau das Gleiche getan hätte.

»Und wenn er getötet wird?«, fragte Paul mit gefährlich tonloser Stimme. Er starrte Straub mit beunruhigend offener Abneigung an. Aber sie ließ sich nicht davon stören.

»Es wird jede Vorsichtsmaßnahme getroffen, um dies zu verhindern, Mr. Winter.« Ihr Pokergesicht geriet nicht ins Wanken.

»Und falls es trotzdem passiert?« Paul verlagerte das Gewicht. »Sie wissen nichts über dieses Ding, wie Sie selbst zugegeben haben. Sie arbeiten in ... wie haben Sie sich noch einmal ausgedrückt? ... dichtem Nebel. Sie haben keine Ahnung, was alles passieren könnte, also wie zum Teufel wollen Sie Vorsichtsmaßnahmen bei etwas treffen, das Sie nicht im Mindesten verstehen?«

»Kurz gesagt, Mr. Winter, wir haben keine andere Wahl«, sagte Straub beinahe gedankenverloren und warf wieder einen Blick auf die Uhr. »Im Land herrscht Chaos, und Menschen sterben. Mehr gibt es nicht dazu zu sagen. Und wieder inoffiziell gesagt: Wenn wir das Leben eines Mannes riskieren müssen, um dieses Ding aufzuhalten, der nach unserem bisherigen Ermessen unweigerlich den Verstand verloren hat, werden wir das tun. Es sei denn, Sie haben einen besseren Vorschlag, was ich mit allem nötigen Respekt bezweifle, da wir ein Team der besten Wissenschaftler der Welt darauf angesetzt haben. Falls Sie noch Fragen haben, ist das jetzt Ihre letzte Chance, sie zu stellen.« Sie legte die Hände auf den Rücken und sah uns erwartungsvoll an.

Trotz der Umstände fand ich Straub beeindruckend. Sie flößte einem Respekt ein, da bestand kein Zweifel, aber sie wusste sich auch gut auszudrücken und war auf eine sachliche Weise effizient, die das genaue Gegenteil der Art war, wie ich meine Dinge zu erledigen pflegte. Auch ich war direkt, dabei aber chaotisch. Paul war weniger beeindruckt, das war mir klar.

»Nur eine«, sagte er noch immer mit dem gleichen Gesichtsausdruck. »Was werden Sie machen, wenn er getötet wird und sechs Milliarden Menschen live zusehen? Wer wird das wegerklären? Sie?«

Straub zuckte nicht mit der Wimper. »Das wird kein Problem sein, Mr. Winter.« Sie schüttelte leicht den Kopf. »In diesem Moment wird der lokale Luftraum gesperrt. Die unmittelbare Gegend wurde evakuiert, unsere Männer hindern jeden am Zutritt. Mehr können wir nicht tun, aber meiner Ansicht nach reicht das aus. Und ich versichere Ihnen, wir werden auf ihn aufpassen. Wir wollen den Caementum aufhalten, um Leben zu retten. Wir sind hier die Guten. Vergessen Sie das nicht.« Ihr Funkgerät meldete sich wieder, und Straub lauschte.

»Verstanden. Ich bin unterwegs.« Sie senkte das Gerät. »Also gut, Gentlemen. Wenn Sie hier warten wollen, bis man Sie holt. Sie können es sich bequem machen, denn bis dahin haben Sie mindestens zwanzig Minuten. Fragen Sie meine Männer, falls Sie etwas brauchen, und damit meine ich etwas zu trinken oder die Toilette.«

»Warten Sie, was sollen wir denn genau tun …«, setzte ich an, aber Straub hob die Hand.

»Tut mir leid, Mr. Pointer, ich habe Ihnen Gelegenheit gegeben, Fragen zu stellen, und ich glaube, dass ich Ihnen bereits genug darüber gesagt habe, was man von Ihnen verlangen wird. Die genaueren Einzelheiten erfahren Sie in Kürze. Jemand wird Sie holen. Ich spreche später mit Ihnen.« Sie drehte sich um, und die Soldaten salutierten ihr, während sie durch die Tür ging.

»Miststück«, murmelte Paul kaum hörbar.

KAPITEL FÜNF

Der Stone Man kommt

Ich erinnere mich gut an diese Zeit. Sie war so quälend langweilig, dass ich sie nicht einmal vergessen könnte, wenn ich es wollte, während ich zugleich unaussprechlich angespannt war. Können Sie sich das vorstellen? Was für eine schreckliche Kombination. Mein Gott, es dauerte ewig. Die Nachrichten im Fernsehen zeigten jetzt keine neuen Aufnahmen, also hatte das Militär tatsächlich den Luftraum gesperrt, genau wie Straub gesagt hatte. Es gab Spekulationen, dass etwas Großes im Gange war, und anscheinend hatte die Regierung eine Erklärung herausgegeben. Etwas über »einen Versuch, den Stone Man mit Elektromagnetismus aufzuhalten, für den ein geräumter Radius von fünf Meilen erforderlich ist«. Es klang gut, aber ich bezweifelte, dass es jedermann schluckte. Trotzdem tappte die Welt im Dunkeln.

Aber natürlich galt das auch für den Stone Man im Allgemeinen. Ich betrachte gerade den Fernseher und versuche mich an die Zeit zu erinnern, in der wir nichts über ihn wussten, als wir noch immer in der gesegneten Ignoranz lebten, die wir vor diesem heißen Sommerwochenende vor einem Jahr genossen. Jetzt wissen wir, was das Ding wollte. Und trotz dieses Wissens, trotz der anderen Dinge, die wir auf die harte Weise lernen mussten, werden noch immer Menschen sterben.

Paul schaltete den Fernseher aus. Mich kümmerte das nicht. Schließlich verriet er uns nichts, und die endlosen Spekulationen nervten nur noch. Wir näherten uns dem Ende der zwanzig Minuten, und wir hatten kaum ein Wort gesprochen. Ich lag auf dem Sofa, während Paul stumm im Sessel hockte. Blackjack war nicht angesagt. Nachdem Straub mich verraten hatte, war es mir peinlich, mit Paul zu sprechen, und wenn man das Schweigen bedachte, das er mir seit Straubs Aufbruch entgegenbrachte, wollte er auch nichts mit mir zu tun haben. Als er schließlich das Wort ergriff, war es nicht an mich gerichtet.

»Leute, ich muss zur Toilette. Die Bosslady hat gesagt, ich dürfte gehen, also wird mich wohl einer von euch beiden begleiten?« Die Soldaten blickten einander an, dann wandte sich einer Paul zu und nickte wortlos. Paul stand auf und ging durch die Tür, die der Aufpasser für ihn geöffnet hatte. Der Mann folgte ihm, und ich hörte, wie sie die Treppe nach oben stiegen. Während ich dort stumm lag, kam mir in den Sinn, dass wir mit diesem Haus bereits umgingen, als würde es uns gehören. Paul und ich hatten Patrick als Druckmittel benutzt, um bleiben zu können. Aber wir versuchten auch zu helfen; das sage ich mir selbst noch in diesem Augenblick, aber natürlich kann ich mich niemals davon überzeugen. Wir hatten Patrick seit unserer Ankunft nicht korrekt behandelt. Wir hatten ihm nicht den geringsten Respekt erwiesen, aber nun war es zu spät, um das noch zu ändern.

Zwei Männer, die wie medizinisches Personal gekleidet gewesen waren, hatten Patrick bereits auf einer Trage fortgebracht, vermutlich für seine Adrenalinspritze. Oder damit man ihn untersuchte und dann darauf vorbereitete. Vermutlich wollten sie vor der Ankunft des Stone Man so viele Daten wie möglich von ihm bekommen. Für den Fall, dass alles mit seinem Tod endete. Die Mediziner hatten Paul und mich beim Eintreten wie Laborratten angestarrt. Zu meiner großen Erleichterung hatte sich die Stärke des Sogs plötzlich massiv reduziert, sobald Patrick aus unserer unmittelbaren Umgebung verschwunden war. Vermutlich hatte das etwas mit seinem derzeitigen katatonischen Zustand zu tun, denn ihn ungefähr dreißig Meter vom Haus zu entfernen, hätte zuvor mit Sicherheit nicht ausgereicht, um das Signal zu dämpfen. Wir hatten noch fünfzehn Meilen entfernt darunter gelitten.

Wir hatten die Vorbereitungen durchs Fenster verfolgt. Eine

Weile war es interessant gewesen. Soldaten eilten hin und her, mitten auf der Straße wurden zwei zeltähnliche Segeltuchbauten errichtet (nachdem Männer mit Vermessungsinstrumenten komplizierte Berechnungen über Abstand und Ort angestellt hatten). Auch befanden sich nicht nur Soldaten auf der Straße; gelegentlich waren Leute in Zivil mit laminierten Ausweisen an Bändern um den Hals zu sehen, die manchmal den Transport von Ausrüstungsgegenständen in die Zelte überwachten und vermutlich Daten austauschten, indem sie sich gegenseitig auf Tablets oder Laptops Messungen präsentierten. Gelegentlich zeigte einer mitten in einer Unterhaltung auf das Haus, und ich glaubte, wir würden gleich Besuch erhalten, aber das geschah nicht. Aus dem Himmel drang der beständige Lärm von Hubschraubern, der selbst im Haus noch laut war. Dazu kam ein endloser Strom von Befehlen, die Soldaten mit Megafonen brüllten. Darum war ich froh, mich im Haus aufhalten zu können. Dort draußen war es einfach zu laut.

Die Atmosphäre auf der Straße kündete offensichtlich von fiebriger Tätigkeit. Die einzigen Leute, die davon unberührt schienen, waren die paar Soldaten, die in unserem Blickfeld mit ihren Gewehren auf Posten standen. Und die drei Gestalten, die vor dem ersten Zelt standen: Straub und zwei Männer, bei denen es sich offensichtlich um ihre Vorgesetzten handelte. Sie trugen Uniform und schienen älter als sie zu sein. Und die Tatsache, dass sie so viel größer waren, ließ Straub auf diese Entfernung wie ein Kind aussehen. Trotzdem schien sich ihr Verhalten nicht zu ändern. Brigadier Straub war keine Arschkriecherin. Es hätte mich nicht gewundert, den Innenminister oder vielleicht sogar den Premierminister dort zu sehen, aber vermutlich brachte man das Staatsoberhaupt nicht in eine möglicherweise brandgefährliche Situation. So wie der Präsident und der Vizepräsident nie im selben Flugzeug fliegen.

Ich setzte mich auf und rieb mir das Gesicht; plötzlich fühlte ich mich schrecklich müde. Die lange Wanderung am Vortag, die betrunkene Nacht, die lange Reise, das Herumirren durch Sheffield, die Herfahrt, der intensive Stress durch das verrückte psychische Feedback oder worum es sich zum Teufel dabei handelte … das alles hatte sich summiert. Und da das Letztere nun schwächer geworden war – zuvor hatte es sich angefühlt, als würde man durch die Steckdose angereichertes Koffein verabreicht bekommen –, fühlte ich mich, als wäre ich unsanft aus dem Tiefschlaf geweckt worden, nur um erkennen zu müssen, dass ich noch länger schlafen musste, mindestens eine weitere Nacht. Ich musste vorsichtig sein. Das Letzte, das ich auf der Welt brauchen konnte, war bei der Ankunft des Stone Man nicht einhundertprozentig einsatzbereit zu sein.

Ich musste auf Draht und konzentriert sein. *Den Blick fest auf den Gewinn gerichtet,* befahl ich mir. *Wenn du etwas nicht mitbekommst, wird Hugh Hefner einen anderen Schmierfinken in die Playboy-Villa einladen.* Ich musste selbst über mich grinsen, aber im Ernst, solange ich es nicht versaute, war nur der Himmel die Grenze.

Ich schlug mir leicht gegen die Wangen und stand auf, holte tief Luft und ließ die Knöchel knacken, während ich wieder ans Fenster trat. Es war fast so weit. Das wusste ich. Draußen waren die Aktivitäten fast zum Stillstand gekommen, und als ich sah, was die Männer taten, war das die Bestätigung für das sehr reale Gefühl in meinen Knochen. Mir wurde bewusst, dass nur noch zehn Minuten übrig waren.

Die Hubschrauber machten noch immer Lärm, die Funkgeräte krächzten, gelegentlich eilte ein Anzugträger von einem Zelt ins andere oder hielt in der Straßenmitte ein Messgerät in die Höhe. Soldaten hatten sich in zwei Reihen aufgestellt, um einen Korridor zu bilden, der den Stone Man vom Haus (das vermutlich in zehn Minuten nicht mehr stehen würde) über die Straße bis zum Ende der Auffahrt flankieren sollte. Es war offensichtlich eine Variation der beweglichen Formation, mit der sie ihn zuvor umringt hatten. Selbst wenn ich es nicht bereits gewusst hätte – selbst wenn ich es nicht bereits so stark gefühlt hätte, dass ich es beinahe vor meinem inneren Auge sehen konnte, es mir auf dieselbe Weise vorstellte, auf die ich Patrick beinahe durch seine Hauswand wahrnehmen konnte –, war klar, dass die Soldatenreihen vor mir den Weg des Stone Man markierten.

Vor dem Zelt, das dem Haus am nächsten stand, nur wenige Meter von der Auffahrt entfernt, hatte man nun eine Art Plexiglaswand aufgestellt. Straub und die beiden Männer in Uniform waren nicht länger zu sehen, also zählte ich zwei und zwei zusammen. Kommandoprivileg oder nur der Schutz von unentbehrlichem Personal? Ich wusste es nicht und bezweifelte, dass die Abdeckung etwas anderes als ein Schild gegen Strahlung oder was auch immer sein sollte, aber was nun auch stimmte, ich hoffte, bei der Ankunft des Stone Man in diesem Zelt zu sein. Bestimmt würde ich das.

Oben rauschte die Toilette, kurz darauf kamen Schritte nach unten. Wie aufs Stichwort erwachte das Funkgerät des Soldaten im Zimmer zum Leben. Als er sich meldete, erfuhr ich seinen Namen.

»Taylor.«

Ich konnte die Antwort nicht verstehen, jedenfalls nicht auf diese Distanz, aber zwei Worte schnappte ich auf, die mich zu meiner Überraschung eher frösteln als frohlocken ließen.

»... nähert sich.«

Corporal Taylor blickte mich an und deutete ausdruckslos mit dem Kopf auf die Tür. Offensichtlich wurde meine Anwesenheit anderswo verlangt. Taylor öffnete die Tür und führte mich in den Korridor, wo Paul und sein Aufpasser gerade die untersten Stufen erreicht hatten.

»Der Ruf ist erfolgt, was?«, fragte Paul. Die Worte waren nicht an mich gerichtet, sondern an Taylor.

»Hier entlang, Sirs.« Taylor deutete auf die Haustür; Paul und ich sollten vorausgehen. Wir gehorchten, dabei legte Paul die Hände auf den Kopf und verschränkte dabei die Finger, bis sie wie bei einem Mann, den man vor sein Erschießungskommando führte, auf dem Hinterkopf ruhten.

»Hör auf damit, Paul«, murmelte ich leise. »Wir wollen diese Leute nicht verärgern.« Ich hatte noch nicht zu Ende gesprochen, als ich die Worte auch schon bereute. Ich wusste, was ich zur Antwort erhalten würde. Und war überrascht, als sie nicht kam.

»Das wäre ein gutes Stichwort, um etwas wie ›Natürlich willst du das‹ oder etwas ähnlich Gereiztes zu erwidern, nicht wahr?«, murmelte er zurück, ohne zu lächeln. Darauf fiel mir keine passende Erwiderung ein, und Paul öffnete die Tür und trat hinaus. Das Licht war schwächer geworden, der Himmel nahm gerade einen wunderschönen Rotschimmer an. In der Ferne ertönte ein lautes Donnern. Der Stone Man näherte sich. Einer der Wächter setzte sich vor uns, um uns zu führen. Um das Zelt zu erreichen, mussten wir durch die Soldatenreihe, aber die Lücken zwischen den Männern waren breit genug für uns.

»Vergiss es einfach«, murmelte Paul und blickte dabei immer noch stur geradeaus. Mir fiel eine Last von der Seele, die schwerer war, als mir klar gewesen war. Ich war überrascht, dass mir seine Meinung so viel bedeutete. »Ich will nicht behaupten, dass ich nicht enttäuscht bin, aber ich will auch nicht behaupten, dass es falsch von dir war, dir nicht in die Karten schauen zu lassen. Schließlich kennst du mich nicht. Allerdings, wenn ich daran denke, was ich im Auto gesagt habe, komme ich mir irgendwie wie ein Arschloch vor. Du weißt schon, der große Retter zu sein und so. Ich muss wie ein verfluchter Halbstarker geklungen haben.«

»Nein, nein, das fand ich überhaupt nicht …«, protestierte ich, aber in diesem Augenblick betraten wir das Zelt durch einen Hintereingang. Damit hatte ich nicht gerechnet, aber vermutlich hatte es Sinn, von hinten einzutreten, wenn vorn ein Bombenschutz aufgebaut war, oder was auch immer das Ding darstellen sollte. Aber wir hatten kaum einen Schritt hinein getan, als man uns auch schon durchsuchte. Paul protestierte, fing aber meinen Blick auf und verstummte; er wusste, dass ich recht hatte. Schließlich *wollten* wir hier sein, also mussten wir nach ihren Regeln spielen. Meine Tasche und den Laptop hatten sie bereits. Ihr Verlust machte mir nicht viel aus; von meinen Kontakten hatte ich Back-ups, und auf dem Laptop befand sich nichts zu Persönliches oder Wichtiges.

Im Zelt befanden sich mehrere Computerarbeitsplätze und etwas, das wie eine Satelliten- oder Radarkonsole aussah. Auch hier herrschte Lärm. Das Innere war gefüllt mit den Stimmen des Personals (hauptsächlich Leute in Zivil) und den Geräuschen vieler großer Industrielüfter, die überall verteilt auf höchster Stufe liefen, um die Computer zu kühlen. Dazu ertönten diverse Update-Benachrichtigungen, Satellitentelefone klingelten. Obwohl der Lärm so chaotisch war, galt das für die hektische Aktivität nicht; jeder schien mit ruhiger, aber gnadenloser Effizienz seiner Arbeit nachzugehen. Es war beeindruckend, ohne jeden Zweifel.

Ich entdeckte Straub an einer langen Konsole, die sich hinter drei auf Stühlen sitzenden Anzugträgern erhob. Neben ihr standen wie zuvor ihre beiden Vorgesetzten. Man führte uns zu ihnen. Unsere Wächter grüßten sie und die beiden Männer in Uniform, als sich alle umdrehten.

»Da sind sie«, sagte sie zu den anderen Offizieren, die lediglich schweigend nickten. Straub wandte sich uns zu. »Es ist fast so weit, Gentlemen. Sie müssen aufgeregt sein, vor allem Sie, Mr. Pointer«, sagte sie ohne ein Lächeln. Ich dachte über die Frage nach. Das war ich tatsächlich noch immer, aber jetzt wurde mir bewusst, dass ich Angst hatte. Der Augenblick war da, auf den ich gewartet hatte, um die Antworten zu erhalten, die ich mir so verzweifelt wünschte … Plötzlich musste ich an das Wort denken, das Patrick benutzt hatte. *Katastrophe.* Es einfach abzutun wäre offensichtlich dumm, selbst wenn es das Wort eines verängstigten, hysterischen Mannes gewesen war. Wir wussten *nichts* über die Situation hier. Er würde nicht grundlos solche Angst gehabt haben. Oder?

»Um ehrlich zu sein, eher nervös«, sagte ich. Ich wartete darauf, dass man uns die anderen beiden Männer vorstellte, aber da kam nichts.

»Und Sie sind?«, fragte Paul, als hätte er meine Gedanken gelesen und würde auf die ihm eigene Subtilität zurückgreifen. Straub hob eine Hand.

»Die Zeit für Fragen ist vorbei, erinnern Sie sich, Mr. Winter«, sagte sie, »wir sind jetzt im Feldeinsatz und die Operation läuft, also erwartet man von Ihnen nichts anderes als Ihre vollständige Kooperation. Allerdings hoffe ich, dass Sie verstehen werden, warum wir Sie für den Augenblick unter Beobachtung stellen mussten. In dieser Situation gibt es so viele Unbekannte, dass wir ziemlich blindlings hineinlaufen ... abgesehen anscheinend von Einsichten, die wir von Ihnen erhalten können. Darum konnten wir kein Risiko eingehen. Das verstehen Sie sicher.«

»Mal abgesehen von dem Risiko, dem Sie das Leben eines Mannes aussetzen«, erwiderte Paul. Ein angespanntes, falsches Lächeln lag auf seinen Lippen. Glücklicherweise kam eine Zivilangestellte mit einem Tablet in der Hand, um es den drei Verantwortlichen zu zeigen. Sie warfen einen Blick darauf, nickten, dann entließ Straub die Frau mit einer Handbewegung.

»Bitte nicht so selbstgerecht, Mr. Winter«, erwiderte der Brigadier so ruhig und ungerührt wie immer, »ich habe Ihnen Gelegenheit gegeben, eine alternative Lösung für das Problem vorzuschlagen, und falls ich mich nicht irre, ist Ihnen nichts eingefallen. Falls Sie nur die Leute kritisieren wollen, die die Entscheidung treffen, ohne selbst bessere Entscheidungen beisteuern zu können, schlage ich vor, dass Sie mit Ihrem Urteil warten.« Ich schaute Paul an und zuckte innerlich zusammen, während ich auf die wütende Antwort wartete. Zu meiner Überraschung senkte er nach einem kurzen Moment zornig den Blick. Straub nickte lediglich, kam zu dem Schluss, dass die Sache erledigt war, und fuhr fort.

»Bei seinem derzeitigen Vorankommen sollte der Caementum in zehn Minuten eintreffen und die Grenze der Sperrzone in acht passiert haben. Von jetzt an brauchen wir Sie hier im Kommandozelt. Sämtliche Veränderungen, egal was Ihnen von jetzt an auffällt, teilen Sie mir mit, und zwar unverzüglich. Verstanden?«

Ich nickte und wartete auf Pauls Reaktion. Dabei wurde mir bewusst, dass uns mehrere der Zivilisten beobachteten. Sie arbeiteten noch immer – die Situation war viel zu dringlich, um damit aufhören zu können –, aber ich ertappte mehrere von ihnen dabei, wie sie verstohlene Blicke über die Schulter warfen, die Aufmerksamkeit von ihren Arbeitsplätzen nahmen, um die beiden Männer zu sehen, die angeblich eine Verbindung zu dem Stone Man hatten. Also hatte man von uns gehört; ich fragte mich, wer von ihnen zum Militär gehörte und wer die verpflichteten Wissenschaftler waren. Vermutlich konnten die es kaum erwarten, uns in die Finger zu bekommen. Hätte es die Zeit zugelassen, hätten sie das auch sicherlich getan.

Als Paul keine Antwort gab, sprach Straub ihn direkt an.

»Mr. Winter? Haben Sie das verstanden?« Paul blickte wie ein gemaßregelter Teenager ins Leere.

»Ja«, fauchte er. Zu meiner absoluten Verblüffung trat Straub einen Schritt vor und legte ihm die Hand auf die Schulter.

»Mr. Winter«, sagte sie, und als Paul nicht reagierte, wiederholte sie seinen Namen. Langsam drehte er den Kopf und senkte ihn, um ihr ins Gesicht blicken zu können. Als sie sprach, kamen die Worte auf dieselbe strenge, nüchterne Art, aber die Stimme war weicher.

»Verstehen Sie bitte. Es ist schön, dass Sie sich Sorgen machen. Hätten wir eine andere Möglichkeit, würde ich sie sofort nehmen. Ich habe mir diesen Mann angesehen und darüber nachgedacht, was ich empfinden würde, wäre er mein Mann, und ich danke Gott, dass er es nicht ist. Ich danke Gott, dass mein Mann mit seinen idiotischen Freunden auf einem verfluchten Golfwochenende ist. Ich weiß, dass wir es hier mit einem menschlichen Wesen zu tun haben. *Aber wir haben keine andere Wahl.* Menschen sterben, und ich muss wissen, ob ich mich auf Ihre Hilfe verlassen kann. Kann ich Ihnen vertrauen?« Sie sah ihm in die Augen, und Paul stand stumm und völlig entwaffnet da. Er nickte knapp und schaute zu Boden.

»Vielen Dank«, sagte Straub, und sofort kam wieder der Brigadier zum Vorschein und übernahm das Kommando. Sie wandte sich mir zu. »Sagen Sie, können Sie das Ding fühlen?«

Das konnten wir. Natürlich war das Gefühl nun stärker als je zuvor, und ich hätte jederzeit in seinen Kopf springen und sehen können, welche Ecke der Vorstadt jetzt in Schutt und

Asche gelegt wurde, während der Stone Man auf seinem gnadenlosen Weg hierher war. In diesem Augenblick ertönte aus der Ferne das nächste laute Krachen, etwas lauter als das zuvor. Die Offiziere wechselten einen Blick.

»Ja«, sagte ich und antwortete für mich und Paul. »Aber es hat sich nichts geändert.«

»Gut. Nehmen Sie Ihre Position an der Schutzwand dort drüben ein.« Straub zeigte auf die durchsichtige Scheibe vor dem Zelteingang. »Ich bin gleich bei Ihnen, aber ich werde ständig in Bewegung sein. Hier gibt es viel zu tun. Doch wenn Sie etwas spüren, lassen Sie uns das sofort wissen. Es könnte außerordentlich wichtig sein. Aber in der Zwischenzeit muss ich Sie bitten, still zu sein. In wenigen Minuten verabreichen wir K-V-Vier drüben im Sanitätszelt sein Adrenalin. Ich weiß nicht, ob das einen Einfluss auf Sie haben wird, aber ich werde in der Sekunde, in der man es spritzt, über Funk Bescheid erhalten, damit Sie auf dem Laufenden sind. Falls Sie etwas brauchen, stehen diese Männer dafür bereit.« Sie deutete mit dem Kopf auf unsere ehemaligen Aufpasser, die jetzt unsere Laufburschen zu sein schienen.

Wir gingen zu der Schutzwand, gefolgt von den Aufpassern/Laufburschen, und starrten auf die Straße. Paul stellte sich neben mich und trat ungeduldig von einem Fuß auf den anderen. Verglichen mit dem Bienenstock, der das Zelt war, schien die Straße zu einer Geisterstadt zu gehören. Allerdings einer mit einer Gasse aus schwer bewaffneten Soldaten in der Mitte. Von meiner Position aus konnte ich drei Hubschrauber über uns ausmachen; es schienen Apaches zu sein, die schwer (und sinnlos) bewaffnet waren. Mit einem Stich des Bedauerns wünschte ich mir, ich hätte noch immer meine Kamera gehabt, aber dann tröstete ich mich mit dem Gedanken, dass sie ein wertvolles Opfer gewesen war, das geholfen hatte, uns hierher zu bringen.

Nach ein paar Minuten wurde die Anspannung unerträglich. Der Lärm in der Ferne wurde immer lauter, und nun konnten wir neue Rauchwolken in relativer Nähe ausmachen. Mir wurde klar, dass ich den Stone Man bald erst zum zweiten Mal in Person oder Stein sehen würde. Ein seltsames Gefühl. Obwohl ein Tag vergangen war, seit ich in seiner unmittelbaren Nähe gewesen war, hatte ich das Gefühl, als hätte ich nie damit aufgehört, ihn vor mir zu sehen.

Straub gesellte sich zu uns, aber dieses Mal war sie nicht in Begleitung der Uniformträger, sondern umgeben von einigen Mitgliedern des zivilen Stabs. Schnell erkundigte sie sich, ob wir etwas Neues zu melden hatten, dann überprüften die Zivilisten bei Paul und mir den Blutdruck und nahmen auch eine Blutprobe. So schnell sie gekommen waren, so schnell waren sie auch wieder verschwunden, und das Warten begann erneut. Das Gefühl sagte mir, dass der Stone Man längst durch uns hindurchmarschieren müsste, aber ein Blick auf die Uhr verriet mir, dass lediglich drei Minuten vergangen waren. Es war verrückt. Kurz herrschte Aufregung, als die Meldung über Funk kam – weitergegeben von Corporal Taylor –, dass man Patrick das Adrenalin verabreicht hatte. Nervös spähten Paul und ich durch die Scheibe und wollten sehen, wie er aussah, wenn man ihn nach draußen führte, aber er kam nicht zum Vorschein. Ich schaute auf die Uhr. Nach Straubs Berechnungen noch ungefähr sieben Minuten, bis der Stone Man wieder nur wenige Meter von mir entfernt war. Sicherlich hätte man Patrick mittlerweile doch rausbringen müssen?

Ich rief mich zur Ordnung. *Ihn rausbringen müssen?* Was zum Teufel war er, ein Christ, den man den Löwen zum Fraß vorwarf? *Bringt die Verurteilten raus.* Patrick mochte ein Fremder gewesen sein, bei unserer ersten Begegnung darüber hinaus auch noch verrückt, aber ich musste mir ins Gedächtnis zurückrufen, was sowohl Paul als auch Straub gesagt hatten. Er war ein menschliches Wesen. Und zu meiner ewigen Schande konnte ich selbst mit dieser Ermahnung nicht die tief sitzende Ungeduld abschütteln, dass man ihn nicht längst herausgeführt hatte, der Köder noch nicht in Position war.

Ein harter Stoß gegen die Schulter riss mich aus meinen Gedanken. Paul starrte mich mit erhobenen Brauen an. Wieder sah er wie ein junger Bursche aus, ertappt in einem Augenblick der Aufregung. Als er meine Aufmerksamkeit hatte, stach er mit einem Finger in meine Richtung, formte Daumen und Zeigefinger zu einem Kreis und hob erneut die Brauen. Ich nickte und hob mit einem gezwungenen Lächeln den Daumen. Ja, mit mir war alles in Ordnung. Dann tippte ich mir gegen den Kopf und winkte ab. *Ich denke nur nach.*

Sobald die Botschaft eingesunken war, stieß er ein Seufzen aus und senkte die Hand, aber dann hielt er inne und schlug mir gegen die Brust. Er hatte etwas entdeckt. Er zeigte auf das mehrere Meter entfernte Sanitätszelt, aus dessen Rückseite eine Gruppe aus drei Soldaten mit Gewehren und zwei Zivilistinnen kam. Davor erhob sich nun ebenfalls eine durchsichtige Schutzwand, genau wie bei unserem Zelt. Von unserem Standort aus konnten wir nicht gut sehen, aber es hatte den Anschein, als würde sich Patrick in der Mitte dieser Gruppe befinden. Sie kamen von der anderen Straßenseite herüber, bis sie die Straßenmitte erreicht hatten. Die Soldaten führten Patrick bei den Schultern, während die Frauen irgendwelche Taschen mit Ausrüstung trugen.

Patrick sah noch genauso aus wie zuvor – die eingesunkenen Augen waren weit aufgerissen, die Hände zuckten genau wie das Gesicht, wenn auch nicht mehr so stark –, aber anscheinend hatte sein verbaler Morsecodestrom nachgelassen. Sein Mund bewegte sich noch immer unablässig, aber seine Lippen sahen entspannt aus, und die ständigen Bewegungen seines Kiefers waren langsamer geworden. Das alles erweckte den Anschein, dass ihn das Adrenalin zwar mobil gemacht hatte, aber gleichzeitig Auswirkungen auf seine Sprachfähigkeit zeigte. Es ergab zwar nicht den geringsten Sinn, aber Patricks Gehirn war offensichtlich auf eine Weise neu verdrahtet worden, die ich nicht begriff. Er stand da und schwankte leicht, während ihn die Soldaten sanft aufrecht hielten. Mir fiel auf, dass sie keineswegs grob mit ihm umgingen; das war gut, obwohl er den Unterschied nicht wahrgenommen hätte. Obwohl wir ihn nur in seinem verrückten Tiradenmodus oder seinem derzeitigen katatonischen Zustand erlebt hatten, als ich ihn dort hilflos und von Fremden umgeben stehen sah, verspürte ich zum ersten Mal echtes Mitleid mit ihm. Zum ersten Mal wollte ich mich irren – wenn auch nur kurz –, wollte ich zusehen, wie der Stone Man einfach ohne jeden Zwischenfall an ihm vorbeiging und er auf wundersame Weise geheilt wurde. Der Gedanke hielt nicht lange an, aber dass es ihn gab, ist mir noch immer ein kleiner Trost.

Der Soldat, der Patrick nicht hielt, trat zurück und machte Platz für die Zivilistinnen, die sofort kleine Ausrüstungsgegenstände am Körper festschnallten. Insgesamt waren es drei Geräte, eines am Arm, eines auf der Brust und eines am Kopf. Bis zum heutigen Tag weiß ich nicht, wozu sie dienen sollten. In schneller Folge krachte es zweimal, und mit Ausnahme von Patrick zuckten alle zusammen, die Soldaten eingeschlossen, bevor sie sich wieder beherrschten und weitermachten. Die Frauen fügten ihren Tablets neue Daten hinzu und eilten dann eskortiert von dem dritten Soldaten zurück zum Zelt. Seine beiden Kameraden blieben zusammen mit Patrick vor dessen Haus stehen. Sechs Minuten. Mittlerweile hatten sich zwei weitere Rauchwolken zu den anderen am Himmel gesellt, und die Funkmeldungen in unserem Zelt hatten sich beträchtlich vervielfältigt.

Auf der Straße vor uns schien es ausgesprochen still geworden zu sein. Soweit es das Militär betraf, war anscheinend alles an Ort und Stelle, und jede Aktivität war eingestellt worden. Während die Sekunden verstrichen, schien die Zeit nur noch zu kriechen, erst recht, weil wir die Anspannung allein dadurch lindern konnten, indem wir den Köder betrachteten, der in katatonischer Ignoranz auf das Schicksal wartete, das sich den Weg durch alle Hindernisse zu ihm bahnte. Ich fragte mich, warum man die Soldaten, die die Gasse zum Haus bildeten, überhaupt dort aufgestellt hatte, wo sich Patrick doch gar nicht mehr im Gebäude befand. Vielleicht eine Vorsichtsmaßnahme in letzter Minute, falls es doch jemandem gelungen sein sollte, sich in die Sicherheitszone zu schleichen? Das erschien mir unwahrscheinlich, aber vermutlich ging man nicht das geringste Risiko ein. Drei weitere Male donnerte es an dem lauen Sommerabend, laut und nahe genug, dass wir die Geräusche auseinanderhalten konnten – zweimal stürzten Mauern ein, einmal riss Metall. Die Sonne ging endgültig unter, aber es gab noch genug Licht und Zeit, um zu wissen, dass wir einen klaren Blick auf das haben würden, was auch immer dort passieren würde. Und zwar trotz des Qualms, der den Himmel immer mehr verdunkelte. Drei Minuten. Einer der Hubschrauber über uns bewegte sich langsam zur Seite und verharrte dann.

Einer von Patricks Aufpassern hob das Funkgerät und lauschte, dann gab er selbst eine Meldung durch. Zu diesem Zeitpunkt schien der ferne Lärm ziemlich konstant geworden zu sein. Leises Knirschen und Grollen, unterbrochen von tieferen, dröhnenden Lauten, die vermutlich von einstürzenden Gebäuden verursacht wurden und die sonstige Stille durchbrachen. Die Soldaten in der Formation blieben reglos stehen und starrten geradeaus, aber die Männer bei Patrick blickten in die Richtung des Lärms – vermutlich hatten sie größere Freiheiten. Der bis jetzt lauteste Knall ertönte, laut genug, dass selbst ich zusammenzuckte, und Patricks Betreuer wechselten ein paar Worte und bewegten sich unruhig. Ich fragte mich, ob das von ihrer Nervenanspannung kam. Ich an ihrer Stelle wäre nervös gewesen, allerdings wäre Angst angebrachter gewesen. Das Einzige, das sich in derselben Lage wie der Köder befand, war der Kerl, der den Köder hielt. Ich hielt nach Straub Ausschau. Sie stand ein Stück weiter hinten im Zelt, überwachte zusammen mit ihren beiden Vorgesetzten die größte Station und gab Befehle. Sie wirkte sehr angespannt, sogar nervös; sie beugte sich vor, um einen besseren Blick auf einen Monitor zu haben, während sie sich mit einer Hand auf die Lehne eines Stuhls stützte. Aber ansonsten schien sie sich völlig unter Kontrolle zu haben. Sie war ein Profi. Das nächste ohrenbetäubende Donnern ertönte, und dann waren es nur noch zwei Minuten.

»Das ist es«, flüsterte mir eine Stimme ins Ohr, und ich zuckte zusammen. Paul schaute mich mit großen Augen an; der Kinderblick war wieder da, aber diesmal lag keine Aufregung darin. Dort war nur Angst, aber nicht um Paul Winters

Wohlbefinden. Ich konnte ihm nur zunicken und meine eigene zitternde Hand zeigen. Ein weiteres explosionsartiges Donnern, und plötzlich wurde ich von Staub geblendet.

Es war seltsam, weil der Staub überall war und mir trotzdem nicht in die Augen zu dringen schien. Er klärte sich, als ich mich durch ihn hindurchbewegte, und dann hatte ich ihn hinter mir gelassen und konnte ein weiteres Haus vor mir erkennen. Ich wurde nicht langsamer, und es wurde offensichtlich, dass ich damit zusammenstoßen würde. Nach diesen paar Sekunden kam ich wieder zu Sinnen und begriff, dass etwas geschehen war, dass ich mich nicht in dem Kommandozelt befand, sondern wieder auf den Straßen, durch die wir früher an diesem Tag gefahren waren. Als ich die Straße überquerte und noch immer auf das Haus vor mir zuhielt, nun nahe genug, um mich in seinem Schatten zu befinden, wurde mir klar, dass ich mich wieder in dem Stone Man befand. Doch trotz des Schocks dieser Erkenntnis hörte ich einen vertrauten Laut. Nein, keinen vertrauten Laut; einen vertrauten *Rhythmus*. Einen leisen, pulsierenden stakkatohaften Rhythmus, als würde eine Bassgitarre Morsecode spielen. Als ich den Gartenzaun an der Rückseite des Hauses durchbrach, fragte ich mich in meiner Panik, warum ich das nicht gehört hatte, als ich mich das erste Mal in dem Stone Man befand, und warum ich es jetzt hören konnte, aber in meiner Verzweiflung, dort wieder rauszukommen, verdrängte ich diesen Gedanken bereits. Und damit starrte ich plötzlich wieder durch die Plastikscheibe vor mir.

Ich hatte gerade genug Zeit, um den zweiten, desorientierenden Schock innerhalb von dreißig Sekunden zu verarbeiten und hektisch Luft in meine Lungen zu pumpen, um den Mund zu öffnen und zu sagen: *Das Ding ist hier, es bricht jetzt durch,* aber dazu bestand plötzlich keine Notwendigkeit mehr. Mit einem schockierend lauten Krachen und eingehüllt in eine letzte gewaltige Rauchwolke bahnte sich der Stone Man seinen Weg durch das Haus am unteren Ende der Straße und setzte zu seinem letzten, unaufhaltsamen Marsch auf uns an.

Bei meiner früheren Tätigkeit als namenloser Reporter hatte ich viele Augenzeugenberichte aufgenommen, alles Mögliche von unbedeutenden Schlägereien in der Öffentlichkeit bis zu richtigen Explosionen (die beste hatte es in einem Chemiewerk in Dudley gegeben). *Das ist alles so schnell passiert,* war dabei die häufigste Aussage, die ich immer wieder zu hören bekommen hatte, selbst wenn sich der fragliche Zwischenfall gar nicht so schnell abgespielt hatte.

Eigentlich habe ich nie so richtig begriffen, wie das gemeint war, bis an diesem Tag alles vorüber war und ich im Sonnenuntergang eines Sommerabends in Yorkshire stand und mich fragte, was zum Teufel da gerade passiert war. Schon damals war mir klar, dass sich alles eigentlich gar nicht so schnell abgespielt hatte; der Stone Man war mit seinem gleichmäßigen Schritt die Straße heruntergekommen, und alles andere war relativ langsam geschehen. Aber wenn ich an die eigentlichen Schlüsselereignisse denke, scheinen sie sich in meinem Gedächtnis auf eine so chaotische, planlose Weise abzuspielen, dass sie sich anfühlen, als müsste alles innerhalb von Sekunden vorbeigewesen sein.

Tatsächlich hat es vermutlich ungefähr zwei bis drei Minuten gedauert, und das eigentliche Chaos, die Verwirrung und das Gebrüll, kam später, als das Militär versuchte, den Tag zu retten, als es irgendetwas tat, egal was, um zu reagieren. Aber das kam alles viel zu spät.

Ich habe seitdem nicht mehr darüber gesprochen, habe es mit Sicherheit nicht in allen Einzelheiten beschrieben. Das wird mir auch jetzt außerordentlich schwerfallen, und glauben Sie mir, hätte ich mich nicht bereits durch die Hälfte dieser verdammten Minibar gearbeitet, würde ich auch jetzt nicht darüber sprechen. Aber ich habe es versprochen. Ich muss diese Sache zu Ende bringen.

In so manchen Nächten sehe ich diese Straße noch immer vor mir. Ich kann sie durch den Plastikschild sehen. In manchen Träumen kann man Dinge nicht verhindern, weil man machtlos ist. Aber das ist kein Traum. Es ist eine Erinnerung, und ich kann heute genauso wenig daran ändern wie damals.

Selbst auf so große Entfernung – größer als ein Abschlag beim Fußball – war es ein unglaublicher Anblick. Irgendwie erhielt man trotzdem einen Eindruck seines Gewichts. Ich vermag nicht zu sagen, ob das an den Rissen lag, die sich im Asphalt unter seinen Füßen ausbreiteten, oder an den schwerfälligen Bewegungen seines Körpers, aber diese *Dichte* zu sehen, genau zu wissen, dass das Ding aus schwerem Stein bestand, der so viel wog, und es sich trotzdem bewegte, als wäre es aus Gummi gemacht. Es war einfach ein unglaublicher Anblick. Wieder war ich von Ehrfurcht ergriffen, und für Paul galt das erst recht. Ich hörte ihn nach Luft schnappen, und mir wurde klar, dass er den Stone Man abgesehen von den Fernsehbildern zum ersten Mal leibhaftig sah.

»Verdammte Scheiße«, hauchte er mit offenstehendem Mund. Er war totenblass.

Während der Stone Man seinen langsamen, unerbittlichen Marsch fortsetzte, konnten wir alle die hartnäckige Staubwolke sehen, die er hinter sich zurückließ; von seinen Schultern wehten Mörtel und Geröll, Reste des Hauses, das er gerade zerstört hatte. Bei diesem Anblick kam mir eine neue Erkenntnis. Nichts schien an dem Ding hängengeblieben zu sein, weder das Öl zerstörter Autos, der Schutt vernichteter Gebäude, noch nicht einmal die glühenden Fragmente des explodierten Metalls der diversen Militärgeschosse. Wie zum Teufel konnte nichts davon an Stein haften bleiben?

Da es sich um eine humanoide Gestalt ohne Gesichtszüge handelte, hätte es nahegelegen, die Bewegungen dieses Dings als roboterhaft zu beschreiben, aber tatsächlich war seine Gangart viel zu geschmeidig, um auf diese Weise beschrieben werden zu können. Es bewegte sich *flüssig*, war aber zugleich solide und schwerfällig. Alles an ihm, von seiner Größe bis zu seinen Bewegungen, schrie förmlich *Unerbittlich*. Nicht aufzuhalten. Es war zugleich ehrfurchtgebietend und furchteinflößend.

Ich riss mich aus meiner Lähmung und versuchte herauszubekommen, ob der Stone Man direkt auf Patrick zuhielt. Das tat er natürlich nicht, denn er folgte dem Straßenverlauf. Er war in leicht schräger Richtung durch das letzte Haus gekommen, und Aufregung durchzuckte mich wie ein Stich, als sein Ziel offensichtlich wurde. Er ging noch immer auf Patricks Haus zu und nicht auf Patrick. Paul tippte mir auf die Schulter und zeigte hektisch auf das Haus. Ich nickte genauso hektisch und ließ ihn wissen, dass ich es auch gesehen hatte. Gleich würden wir ein paar Antworten bekommen. Das wusste ich. Es war elektrisierend.

Plötzlich wurde mir bewusst, dass Straub und ihre beiden Vorgesetzten jetzt ein Stück links von uns standen. Natürlich verfolgten auch sie das Geschehen, während Straub sich die Meldungen aus ihrem Funkgerät anhörte und gelegentlich etwas jemandem an einer der näheren Konsolen zurief, Berichte über Temperaturen, Entfernung, Strahlungsmessung und dergleichen verlangte. Ich weiß nicht, was sie zu finden hofften. Sie wandte sich Paul und mir zu.

»Das ist es also«, sagte sie, und selbst diese unerschütterliche Frau sah jetzt nervös aus, oder zumindest so nervös, wie sie sich zugestand, wenn sie die Uniform trug. Ihre Stimme war etwas atemlos. »Sie beide sind ziemlich still gewesen, aber wenn es je einen Augenblick gab, in dem Sie glänzen können, dann jetzt. Haben Sie etwas zu berichten?«

Paul und ich tauschten einen Blick, aber Paul ergriff zuerst das Wort.

»Ich nicht.« Er schüttelte mit noch immer großen Augen den Kopf. »Die Anziehungskraft hat sich nicht verändert, dabei habe ich eigentlich damit gerechnet.«

»Die was?« Aus irgendeinem Grund sah Straub gereizt aus.

»Die Anziehungskraft. Sie wissen schon, dieses Signal, das ... Gefühl, die Sache, die uns hergeführt hat«, sagte Paul. Straub nickte und wandte sich mir zu.

»Und Sie?«

»Ich weiß nicht«, antwortete ich und nahm den Blick nicht vom Stone Man. »Gerade jetzt ... ich war in dem Ding, als es durch dieses Haus brach. Ich habe nicht einmal versucht zu sehen, wo es gerade hinging. Plötzlich war ich in ihm. Ich weiß nicht, ob es an der Nähe lag, und der Lärm überraschte mich ...«

»Was?«, unterbrach Paul mich, aber Straub hob die Hand, und er hielt den Mund.

»Warum haben Sie nichts gesagt?«, fauchte sie. Sie sah wütend aus.

»Es ist *gerade* passiert!«, protestierte ich. »Also vor dreißig Sekunden, und dann kam es auf uns zu ...«

»Schon gut, halten Sie die Klappe«, sagte sie schnell. Ihre beiden Vorgesetzten blickten mich streng an. »Haben Sie etwas *Neues* erfahren können?«

»Nun ... nein«, sagte ich frustriert und wandte mich ihr zu, warf aber einen schnellen Blick über die Schulter durch den Plastikschild. Der Stone Man hatte mittlerweile die Hälfte des Weges zu uns zurückgelegt und erschien furchteinflößend groß und massig; selbst die Risse im Boden unter seinen Füßen nahmen für mich nun ominösere Ausmaße an. Jemand rief etwas von einem der Computer, und Straub sagte schnell etwas in ihr Funkgerät und befahl zwei Männern, sich bereitzuhalten. Ich bekam ihre Namen nicht mit, aber so, wie die beiden Soldaten bei Patrick in ihre Funkgeräte sprachen und dann zum Stone Man blickten, war mir klar, dass sie es waren. Laut den Leuten an den Messstationen war er hundertfünfzig Meter von Patrick entfernt, hielt aber noch immer auf das Haus zu. Bis jetzt wiesen alle Anzeichen darauf hin, dass er an ihm vorbeigehen würde. Dann wandte sich Straub wieder an mich.

»Irgendetwas? Hat sich irgendetwas *verändert*?«, drängte sie mich und warf dem näherkommenden Stone Man einen schnellen Blick zu. Ihre deutlich erkennbare Anspannung schien meine noch zu verstärken, als würde alles, das jemanden wie Straub handeln ließ, für jemanden wie mich bedeuten, dass der Augenblick gekommen war, das Weite zu suchen. Aber nicht ich war derjenige, der Angst haben musste. Das war der arme verlassene Bastard dort draußen.

Trotzdem zwang ich meine rasenden Gedanken unter Kontrolle und versuchte nachzudenken, was nicht leicht war, da drei hochrangige Militärs vor mir standen und Antworten verlangten, während ein unmöglicher Koloss aus Stein auf der Straße marschierte. *Hatte* sich etwas verändert? Da war doch etwas gewesen, oder nicht? Dieser Laut. Dieser Rhythmus, der leise gespielt hatte. War das überhaupt relevant? Was zum Teufel sollte ihnen das sagen? Eine Empfindung, die unter meinen Füßen begann, unterbrach meine Gedanken; Paul fühlte es ebenfalls und griff überrascht nach meiner Schulter. Sein starker Griff war schmerzhaft, und ich erkannte, dass er so elektrisiert war wie ich.

Mir fiel wieder ein, wo ich das schon zuvor gefühlt hatte, und befreite mich aus der Erstarrung. Der Millennium Place. Es waren die von den Füßen des Stone Man verursachten Vibrationen im Asphalt. Wieder wurde eine Meldung quer durch das Zelt gerufen.

»Dreiunddreißig Komma fünf Meter und kommt näher.«

»Also das … es muss nichts bedeuten.« Ich plapperte fast. »Aber da war ein … dort drinnen gab es so etwas wie einen leisen Rhythmus. Er war kaum wahrnehmbar, aber er war da.«

Straub hob die Hand und schnippte hektisch und ungeduldig mit den Fingern. Ein langsam kahl werdender Mann mit Hemd und Krawatte riss sich zögernd von seinem Computer los und eilte herbei. Eine jüngere Frau in einem wehenden Labormantel folgte ihm. Sein Gesicht war gerötet, entweder durch die aufregende Situation oder aus Wut, weil man ihn mittendrin herausriss.

»Ein Rhythmus«, sagte Straub knapp zu diesem neuen Mann, ohne den Blick von mir zu nehmen, »gibt es da irgendeine Übereinstimmung? Ein Rhythmus vom Caementum?« Der Mann sah plötzlich verärgert aus, blickte mich und Straub an und dann den Stone Man, der sich dem Haus näherte.

»Also!«, fing er an und schüttelte dann schnell den Kopf, beruhigte sich. Selbst in meinem angespannten Zustand erkannte ich diese Reaktion. Das war die Erwiderung eines Mannes, der unter immensem Stress stand und im schlechtestmöglichen Augenblick von einer Person eine Frage gestellt bekommen hatte, die nicht nur sofort eine Antwort haben wollte, sondern darüber hinaus die Antwort auf eine dumme Frage. Und besagte Person war sein Boss. »Das … das … das … das hängt völlig von dem Rhythmus ab, oder? Also technisch gesehen produziert die Strahlungsmessung einen Rhythmus, aber die ist nun stabil, und ich würde sie nie als besonders rhythmisch bezeichnen, dazu ist sie zu inkonsistent. Brigadier Straub, es tut mir unendlich leid, aber solange Sie nichts Genaueres haben, ist das wirklich der schlechteste Augenblick, um …«

»Sagen Sie es ihm«, befahl Straub leise und ernst. »Machen Sie schon. Wie ging er? Machen Sie den Rhythmus nach. Jetzt.«

Als mein Verstand mit der Frage rang, passierte etwas Komisches.

Angeregt von Straubs Forderung fielen mir auch Fragen ein, von denen sich jede selbst beantwortete und zur nächsten Frage führte.

Alles fügte sich zusammen.

In diesem Augenblick wusste ich, wozu der Stone Man gekommen war.

Wie könnte ich den Rhythmus wiedergeben? Ich weiß nicht, wie er ging.

Wie ging der Rhythmus? Er war mir vertraut, das weiß ich.

War er nicht viel zu schnell für dich, um ihn reproduzieren zu können? Es würde dir sowieso nicht gelingen.

In meinem Magen ballte sich eine Faust zusammen, und ich wirbelte von Straub und den anderen weg, um durch die Plastikscheibe zu blicken. Der Brigadier brüllte etwas, aber in meinem Entsetzen wurde sie völlig irrelevant.

Aber du hast schon gehört, wie er reproduziert wurde, oder? Was war es noch mal?

Der Stone Man näherte sich der Gasse aus Soldaten, und dann blieb er zum ersten Mal seit zwei Tagen stehen. Mein Mund war wie ausgedörrt, und als ich etwas sagen wollte, brachte ich keinen Ton hervor.

Es war ein konstanter, schneller Beat, nicht wahr? BUMMBUMM-BUMMBUMM

Der Stone Man hob den Kopf, richtete sich auf und fing an, sich auf der Stelle zu drehen.

GCCAATTGAATTTGGCCCGTTAACTCGCCAATAATCCCGTTAACT-CAGGCATG.

Etwas Schreckliches machte Klick, und ich begriff endlich, dass die vier Buchstaben, die die ganze Zeit über da gewesen waren, seit der Bursche mit der grünen Weste sie gesagt hatte, mir verrieten, was der Stone Man wollte. Verzweifelt wünschte ich mir, ich hätte es nicht gewusst; was konnte ich schon ausrichten? Es musste passieren. Es musste sein Ende nehmen.

Kein *Morsecode.*

Die Drehung war vollzogen, und der Stone Man hielt wieder einen Augenblick lang inne. Dann marschierte er auf Patrick zu.

Ich fand meine Stimme wieder.

»Es ist ein *genetischer* Code«, flüsterte ich und konnte meine Augen nicht von der Szene losreißen, die sich vor mir abspielen würde.

»Es ist was?«, flüsterte auch Paul, der meine Worte nicht verstanden und sich völlig in dem Anblick dort draußen verloren hatte. Mit trockenem Mund starrte ich Straub an, die alles völlig kontrolliert aufnahm und Befehle in ihr Funkgerät sprach.

Sie hatte die ganze Zeit damit gerechnet, das wurde mir nun klar. Es konnte nicht anders sein. Die Wissenschaftler, die ihr zur Verfügung standen, würden den Zusammenhang sofort entdeckt haben – im Gegensatz zu mir, der lediglich an eine Reihe aus G, C, A und T dachte und das Gefühl hatte, dass ihm das vage bekannt vorkam und an etwas erinnerte, das er wissen sollte, um es dann zu verwerfen. Bestimmt arbeiteten die Wissenschaftler jeden Tag mit dem Zeugs.

»Sie haben es gewusst«, flüsterte ich, sah Straub mit großen Augen an und fühlte die schweren Schritte des Stone Man, der sich Patrick näherte. Straub erwiderte meinen Blick kurz, aber obwohl sie nicht aufhörte, in ihr Headset zu sprechen, reichte es, um mir zu verraten, dass mein Verdacht richtig war.

»Das Ding will zu *ihm*!« Paul griff nach meinem Ärmel, während er gebannt auf die Straße starrte. »Es wird nicht stehenbleiben. Es geht zu ihm!« Und er fing an, von einem Fuß auf den anderen zu hüpfen, hilflos in seiner Panik und der Sorge um den Mann, der benebelt auf der Straße stand. Für einen Mann von Pauls Größe war es ein so weibisches Verhalten, dass es in jeder anderen Situation komisch ausgesehen hätte. Aber an diesem Tag war es das nicht, weil ich wusste, dass er recht hatte – der Stone Man würde nicht stehenbleiben, ragte immer höher vor uns auf und hielt auf Patrick zu, als wollte er ihn zermalmen. Er *war* wegen Patrick gekommen.

Die Soldaten, die Patrick hielten, erkannten das offensichtlich auch, sprachen hektisch in ihre Funkgeräte und machten einen Schritt zurück, ohne seine Arme loszulassen.

»Halten Sie Ihre Position, bis Sie anderslautende Befehle erhalten«, erwiderte Straub energisch, aber mir entging nicht, dass die Soldaten einen Blick wechselten, der besagte, dass es durchaus eine Option war, sich anders zu verhalten. Wer konnte es ihnen verdenken? Da kam ein unaufhaltsames, unvorstellbares Monster auf sie zu, um den Mann zu beanspruchen, den sie hielten, und seine stampfenden, unerbittlichen Schritte klangen nun wie ein Urteil.

Wieder sagte der Soldat etwas, jetzt nur hektischer, und Straub wiederholte den Befehl. Der Stone Man kam näher und zerstörte dabei den Straßenbelag, und ich konnte sehen, wie die beiden Soldaten über Patricks Kopf hinweg debattierten.

»Halten Sie Ihre Position!«, brüllte Straub, und für einen der Männer hatten ihre Worte die gegenteilige Wirkung. Er ließ Patricks Schulter los und wich langsam zurück, hielt dabei das Sturmgewehr quer vor die Brust. Sein Kamerad brüllte ihn an, dann blickte er zu dem anrückenden Stone Man – der nur noch wenige Meter von seinem Ziel entfernt war – und schien deutlich zusammenzuschrumpfen. Er zögerte, dann ließ er Patrick ebenfalls los und zielte mit dem Gewehr sinnloserweise auf den Kopf des Stone Man, während er zurückwich.

Unglaublicherweise blieb Patrick aufrecht stehen, schwankte sanft an Ort und Stelle. Mir wurde bewusst, dass sich seine Lippen nicht länger bewegten und sein Mund ein Stück offen stand.

Seine Augen starrten noch immer verständnislos und schienen direkt durch die gewaltige Steingestalt hindurchzublicken, die nun sein ganzes Blickfeld einnehmen musste, denn sie hatte ihn erreicht.

Oder doch nicht. Der Stone Man ging direkt an Patricks rechter Schulter vorbei, was Paul mein Hemd loslassen ließ.

»Es hat ihn in Ruhe gelassen, es hat ihn in Ruhe gelassen, sieh doch, es hat ihn in Ruhe gelassen!«, rief er atemlos, erstarrte mitten in einem seiner kleinen Sprünge. Und es stimmte tatsächlich, das Ding befand sich bereits mehrere Meter hinter Patrick und schien auf die zurückweichenden Soldaten zuzurücken. Ein gewaltiger Knall ertönte, gefolgt von einem Glassplittern, und ich brauchte eine Sekunde, um zu begreifen, dass der zweite Soldat, der mit dem Gewehr gezielt hatte, einen Schuss abgegeben hatte. Die Kugel war vom Kopf des Stone Man abgeprallt und in das Fenster eines geparkten Autos eingeschlagen. Der Stone Man reagierte natürlich nicht und drehte sich plötzlich, brachte sich in eine Linie mit Patricks Rücken. Wieder krallte sich Pauls Hand in meinen Arm, und er nahm seinen hektischen Tanz wieder auf.

»Sieh dir das an! Warum tut man denn nichts? Warum *tut* man denn nichts?« Paul plapperte. Dabei kannte er den Grund natürlich bereits, aber es zu wissen und selbst zu sehen waren zwei verschiedene Dinge. Patrick war das Opfer. Es gab keine andere Möglichkeit. Man musste es tun. Ich hätte dieselbe Entscheidung getroffen. Und Paul auch, glaube ich.

»Sie wollen das Ding nicht aufhalten«, flüsterte ich und schüttelte den Kopf. »Sie wussten, dass es wegen ihm gekommen ist, und sie wollten, dass es ihn holt. Es muss passieren, damit alles ein Ende nimmt.« Mein Atem ging nun schnell und flach, entsetzt und zu meinem Abscheu auch aufgeregt. Natürlich war es aufregend. Sie hätten genauso empfunden. Ich war dabei. Selbst wenn Sie glauben sollten, Sie hätten anders empfunden, hätten Sie genauso reagiert. Ich weiß es.

Der Stone Man trat von hinten an Patrick heran – und blieb stehen. Während Paul und ich den Atem anhielten, kehrte im Zelt Stille ein. Niemand sprach. Da war nur das gedämpfte Atmen der Menschen und die mechanische Belüftung der Computer-CPUs und der Ventilatoren zu hören, die die Luft in Bewegung hielten. Dann wurde die Stille gebrochen, als von einem der Arbeitsplätze ein Schrei ertönte.

»*Temperatursturz!*« Paul sagte das nichts, aber mir schon. Ich hatte in der Nähe des Stone Man schon zuvor einen deutlichen Temperatursturz wahrgenommen; kurz bevor er sich zum ersten Mal in Bewegung gesetzt hatte.

»Einheit Eins, bereithalten«, sagte Straub in ihr Mikro und sprach vermutlich mit der Soldatenreihe neben dem Haus. Ich konnte Patricks Aufpasser nicht länger sehen; sie waren aus meinem Sichtfeld verschwunden. Ich habe nie herausgefunden, was aus ihnen wurde. Ich würde gern glauben, dass man sie mit Nachsicht behandelt hat. Wie hätte man sie für diese Situation ausbilden können?

Während ich mich bemühte, ihren Rückzug zu verfolgen, traf uns plötzlich die Kälte. Sie wogte durch das Zelt und ließ jeden unwillkürlich nach Luft schnappen. Dieses Mal war es sogar noch kälter als auf dem Millennium Place. Als würde man aus der Sonne in einen Kühlraum treten. Etwas zuvor noch nie Dagewesenes würde passieren. In der Zwischenzeit bekam Patrick noch immer nicht mit, was um ihn herum passierte, aber er stand noch immer wunderbarerweise aufrecht.

Der Stone Man legte die Arme an und blieb reglos stehen. Dann neigte sich der Kopf ein Stück, als würde er Patricks Nacken betrachten; dabei überragte er den Mann vor sich noch immer deutlich sichtbar. Durch den Größenunterschied erschien Patrick wie ein Kind. Es verstärkte die Vorahnung sich nahenden Unheils; der riesige Jäger mit dem wortwörtlich steinernen Gesicht erhob sich hinter seiner hilflosen, verletzlichen Beute. Noch immer sank die Temperatur um uns herum, aber ich glaube nicht, dass die Gänsehaut, die auf meiner Haut ausbrach, allein durch die Kälte verursacht wurde. Dann erscholl ein schrecklicher, misstönender Laut, der selbst das ohrenbetäubende Dröhnen der niedrigfliegenden Hubschrauber übertönte.

Er war so gewaltig, dass er in den Ohren schmerzte, und jedermann, Straub eingeschlossen, schlug die Hände auf die Ohren. Die Menschen im Zelt verzogen gequält den Mund, kniffen die Augen fest zusammen, als sie vergeblich versuchten, diesen Lärm auszusperren. Der Ton erinnerte an ein verrostetes Eisentor, das aufgerissen wurde, aber auf einer viel tieferen Frequenz. Und er wurde noch lauter.

Aber ich schaute durch die einen Spalt geöffneten Augen weiter zu. Ich musste es sehen, obwohl ich es nicht sehen wollte. Natürlich kam dieser Laut von dem Stone Man, aber dann konnten wir den Grund dafür erkennen. Das Ding veränderte sich. Die Brust wölbte sich langsam vor. Aber nur ein Stück, nur zwei kleine Abschnitte in der Mitte, die genau nebeneinander lagen. Je länger sie wurden, umso lauter wurde das Geräusch. Es war beinahe unerträglich, aber die Gebilde, die sich aus der Brust des Stone Man schoben, wuchsen weiter. Sie waren rechteckig und ragten waagerecht hervor, waren jeweils ungefähr dreizehn Zentimeter breit und reichten von den hypothetischen »Schlüsselbeinen« zum oberen »Magenrand« des Stone Man. Vorn waren sie völlig flach. Während diese seltsamen Segmente weiter in die Länge wuchsen – in Farbe und Konsistenz unterschieden sie sich nicht vom Rest des Körpers –, verschmolzen sie miteinander, um ein breites Rechteck zu formen, dem nicht anzumerken war, dass es jemals etwas anderes als wie aus einem Guss gewesen war. Diejenigen von uns, die noch immer sehen konnten, beobachteten, dass sich die obere Kante dieses Rechtecks auf derselben Höhe wie Patricks Schädelbasis befand; insgesamt bedeckte es eine Fläche, die zwischen seinen Schulterblättern endete.

Straub brüllte etwas in ihr Mikrofon, was völlig sinnlos war, da ihre Worte vom Lärm des Stone Man verschluckt wurden. Der Auswuchs berührte Patricks Nacken. Ich rechnete damit, dass sein Kopf nun langsam nach vorn gedrückt werden würde, aber nach ein paar Sekunden wurde mir klar, dass das nicht geschah, obwohl durch die wellenförmigen Bewegungen in der »Haut« des Stone Man deutlich zu erkennen war, dass sich das

Segment noch immer nach vorn bewegte. Wie konnte das sein? Die Antwort zeigte sich schnell.

Entsetzt wurde mir klar, dass sich dieser Auswuchs in Patricks Nacken und die obere Rückenpartie bohrte. Als das geschah, verstummte seine mittlerweile schwerfällige Verbalisierung seines genetischen Aufbaus sofort. Er riss die Augen weit auf, sein Körper bäumte sich wie durch einen Stromstoß auf. Dann fing er an zu schreien.

Bis zum heutigen Tag hoffe ich verzweifelt, dass es sich dabei nur um einen Reflex handelte, vielleicht eine Art automatischer Verteidigungsmechanismus, und dass er nichts davon bewusst wahrgenommen hat, so wie es schon die ganze Zeit über den Anschein gehabt hatte. Trotzdem höre ich manchmal diese Schreie noch immer; wenn ich nachts allein in der Dunkelheit liege und es mir nicht gelingt, mich davon zu überzeugen, dass Patrick in seinen letzten Augenblicken nicht irgendwie wieder zu Sinnen kam, dass ihn kein unerträglicher Schmerz aus dem katatonischen Zustand riss. Durch den ohrenbetäubenden Lärm, den der Stone Man produzierte, waren seine Schreie kaum zu hören. Aber irgendwie gelang es ihnen, das Getöse zu durchdringen und sich in meine Seele zu bohren. Diese Schreie waren schrill und verzweifelt, wie die eines sterbenden Hundes.

Patrick hielt die Arme steif an den Seiten, die Fäuste so fest geballt, dass die Adern in den Unterarmen zum Vorschein kamen. Im Weiß seiner vorquellenden Augäpfel traten rote Streifen hervor. An der Stelle, an der sich das Brustsegment des Stone Man in seinen Nacken bohrte, war kein Blut zu sehen. Und plötzlich schien alles abgesehen von dem ohrenbetäubenden Lärm aufzuhören. Das Bild war wie erstarrt: Patricks Nacken und Rücken waren auf die Brust des Stone Man gespießt, sein Körper war verkrampft, und er schrie. Der Stone Man stand still und reglos da. Einen Augenblick lang versiegte jegliche Bewegung, wenn man von den stumm brüllenden Mündern der Leute im Zelt absah. Straubs Vorgesetzte brüllten ihr in dem verzweifelten Versuch, gehört zu werden, ins Ohr, aber durch die Beschallung von draußen erschienen sie alle lautlos. Durch den Schock wie betäubt sah ich, dass Paul an seinen Haaren zog und auf die Plastikwand einbrüllte, dabei hilflos auf der Stelle tanzte. Von der Stelle, an der der Stone Man mit Patricks Nacken verbunden war, stieg eine schmale schwarze Rauchwolke in die Höhe, dann zog sich das Segment zurück. Patricks Schreie verstummten, seine Lider flatterten spastisch. Dann schlossen sie sich, aber er blieb aufrecht stehen.

Nach ein paar Sekunden hatte sich der Stein völlig von ihm gelöst und enthüllte ein perfekt kauterisiertes rechteckiges Loch, wo sich der obere Teil von Patricks Wirbelsäule befunden hatte. Das Loch war verkohlt, das an seinen Wänden verklumpte Blut schwarz verbrannt. Aber davon abgesehen war es sauber. Die Vorderseite des steinernen Auswuchses erschien noch immer völlig flach, das Patrick entnommene Gewebe war vermutlich irgendwo darin eingeschlossen. Schließlich teilte sich das Rechteck wieder in zwei Einzelteile, und das Dröhnen, das die Luft erfüllte, verlor an Kraft, bis alles wieder in der Brust verschwunden war. Ihre Oberfläche wies nicht das geringste Anzeichen auf, dass sich jemals etwas aus ihr geschoben hatte.

In der Sekunde, in der der Lärm verstummte, war Straubs Stimme wieder zu hören. Sie befahl ihren Einheiten, auf Posten zu bleiben, aber ich ignorierte sie. Das Klingeln in meinen Ohren war überwältigend, aber deshalb machte ich mir nicht die geringsten Sorgen. Ich beobachtete Patrick, der zu meiner völligen Verblüffung noch immer aufrecht dastand, obwohl sein Gesicht jetzt schlaff und leblos aussah.

Der Stone Man stand auch noch reglos da, aber die Temperatur befand sich noch immer fast auf dem Gefrierpunkt. Falls überhaupt, schien sie nur noch weiter zu sinken, und trotz des ganzen Chaos fühlte ich, wie meine Fingerspitzen langsam taub wurden. Hinter mir brüllte jemand etwas von einer Strahlungsspitze, zusammen mit einer Zahl, und Paul neben mir schluchzte, schüttelte den Kopf, obwohl er die Fäuste noch immer in den Haaren verkrallt hatte. Ich erinnere mich nicht, in diesem Augenblick etwas gedacht zu haben. Mein Verstand hatte sich abgeschaltet. Das war alles zu viel, und der plötzliche

Ausbruch von Aktivitäten im Zelt fühlte sich wie Nadeln in meinem Rücken an. Ich konnte den Blick nicht von diesem Loch in Patricks Körper abwenden.

Es gab ein scharfes, stechendes Gefühl, wie der Schlag mit einem nassen Handtuch, nur dass es überall an meinem Körper zu spüren war (später sollte ich herausfinden, dass dafür ein weiterer Temperatursturz von weiteren fünfzehn Grad verantwortlich gewesen war, der nur Millisekunden gedauert hatte). Dann verschwand der Stone Man vor unseren Augen, ohne auch nur einen Laut zu verursachen. Um mich herum brüllten alle los. Mir fiel gar nicht auf, dass es nicht länger kalt war.

Patricks Kopf kippte nach vorn auf seine Brust, noch immer mit dem jetzt ungestützten Fleisch seines Halses verbunden, dann plumpste sein Körper wie ein Sack zu Boden. Ein Ärzteteam rannte herbei, um sich um ihn zu kümmern, und ich wandte mich ab und übergab mich hilflos.

KAPITEL SECHS

Straub biegt eine Geschichte zurecht und hat dafür eine verlockende Belohnung, Paul und Andy verabschieden sich voneinander, und für jeden gibt es eine unerfreuliche Überraschung

Während sich das Gebrüll und das wilde Chaos austobten, standen Paul und ich stumm zehn Minuten lang herum, weil wir nicht wussten, was wir mit uns anstellen sollten. Dann eskortierte man uns plötzlich und eilig aus dem Zelt zurück ins Haus. Überwältigt und zitternd saßen wir wie gescholtene Kinder da, bis sich eines der Funkgeräte meldete und man uns in einen wartenden Lastwagen verfrachtete. Straub und ihre Vorgesetzten hatten sich beinahe sofort nach Patricks Tod und dem nachfolgenden Verschwinden des Stone Man in den hinteren Teil des Zeltes zurückgezogen, vermutlich um die Ordnung wiederherzustellen, und uns war nicht aufgefallen, dass sie den Befehl gegeben hatte, uns wegzubringen. Trotzdem protestierten wir nicht; ich war noch immer vom Schock betäubt, und Paul ließ sich stumm abführen; seine Augen waren gerötet und der Kopf gesenkt. Er war fast nicht wiederzuerkennen.

Wir fuhren eine Weile, vielleicht eine Stunde, aber wir konnten nicht sehen, wohin es ging, da man die Heckplane heruntergelassen hatte. Es war heiß dort drinnen, obwohl es mittlerweile dunkel war, und die Hitze kombiniert mit der Anwesenheit der beiden Soldaten, die uns begleiteten, machten das Ganze zu einer bedrohlichen Erfahrung. Wäre ich damals nicht so benommen gewesen, wäre mir vielleicht der Gesichtsausdruck unserer Aufpasser aufgefallen. Es waren kampferprobte Männer, erfahrene Männer, aber im Nachhinein ist mir klar, dass sie genauso durcheinander aussahen wie wir.

Wir erreichten unser Ziel. Es war ein großes, unauffälliges Gebäude, dessen Fassade von einem einzelnen Flutlicht angestrahlt wurde. In der dunklen Umgebung gab es nichts zu sehen, das einen Hinweis bot, in welchem Teil des Landes wir uns befanden. Anscheinend hatten wir vor dem Hintereingang gehalten. Bis heute weiß ich nicht, wo das war. Vermutlich gehörte es zu einer Militärbasis, vielleicht war es auch nur eine einfache Kaserne. Mit Sicherheit war es kein hoch technisierter MI5-Stützpunkt, wie man vielleicht erwartet hätte; drinnen war alles funktionell und sparsam eingerichtet, es sah aus wie in den Sechzigern erbaut. Der lange Flur mit der hohen Decke, in den man uns führte, war abgesehen von ein paar matten Lichtern, die voraus anscheinend aus kleinen Bürotürenfenstern fielen, völlig dunkel. Offensichtlich wurde hier noch immer gearbeitet, denn irgendwo konnte ich einen Drucker oder einen Fotokopierer hören.

Man führte uns in ein kleines Zimmer mit einem verblichenen Teppich, dessen Wände himmelblau gestrichen waren. Zwei billige dreisitzige Sofas standen einander gegenüber, und Paul und ich nahmen dort Platz, ohne dass man es uns befehlen musste. Als die beiden Soldaten den Raum verließen, hob Paul plötzlich den Kopf.

»Meine Frau«, sagte er leise, »sie wird sich fragen, wo ich bin. Sie wird sich Sorgen machen.«

Der Soldat in der Tür zögerte kurz, blickte zu Paul.

»Es kümmert sich gleich jemand um Sie«, sagte er dann und schloss die Tür hinter sich. Paul widersprach nicht, sondern legte sich auf das Sofa. Ich folgte seinem Beispiel. Trotz der Ruhe in der letzten Stunde waren wir beide so verdammt *müde*. Wir waren wie nach harter Arbeit erschöpft.

Schweigend lagen wir mindestens fünfundvierzig Minuten auf den Sofas, lauschten gelegentlichen Schritten und fernen mechanischen Geräuschen draußen, und nach einer Weile glaubte ich, dass Paul eingeschlafen war. Ich drehte den Kopf. Tatsächlich waren seine Augen geöffnet. Darin lag ein heimgesuchter Ausdruck.

»Alles in Ordnung mit dir?«, fragte ich ohne nachzudenken.

Ich überraschte mich selbst. Ich war besorgt. Zur Erwiderung stieß Paul langsam die Luft durch die Nase aus, dann sprach er.

»Das weiß Gott allein.« Seine Stimme war brüchig und trocken. Ich fragte mich, wann er das letzte Mal etwas getrunken hatte. Plötzlich war ich selbst durstig. Ich blickte mich um. Kein Waschbecken. Paul schwieg einen Augenblick lang, dann sah er mich an.

»Er hatte nicht das Geringste mit dieser Sache zu tun, Andy.« Er klang leise und eingeschüchtert. »Er war bloß ein ganz normaler Typ. Und das Militär hat es zugelassen. Man hat ihn unter Drogen gesetzt und wie ein Schaf zur Schlachtbank auf die Straße geführt. Man hat nicht *gewusst*, dass das passieren würde, natürlich nicht, jedenfalls nicht mit Sicherheit, man hat nur *geglaubt*, dass er ... Aber man hätte es sowieso getan. Das hättest auch du sein können. Oder ich. Und ich glaube auch nicht, dass jemals jemand etwas davon erfahren wird. Man wird es niemandem sagen.«

Ich wusste, was er meinte, aber da war auch sofort wieder dieser Gedanke: *Was hätte man sonst tun sollen? Welche andere Möglichkeit hatte es gegeben?* Aber das sprach ich nicht aus. Ich wusste, dass Paul letzten Endes trotz seines Abscheus nicht anderer Meinung war. Er konnte es einfach nur nicht akzeptieren. Ich wandte mich wie immer praktischeren Dingen zu.

»Man hat ihn ausgesucht, Paul. Ich glaube nicht, dass es einen Unterschied gemacht hätte. Meiner Meinung nach war es so gut wie unausweichlich. Aus irgendeinem Grund wollte das Ding seine DNS oder was auch immer. Oder ein Stück von jemandem mit diesen Genen.«

»Warum keinen Finger? Oder Haare? Oder verdammte Spucke?«

»Ich weiß es nicht. Wer kann schon sagen, wozu sie sie haben wollten. Ich kann mir nicht vorstellen, dass wir das jemals erfahren werden. Das Ding ist weg.«

Wie sich herausstellte, irrte ich mich. Wir *würden* es erfahren, und wir würden uns wünschen, es nicht getan zu haben.

Plötzlich versteifte sich Paul und verzog kurz das Gesicht, dann starrte er mich unerbittlich an.

»Hast du zugesehen? Also am Ende. Hast du durch seine Augen geblickt, als …« Ruckartig nahm er den Kopf zurück. Ich schüttelte den meinen.

»Nein. Nur zuvor, als es die Straße entlang kam, aber nicht am Ende. Nein.«

»Was glaubst du, worum es eigentlich dabei ging?«, fragte er leise. Dabei sah er etwas ängstlich aus. Er war wieder zu dem Kind geworden, zumindest für den Augenblick, war ängstlich und verwirrt. Ich glaubte nicht, dass der übliche, selbstbewusste Paul nur eine Fassade darstellte; er war einfach beides, wie wir alle niemals nur eine Person sind. Man kann mehr von dem einen sein als von allen anderen, sich entscheiden, was man sein will … Aber trifft es einen unvorbereitet, wird der Würfel der Persönlichkeit geworfen. Und das Ergebnis ist auf keinen Fall vorhersehbar.

»Nun«, sagte ich und fühlte mich müder als je zuvor. Ich legte mich auf dem Sofa zurecht. Jetzt über diese Dinge zu sprechen, fühlte sich auf eine seltsame Weise gut an, in meinem Kopf bildete sich langsam ein Abstand zwischen mir und den Geschehnissen. Ob es daran lag, sich an einem anderen Ort zu befinden, oder weil das Leitsignal endlich verschwunden war – vielleicht war es ja auch der Schock –, langsam kam ich mir wie betäubt vor. »Es ist so, wie ich bereits gesagt habe. Ich glaube, was wir gerade gesehen haben, bestätigt das. Stell es dir vor. Du hast dieses Ding auf eine Weise gebaut, dass du durch seine Augen blicken kannst. Es ist unaufhaltsam. Also setzt du es in Gang, und es hat nur einen Zweck: Es soll … du weißt schon … einsammeln und mitbringen. Okay? Und wenn es dafür gebaut war, macht es sogar noch mehr Sinn, eine eingebaute, ferngesteuerte Kamera zu haben, nicht wahr? Wie willst du sonst wissen, dass der Job erledigt ist? Wie willst du sonst wissen, wann du es zurückrufen musst?«

Paul nickte langsam, ohne mich aus den Augen zu lassen.

»Und darum hast du eine Übertragung vom Stone Man zu

dem Ort gebraucht, an dem du dich auch immer befindest«, fuhr ich fort, »so wie das Ding Patrick aus der Ferne aufspüren musste. Und so wie du und ich das Letztere aufgeschnappt haben, glaube ich, dass ich auch das Erstere aufschnappen konnte.«

»Aber warum konnte ich das dann nicht auch?«

»Ich empfing das Signal von Anfang an klarer als du. Du konntest mich erst wahrnehmen, nachdem wir uns begegnet sind und uns berührt haben. Es würde Sinn machen, dass ich Dinge auffange, die du nicht konntest.« Wieder nickte Paul, dann legte er sich zurück aufs Sofa.

»Also«, sagte er nachdenklich zur Decke, »ist die Frage ...«

»Wer hat es geschickt?«, beendete ich den Satz für ihn. »Ich weiß. Und nach allem, was wir erlebt haben, schätze ich, dass du vermutlich nicht weit danebenliegen wirst.« Neugierig blickte er mich an.

»Was, du glaubst ...« Und er zeigte wieder wortlos mit dem Finger in die Höhe, genau wie zuvor im Pub.

»Ich schätze schon. Seien wir ehrlich, wenn man einmal alles in Betracht zieht, zu dem das Ding fähig war, all diese Dinge, die weit außerhalb unseres Verständnisses liegen, ist das mit Sicherheit viel glaubwürdiger.« Paul schwieg einen Augenblick lang.

»Jeeesus«, sagte er schließlich leise und überwältigt. »Wie zum Teufel will man damit umgehen?«

»Im Augenblick macht man sich meiner Meinung nach viel mehr Sorgen darüber, wie man das *verschweigen* soll«, sagte ich, »und um den Rest wird man sich vermutlich später Gedanken machen.«

»Woraus folgert, dass wir in Schwierigkeiten stecken könnten.« Paul hob eine Braue. »Vor allem, weil du für die Presse arbeitest.«

»Das glaube ich nicht, und zwar aus zwei Gründen.« Ich richtete mich auf einen Ellbogen auf. »Erstens ist das hier nicht *Akte X*, und ich glaube kaum, dass diese Kameraden, die uns heute dort draußen begegnet sind, Black Ops oder dergleichen sind. Denk doch nur an den Herrn General. Ich glaube, man ist zuversichtlich, dass die standardmäßigen militärischen Verzichtserklärungen das alles unter Verschluss halten werden. Also bezweifle ich, dass man uns im Morgengrauen in den Hof führt und erschießt. Aber zweitens, und das ist unser großes Sicherheitsnetz, haben sie keinen Grund zu der Annahme, dass sie den Stone Man zum letzten Mal gesehen haben.«

Paul wurde blass. »Du glaubst, er kommt zurück?«

»Ich habe keinen Grund zu der Annahme, dass er es nicht tut. Jemand hatte gewichtige Gründe, ihn überhaupt erst zu uns zu schicken. Wer kann schon sagen, ob einmal reichte? Diese Typen brauchen uns, Paul. Jedenfalls solange sie glauben, dass er zurückkehren könnte. Natürlich werden sie dafür sorgen wollen, dass wir den Mund halten, aber sie brauchen uns. Uns passiert nichts. Keine Sorge.«

Ich erwartete eine Antwort, aber Paul schwieg eine Weile. Dann fing er überraschenderweise an, sanft den Kopf zu schütteln.

»Was?«, fragte ich leicht verärgert. Er wandte sich mir zu.

»Sie haben auch Patrick gebraucht«, sagte er leise. »Und sieh dir an, wie das geendet hat.«

Darauf hatte ich keine Antwort, aber mit perfektem Timing öffnete sich die Tür, und einer der beiden Soldaten trat ein.

»Hier entlang, bitte«, sagte er. Er zog das Gewehr an die Brust, um uns Platz zu machen. Paul und ich wechselten einen Blick, dann taten wir, worum wir gebeten wurden. Man führte uns weiter durch den Korridor, wir passierten unterwegs die kleinen beschlagenen Fenster und hörten die Geräusche, die genauso gut aus jedem Büro im Land hätten kommen können. Am Ende des Korridors traten wir durch eine Flügeltür, die uns in einen zweiten, bedeutend kleineren Korridor mit nur drei Türen brachte – eine auf jeder Seite und eine bedeutend aufwendiger aussehende in der Mitte, vor der bereits ein Posten stationiert war. Es war ziemlich offensichtlich, was unser Ziel war.

Nachdem einer unserer Aufpasser geklopft und von drinnen eine gedämpfte Antwort erhalten hatte, öffnete er die Tür und führte uns hinein. Jetzt befanden wir uns in einer angenehmeren, aber keineswegs weniger einschüchternden Umgebung. Allem Anschein nach ein Büro. Mehrere Karten schmückten die Wände, und obwohl der Bodenbelag luxuriöser war (ein blauer Teppich, der beinahe neu aussah) und mehrere Topfpflanzen in dem Versuch verteilt waren, allem eine gemütlichere Atmosphäre zu verleihen, wiesen die Wände trotzdem den gleichen verblichenen Anstrich auf wie im Hauptkorridor, und die Neonlampe an der Decke tauchte alles in hartes Licht. In der Mitte stand ein großer Eichenschreibtisch, auf dem wir mehrere gerahmte Urkunden und ein paar Fotos von Brigadier Straub im Feldeinsatz sehen konnten. Das Letztere war wenig überraschend, saß Straub doch hinter dem Tisch und wartete auf uns. Bei unserem Eintreten stand sie nicht auf.

»Guten Abend, Gentlemen, es tut mir leid, dass ich Sie warten ließ.« Sie deutete auf die beiden leeren Stühle, die man bereits vor dem Schreibtisch aufgestellt hatte. Dann wandte sie sich an unsere Aufpasser. »Warten Sie bitte draußen. Falls nötig rufe ich Sie.«

Die Soldaten salutierten und gingen, dabei passierten sie einen anderen Mann, der ihnen entgegenkam. Er war bestenfalls ein oder zwei Jahre älter als ich und trug Zivilkleidung: Hemd und Krawatte, schwarze Hose und Schuhe und den mittlerweile vertrauten laminierten Ausweis an einem Band um den Hals. Sein Haar war glatt zurückgekämmt, was ihn zusammen mit seiner altmodischen Brille älter aussehen ließ, als er tatsächlich war. Sein Gesicht war leicht gerötet, unter seinen Augen lagen tiefe Schatten. Das war offensichtlich ein Mann, der schon einige Tage nicht mehr richtig geschlafen hatte, und sein Atem klang etwas mühsam. In der Hand hielt er ein Tablet.

»Doktor, nehmen Sie sich bitte einen Stuhl und setzen sich zu uns«, sagte Straub. Sie nahm ein Blatt Papier, das vor ihr lag, überflog es, und wandte sich uns wieder zu. Der Mann, den sie als Doktor bezeichnet hatte, schleifte einen Bürostuhl aus Metall herüber und stellte ihn auf unserer Seite des Schreibtischs auf. Dann setzte er sich, ohne uns auch nur eines Blickes zu würdigen.

»Das ist Dr. Boldfield, der Leiter des zivilen Teams, das sich um die Caementum-Untersuchung kümmert. Außerdem unser bester Wissenschaftsberater«, sagte Straub und nickte dem Mann zu, der uns nun ansah und das Nicken weitergab. Wir nickten zurück.

»Er wird Sie beide ausführlich befragen müssen«, fuhr Straub fort, »und ich erwarte von Ihnen, dass Sie ihm Ihre volle Unterstützung geben. Außerdem müssen Sie eine gründliche körperliche Untersuchung zulassen, aber ich kann Ihnen versichern, dass das weder schmerzhaft sein noch auf irgendeine Weise nachträgliche Folgen für Sie haben wird. Aber diese Besprechung soll Sie kurz darüber informieren, was in den nächsten achtundvierzig Stunden passieren wird und was Sie damit zu tun haben werden.«

Paul und ich erwiderten nichts und warteten darauf, dass sie fortfuhr. Straub lehnte sich auf ihrem Stuhl zurück und hob das Blatt, das sie betrachtet hatte.

»Hier ist die offizielle Version der Geschehnisse, wie sie von der PR-Maschinerie der Regierung Ihrer Majestät vorbereitet und genehmigt wurde. Sie werden beide eine Kopie erhalten, und man erwartet von Ihnen, dass Sie sich damit gründlich vertraut machen. Natürlich dürfte klar sein, dass die Geschehnisse, von denen Sie Zeuge wurden, der höchsten Geheimhaltung unterliegen und dass jegliche Erwähnung dieser Unterhaltung – oder Ihrer ursprünglichen kleinen Expedition – als Hochverrat eingestuft werden wird. Ganz zu schweigen davon, dass wir unseren ganzen Einfluss geltend machen werden, um dafür zu sorgen, dass Ihr Leben effektiv vorbei ist. Ich habe hier nur die Zusammenfassung, in der längeren Version werden alle Einzelheiten stehen.«

»Was steht dort? Bitte die Kurzversion«, sagte Paul ruhig.

»So ziemlich alles, was tatsächlich passiert ist, nur mit ein paar entscheidenden Änderungen«, erklärte Straub nüchtern. »Wir können unmöglich behaupten, dass wir wissen, wo der Caementum herkam, denn alles, was wir uns einfallen lassen, könnte uns nur um die Ohren fliegen, falls dieses Ding zurückkehrt. Ja, das ist eine Möglichkeit, die wir bereitwillig akzeptieren«, fügte sie hinzu, ohne zu wissen, dass wir uns das auch schon gedacht hatten.

»Also werden Sie beide noch immer sein, was Sie waren«, fuhr Straub fort, »zwei Menschen, die eine echte Gedankenverbindung zu dem Caementum aufgebaut haben. Nur dass Sie nicht aus eigenem Antrieb zu Mr. Marshall gegangen sind. Die Wahrheit wird lauten, dass Sie sich mit Beweisen für diese Verbindung an uns gewandt haben und dass wir dann alles weitere mit Ihrer Hilfe in die Hand genommen haben.«

»Das ist nicht Ihr Ernst, oder?«, schnaubte ich höhnisch, aber mir war nicht entgangen, dass sie den richtigen Namen benutzt hatte, statt *K-V-Vier* zu sagen. »Sie erwarten wirklich, dass die Leute glauben sollen, wir hätten eine psychische Verbindung gehabt? Das wird die Öffentlichkeit niemals schlucken, auch wenn es die Wahrheit ist. Sie geben sich der Lächerlichkeit preis.«

Zur Antwort grinste Straub schmal und schüttelte den Kopf.

»Nicht im Mindesten, Mr. Pointer. Schließlich haben *Sie uns* überzeugt. Mit den richtigen wissenschaftlichen Daten können wir alles beweisen, aber ich glaube nicht einmal, dass das nötig sein wird. Denken Sie nur daran, was die Öffentlichkeit diese Woche gesehen hat, was sie miterlebt hat. Online-Abstimmungen besagen bereits, dass sechsundsiebzig Prozent des Vereinigten Königreichs davon überzeugt sind, dass der Caementum außerirdischer Herkunft war; da soll man Ihrer Meinung nach nicht glauben, dass er keine telepathischen Fähigkeiten hatte? Schließlich behaupten wir ja nicht, den ersten Mann mit nachweislich übersinnlichen Fähigkeiten entdeckt zu haben. Nach den vergangenen Tagen wird man das *sofort* akzeptieren, und die Recherchen unseres PR-Teams untermauern diese Theorie ohne jeden Zweifel.« Wieder blieb ihre Miene ausdruckslos, sobald sie geendet hatte, und ich muss sagen, dass ich ihr nicht mal widersprechen konnte. »Danach haben wir Sie so schnell wie möglich an den Ort geschafft, zu dem der Caementum Ihrer Meinung nach unterwegs war. Diese Version unterschlägt die wenig schmeichelhafte Tatsache, dass Sie nur in der Hoffnung auf eine Story hingefahren sind, Mr. Pointer, wie Sie vielleicht bemerken. Und sich nicht bemüht haben, die Behörden zu alarmieren.«

Ich wurde rot und grunzte, peinlich berührt und wütend (natürlich hatte sie in allem recht, aber es gefiel mir trotzdem nicht), doch Straub hob die Hand und fuhr fort.

»Also sind Sie und das Militär bei Mr. Marshalls Haus eingetroffen, wo Sie ihn als die Zielperson identifiziert haben. Was er bereits vermutet hatte, wie er gestand. Dann hat er das mutige Angebot gemacht, zum Wohl des Landes zum Caementum zu gehen, sich völlig darüber bewusst, dass das möglicherweise seinen Tod bedeutet. Man wird ihn der Welt als bereitwilligen Helden präsentieren.«

Stille breitete sich im Raum aus, und Straub betrachtete uns einen Augenblick lang schweigend, beinahe so, als würde sie uns herausfordern, gegen diesen Plan Einwände zu erheben. Ich sagte noch immer nichts, und zu meiner Überraschung verhielt sich Paul nicht anders. Was hätten wir auch sagen können?

»Die Entfernung von Körperteilen bei Mr. Marshall wird nicht erwähnt werden«, fuhr Straub fort, nachdem sie sich zufrieden vergewissert hatte, dass sie ihre Zustimmung hatte. »Ehrlich gesagt ist das zu grausam für die Öffentlichkeit, und sie muss diese Details nicht wissen. Aber man wird sie darüber aufklären, dass Mr. Marshall in Gegenwart des Caementums gestorben ist. Allerdings wird er in unserer Version einen tödlichen Herzinfarkt erlitten haben, der vom Stress der Situation verursacht wurde. Wir werden den Marsch des Caementums damit erklären, dass er unserer Meinung nach aus irgendeinem Grund mit Mr. Marshall kommunizieren wollte. Wir wollen nicht, dass die Bevölkerung wegen einer möglichen Rückkehr in Panik gerät, und den Menschen das Wissen vorzuenthalten, dass er kam, um Körperteile zu ernten, wird dabei mit Sicherheit helfen. Da stimmen Sie mir sicher zu.«

»Was hat das Monstrum entfernt?«, fragte Paul. Straub blinzelte, als hätte sie die Frage nicht verstanden. Sie hatte weitermachen wollen, aber Paul hatte sie unerwarteterweise einen Schritt zurückgeführt, und sie stockte, während sie ihre Gedanken ordnete.

»Aus Mr. Marshall?«, fragte sie. Paul nickte, und nach einem Moment bedeutete Straub Dr. Boldfield, die Frage zu beantworten. Boldfield rückte die Brille zurecht und wandte sich auf seinem Sitz um, um uns anzusehen.

»Der Caementum hat auf irgendeine Weise den oberen Teil von Mr. Marshalls Wirbelsäule und einen Teil seines Hirnstamms entfernt, von direkt oberhalb des Wirbels C1 bis zu T5.« Er klang fast ungeduldig. Offensichtlich wollte er so schnell wie möglich hier raus, damit er weiterarbeiten konnte ... und unsere Untersuchungen gehörten vermutlich dazu. Auch wenn ich Straub glaubte, wenn sie sagte, dass wir uns deswegen keine Sorgen zu machen brauchten, bereitete es mir Vergnügen, diesen Kerl aufzuhalten.

»Das war offensichtlich auf der Stelle tödlich«, fuhr Boldfield fort. »Von dem Augenblick, in dem seine Haut durchbohrt wurde, bis zu dem Augenblick, in dem das Rückgrat durchtrennt wurde, wäre jeder Schmerz, den er womöglich empfunden hätte, nur kurz gewesen. Wir glauben, dass seine Reaktion ...«

»Für mich hat das nicht kurz ausgesehen«, sagte ich scharf, aber ich war nicht mit dem Herzen dabei. Ich war müde und konnte mich nicht entscheiden, ob Boldfield dafür sorgen wollte, dass wir uns besser fühlten oder er sich. Ich hielt das Letztere für wahrscheinlich. Es war kein übermäßig langsamer Tod gewesen, aber »kurz« war wirklich übertrieben. Ich hatte keine Zeit für Halbwahrheiten; sie würden mir nicht helfen, nachts besser zu schlafen. »Hat man seine Familie informiert?«

»Da gibt es nicht viel Familie«, sagte Straub. »Aber ja, hat man. Die Eltern sind verstorben, und er war unverheiratet. Die restliche Familie besteht aus einer Schwester und zwei Neffen. Man hat sie heute Morgen informiert, und sie sind in Übereinstimmung mit der offiziellen Geschichte befragt worden. Sie werden bis zu der Pressekonferenz morgen Abend stillhalten.«

»Pressekonferenz?« Plötzlich klang Paul sehr besorgt. Damit

wollte er nichts zu tun haben, das war offensichtlich. Er wollte nur, dass es vorbei war.

»Keine Sorge, Mr. Winter«, sagte Straub beruhigend, »der Premierminister wird das Reden erledigen, und um völlig offen zu sein, müssen Sie nicht daran teilnehmen, wenn Sie nicht wollen. Man wird Sie wie versprochen großzügig für Ihr Schweigen entlohnen. Allerdings erwartet man von Ihnen, dass Sie für den Rest Ihres Lebens in Bereitschaft bleiben. Oder wir eine Möglichkeit finden, die Bedrohung zu beenden. Aber keine Sorge, solange Sie diese Rolle spielen, erhalten Sie ein regelmäßiges Beraterhonorar. Was jedoch die Pressekonferenz betrifft, können wir jeden als unseren ›psychischen‹ Verbindungsmann vorzeigen. Allerdings glaube ich, dass Mr. Pointer diese Rolle gern übernehmen würde, ist das korrekt?« Die letzten Worte waren an mich gerichtet und führten mich ohne Umschweife zu meiner nächsten Sorge.

»Also muss ich die größte Story meiner Karriere verschenken? Von jedermanns Karriere? Und verliere dabei jede Glaubwürdigkeit als Journalist?« Ich verschränkte die Arme. Das gefiel mir alles nicht. Ja, unser erstes Gespräch mit Straub hatte meine Hoffnungen schwer gedämpft, aber jetzt wusste ich mit Sicherheit, dass ich diese Story nicht liefern würde. Stattdessen würde ich nur ein weiterer Mitspieler sein, der sich dann auch noch zum Trottel machte. Ich würde berühmt sein, aber nicht auf die Weise, die ich gewollt hatte. Es würde Geld fließen, aber das hatte man mir ja schon versprochen, und jetzt wurde mein Traum, zur Oberliga der Geschichte des Journalismus zu gehören, zunichte gemacht.

»Nach der Pressekonferenz können Sie Ihre Story an das Medienunternehmen verkaufen, das am meisten dafür bezahlt, und ich glaube, Sie wissen genau, dass das Honorar astronomisch hoch sein wird, Mr. Pointer.« Straub zuckte kaum merklich mit den Schultern. »Natürlich bleibt es völlig Ihnen überlassen, wie Sie Ihre Geschichte erzählen, und da liegt Ihre Chance, die Anerkennung zu erhalten, die Sie wollen. Oder worauf auch immer Sie aus sind. Solange Sie uns Ihren Bericht vorher zur Prüfung vorlegen, können Sie ihn im Grunde auf Ihre Weise erzählen. Präsentieren Sie Ihren eigenen Bericht bei den *Fox News*, schreiben Sie Ihren Exklusivbericht für die *New York Times*, die *Sun* oder wen auch immer; die Geschichte gehört Ihnen. Schließlich sind Sie ein Profi, und ich glaube, es wird für diese Unternehmen nur ein geringfügiges Problem sein, wenn ein Freiberufler den Bericht verfasst, solange sie die Rechte erhalten.« Sie blickte mich mit hochgezogenen Augenbrauen an, und die Erkenntnis sackte langsam. Sie hatte recht. In kürzester Zeit, möglicherweise sogar innerhalb der nächsten achtundvierzig Stunden, würde ich der Reporter sein, den jeder Mensch auf der Welt kannte ... und ich würde reich sein. Es gefiel mir nicht, dass ich die entschärfte Version erzählen musste und eigentlich ein Schoßhund der Regierung sein würde, aber danach würde ich mit Sicherheit über alles berichten können, was ich nur wollte! Ich konnte machen, was ich wollte! Ich würde endlich richtigen Journalismus betreiben und außerdem ein verfluchter *Millionär* sein!

Es war beinahe schon überwältigend, und mir wurde etwas schwindelig, das ganze Zimmer erschien beinahe schon irreal. Von sanfter Panik ergriffen drückte ich mir die Fingernägel in die Handflächen, und das brachte mich zurück in die Realität. *Das kann alles warten,* sagte ich mir. *Jetzt ist der Augenblick gekommen, in dem du einen klaren Kopf brauchst. Schließlich weißt du nicht, was sie genau vorhat, und sie könnte versuchen, dich auszubremsen. Konzentriere dich, Dummkopf. Sie will nur, dass du den Mund hältst und auf ihrer Seite bist. Sie glaubt, dass man dich noch brauchen wird, und zwar um jeden Preis.* Ich holte langsam Luft, setzte mich aufrechter hin und blickte Straub an.

»Okay. Okay. Ich muss zugeben, das klingt verlockend«, sagte ich und war beeindruckt, wie gelassen ich klang, obwohl sich mir der Magen umdrehte. *Andy, ein Mann ist gestorben,* fuhr mein innerer Monolog fort in dem Versuch, meine Beherrschung aufrechtzuerhalten. *Versuch dich daran zu erinnern, wenn du über den kostenlosen Besuch in der Playboy-Villa nachdenkst.* »Also muss ich bei der Pressekonferenz nur anwesend sein?«

»Vielleicht wird man Sie bitten, ein paar Fragen zu beantworten, aber das werden wir kurz halten, und man wird Sie für alle Eventualitäten umfassend vorbereiten, keine Sorge.« Straub richtete die Aufmerksamkeit auf Paul. »Mr. Winter, Sie wollen damit also nichts zu tun haben? Das müssen Sie auch nicht. Wir müssen uns nur darauf verlassen können, dass Sie stillhalten und aus dem Rampenlicht bleiben. Was Ihnen meiner Meinung nach am liebsten wäre. Habe ich recht?« Paul nickte langsam zur Bestätigung und erwiderte Straubs Blick.

»Ja«, sagte er und dehnte das Wort. »Für meine Frau, wissen Sie. Sie würde nicht ... Ich weiß, dass es da vielleicht um viel Geld geht, aber ... ein Mann starb direkt vor meinen Augen.« Er hielt kurz inne und wurde blass, als er es wieder vor sich sah. Aber dann schien ihm etwas bewusst zu werden. Er wandte sich mir zu und hielt die Hände in die Höhe; er sah so müde aus, wie ich mich fühlte. »Es tut mir leid ... nichts für ungut, Andy. Es ist dein Job, und jemand muss es wohl erzählen, also kannst du auch daran verdienen. Aber ich ... Sie bezahlen mich trotzdem, richtig? Dafür, dass ich mich bereithalte und all das? Gutes Geld?« Die Frage war nun an Straub gerichtet.

»Man wird sich auf jeden Fall um Sie kümmern«, antwortete sie. Ich bemerkte, dass sie Paul mit einem deutlich herzlicheren Tonfall ansprach als mich. Das ärgerte mich etwas, aber nicht allzu sehr. Ich versuchte noch immer nicht über die unglaublichen Veränderungen nachzudenken, die auf mich zukamen, damit ich keinen nackten Freudentanz auf dem Schreibtisch aufführte.

»Dann ist alles gut«, sagte Paul. »Ich will es nicht tun.«

Straub notierte sich sofort etwas auf einem Block, der zu ihrer Rechten lag, dann blickte sie uns beide an.

»Also gut.« Sie legte beide Hände auf den Schreibtisch. »In diesem Fall glaube ich, dass wir hier fertig sind. Mr. Winter, man wird Sie nach Hause zu Ihrer Frau bringen. Versuchen Sie sich auszuschlafen, denn wir werden Sie morgen früh um neun für Ihre Untersuchungen abholen. Die Pressekonferenz ist für morgen Abend angesetzt, Mr. Pointer, und wir werden Sie dank

Ihrer gegenwärtigen Wohnsituation in einem Hotel unterbringen. Unserer Meinung nach wird Ihnen das besser gefallen als eine Pritsche hier. Sie wird man um sieben wecken; vor Ihnen liegt ein langer Tag, an dem wir Sie vorbereiten werden, bevor wir Sie vor die Kamera stellen. Wir werden Ihnen etwas zum Anziehen besorgen, schließlich werden Sie den Premierminister kennenlernen.« Bevor ich antworten konnte, meldete sich Paul zu Wort.

»Darf ich meiner Frau die Wahrheit erzählen?«, fragte Paul etwas defensiv.

»Ich könnte Ihnen das untersagen, Mr. Winter, aber seien wir ehrlich, es dürfte uns schwerfallen mitzubekommen, was nachts in Ihrem Schlafzimmer geäußert wird«, antwortete Straub streng. »Aber wenn Ihre Frau ein Geheimnis für sich behalten kann, muss alles, was Sie ihr unter vier Augen erzählen, auch dort bleiben. In dem Fall haben wir kein Problem damit. Denken Sie aber daran, dass wir uns vielleicht – *vielleicht* – dazu entscheiden, Sie von Zeit zu Zeit zu überwachen. Ich habe gesagt, es würde uns schwerfallen, alles mitzubekommen … aber es ist nicht *unmöglich*. Außerdem dürfen Sie eines nicht vergessen, wenn Sie sich entschieden haben, was Sie ihr anvertrauen wollen. Der Anreiz, den wir benutzt haben, um uns Ihres Schweigens zu versichern, und die damit verknüpften Bedingungen – das gilt alles auch für sie, sollte die Wahrheit den Weg nach draußen finden. Ich würde lange und gründlich darüber nachdenken, sie in so eine Lage zu bringen.« Das ließ sie einen Augenblick lang im Raum stehen, und es herrschte Stille, während sowohl Paul als auch ich diese Aussage aufnahmen.

»Also gut«, sagte Straub dann energisch, »falls es keine Fragen mehr gibt …«

Ich zwang mich, mich besser zu konzentrieren als je zuvor, denn ich wusste nicht, ob Boldfield die verschiedenen Untersuchungen persönlich durchführen oder es seinen Laufburschen überlassen würde. Wenn ich Fragen zum Stone Man stellen wollte, dann wollte ich es tun, solange mir der Chef zur Verfügung stand.

»Doch, die gibt es.« Ich sah von Straub zu Boldfield und zurück. »Ich habe drei Fragen. Sie können ruhig ehrlich sein, wenn man bedenkt, was ich schon alles weiß.«

»Okay«, sagte Straub. »Nummer eins?«

»Die wichtigste Frage, die immer zuerst kommt. Warum?«

»Sie sprechen von unseren Theorien, warum das Ding zu uns kam?«, fragte Straub. Ich nickte, und sie gab Boldfield ein Zeichen.

»Also abgesehen vom Offensichtlichen«, sagte er, unterdrückte kaum ein genervt klingendes Seufzen und warf einen Blick auf die Uhr, »also der Idee, dass es kam, um eine bestimmte genetische Probe von einem Individuum mit einem spezifischen genetischen Aufbau oder zumindest von jemandem, der bestimmte Parameter erfüllt, zu bekommen, haben wir ehrlich gesagt keine Theorie, die plausibler ist als andere. Ich persönlich bin für die Untersuchung. Der Caementum kam her, um die gewünschte Probe zur weiteren Auswertung zu besorgen und zurückzukehren. Aber auch das ist schwer haltbar. Warum zum Beispiel nicht das Gehirn selbst nehmen statt nur den Hirnstamm?«

»Also halten Sie es auch von außerirdischer Herkunft?«, fragte Paul neugierig. Boldfield warf Straub einen Blick zu, und sie bedeutete ihm fortzufahren.

»Es ist wirklich der einzige Schluss.« Boldfield nahm die Brille ab und putzte sie. Auf seiner Stirn war frischer Schweiß zu sehen. »Teleportation, die eigene Masse und Dichte willentlich zu erhöhen, die sofortige und zielgerichtete Metamorphose solider Materie auf Befehl ... alle diese Dinge sind Lichtjahre von der fortschrittlichsten Arbeit der besten Wissenschaftler auf der Welt entfernt. Verglichen damit befindet sich unsere beste Arbeit auf dem Niveau der Steinzeit. Es könnte auch erklären, warum es diesen Teil der Wirbelsäule gewählt hat. Vielleicht liegt dort das Gehirn oder das Kontrollzentrum ihrer Spezies.«

»Also glauben Sie, dass der Stone Man selbst ein Alien ist?« Ich beugte mich vor. Paul tat das Gleiche.

»Wer kann das schon sagen?« Erschöpft rieb sich Boldfield die Augen. Das Verhör gefiel ihm nicht, aber er behielt seine oberflächliche Höflichkeit aufrecht. »Soweit es mich angeht, verneint mein Bauchgefühl das. Alles über den Caementum, Ihre Visionen eingeschlossen, Mr. Pointer, deutet auf eine ferngesteuerte Einheit hin. Es ist zumindest ein Schutzanzug, vielleicht mit einem ET darin ... aber das kommt mir nicht richtig vor. Natürlich ist das allein meine Meinung. In diesem Stadium kann ich mir unmöglich sicher sein.«

»Okay.« Ich hielt zwei Finger in die Höhe. »Zweitens. Warum dafür den ganzen Weg nach Sheffield laufen? Wenn es nur eine bestimmte Art DNS oder etwas innerhalb eines gewissen Rahmens brauchte, warum nicht jemanden finden, der in der Nähe ist?«

Ärgerlicherweise schaute Boldfield wieder Straub an, die aber meine Gereiztheit darüber zu teilen schien.

»Völlige Offenheit, Doktor, er wird für uns die Welt belügen, um Himmels willen«, sagte sie und bedeutete ihm, zur Sache zu kommen.

»Also gut«, sagte Boldfield und setzte mit einem weiteren Seufzen die Brille wieder auf. »Auch das ist nur eine Theorie, aber wir sind der Ansicht, dass es einfach darum ging, wen der Caementum als ersten fand. Denken Sie darüber nach. Er trifft bei uns ein und fängt mit seinen Messungen an. Er fängt ein Signal auf und geht los. Es spielt keine Rolle, wo man sich befindet. Den Caementum kann man nicht aufhalten, und wir wissen jetzt, dass er seine Zielperson aus der Ferne daran hindern kann, die Gegend zu verlassen, in der sie sich befindet. Würde man diese Zielperson dort entfernen oder sie sterben, würde das Ding einfach eine andere suchen und finden.«

»Aber das ist so ... ineffizient«, sagte Paul mit einem Stirnrunzeln. Boldfield versteifte sich etwas und rutschte auf dem Stuhl herum, bevor er sprach. Ich hatte das Gefühl, dass wir seiner Meinung nach längst hätten begreifen müssen.

»Sie dürfen nicht vergessen, Mr. Winter, dass wir nicht die geringste Ahnung haben, wie sein Volk Zeit wahrnimmt. Was für uns Tage sind, könnten für sie Sekunden sein. Oder sie kommen ihnen so lang vor, dass die Vorstellung, sich zu beeilen, egal wofür, völlig absurd ist. Wir wissen es nicht, also können wir unsere Logik nicht auf ihre Vorgehensweise anwenden. Aber wie dem auch sei, es ist unbestreitbar, dass sich der Caementum nicht beeilen musste. Er musste nur die erste Zielperson wählen, die er entdeckt hatte, sie festsetzen, sie sich holen und dann nach Hause zurückkehren, sobald der Job erledigt ist. Wir haben den Eindruck, dass die Rückholung bedeutend wichtiger ist als der zeitliche Rahmen.«

Ich zuckte mit den Schultern und hielt drei Finger in die Höhe, um meine dritte und letzte Frage zu signalisieren, aber Paul stellte sie zuerst.

»Wie werden Sie sich auf seine eventuelle Rückkehr vorbereiten?«

Das ließ Boldfield bitter lächeln, und ich hatte das Gefühl, dass was auch immer sie zur Vorbereitung taten, er sich seit dem Augenblick, in dem der Stone Man verschwunden war, mit nichts anderem beschäftigt hatte.

»In diesem Augenblick untersuchen wir einige der ungewöhnlichen Energie- und Strahlungsmuster, die wir aufgefangen haben – und genau das werden auch die Medien erfahren. Allerdings ist das die Wahrheit. Unsere derzeitige Arbeit dreht sich allein darum, diese Muster zu verstehen und vielleicht stören zu können. Mit etwas Glück wird das seine körperliche Integrität beeinflussen oder die Fernsteuerung unterbrechen.« Wieder warf er einen Blick auf die Uhr, dann zeigte er sie Straub mit gequälter Miene.

»Ja, ja«, sagte sie und klang etwas genervt. »Vielen Dank, Doktor, Sie können gehen. Vielen Dank für Ihre Zeit.« Boldfield erhob sich, nickte uns flüchtig zu und verließ den Raum. Straub griff unter die Schreibtischkante, und unsere beiden Aufpasser traten gleich darauf ein.

»Okay, Gentlemen, ich danke Ihnen noch einmal für Ihre Geduld.« Sie stand auf. »Ich weiß nicht, wann wir uns das nächste Mal sehen, und mit dem größten Respekt will ich sagen, dass ich hoffe, dass es niemals geschehen wird. Falls Sie das verstehen.« Sie streckte die Hand aus, damit wir sie schüttelten. Das taten wir, dann deutete sie auf die Soldaten.

»Diese beiden Männer werden sich um Ihren Transport kümmern. Sie werden entschuldigen, dass ich Sie nicht hinausbegleite, aber ich bin außerordentlich beschäftigt, wie Sie sich sicherlich vorstellen können. Aber bitte, Gentlemen, lassen Sie mich das noch einmal betonen, und ich sage das nicht nur um Ihretwillen, sondern ehrlich gesagt auch um Ihrer Familien willen: Diese Unterredung hat niemals stattgefunden.« Bei dieser letzten Bemerkung verschwand sämtliche Fröhlichkeit aus ihrer Stimme, und ihre Miene wurde ausgesprochen ernst. Die Atmosphäre im Raum, die sich wie das Ende eines erfolgreichen Vorstellungsgesprächs angefühlt hatte, war nun verschwunden, und man ließ uns nicht im Zweifel, wie ernst diese Situation war. Wieder einmal war ich von Straub beeindruckt; obwohl ihre Warnung so ernst wie nur möglich gemeint und aus vollem Herzen gekommen war, war das Timing ihrer Worte gezielt und theatralisch erfolgt. Diese Frau wusste, wie man Wirkung erzielte.

»Verstanden«, sagte Paul. Straub nickte und deutete auf die Tür. Schweigend verließen wir ihr Büro.

Auf dem Weg durch den Korridor zu der Doppeltür sagte keiner von uns ein Wort, bis wir schließlich wieder in der warmen Nachtluft standen. Vor uns standen zwei Jeeps, und irgendwo in der Nähe hörte ich Rotoren anlaufen. Einer von uns erhielt einen Lufttransport; vermutlich Paul (wie sich herausstellte, eine korrekte Vermutung). Nach der Länge der Hinfahrt zu urteilen, hatten wir uns ein ordentliches Stück von Sheffield und damit von Pauls Haus entfernt. Mich würde man offensichtlich nicht sehr weit wegbringen; ein einfaches Hotel reichte, und morgen würde man mich holen und für die Medien vorbereiten. Für die Medien vorbereiten. Die Worte ließen mich frösteln, versetzten mich in leichte Aufregung. Ich konnte mir nicht vorstellen, gut schlafen zu können, ganz egal, wie sehr ich das auch gebraucht hätte.

»Hier entlang, Sir, und Sie kommen bitte mit mir, Sir«, sagte ein Aufpasser und führte uns zu unseren Jeeps. Paul und ich fingen den Blick des jeweils anderen auf und begriffen, dass man uns voneinander trennen würde (was uns eigentlich schon lange hätte klar sein müssen).

Ich hatte nicht die geringste Ahnung, was ich sagen sollte, was mich aber überhaupt nicht überraschte. Waren wir nun Freunde? Hatten wir eine Beziehung aufgebaut? Fanden wir den anderen überhaupt sympathisch? Es war nur ein Tag gewesen, aber es fühlte sich wie eine ganze Woche an, und ich wusste nicht, welches Verhalten angebracht war. Paul schien ein anständiger Kerl zu sein, und wir hatten eine ziemlich verrückte Erfahrung geteilt. Sicherlich hatte das etwas zu bedeuten, ich wusste nur nicht, was. Glücklicherweise sprang Paul in die Bresche.

»Du kommst klar?« Er schob die Hände in die Taschen und drückte die Arme gegen die Seiten, nahm einen tiefen Atemzug. Der Mann war wirklich erschöpft, aber die Sorge, die sich in seiner Miene widerspiegelte, war echt. Es war eine unerwartete Frage – vielleicht hatte ich eher eine Floskel erwartet –, und sie war ernst gemeint. Wieder war ich gerührt.

»Ja. Und du?« Ich wusste wirklich nicht, was ich sonst hätte fragen sollen. Allerdings interessierte es mich ernsthaft.

»Mein Gott, ich weiß es echt nicht.« Er runzelte die Stirn und schaute durch mich hindurch, als er sprach. »Was zum Teufel soll man von so einem Tag halten? Was soll überhaupt jemand davon halten? Und dieser Kerl. Wenigstens war er nicht verheiratet oder so … aber verflucht noch mal. Ich glaube, ich werde Albträume haben.« Er seufzte und konzentrierte sich wieder auf mich. »Hör zu, nimm den Kopf runter, bring morgen diese Pressekonferenz hinter dich, und ruf mich an, falls du irgendwann fünf Minuten erübrigen kannst, in Ordnung? Bist du auf Facebook?«

In Anbetracht unserer Umgebung und bei dem, was wir alles durchgemacht hatten, hörte sich diese Frage lächerlich an – so etwas sagte man zu dem Mädchen, das man bei einer Kneipentour kennengelernt hatte, oder einer neuen Urlaubsbekanntschaft –, aber es ergab Sinn. Außerdem war es völlig ehrlich gemeint, so wie die meisten Dinge, die Paul sagte.

»Ja. Schick mir eine Anfrage mit deiner Nummer. Ich gebe dir dann meine«, sagte ich. »Aber erledige das bald, ich glaube, mein Account könnte so richtig explodieren.«

»Richtig, der Mann der Stunde.« Paul lächelte müde, fragte sich vielleicht, ob er die richtige Entscheidung getroffen hatte. Gott weiß, ich an seiner Stelle hätte das getan. An seiner Stelle hätte ich Straubs Bürotür eingetreten, um ihr zu sagen, dass ich meine Meinung geändert hatte, wäre dabei Maschinengewehrfeuer ausgewichen. »Gib dir Mühe, dich nicht darin zu verlieren. Hör mal, ich glaube ..., ich glaube, ich werde über ein paar der Dinge mit dir sprechen müssen, okay? Du warst der Einzige, der dabei war, oder zumindest der Einzige, der es auf die gleiche Weise erlebt hat wie ich. Also ... behalte dein Handy im Auge, okay?«

»Natürlich.« Dabei fiel mir ein, dass ich nun ein neues Gerät brauchte, aber das erwähnte ich nicht. Impulsiv streckte ich die Hand aus. »Vielleicht geht es mir genauso. Pass auf dich auf ... und ich melde mich bald. Einverstanden?« Paul nickte und ergriff meine Hand mit seiner Bärentatze, schüttelte sie warmherzig.

»Pass auf dich auf, Andy. Was für ein Wahnsinnsabenteuer, ein Wahnsinnsabenteuer. Bis bald, Kumpel.«

Mit einem weiteren traurigen Lächeln winkte er zum Abschied, dann ging er zu seinem Jeep. Ich erwiderte das Winken und ging zu meinem Fahrzeug. Ein seltsames Gefühl von Traurigkeit machte sich in mir breit. Ich habe Abschiede noch nie gemocht, und jetzt in dieser Angelegenheit allein zu sein, war plötzlich sehr unangenehm. Als die Motoren der Fahrzeuge ansprangen, warf ich einen Blick zu Paul, der auf der Rückbank saß. Er hatte das Gesicht in den Händen begraben und blieb auch so, als man ihn wegfuhr, aber im letzten Augenblick sah ich, wie er eine Hand in meine Richtung hob. Sein zum Vorschein gekommenes Gesicht war völlig ausdruckslos, und dann war er auch schon in der Dunkelheit verschwunden.

Ich würde ihn erst drei Monate später wiedersehen.

Vieles von dem, was nun geschah, wissen Sie bereits. Sie haben es im Fernsehen gesehen oder in der Zeitung gelesen. Sie wissen, wer ich bin. Aber Sie werden es nicht von meiner Warte aus kennen. Sie werden nicht wissen, wie sich alles wirklich zugetragen hat, werden nicht den richtigen Ablauf kennen, also folgt nun die Kurzversion.

War es oberflächlich? War es ein peinlicher Exzess? Wäre ich es irgendwann leid gewesen? Ja, ja, und vielleicht. Wenn ich jetzt so darüber nachdenke, ist mir vieles peinlich. Andererseits: *Scheiß drauf.* Es war die zugleich aufregendste und einsamste Zeit meines ganzen Lebens. Ich wünschte, sie hätte nie geendet.

Das sind meine Erinnerungen:

– Der frühe Weckruf im Hotel, die ruhelose Nacht der Aufregung über meine prächtige Zukunft hat mir Kopfschmerzen beschert. Ein Klopfen an der Tür kündigt die Ankunft von Toilettenartikeln und bequemen Klamotten für den Tag an: Jeans, T-Shirt, saubere Unterwäsche und Socken. In zwanzig Minuten wird mich ein Wagen abholen. Die Aufregung setzt sich gegen die Müdigkeit durch. Ich werde der Mittelpunkt der Welt werden, und das weiß ich. Es ist … unbeschreiblich.
– Die Fahrt zu einem kleinen Feld in der Nähe, wo der Hubschrauber schon wartet. Die Landung auf einem Wolkenkratzer in London, wo ich David kennenlerne, der für diesen Tag mein Verbindungsoffizier sein wird. Er trägt ein Klemmbrett und allen Ernstes ein Headset, als würde er bei einer Fernsehshow arbeiten. David redet nicht viel, ist mittleren Alters und trägt immer einen grauen Anzug. Hat eine ernste Miene, ist noch nüchterner als Straub, falls das überhaupt möglich ist.
– David führt mich ins Gebäude, das wie ein ganz gewöhn-

liches Bürogebäude aussieht, in dem Leute umhereilen und in Arbeitsnischen an Computern arbeiten. Ich frage ihn, wo wir sind, und David erklärt mir, dass das Gebäude der Regierung gehört, und belässt es dabei.

– Man bringt mich in einen kahlen Warteraum und lässt mich mehrere Minuten allein, dann kommt David und bringt mich in einen größeren Raum mit einem Schreibtisch und zwei weiteren Leuten, einem Mann und einer Frau, deren Namen ich nicht mitbekomme, weil das der Augenblick ist, in dem die Hektik und das Tempo dieses Tages lächerliche Ausmaße annehmen.
– Diagramme, Stichworte, Ausweichtaktiken für kontroverse Fragen, eine Liste von zwanzig vorhersehbaren Fragen, die ich zusammen mit den angebrachten Antworten auswendig lernen muss (man sollte mir vier Fragen gestatten, bevor die Pressekonferenz endete). Übungen mit den Fragen und Antworten, einmal nimmt eine Frau mit einem Maßband währenddessen die Maße für meinen Anzug. Ich soll im Fernsehen gut aussehen. Man hämmert mir ein, auf jeden Fall die Vernichtung meiner Wohnung zu erwähnen, um meine Glaubwürdigkeit zu untermauern, ganz egal, welche Fragen man mir auch stellen würde. Das Protokoll für die Begegnung mit dem Premierminister, wo ich zu stehen habe und dergleichen. Dokumente müssen unterschrieben werden, Verzichtserklärungen. Mir fällt wieder ein, dass ich kein Handy habe. Ich frage danach, und man verspricht mir, später eins zu besorgen. Ich erhalte ein BlackBerry. Es ist nicht so gut wie mein altes. Irgendwann zwischendurch bekomme ich etwas zu essen, man bringt ein Tablett mit Saft und recht anständigen Sandwichs.
– Das Ende eines anstrengenden Nachmittags; mir platzt der Schädel von den vielen Dingen, die ich mir merken muss, und wir fahren um siebzehn Uhr in einem Wagen mit getönten Scheiben zur Downing Street. Neben mir auf der Rückbank sitzen hünenhafte Männer in Anzügen, die Ohrhörer haben. Die Wartezeit im Auto scheint endlos zu sein, selbst

nach unserer Ankunft. Eine halbe Stunde vor Beginn der Veranstaltung bringt man mich nach Number 10, wo ich den Premierminister kennenlerne. Es kommt mir irreal vor, so wie der ganze Tag bis jetzt. Er begrüßt mich freundlich, aber kurz und geschäftsmäßig, dann geht er zurück zu seinem Berater-Team. Ein Visagist kümmert sich zuerst um ihn, dann um mich.

- Die Pressekonferenz auf den Stufen von Number 10. Die Hunderte vor uns versammelten Journalisten und Reporter blenden mich. Die Gesichter von nationalen Kollegen erkenne ich, Gesichter, die ich einst beneidet habe, aber jetzt weiß ich, dass ich sie überflügeln werde. Ich trage meinen neuen Anzug, und er passt wie angegossen.
- Der Premierminister trägt den PR-Bericht der Stone Man-Story mit der Sicherheit eines Profis vor. Dann werde ich präsentiert, nicht unbedingt als Held – was habe ich eigentlich dazu beigetragen, selbst in dieser Version der Geschichte, als einfach nur dabei zu sein? –, aber der Tonfall lässt darauf schließen, dass ich in der Tat sehr wichtig bin. Eine schreckliche Nervosität überfällt mich, als die Hände in die Höhe schießen und die Stimmen ertönen. Ich bin kein Fernsehreporter, aber ich komme gut mit den Fragen zurecht. Sie befanden sich alle auf der Liste der zwanzig möglichen Fragen, und man hat mich gut vorbereitet.

Beschreiben Sie das Gefühl im Kopf. Wann hatten Sie Ihre erste Vision? Was antworten Sie Leuten, die Sie für einen Betrüger halten? Glauben Sie, dieses Ding kommt zurück? Und nach dieser Frage ist alles vorbei und wir sind fertig.

- Man bringt mich in ein anderes Hotel, das zu meinem Schutz unter Bewachung steht. Heute ist die Ankunft völlig anders als gestern Abend: eine Meute Presseleute wartet, und meine stämmigen Aufpasser bahnen mir einen Weg und packen mich in den Aufzug. Sie bleiben die ganze Nacht vor meinem Zimmer stehen.

- Ich rufe meinen Mitbewohner Phil an und bitte ihn, jede Zeitung zu besorgen, in der ich erwähnt werde. Phil hat einen ganzen Fragenkatalog, wie zum Teufel ich in diese Sache verwickelt wurde …
- Erschöpft liege ich im Bett, bin aber noch immer online und lese jeden Artikel über mich, den ich finden kann. Egoistisch? Vielleicht, aber hätten Sie an meiner Stelle nicht das Gleiche getan? Ärgerlicherweise dreht sich alles nur um meinen Bericht der Ereignisse. Es geht kaum um mich selbst. Die einzige objektive Beschreibung von mir behauptet, dass ich auf dem Podium »selbstbewusst« erschien, und nur ein Artikel fügt das Wort »lokal« zu dem Wort »Reporter« hinzu, als mein Beruf erwähnt wird. Als ich das lese, zucke ich zusammen und verfluche stumm die eifersüchtige kleine Kröte, die das geschrieben hat.
- Früh am nächsten Tag holt man mich zur Untersuchung ab und bringt mich in ein Privatbehandlungszimmer in einem Londoner Krankenhaus. Wir fangen mit einer Blutabnahme und einem MRT an. Es werden ESP-Tests gemacht, Zener-Karten und dergleichen. Augenuntersuchungen, Persönlichkeitsprofile. Gegen Mittag lerne ich meinen vom Kabinett zugeteilten Agenten Bryan kennen, der später mit mir über verschiedene Angebote sprechen wird. Er wird die besten Deals aushandeln und sich um meine Interessen kümmern, aber auch dafür sorgen, dass die Regierung an erster Stelle steht und keiner das Boot zum Schaukeln bringt, wie er es ausdrückt. Die Staatskasse erhält dreißig Prozent der Einnahmen, was ordentlich schmerzt, aber ich bin nicht in der Position, um zu protestieren. Davon abgesehen erscheint der Verlust einer so großen Summe unbedeutend, nachdem ich gehört habe, was Bryan über meine potenziellen Einkünfte zu sagen hat. Bis jetzt sieht es seiner Ansicht nach so aus, als wäre das Fernsehen der richtige Weg, genau wie erwartet, und dass sämtliche Sender – also die in den Vereinigten Staaten natürlich – nichts dagegen haben, wenn ich alles schreibe und präsentiere. Das höchste Angebot liegt bis jetzt

bei acht Millionen Dollar, aber Bryan geht davon aus, dass es weit darüber hinausgehen wird. Eine normale Werbung beim Superbowl kostet im Schnitt vier Millionen, und mein Bericht über meine von Zeugen bestätigten Erfahrungen mit einem Außerirdischen werden höhere Einschaltquoten als der Superbowl bringen. Eine echte Begegnung mit einem Außerirdischen? Sogar massiv höher. Mindestens hundert Millionen an Werbeeinnahmen, wenn der Superbowl fünfundsiebzig einbringt. Bryan rechnet damit, dass ich mindestens zwanzig Millionen bekomme. Ich bin sprachlos. Das alles muss ein Traum sein.

- Sobald ich am Abend wieder im Hotel bin, schreibe ich Paul über Facebook an. Er hat mich bereits als Freund hinzugefügt und mir seine Nummer geschickt. *Ich habe deinen Auftritt gesehen,* schreibt er. *Sah gut aus. Bei mir ist alles in Ordnung, nachdem sie sich beruhigt hatte. Melde dich, falls du kannst. P.S. Der Anzug sah toll aus.* Ich schicke ihm die Nummer des neuen BlackBerry.
- Am dritten Tag fliege ich nach Amerika, mit dem Regierungsrepräsentanten David und dem Agenten Bryan im Schlepptau. David sagt immer noch kaum ein Wort, aber er ist dazu da, sämtliche Termine auf Herz und Nieren zu prüfen. Langsam habe ich den Eindruck, dass David in Wirklichkeit ein hochrangiger Geheimdienstler sein könnte. Wir fliegen Businessclass, und ich trinke Champagner. Während des Fluges bin ich für mehrere Stunden völlig weg, und das ist gut so, aber als ich erwache, sind die Kopfschmerzen wieder da.
- In L.A. treffe ich die Fernsehproduzenten. Bryan hat mich bereits darüber informiert, dass NBC mir einundzwanzig Millionen Dollar zahlen wird. Selbst nach dem Anteil, den der Staat kassiert, bin ich Multimillionär. Man lädt mich zum Essen ein und bittet mich darum, zusammen mit ihrem Autorenteam das Skript für eine einstündige Sendung zu schreiben. David besteht darauf, dass ich es allein schreiben darf und dann zur Bearbeitung einreiche. Außerdem besteht er darauf, dass wir den endgültigen Schnitt bestimmen. Er

spricht es nicht aus, aber ich weiß, dass er mit »wir« sich selbst und seine Vorgesetzten meint. Natürlich bekommt er, was er will.

- Ich verbringe drei Tage in einem Luxushotel in L. A. und schreibe das Skript basierend auf dem Zeitablauf der Regierung; Paul schreibe ich wie gewünscht aus der Geschichte heraus. Ich bin nicht länger allein nach Sheffield gefahren; nachdem ich die Ortspolizei davon überzeugen konnte, dass ich die Wahrheit sage, wurde ich vom Militär und Leuten der Regierung begleitet. David analysiert die Endfassung, dann schickt er sie zurück nach England, um sie dort prüfen zu lassen. Nach ein paar geringfügigen Änderungen wird sie genehmigt.
- Das Team von NBC adaptiert meine Fassung zu einem Fernsehformat, das besser funktioniert. Dann fliegt man mich nach England zurück, um alles vor Ort zu drehen. David bleibt die ganze Zeit über bei mir, genau wie Bryan. Ich mag Bryan, kann ihn aber nicht ins Herz schließen. Ich habe den starken Verdacht, dass er mir nicht einmal die Uhrzeit verraten würde, wäre ich nicht für ihn von Nutzen. David ist einfach nur kalt, sein Ausdruck ist immer nur streng. Ich versuche sein genaues Alter zu schätzen. Vermutlich fünfunddreißig. Für die Aufnahmen gewährt man uns Zugang zum Katastrophengebiet. Die vielen zerstörten Viertel von Coventry werden noch immer von der Polizei bewacht, um Schaulustige und Andenkenjäger fernzuhalten, während die Stadt instandgesetzt wird. Die Regierung hat ihre Probenentnahme abgeschlossen. Wieder hier zu sein fühlt sich merkwürdig an, als würde man in einen alten Traum treten. Nur eine Woche ist vergangen, aber mir kommt es so vor, als wäre es Monate her, dass ich zuletzt in Coventry war. Die Stadt hat bereits mit dem Wiederaufbau begonnen, aber das Ende ist noch weit entfernt. Wieder in Schutt und Asche gelegt, genau wie im Krieg, und ein zweites Mal so viel wieder aufbauen zu müssen. Es ist nicht fair.
- Man stellt mir einen Wohnwagen zur Verfügung. Ich fange

an, mehr zu trinken. Ich liebe jede Minute von allem, aber nachts verfolgt mich noch immer Patricks Gesicht. Ich überlege mir, Paul anzurufen. Ich lasse es.

– David gibt mir ein weiteres neues Handy mit einer eingebauten Trackingfunktion, befiehlt mir, es stets bei mir zu führen. Ich vermute, dass das BlackBerry die ebenfalls hat, aber vermutlich hat das neue Gerät eine bessere Version; ich kann mir nicht vorstellen, dass David von ganz konventionellem GPS spricht.
– Von Paul kommt ein Päckchen. Ein Geschenk. Ein neues Diktafon. Tatsächlich spreche ich gerade die Geschichte darauf. Eine Karte ist dabei. *Um das Verlorene zu ersetzen … und um dir alles von der Seele zu reden, falls du es einmal musst.* Ich weiß den Gedanken zu schätzen.
– Ein Telefonat vom Hotelzimmer aus mit der *Times*, um einen Artikel über die Zunahme des Nostalgiekinos anzubieten. Sie sind interessiert – mein Name hat bereits Gewicht –, und sie bieten gutes Geld. Die *New York Times* bietet noch mehr. Ich fange an, mir Notizen für den Artikel zu machen. Das TV Special wird gesendet, und die Einschaltquoten gehen durch die Decke, übertreffen den letzten Superbowl, der den Rekord gebrochen hat. Ich denke darüber nach, ein Haus zu kaufen, aber dann frage ich mich, wo ich es kaufen soll? Amerika? Es gefällt mir hier. Das Geld wird auf meinem Konto eingezahlt. Ich bin offiziell reich.
– Der Heimflug nach England für eine Pause, in der ich den Beitrag für die Zeitung fertigschreiben will. Ich wohne im Savoy. Die *New York Times* veröffentlicht meine Arbeit mit ein paar Vorschusslorbeeren. In den Medien wird darüber berichtet, dass es mein erster Bericht seit dem Stone Man ist. Es ertönen ein paar negative Stimmen, die fragen, warum meine Arbeit jetzt eine so große Sache ist, wo ich zuvor nichts an die nationale Presse verkaufen konnte. Diese Stimmen tun weh.
– Die Einladung von Samsung für eine große Produktvorstellung in New York. Ich nehme an und informiere David, dass ich außer Landes bin.

– Ich fliege zurück in die Vereinigten Staaten (wieder die Businessclass, denn jetzt BIN ich Multimillionär, etwas, das ich tatsächlich vergesse. Darum zwinge ich mich, die höheren Preise auf der Speisekarte zu betrachten, weil mir noch immer nicht richtig klar ist, dass ich sie mir leisten kann) und erlebe zwei Wochen, an die ich keine klare Erinnerung mehr habe. Bryan ruft an, um mich über die besten Buchangebote zu informieren, und sie sind gut. Bei allen potenziellen Verträgen behalten wir die Filmrechte. Ich beschließe, mit der Arbeit anzufangen, aber zuerst rufe ich bei der *New York Times* wegen einer anderen Story an, vielleicht etwas über die derzeitige Stellung von Prominenten in der Gesellschaft. Man will sie, aber das Angebot ist niedriger als zuvor. Ich frage mich, ob es am Thema liegt oder weil mein Status als Prominenter bereits nachlässt. Ich schreibe den Artikel und erkenne, dass jetzt die Zeit ist, mich als Autor zu etablieren, dass ich versuchen muss, das Buch fertigzustellen.
– Ich entdecke, dass Paul auf meinem BlackBerry angerufen hat, aber ich habe den Anruf verpasst. Er hat keine Nachricht hinterlassen.
– Boldfield bittet mich, für weitere Untersuchungen nach England zurückzukehren. Nichts Aufwendiges. Man setzt mich in ein Zimmer und bittet mich, mir ein paar Frequenzen anzuhören, dann werde ich, wie ich glaube, mit Röntgenstrahlen bombardiert, während alle hinter dicken Schutzmauern stehen. Man versichert mir, das sei ungefährlich, und mir bleibt nichts anderes übrig, als ihnen zu glauben.
– Bryan ruft dauernd an, um sich nach dem Fortschritt des Buchmanuskripts zu erkundigen, außerdem gibt er mir Einladungen für eine Soiree nach der anderen in den Staaten. Ich fliege zurück und erlebe weitere verrückte, beschämende Wochen. Ich habe Sex, sogar mehrmals, von einem Kaliber, das ich mir nie hätte vorstellen können. Die Männer auf diesen Partys sind alle Kriecher, die mir den Hintern küssen wollen, oder Angeber, die mich übertreffen wollen, aber das ist mir egal. Die Aufmerksamkeit ist in jeder Hinsicht an-

genehm, und zu meinem Erstaunen versuche ich nicht, ihr aus dem Weg zu gehen, weiche ihr nicht wie sonst aus, *denn zum ersten Mal im Leben muss ich mich nicht anstrengen.* Ich kann mich benehmen, wie ich will, und die anderen machen die ganze Arbeit. Es gibt keinen *Druck*.

- Die *New York Times* druckt meinen neuen Artikel. Ich denke keinen Moment über einen Nachfolger nach; ich amüsiere mich und muss ein Buch schreiben. Ich komme gut voran.
- Als die Wochen vergehen, vergeht mit ihnen eine Anspannung, von der ich gar nicht wusste, dass es sie gab. Mir fällt auf, dass auch die Albträume aufgehört haben.
- Ich rufe Paul an.

»Hey, Andy! Ich habe mich schon gefragt, wann ich etwas von dir höre! Wie geht es in der Promiwelt?« Er klingt erfreut, von mir zu hören, aber seine Stimme ist etwas belegt. Als wäre er erkältet. Er hört sich noch immer müde an.

»Ich rufe aus einem Hotel auf den Bahamas an, also kann es nicht so übel sein.«

»Armer Kerl. Wo du doch im sonnigen Sheffield sein könntest. Oder in Coventry.«

»Ja, irgendwann bin ich das entzückende Klima hier und die wunderschönen Strände bestimmt leid. Jemand muss ja der Erste sein.«

Wir tauschen Höflichkeiten aus, bringen uns gegenseitig auf den neuesten Stand. Paul hat den Scheck von der Regierung bekommen, und er ist gut. Er und seine Frau haben ein Geschäft eröffnet, das sie nebenher führt. Catering. Die ersten Aufträge sind vielversprechend. Er hat ihr die ganze Geschichte erzählt, und sie hat den Mund gehalten. Die Arbeit läuft gut, ihre Finanzen sind in einem guten bis hervorragenden Zustand und werden wohl auch so bleiben. Das ist nicht derselbe Mann, den ich in Sheffield kennengelernt habe. Wieder frage ich mich, was mit mir nicht stimmt; wieso hat mich nicht gefühlsmäßig berührt, was mit diesem Mann auf der Straße passiert ist, während er vor meinen Augen schrie. Ich sage Paul, dass, sollte er jemals Geld brauchen – viel Geld –, er nur zu fragen braucht und es bekommen wird. Ich überrasche mich selbst damit, dass ich ihm die Hälfte anbiete. Wann immer er will. Das lässt ihn verstummen, er macht leise, nachdenkliche Geräusche. Dann dankt er mir.

»Ich behalte das mal im Gedächtnis, Andy. Man weiß ja nie. Prinzipien sind gut und schön, und im Augenblick brauche ich es nicht, aber wenn der Augenblick kommt, wer weiß. Wer weiß.« Er schweigt, und ich frage mich, was ich sagen soll. Er kommt mir zuvor.

»Wie schläfst du?« Die Frage spricht Bände.

Nicht schlecht, antworte ich, mittlerweile besser. Ich frage ihn, wie *er* schläft. Er seufzt, und darin liegt ein verborgener Schmerz.

»Nicht gut, Kumpel, nicht gut. Eigentlich ziemlich schlecht. Wenn das Licht ausgemacht wird … ich kann nicht abschalten. Und die Hälfte der Zeit habe ich denselben Traum. Ich erlebe es wieder. Bumm, einfach so.« Er schweigt lange, und als er wieder spricht, flüstert er beinahe. Die Wahrheit hinter der munteren Lüge kommt heraus. »Manchmal … manchmal bin ich *es*.«

Ich frage nicht, ob mit *Es* Patrick oder der Stone Man gemeint ist.

- Ich stelle das Buch fertig und schicke es dem zuständigen Lektor. Nachdem ich natürlich vorher Davids Zustimmung eingeholt habe. Auf Kosten des Verlegers fliege ich zurück nach New York. Ich verbringe ein paar Tage mit Trinken und damit, der New Yorker Literaturszene den Hintern zu küssen, dann setze ich mich an die Änderungen, die der Verleger verlangt hat. Das ist der Augenblick, der mich in eine solide Respektposition katapultieren wird, mich als Autor und nicht als der Promi einer grimmigen Realityshow etablieren wird.
- Der zweite Oktober, der Tag, an dem alles schlagartig aufhört. Der Tag, an dem der Stone Man zurückkehrt.

Von dem Augenblick an, in dem ich aufwachte, wusste ich, dass etwas nicht stimmte. Zuerst glaubte ich, noch immer betrunken zu sein, aber dann wurde mir schnell klar, dass sich das anders anfühlte. Es war vertraut, aber nicht zu identifizieren, weil ich noch schlaftrunken war. Ich warf einen Blick auf die Uhr. Dreiundzwanzig Uhr sieben. Ich hatte keine Stunde lang geschlafen. Ich erinnerte mich dunkel, dass der letzte Abend extrem früh für mich geendet hatte. Dabei hatte er auch ziemlich früh begonnen. Eine Tischreservierung für achtzehn Uhr, um die Veröffentlichung eines anderen Autors zu feiern, einem Mitglied des hinternküssenden literarischen Partyhaufens, das ich kaum kannte. Ich hatte mich nicht wohlgefühlt, war abwechselnd unruhig, gereizt und sogar benommen gewesen. Schließlich war ich aufgebrochen und gegen einundzwanzig Uhr daheim gewesen. Aus Frustration und Trotz hatte ich den Tag abgehakt und eine Xanax genommen, um sofort wegzutreten. Das machte es noch seltsamer. Ich hätte stundenlang schlafen müssen. Wieso zum Teufel war ich schon wieder wach?

Ich stolperte ins Badezimmer. Die Boxershorts aus Seide fühlten sich seltsam im Schritt an. Ich hatte sie als Luxus gekauft und es den ganzen nächsten Tag bereut. Ich hatte zu lange in opulenter Umgebung verbracht, die Welt der besten Hotels von New York hatte mich verdorben. Hätte ich die teuren, bodenlangen Vorhänge geöffnet, wäre der Blick aus meinem derzeitigen Zimmer atemberaubend gewesen.

Der dicke Teppich fühlte sich warm und flauschig unter meinen Füßen an, ein Gefühl, das von den glatten, aber genauso warmen Badezimmerfliesen (natürlich eine Bodenheizung) abgelöst wurde. Ich pinkelte in die Toilette und legte den Kopf gegen die Wand, bereute die Sauferei im Kreis dieser gesellschaftlichen Möchtegernaufsteiger. Ich versuchte mich zu erinnern, was zum Teufel ich da getrunken hatte, fragte mich, wie es mich so schnell in diesen scheußlichen Zustand hatte versetzen können. Als mein Verstand langsam wach wurde, fiel mir die Antwort ein.

Orangensaft.

Ich war mal einen Abend abstinent geblieben. Also was zum Teufel ging hier vor? Warum dröhnte mein Kopf so, wo ich doch nur Vitamin C zu mir genommen hatte? Das ziehende Gefühl war in meinem Kopf, den Zähnen, der *Haut* ...

Plötzlich war ich hellwach, und als ich in die Höhe schoss, traf es mich wie eine Woge. Ich konnte mich am Waschbecken festhalten, als mir schwindelig wurde. Ich nahm mir einen Augenblick, um das Gleichgewicht zurückzuerlangen. Schließlich war es wieder da, aber das galt nicht für meine Nerven, und ich rannte und stolperte zurück ins Schlafzimmer und schaltete den Fernseher ein. Wie viel Uhr war es noch einmal? So gegen dreiundzwanzig Uhr Ortszeit. Also musste es ... Mein Verstand arbeitete nur mühsam, aber ich zerrte die Antwort aus ihm heraus. In England war es gegen vier Uhr morgens. Gerade früh genug an einem Samstag, dass die Leute es mitbekamen, dass die Clubgänger nach Hause stolperten und erfuhren, dass *es* da war, und in Panik ausbrachen. Eine oder zwei Stunden später, und man hätte es vielleicht noch länger geheim halten können. Überwachungskameras hätten es entdecken können, die Behörden wären informiert worden. Dann hätten die Sicherheitsvorkehrungen mit etwas Vorsprung anlaufen können, statt von Anfang an einen Schritt hinter der Panik herzulaufen. Ein paar Leben hätten gerettet werden können. Die Chancen dafür waren gering, trotzdem ...

Mit zitternder Hand betätigte ich die Fernbedienung. Natürlich wurde live vom Schauplatz berichtet. Ich hatte genug Zeit gehabt, um zu hoffen, dass es irgendwo anders eingetroffen war, aber irgendwie wusste ich bereits, dass das nicht passiert sein würde. Die blauen Leuchtkörper im Boden verrieten es sofort. Ohne den geringsten Zweifel handelte es sich bei dem Ort um den Millennium Place. Das war der Beginn dessen, das als die Zweite Ankunft bekannt werden würde.

Während das Ding dort stand und von Flutlichtern und den Scheinwerfern der Schützenpanzer und Jeeps angestrahlt wurde, die nutzlos darum parkten, dachte ich, dass es genauso real und unerbittlich wie zuvor aussah. Der Stone Man war zurückgekehrt.

Ich stieß tatsächlich einen kleinen entsetzten Aufschrei aus, und in diesem Augenblick fühlte sich alles, das in den vergangenen drei Monaten geschehen war, irgendwie entwertet an, war plötzlich nichts anderes als ein vom Alkohol entfachter Fiebertraum. Als ich den Stone Man auf diese Weise wiedersah, aus der Ferne, war es beinahe so, als würde man gleich den sabbernden Patrick wieder für seine Begegnung mit dem grimmigen Schicksal herbeischleifen. Der Stone Man war da, und jemand würde sterben. Auf schreckliche und demütigende Weise sterben.

Abgesehen von all den anderen, die bei Hauseinstürzen, Panik oder religiösen Krawallen sterben würden. Vermutlich würden die bereits angefangen haben, und als ich mich idiotischerweise fragte, was das Internet wohl dazu zu sagen hatte, wurde mir klar, dass mein Handy ausgeschaltet war. *Scheiße.* Wie lange war der Stone Man schon da? Und wie lange gab es die magnetische Anziehungskraft schon? Das erste Mal hatte ich sie an dem Morgen nach dem Auftauchen des Stone Man gefühlt, davor hatte ich zwei Anfälle gehabt. Konnte es sein, dass ich nun irgendwie konditioniert war, das Leitsignal schneller und leichter spürte, da ich bereits schon einmal darauf geeicht worden war? Meine Gedanken überschlugen sich.

Voller Panik warf ich mich auf das Bett, wo ich mein von der Regierung zur Verfügung gestelltes Handy auf dem Nachttisch liegen hatte. Das Modell war mir nie zuvor untergekommen. Ein kleines, graues Kästchen so schlicht und funktionell wie ein Handy aus den frühen Neunzigern, nur kleiner. Aber es war schwer. Keine Kamera, kein Internet, dafür aber ein überraschend langlebiger Akku, der oft sechs Tage lang hielt (unterstützt von der Tatsache, dass das Gerät nie benutzt wurde), was aber ein Problem mit sich brachte. Man ging oft davon aus, dass er noch aufgeladen war. Bis jetzt hatte ich es sich zweimal entladen lassen, nach dem Aufladen aber keine Vorwürfe von David (oder anderen Geheimdienstlern; ich war noch immer davon überzeugt, dass er einer war) erhalten. Vermutlich war ich also damit durchgekommen. Aber an diesem Abend war es zum dritten Mal passiert. Darum hatte ich es nach meiner Rückkehr aufgeladen, aber in meinem gereizten Zustand völlig vergessen, es wieder einzuschalten.

Ich sah zu, wie es hochfuhr, atmete schwer und beschwor es, sich schneller einzuschalten. Das altmodische grüne Display leuchtete auf, und in dem Moment, in dem es ein Signal empfangen konnte, schrillten die Benachrichtigungen. Voicemail. Ich zuckte zusammen. Sechsundzwanzig Nachrichten!

Die erste kam von Straub, die mir sinnloserweise befahl, mein verfluchtes Telefon einzuschalten. Dann befahl mir David, mich nicht von der Stelle zu rühren, sobald ich das Telefon eingeschaltet hatte. Paul rief von einer Militärbasis an und erzählte, dass man ihn bereits abgeholt und dabei seine Frau fast zu Tode erschreckt hatte, weil man beinahe die verdammte Tür eingetreten hatte. Er wollte wissen, wo ich steckte. Straub meldete sich erneut und wiederholte, was David gesagt hatte. Bryan befahl mir, zu niemandem auch nur ein Wort zu sagen und mich bedeckt zu halten, bis ich abgeholt wurde. David wiederholte seine frühere Nachricht. Straub unterhielt sich gerade mit jemand anderem im Raum und sagte nein, es ist wieder seine verfluchte Mailbox. David …

Ein Klingeln unterbrach meine Gedanken und schaltete die gerade wiedergegebene Nachricht aus. Ein Blick auf das Display verriet mir, dass es ein Anruf war. David. Ich antwortete.

»Hallo?«, sagte ich atemlos.

»Er ist da, er ist da!«, brüllte David, klang erstaunt und sprach mit jemand anderem, und eine Sekunde lang glaubte ich, er würde den Stone Man meinen. Dann wurde mir klar, dass er die Leute in seiner Umgebung über die Tatsache informierte, dass ich endlich ans Telefon gegangen war. Er sprach mich an. »Gott sei Dank, dass Sie endlich Ihr verfluchtes Handy eingeschaltet haben. Das hat man Ihnen aus einem bestimmten Grund gegeben. Ich rufe Sie jetzt schon seit zwei Stunden an.«

»Es tut mir leid, es tut mir leid«, erwiderte ich hektisch, dämpfte mit der Fernbedienung den Ton des Fernsehers und hielt bereits nach meiner Kleidung Ausschau. »Ich bin in New York, ich bin im …«

»Wissen wir, wissen wir, es kam in der Sekunde durch, in der Sie das Gerät eingeschaltet haben«, unterbrach er mich mit der Stimme eines außerordentlich gestressten Mannes. »Bleiben Sie, wo Sie sind. In zehn Minuten landet ein Hubschrauber auf dem Dach. Paul ist bereits hier, aber wir laufen der Zeit hinterher. Er sagt, er kann die Zielperson fühlen, aber ohne Sie kann er sie nicht eingrenzen, was uns völlig lahmlegt. Unseren vorigen Erkenntnissen zufolge wird sich der Caementum nach zwei Stunden in Bewegung setzen. Diese Zeit ist verstrichen, bevor wir Sie in die Luft und auf den Rückweg nach England gebracht haben. Wir haben keine Route, keinen Weg, den wir evakuieren können. Es wird sich seinen Weg in gerader Linie bahnen. Menschen werden sterben, nur weil *Sie* früh zu Bett gegangen sind.« Das verschlug mir die Sprache; ein Teil von mir wollte ihn fragen, wie *er es verdammt noch mal wagen konnte*, aber der andere Teil wollte sich zusammenkrümmen und selber sterben. Die Verantwortung war der reine Wahnsinn. Ich rief mir ins Gedächtnis zurück, dass ich vor fünf Minuten noch geschlafen hatte, und suchte verzweifelt nach einem Ausweg. Konnte das alles nur ein böser Traum sein? David sprach bereits weiter.

»Rufen Sie auf Ihrem Laptop eine Englandkarte auf und machen Sie Ihren verdammten magischen Trick. Ich warte«, fauchte er. Ich murmelte etwas Blödes, ließ das Handy aufs Bett fallen und rannte zu meinem Laptop, der gerade auf dem Tisch aufgeladen wurde. Natürlich ließ ich nie zu, dass sich *das* Ding entlud. Ein paar Sekunden später war Google Maps online und zeigte mir mein Heimatland. Dank des Siebzehn-Zoll-Bildschirms war die Karte groß genug, um damit arbeiten zu können. Selbst in meiner derzeitigen Panik war ich zuversichtlich, es schaffen zu können. Schließlich sollte mir das Bild nur bei der Konzentration helfen, die Verbindung einfacher machen und mir bei der Visualisierung helfen … aber schon als ich die Hand zum Schirm ausstreckte, wusste ich, dass etwas anders war. Und das lag nicht am Medium. Das Leitsignal war wieder da und summte tief in Haut, Blut und Knochen, aber etwas fehlte. Was war es?

Ich bemühte mich darum, mich noch stärker zu konzentrieren, meine Fähigkeiten zurückzugewinnen, aber nach ein paar Minuten hatte ich nichts geschafft. Mir war kalt, und meine Eingeweide waren in Aufruhr. Ich wollte mich übergeben. Mir gelang keine Verbindung, und entsetzlicherweise glaubte ich den Grund dafür zu kennen.

Ich war zu weit weg.

Ich konnte nicht helfen, und darum würden Menschen sterben. Jetzt war mir wirklich schwindelig, und ich versuchte die bleischwere Schuld auszusperren, die sich in mir ausbreitete. Mit zitternden Händen nahm ich wieder das Handy, und meine Stimme war nur ein Flüstern.

»Ich komme nicht rein.«

»Was?« Davids Stimme klang wie ein Bellen. »Was haben Sie gesagt?«

»Ich komme nicht rein«, wiederholte ich und hätte am liebsten geweint. »Ich kann Ihnen nicht helfen. Ich glaube ... ich glaube, ich bin zu weit weg.«

Am anderen Ende der Leitung trat Schweigen ein, aber das dauerte nur kurz. Genau wie Straub hatte David seinen Job aus einem bestimmten Grund. Ich wusste absolut nichts über ihn, genau wie bei Straub, obwohl ich viel mehr Zeit mit ihm verbracht hatte als mit ihr. Der Mann gab kaum ein Wort von sich, und selbst wenn er etwas sagte, blieb er völlig undurchschaubar.

»Aha. Ziehen Sie sich an und rufen am Empfang an«, sagte David und unterdrückte wütend den Wunsch, mir den Arsch aufzureißen, um geschäftsmäßig weiterzumachen. »Erklären Sie ihm, wer Sie sind und dass Sie Zugang zum Dach brauchen. Dort gibt es einen Hubschrauberlandeplatz, und der Plan bleibt der gleiche. Halten Sie sich bereit. Der Hubschrauber bringt Sie zu einem Privatjet. Um halb zwölf GMT sollten Sie wieder in England sein.«

Ich war verwirrt. »Bringen Sie mich trotzdem nach Hause?«

»Ja«, fauchte er. »Ich habe schon immer die Ansicht vertreten, dass man Sie niemals aus dem Land hätte lassen dürfen, aber das habe nicht ich zu entscheiden. Wenn Sie wegen der

Entfernung nutzlos sind, ist das ein Grund mehr, Sie zurückzuholen. Vermutlich ist es dann zu spät, damit Sie noch bei der Evakuierung helfen können, aber wenn Sie eine Verbindung mit diesem Ding haben, könnten wir sie verflucht noch mal brauchen. Hoffentlich wird es nicht zu viele Tote gegeben haben, bis Sie ankommen.«

So viel hatte ich ihn noch nie in einem Stück sagen hören. Langsam fiel der Groschen.

»Aber es wird zumindest einen Toten geben, *nachdem* ich da bin, oder?«, sagte ich leise und sprach beinahe mit mir selbst, während mir das Blut aus dem Gesicht wich. Ich würde wieder der Jäger sein.

»Nett«, erwiderte David kalt, weil er die Bemerkung als Spitze verstand. »Auch wenn ich mir nicht sicher bin, wieso Sie sich deshalb besser fühlen sollten, Sie Idiot. Fliegen Sie einfach los, holen sich die Karte auf Ihr Smartphone und versuchen es unterwegs weiter.«

Er legte auf. Kurz zog ich in Betracht, mir die restlichen Nachrichten anzusehen, aber ich konnte mich dem nicht stellen. Ich war innerlich wie betäubt. Ich hatte auf die schlimmstmögliche Weise Mist gebaut. Ich hatte *eine* Aufgabe gehabt, eine Aufgabe, die wirklich wichtiger gewesen war als alles andere, und ich hatte es versaut. Ich war der Einzige auf der Welt, der sie erledigen konnte, und ich war am falschen Ort. Hätte ich wenigstens daran gedacht, das Handy einzuschalten, während es auflud, wäre es nicht so schlimm gewesen – die Rückreise hätte ein paar Stunden früher begonnen, und vielleicht hätte ich dementsprechend früher helfen können –, aber das hatte ich nicht, und da stand ich nun auf der anderen Seite des Atlantiks. *Nehmen Sie es immer mit,* hatte man mir eingeschärft, *und sorgen Sie dafür, dass es immer aufgeladen ist.* Ich war so nachlässig damit umgegangen, dass ich es versaut hatte. Wieder hatte ich Blut an den Händen, aber diesmal war es absolut vermeidbar gewesen. Ich schaffte es beinahe rechtzeitig zur Toilette. Ich kotzte die Hälfte vor die Schwelle und die Hälfte dahinter.

Ich setzte mich auf den Boden, atmete langsam und versuchte den Raum daran zu hindern, dass er sich drehte. Dann warf ich einen Blick auf die Uhr. Drei Minuten waren bereits vergangen, und ich musste in sieben auf dem Dach sein. Ich hielt mich an der Türklinke fest, kämpfte mich auf die Beine und zog mich an. Die ganze Zeit setzte mir der Sog körperlich zu … aber in Wirklichkeit war es gar nicht dieses Signal, wie ich mir in Erinnerung rief, jedenfalls nicht in erster Linie. Zwischendurch griff ich nach dem Telefonhörer, um die Rezeption anzurufen, dabei versuchte ich das Gefühl in meinem Körper besser definieren zu können. In Haut und Knochen fühlte ich die gleiche Bewegung wie zuvor, aber dieses Mal war sie … was? Anscheinend war sie richtungslos. Wieder war ich mit dem Stone Man verbunden oder zumindest irgendeiner Art von Signal, aber ich hatte nicht die geringste Ahnung, ob es von dem Ding ausging oder der nächsten Zielperson. Und ich hatte keine Zeit mehr, darüber nachzugrübeln. Ich musste zurück auf britischen Boden und die Sache eingrenzen. Ich nahm den Hörer und rief die Rezeption an.

Die nächste Stunde verging wie im Flug.

Ich schlüpfte in meinen braunen Savile Row-Anzug und schaffte es dank des Hotelangestellten aufs Dach, versuchte den Kartentrick mit der BlackBerry-App (das hatte ich natürlich behalten; ich brauchte ein Smartphone *und* das Riesengerät der Regierung mit seinem Super-GPS), bekam aber keine Reaktion. Wurde diese quälende Stimme in meinem Kopf nicht los. *Wenn du es vor deiner Ankunft in England nicht schaffst, wie viele Todesfälle wird es geben, nur weil du in Amerika und nicht zu Hause warst und darum nicht rechtzeitig helfen konntest?*

Ich wurde von dem Luftschwall des landenden Hubschraubers durchgeschüttelt, der mich zum Flughafen brachte, bewegte mich die ganze Zeit wie ein Zombie, fühlte mich aufgekratzt vor Sorge und verzweifelte zugleich, versuchte einen Weinkrampf zu vermeiden. Das Schuldgefühl … ich konnte kaum laufen.

Der Rückflug war ein endloser Albtraum. Vor vielen Jahren hatte ich mich einmal zur Hochzeit einer alten Freundin von der Universität, der ich immer noch nahestand, verspätet. Unterwegs war mir bewusst geworden, dass ich Zeit gutmachte. Die Erleichterung war wie eine Woge über mir zusammengeschlagen. Ich würde es doch noch schaffen, hatte ich gedacht, und würde rechtzeitig genug ankommen, um nicht mitten während der Zeremonie in die Kirche platzen zu müssen. Und dann war ich in den schlimmsten Stau meines Lebens geraten, ein Tankwagen hatte seine Ladung auf der M4 verloren, und alle drei Spuren waren vollständig lahmgelegt. Und wenn ich vollständig sage, meine ich es auch. Die Motoren waren ausgeschaltet, die Leute waren ausgestiegen und vertraten sich die Beine. Ich war noch in meinen Zwanzigern gewesen und hatte dergleichen noch nie erlebt. Und ich kann mich noch immer ausgesprochen bildhaft an das Gefühl wachsender Panik erinnern, als mir klar wurde, dass ich nicht nur zu spät kommen, sondern dass das Undenkbare passieren und ich die Hochzeit meiner guten Freundin versäumen würde. Und während die Stunden vergangen waren und sich der Augenblick näherte, nach dem ich es unmöglich noch schaffen würde, selbst wenn sich die Hochzeit verspätete, war ich immer hektischer geworden, und es hatte nicht das Geringste gegeben, *das ich tun konnte, um die Dinge zu beeinflussen.* Ich konnte nur warten. Hilflos. Während immer mehr Zeit vergangen war, hatte sich mein frustriertes Stöhnen in Flüche und dann Gebrüll verwandelt. Am Ende hatte ich gegen das Dach getrommelt, um mir Erleichterung zu verschaffen.

Der Rückflug von New York an diesem Oktobertag war weitaus schlimmer.

Zwei Stunden lang überprüfte ich auf meinem Laptop den Atlas und bekam über das Flugzeugtelefon ständig Anfragen aus England, bei denen ein Update verlangt wurde. Schließlich konnte der Stone Man in jede Richtung des Kompasses aufbrechen; wie sollte man sich darauf vorbereiten, ein ganzes Land zu evakuieren? Die letzten Minuten dieser beiden ersten Stunden waren qualvoll – als ich den Augenblick erreichte, in dem meine Gelegenheit verstrichen war, etwas tun zu können –, aber dieses Mal war ich nicht allein. Dieses Mal war ich von einigen Männern vom Geheimdienst und von Soldaten in Uniform umgeben, die auf den schmalen Sitzen des Privatjets saßen. Ich hatte mich an die Businessclass gewöhnt, und das hier war nicht weit davon entfernt. Vermutlich war dieser Transporter normalerweise für Regierungsprominenz reserviert. Trotzdem war dieser Luxus in meinem derzeitigen geistigen Zustand verschwendet, so verzweifelt war ich, meinen Fehler wiedergutzumachen.

Aber dann wurden aus zwei Stunden drei, ohne dass die Meldung vom Aufbruch des Stone Man kam. Aus drei Stunden wurden vier, und die Situation blieb unverändert. Langsam kam eine verführerische Hoffnung auf. War es möglich, dass es sich dieses Mal anders abspielte? Die Hoffnung machte alles nur noch schlimmer, denn ich konnte nicht zulassen, an sie zu glauben. In der Sekunde, in der ich glaubte, dass sich alles zum Guten wenden würde, würden wir den Anruf mit der Meldung bekommen, dass der Stone Man unterwegs war. Es war eine unglaubliche Folter. Ich fing an zu schwitzen, ließ die Karte auf meinem Laptop keinen Moment aus den Augen und erreichte dennoch nichts.

Vier Stunden wurden zu fünf, und ich glaubte, gleich zu zerschmelzen. Der Lockruf des Signals wurde in meinem Inneren auch nicht stärker. Eigentlich hatte ich damit gerechnet, dass er an Intensität zunehmen würde, sobald wir uns England näherten, aber das geschah nicht. Vage fragte ich mich, ob er sich vielleicht nur steigern würde, wenn ich mich in einem Radius von wenigen hundert Meilen ums Ziel befand, so wie zuvor. Das ergab Sinn. Die Jagd hatte noch nicht begonnen, und als aus den fünf Stunden sechs wurden, gab es keinerlei Anzeichen, dass sich die Situation verändern würde. Aber ich war felsenfest davon überzeugt, dass das genau im Augenblick unserer Ankunft passieren würde – in dem Moment, in dem ich mir den Gedanken erlaubte, es möglicherweise doch noch schaffen zu können. Erst in diesem Moment würde das Schicksal enthüllen, dass es bis zum grausamsten Moment gewartet hatte, um das Messer in der Wunde herumzudrehen; der Stone Man würde seinen Pfad der Zerstörung genau in der Minute beginnen, in der ich die Ziellinie erreichte.

Aber aus sechs Stunden wurden sieben, und wir befanden uns nun im englischen Luftraum, waren sicherlich innerhalb der Aufspürdistanz der Zielperson, und ich hatte noch immer nichts.

Das Gefühl setzte sich zu gleichen Teilen aus Erleichterung und Nervosität zusammen. Ich konnte noch immer behilflich sein, konnte dem Schuldgefühl noch immer entgehen.

Dennoch, es ergab keinen Sinn. War die Zeit meiner Ankunft etwa irrelevant? Hatte die Tatsache, dass ich in Amerika gewesen war und mein Handy hatte verrecken lassen, nicht den geringsten Unterschied gemacht, weil ich aus irgendeinem Grund die Zielperson nicht länger wahrnehmen konnte?

Moment mal … war etwa das passiert? War es möglich, dass ich einfach die Fähigkeit verloren hatte, das zu tun, was ich beim ersten Mal getan hatte? Oder hatte ich überhaupt nur Patrick wahrnehmen können?

Erleichterung und Nervosität verstärkten sich. Ich würde niemandem mehr nutzen, war aus dem Spiel, und das bedeutete, dass ihnen nichts anderes übrig blieb als zu warten, bis das Ding seinen Marsch begann und man eine Evakuierungsroute ausarbeiten konnte. Allerdings würde das auch bedeuten, dass ich von allem freigesprochen war, denn ich hätte von Anfang an nicht helfen können. Natürlich hoffte ich verzweifelt, dass es sich so verhielt, aber mein Verstand war zu meinem Erstaunen bereits mit etwas ganz anderem beschäftigt. Ich weiß, man sollte glauben, dass mir nach dieser Reise voller Selbstvorwürfe die Erleichterung reichen würde, aber wie immer dachte ich bereits weiter.

Ich würde nicht länger einer der wichtigsten Männer der Welt sein. Das bedeutete es.

Wir landeten kurz nach zwölf Uhr mittags, und es hatte sich noch immer nichts verändert. Das trieb die Erleichterung weiter in die Höhe wie auch die Nervosität. Obwohl ich nun mit beiden Beinen auf englischem Boden stand, verspürte ich noch immer das gleiche Pulsieren in den Knochen wie in dem Augenblick, in dem ich in New York aufgewacht war. Wir waren unter einem grauen Himmel in RAF Northolt gelandet und wurden von Straub (zu meiner milden Überraschung) und David empfangen. Ihre Begleiter warteten in Jeeps auf der Landebahn. Ich fragte mich, über welche Autorität David eigentlich verfügte, falls überhaupt, und nahm an, dass er nur hier war, weil er mein Agentenführer war. Straub schüttelte mir die Hand, während sie uns eilig zu dem wartenden Jeep führte. David streckte seine Hand nicht aus. Er sah elender aus als je zuvor; oben auf dem Kopf ziemlich kahl, mit einem Bruder-Tuck-Haarschnitt darunter, die Brille auf der schiefen Nase und einem Mund, der dazu geschnitten zu sein schien, die Lippen immer nur aufeinanderzupressen. Wie bereits erwähnt schätze ich ihn auf fünfunddreißig, aber ich hatte keine Ahnung, ob das stimmt. Es war das erste Mal, dass ich ihn nicht im Anzug sah. Er trug nur Hose, Hemd und Krawatte, und im frühen Oktoberwetter musste ihm ziemlich kalt sein. Zumindest hoffte ich das.

»Gibt es Neuigkeiten? Hat sich etwas verändert, wo Sie jetzt hier sind?«, fragte Straub, während der Jeep einen scharfen Halbkreis fuhr und den Weg zu den Unterkünften einschlug.

»Nichts.« Ich schüttelte den Kopf. Es war windig, und ich musste meine Stimme leicht heben, um wegen des Motorlärms gehört werden zu können. »Gar nichts. Ich hätte gedacht, dass es stärker wird, sobald wir näherkommen, aber es hat sich überhaupt nicht geändert. Nicht einmal jetzt, wo ich wieder im Land bin. Ich kann es fühlen, ich weiß, dass der Stone Man da ist und es ein Ziel gibt ... aber das ist es auch schon.«

»Großartig«, schnaubte David. Er schüttelte den Kopf. »Der ganze Koks und der Alkohol haben die einzige Sache an Ihnen kaputt gemacht, wegen der Sie nützlich waren.«

Ich starrte ihn böse an. Ich hatte keine Ahnung, welchen Rang er eigentlich bekleidete, welchen offiziellen Titel er hatte, und dass er dem Geheimdienst angehörte, war eine bloße Vermutung. Aber das reichte. Im Augenblick wusste er zumindest nicht mit Sicherheit, ob er mich brauchte oder nicht. Soweit es mich betraf, gab mir das die Freiheit zu sagen, was ich wollte.

»Es tut mir leid, dass meine unerklärliche mentale Verbindung nicht perfekt für Sie arbeitet, David«, fauchte ich. »Wie wäre es, wenn Sie ihr mit etwas aus Ihrem Handbuch für Menschenrechtsverletzungen auf die Sprünge helfen? Entführung von Terrorverdächtigen? Waterboarding? Irgendwas, das Klasse hat? Andererseits, wo Sie heute auf Ihrem hohen moralischen Ross sitzen, wäre das kein Widerspruch zu Ihrem derzeitigen Standpunkt?«

Mit dem Spruch war ich eigentlich ganz zufrieden, aber sowohl zu meiner Überraschung wie auch Enttäuschung lächelte David. Das hatte ich noch nie zuvor gesehen.

»Für Sie würde ich eine Ausnahme machen«, sagte er grinsend, und ich hätte mir beinahe in die Hosen gemacht. Es war eine harsche Erinnerung, dass dieser wie ein Bücherwurm aussehende, mürrische Mann möglicherweise eine der gefährlichsten Personen sein konnte, die ich je kennengelernt hatte. Ich versuchte es zu verbergen, indem ich einfach den Kopf so mutig schüttelte, wie ich konnte, und richtete den Blick wieder auf die Windschutzscheibe. Wir hatten die Gebäude fast erreicht.

»Okay, Gentlemen, das reicht für den Weitpinkelwettbewerb«, sagte Straub und schaute von den Notizen auf ihrem Klemmbrett auf. »Mr. Pointer, Mr. Winter wartet auf uns. Man wird Sie beide abschirmen und erwartet von Ihnen, die neueste Zielperson des Caementums sofort zu identifizieren. Falls es eine gibt. Für Karten und ein GPS-System ist gesorgt. Seit seiner Ankunft hat der Caementum keinerlei Anzeichen von Bewegung gezeigt, er hat sich nicht einmal aufgerichtet wie innerhalb der ersten sechzig Minuten des vorherigen Besuchs. Die Polizei im ganzen Land ist in Alarmbereitschaft versetzt, und ehrlich gesagt hoffen wir, dass Sie beide zusammen uns und ihr einen ordentlichen Vorsprung verschaffen können.«

»Ich werde mein Bestes tun«, sagte ich, aber langsam hatte ich die Befürchtung, dass mein Bestes nicht reichen würde. Schließlich hatte ich nichts vorzuweisen, und ich hatte damit gerechnet, dass sich das in dem Augenblick ändern würde, in dem ich den Fuß auf englischen Boden setzte, aber offensichtlich war das nicht passiert. Sollte der Körperkontakt mit Paul nichts bewirken, wusste ich auch nicht, wie es weitergehen sollte. Mir kam ein schrecklicher Gedanke: Und wenn mich nun alle für einen Schwindler hielten? Ich würde zum Gespött der ganzen Welt werden. Nein, schlimmer noch, man würde mich hassen.

Aber jetzt war keine Zeit, darüber nachzudenken, denn wir fuhren nicht länger auf die Unterkünfte zu, sondern darum herum, bis wir zu einem frei stehenden, kleineren Gebäude kamen. David und Straub stiegen aus, also folgte ich ihrem Beispiel. Eilig betraten wir das Gebäude, und ich fand mich in einem mittelgroßen Konferenzzimmer wieder, das schlicht genug war, um sich der Gruppe anzupassen, die es gerade in Beschlag nahm. An einem Ende stand eine große weiße Tafel, über deren oberem Rand sich eine aufgerollte Leinwand befand; dazu kamen einige Reihen mit Stühlen. Sie waren unbesetzt. An jeder Seite gab es große Fenster, und hinter der letzten Stuhlreihe standen mehrere lange Tische. Sie waren besetzt. Eigentlich hatte ich mehr klobige Terminals und Wissenschaftler in Labormänteln erwartet, die ununterbrochen in Bewegung waren, aber stattdessen waren es nur ein paar ganz normal aussehende Computer, ein paar Soldaten und zwei Zivilisten mit laminierten Ausweisen, die ziemlich nervös aussahen. Vermutlich stellten die beiden die Endsumme des wissenschaftlichen Personals dar, die wir hier zur Verfügung hatten, denn dieses Gebäude war offensichtlich nicht die Operationsbasis. Vermutlich war es eine kurzfristig errichtete Stellung, die man nur für mich arrangiert hatte, ein Zwischenstopp der Informationen, in dem ich – hoffentlich – schnell die gewünschten Daten lieferte, die man dann ins richtige Hauptquartier übersandte. Das dachte ich nicht zuletzt deshalb, weil Paul am letzten Tisch vor einem Computerbildschirm hockte. Er trug ein T-Shirt mit der Aufschrift *Nein, DU kommst zehn Minuten zu FRÜH*.

Trotz der Situation war ich erfreut, ihn zu sehen. Bei unserem Eintreten schaute er auf, und meine Freude verwandelte sich in einen leichten Schock. Seit unserem letzten Händeschütteln hatte er viel Gewicht verloren. Er war noch immer ein großer Mann, in dem spärlich möblierten Raum ragte seine Größe heraus, aber seine Augen lagen tiefer in den Höhlen. Seine Gesichtszüge waren viel schärfer definiert, seine Haut sah nicht mehr so gesund aus. Er hatte sich nicht in einen Zombie verwandelt, das will ich damit nicht sagen, aber es war offensichtlich, dass er in den vergangenen drei Monaten körperlich abgebaut hatte. Offensichtlich hatte er größere Schlafprobleme, als er zugeben wollte, und seine Probleme waren schlimmer, als ich gedacht hätte. Es war besorgniserregend.

Aber als er mich sah, grinste er, das Funkeln kehrte in seinen Blick zurück; er war noch kein völliges Wrack. Er kam mit ausgestreckter Hand um den Tisch herum, und ich ging ihm entgegen. Ich hatte den Eindruck, dass er sich genauso sehr freute, mich zu sehen, aber als ich näherkam, bemerkte ich, wie sich sein Ausdruck veränderte, als ihm überraschend etwas einfiel. Selbst überrascht, blieb ich stehen. Paul legte den Kopf schief, hob eine Braue und nahm die Hand herunter, um sie dann wieder zu heben.

Ich verstand.

»Der Augenblick der Wahrheit, was?« Ich zwang mich zu einem Lächeln, als meine Nerven mir die Freude über das Wiedersehen mit Paul vermiesten. Gleich würde ich herausfinden, ob ich Menschen hatte sterben lassen, die ich vielleicht hätte retten können, oder nutzlos war und möglicherweise zu einer öffentlichen Hassfigur werden würde.

»Anscheinend hast du nichts über den Kerl herausgefunden, wegen dem das Ding gekommen ist … gibt es seit deiner Landung irgendwelche Veränderungen?«, fragte Paul.

»Nein. Hier geht es um alles oder nichts.«

Paul nickte langsam, dann wackelte er mit den Fingern und blies darauf. »Okey, dokey.« Er holte tief Luft. »Eigentlich wollte ich sagen, dass es schön ist, dich zu sehen, aber ich habe das Gefühl, dass ich bald wieder einen Tritt in die Eier kriege. Wir müssen aufhören, uns auf diese Weise zu treffen.«

Er lächelte trocken, aber nervös und streckte langsam wieder die Hand aus.

Ich überbrückte die Entfernung zwischen uns und streckte die Hand aus. Und hielt inne, kurz bevor ich sie berührte. Ich weiß wirklich nicht, warum ich zögerte. Ich war mir einfach nur des Ernstes des Augenblicks bewusst – was davon abhängen würde. Ich gebe es zu, ich hatte Angst. Nicht nur wegen der Unberechenbarkeit der Situation, sondern weil ich befürchtete, dass nichts passieren würde. Jeder Blick im Raum war auf uns gerichtet, von den Soldaten über die Zivilisten bis zu Straub und David, die bei der Tafel stehengeblieben waren, während ich zu Paul ging. Niemand sagte etwas.

»Komm schon.« Paul wackelte mit den Fingern. »Trau dich. Fass mich an.« Aber in seinem Blick war auch Angst zu erkennen.

»Fühlst du irgendwas? Ich meine, hast du etwas gefühlt?«, fragte ich beinahe flüsternd.

Paul schüttelte den Kopf.

»Nichts, Kumpel«, sagte er leise. »Keine Visionen, nicht mal ein Kribbeln. Das habe ich ihnen auch gesagt, aber sie haben mich trotzdem den ganzen Tag lang GPS-Karten ansehen lassen.«

Plötzlich dachte ich *Scheiß drauf*. Der Wunsch zur Tat verdrängte alle Bedenken, und ich schnappte mir Pauls Hand und machte mich auf etwas gefasst. Ich schloss die Augen.

Keine Veränderung.

Ich öffnete ein Auge und sah, dass Paul das Gleiche tat. Offensichtlich hatte er auch nichts gespürt.

»Scheiße.«

Genau wie ich ließ er die Schultern hängen, aber meine Hand ließ er nicht los. Stattdessen schüttelte er sie.

»Bevor der Wahnsinn wieder losgeht«, sagte er mit einem traurigen Schulterzucken, »schön dich zu sehen, Kumpel.«

Ich nickte und hieb ihm auf die Schulter, ein für mich seltener körperlicher Kontakt mit einer anderen Person, aber ich konnte sehen, dass seine Worte ehrlich gemeint gewesen waren, und er sollte wissen, dass das Gefühl gegenseitig war. Doch ich war enttäuscht. Welche Verbindung ich auch immer mit dem Stone Man gehabt hatte, sie war verschwunden. Oder es handelte sich jetzt um einen anderen Stone Man. Ich fühlte mich völlig leer. Das würde mich meinen Ruf kosten, davon war ich überzeugt, aber selbst wenn es nicht so kommen sollte … ich war hier überflüssig. Falls es Antworten zu finden gab, würden sie nicht von mir kommen; ich wäre nicht derjenige, der das Geheimnis löste. Ich war ein Niemand, denn wer auch immer die Wahrheit finden würde, würde seinen Vorgänger bei Weitem überflügeln. Dieser neue Goldjunge oder Goldmädchen würde in die Schlagzeilen kommen, und auch wenn ich mein Geld nicht verlieren würde, erkannte ich, dass es mir wichtig gewesen war, der Darling der Medien zu sein. Mir war klar, was das über mich aussagte … und es war mir egal. In diesem Augenblick drangen die moralischen Folgen des Wunsches, wieder ein Jäger zu sein, nicht zu mir durch. Ich hatte allein vor Augen, dass mir mein gesellschaftlicher Status entglitt, weil ich möglicherweise von einem Newcomer ersetzt werden würde. Da war nur Panik.

Sie können gern über mich urteilen. Aber vergessen Sie nicht, Sie haben es nicht ausprobiert. Was auch immer Sie davon halten mögen, versuchen Sie mal, so etwas zu erreichen. Dann sehen wir ja, ob Sie es auch wieder aufgeben wollen, ganz egal, wie oberflächlich es auch sein mag. Verdammt, vielleicht würden Sie es ja wirklich tun. Vielleicht bin ich nur ein oberflächliches Arschloch. Aber Sie schulden mir etwas, also können Sie mich mal. Ihr alle schuldet mir etwas.

Aber egal.

Ich zermarterte mir das Hirn, was jetzt anders war. Konnte ich noch immer dazugehören, konnte ich herausfinden, was sich verändert hatte? Falls ja, ließ es sich ja vielleicht reparieren. Also, was war anders …?

Ich setzte mich auf den nächsten Tisch und ließ gedankenverloren die Beine baumeln.

»Noch immer nichts«, sagte Straub, und es war keine Frage gewesen. Alle im Raum sackten deutlich sichtbar in sich zusammen, Anspannung wurde durch wütende Enttäuschung ersetzt.

»Warten Sie, warten Sie«, sagte ich, starrte zu Boden und fuchtelte mit der Hand herum. »Lassen Sie mich nachdenken.«

David zog ein Funkgerät aus der Tasche und schüttelte den Kopf.

»Schon okay, Andy«, sagte er in einem leicht sarkastischen Tonfall, während er das Gerät zum Mund führte, »uns stehen ein paar der besten Wissenschaftler der Welt zur Verfügung, also sind wir gut versorgt, was das angeht. Trotzdem, danke.« Er drückte einen Knopf. »R7B, bereiten Sie sofort den Hubschraubertransport nach Coventry vor.« Die Stimme am anderen Ende bestätigte, und er zeigte mit der Antenne in unsere Richtung. »Wir brechen in zwei Minuten auf.« Er wandte sich an Straub. »Ich halte das für Zeitverschwendung. Es ist offensichtlich nicht derselbe.«

»Was ist Zeitverschwendung?«, fragte Paul. Ich hatte das Gefühl, dass er heute schon mit David zu tun gehabt hatte und ihn auch nicht mochte.

»Der Ersatzplan, falls das hier nicht funktioniert«, antwortete Straub an Davids Stelle. Sie klang am Boden zerstört, als wären ihr die Optionen ausgegangen. »Er wurde autorisiert, als Sie auf dem Flug nichts erreichen konnten. Ein letzter Versuch. Wir schaffen Sie in die Nähe des Caementums, finden heraus, ob das einen Unterschied macht. Zumindest müssen wir es versuchen.« Sie zeigte auf eine Tür. »Da ist eine Toilette, ich rate Ihnen, Sie zu benutzen, falls Sie das nicht in letzter Zeit getan haben. Der Vogel ist jede Sekunde abflugbereit, und Gott weiß, wann Sie dazu die nächste Gelegenheit haben.«

Paul grunzte und begab sich zu der Tür, auf die Straub gezeigt hatte. Die Erwähnung der Toilette in Verbindung mit meiner intensiven Nervenanspannung lockerte etwas in meiner Blase. Plötzlich wurde mir klar, dass ich mich nicht erinnern konnte, wann ich zuletzt ausgetreten war. Es musste kurz vor dem Start in New York gewesen sein. Ich hob einen Finger.

»Darf ich auch gehen?«

David runzelte die Stirn, aber Straub ignorierte ihn.

»Sie stehen nicht unter Arrest, Mr. Pointer.« Sie seufzte. »Sie helfen uns, und das hier ist kein Klassenzimmer, auch wenn es so aussieht. Gehen Sie, aber beeilen Sie sich.«

Ich betrat die Toilette in dem Augenblick, in dem Paul die Kabinentür hinter sich zuzog. Das störte mich nicht, im Gegenteil. Ich habe mich nie dabei wohlgefühlt, mit dem Schwanz in der Hand neben einem anderen Mann am Urinal zu stehen.

Schweigend pinkelten wir, bis ich mich genötigt sah, die Stille zu brechen.

»Wie ist es dir ergangen? Ich muss sagen ... du siehst verändert aus.«

Aus der Kabine drang ein Schnauben.

»Das ist dir aufgefallen?« Pauls Stimme hallte leicht von den Fliesenwänden. »Wie ich schon sagte, ich habe nicht gut geschlafen. Um ehrlich zu sein, war das Leben zu Hause nicht gerade ein Zuckerschlecken.«

»Nicht?«

»Nein. Meine Frau bekommt nicht mehr viel Schlaf, nur wegen mir. Ich ... um die Wahrheit zu sagen, habe ich immer häufiger Albträume. Sie sind schlimm.« Er sagte das so unbeschwert, wie er konnte, aber damit konnte er mich nicht reinlegen, denn seine Worte verrieten die Wahrheit deutlicher, als ihm klar war. »Nach einer Weile fing das an ... du weißt schon ... ihr auf die Nerven zu gehen. Schließlich hat sie die Geduld mit mir verloren.«

»Warum das denn?«

Eine Pause trat ein, dann ertönte ein leises Seufzen.

»Ich weiß nicht. Ich bin nicht wirklich ... ich selbst gewesen. Ich habe oft auf der Arbeit gefehlt. Habe mich ein paar Wochen lang krankgemeldet. Ich konnte es einfach nicht ertragen hinzugehen.« Er hielt inne, dann sprach er weiter. »Um ehrlich zu sein, habe ich viel Trübsal geblasen. Es fiel mir schwer, das Haus zu verlassen. Zuerst ist sie damit gut klargekommen, aber manchmal hat es sie frustriert. Ich kann es ihr wirklich nicht verübeln.«

Wieder trat Schweigen ein, als wollte er mir Gelegenheit geben, meine Meinung zu sagen, aber ich dachte über meine eigene Situation nach. Ich hatte Albträume gehabt, aber das mit Patrick hatte Paul wesentlich mehr zugesetzt als mir. Und schon wieder war ich mit mir selbst beschäftigt, wo ich in diesem Augenblick an ihn hätte denken sollen, an das, was er mir da erzählte. Ich riss mich zusammen.

»Warst du bei jemandem?« Ich versuchte, ihn zu unterstützen. Ich habe mich bemüht. Ist das denn nichts wert? »Hast du darüber nachgedacht, dir Hilfe zu suuuuuu …« Plötzlich konnte ich meinen Kiefer nicht mehr bewegen, konnte die letzte Silbe nicht loslassen, während sich mein ganzer Körper verkrampfte und ich umkippte. Als ich auf den Fliesen aufschlug, zuckte ein weißer Blitz durch meinen Kopf. Aus dem Inneren der Kabine hörte ich einen dazu passenden Aufprall. Ich war mir undeutlich bewusst, dass er von Paul verursacht worden war, als er gegen die Plastikwand gefallen war.

Etwas geschah, soviel war klar, aber in diesem Augenblick bestand meine maßgebliche Sorge darin, nicht meine Zunge zu verschlucken. Heute war kein Shaun da, der mir einen Holzlöffel zwischen die Zähne klemmte, die schmerzhaft aufeinanderschlugen. Aus meinem linken Mundwinkel ran Speichel. Ich erinnere mich daran, dass ich irgendwo dachte, Glück gehabt zu haben; ich hatte nur den Bruchteil einer Sekunde davorgestanden, den Reißverschluss zu schließen. Hätte es mich in diesem Augenblick erwischt, hätte es schwerwiegende Komplikationen geben können.

Ich zog die Knie an die Brust, beugte Kopf und Schultern so weit vor, dass meine Stirn sie berührte. Es war, als wollte sich mein ganzer Körper nach innen ziehen, während mich die Wucht des Signals mit voller Kraft traf. Es erfasste mich überall, breitete sich in meinen Knochen aus, und plötzlich schien hinter der Dunkelheit meiner zusammengekniffenen Augen ein Licht zu wachsen. *Und es geht los*, dachte ich, und ich hatte recht. Langsam schälte sich ein Gesicht hervor.

Es hing einfach da wie zuvor, aber in dem Moment, in dem

es gerade vollständig zu sehen war, verwandelte es sich in ein anderes Gesicht und gleich darauf in das nächste. Es ging zu schnell, um etwas anderes als ein Aufblitzen von Haut zu sehen. Dann war es wieder das erste. Bei dem Tempo konnte man keines davon genau erkennen, die Züge waren so schwach ausgeprägt, dass sie bei der Schnelligkeit, mit der sie sich veränderten, nur ein Schemen aus Fleisch und Haaren darstellten. Eines der Gesichter gehörte zu einer Frau. Das glaubte ich zu erkennen.

Ich kann mich deutlich daran erinnern, dass es dieses Mal ein lautes schnappendes Geräusch gab, dann war alles vorbei. Ich lag auf dem Fliesenboden, mein Anzug war schweißdurchtränkt. Ich konnte Paul schwer atmen hören, während er wieder auf die Füße kam.

»Andy?«, keuchte er und fummelte am Riegel der Kabine herum.

»Ja, alles in Ordnung«, krächzte ich. Mein Hals war wund und trocken. »Hast du das gesehen?«

»Es war verrückt.« Er kam aus der Kabine. Seine Kleidung war schwarz vor Schweiß. »Da war nur dieses … Durcheinander. Ich kann es nicht einmal richtig beschreiben. Scheiße, hast du dein Auge gesehen?«

Zittrig stand ich auf und blickte in den Spiegel. Und schrie überrascht auf. Mein rechtes Auge war blutunterlaufen. Ich sah aus wie aus einem Horrorfilm.

»Mach dir keine Sorgen, hörst du«, sagte Paul ernst und versuchte mich zu beruhigen. »Diese Scheiße heilt wieder. Es geht wieder weg.« Ich zwang mich dazu, mich vom Spiegel abzuwenden. Dabei bemerkte ich die Veränderung in der Anziehungskraft. Beim ersten Mal war sie überall in meinem Körper gewesen, dabei hatte sie sich aber auf etwas konzentriert. Heute war sie bis jetzt richtungslos gewesen, nicht zielgerichtet. Jetzt erschien sie wieder anders, als hätte sie sich konzentriert, ja, aber …

»Fühlt sich das für dich genauso an wie beim letzten Mal?«, fragte ich Paul, und er schaute zu Boden und versuchte sich zu konzentrieren.

»Nein«, sagte er unsicher. »Es ist wie ... es ist schwieriger zu erkennen. Kannst du die Richtung bestimmen? Es sind, äh, verschiedene Richtungen?«

Er hatte recht. Genauso fühlte es sich an.

»Etwas hat sich verändert«, sagte ich und wurde sofort bestätigt, weil Straub durch die Tür kam.

»Was zum Teufel treiben Sie hier?«, brüllte sie. Zum allerersten Mal sah sie aus, als hätte sie die Kontrolle über sich verloren.

Etwas war definitiv geschehen. »Beeilen Sie sich! Wir halten den Hubschrauber auf, Sie müssen sich an diese Karten setzen und sehen, ob sich etwas verändert ...« Abrupt unterbrach sie sich. Unser Aussehen hatte endlich ihre Wut durchdrungen. Sie betrachtete mein blutunterlaufenes Auge. »Etwas hat sich verändert, richtig? Haben Sie es gespürt? Können Sie es jetzt spüren?«

»Warten Sie, was zum Teufel ist da draußen passiert?«, fragte Paul verwirrt. Es waren zwei sehr intensive Minuten gewesen.

»Wir wissen vermutlich, warum Sie nichts empfangen haben«, sagte Straub. Sie führte uns eilig zurück in den Raum, wo David und die beiden Zivilisten hektisch auf Tastaturen einhämmerten oder an Handys oder Funkgeräten hingen. »Es hat gewartet.«

»Gewartet? Worauf?«, fragte ich. Mein Blut erstarrte, aber ich glaubte den Grund bereits zu kennen.

»Auf Verstärkung. Das Ding ist nicht allein. Es gibt zwei weitere von ihnen. Und sie sind anders.«

KAPITEL SIEBEN

Zwei von dreien ist nicht schlecht, David macht jemanden zur Sau, der Sergeant und eine sehr unangenehme Reise nach Birmingham

Alle drehten durch. Waren die Dinge beim ersten Mal schlimm gewesen, war es diesmal noch viel schlimmer. Wäre der Stone Man allein gewesen, hätte sich alles schneller beruhigt, aber die Panik und Hysterie fingen in Coventry an und breiteten sich wie ein Waldbrand aus. Außerdem war die Zerstörung seinerzeit gewaltig gewesen, aber jetzt würde sie sich in drei Richtungen ausbreiten oder vielleicht eine solide Mauer unaufhaltsamer Bewegung werden. Die Vorstellung war furchteinflößend.

Sämtliche Internettheoretiker glaubten bereits, dass der Stone Man Patricks »Herzinfarkt« absichtlich verursacht hatte. Man behauptete, dass entweder die Macht, die das Ding antrieb, oder das seltsame steinähnliche Material seines außerirdischen Körpers tödlich für den Menschen war, den es erwählt hatte. Einfach, indem er in seiner Nähe stand. Einige glaubten, dass derjenige, der den Stone Man geschickt hatte, aus der Ferne von der Existenz des Opfers bedroht wurde, dass seine Schöpfer etwas über die menschlichen Gene wussten, das uns unbekannt war, und sie der Ansicht gewesen waren, dass man Patrick nicht erlauben durfte, sich fortzupflanzen. Ein paar Verrückte glaubten, Patrick wäre in Wirklichkeit ein Alien im Untergrund gewesen, den die rachsüchtigen Besitzer des Stone Man aufgespürt und hingerichtet hätten. Die Theorien waren zahllos.

Aber einen gemeinsamen Gedanken hatten sie alle. Es bedeutete den Tod, das Ziel des Stone Man zu sein, ob nun eine Absicht dahintersteckte oder nicht. Darin stimmten alle überein, sogar die Politiker, wenn auch nur zögernd, wie sie es mussten. Und diese Tatsache machte während der Zweiten Ankunft alles noch schlimmer, als in den traditionellen und sozialen Medien ein mächtiger Aufschrei um die Welt ging:

Wegen wem waren die steinernen Wesen gekommen, und wie finden wir diese Menschen?

Im Laufschritt geleitete man uns zu Pauls Terminal, und mir kam eine Idee. Ich griff nach Straubs Arm.

»Ich habe es seinerzeit visualisiert.« Das Blut rauschte durch meine Adern, während das Leitsignal versuchte, mich in – wie ich jetzt weiß – drei verschiedene Richtungen gleichzeitig zu zerren. »Ich konnte das Ding sehen, wie es wie in einem Computerspiel über die Karte lief. Ich glaube, ich müsste das neue Paar sehen, um das wiederholen zu können.«

Straub sagte kein Wort und winkte stattdessen nach einem Soldaten, der für eine der Zivilistinnen ein Tablet in die Höhe hielt und geduldig wartete, während sie etwas in ihr Handy bellten. Der Soldat eilte herbei, und Straub nahm ihm das Tablet ab. Sie drückte es mir in die Hände, und ich sah das vertraute Bild des Stone Man auf dem Millennium Place. Aber das Ding hatte Begleitung mitgebracht, wie ich bereits wusste. Auf der etwas körnigen Internetübertragung, die aus der Höhe aufgenommen wurde, sah ich die beiden neuen steinernen Wesen dahinter. Aber obwohl man mich vorgewarnt hatte, schockierte es mich, dass die beiden tatsächlich anders waren.

Das grundsätzliche Design war das gleiche wie beim Original – die zugespitzten Hände, der leicht verlängerte Kopf, die raue, felsige Haut und die sanfte Neigung in der Taille – aber sie waren auffallend größer. Wo das Original ungefähr zwei Meter vierzig groß war, maßen die beiden eher drei Meter. Und seltsamerweise wiesen sie eine andere Farbe auf. Das Original hatte noch immer seine dunkle, graubraune Färbung, eine Tatsache, die jetzt noch deutlicher zutage trat; der wenige Staub, der es bei unserer letzten Begegnung umgeben hatte, war verschwunden. Jemand oder etwas hatte es sauber gemacht.

Die neuen Stone Men waren in einem hellen, kränklichen Blau gehalten, das allerdings ausgewaschen wirkte.

»Mein Gott«, sagte Paul. Ich hatte genug gesehen und schob das Tablet von mir.

»Ich habe es«, murmelte ich und setzte mich vor den Computer. Ich fühlte mich unbehaglich, aber dieses Mal ging es nicht darum, ob ich meine Magie wirken konnte oder nicht. Ich wusste, dass ich es schaffen würde; das hatte der Zwischenfall auf der Toilette deutlich gemacht. Ich hatte keine Zeit, um zu genießen, was ich in meiner zurückeroberten Rolle tat, oder über das damit verbundene Große Ganze nachzudenken. Die Aufgabe, die auf mich wartete, bedeutete, dass ich mich beeilen musste.

Auf dem Bildschirm war eine Karte von England. »Du hast es?«, sagte Paul und stützte sich auf meine Stuhllehne. Ich dachte darüber nach; mit drei Stone Men würde es vielleicht anders sein.

»Ich weiß nicht.« In meinem Kopf drehte sich alles. »Leg mir die Hand auf die Schulter und konzentriere dich. Denke an das Original. Mit ihm fangen wir an.«

Paul gehorchte, und ich erstarrte plötzlich, rechnete eigentlich mit der Erschütterung unserer ersten Berührung, ohne ihn rechtzeitig warnen zu können … aber sie kam nicht. Anscheinend war der Schaltkreis in Ordnung, sobald er einmal geschlossen war. Ich stieß einen Seufzer aus, betrachtete die Karte und versuchte mir die massige Gestalt des Stone Man genau vorzustellen, platzierte ihn in Gedanken auf dem Bildschirm vor mir in Coventry.

Beinahe sofort, viel schneller als zuvor, verschwand der Bildschirm vor mir, und ich sah England aus der Vogelperspektive, umgeben von den lebendigen Meeren. Es war unglaublich, zugleich aber mühelos und völlig natürlich; natürlich konnte ich Großbritannien auf diese Weise sehen, es war nur eine Frage der sich verändernden Perspektive. Das begriff ich jetzt. Während ich den reglos dort stehenden Stone Man vor mir sah, hob sich mein Finger aus eigenem Antrieb und reiste wieder nach Norden – diesmal war es nicht meine ganze Hand, mit Pauls Unterstützung konnte ich viel genauer sein –, zuerst rasend schnell, überbrückte Hunderte von Meilen. Dieses Ziel befand sich viel weiter nördlich als Sheffield. Es ging über die schottische Grenze, wurde in der Umgebung von Edinburgh langsamer … und hielt an.

»Edinburgh«, flüsterte ich, und Straub zeigte sofort auf den nächsten Soldaten, der daraufhin in sein Funkgerät flüsterte.

»Können Sie näher heranzoomen? Uns eine Adresse besorgen?«, fragte sie, und ich schüttelte den Kopf, brachte sie mit einem Zischen zum Schweigen.

»Paul.« Ich war jetzt ganz ruhig und konzentriert. »Denke an den ganz links, den ersten Blauen. Kannst du ihn sehen? Sich auf sie konzentrieren?«

»Ich habe sie«, erwiderte Paul genauso leise. Wir arbeiteten zusammen, ertasteten uns gemeinsam den Weg. Der Stone Man auf der Abbildung Englands vor mir wurde ausgewechselt, sein größerer hellblauer Gefährte nahm seinen Platz ein. Dieses Mal bewegte sich mein Finger kaum. »Birmingham«, sagte ich.

»Gott sei Dank«, hauchte Straub. »Bei der Entfernung sind die Schäden minimal.«

»Bitte jetzt den anderen, Paul.« Ich holte tief Luft vor dem letzten Versuch.

»Hm«, flüsterte er mit noch immer geschlossenen Augen.

»Jetzt den anderen bitte, Paul«, sagte ich und holte vor dem letzten Versuch tief Luft.

»Hm«, flüsterte er mit noch immer geschlossenen Augen. Die Gestalt in der Mitte der Karte veränderte sich, aber es war kaum bemerkbar. Schließlich handelte es sich um den Zwilling des anderen.

Dieses Mal bewegte sich mein Finger wieder nach Nordwesten … und hielt an. Aber nicht, weil er sein Ziel gefunden hatte – ich hatte Mühe, dem Signal weiter zu folgen.

»Was ist los?« Straub spürte, dass es ein Problem gab.

»Ich kann nicht … Paul?« Meine Konzentration geriet ins Stocken, das Bild vor meinen Augen zerfaserte.

»Ich weiß, ich weiß«, sagte er, »es ist wie …«

Und die Vision verschwand. Ein hochfrequentes Kreischen

schrillte in meinem Kopf. Es schmerzte in den Ohren wie Messingfingernägel auf einer schwarzen Tafel. Ich schrie im selben Augenblick auf wie Paul, und er ließ meine Schulter los, während ich den Zugang verlor. Gnädigerweise hörte das Kreischen abrupt auf, aber ich bemerkte sofort, dass sich die Kraft des ständigen Sogs reduziert hatte. Das Signal des zweiten blauen Stone Man war verschwunden.

»Verflucht noch mal …«, stieß Paul hervor, aber ich wusste sofort Bescheid. Es war offensichtlich. Mit großen Augen wandte ich mich Straub zu.

»Sie haben uns abgeschnitten.« Meine Stimme zitterte. »Ihre Herren wissen Bescheid.«

Einen Augenblick lang herrschte Stille im Raum, selbst Straub war sprachlos. Diese neueste Entwicklung implizierte etwas: Auf eine umständliche Weise war das eine Art Kontakt. Sie hatten auf unsere Maßnahmen reagiert, wer oder was auch immer sie waren. Auf jeden Fall waren wir draußen – jedenfalls zumindest bei einem der Blauen.

»Das Original, sind Sie auch vom Original abgeschnitten?«, fauchte Straub. Ich kannte die Antwort bereits; zu ihm hatte ich noch eine Verbindung, so stark wie zuvor. Ich tastete nach dem ersten Blauen. Ihn spürte ich auch.

»Ich nehme das Original wahr und auch den einen Blauen. Paul?«

»Nur diese beiden, ja«, sagte er. Dann schüttelte er den Kopf. »Ich glaube, wir haben uns zu lange eingeklinkt. Also in intensivem Kontakt. Wenn wir vielleicht früher abgebrochen hätten …«

»Vielleicht, aber nun ist es zu spät dazu«, sagte David. Er war auf dem Weg zur Tür und sprach über die Schulter. »Wir haben noch immer zwei, und das muss eben reichen. Wir bringen Sie beide sofort in die Luft nach Edinburgh, damit wir das Ziel des Originals eingrenzen können. Wir haben keine Ahnung, wie schnell Sie es finden können, außerdem wissen wir nicht, ob wir das Ziel in Birmingham vor dem Blauen finden können, sobald wir in Schottland fertig sind. Starten wir. Einverstanden?« Diese

Frage war an Straub gerichtet, die nickte. Auch sie ging zur Tür und bedeutete uns, ihr zu folgen. Ich wechselte einen Blick mit Paul; er schien meine Verwirrung zu teilen.

»Aber … Sie haben doch die Richtung«, sagte ich und folgte David trotzdem. »Sie können die Zielpersonen nicht zum Stone Man bringen, oder sie werden sterben, sobald sie ihre Arrestzone verlassen. Das haben wir bei Patrick erlebt, sobald wir ihn von seinem Haus fortschafften, bekam er einen gottverdammten Krampfanfall. Ja, der Stone Man wird sie trotzdem umbringen, aber wer weiß, was passieren wird, wenn sie sterben, bevor die Dinger sie erwischen? Sucht sich der Stone Man dann jemand anderen? Sie können unmöglich die zusätzliche Zerstörung riskieren, die damit verbunden wäre.«

Straub antwortete nicht, denn sie war viel zu sehr damit beschäftigt, über Funk Einheiten nach Norden zu befehlen, sie auf unsere Ankunft vorzubereiten, Evakuierungsbefehle und ungefähre Wegkoordinaten zu geben. David antwortete auch nicht, aber das lag daran, dass er mich ignorierte. Wir verließen das Gebäude, gingen auf den nächsten Hangar und das mittlerweile vertraute Geräusch von Rotorblättern zu. Ich habe keine Ahnung, ob es an der Anspannung durch die Situation lag oder es durch meine Abneigung gegen David entfachter Zorn war, aber ich griff nach seiner Schulter. Ich zog ihn nicht herum, damit er mir gegenüberstand – so viel Mut hatte ich dann nun auch wieder nicht aufgebracht –, aber er blieb stehen und drehte sich von selbst um. Er sah auch ziemlich angepisst aus.

»Sie wollen unsere Hilfe, und ich habe Ihnen eine Frage gestellt«, sagte ich ruhig, bevor er sprechen konnte. Ich überraschte mich selbst. Das waren die Worte eines harten Burschen, auf jeden Fall härter, als ich es je in meinem Leben zuvor versucht hatte. Ich glaubte nicht, David einschüchtern zu können, aber ich glaubte ihm vermitteln zu können, dass ich es ernst meinte und bereit war, mich stur zu stellen.

Paul trat an meine Seite. »Außerdem hat man uns den Plan nicht verraten. Ich weiß, dass die mangelnde Zeit ein großes Thema ist, aber ich will wissen, was Sie mit den Zielpersonen machen wollen, sobald wir die armen Bastarde gefunden haben. Sie verstecken? Sie in Blei packen und hoffen, dass das Signal auf diese Weise unterbrochen wird? Seinerzeit haben wir nicht gewusst, was mit den Leuten passiert. Jetzt wissen wir, wozu die Stone Men gekommen sind. Wie sieht Ihr Plan aus?«

Paul verschränkte die Arme, und mir wurde der Größenunterschied zwischen ihm und David bewusst. Vermutlich machte das keinen Unterschied; ich hatte das Gefühl, dass David gut genug ausgebildet war, um Paul mühelos auszuschalten und dann seinen Reporterfreund zum Nachtisch zu verspeisen.

»Was glauben Sie denn, Winter?«, sagte David wütend. Aggression schien seine Standardhaltung zu sein. »Seien Sie nicht naiv. Das ist nicht der Augenblick für Experimente, und die Befehle waren klar und deutlich: Schadensbegrenzung. Genau das tun wir. Wenn wir noch mehr Zeit verschwenden, werden Menschen sterben. Sie können gern so viel moralisieren, wie Sie wollen, aber jeden Augenblick, den wir vertrödeln, riskieren wir einen weiteren Todesfall, der auf *Ihr* Gewissen geht und nicht auf meins.«

»Aber das ergibt nicht einmal Sinn.« Pauls Stimme hob sich, um sich Davids Aggressionslevel anzupassen. »Andy hat recht. Wegbringen können wir sie nicht, denn dann riskieren Sie, sie umzubringen, bevor der Stone Man bekommt, was er braucht. Sie wissen nicht, was das auslösen könnte. Das Ding könnte … keine Ahnung … einfach durchdrehen und nie wieder stehenbleiben. Sie haben nicht die geringste Ahnung …«

»Wir haben seit Monaten darauf hin geplant und geforscht, Winter. Glauben Sie, wir haben keine Ideen?«, fauchte David und schnitt ihm das Wort ab. »Sie arroganter Arsch. Sobald der Stone Man losging, gab es an spezifischen Punkten zwei Strahlungsspitzen! Um es so auszudrücken, dass auch Sie es verstehen: Sie befanden sich auf der Frequenz des elektromagnetischen Spektrums für große Entfernungen. Das bedeutet, dass sie dazu gedacht waren, sehr große Entfernungen zurückzulegen. Wir glauben, dass die beiden Strahlungsspitzen der Augenblick gewesen sein könnte, in dem der Stone Man die

Barriere für seine Zielperson erschaffen hat. Vielleicht hat er einfach nur ihren Verstand beeinflusst und sie glaubte, es würde diese Barriere geben, ein Glaube, der stark genug war, um sie zu töten, falls sie sie weit genug hinter sich lässt. Vielleicht handelt es sich auch um einen real existierenden, physikalischen Zustand, wir wissen es nicht!« David warf die Hände in die Höhe, die unaufhörliche Anspannung des Tages in Kombination mit seinem Zorn machten ihn lebhaft. »Aber es könnte bedeuten, dass es ein Zeitfenster gibt, eine Chance, die Zielperson zu transportieren. Die zweite Strahlungsspitze erfolgte mehrere Stunden nach der ersten, sie könnte diejenige gewesen sein, die diese Barriere überhaupt erst geschaffen hat, während die erste eine Art Vorbereitungssignal schickte, nicht wahr? Die Lücke zwischen den Spitzen reicht aus, um sich die Mühe zu machen. Wir sind keine verfluchten Idioten. Wenn wir uns irren und die Zielperson Anzeichen eines Krampfanfalls zeigt, wie bei K-V-Vier, schaffen wir sie zurück hinter die Barriere. Aber wir müssen die erste Option zumindest versuchen.«

Er kam zum Ende und nahm die Arme so abrupt herunter, dass die Hände gegen die Beine schlugen. Es war eine unfreiwillig komische Geste, die zu jeder anderen Zeit lustig gewesen wäre. »Hat einer von Ihnen Arschlöchern etwas dagegen einzuwenden, und können wir verflucht noch mal endlich aufbrechen? Sind Sie jetzt zufrieden?«

Er stand da und starrte uns mit zusammengebissenen Zähnen an, und wir fühlten uns entsprechend gemaßregelt. Ich nickte kleinlaut; es gefiel mir gar nicht, auf diese Weise zurechtgewiesen zu werden, aber ich war auch beschämt, weil er recht hatte. Es waren Leben bedroht. Wir hatten nicht alle Informationen bekommen, und wir waren nicht hilfreich. Der Augenblick, David herauszufordern, war erst gekommen, wenn wir die ganze Situation verstanden hatten, und nicht, wenn wir nur die Hälfte wussten. Wir hätten erst starten und unterwegs fragen sollen. Ich bemühte mich, die wichtigste Tatsache, die seine Erwiderung unterstrich, zu ignorieren – dass auf jeden Fall Menschen sterben würden –, stattdessen erinnerte ich mich daran, dass wir mehr Menschen das Leben retten würden, indem wir die Zielpersonen aufspürten. Aber es wollte nicht so richtig funktionieren.

Hinter uns öffnete sich die Tür, und Straub erschien. Es schien sie zu schockieren, dass wir noch alle dort standen. David sah sie, schüttelte den Kopf und ging weiter. Wir schlossen uns ihm an, und kurz darauf waren wir vier in der Luft, dazu kamen zwei Soldaten, die als unsere Eskorte dienten.

Während des Fluges, der meiner Schätzung nach anderthalb Stunden dauerte, sagten Paul und ich kein Wort. Straub und David waren mit verschiedenen Leuten in ständigem Funkkontakt, nahmen Verbindung mit verschiedenen Abteilungen von Polizei und Militär auf, die darum kämpften, die ganze Länge der beiden berechneten Wege, von denen wir die Endpunkte kannten, vorzubereiten. Wir konnten nur hoffen, dass der dritte Stone Man, der auch nach Nordwesten ging, nicht viel weiter als bis nach Birmingham wollte; er schlug dieselbe Richtung wie der andere Blaue ein, jedenfalls anfangs. Paul und ich starrten aus dem Fenster und sahen zu, wie England wie eine Spielzeuglandschaft unter uns vorbeiglitt, während die Anziehungskraft langsam größeren Einfluss auf unsere Körper nahm. Pauls Nase hatte wieder zu bluten angefangen, allerdings hatte er bei Straubs Besorgnis abgewunken. Seitdem wischte er sie ständig mit dem Saum seines T-Shirts sauber. Bohrende Fragen, die die Moral unseres Tuns infrage stellten, nagten an meinem Gewissen. Ja, wir waren potenzielle Lebensretter, aber vor allem waren wir die Späher einer Tötungsmission, und bei den Zielen handelte es sich weder um Terroristen noch um Guerillarevolutionäre, sondern um ganz normale Leute. Falls Patrick ein typisches Beispiel war, wussten sie bereits, dass ihr Tod auf dem Weg war, hatten sie bereits mehrere Tage im Voraus gespürt, dass man etwas auf den Weg geschickt hatte, um sie zu holen. Und wir waren nun genauso ein Teil davon wie die Stone Men. Zum Teufel, tatsächlich wollten wir ihnen sogar dabei helfen, damit es schneller ging. Jemand hatte sie ausgesandt, um eine mörderische Aufgabe zu erledigen, und für uns galt das Gleiche.

Uns selbst zu versichern, dass wir das nur für die Sicherheit anderer Menschen taten, half nicht. Meine Rolle in dieser Operation zu kennen gab mir das Gefühl, wichtig zu sein, aber es bereitete mir auch Übelkeit.

Als wir uns dem Luftraum von Edinburgh näherten, wandte sich David uns endlich zu. Mittlerweile waren das Zittern, das Herzrasen und der Schwindel wieder da, hatten beinahe das gleiche Ausmaß erreicht wie auf dem Weg zu Patrick.

»Wir sind fast da«, sagte er. »Sie müssen Ihre Sache tun und den Piloten dirigieren. Er kann Sie durch das Headset hören. Sobald wir die richtige Straße gefunden haben, landet er so nahe daran wie möglich. Unser Wagen steht bereit.«

Wir nickten – die Anziehungskraft war so stark, dass das kein Problem sein würde –, aber ich hielt es für zu früh.

Ich schüttelte den Kopf. »Wir sollten warten, bis wir direkt über Edinburgh sind. Einer von ihnen hat uns abgeschnitten, und ich glaube, es lag daran, dass sie wussten, dass sich jemand absichtlich in ihr Signal eingeschaltet hat. Wir sollten sie so kurz wie möglich belauschen. Lassen Sie uns warten, bis wir direkt über Edinburgh sind.« David hielt den Blickkontakt mit mir einen Augenblick lang aufrecht, bevor er mürrisch mit den Schultern zuckte und sich abwandte. Er wusste, dass ich recht hatte, wollte es aber offensichtlich nicht zugeben. Endlich hatte ich mich einmal gegen ihn durchsetzen können.

Sobald wir näher herangekommen waren, gab ich dem Piloten Richtungsanweisungen und ließ Paul mit geschlossenen Augen versuchen, die Sache zu überstehen, so gut er konnte. Dankbar übernahm er diese Rolle, und meiner Meinung nach hatte er das verdient. War ich nicht derjenige gewesen, der zwischen Großbritannien und Amerika hin- und hergejettet war und die hedonistischste Zeit meines Lebens verbracht hatte, während er mit seinen Albträumen und einer Frau, die langsam die Geduld verlor, zu Hause geblieben war? Während wir uns dem Ziel näherten, fiel mir das Sprechen immer schwerer, aber ich biss die Zähne zusammen und machte weiter, gab mit schwacher, zitternder Stimme Richtungsanweisungen. In unregelmäßigen Abständen ließ ich das Signal los in der Hoffnung, auf diese Weise schwerer zu entdecken zu sein. Ob diese Methode half oder nicht, wir blieben miteinander verbunden. Ich wurde nicht blockiert, und wir näherten uns problemlos dem Ziel. Eine Sache machte mir allerdings zu schaffen. Bis jetzt hatte ich mich noch nicht in die Augen des Stone Man versetzen können. Nicht, dass ich das gewollt hätte, natürlich nicht, und vermutlich hatte es hauptsächlich mit der Tatsache zu tun, dass das Original in Bewegung gewesen war, und zwar eine lange Zeit, bevor ich das erste Mal aus seinem Kopf geschaut hatte ... dennoch wurde ich den Gedanken nicht los, dass ihnen unsere Schnüffelei nicht gefiel und sie dieses Mal Vorsichtsmaßnahmen getroffen hatten.

Es war schieres Glück, dass wir, nachdem ich die Straße identifiziert hatte – es war die Lismore Avenue, wie ich später erfuhr –, zwei Straßen entfernt einen Bowlplatz fanden. Natürlich würde die Wiese nach der Landung des Militärhubschraubers ruiniert und das dort stattfindende Spiel unterbrochen sein, aber die Spieler würden noch jahrelang Gesprächsstoff haben. Anscheinend hatte nicht einmal die Zweite Ankunft die Mitglieder des Postal Bowling Club von ihrem Spiel abhalten können. Offensichtlich hatte man noch nicht mit der Evakuierung begonnen, oder sie war noch nicht so weit gekommen.

Sobald das Empfangsteam die Bowler von dem Platz entfernt hatte, landete der Hubschrauber, und wir stiegen aus. Dabei musste man Paul und mir helfen. Man brachte uns mit zitternden Körpern und Zähnen, die gleich zu platzen drohten, in den wartenden Jeep. Nach einer Fahrt von wenigen Sekunden fuhren wir langsam die Lismore Avenue ab. Ein Stück voraus parkte ein Mannschaftstransporter mit bewaffneten Soldaten. Ein einsamer Soldat stand auf der Straße, um Schaulustige zu entmutigen, aber es starrten bereits genug Gesichter durch die Fenster, während wir vorbeirollten. Wie zuvor sahen die Militärfahrzeuge in so einem Viertel völlig deplatziert aus.

»Sagen Sie uns einfach, wenn wir davorstehen«, bat Straub sanft, aber energisch. »Sagen Sie uns, welches Haus es ist.«

Wie aufs Stichwort hoben wir beide die Hand, als der Wagen an dem betreffenden Gebäude vorbeifuhr, dabei wäre das gar nicht nötig gewesen. Es war das einzige Haus, in dem sämtliche Vorhänge zugezogen waren. Genau wie Patrick wusste der Bewohner, was die Stunde geschlagen hatte. Es ließ das Gebäude unheimlich und unheilvoll erscheinen. Plötzlich verwandelte es sich in das finstere Haus des verrückten alten Erfinders oder der Familie, die nie jemand kommen oder gehen sieht, während darin merkwürdige Geräusche ertönen, als würde etwas zerhackt.

In diesem Haus befanden sich der Mann oder die Frau, die wir im Auftrag zu ihrem Mörder bringen sollten. Selbst in meinem derzeitigen Zustand war mir schlecht, außerdem war mir kalt. Das war schrecklich. Wahrhaft schrecklich.

»Können Sie sehen, wo die Person ist? Wie zuvor? Können Sie sehen, wo sie sich genau im Haus aufhält?«, fragte David schnell – er kannte sämtliche Einzelheiten unserer früheren Expedition –, und wir starrten mit unseren müden, brennenden Augen auf die Front des Hauses.

Wie zuvor war der Sog so stark geworden, dass wir den seltsamen Effekt erlebten, die Gestalt dort drinnen sowohl zu sehen als auch zu spüren. Dieses Mal war sie leichter zu entdecken. Dieses Mal lag sie nicht auf dem Boden.

Paul blickte mich an. »Er … sitzt da, richtig?«

»Ja«, stimmte ich ihm zu und bemühte mich, mehr zu erkennen. »Sieht aus, als würde er auf einem Stuhl sitzen. Sitzt ganz still da.«

»Er? Wieder ein Mann?«, fragte Straub und griff nach ihrem Funkgerät.

»Nein … nein, ich weiß es nicht«, plapperte ich. Die Anstrengung wie auch die Frage machten mich gereizt. »Ich meine, da sitzt jemand, ganz egal, welches Geschlecht die Person hat. Aber wenn es eine Frau ist, ist sie ziemlich stämmig.«

In der Zwischenzeit fingen die Soldaten damit an, dass Viertel zu »evakuieren« (mit anderen Worten, sie entfernten die Zeugen) und die Bewohner auf eintreffende Lastwagen zu verfrachten. Abgesehen von einem gelegentlichen »Position halten« über Funk an die anderen wartenden Männer, die nun in einer Reihe vor den Reihenhäusern standen, waren Straub und David stumm. Ich saß still da und versuchte, alles über mich ergehen zu lassen, es so gut wie möglich auszusperren, während mein Körper gegen mich rebellierte. Möglicherweise hat Paul versucht, meine Aufmerksamkeit zu erregen, aber davon wollte ich nichts wissen.

»Okay«, sagte sie und hob das Funkgerät.

»Warten Sie!« Paul beugte sich plötzlich nach vorn. »Ich fühle etwas …«

»Sie sind hier fertig, Winter«, sagte David, der bereits aus dem Jeep stieg, um sich zu dem Mannschaftstransporter zu begeben, aus dem bereits mehrere Soldaten kletterten, um ein Stück neben dem Haus Aufstellung zu nehmen. Anscheinend wollte David kein Risiko bei den Frontlinien eingehen. Er wandte sich an den Fahrer des Jeeps. Was für einen Rang er auch immer bekleidete, offensichtlich verfügte er über Autorität. »Bringen Sie die beiden weg, die Straße rauf, um den Block, wohin auch immer, und behalten sie im Auge, bis Sie etwas anderes hören.«

»Einen Moment«, sagte Straub, die noch immer im Fahrzeug saß. Sie meinte sowohl den Soldaten wie auch David. »Bei dieser Operation habe ich den Befehl.«

Ich frohlockte stumm; selbst in meinem zerbrechlichen Zustand gefiel es mir, dass David zurechtgewiesen worden war. Straub wandte sich Paul zu, aber ihre Miene war wie gewöhnlich rein geschäftsmäßig. »Was ist, Mr. Winter? Machen Sie so *schnell* Sie können.« David gefiel das gar nicht, aber er wandte sich dem Soldaten mit dem höchsten Rang in der Nähe zu und fing an, Fragen zu bellen.

»*Wir* müssen da rein«, sagte Paul zu Straub und meinte uns beide. Seine Worte klangen etwas undeutlich, sein Mund reagierte langsamer, als ihm lieb war. »Wir müssen den Kontakt herstellen. Da ist etwas … Andy, fühlst du das nicht auch?« Er nahm mit mir keinen Blickkontakt auf, und der Grund dafür war mir klar. Ich hatte nicht die geringste Ahnung, wovon zum Teufel er da sprach. Bis jetzt war die Situation genau die gleiche wie zuvor, was den Sog und die Misshandlung anging, die mein Körper erdulden musste. Was hatte Paul nur vor?

»Stellen Sie meine Geduld nicht auf die Probe, Mr. Winter«, sagte Straub angespannt. Sie wollte diese Verzögerung offensichtlich zu einem Ende bringen, und wir hatten außerordentlich viel Glück gehabt, so viel Zeit zu bekommen. »Falls Sie hier etwas abziehen wollen, werden Sie das wirklich bereuen, das verspreche ich Ihnen.«

»Sie haben verdammt noch mal etwas verändert, ich sage Ihnen, *sie haben etwas verändert.*« Pauls Stimme hob sich zu einem Schrei, als er sich plötzlich aus dem Jeep lehnte und die anrückenden Soldaten anbrüllte. *»Halten Sie diese Männer auf!«*, schrie er. *»Wenn sie da rein gehen, werden sie die Zielperson umbringen!«*

»Halt!«, rief Straub, und die Soldaten gehorchten aufs Wort, aber sie packte Pauls T-Shirt und riss ihn in den Jeep zurück, was er entweder zuließ oder wogegen er sich in seinem geschwächten Zustand nicht wehren konnte. Da sie beide saßen, ließ ihn das verglichen mit ihr wie ein Riese aussehen, aber das spielte keine Rolle. Ihr wütender Blick ließ mich zusammenzucken, dabei war ich nicht einmal derjenige, dem er galt. Straub hatte endlich die Beherrschung so gut wie verloren, und ich hätte wissen müssen, was dazu nötig war: jemand, der ihrer Professionalität in die Quere kam, und das in einem Augenblick, in dem es wirklich zählte.

»Wenn Sie noch einmal meinen Einsatz behindern, Winter, lasse ich Sie so zusammenschlagen, dass Sie halb tot sind!«, knurrte sie, das Gesicht nur wenige Zentimeter von seinem entfernt. »Und es wird niemand erfahren, das garantiere ich, also wenn Sie nicht in dem schlimmsten Höllenloch von Gefängnis ohne Menschenrechte enden wollen, das ich auf diesem Planeten finden kann, sagen Sie mir auf der Stelle, *was Sie verflucht noch mal meinen.*«

Paul blinzelte nicht einmal. Er schnappte sich meine Hand,

drückte fest zu und war viel zu sehr damit beschäftigt, auf das Haus zu zeigen und rumzubrüllen. So hatte ich ihn noch nie zuvor erlebt. Er war so sehr außer sich, dass er fast schon winselte.

»Ich wusste es! Ich konnte es nicht mit Sicherheit erkennen, bis ich dich berührte, Andy, aber sie haben etwas verändert! Sie haben das Perimeter verändert, sie haben es verändert! Wir haben uns geirrt, *das Perimeter ist bereits da, und es ist ganz anders!* Andy, kannst du es nicht fühlen? Konzentriere dich auf die *Umgebung*, hör auf, *ins* Haus hineinzutasten! Sie haben es verändert, so wie sie uns von dem anderen Blauen abgeschnitten haben!« Mit weit aufgerissenen Augen starrte er Straub flehentlich an, während sich seine zitternde freie Hand zur Faust ballte. »Sie wollen nicht, dass wir uns einmischen. Ich weiß nicht, warum, aber sie wollen es nicht! Wenn diese Männer die Grenze der Barriere überschreiten, *stirbt die Zielperson zu früh.* Das sage ich Ihnen! Andy, sag es ihr!«

Straubs Zorn verflog bereits, dafür wuchs ihr Zögern. Das war neu, das war unerwartet, und ich begriff es gleichzeitig mit ihr: Das Militär hatte alles darauf gesetzt, dass der Ablauf der gleiche wie zuvor war. Aber plötzlich war er es nicht mehr. Es war von Anfang an anders gewesen. Neue Stone Men … man hätte mit weiteren Veränderungen rechnen müssen. Und hier war eine.

Paul fuhr zu mir herum und vergrub die freie Hand in meinem Kragen, zog mich aber nicht zu sich. Dazu fehlte ihm die Kraft.

»Fühle die *Umgebung* des Hauses«, drängte er mich wieder und spuckte mir dabei beinahe in die Augen. »Wir haben uns so sehr angestrengt, das Ziel zu finden, dass wir beinahe die Sprengfalle übersehen hätten! Sie wollen uns hier nicht haben, was auch immer wir mit Patrick gemacht haben, ob nun diese … diese Sache, die Adrenalinspritzen, was auch immer, *es hat ihnen nicht gefallen!* Wir haben ihn verunreinigt, verstehst du nicht, ihn mit diesen Chemikalien vollzupumpen. Sie wollen ihn auf ihre Weise oder gar nicht! Fühlst du das nicht? Benutze die Verbindung!« Er zog unsere ineinander verschränkten Hände in die Höhe und schüttelte sie vor meiner Nase.

Ich war sprachlos, diese unerwarteten Enthüllungen erschütterten mich, und als mir der Unterkiefer herunterklappte und ich in Pauls Augen starrte, der Straub nun den Rücken zukehrte, weil er sich vor mir aufgebaut hatte, sah ich, wie eines dieser Augen mir schnell zuzwinkerte.

Ich kapierte. Ich konnte es nicht glauben. *Paul, du hinterhältiger kleiner Bastard.* An diesem Tag unfassbarer Ereignisse war das, was mich am meisten von allem schockierte, die schiere Größe von Pauls Eiern.

Möglicherweise spielte er hier mit seiner Freiheit und setzte alles auf sein Schauspieltalent. Rückblickend kann ich verstehen, warum er das tat. Er war großartig gewesen. Zu dem Zeitpunkt hatte ich keine genaue Vorstellung von dem gehabt, was er eigentlich mit seiner Scharade erreichen wollte, aber hätte sich herausgestellt, dass er die Operation sabotieren wollte, hätte ich diesen Versuch vereitelt. Das hatte ich in diesem Augenblick entschieden.

Die Vorstellung gefiel mir zwar nicht, aber ich glaubte fest daran, dass die Operation die beste und einzige Möglichkeit war, die uns zur Verfügung stand, auch wenn sie uns verdammen würde. Und ich wollte nicht, dass ein sinnloses Herumreiten auf Prinzipien von Pauls Seite sie aufhielt. Aber ich glaubte nicht, dass er das versuchte. Und solange ich nicht definitiv wusste, dass er diese Mission sabotieren wollte, musste ich ihn unterstützen. Tat ich das nicht, würde er ins Gefängnis wandern, und seltsamerweise wurde mir in diesem Augenblick klar, dass er mein Freund geworden war. Es ist schon komisch, wie einem manche Dinge am richtigen Ort und zur richtigen Zeit bewusst werden, nicht wahr? Und wenn dieser Augenblick niemals kommt, wie soll man es dann je wissen?

Ich warf Straub einen schnellen Blick zu, um zu sehen, ob sie es bemerkt hatte – ich konnte mich einfach nicht zurückhalten –, sah aber sofort wieder weg, von der offensichtlichen Verwirrung auf ihrem Gesicht ermutigt. David brüllte etwas über das Funkgerät, aber ich ignorierte es und konzentrierte mich auf das Haus, das Signal, schloss die Augen. Jetzt würde ich unter gewaltigem Druck eine überzeugende Darstellung abliefern müssen. Pauls Hand stieß gegen meine Brust.

»Halte meine Hand, nutze die Verbindung«, sagte er. Er klang völlig ehrlich. Ich nahm seine Hand, starrte das Haus dabei so intensiv an, wie ich konnte, versuchte mich auf die Anziehungskraft zu konzentrieren und mich davon inspirieren zu lassen, ohne dabei auszusehen, als würde ich es vortäuschen.

»Diese ... durchtriebenen ... *Bastarde.*« Ich versuchte Pauls Tonfall zu treffen. »Es *ist* anders. Ich kann es sehen ... neben der Tür ... das Fenster ... aber ... es ... es bewegt sich?« Ich hoffte bei Gott, dass sich Paul das so vorgestellt hatte, und ich musste dem Drang widerstehen, Straub anzusehen, um zu überprüfen, wie ich mich machte. Das würde alles auffliegen lassen, das wusste ich. Ich hatte Angst.

»Die Lücken«, erwiderte Paul und legte noch immer Dringlichkeit in seine Stimme. »Siehst du die *Lücken*?«

Und in dem Augenblick begriff ich den Rest.

Lücken in einer sich bewegenden Barriere, und jeder würde glauben, dass nur wir sie wahrnehmen konnten.

Aus irgendeinem Grund wollte Paul, dass einer von uns das Haus betrat. Ich musste mich auf der Stelle entscheiden, ob ich dabei war. Ich wagte noch immer nicht, Straub anzusehen, verstand ihr anhaltendes Schweigen aber so, dass sie es uns abkaufte. Wäre das nicht der Fall gewesen, hätte sie uns nicht so lange damit weitermachen lassen. Und wer konnte es ihr verdenken? Die Geschichte, mit der wir einst zu ihr gekommen waren, war verrückt gewesen, und alles hatte sich als die Wahrheit erwiesen. Warum sollte sie glauben, dass es nun anders war? Sie musste uns vertrauen ... oder wir mussten zumindest darauf setzen, dass sie es tat.

»Ja«, sagte ich und überraschte mich selbst damit, wie glaubwürdig es klang. Das Erstaunen in meiner Stimme war deutlich zu hören. »Ich sehe sie. Es ist nicht perfekt. Sie müssen es übereilt verändert und geglaubt haben, dass es reicht. Sie haben

eine Barriere aufgebaut, aber sie funktioniert völlig anders. Ich habe das Gefühl, dass sie ... tödlich ist. Vielleicht gilt das nicht nur für die Zielperson.« Ich hörte Straub seufzen, aber nicht auf ärgerliche oder ungeduldige Weise. Ich glaubte Frustration und Bestürzung herauszuhören. Ich machte weiter. »Ein Einzelner könnte es ins Haus schaffen, aber ... aber niemals diese Abteilung. Dazu bewegt sich die Barriere zu schnell. Ich würde die Männer führen müssen und ... ich würde es nicht schaffen ...«

»Kommen Sie da durch?«, fauchte Straub knapp, leise und effizient. Das war es. Wir hatten sie am Haken.

»Ich ... ich glaube schon, aber was ist, wenn ich überwältigt werde? Dieser Kerl ist viel größer als Patrick, das kann ich von hier aus erkennen.« Das war nicht gespielt; es war eine ernsthafte Frage.

»Sie gehen nicht beide rein«, sagte Straub. »Das kommt nicht infrage. Wir haben keine Ahnung, was uns dort erwartet, und wenn wir Sie beide verlieren, sind wir am Arsch.« In ihrer Stimme lag jetzt ein scharfer Unterton, und bis zum heutigen Tag weiß ich nicht, ob er bedeutete, dass sie uns in diesem Moment vielleicht doch nicht hundertprozentig glaubte. Straub war eine sehr kluge Frau, meiner Meinung nach würde sie Zweifel gehabt haben.

»Das müssen wir aber«, erwiderte Paul, »ohne den anderen können wir das Hindernis nicht erkennen, und allein könnte es zu gefährlich sein.«

»Falls sich von Patrick ausgehen lässt, ist die Person allein«, sagte ich. Langsam glaubte ich wirklich, dass wir damit durchkamen. »Sie sieht ziemlich groß aus, aber nicht so groß wie Paul, und ich glaube, wir könnten das schaffen. Vergessen Sie nicht, wir wären zu zweit. Und Sie müssen doch irgendwelche nicht tödlichen Waffen dabei haben? Pfefferspray, Gummigeschosse?«

»Und wie genau wollen Sie ihn rausschaffen?«, fragte Straub zornig und unsicher ... aber ich glaubte, sie dachte darüber nach.

»Zusammen können wir *einen* Mann durch die Lücken schleusen, nur nicht eine ganze Truppe. Glauben Sie mir, Brigadier, das Letzte, das ich will, ist dieses Haus betreten«, log ich und forderte mein Glück heraus, hielt das aber für nötig. »Ich habe mein Geld bereits, und ehrlich gesagt wäre ich lieber irgendwo an einem Strand, als mich mit halb nackten Verrückten herumzuschlagen. Ich bemühe mich, ein echter Reporter zu sein und keine Eintagsfliege, aber wenn Sie wollen, dass das Problem gelöst wird und die Zielperson am Ende lebendig ist, ohne die Hälfte Ihrer Männer zu verlieren, ist das die einzige Möglichkeit.«

Straub starrte uns einen Moment lang an, dann führte sie das Funkgerät zum Mund.

»Haben wir schon eine Identifizierung des Mieters?«, sagte sie.

Als die Stimme aus dem Lautsprecher erklang, wusste ich, dass wir dem Betreten des Hauses einen Schritt nähergekommen waren.

»Williams, Henry P. Dreiundsiebzig Jahre alt, Ehemann von Williams, Mildred R., verstorben. Over.«

Straub sprach wieder in das Funkgerät, aber diesmal sah sie uns dabei an. »Halten Sie sich bereit. Over and out.« Sie wandte sich dem Truppentransporter und dem Offizier zu, mit dem David zuvor gesprochen hatte. David war nirgendwo in Sicht, vermutlich war er in den Transporter gestiegen.

»Irgendwelche Spuren von gewaltsamem Eindringen?«, rief sie und erhielt ein Kopfschütteln. Sie wandte sich wieder uns zu, schien etwas sagen zu wollen, zögerte dann aber. Sie zeigte auf Paul. Als sie wieder sprach, war sie offensichtlich wütend.

»Ich könnte jetzt Boldfield anrufen und anweisen, sämtliche Strahlungsspitzen abzugleichen, die wir seit der Rückkehr von Caementum Eins empfangen haben – und das waren einige, aber ich sage nicht, wie viele –, aber er steckt im Moment bis zu den verfluchten Haarspitzen in Arbeit, und dazu würde er Zeit brauchen.« Ihre Stimme war noch immer leise und zutiefst bedrohlich, ihr Finger zeigte wie ein Messer auf Pauls Gesicht. »Ich stehe jetzt vor dem Problem, Sie beide in Stichschutzwesten zu stecken – ich bezweifle doch sehr, dass ein britischer Mann in den Siebzigern eine Kanone hat – und Sie zu einem Pensionär zu schicken, den Sie auch dann noch überwältigen könnten, wenn Sie völlig fertig sind. Und wenn wir mal ehrlich sind, soweit es die Caementum oder zumindest Caementum Eins angeht, kommen Sie beide Experten noch am nächsten, und Sie haben nichts versaut, als Sie unbeaufsichtigt waren. Wir haben Gummigeschosse und Infrarotgeräte, und die Zielperson befindet sich im Wohnzimmer des Hauses. Also, solange sie in diesem Zimmer bleibt – und das da ist ein ziemlich großes Wohnzimmerfenster –, können wir bis zu einem gewissen Maß sogar für Rückendeckung aus der Ferne sorgen. Auf dem Papier haben wir alles. Man könnte sagen, das Risiko ist gleich null.« Sie beugte sich noch näher an uns heran, ihre Lippen verzogen sich jetzt vor kaum verborgener Wut. »*Wenn Sie mir die Wahrheit sagen!*«, fügte sie hinzu, stieß die Worte zwischen den zusammengebissenen Zähnen hervor. Auf ihrer Stirn pochte eine Ader. »Glauben Sie mir, sobald das hier vorbei ist, werde ich die Strahlungsmessungen vergleichen. Und ich werde wissen, ob Sie mich beschissen haben. Also glauben Sie mir, *glauben Sie mir,* wenn Sie lügen, geben Sie es jetzt zu, und ich lasse es durchgehen. Aber. Das. Ist. Ihre. Einzige. Chance.«

Ich muss zugeben, dass ich seit Beginn dieser Angelegenheit vor über drei Monaten noch nie so viel Angst gehabt hatte, und hätte Paul nicht als erster das Wort ergriffen, hätte ich vielleicht auf der Stelle gestanden.

»Es ist die Wahrheit«, sagte er. Sein Pokergesicht war erstaunlich. Straub wandte sich mir zu.

»Mr. Pointer? Andy?«

Ich hörte mich antworten, aber meine Stimme schien jemand anderem zu gehören.

»Es ist die Wahrheit. Ich will hier nur weg.«

Sie starrte uns lange an, wandte den Blick nicht von uns, aber ich war mir sicher, ein leises Seufzen zu hören. Wieder hob sie das Funkgerät.

»Ich brauche sofort zwei Stichschutzwesten, zwei Helme und zwei Headsets.« Sie wandte sich wieder uns zu. »Gentlemen, beschreiben Sie mir genau, wo er im Zimmer ist, und ich sage Ihnen, wie das ablaufen wird.«

Ich glaube, mein Timing war perfekt. Der Alkohol erledigt seine Aufgabe wirklich gut. Ausgezeichnet. Gute Arbeit. Sie müssen wissen, es fällt mir ziemlich schwer, über das zu reden, was dann geschah.

Und so trugen Paul und ich die Ausrüstung, die Straub angefordert hatte, und standen hinter unserem eigenen Perimeter. Die Soldaten und Fahrzeuge bildeten etwa viereinhalb Meter entfernt einen groben Halbkreis um den Eingang. Straub ging die Befehle zum fünften Mal durch, ihre Stimme kam laut und klar durch unsere Headsets.

Kurz zusammengefasst, wir sollten uns einen Weg durch die »Lücken« ertasten und dann mit dem zur Verfügung gestellten Glasschneider das Parterrefenster öffnen. Es stand an der Vorderseite des Hauses hervor, mit einer großen Scheibe und zwei kleinen an den Seiten. Wir sollten durch die Seitenscheibe gehen, während Straubs Männer uns durch die Mitte deckten. Sie hatten das Ziel jetzt in ihren Infrarotfernrohren; der Mann saß noch immer reglos auf dem Stuhl. Seine Körperwärme deutete darauf hin, dass er noch immer lebte, eine Tatsache, die ich sonst bezweifelt hätte. Bei dem ganzen Chaos auf der Straße konnte er unmöglich schlafen, und mit Sicherheit würde er nicht auf dem relativ offenen Platz in der Zimmermitte dort völlig ungeschützt sitzen. Es war verwirrend. Patrick hatte sich verzweifelte Mühe gegeben, sich zu verstecken, als wir aufgetaucht waren. Warum schien diese Person zu warten? Tatsächlich war es mehr als verwirrend – es war furchteinflößend. Aber wenn Paul rein wollte, konnte ich ihn nicht allein gehen lassen.

Aber ich würde dafür sorgen, dass er das Haus zuerst betrat.

Drinnen würden wir die Zielperson identifizieren und darüber informieren, dass sie »evakuiert« werden würde. Gehorchte der Mann nicht, sollten wir ihn mit den Chloroformtüchern betäuben, die man uns gegeben hatte. Wir hatten gefragt, warum man ihn nicht einfach durch das Fenster mit Betäubungspfeilen ausschaltete, damit wir ihn rausbringen konnten, aber anscheinend war in seinem Alter das Risiko einer direkten Injektion zu hoch. Zu meinem Unbehagen hatte man uns auch ausfahrbare Schlagstöcke zur Sicherheit gegeben. Das war wieder völlig übertrieben, aber man ging kein Risiko ein. Abgesehen davon, zwei nicht ausgebildete Zivilisten ins Haus zu lassen. Aber welche Wahl blieb ihnen? Darüber hinaus sah es auf dem Papier völlig narrensicher aus, genau wie Straub gesagt hatte.

David stand ein paar Meter von der Gruppe entfernt, telefonierte und warf uns gelegentlich finstere Blicke zu. Ich versuchte keinen Blickkontakt aufzunehmen, während Straub zum Ende kam.

»Halten Sie das Geplauder auf einem Minimum, sowohl was die Zielperson angeht wie auch Sie beide. Kommunizieren Sie nur das absolut Nötige. Gehen Sie rein, holen Sie den Mann, kommen Sie raus. Verstanden?«

»Verstanden«, sagte Paul so selbstbewusst, wie das seine bebende Stimme zuließ. Seine Symptome waren noch immer ziemlich schlimm, genau wie meine auch, und ich hörte die Schwäche in ihm und erinnerte mich plötzlich an die Probleme, die ich beim letzten Einstieg durch ein Fenster gehabt hatte. Mir wurde bewusst, dass Straub mich ansah, und ich nickte schnell. Mein Mund war trocken, und ich wollte nicht reden.

Straub musterte uns noch einmal von oben bis unten und nickte dann, als wollte sie sagen *Und es geht los.* Sie hatte jetzt auch ein Headset aufgesetzt und sprach hinein.

»Das zivile Team betritt jetzt das Gebäude. Alle Einheiten in Bereitschaft.« Sie richtete den Blick auf uns. »Gentlemen, wenn Sie so weit sind. Viel Glück.«

Wir gingen auf das Haus zu, wie befohlen auf das Fenster an der linken Seite. Ich warf einen Blick über die Schulter. Straub hielt ein Gerät in die Höhe, bei dem es sich vermutlich um eine Infrarot- oder Wärmebrille handelte, und oben auf dem Mannschaftstransporter lag ein Soldat und spähte durch das Zielfernrohr eines Gewehrs. Vermutlich steckte ein Betäubungspfeil im Lauf, nur für den Fall, dass etwas schieflief; auch wenn sie so etwas nicht benutzen wollten, würden sie den Schuss falls nötig abgeben. Ich fröstelte und konzentrierte mich wieder auf das Haus, wo Paul vielleicht einen Meter davor stehengeblieben war und eine Hand nach hinten ausstreckte. Ich fragte mich, was zum Teufel das sollte, dann fiel mir wieder der Plan ein. Ich ergriff die Hand, und sofort sprang Paul auf dramatische Weise zurück und tat so, als hätte er etwas vor sich gesehen.

»Herrgott noch mal!«, rief er. »Komm schon, Andy, verflucht! Es ist näher, als ich dachte! Konzentriere dich, geht das?« Er war verdammt gut.

»Tut mir leid«, murmelte ich und folgte dann seinen Instruktionen. Er befahl mir, mich neben ihn zu stellen, damit wir »uns gleichzeitig bewegen« konnten. Das würde uns auch dabei unterstützen, uns aufrecht zu halten, denn wir würden die minimalen Kräfte, die wir noch hatten, schonen müssen, um durch das Fenster zu kommen. Auf diese Weise taten wir so, als würden wir uns unseren Weg zum Haus suchen müssen, unsere angespannten Körper strahlten Furcht aus, während wir allen vorspielten, durch ein bewegliches Minenfeld zu tanzen. Ich glaube, wir waren uns beide bewusst, wie wichtig es war, es realistisch aussehen zu lassen, aber dabei nicht zu viel Zeit zu verschwenden. Seit Paul mit der Scharade angefangen hatte, hatten wir zusätzliche zehn Minuten verbraucht. Aber es funktionierte. Als wir unvermittelt einen gemeinsamen Sprung taten, hörte ich, wie hinter uns mehrere der Soldaten einen kleinen Satz zurück machten. Ich konnte es ihnen nicht verdenken. Wir boten ihnen ein tolles Schauspiel.

Schließlich erreichten wir das Fenster, und als Paul den Glasschneider zückte, sprach er ins Mikrofon.

»Perimeter durchquert«, sagte er, »versuchen das Gebäude zu betreten. Beginn der Glasschneideprozedur … jetzt.«

Trotz der Situation hob ich eine Braue und grinste schmal.

Er sah mich kurz an, dann zuckte er mit den Schultern, als wollte er sagen *Was weiß ich schon?*, dann setzte er den Schneider an. Nach ein paar Minuten hatte er ein Stück herausgeschnitten, das groß genug war, um selbst für seine Masse zu reichen. Glücklicherweise drückte er diesmal die untere Seite der Scheibe nach innen, sodass die Oberseite nach vorn auf den Weg fiel und nicht wie bei Patrick im Zimmer ein Scherbenfeld hinterließ. Ich schnellte nach vorn – oder schwankte –, als sie fiel, und schaffte es tatsächlich, sie zu fangen. Ich habe nicht die geringste Ahnung, warum ich mir überhaupt die Mühe machte; ich hatte einfach das Gefühl, dass jeder plötzliche Lärm Auswirkungen auf die Situation haben würde. Ich lehnte die ausgeschnittene Scheibe an das Haus – das Gebäude war alt und verfügte nicht über Doppelscheiben – und kniete nieder, verschränkte die Finger für Pauls Fuß. Ich holte tief Luft und nickte ihm zu. Er hob den Daumen und trat in meine Hände.

»Beginne ...«, fing er an und registrierte meinen Blick. »Wir gehen jetzt rein«, fuhr er dann schnell fort und zog sich durch den Rahmen. Er brauchte mehrere atemlose Versuche, aber schließlich schaffte er es zur Hälfte. Er schob sich an dem vorgezogenen Vorhang vorbei, nahm einen Gegenstand hinter dem Fenster, den ich nicht sehen konnte, zur Hilfe, um sich aufzurichten, drehte sich dann um und streckte mir die Arme entgegen. Ich ergriff seine Hände und fummelte mir mühsam den Weg hinein, und dann war Phase Eins abgeschlossen.

»Wir sind drinnen«, sagte ich in das Mikrofon meines Headsets und schaute mich um. Das Zimmer war dunkel, tatsächlich sogar so dunkel, dass man kaum sehen konnte, aber es handelte sich offensichtlich um einen Raum, in dem sich schon lange nichts mehr verändert hatte. Es gab keine freie Stelle, überall standen Vitrinen voller Ziergegenstände, die nicht zu erkennen waren. Das wenige Licht, das durch die zugezogenen Gardinen drang, zeichnete die Silhouetten großer Topfpflanzen nach. Farne, Minipalmen. Auf jeder verfügbaren Oberfläche stand irgendwelcher Krimskrams. Die Tapete hatte irgendein dunkles Muster, das ich nicht erkennen konnte. Im Gegensatz zu Patricks Haus stank es hier nicht. Nirgendwo schien Staub zu liegen, und Essensreste konnten wir auch nicht entdecken.

Der Gegenstand am Fenster, auf den sich Paul gestützt hatte, war ein uralter Fernsehapparat – genau wie bei Patrick war er ausgeschaltet –, der einem großen Sessel auf der anderen Zimmerseite gegenüberstand. Auf dem Sessel zeichnete sich ein aufrechter dunkler Umriss ab. Williams, Henry P., dreiundsiebzig Jahre alt, Ehemann von Williams, Mildred R., verstorben.

In dem Dämmerlicht konnten wir nicht erkennen, ob er die Augen geöffnet hatte, aber wir konnten ihn atmen hören. Er nahm langsame, tiefe, aber zittrige Atemzüge. Vielleicht schlief er ja doch? Aber zuerst musste ich wissen, was mit Paul los war. Ich steckte schon tief genug drin, ohne mich blindlings in noch finstere Tiefen zu stürzen. Ich hatte zugelassen, dass er mich in die Schusslinie gebracht hatte, und mir war klar, dass man mich wegen Verrat belangen konnte. Ich schloss die Hand um das Mikrofon, was vermutlich am anderen Ende Lärm erzeugen würde, aber wenigstens konnten Straub und ihre Leute nicht sehen, was ich da tat.

»*Was zum Teufel soll das alles?*« Teils hauchte ich die Worte, teils flüsterte ich sie. Paul wandte sich mir zu und bedeckte sein Mikrofon, hielt die freie Hand in die Höhe, um mich zu beschwichtigen.

»*Es tut mir leid, Andy, ehrlich*«, sagte er schnell, ebenfalls mit kaum hörbarer Stimme. Aber in seinem Blick lag eine große Intensität. »*Aber könntest du es tun? Könntest du sie wie bei einer gottverdammten Drogenrazzia reinstürmen lassen?*«

»*Was?*«, fragte ich verwirrt, ließ dabei aber die Gestalt in dem Sessel nicht aus den Augen, rechnete eigentlich jeden Augenblick damit, dass der ältere Mann aufsprang und sich auf uns stürzte, mit zu Krallen gekrümmten Fingern nach unseren Augen zielte.

»*Das schulden wir diesen Leuten*«, flüsterte Paul. »*Die Chance, es mit einem Hauch von Würde zu beenden. Diese Arschlöcher dort draußen würden die verdammte Tür eintreten, ihn sich über die Schulter werfen und in einen Lieferwagen verfrachten!*« Die Vorstellung ließ ihn den Kopf schütteln; er knirschte mit den Zähnen. »*Dieser arme Bastard wird auf die eine oder andere Weise für dieses Land sterben, ob es ihm gefällt oder nicht. Und wir sind die Spürhunde, die den Lynchmob zu ihm geführt haben. Okay, ich verstehe das, es ist nötig. Aber ich will* verdammt *sein, wenn ich zulasse, dass man ihn hinaus auf die Straße zerrt, ohne ihm zumindest die* Chance *zu geben, aus freien Stücken zu gehen. Ich kann verflucht noch mal nicht schlafen, Andy! Ich kann nicht schlafen! Ich sehe immer …«* Er verstummte. Seine Augen waren weit aufgerissen und zeigten einen flehentlichen Ausdruck. Dann hob er die freie Hand, holte tief Luft und starrte zu Boden. *»Du verstehst das. Sag mir, dass du das verstehst.«*

Ich starrte ihn an und fragte mich, ob ich das tatsächlich tat. Straubs Unterbrechung über das Headset rettete mich.

»Pointer, Winter, erstatten Sie Bericht. Was tun Sie? Wie ist die Situation?«

»Wir überprüfen gerade die unmittelbare Umgebung, Brigadier«, antwortete Paul, der mich nun wieder ansah. »Wir überprüfen nur, ob wir weitermachen können, damit wir keine bösen Überraschungen erleben.«

»In Ordnung. Machen Sie weiter. Mit der nötigen Vorsicht, aber auch effizient. Können Sie die Zielperson sehen?«

»Können wir«, erwiderte ich. »Ich weiß nicht, ob er …«

»Ich kann Sie hören, wissen Sie?«, ertönte eine Stimme aus der Dunkelheit. Erschrocken machten wir beide einen Satz zurück. Die Stimme war gut verständlich gewesen, aber auch atemlos und zitterig. Wie die eines Mannes, der seinen Körper nur mit größter Anstrengung unter Kontrolle hatte. Es war die Stimme eines Mannes, der sämtliche Kräfte einsetzte.

»Wir … wir haben Kontakt aufgenommen«, sagte Paul. Er versuchte sich zu sammeln, was in dieser neuen Situation schon schwer genug war, auch ohne dass unsere Nerven bereits bis zum Zerreißen angespannt waren.

»Verstanden«, sagte Straub. »Machen Sie weiter, Gentlemen. Die Uhr tickt jetzt. Sie haben …« Und sie verstummte, als würde sie zögern, uns etwas mitzuteilen.

»Was haben Sie gesagt, Brigadier?«, fragte ich und drückte die Kopfhörer fester gegen meine Ohren. Straub hielt kurz inne; ihr Seufzen war deutlich zu hören.

»Sie haben sich in Bewegung gesetzt«, sagte sie leise. »Das hier muss beendet werden, und zwar schnell. Wir müssen so schnell wir können nach Birmingham.«

Paul und ich wechselten einen Blick.

»Okay«, sagte ich, aber meine Stimme war noch schwächer als zuvor. »Wir kümmern uns darum.«

Wir bewegten uns auf den Sessel zu, unsere Augen waren mittlerweile an das mangelnde Licht gewöhnt. Henry Williams schwieg, aber da waren schwere Atemzüge. Als würde man jemandem zuhören, der sich alle Mühe gab, sich nicht zu übergeben. Als wir näherkamen, ergriff er wieder das Wort, es hatte den Anschein, als müsste man ihm jede Silbe gewaltsam entreißen. Deutlich zu sprechen kostete ihn große Mühe.

»Ich bin derjenige, richtig? Sie sind ... dieses Mal sind sie wegen mir gekommen.«

Überrascht blieben wir sofort stehen; wie Idioten bekamen wir den Mund nicht zu. Er wusste es ... und trotzdem war er hier. Wartete.

»Das habe ich mir gedacht«, sagte Henry traurig. Aber da war auch so etwas wie Entschlossenheit herauszuhören. Mir fiel auf, dass er trotz des Ortes, an dem wir uns befanden, keinen schottischen Akzent hatte. Er klang wie ein Engländer, als wüsste er sich auszudrücken. Beinahe schon vornehm. Er bewegte sich, dabei geriet er ins Licht. Sofort konnte ich zwei Dinge sehen. Erstens zitterte er am ganzen Leib, zweitens trug er völlig unerwartete Kleidung.

Henry Williams war allem Anschein nach in eine militärische Ausgehuniform gekleidet, einschließlich Barett. An der Brust hingen sogar ein paar Orden, an den Ärmeln waren ein paar der wenigen Rangabzeichen angebracht, die mir bekannt waren. Er war nicht *Mr.* Henry Williams. Er war *Sergeant* Henry Williams, im Ruhestand.

Und er wusste, was auf ihn zukam, hatte sich entschieden, ihm korrekt gekleidet entgegenzutreten.

Ich war davon so verblüfft, dass ich blindlings versuchte, mich ans Drehbuch zu halten.

»Sir, äh, wir, wir … äh, sind hier, um Sie zu, äh, evakuieren …«, fing ich an. Während ich herumstotterte, konnte ich seinen Blick nicht erwidern. Henry unterbrach mich. Dabei schloss er die Augen und hob mühsam eine Hand, atmete dabei angestrengt durch die Nase. Sein Zittern wurde eine Sekunde lang schlimmer, er biss die Zähne zusammen und gab dabei einen leisen Laut von sich. Sein Kopf sackte etwas nach unten, dann schüttelte er ihn langsam.

»Ich weiß, dass Sie Ihre Befehle haben, junger Mann«, sagte er ohne aufzuschauen. Er klang unvorstellbar müde. »Also ist es lobenswert, dass Sie sich bemühen, sie auszuführen, auch wenn … wir beide wissen, dass Sie Unsinn reden.« Die Worte zitterten von seinen Lippen wie bei einem Mann mit starker Unterkühlung. Er kniff die Augen zusammen und sah mich an; seine Züge waren nun deutlicher zu erkennen. Eine große Nase in einem breiten, flachen Gesicht. Kleine Augen unter buschigen Augenbrauen, die zu den übrig gebliebenen grauen Haaren passten, die unter dem Barettrand hervorschauten. »Ich kenne Ihr Gesicht, nicht wahr?«, sagte er. »Der … Bursche aus dem Fernsehen? Sie waren beim Premierminister.« Stumm nickte ich, aber Straub brüllte mir ins Ohr.

»Was sagt er, Pointer? Wir empfangen nur Statik. Schaffen Sie ihn dort raus.«

Ich ignorierte sie und warf Paul einen hilfesuchenden Blick zu. Ich wusste nicht, was ich sagen sollte, mein Mund bewegte sich wortlos. Paul starrte Henry an und hob langsam die Hand.

»Sir«, sagte er, »ich fürchte, ich muss Sie höflich darum bitten … uns zu begleiten. Es ist … zum Wohle des Landes.« Der letzte Satz schien ihm beinahe peinlich zu sein, und ich hatte das Gefühl, ihn unterstützen zu müssen.

»Es wird Leben retten«, meinte ich und teilte Pauls Empfindung sofort. Es war keine Verlegenheit, es war Scham. Hier wurden wir mit einer Würde konfrontiert, die keiner von uns besaß.

Henry nickte langsam. »In der Tat. Ich habe die ganze …« Er hielt inne und keuchte, dann atmete er mühsam aus, verkrampfte sich. Sobald er wieder Luft bekam, fuhr er fort. »... die ganze Geschichte im Fernsehen gesehen. Chaos, absolutes Chaos. Familien, Kinder waren betroffen. Schreckliche Sache.« Er tastete neben der linken Sessellehne herum, suchte etwas, fand den Griff seines Stocks. »Für mich ... waren die letzten paar Tage auch nicht gerade toll.« Er stemmte sich in die Höhe, und Paul und ich eilten los.

»Nein!«, brüllte Henry plötzlich, seine Stimme brach. Ich vermochte nicht zu sagen, ob es an der Anstrengung oder den aufgewühlten Gefühlen lag. Was nun auch zutraf, wir wichen zurück und ließen ihn ohne Hilfe aufstehen. Es war qualvoll mitanzusehen. Kombiniert mit seiner Steifheit machte das Zittern eine Bewegung, die Paul oder mich ein paar Sekunden gekostet hätte, zu einer Sache von fast einer Minute; seine alten und bebenden Gliedmaßen kämpften mit seinem Gewicht. Man wartete förmlich darauf, dass sein Körper laut ächzte; war sein Kopf durch die Anstrengung mal nicht nach unten gerichtet, verriet sein verzerrtes Gesicht die Mühe, die ihm das alles abverlangte. Schließlich schaffte es Henry mithilfe der Stuhllehnen und des Stocks aufzustehen. Seine Miene zeigte Schmerzen, aber seine Haltung war so stolz, wie er es zustande brachte, sobald er erst einmal aufrecht stand. Schweiß rann über das faltige Gesicht.

»Das ... ist sonst ... nicht so schwer.« Er musterte uns beide, während er sich einen festen Stand suchte.

»Mir war klar, dass irgendwann jemand kommt.« Er nickte. »Wusste es heute Morgen, als ich ... den Fernseher einschaltete und dieses Ding sah. Mir wurde klar, dass es die letzten Tage ... darum ging. War beinahe eine Erleichterung ... endlich zu wissen ... was los ist.«

»Was meinen Sie?«, fragte ich, aber meine Stimme war fast ein Flüstern.

»Winter, Pointer, was dauert da so lang?« Straubs Gebrüll über die Headsets ließ uns zusammenzucken. »Er ist aufgestanden, wir können das sehen, lassen Sie uns aufbrechen! Warum stehen Sie da rum und reden, was sagen Sie? Beeilen Sie sich!«

»Wir *kommen*«, fauchte Paul. »Wir sind auf dem Weg, er holt nur Luft.«

Henrys Brauen hoben sich zu seiner zitternden Stirn.

»Junger Mann, so können Sie nicht mit einem ... Vorgesetzten sprechen«, sagte er streng. »Zeigen Sie etwas ... Respekt.«

»Tut mir leid«, erwiderte Paul sofort, nickte und hielt die Hände in die Höhe. »Tut mir leid. Können Sie, äh, laufen?«

»Ich glaube ... wenn Sie beide ... mich an den Ellbogen nehmen würden«, sagte er und winkelte sie ein Stück ab, »müsste es eigentlich gehen.« Paul und ich wechselten einen Blick, dann traten wir unbeholfen zu ihm. Es fiel uns selbst schwer, aufrecht zu gehen, aber wenn dieser Bursche sich aufrecht halten konnte, dann konnten wir ihm auch beim Laufen helfen.

Wir hielten ihn bei den Ellbogen und spürten das starke Pulsieren in seinen Gliedern. Es fühlte sich an, als wollte man ein verängstigtes Tier beruhigen. Henry zuckte wieder und wäre gestürzt, hätten wir ihn nicht festgehalten. Aber dieses Mal gab es keinen beruhigenden Atemzug; er schnappte ein paarmal nach Luft, genau wie jemand, der in unerwartet kaltes Wasser gesprungen ist. Langsam beruhigte sich die Atmung wieder, wurde leiser. Als er die Kontrolle wiedererlangte, so gut ihm das möglich war, nahmen seine Atemzüge wieder ihre vorherige Regelmäßigkeit an. Wir konnten nur dort stehen und versuchen, nicht in Panik zu geraten. Ich musste die Frage stellen und hasste mich dafür.

»Bereit?«

Henry kniff die Augen fest zusammen und nickte. Wir begannen mit winzigen, schlurfenden und qualvoll langsamen Schritten durch das Wohnzimmer zur Haustür zu gehen.

»Es gefällt mir nicht ... so viel Mühe zu verursachen«, sagte er und ging noch immer mit geschlossenen Augen. Er klang ärgerlich, aber das hatte nichts mit uns zu tun. »Es fing vor ... ein paar Tagen an. Glaubte, mein Verstand ... würde mich endlich im Stich lassen, dass mich die Stille, seitdem es Mildred nicht mehr gibt, endlich geschafft hat.«

»Sie hatten Angst, nicht wahr?«, fragte Paul leise. »Sie wussten, dass etwas Schlimmes kommt, etwas wirklich Schlimmes.«

»Ja«, sagte Henry mit bebender Stimme. »Habe über einen Arzt nachgedacht, glaubte, er könnte mir etwas geben, das mir die richtige Perspektive zurückgibt … aber das wäre nur ein weiterer Schritt in Richtung Altenheim gewesen … und das kam nicht infrage.« Im Hintergrund konnte ich Straub hören, die den Männern Befehle erteilte und nicht mich damit meinte, hektisch davon sprach, die Abfahrt vorzubereiten, einen Lufttransport mit Bewachung für Zielperson Eins und einen für das Zivilistenteam. Sie waren für uns bereit. Für Henry.

»Also entschied ich mich dagegen«, fuhr Henry fort. »Entschied mich, es durchzustehen, obwohl ich … wie ein verfluchter Franzose … unter die Decke kriechen und mich verstecken wollte. Aber ich wollte es nicht tun. Ich weigerte mich einfach. Es wurde schlimmer, und ich dachte noch immer nicht daran, es zu tun. Ich sah fern, ich ging auf die Veranda … das war fast zu viel, aber ich zwang mich ein paarmal dazu. Ich konnte nicht essen, es wollte einfach nicht unten bleiben, oder mein Mund war zu trocken, um zu kauen und zu schlucken. Aber ich habe mich geweigert, mich zu verstecken.« Er öffnete die Augen und sah mich direkt an. Die Entschlossenheit in seinem Blick war wie Eisen. »Ich habe mich geweigert, mich zu verstecken«, wiederholte er, und der traurige Stolz seines Ausdrucks ließ es mich glauben.

»Und dann heute Morgen«, fuhr er fort, als wir uns ein Stück der Tür genähert hatten, »als ich *sie* … in den Nachrichten sah, da wusste ich Bescheid.« Sein Zittern wurde etwas stärker, und Paul und ich versteiften uns, aber es nahm wieder ab, bevor es noch schlimmer werden konnte. »Ich wusste, dass ich wie der Bursche vom letzten Mal bin. Sie waren … wegen mir … gekommen. Und ich … du lieber Gott … ich hatte mehr Angst als zuvor. Ich verlor vor Angst fast den Verstand.« Wieder kniff er die Augen zu, und als er weitersprach, tat er es mit einem rauen Flüstern. Aber sein Kopf blieb hoch erhoben. *»Ich habe jetzt solche Angst, Gentlemen … und ich brauche meine ganze Kraft … um nicht* *zu schreien. Ich will zusammenbrechen und mich krümmen.«* Wieder öffnete er die Augen und sah uns abwechselnd an, während er sprach. Jetzt hatte er einen wilden Blick. »Aber so wahr Gott mein Zeuge ist, ich werde es *nicht* tun. Das werde ich nicht.«

Das wussten wir. Wir wussten, warum er so schlimm zitterte, warum sich seine Knochen unter unseren Händen anfühlten, als würden sie gleich durch die schiere Anspannung brechen. Henry war es durch reine Willenskraft gelungen, nicht zusammenzubrechen und sich in ein verängstigtes Bündel Fleisch zu verwandeln; er hatte es vermieden, auf die Weise zum Wrack zu werden wie Patrick zuvor. Aber die Anstrengung, die dazu erforderlich war, und welchen Preis das seinem alten Körper abverlangt hatte, war kaum vorstellbar. Jeder ruhige und rationale Satz, den er von sich gab, war eine Herkulesarbeit, trotzdem sprach er weiter, so wie er weiter zur Tür und seinem Schicksal entgegen ging.

In meinen Träumen sehe ich diesen Gang jetzt auch. Ich sehe endlich auch Patrick. Manchmal sind es ich, Paul, Patrick und Henry, die in einer Reihe zu Henrys Haustür gehen, und wir können nicht stehenbleiben.

Aber Henry ist der Einzige, der mit hocherhobenem Kopf geht.

»Also nahm ich an, dass es nur darum geht, wer zuerst hier ist.« Nun hielt Henry den Blick fest auf die Tür gerichtet. »Sie oder ... *sie.*«

»Wir sind es, Mr. Williams«, sagte Paul, dessen Stimme nun auch zitterte. »Und wir werden dafür sorgen, dass man sich ...« Paul verstummte, weil er seinen eigenen Widerspruch bemerkte.

»Um mich kümmert, ja«, sagte Henry und vollendete großzügig seinen Satz. Aber jeder in diesem Zimmer kannte die Wahrheit. Wir standen jetzt vor der Haustür, und ich griff nach der Klinke. Ich bemerkte Pauls Blick; er wusste auch nicht, was er machen sollte. Ich zögerte, während meine Hand auf dem Metall lag.

»Sind Sie ... in Ordnung?«, fragte ich. Es klang erbärmlich, und das war es auch. Natürlich war er nicht in Ordnung. Eigentlich meinte ich damit, *ob er bereit war.*

Henry schloss wieder die Augen. Er brauchte lange für seine Antwort, aber dann nickte er kurz und energisch. Er hob das Kinn und atmete schwer durch die Nase aus. Er öffnete die Augen wieder.

»Mildred«, sagte er. Wieder trat eine lange Pause ein. »Ja, ja. Ich bin ... ich bin bereit.« Wieder sah ich Paul an, dessen Miene völlig entsetzt war.

»Das Zivilistenteam kommt jetzt raus«, sagte ich in das Mikrofon und drückte die Klinke herunter.

»Verstanden.« Straub war deutlich ihre Erleichterung anzuhören. »Seien Sie vorsichtig auf dem Weg nach draußen, Pointer. Vermasseln Sie es nicht.« Ihre geschäftsmäßige Art kotzte mich an.

»Keine Sorge, die ... Lücken sind aus dieser Richtung leichter zu finden. Es ist schwer zu erklären«, log ich sie an, ohne in diesem Moment auch nur die geringsten Skrupel zu haben. Es war mir wirklich scheißegal, ob sie uns glaubte oder nicht. Darüber hinaus war die Mission erfüllt, also was sollte sie schon sagen? Wieder einmal hatten wir das Lamm, das zur Schlachtbank musste. Der Job war erledigt.

Wir öffneten die Tür und entdeckten ein kleineres Fahrzeug, das dort geparkt stand. Es sah beinahe wie einer dieser Panzerwagen aus, mit denen Sicherheitsfirmen Geld von der Bank abholten. Ich weiß nicht, wo es herkam. Die Tür hinten stand geöffnet, eine Rampe war gesenkt. Drei oder vier bewaffnete Soldaten umgaben das Fahrzeug. Ein paar Meter von der Türschwelle entfernt warteten drei Soldaten darauf, uns unsere Last abzunehmen.

Ich hörte, wie sich Henrys Atmung beschleunigte. Seine Brust hob und senkte sich auf dramatische Weise. Aber seine Panik stieg nicht weiter; er behielt weiterhin die Kontrolle.

»Wenn Sie wollen, bringen wir Sie den ganzen Weg«, sagte Paul. Seine Stimme zitterte jetzt richtig, er kämpfte um seine Fassung. »Wir können Sie in den Wagen bringen.« Henry antwortete nicht; mit weit aufgerissenen Augen und leicht geöffnetem Mund starrte er den Lieferwagen an. Er bekam ein kurzes

Nicken zustande. Paul gab es an mich weiter, und ich gehorchte. Wir entfernten uns weiter vom Haus mit unseren winzigen, schlurfenden Schritten, und da bemerkte ich den Ausdruck der Soldaten.

Natürlich, dachte ich. *Das ist einer von ihnen.*

Als wir uns den drei wartenden Männern näherten – die etwas zögerten –, sprach Paul den am nächsten Stehenden an.

»Er möchte, dass wir ihn in den Wagen bringen«, sagte er entschlossen. Der Soldat blickte ihn an, dann Henry, dann mich, und wandte sich schließlich Straub zu, die ein paar Meter entfernt stand. Sie war aschfahl, wie ich zu meinem Entsetzen sah, aber sie leitete noch immer die Show, war noch immer der Profi. Sie war auf einer Mission. Ich hielt nach David Ausschau. Er war nirgendwo in Sicht.

»Sie sollen ihn bringen«, sagte sie. Ihre Stimme kam aus dem Headset und über die Straße. Sie war leise, aber drängend. Nicht einmal sie hatte so etwas erwartet. Sie würde sich nicht davon von ihrer Mission abhalten lassen, das war mir klar, aber sie konnte es sich leisten, einem Veteranen eine einfache Bitte zu erfüllen. »Sie wissen, was zu tun ist, es ist in Ordnung. Lassen Sie sie ihn in den Wagen bringen.«

Henry wandte den Kopf, zitternd, aber aufrecht, um zu sehen, wo ich hinblickte, und entdeckte Straub. Sein rechter Ellbogen löste sich aus meinem Griff, bis die Finger seiner Hand die Stirn berührten. Auf der Straße herrschte Grabesstille.

Ohne den Blickkontakt zu unterbrechen, erwiderte Straub den Gruß. Dann nickte sie ernst, sah zu mir und deutete auf den Wagen. Wir führten Henry die Rampe hinauf. Aus gepolsterten Wänden ragten gleichfalls gepolsterte Sitzbänke. Es erleichterte mich, dass keine Fesseln zu sehen waren. Am anderen Ende trennte ein Gitter die Ladefläche vom Führerstand. Sanft setzten wir Henry auf einer der Bänke ab, und während wir damit beschäftigt waren, stiegen hinter uns die anderen Soldaten nacheinander ein, um die freien Plätze einzunehmen. Ich fragte mich, ob sie Henry für die Fahrt mit Handschellen fesseln würden. Ich fragte mich, ob sie ihm etwas geben würden, bevor ihn der Stone Man holte. Ich nahm mir vor, mich darum zu kümmern, wollte fragen, ob man dafür sorgen konnte, dass er nichts mitbekam. Ich musterte Henrys Gesicht, während er mit geschlossenen Augen dort saß und seine Atmung zu kontrollieren versuchte. Ich hoffte mit aller Macht, dass *sie* ihn nicht zu früh holen würden. Ich hoffte, dass sich die Theorie als falsch erwies und das echte Perimeter bereits errichtet war. Dass man Henry nach einer Meile zurückbringen musste. Das würde uns *Zeit* verschaffen. Dann hätten wir zumindest eine Chance, diesen schrecklichen Prozess aufzuhalten. Irgendwie.

Der Motor startete, wir mussten gehen. Wir standen blöd dort herum und sahen uns an, bis Straubs Stimme in unseren Ohren dröhnte. Sie war wieder völlig geschäftsmäßig, nicht dass sie damit jemals richtig aufgehört hätte.

»Zeit zu gehen, Gentlemen. Wir haben es eilig.«

Ohne nachzudenken, ergriff ich Henrys Hand und hielt sie. Bei meiner Berührung zuckte er etwas zusammen, aber seine Augen öffneten sich, und er blickte mich an. Obwohl seine Miene furchterfüllt war, tätschelte er mir schwach die Hand.

»Es ist nicht Ihre Schuld. Ich weiß den Respekt … zu schätzen.« Er bekam die Worte kaum heraus, dann ließ er meine Hand los. Es war das Letzte, was er zu uns sagte.

Paul musste mich aus dem Wagen zerren. Die Soldaten zogen die Rampe ein und schlossen die Tür, und wir konnten Henry nicht länger sehen. Dann fuhr der Wagen los. Straub drängte uns zurück zum Jeep.

»Gentlemen, es tut mir leid, aber Sie müssen wieder in die Luft.« Sie gab dem Fahrer das Zeichen, den Motor zu starten. »Ich warte hier, um zu hören, ob man Mr. Williams aus der unmittelbaren Umgebung bringen konnte. Falls er das nicht schafft, kümmere ich mich hier um die Dinge, und ein Offizier wird Sie am anderen Ende in Empfang nehmen.«

»Wird er bei Bewusstsein sein?«, fragte Paul und sprach damit aus, was ich bereits gedacht hatte. Seine Stimme war leise, aber energisch. Er war nicht wütend, er wollte es einfach nur wissen. »Wenn er nicht wie Patrick endet, wenn er es in einem Stück durch die Barriere schafft… wird man ihn sedieren? Muss er bei Bewusstsein sein?« Straub schüttelte den Kopf und erwiderte seinen Blick.

»Wir wollen alle Zielpersonen sedieren, zumindest so weit, dass sie die Umgebung nicht länger wahrnehmen. Es wird uns die Arbeit erleichtern, und für sie ist es humaner. Aber… Gentlemen, soweit es den Caementum betrifft, ist nichts sicher. Wir wissen nicht, wie das abläuft. Wir wissen nicht, ob sie alles unwirksam…« Sie unterbrach sich, ihre Miene verhärtete sich. »Sie brechen auf, und zwar sofort. Falls Mr. Williams durchkommt, wird ein anderer die Ablieferung übernehmen, und ich stoße in Birmingham wieder zu Ihnen.«

Der Jeep startete den Motor. Wir waren bereits zum nächsten Teil unseres weltverändernden Abenteuers unterwegs, aber ich bekam eigentlich nichts davon mit. Ich sah immer nur den gleichen Augenblick vor mir, immer wieder. Henrys Uniform, die in Sicht kam. Er hatte sich dafür *fein gemacht*, sich *fein gemacht*, sich *fein gemacht!* Ich saß da, die Hände schlaff im Schoß, und mit jeder Sekunde, die sich Henry von uns entfernte, ließ die Kraft des Sogs nach. Straub sagte wieder etwas, stand auf der Straße, während ihr Transport wartete. In Gedanken war sie bereits weiter, ein Modell für Effizienz und Kompartmentalisierung.

»Vergessen Sie nicht, bei Ziel Zwei das Außenperimeter zu überprüfen«, rief sie. »Soweit es mich betrifft, haben Sie mich vielleicht nach Strich und Faden belogen, aber immerhin haben Sie bewiesen, dass man Ihnen eine schwierige Aufgabe übertragen kann, zu der andere Zivilisten möglicherweise nicht den nötigen Mut hätten.« Eine Sekunde lang musterte sie uns, dann fuhr sie in einem Tonfall fort, der lediglich einen Hauch sanfter war. »Das ging glatt. Aber ich will, dass es beim nächsten Mal auch glatt geht, verstanden?« Ich nickte, ohne sie anzusehen, starrte zu Boden und sah nur Henry, Henry, Henry vor mir.

»Viel Glück«, rief sie, und dann waren wir wieder auf dem Weg, um ein weiteres Mitglied der britischen Öffentlichkeit für das Allgemeinwohl zu verpflichten. Natürlich wusste es da noch niemand – wir hatten alle unsere eigenen Sorgen –, aber bei

Zielperson Zwei erwartete uns etwas völlig Unerwartetes. Das sollten wir weniger als zwei Stunden später herausfinden.

Später sollte ich erfahren, dass ihre Theorie natürlich richtig war. Die echten Barrieren waren noch nicht errichtet. Man brachte Henry fort, lud ihn ohne Probleme in einen Hubschrauber und brachte ihn zum Stone Man. Da hatte das Ding gerade die Außenbezirke von Coventry erreicht. Ich habe es nicht gesehen, und auch wenn ich vermutlich später darum hätte bitten können – man vertraute mir jetzt, und irgendein Spion wird es mit Sicherheit gefilmt haben –, war ich natürlich nicht dazu imstande, es mir anzusehen.

Soweit ich weiß, suchte man die nächstbeste Stelle aus, die sich absichern ließ und guten Zugang bot, dann brachte man Henry und den ursprünglichen Stone Man zusammen. Ich weiß nicht, ob er sediert blieb. Ich denke an Patricks entsetzliche Schreie und hoffe mit jeder Faser meiner erbärmlichen Seele, dass Henry nichts mitbekam. Nüchtern betrachtet kenne ich die grundsätzlichen Fakten, wie es ablief.

Ein Stück aus dem Körper entfernt, Henry tot, Stone Man verschwunden.

Einfach so.

Weg.

An den Flug nach Birmingham kann ich mich kaum noch erinnern. Da ist die undeutliche Erinnerung, dass mir jemand Wasser anbot und ich trank. Ich erinnere mich an das Gefühl, als es durch meine ausgetrocknete Kehle rann. Es ließ mich an Sand denken, der von Felsen gespült wurde, und es machte mir klar, wie trocken mein Hals doch gewesen sein musste. Ich erinnere mich daran, dass jemand über Funk verkündete, dass das Rendezvous zwischen Zielperson Eins und dem Caementum »erfolgreich« verlaufen war. Straub würde zu uns stoßen, sobald wir »Zielperson Zwei« ausgemacht hatten. Und ich erinnere mich daran, dass ich jedes Mal, wenn ich meine Gedanken schweifen ließ, sofort Henrys Gesicht vor mir sah, seine aufgerissenen Augen voller Angst, die mich anblickten, während er sagte: *Es ist nicht Ihre Schuld.*

Davon abgesehen ist der größte Teil der Reise ziemlich verschwommen. Oder ist es zumindest jetzt. Ich saß einfach da, zusammengesunken wie ein schlaffer Sack aus Fleisch und Knochen, während ich mich bemühte, den Sinn des Ganzen nicht aus den Augen zu verlieren. Die ganze Zeit mied ich Pauls Blick. Ich versuchte an die Rückkehr nach New York zu denken, wieder die Nummer Eins zu sein, versuchte in der Vorstellung Trost zu finden, aber diese Welt schien jemand anderem zu gehören. In dem champagnerseligen Lächeln und dem Rückengeklopfe meiner Erinnerung sah ich nur die jubelnden und grölenden Gesichter der Menge im Kolosseum, die nach Blut schrie.

Wenn ich versuche, mich deutlicher an die Reise zu erinnern, setzen die zusammenhängenden Erinnerungen an dem Punkt ein, an dem die Meldung über den Lautsprecher kam, dass wir uns Birmingham näherten. Ich schaute nicht auf, aber Paul stieß sanft gegen meinen Fuß, und ich fing zumindest an, darüber nachzudenken, was ich als Nächstes tun würde. Ich hatte einen Job zu erledigen, das wusste ich, ich brauchte nur eine Sekunde, um in die Gänge zu kommen.

Warum bin ich hier?, fragte ich mich und wartete auf die Antwort. Die Diskussion in meinem Kopf war effizient und auf den Punkt, Teile meines Gehirns erwachten durch den kognitiven Prozess zum Leben.

Du sollst Zielperson Zwei finden.

Warum?

Um Menschenleben zu retten.

Wie?

Du musst sie aufspüren.

Habe ich ein Problem damit? Denk nach.

Sie müssen sterben.

Nicht diese Art Problem.

Das ist rein geschäftsmäßig. Sei geschäftsmäßig. Das sollte dir leichtfallen.

Okay. Das letzte Mal hat man mich vom Signal abgeschnitten. Sie haben mich dabei erwischt, wie ich zusehe. Vielleicht warten sie darauf.

Dann wartest du eben, bis du näher dran bist. Genau wie beim letzten Mal …

HENRY …

Schluss damit. Bitte die Soldaten darum, dir zu sagen, wenn sie direkt über Birmingham sind, dann schalte dich in das Signal ein. Trenne die Verbindung sofort wieder, genau wie zuvor in dem Hubschrauber über Edinburgh. Kümmere dich darum.

Ich befahl dem Piloten, mich wissen zu lassen, wenn wir die richtige Position eingenommen hatten, dann hob ich schließlich den Kopf, um Paul anzusprechen. Ein Blick in sein Gesicht verriet mir alles, was ich über sein Befinden wissen musste, aber ich konnte ihn diesen Teil nicht wie zuvor aussitzen lassen. Zwischen den Gedankenspielen und dem mittlerweile heftigen Zittern hielt ich mich kaum aufrecht. Ich *brauchte* Hilfe.

Stumm streckte ich die Hand aus, und er ergriff sie, ohne den Blickkontakt zu brechen. Er nickte nur, und dann tat ich, was ich am besten kann. Ich machte stur weiter.

Etwas später fuhren wir dank unserer Richtungsanweisungen durch eine wohlhabender aussehende Straße als in Edinburgh. Dieses Mal hatte es mehr Zeit erfordert, um dorthin zu kommen, nachdem wir die Straße identifiziert hatten, denn wir mussten weiter entfernt landen. Über Funk kam die Meldung, dass Straub gleich zu uns stoßen würde; sie hatte Wort gehalten und war in dem Augenblick aufgebrochen, in dem Henry den geschätzten Radius hinter sich gelassen hatte. Es hatte auch länger gedauert, mit der Evakuierung zu beginnen, und das Militär hatte gute Arbeit geleistet. Die Hauptstraßen ins Stadtzentrum hatten weitaus weniger Verkehr als in Edinburgh, und unser Wagen war schnell eingetroffen. Mittlerweile würden die Straßen aus Birmingham heraus vermutlich das genaue Gegenteil darstellen. Bei unserer kurzen Fahrt durch die Vorstadt wurde jedoch eine Polizeieskorte benötigt und zur Verfügung gestellt, um uns durch den dichter werdenden Verkehr zu bringen, und man informierte Paul und mich, dass wir uns in einer Gegend befanden, die noch nicht vollständig für die Evakuierung durchsucht worden war. In Autos sitzende Familien sahen uns nach, als wir vorbeifuhren, Kinder starrten die Militärfahrzeuge mit offenstehendem Mund an. Ich glaube nicht, dass mich jemand erkannte. Am Straßenrand standen Männer neben ihren gestoppten Wagen und brüllten die Soldaten wütend an, und einmal fuhren wir an dem ausgebrannten Wrack einer viertürigen Limousine vorbei, die auf dem Dach lag. Die in der Luft liegende Furcht und Unsicherheit waren beinahe greifbar.

Als Paul und ich unseren Jeep in die richtige Straße lenkten, mit zwei Militärtransportern im Schlepptau und Augen, die wir kaum aufhalten konnten, wusste ich sofort, dass das richtige Haus irgendwo am *Ende* dieser Straße stand.

In dieser unmittelbaren Nähe fühlte sich das Signal anders an als bei den letzten beiden Malen. Sogar beträchtlich anders, aber den Grund dafür konnte ich nicht benennen. Ich sah, dass wir in eine Sackgasse eingebogen waren. Hier gab es keinen Fluchtweg.

Paul und ich hatten auf diesem Teil der Reise genauso wenig miteinander gesprochen wie im Hubschrauber, und ich wollte, dass es so blieb. Das hatte natürlich nichts mit ihm zu tun. Aber ich konnte einfach nicht mit ihm reden, ohne anzusprechen, was in Edinburgh geschehen war, und davon wollte ich nichts wissen.

Der alte Mann. Der Sergeant.

Ich verdrängte es, tastete wieder nach dem Signal. Und so fand ich heraus, dass es verschwunden war.

Als ich dieses Mal mit meinem Geist danach griff, verkrampfte sich mein ganzer Körper, weil der gleiche schmerzhafte, schrille Laut meinen Kopf erfüllte, und ich ließ los, denn ich konnte ihn nicht ertragen. Eine schreckliche Kakofonie, wie der kreischende Todesschrei einer unfassbar gewaltigen Kreatur. Ich fühlte, wie Paul auf dem Sitz neben mir plötzlich zusammenzuckte, und ich wusste, dass er es auch verloren hatte. Das zuvor fast unerträgliche Zittern hörte so plötzlich auf, dass mich sein Fehlen auf eine ganz andere Weise schwindelig machte. Die

Anziehungskraft war verschwunden. Die Erleichterung ging in meiner Verwirrung, Furcht und Erschöpfung unter. Man hatte uns wieder ausgesperrt.

»Leute?«, fragte der Offizier, der seit dem Aufbruch in Edinburgh den Befehl über uns hatte. Ich hatte ihn nie nach seinem Namen oder Rang gefragt, und er hatte sie nie genannt. Wozu auch? Ob nun Straub, David oder dieser Kerl, jemand würde den Befehl haben, der uns sagte, was zu tun war, und wir würden gehorchen. Das war alles, was man von uns erwartete. Wir mussten nur tun, was man uns sagte, und unser Gewissen an die Tatsache hängen, dass wir Befehle befolgten. »Welches Haus?«

Paul und ich sahen uns an, bestätigten, was wir bereits wussten. Paul antwortete.

»Wir haben das Signal verloren«, sagte Paul leise. Nicht nur das Zittern raubte ihm die Kraft; er hatte nichts mehr zu geben. Er hatte Henrys Haus betreten, um seine Schuldgefühle loszuwerden, aber stattdessen hatte er es nur noch schlimmer gemacht.

Dieses Mal wusste ich, was er gemeint hatte. Es war nicht überraschend, dass ich doppelt so lange – doppelt so viele Todesfälle – wie er gebraucht hatte, es zu fühlen. Selbst die Erkenntnis, dass ich erneut überflüssig gewesen war, bereitete mir dieses Mal keine Sorgen. »Ich glaube, sie haben uns wieder kaltgestellt ... uns auch von dem anderen Blauen abgeschnitten. Ich glaube ... ich weiß es nicht. Es ist eines der Häuser am Ende. Soviel habe ich erfahren.«

»Scheiße«, fluchte der Offizier und betrachtete die fünf Häuser, die halbkreisförmig das Ende der Sackgasse säumten. »Wir müssen von Haus zu Haus gehen. Moment mal.« Plötzlich drehte er sich mit alarmiertem Gesichtsausdruck zu uns um. Er war älter als ich, aber nicht viel. »Was ist mit diesen Barrieren oder was auch immer das ist? Haben Sie sie gesehen, ich meine, können Sie sie noch immer wahrnehmen?«

Paul sah mich ebenfalls alarmiert an, und dieses eine Mal konnte ich seine Miene nicht deuten. Ich werde nie erfahren, ob er, wenn sich ihm die Chance geboten hätte, erneut gemogelt hätte, erneut versucht hätte, in das Haus der Zielperson zu kommen. Denn diese Gelegenheit blieb ihm verwehrt. Fraglos hat er mit seiner Antwort gezögert. Ich weiß nur mit Sicherheit, dass, hätte er an diesem Tag in diesem Augenblick erneut versucht, mich darin zu verwickeln, ich es nicht hätte tun können. Ich konnte der Spürhund sein … aber ich konnte mir die Hände nicht noch einmal schmutzig machen. Der Gedanke erfüllte mich mit tiefer Scham und tut es immer noch; er ist wie ein schmieriger kleiner Fleck auf meiner Seele. Aber wie dem auch sei, Paul wurde die Entscheidung abgenommen, denn das Funkgerät erwachte zum Leben, und Straubs Stimme drang aus dem Lautsprecher.

»Straub hier. Rendezvous in fünf Minuten. Halten Sie an und warten auf meine Ankunft, wiederhole, warten Sie auf meine Ankunft, bevor Sie vorrücken.«

»Ja, Ma'am«, erwiderte der Offizier und sah uns dabei an. »Hier hat es eine weitere Entwicklung gegeben, Ma'am. Die beiden zivilen Berater scheinen das Signal verloren zu haben. Sie sagen, dass man sie davon abgeschnitten hat.«

Am anderen Ende der Funkverbindung trat Schweigen ein, und ich wusste, dass Straub jetzt in einem fahrenden Jeep saß und fluchte. Ein paar Augenblicke später drückte sie wieder auf die Sprechtaste, und ihre Stimme ertönte. *»Verstanden. Bleiben Sie vor Ort, bis ich dort bin.«*

»Ja, Ma'am. Ich war gerade dabei, das Vorhandensein irgendwelcher Barrieren um das Haus abzuklären. Ob sie sie noch immer identifizieren können oder nicht.«

Nach einer weiteren Pause erklang Straubs Stimme erneut. Dieses Mal jagten mir ihre Worte Todesangst ein.

»Machen Sie sich wegen Barrieren keine Sorgen. Es gibt keine. Rendezvous in fünf Minuten. Ende.«

Ich starrte Paul an, das Blut wich mir aus dem Gesicht, und ich schluckte mühsam. Mein Hals war wieder völlig ausgetrocknet. Sie wusste Bescheid. Sie hatte genau das getan, was sie versprochen hatte; es war kein Bluff gewesen. Die einzige

Hoffnung, die wir hatten, mit intakter Existenz da rauszukommen, bestand darin, dass ihre angekündigte schnelle und gnadenlose Vergeltung heiße Luft gewesen war. Aber so wie ich Straub kannte, konnte ich mir nicht vorstellen, dass das der Fall war. Die Geschehnisse in Edinburgh hatten mich bis ins Mark betäubt, aber Straubs emotionslose Meldung – *Es gibt keine* – drang zu mir durch.

Und Paul schloss zu meinem Erstaunen die Augen, seufzte und fing dann an, hysterisch zu lachen. Er sackte in den Sitz zurück, Tränen strömten aus seinen Augen. Er schüttelte den Kopf und kicherte wie ein Kind. Und zu meinem weiteren Erstaunen hatte ich mich ihm einen Moment später angeschlossen, hatte jegliche Beherrschung verloren und gackerte wie ein Verrückter. Wie hätte man sonst darauf reagieren sollen? Wenn man es genau betrachtete, war es saukomisch; schließlich hatten wir die britische Armee verarscht und waren aufgeflogen, saßen von den Typen, die uns vermutlich in ein Militärgefängnis bringen würden, umgeben in einem Armeejeep. Und wir konnten nur hier sitzen und auf unser Urteil warten, denn unsere Nützlichkeit war vorbei, jede Verhandlungsposition hatte sich in Luft aufgelöst. Wenn man darüber nachdachte, war zu lachen das Vernünftigste, das wir tun konnten. Offizier Namenlos saß einfach da und wartete, ignorierte unsere Hysterie und beobachtete die Häuser am Ende der Straße, während die Motoren der Mannschaftstransporter hinter uns im Leerlauf brummten.

Als Straub eintraf, hatten wir uns noch immer nicht richtig beruhigt, aber ihr Anblick versetzte uns auf jeden Fall einen Dämpfer. Ihr Jeep hielt neben uns an, und zwei weitere, größere Fahrzeuge, die zusammen mit ihr gekommen waren, stoppten vor den Häusern am Ende der Straße. Eines davon ähnelte dem Wagen, der Henry weggebracht hatte. Straub und der namenlose Offizier grüßten einander, und ich sah, dass sich David bei ihr befand. Sie sprachen ein paar Meter entfernt leise mit dem Offizier, und wir konnten nicht verstehen, was gesagt wurde.

Dann hielt Straub das Funkgerät ans Ohr und schien von

dem Gehörten überrascht zu sein. Sie wandte sich sofort David zu, der gleichermaßen überrascht aussah, aber dann wegwischte, was auch immer sie ihm gerade gesagt hatte, und nach dem Handy griff, um eine Nummer zu wählen. Dann eilte er fort, um zu telefonieren. Straub wandte sich wieder an Namenlos und gab ein paar Befehle, und der Mann setzte sich in Bewegung und brüllte seinerseits Soldaten Befehle zu. Die Männer hatten die Transporter bereits verlassen und die Zeit vor Straubs Ankunft dazu genutzt, den Rest der Straße nach Zivilisten abzusuchen. Die Soldaten nahmen Positionen vor den fünf Häusern am Ende der Sackgasse ein und bildeten kleine Teams. Bei einem der Häuser waren im ersten Stock die Vorhänge zugezogen, wie mir aufgefallen war – und ich konnte da nicht der Einzige sein. Es war bei keinem der anderen Häuser der Fall.

Die Auffahrt war leer, aber die Garage war geschlossen. Möglicherweise stand der Wagen ja dort. Ich war mir sicher, dass dieses Haus das gesuchte war, und das hatte nichts mit irgendeinem Signal oder Anziehungskraft zu tun. Von ihm ging einfach etwas Unheilvolles aus. Für mich sagten diese zugezogenen Vorhänge alles.

Straub trat an unseren Jeep, die Hände auf dem Rücken verschränkt. Ihre Miene war ausdruckslos, unlesbar wie immer.

»Gentlemen«, sagte sie leise, und wir nickten stumm. Sie drehte sich kurz um, um die Soldaten am Ende der Straße zu betrachten, die dort Aufstellung nahmen. »Hier sind wir«, sagte sie und sah uns noch immer nicht an. »Bei dem zweiten Ziel …« Sie verstummte, und ich konnte keine Regung in ihrem Gesicht erkennen, die den Grund dafür verraten hätte. Sie wandte sich uns wieder zu. »Wenn ich richtig verstanden habe, werden Ihre Fähigkeiten zumindest für den Moment neutralisiert?«

Wieder nickten wir. Sie nickte ebenfalls; die Augen in ihrem ausdruckslosen Gesicht musterten uns.

»Sehr schade. Aber wir haben noch ein paar Optionen, Optionen, die wir schon nutzen wollten, als wir Sie nicht erreichen konnten, Mr. Pointer.« Sie registrierte unsere Überraschung und machte weiter. »Wie Sie wissen, haben sich nach der Ersten

Ankunft mehrere Leute gemeldet, und zwei oder drei Berichte deckten sich mit Ihren. Zumindest was die Energiemessungen betrifft. Nicht so stark oder so dramatisch wie bei Ihnen, aber es war trotzdem wert, sie zu untersuchen. Für den Fall, dass Sie bei einer möglichen Dritten Ankunft vollständig abgeschnitten werden.« Sie schaute wieder zu den Häusern, seufzte deutlich hörbar. »Ich mag es nicht, wenn man mich anlügt, Mr. Winter, und ich weiß, dass Sie das getan haben. Dazu musste ich nicht einmal die Energiemessungen überprüfen. So wie Sie Mr. Williams auf direktem Weg auf die Straße geführt haben, war das offensichtlich, als ich später darüber nachdachte. Sie haben nicht einmal mehr an Ihre Geschichte gedacht, oder?« Jetzt blickte sie uns an, und wir saßen stumm da. War das die Einleitung für unsere Bestrafung oder etwas anderes? Ich wagte kaum zu hoffen, dass es das Letztere war.

»Ich hätte es schon da erkennen müssen, und zu meiner großen professionellen Schande habe ich es nicht getan. Wie alle anderen habe ich damit gerechnet, die Zielperson in der gleichen geistigen Verfassung wie die vorherige vorzufinden. Ich habe zugelassen, mich von dem ablenken zu lassen, was wir gefunden haben. Eines können Sie glauben.« Sie wandte sich wieder den Einheiten am Straßenende zu, die ihre Vorbereitungen trafen, machte ein paar Schritte in ihre Richtung. Offensichtlich wollte sie bei den nächsten Worten nicht in unsere Gesichter sehen. »Selbst wenn Sie nicht abgeschnitten worden wären, wie Sie es ausdrücken, würden Sie dieses Mal nicht reingehen. Ich will ehrlich sein. Trotz meiner Worte in Edinburgh und Ihrer eklatanten Insubordination, obwohl Sie wussten, mit welchen Konsequenzen das verbunden sein würde … Ich glaube, in dieser Situation war es für alle am besten. Ich glaube, es war mir lieber, dass es auf diese Weise abgelaufen ist. Dieses *eine* Mal.«

Ich musste nicht nach dem Grund fragen. Mir wurde eiskalt, als mich die Erleichterung überwältigte.

»Danken Sie Ihrem Glücksstern, und zwar für den Rest Ihres Lebens, dass dort alles reibungslos geklappt hat, Gentlemen.«

Straubs Stimme wurde etwas kühler. »Ich kann Ihr Verhalten einmal – *einmal* – abschreiben, da Sie schließlich Zivilisten sind und einen sehr traumatischen Vorfall mit K-V-Vier erlebt haben. Ich kann verstehen, wie das Ihr Urteilsvermögen getrübt hat, und ich wäre eine Lügnerin, würde ich behaupten, dass ich Ihre Beweggründe nicht verstehe. Aber diese Rücksichtnahme ist vorbei, und es wird sie auch nicht noch einmal geben. Ich werde mir nicht die Mühe machen, mich zu wiederholen. Versuchen Sie es, dann sehen Sie, was passiert. *Mein* Gewissen wird rein sein.« Die Einsatzgruppen schienen mittlerweile bereit zu sein, also hob sie das Funkgerät und sprach hinein. »Wallace, rücken Sie vor, wenn Sie bereit sind.«

Während Paul leise, aber anhaltend ausatmete, auf seinem Sitz zusammensackte und eine Hand an die Stirn legte (ob es Erleichterung war oder Bestürzung, den Beginn einer weiteren Abholung zu sehen, werde ich niemals wissen), ertönte am Straßenende ein Ruf, und die Einheiten setzten sich im Gleichschritt in Bewegung, um jedes Haus zu umzingeln. Der Vorstoß hatte begonnen, und Straub kehrte uns den Rücken zu und beobachtete alles genau. Aus irgendeinem Grund erschienen sie weitaus entspannter als zuvor. Schließlich handelte es sich um eine einfache Exfiltration, und nach zwei erfolgreichen Rendezvous (Patrick und Henry) musste sie umso zuversichtlicher sein, dass alles unkompliziert ablaufen würde. Das Militär musste gewusst haben, dass die Einheiten vermutlich gar nicht erforderlich waren, aber es ging kein Risiko ein, und vermutlich würde es auch weniger Zeit in Anspruch nehmen, mehrere Häuser zugleich zu untersuchen. Beinahe hätte ich sie daran erinnert, dass es noch immer einen dritten Stone Man gab, den wir nicht neutralisieren konnten, ohne zu wissen, wo sich Ziel Drei befand. (*Nicht wir*, musste ich mir in Erinnerung zurückrufen. *Du bist draußen.*) Und noch viel schlimmer war, dass wir nicht wussten, wo das Ding hinwollte, sobald es Birmingham passiert hatte.

Als hätte Straub meine Gedanken gelesen – es war schon beinahe unheimlich –, ergriff sie das Wort, ohne sich umzudrehen.

Was sie zu sagen hatte, war eine große Neuigkeit, beinahe so groß wie die, dass der Stone Man zurückgekehrt war. Aber ich wusste nicht, wie schrecklich die Wahrheit sein würde, die dahintersteckte. Noch nicht.

»Ich habe eben einen Bericht über den dritten Caementum erhalten, den anderen Blauen. Ich nehme an, das interessiert Sie.« Sie klang beinahe beiläufig. Ich fragte mich, ob sie viel Schlaf abbekommen hatte. »Er hat vor ungefähr zwei Minuten angehalten. Ist einfach stehengeblieben. Sollten Sie etwas darüber wissen, erwarte ich von Ihnen, uns das zu sagen. Vermutlich ist das nicht der Fall – ich glaube Ihnen, dass man Sie blockiert hat, Ihre Betroffenheit ist Ihnen vom Gesicht abzulesen, Mr. Pointer –, aber wenn Sie auch nur eine Kleinigkeit darüber wissen, berichten Sie. Es könnte wichtig sein.«

Ich wechselte einen Blick mit Paul; jeder von uns schüttelte den Kopf.

»Ich nicht«, sagte Paul zu Straub. Er setzte sich langsam auf, die Möglichkeit, dass für eines der verbliebenen Ziele noch Hoffnung bestand, versetzte ihn beinahe in Aufregung, aber letztlich glaubte er nicht daran. »Was ist mit dem anderen Blauen? Kommt er noch?«

»Leider ja«, sagte Straub. In ihrer Stimme lag echtes Bedauern. »Die beiden Blauen waren definitiv auf demselben Weg. Jedenfalls bis zu einem gewissen Punkt. Sie gingen Seite an Seite – Coventry hat schwer gelitten –, aber als der eine stehenblieb, ging der andere einfach weiter, als wäre er die ganze Zeit allein unterwegs gewesen.«

»Vielleicht eine Fehlfunktion?«, fragte ich und dachte schnell nach. Was zum Teufel konnte das bedeuten? »Vielleicht sind zwei von ihnen demselben Signal gefolgt? Und einem wurde klar, dass er nicht benötigt wird? Oder seinem Kontrolleur?«

»Möglich.« Straub sah ihren Soldaten zu, ihrem kurzen Versuch, mit den Bewohnern der Häuser durch Megafone zu kommunizieren, wie sie dann wie ein Einsatzteam der Polizei bei einer Drogenrazzia mit einem Rammbock Aufstellung nahmen und sich selbst öffneten. Leise, aber effizient betraten sie nacheinander jedes Haus. Nach der Zerstörung der Haustüren richteten sie keinen weiteren Schaden an, trotzdem erfüllte mich der Weg, den wir bei Henry eingeschlagen hatten, noch immer mit tiefer Zufriedenheit. Ich hätte nicht gewollt, dass er davon in seinem Haus hätte Zeuge werden müssen.

»Es würde einen Sinn ergeben«, fuhr Straub fort. »Mein Bauchgefühl sagt mir, dass es einen Selbstmord gegeben hat. Jemand, der mit seiner Angst nicht wie Mr. Williams umgehen konnte, dem es noch schlechter als der ersten Zielperson ging. Falls ich recht habe und sich die betreffende Person selbst frühzeitig darum gekümmert hat, werden wir sehen, was der unbewegliche Blaue darum als Nächstes unternimmt. *Wir* konnten das Risiko nicht eingehen, eine Zielperson frühzeitig zu eliminieren, aber jetzt ist es von selbst passiert. Wird der Caementum einen Reset durchführen und zu jemand anderem gehen? In dem Fall haben wir ein größeres Problem. Oder verschwindet er wie sein Vorgänger, was das Problem zumindest für den Augenblick lösen würde? Das wird sich zeigen, und zwar hoffentlich bald. Und wir werden wissen, was geschieht, wenn die Zielpersonen vorher sterben.«

»Falls es Selbstmord war«, sagte Paul, »hat es derjenige vielleicht aus diesem Grund getan. Um zu helfen.«

»Auch das ist möglich.« Straub nickte, klang aber nun von der Unterhaltung leicht gelangweilt. Wir waren nicht länger relevant, und unsere Erkenntnisse waren wertlos. Sie hatte das Thema nur zur Sprache gebracht, um zu sehen, ob wir doch etwas wussten, und es war eindeutig, dass das nicht der Fall war. Im Augenblick hatte sie wichtigere Dinge im Sinn. »Wir werden es nicht wissen, bevor ein Polizeibericht einen entsprechenden Abschiedsbrief meldet. Aber selbst das ist sehr unwahrscheinlich. Schließlich wissen wir nicht, wohin das Ding unterwegs war, und die Zahl der Selbstmorde, die mit dem Erscheinen der Caementum in Zusammenhang stehen, ist vergleichsweise sowieso in die Höhe geschossen.«

Wir konnten hören, wie die Berichte über Funk eintrafen. Drei der fünf Häuser wurden als verlassen gemeldet, kurz darauf kam diese Meldung auch für ein viertes Haus. Als über das fünfte Haus nichts gemeldet wurde und die Soldaten wieder auftauchten, stieg Unbehagen in mir auf. Offensichtlich war ich da nicht der Einzige, denn Straub sprach in ihr Funkgerät.

»Einheit Drei, Bericht«, verlangte sie energisch, und nach einer kleinen Pause erwachte das Gerät zum Leben. Durch die erschütterte, leise Stimme des Mannes am anderen Ende wäre es schon schwergefallen, die Worte zu verstehen, aber das Gebrüll im Hintergrund machte es noch schwieriger. Es handelte sich um eine Frau.

»Einheit Drei zieht sich zurück ... äh, eskortiert ...« Die Stimme hielt kurz inne, dann sprach sie weiter. »Eine Zivilistin, eskortiert eine Zivilistin ... benötigen sofortige medizinische Hilfe. Carter hat eine Stichwunde davongetragen, er kommt jetzt raus.«

Die Verwirrung ließ Straub nur den Bruchteil einer Sekunde innehalten. »Verstanden, Einheit Drei, Unterstützung ist auf dem Weg. Bringen Sie die Zivilistin wie befohlen in den Transporter.«

Straub eilte los, ohne noch einen Blick für uns übrig zu haben, bellte dabei Befehle, und Paul setzte sich auf seinem Sitz auf, um das Haus besser sehen zu können. Wir parkten vielleicht fünfundzwanzig Meter entfernt.

»Was zum Teufel ...«, sagte er und bemühte sich, mehr zu erkennen. Ich folgte seinem Beispiel. Drei Soldaten kamen aus der Haustür geeilt, zwei davon stützten einen Kameraden. Der Mann – vermutlich Carter – hielt sich eine heftig blutende Bauchwunde, sein Gesicht war schmerzverzerrt. Man eilte bereits mit einer Trage herbei, dann brachte man Carter schnell weg. Die restlichen Soldaten verließen ebenfalls das Haus. Man konnte sie hören, bevor man sie sehen konnte, denn die Schreie der Frau trugen viel weiter, seitdem man sie ins Erdgeschoss gebracht hatte.

Sie war von durchschnittlicher Körpergröße und Wuchs, aber obwohl sie die Hände auf dem Rücken gefesselt trug, mussten sie drei Männer herausbringen, so sehr wehrte sie sich gegen ihren Griff und schrie. Sie hatte langes schwarzes Haar, das in alle Richtungen abstand, und trug vermutlich Hauskleidung. Einen voluminösen roten Hoodie und eine nicht dazu passende marineblaue Jogginghose. Selbst aus dieser Entfernung konnte ich die Flecken darauf erkennen. Ihre Füße waren nackt, und ihre Augen wurden abwechselnd fest zusammengekniffen und weit aufgerissen. Sie öffneten sich jedes Mal, wenn sie wieder genug Luft in der Lunge hatte, um erneut loszubrüllen. Ihr Gesicht war knallrot, die Haut tränennass. Sie war die am hysterischsten aussehende Person, die mir je untergekommen war. Die Gesichter der Soldaten, die sie aus dem Gebäude zerrten, waren entschlossen, aber ebenfalls blass, als hätten sie in dem Haus etwas Schreckliches gesehen.

Nachdem man sie weggebracht hatte und die Sicht auf das Haus wieder frei war, sahen wir den letzten noch verbliebenen Soldaten rauskommen. Er bewegte sich sehr langsam und schien unsicher auf den Beinen. In den Armen hielt er etwas, das auf die Entfernung wie ein Paket aussah. Der namenlose Offizier rannte zu ihm, und sie redeten miteinander; der Körper des Offiziers verhinderte, dass wir sehen konnten, was der Soldat da trug, aber sein Vorgesetzter neigte nun den Kopf, um es sich ansehen zu können. Einen Augenblick lang standen beide sehr still da.

Nun trat Straub auf die beiden zu, und wir sahen, wie sie die Hand zum Mund führte, aber nur kurz. Dann nahm sie sie wieder herunter und sagte etwas zu den Männern, aber wir konnten sehen, dass sie dabei den Gegenstand in den Armen des Soldaten betrachtete. Der Offizier nahm ihn ihm ab und brachte ihn weg, während Straub blieb und mit dem Soldaten sprach. Es schien persönlich und ehrlich zu sein; sie legte ihm sogar kurz die Hand auf die Schulter. Er nickte, schien tief Luft zu holen, dann richtete er sich abrupt auf und salutierte. Er ging in die Richtung der hinter uns geparkten Mannschaftstransporter. Der namenlose Offizier kam wieder zu Straub, das Paket war verschwunden. Die beiden unterhielten sich, aber mein Blick richtete sich auf den Soldaten, der in unsere Richtung kam. Er ging mit gesenktem Kopf, und seine Schritte waren schleppend. Was auch immer dort drinnen geschehen war, war für ihn offensichtlich eine sehr traumatische Erfahrung gewesen, und ich glaubte nicht, dass es daran lag, dass man seinen Kameraden niedergestochen hatte.

»Mein Gott«, hauchte Paul und setzte sich zurück. »Hast du gesehen, in welchem Zustand sich der Mann befindet? Ich sage es ja nur ungern, aber das hätten auch wir sein können. Vermutlich hatten wir Glück, dass wir nur das erste Mal reingegangen sind.«

Ich antwortete nicht, sondern richtete den Blick von dem Soldaten auf Straub, die sich noch immer vor dem Haus unterhielt. Der Soldat schlug nun die Richtung zu dem Transporter auf der gegenüberliegenden Straßenseite ein, der mehrere Meter hinter uns parkte. Wenn ich etwas unternehmen wollte, dann musste ich es jetzt tun, solange es einfach war.

»Ich bin in einer Sekunde wieder da«, sagte ich zu Paul und stieg aus dem Jeep, bevor er etwas erwidern konnte. Ich rannte die paar Meter zu dem Soldaten und blieb vor ihm stehen.

»Entschuldigung«, sagte ich leise, und er zuckte beim Klang meiner Stimme leicht zusammen. Er war so in die eigenen Gedanken versunken gewesen, dass er mich dort nicht einmal hatte stehen sehen. »Andy Pointer, Spezialberater beim Projekt Caementum«, sagte ich ernst und streckte die Hand aus. Ich hatte mir den Titel spontan einfallen lassen, aber im Nachhinein gesehen war das vermutlich unnötig gewesen. Schließlich war ich weltberühmt, auch wenn das nicht mehr viel wert zu sein schien. Der Soldat starrte mich kurz an, dann schüttelte er mir schlaff die Hand. Er war jung, sogar sehr jung, wie ich sehen konnte, höchstens einundzwanzig. Sein Gesicht war ausgesprochen bleich, und er kniff die blauen Augen unter den blonden Brauen zusammen. Ich riskierte einen schnellen Blick über die Schulter zu Straub; sie unterhielt sich noch immer, und die beiden Wagen, die sie mitgebracht hatte, starteten die Motoren. Einer sollte die letzte geholte Zielperson zu ihrem Rendezvous bringen; vermutlich würde sie die ganze Strecke lang schreien, bis man sie sedierte.

»Es tut mir leid, Ihnen diese Frage stellen zu müssen, mein Freund, denn ich sehe, dass Sie gerade ein schlimmes Erlebnis hatten«, sagte ich und versuchte, zugleich verständnisvoll und aufdringlich zu sein, »aber ich brauche eine schnelle Zusammenfassung, was gerade passiert ist, solange Sie es noch frisch in Erinnerung haben. Alles hilft, das kann ich Ihnen versichern.«

Der Soldat blinzelte mich benommen an, dann drehte er müde den Kopf in die Richtung des namenlosen Offiziers. Bevor er etwas sagen oder zurückgehen konnte, stoppte ich diesen Gedankengang für ihn.

»Das geht okay«, versicherte ich ihm, »ich habe die nötige Freigabe, das kann ich Ihnen versichern. Ich glaube nicht, dass Ihr befehlshabender Offizier im Augenblick sehr erfreut darüber wäre, gestört zu werden. Geben Sie mir nur eine kurze Zusammenfassung, dann sind wir fertig.«

Ich musste es wissen. Neugier gehört zu den Gefühlen, bei denen ich noch nie Zurückhaltung gekannt hatte.

»Sie lag auf dem Boden«, murmelte der junge Soldat und blickte überall hin, nur nicht zu mir. »Sie war oben, im vorderen Schlafzimmer. Hatte sich zusammengekrümmt, machte diese leisen Geräusche.« Er rieb sich schnell das Gesicht, dann sprach er weiter, sah es wieder genau vor sich. »Sie zitterte, reagierte aber nicht auf uns. Der Korporal fragte sie immer wieder nach ihrem Namen, versuchte ihre Aufmerksamkeit zu erregen. Dann ging er näher an sie heran, und ihre Hände waren nicht zu sehen, lagen unter dem Körper. Er hätte nicht so nahe an sie herangehen dürfen, aber es war ... Sie war eine Frau in einem netten Haus.« Kurz schaute er zurück, schüttelte den Kopf. Ich blickte ebenfalls in die Richtung. Straub war noch immer beschäftigt.

»Als Carter sie berührte ... sie muss darauf gewartet haben.« Er schaute weiter zu dem Haus, vielleicht sogar zu dem Fenster des Zimmers, in dem es geschehen war. »Wartete, bis er sich direkt über ihr befand, denn als sie das Messer hervorholte ... ihm blieb keine Zeit, um zu reagieren. Sie vergrub die Klinge in seinem Bauch. Bis zum Heft, Mann, dann zog sie es wieder heraus. Wissen Sie, man sollte ein Messer nicht wieder herausziehen, wenn es einmal in einem steckt. Macht alles nur noch schlimmer.«

»Das habe ich auch gehört«, sagte ich und versuchte ihn wieder zum Thema zu lenken. Falls ich es zuließ, würde ihn sein Schock in alle möglichen Richtungen abschweifen lassen.

»Sie fing erst an zu schreien, nachdem sie es getan hatte«, fuhr der Soldat fort und blickte mich verwirrt an. »Als wüsste sie, dass sie ihre einzige Trumpfkarte ausgespielt hatte und begriff, dass es nichts ausgerichtet hatte. Aber ich konnte es in ihren Augen sehen, Mann, selbst vor den Schreien. Ich sah ihren Gesichtsausdruck, als sie das Messer in Carter rammte. Sie hatte den Verstand verloren. Sie war völlig hinüber. Darum ergab es auch einen Sinn, als ich es entdeckte …« Er stockte und zog die Nase hoch.

»Was haben Sie entdeckt?«, fragte ich. Das war die Krux der Angelegenheit, nicht der Messerangriff. Das war es, was ihm wirklich zugesetzt hatte. Als er weitersprach, schaute er dabei zu Boden.

»In der Zimmerecke, direkt neben der Wand. Niemand hatte einen genauen Blick hineingeworfen, vermutlich weil wir uns mehr um sie sorgten, *und es gab nicht den geringsten Laut von sich.* Das war der Grund, denn hätten wir etwas gehört, hätten wir nachgesehen, aber der Raum schien leer zu sein. Ich habe mich nur flüchtig umgesehen, und mir ist zuerst nichts aufgefallen. Wir glaubten, sie wäre allein im Zimmer. Wir hielten es für leer, weil … da war nichts zu hören. Wir sind nicht auf den Gedanken gekommen, dass es daran liegen könnte, weil …«

»Weil was? Warten Sie, warten Sie. Was war leer? Was stand in der Zimmerecke?«

»Das Kinderbettchen. Das Kinderbettchen stand in der Zimmerecke.«

Ich dachte an das Paket und seine Größe, und an die Sekunde, in der der zweite blaue Stone Man plötzlich stehen geblieben war. Und ich hoffte, dass ich mich bei dem Gedanken irrte, der mir kam, während sich in meinem Magen Übelkeit ausbreitete.

»Nachdem die anderen sie rausgebracht hatten, warf ich einen zweiten Blick darauf.« Die Stimme des Soldaten brach. »Und wissen Sie, es ist kein Wunder, dass es jeder übersehen hat. Das Kissen hat größtenteils den Blick versperrt, verstehen Sie? Sie hatte ein Kissen genommen. Darum war es so still.«

Ich warf Paul im Jeep einen Blick zu, und als er meinen Ausdruck sah, wich seine ärgerliche Miene über mein Verhalten Besorgnis. Ich konnte nur langsam den Kopf schütteln.

»Wie konnte sie das nur tun?«, fragte der Soldat. Ein flehentlicher Tonfall trat in seine zitternde Stimme, während Tränen in seine Augen schossen. Er sah mich nach einer Antwort suchend an. »Ich weiß, dass sie verrückt geworden ist, ich ... ich weiß, dass man völlig ausrastet, wenn dieses Ding einen holen kommt, aber warum so etwas tun? Wie kann man so etwas tun?«

Ich glaubte es zu wissen, aber ich konnte es nicht aussprechen. Das war einfach zu viel, und plötzlich fühlte ich mich sehr müde. Hatte sie es gewusst? Eine Art Verbindung zwischen Mutter und Kind, das Wissen, dass nicht allein sie ein Ziel war, sondern ihr Kind auch? Ich denke jetzt in diesem Augenblick darüber nach – ich habe seitdem viel über sie nachgedacht, über sie und Patrick und den verdammten *Henry*. Dieser Mistkerl hat mich am schlimmsten getroffen, der verfluchte *Bastard*. Vielleicht war ihre Tat doch nicht verrückt, selbst wenn *sie* es war. Eine riesige, unaufhaltsame Mordmaschine aus Stein kommt, um mich und mein Kind zu holen? Solange ich in dieser Angelegenheit etwas zu sagen hatte, würde sie nur einen von uns bekommen. Andererseits ... wer kann schon wissen, ob es sich wirklich so verhielt?

Der Soldat musterte nun mein Gesicht, während ihm Tränen über die Wangen strömten; in seine Züge stand das brennende Verlangen nach einer Antwort geschrieben, und ich konnte ihm keine geben. Ich war so müde. Beinahe hätte ich mit den Schultern gezuckt, eine Kombination aus neuer Verbitterung und Erschöpfung, aber ich konnte mich noch gerade zurückhalten.

»Okay. Okay«, sagte ich leise und tätschelte dem jungen Mann die Schulter. Seine Miene veränderte sich nicht. »Vielen

Dank, ich weiß, das war schwer. Gut gemacht. Sie können ... jetzt gehen. Vielen Dank.«

Der Soldat stand einen Augenblick lang da, dann schien ihm klar zu werden, dass er fertig war. Er nickte knapp und setzte sich in Bewegung, aber dann drehte er sich um, ging langsam rückwärts und sprach weiter.

»Selbst wenn sie glaubte, dass es richtig war? Selbst wenn sie es für das Richtige hielt ... wie zum Teufel konnte sie das nur tun? Wie zum Teufel konnte sie *das* nur tun?« Diesmal war es eine rein rhetorische Frage, aber plötzlich fiel mir eine ungewollte Antwort ein.

»Manchmal ... manchmal können Menschen einfach das tun, was getan werden muss.«

Der Soldat schnaubte höhnisch, aber es kam heraus wie ein Schluchzen, und seine Stirn legte sich noch mehr in Falten. Mittlerweile war er ein Stück weit weg. »*Das* musste getan werden?«

Diesmal zuckte ich mit den Schultern.

»Das ist kaum die Frage, oder?«

Der Soldat schüttelte den Kopf, spuckte auf den Boden und drehte sich wieder um, ging kopfschüttelnd weiter. Meine Beine fühlten sich hohl an, und ich stolperte zurück zum Jeep. Als ich mich auf den Sitz fallen ließ, war ich mir nur zu deutlich bewusst, dass ich in den letzten vierundzwanzig Stunden nur eine geschlafen hatte. Die Ereignisse dieses schrecklichen Tages schienen eine unerträgliche Belastung zu sein, im Nachhinein betrachtet waren sie sogar noch schlimmer, und ich war zu müde, um sie zu verdrängen. Ich drückte die Handkanten gegen die Augen und fing an, schwer zu atmen, nur damit ich mich auf etwas konzentrieren konnte, und Paul, Gott segne ihn, gönnte mir den Augenblick. Er musste viele Fragen gehabt haben, aber er wartete. Ein *guter* Typ.

Schließlich nahm ich die Hände vom Gesicht, setzte mich auf und starrte das Haus an.

»Darf ich fragen?« Er meinte es nicht einmal spöttisch.

»Ja, nun ... ja.« Ich seufzte, hob die Hände und nickte. »Die

Frau hat den einen Soldaten niedergestochen. Der blaue Stone Man kam wegen ihrem Baby, oder zumindest glaubte sie es. Sie hat sich, äh, dazu entschieden, es ihm auf keinen Fall zu überlassen.«

Paul nickte langsam und sah zu, wie Straub mit mehreren anderen Männern in Uniform und David sprach, der wieder aufgetaucht war und sich anscheinend reindrängen wollte.

»Falls sie recht hatte, würde das erklären, warum der eine Blaue stehenblieb«, sagte Paul. Das schockierte mich dann doch. Ich war derjenige, der brutal praktisch war, nicht er. Aber er zuckte bei den Neuigkeiten nicht einmal mit der Wimper und betrachtete sie nüchtern. Er sprach langsam, träge, auf eine entrückte, gefühllose Weise, aber es war trotzdem überraschend. »Kein Selbstmord, trotzdem wurde eine der Zielpersonen frühzeitig getötet. Und sie gingen nebeneinander her. Ich glaube nicht, dass das Ziel des anderen Blauen hinter Birmingham lag. Meiner Ansicht nach befanden sich die Zielpersonen am selben Ort. Zum Teufel, schließlich waren es dieselben Gene.«

Ich machte mit, rationalisierte es ebenfalls; diese Tätigkeit war ein willkommener Zufluchtsort, und plötzlich war es leichter als je zuvor. Allein die Geschichte zählte. Immer nur die Geschichte.

»Man könnte die ungefähre Todeszeit ermitteln«, murmelte ich leise. »Es mit dem Augenblick vergleichen, in dem der zweite Blaue stehenblieb. Und es ist genauso, wie du gesagt hast. Sie gingen Seite an Seite. Die Wahrscheinlichkeit, dass ein weiteres Ziel in genau derselben Richtung lag, ist ziemlich gering. Das Signal fühlte sich anders an, als wir näher kamen, ist dir das aufgefallen? Bevor es blockiert wurde? Könnte es daran gelegen haben, dass sich die beiden am selben Ort befanden?«

»Sicher«, stimmte Paul mir zu. »Es wirft Fragen auf. Was glaubst du, was sie mit den nächsten Zielpersonen machen? Also das Militär?«

»Was meinst du?«, fragte ich und erkannte zugleich, dass wir beide davon ausgingen, dass die Stone Men ein drittes Mal kommen würden, obwohl die Zweite Ankunft noch nicht vorüber war. Wir hatten uns noch immer nicht angesehen, dennoch klangen wir jetzt wie zwei langweilige Fußballfans, die die Mannschaft diskutierten, und nicht wie Zeugen am Tatort eines Säuglingsmordes. Es war schockierend und fiel doch ganz leicht. Ich hatte recht gehabt; manchmal können Leute wirklich einfach tun, was getan werden muss.

»Bringt man sie wie Henry zu den Stone Men?«, fragte Paul. »Oder …?« Behäbig machte er eine Faust, streckte Zeige- und Mittelfinger aus, dann spannte er den Daumen und ließ das Handgelenk von einem leisen Explosionsgeräusch begleitet zurückschnellen. Vor Kurzem war ein Kind gestorben, wenige Meter von der Stelle entfernt, an der wir saßen, und in diesen paar Minuten war es nur zu einem Vorkommnis von vielen geworden. »Gleich an Ort und Stelle?«

»Wir werden wohl abwarten müssen, was mit dem Blauen passiert, der stehengeblieben ist«, erwiderte ich, und dann schwiegen wir eine Weile.

Ob es an der Belastung des Tages lag oder am Wissen, wie sich der jeweils andere fühlte, dass wir Zeugen derselben schrecklichen Dinge geworden waren – diesmal war es ein kameradschaftliches Schweigen. So saßen wir da, bis Straub zu uns kam, um uns zu entlassen, worauf wir uns alle die Hände schüttelten und einfach in den Alltag zurückkehrten. Wieder wären ein paar nette Abschiedsworte gut gewesen, aber sie waren nicht erforderlich. Davon abgesehen waren wir dazu sowieso nicht fähig. Ein geteilter Blick und ein Nicken sagte alles.

Moment mal: »Zurück in den Alltag«? Nein. Wir haben es versucht. Aber schon damals, vor unserem Aufbruch – Paul in einem Jeep und ich in einem anderen, der zum Flugplatz fuhr – wusste ich, dass es nicht möglich sein würde, wieder zur Normalität zurückzukehren, nachdem die Betäubung wich, die der letzte Teil dieses Tages hinterlassen hatte. Und ich glaube, Paul wusste es auch.

Ich behielt recht. Ich hatte nur keine Ahnung, wie sehr ich damit recht hatte.

TEIL 3

IM AUGENBLICK DES TODES

KAPITEL ACHT

Andy kehrt nach Hause zurück, der hohe Preis von Ruhm und Reichtum, Paul kehrt zurück in die Natur, und Verhandlungen in der Dunkelheit

Die Zeit vergeht nicht schnell. Sie schleppt sich dahin, und das qualvoll. Obwohl ich nach New York zurückgekehrt war und man mich um Interviews und Kommentare zu den neuesten Geschehnissen mit dem Stone Man bestürmte (tatsächlich hatte man mich dieses Mal aus der Regierungsversion der Geschehnisse herausgehalten, worüber ich froh war, aber mehr darüber in Kürze), wollte ich nichts damit zu tun haben, wie ich zu meiner Überraschung feststellte. Die bewusste Entscheidung, das Rampenlicht zu meiden, war ein seltsames Gefühl für mich. Ich bekam Anfragen von der *New York Times* und der *Times*. Ich sollte für sie schreiben. Einst wären das Traumangebote gewesen. Anscheinend waren meine Aktien angesichts der Rückkehr des Stone Man und seiner Gefährten wieder für kurze Zeit gestiegen, aber ich zögerte alles hinaus. Ich wollte einfach nur eine Weile aus dem Weg sein. Ich mietete ein Penthouse an der Upper East Side, das ich mehrere Wochen lang nicht mehr verließ, wechselte nur zwischen dem Balkon am Tag und dem Gemeinschaftspool in der Nacht. Leise in der Dunkelheit im Wasser zu treiben und das Mondlicht sanft durch die Fensterscheiben leuchten zu sehen, vermittelte mir ein Gefühl von Frieden. Ich trank sehr viel, ließ mir jeden Abend etwas zu essen kommen und nahm sechs Kilo zu.

Ich telefonierte oft mit Paul, und er klang noch schlimmer als ich. Falls wir uns nach Ziel Zwei wie betäubt gefühlt hatten, war dieser gesegnete Zustand bei uns beiden verflogen. Patricks unerfreulicher Tod hatte auf mich nur wenig Einfluss gehabt, während er Paul regelrecht verfolgt hatte. Nun hatte es den Anschein, als hätte ich seine frühere Stufe erreicht, während er neues Gebiet erforschte. Er klang schrecklich.

»Gestern ist sie ausgezogen.« Er lallte. Auch er hatte getrunken. »Ist zu ihrer Mutter gegangen. Vermutlich ist es das Beste. Hier war es nicht besonders lustig in letzter Zeit.«

»Hier auch nicht«, erwiderte ich. Ich saß nur mit meinem Bademantel bekleidet da und trank Scotch. Eine lange Pause trat ein, was völlig in Ordnung war, denn die meisten unserer Telefonate liefen auf diese Weise ab. Lange Pausen. Es reichte völlig aus, mit jemandem zu sprechen, der im selben Boot saß. »Was macht die Arbeit?«

»Keine Ahnung. Bin heute nicht hingegangen. Vermutlich gehe ich nie mehr hin.«

»Man wird dich feuern.«

»Schon okay. Die können mich mal.«

»Ich schicke dir was Geld. Ich kümmere mich um dich, Kumpel. Scheiße, ich schicke dir eine Million.«

»Bis dann.«

Ich wusste, dass er keine Geldsorgen hatte. Genau wie mich hatte ihn die Regierung wieder für unsere Hilfe entschädigt. Aber ich wollte das tun. Er hatte sich diesen Anteil *verdient*. Wir beide trugen die Last unserer Schuld.

Der Blaue, der stehengeblieben war, war kurz danach verschwunden, genau wie die anderen beiden, nachdem sie ihre Zielpersonen bekommen hatten und die betreffenden Körperteile entfernt worden waren. Man hatte den errechneten Todeszeitpunkt des Kindes mit dem Zeitpunkt verglichen, an dem der Blaue stehengeblieben war. Alles deutete darauf hin, dass die Ermordung des Kindes den Stone Man aufgehalten hatte.

Natürlich hatte die Öffentlichkeit nichts davon erfahren. Ich wusste es auch nur durch ein persönliches Gespräch mit Doktor Boldfield, bei einer zweiten Reihe von Tests. Er hatte gezögert, aber ich hatte ihn daran erinnert, dass mir seine Vorgesetzten die vollständige Offenlegung zugesagt hatten. Also hatte er sich geöffnet.

Wieder war der Öffentlichkeit erzählt worden, dass sich die Zielpersonen der Verbindung mit dem Stone Man bewusst geworden waren und sich aus eigenem Antrieb gemeldet hatten, und zwar in dem Wissen, dass sie dabei möglicherweise sterben würden. Sie wurden zu Helden erhoben, vor allem die zweite Zielperson, die tragischerweise am Vortag ihre Tochter durch plötzlichen Kindstod verloren hatte und sich trotz ihrer Trauer mutig zur Verfügung stellte. Das Kind – Zielperson Drei – wurde nicht als Zielperson enthüllt. Stattdessen erzählte man der Öffentlichkeit, dass die Familie von Zielperson Drei »darum gebeten hatte, dass man den Namen ihres Angehörigen nicht enthüllte«.

Allerdings gab die Regierung zu, dass ihre ursprüngliche Diagnose, derzufolge Patrick ein schwaches Herz gehabt hatte, falsch gewesen war, und dass die bloße Anwesenheit der Stone Men in unmittelbarer Nähe der Personen, mit denen sie kommunizieren wollten – also der Personen, für die sie gekommen waren –, tödlich war. Aber man versicherte der Öffentlichkeit, dass Bemühungen unternommen wurden, dies zu verhindern, und man bereits viele vielversprechende Durchbrüche in der Forschung erzielt hatte.

Ich habe mich immer gefragt, warum man überhaupt zugab, dass die Zielpersonen gestorben waren, aber nachdem ich viel Zeit hatte, darüber nachzudenken, weiß ich nicht, ob man da überhaupt eine große Wahl hatte. Man konnte sich nicht hundertprozentig sicher sein, dass es in Henrys Viertel und dem der zweiten Zielperson (Theresa Pettifer) keine Zeugen gegeben hatte. Bei Patrick hatte man Stunden Zeit gehabt, jedes Haus zu evakuieren, während man darauf wartete, dass der Stone Man zu ihm kam. Und was noch viel wichtiger war, man hatte nicht sichergehen können, dass die unmittelbare Umgebung auch tatsächlich völlig geräumt war. Bei der Zweiten Ankunft war es nur darum gegangen, Zeit zu sparen und den Zerstörungen so früh wie möglich Einhalt zu gebieten, und man war von der Annahme ausgegangen, dass sich die Bewohner selbst evakuiert hatten. Man konnte unmöglich behaupten, dass es sich bei den

Zielpersonen einfach um Leute handelte, die bei einer Panik ums Leben gekommen waren oder dergleichen, nicht, falls jemand gefilmt hatte, wie bewaffnete Soldaten sie schreiend aus den Häusern zerrten. Selbst heute frage ich mich noch oft, was wohl geschehen wäre, hätten sie nicht allein gelebt. Ich habe Paul einmal bei einem unserer Telefonate diese Frage gestellt. Ausnahmsweise war er da nüchtern gewesen.

»Welche Wahl hätten sie gehabt? Man hätte sich auch um sie gekümmert.« Er klang ausgesprochen teilnahmslos. Ich konnte ihn kaum verstehen.

»Glaubst du?«

»Ja. Man hat uns nur aus einem Grund nicht zum Schweigen gebracht. Wir könnten noch nützlich sein. Wir sind lose Enden, Andy. Gefährliche lose Enden. Aber wir werden sicher sein, jedenfalls so lange, bis die Dinger zurückkehren. Dann werden wir es erfahren. Wir werden erfahren, ob die Schoßhunde, die *Jagdhunde*, noch immer jagen können. Oder ob wir Leute mit gefährlichen Informationen sind, die überflüssig geworden sind ...«

»Nein, nein, damit sind wir bereits durch. Wir sind bereits nutzlos. Man hat uns von der Quelle abgeschnitten.«

»Man hat uns vor dem Ziel abgeschnitten, trotzdem sind wir ein gutes Stück weit gekommen. Wir könnten trotzdem noch etwas ausrichten, bevor man uns wieder blockiert. Oder vielleicht schafft man es auch sofort. Aber wenn das der Fall sein sollte ...« Er sprach nicht weiter, dann seufzte er. Seine Stimme war beinahe ein Flüstern, aber der trockene Humor war noch immer da, auch wenn er nun verzerrt war und die ganze Trostlosigkeit auslachte, die er überall um sich herum zu sehen schien. »Ich schätze, man wird uns hinter die Scheune führen und sich dort um uns kümmern, alter Freund«, beendete er seinen Satz.

»Niemals. Nein. Ich kann mir nicht vorstellen, dass Straub das zulässt.«

»Wirklich? Wie heißt das eine Wort noch mal, mit dem du Straub beschrieben hast?«

Das wusste ich sofort, aber ich wollte es nicht sagen. Es hätte bedeutet, dass Paul da möglicherweise ein gutes Argument hatte.

»Professionell.«

Nachdem ich für weitere Tests in England gewesen war, kehrte ich nach New York zurück, aber es fühlte sich nicht länger wie mein Zuhause an. Das tat kein Ort, aber ich musste ständig an Coventry denken und wie es dort seit der Zweiten Ankunft sein musste. Wie Sie alle natürlich wissen, hat man danach den Millennium Place ausgehoben und mit Wasser gefüllt, daraus einen großen künstlichen See mit einer Tiefe von zwei Metern in der Mitte gemacht. Man hoffte, damit die Technologie oder Macht irgendwie stören zu können, die sie für den Hin- und Rücktransport benutzten. Das zweimalige Auftauchen an derselben Stelle ließ die meisten einschließlich der Leute an hohen Stellen glauben, dass der Millennium Place der beste oder einzige Ort für sie gewesen war, an dem sie erscheinen konnten. Das war nicht viel, aber zu diesem Zeitpunkt hätte die Nation alles versucht.

Ich hatte die Bilder im Fernsehen gesehen. Sie hatten sogar mich schockiert, und ich war das erste Mal in unmittelbarer Nähe dabei gewesen. Große Teile des umgebenden Stadtzentrums waren in Schutt und Asche gelegt worden, und man hatte es nach der Ersten Ankunft eigentlich nicht wieder richtig aufgebaut. Die beiden Blauen, die zusammen mit dem ursprünglichen Stone Man im Regen losmarschiert waren, und das in fast entgegengesetzte Richtungen, hatten zwei neue Pfade der Zerstörung angelegt, und die Schäden zusammen mit den zur Hälfte fertig gestellten Reparaturen der Ersten Ankunft hatten die meisten Anwohner zu der Erkenntnis gebracht, dass es ihnen reichte. Das Stadtzentrum wurde zu einer Geisterstadt, die Bewohner verließen ihre Häuser. Selbst die Umgebung leerte sich – wer will schon in der Nähe des Ausgangspunkts eines scheinbar unendlichen Zerstörungszyklus leben. Je mehr Menschen gingen, umso mehr Geschäfte mussten Insolvenz anmelden, und der Exodus wurde noch stärker.

Soweit es die Regierung betraf, war das nicht notwendigerweise schlecht. Man hatte das Stadtzentrum vollständig zur Quarantänezone machen wollen, und sobald die Bevölkerung auf ein paar sture ältere Leute, Obdachlose und verzweifelte Plünderer (alles von Wert war schon lange verschwunden) reduziert worden war, hatte man die Gegend abgesperrt und unter Aufsicht gestellt. Das Perimeter hatte man mit Wachtürmen versehen und die letzten paar Mieter dort rausgeholt.

Das alles war in einem Zeitraum von drei Monaten geschehen. Die Einwohnerzahl der Stadt war von etwas über dreihunderttausend auf viertausend gesunken, die verstreut in den Außenbezirken lebten. Das war der Augenblick, in dem ich mich entschieden hatte, nach Hause zurückzukehren.

Ich weiß nicht einmal, warum; ich wollte es einfach. In New York zu sein verschlechterte meinen Zustand nur noch. Das war nicht mein Zuhause, und welchen Sinn hatte es, hier zu sein, wenn ich das Apartment nicht verließ? Ich wollte einfach wieder zurück. Ich wollte keine weitere dieser Personen sein, die meine Stadt aufgegeben hatten. Ich dachte an Henry und wie er sich geweigert hatte, Angst zu haben.

Ich fragte mich, ob er derjenige gewesen war, der die Dinge für mich verändert hatte. Patrick hatte mir nicht besonders schlimm zugesetzt, aber als wir ihn gefunden hatten, war er kaum noch ein Mensch gewesen. Henrys Würde hatte einen tief, sogar sehr tief berührt, aber die Erkenntnis, dass seine Taten nötig gewesen waren, um den Tod eines anderen menschlichen Wesens in die richtige Perspektive zu rücken – immerhin hatte sich dieser Tod, Patricks Tod, *direkt vor meinen Augen abgespielt* –, erfüllte mich mit einem Selbstekel, dessen Ausmaß ich nicht einmal anfangen kann zu beschreiben. Ich verbrachte Tage damit, mit einer Flasche in der Hand auf dem Rücken zu liegen, die Decke anzustarren und mich zu fragen, was zum Teufel mit mir nicht stimmte, um dann in einem Mahlstrom der Schuld zu ertrinken. Danach ging der ganze Kreislauf wieder von vorn los.

In meinen verrückteren Augenblicken ertappte ich mich sogar bei dem Versuch, meine mentalen Muskeln auf die Weise anzuspannen, mit der ich mich in die Frequenz des Stone Man einschaltete. Es ist schwer zu beschreiben, aber es war wie eine Verlagerung gewesen, als würde man in meinem Gehirn einen Schalter umlegen; ich fragte mich, ob mir das vielleicht auch vor ihrer Ankunft gelingen würde, um sie zu erwischen, bevor sie die Möglichkeit hatten, alles zu zerstören. Es würde mich wieder zum Jagdhund machen, dem Späher für einen Mord, aber zumindest konnte ich so noch mehr Leben retten. Ich war verzweifelt, versuchte händeringend irgendeinen Wert in mir zu entdecken, veränderte ständig meinen moralischen Standpunkt, um fähig zu sein, damit weitermachen zu können. Ich musste aufhören, an die Zielpersonen zu denken, musste an die Menschen denken, die Menschen. Die Menschen.

Ich fing nicht das geringste Signal auf, aber manchmal saß ich im Wohnzimmer, vor mir eine aufgeschlagene Karte, trank und dehnte meinen Verstand. Dehnte meinen Verstand. Aber das Ergebnis bestand lediglich darin, dass ich betrunken und die schwarze Wolke um mich herum noch dichter wurde. Also kam ich zu dem Schluss, dass ich das alles auch genauso gut in Coventry tun konnte, und buchte einen Flug.

Ich rief Paul an, um es ihm zu erzählen, aber er zeigte keine besondere Reaktion. Er registrierte meinen Plan lediglich mit einem Murmeln und sagte nichts. Ich fragte ihn, was nicht stimmte, meinte damit aber, was nun noch weniger stimmte als zuvor. Er klang nicht betrunken.

»Die Frau ist weg«, murmelte er. Ich wollte ihm sagen, dass ich das bereits wusste, dass er mir erzählt hatte, dass sie für den Augenblick bei ihrer Mutter wohnte, aber dann begriff ich, was er damit gemeint hatte. Vermutlich war das unausweichlich gewesen. Die Menschen hatten meiner Meinung nach ihre Grenzen, was sie zu ertragen gewillt waren.

»Willst du ... willst du zu mir kommen? Eine Weile bei mir bleiben?«, fragte ich.

»Nein. Danke. Nein. Wir sehen uns«, antwortete er, und plötzlich war die Leitung tot. Obwohl ich oft bei ihm anrief, hörte ich danach mehrere Wochen lang nichts von ihm.

Ich kaufte ein ehemals teures Haus, das mir schon immer in der Kenilworth Road gefallen hatte, zu einem lächerlich heruntergesetzten Preis. Ich brauchte es nicht, aber ich wollte es. Ich konnte es mir leisten, und die Besitzer, die es einfach aufgegeben hatten, waren überglücklich. Sie hatten bei Freunden gewohnt, und ihr Makler stellte den Kontakt her. Sie hatten es praktisch schon als Verlust abgeschrieben. Innen war das Haus eine Ruine, jeder Wertgegenstand war gestohlen, die Teppiche herausgerissen und die Wände aufgerissen, aber es hatte einen Pool – für mich mittlerweile ein Muss – und einen fantastischen Garten, und es fühlte sich einfach einladend an. Ich ließ ein paar Maler und Innenausstatter kommen, um es wiederherzustellen, kaufte neue Möbel, und am Ende der ersten Woche war alles makellos. Die Handwerker hatten dreißig Prozent auf die Rechnung geschlagen, um nach Coventry zu kommen und in dieser Nähe zum Stadtzentrum zu arbeiten, was sogar ich für übertrieben teuer hielt, aber es musste ja erledigt werden. Während sie arbeiteten, verbrachte ich die Tage in einem Pub in Birmingham und die Nächte in einem Hotel (in Coventry hatte keines mehr geöffnet; der Stone Man war der letzte Sargnagel für eine bereits sterbende Industrie gewesen), und das alles fand ich völlig in Ordnung. Ich glaubte, irgendwann möglicherweise sogar wieder schreiben und auf diese Angebote antworten zu können (Gelegenheiten, die sicherlich schon lange vorbei waren), aber ich wollte nicht weiter darüber nachdenken. Natürlich bedeutete das Geld, das sich bereits auf meinem Konto befand, dass ich es auch nicht musste, also vertrödelte ich meine Tage einfach weiter.

Nach meinem Einzug ließ ich einmal in der Woche Lebensmittel liefern und stellte ein Team aus zwei Sicherheitsleuten ein, die vierundzwanzig Stunden in Schichten arbeiteten, um das Haus vor Plünderern zu schützen. Sie bauten neben der Haustür eine kleine Bude voller Technik auf, und ich ließ einen Elektrozaun mitsamt Tor um das Grundstück errichten. Ja, ich war nach Hause zurückgekehrt, und möglicherweise war ich zu einem betrunkenen Wrack geworden, aber ich wollte eher verdammt sein, bevor ich zuließ, dass sich irgendwelcher

Abschaum an meinem Eigentum vergriff. Davon abgesehen verfiel die ganze Nation um mich herum zusehends in einen schlimmeren Zustand.

Trotz der Versicherungen der Regierung befand sich jede Stadt – nicht nur Coventry – in einem Zustand ständiger Beinahe-Panik. Ich glaube nicht, dass die Furcht darin bestand, der Nächste zu sein – das glaubte eigentlich kaum jemand, genauso wenig, wie man wirklich glaubt, im Lotto zu gewinnen –, sondern eher alles zu verlieren, dass ein Stone Man (blau oder andersfarbig) in seinen Stadtteil kam und ihn auslöschte. Es machte die Menschen extrem besorgt um ihren Besitz und ihre Familien, was es für einige Elemente viel zu einfach machte, diesen Funken weiter anzufachen und im ganzen Land Unruhen auszulösen, vor allem in wirtschaftlich benachteiligten Gegenden. Das führte dazu, dass sich noch mehr Menschen in ihre Häuser zurückzogen, und selbst die in relativ ruhigen Vierteln traten nicht mehr vor die Tür und sahen Nachrichten, um die Meldungen zu verfolgen, oder einfach nur um sicherzugehen, dass es ihren geliebten Menschen gut ging. Das religiöse Element nutzte seine Gelegenheit, unbeirrt von der früheren Gewalttätigkeit, und jubelte zweifellos, als es bei öffentlichen Versammlungen und Veranstaltungen Rekordmengen anzog. Es gab noch mehr Ärger mit rivalisierenden Glaubensrichtungen und noch mehr Todesfälle, was niemanden wirklich überraschte. Nach kurzer Zeit wurden religiöse Versammlungen in der Öffentlichkeit zeitweise verboten. Aber die Spannungen brodelten weiter, und im ganzen Land wuchsen Angst und Misstrauen.

An einem Donnerstag ungefähr vier Monate nach dem Verschwinden des Stone Man saß ich in meinem Garten. Mittlerweile war es Februar und noch kalt draußen, aber die Sonne war an einem für die Jahreszeit erstaunlich blauen Himmel aufgetaucht, und ich hatte mich entschieden, an die frische Luft zu gehen. Ich wohnte seit vier Wochen in dem neuen Haus, und ich glaube nicht, dass ich auch nur einmal Zeit in dem großen Garten verbracht hatte. Zwischen Heimkino, Küche und Pool zu wechseln, hatte mich beschäftigt. Internet-Pornos und Netflix.

Die Bar. Die ganze Zeit nahm ich mir eigentlich vor, am nächsten Tag mit dem Schreiben anzufangen, aber ich tat es nie. Einmal hatte ich es sogar versucht, aber als ich mit dem leeren Blatt konfrontiert war, wanderten meine Gedanken zu Dingen, über die ich nicht nachdenken wollte, und schließlich gab ich es auf. Ich war beschäftigt, was gut war, und wurde viel zu abhängig vom Alkohol, was eine vage Sorge darstellte. Wenigstens lenkte mich das alles ab. Der überraschende Sonnenschein, der durch die Vorhänge drang, hatte mich aus dem Bett auf einen Liegestuhl im Garten gezerrt, bevor ich die Flasche angerührt hatte, was an diesem Tag besonders ungewöhnlich war; normalerweise, wenn ich aufwachte und mich so schlecht fühlte wie an diesem Morgen, griff ich sofort nach etwas Starkem, um etwas dagegen zu tun. Aber nicht an diesem Tag. Irgendwie hatte ich das Gefühl gehabt, dass ich mich danach nur noch schlechter fühlen würde.

So hielt dieses zittrige Gefühl den ganzen Morgen lang an, und obwohl ich ständig daran dachte, mir eine Flasche zu schnappen, um es zu vernichten, kam ich irgendwie nie dazu. Stattdessen machte ich mit der üblichen Routine aus Filmen und im Wasser treiben weiter. Aber die Unruhe wurde immer schlimmer. Ich bereitete mir eine Mahlzeit aus Pizza und Chips, aber alles schmeckte nur trocken und fad. Ich ließ die Hälfte liegen und ging später nach oben ins Schlafzimmer, wo ich mich auf den Rücken legte und die Decke anstarrte. Ich konnte nicht still liegen, aber mein Bauch fühlte sich wie mit Blei gefüllt an, und ich fing an, mich schrecklich allein zu fühlen. Ich rief Paul an, aber er nahm wie gewöhnlich nicht ab. Ich fragte mich, ob er überhaupt noch in seinem Haus wohnte. Die Regierung kannte seinen Aufenthaltsort, um ihn falls nötig erreichen zu können, und das brachte mich auf die Frage, was passieren würde, wenn der Stone Man zurückkehrte. Ich fragte mich, ob man uns überhaupt holen würde, da man uns anscheinend von der Quelle getrennt hatte. Vermutlich schon. Man würde sich vergewissern müssen, nicht wahr, und mir fielen wieder Pauls ominöse Worte über das Thema ein.

Gefährliche lose Enden.

Ich lag da und hoffte beinahe, dass man uns blockieren würde, so würden wir zumindest nicht wieder ein Teil dieses Wahnsinns sein müssen. Sollte Straub doch ihre Ersatzleute ausprobieren. Sie konnten übernehmen, konnten sehen, wie sie mit den Ergebnissen klar kamen. Dann fing ich zu meiner völligen Überraschung an zu weinen.

Stakkatohaft gab ich laute, blökende Schluchzer von mir, Tränen strömten über mein Gesicht, und ein Teil von mir staunte darüber. Ich weinte nie, und falls doch einmal, betrachtete ich es sofort auf eine abstrakte, neugierige Weise, als würde es jemand anderem passieren. Das hatte mich immer von solchen seltenen Gefühlsaufwallungen entrückt und sie darum im gleichen Moment beendet. Aber nicht heute. Es ging gute zwanzig Minuten weiter, bis sich mein Gesicht wund anfühlte und ich fast meine Stimme verloren hatte. Aber noch viel seltsamer war, dass es nicht aufhörte. Gefühle wogten durch mein Inneres, und weil ich jemand war, der für gewöhnlich so wenig fühlte, war die Wirkung umso dramatischer.

Ich weiß nicht, wann genau es aufhörte, denn als ich am nächsten Morgen aufwachte, lag ich mit verklebten und wunden Lidern auf dem Bauch. Ich fühlte mich auch nicht besser; tatsächlich ging es mir noch schlechter. Ich machte mir Frühstück, hatte aber nicht den geringsten Appetit und ließ es unberührt stehen. Ich ging in mein Heimkino, um mich in etwas Lautem und Hirnlosem zu verlieren, konnte mich aber nicht entspannen. Der Surroundsound, der mich an einem normalen Tag oft überraschen konnte, wenn ein unerwarteter Laut aus den Lautsprechern an den Seiten oder hinten kam, ließ mich heute jedes Mal fast vom Stuhl springen. Nachdem ich fünf oder sechsmal vor Angst aufgeschrien hatte, schrieb ich das Ganze als schlechte Idee ab und ging zum Pool, aber die Nervosität wollte nicht schwinden. Schatten ließen mich zusammenzucken, und ich konnte das seltsame Gefühl nicht abschütteln, dass etwas hinter mir stand, aber ständig außer Sicht blieb.

Als sich der Abend näherte, hatte ich ein paar pflanzliche

Beruhigungspillen genommen, um meine mittlerweile schrecklich angespannten Nerven zu beschwichtigen, aber sie hatten nicht die geringste Wirkung. Ich fing an, über die Sprechanlage den Sicherheitsbeamten zu überprüfen, zuerst stündlich, dann halbstündlich, dann alle zwanzig Minuten. Genau wie später sein Kollege konnte er seine wachsende Gereiztheit gut verbergen, aber das Gegenteil wäre mir auch egal gewesen. Das war nicht wichtig. Ich überprüfte ständig die Schlösser und blieb die ganze Nacht mit brennenden Lichtern wach. Da meldete ich mich bereits alle fünf Minuten.

Als die Sonne aufging, war ich ein Wrack mit roten Augen und hatte ein beinahe ständiges Zittern entwickelt. Kurz kam mir in den Sinn, dass ich trotz der Überprüfung der Firma nicht wirklich wissen konnte, ob ich meinen Sicherheitsbeamten vertrauen konnte. Sobald mir dieser Gedanke gekommen war, schlug er Wurzeln, bis ich langsam zu dem Schluss kam, dass sie nicht vertrauenswürdig waren. Ich sagte dem Wachhabenden, dass er für den Rest der Woche nicht gebraucht würde – natürlich über die Sprechanlage und mit bebender Stimme –, und das auch für seinen Kollegen galt. Sie würden natürlich bezahlt werden. Ich hängte auf, bevor er protestieren konnte, und saß auf dem Schlafzimmerboden, während ich zuhörte, wie er unten an der Tür klopfte. Sobald ich ein Auto starten hörte, schlich ich auf Zehenspitzen zum Fenster und sah zu, wie sein schwarzer BMW losfuhr. Ich hatte geglaubt, dass ich mich besser fühlen würde, wenn ich seinen Aufbruch verfolgte, aber das tat ich nicht.

Ich kippte das Bett um und schob es quer in die Ecke. Das, so meine Schlussfolgerung, würde ein kleines Dreieck konstruieren, in dem ich sicher hinter der Barriere sitzen konnte. Dann kam mir in den Sinn, dass es noch besser sein würde, wenn ich mir die Matratze des Ersatzbettes holte und oben drauflegte, um mich letztlich hübsch von allem abzuriegeln. Die Idee erfüllte mich mit einer nervösen, panischen, aber entschlossenen Energie, und auch wenn die Vorstellung, das Schlafzimmer verlassen zu müssen, mich mit neuer Unruhe erfüllte, schuftete ich wie ein Verrückter, holte mir die Matratze aus einem der drei Gästezimmer und schleifte sie die Treppe hinauf.

Ich saß in der Dunkelheit meines kleinen Forts, überzeugt, dass ich mich nun endlich sicher fühlen würde, aber es wurde nur noch schlimmer. Kalter Schweiß trat auf meine Haut, zuerst eine feine Schicht, die sich im Laufe des Tages in kleine Ströme verwandelte. Das Zittern wurde schlimmer, und in einem klaren Moment kam mir endlich der Gedanke, mich zu fragen, warum das alles geschah.

Ich weiß nicht, warum ich das nicht schon früher tat. Im Nachhinein gesehen nehme ich an, dass es einfach zu dem Prozess gehörte; der Unterschied war natürlich, dass *ich*, als ich aufhörte, darüber nachzudenken, den Grund dafür *kannte*. An diesem Tag brachte das zwar nichts, oder nicht viel – dafür stand ich viel zu sehr unter dem Einfluss –, aber in diesem Augenblick war es ein kurzer, aufblitzender Gedanke, den ich mir schnappte wie eine zuschlagende Bärenfalle. *Das kann es nicht sein. Das kann es nicht sein. Das kann es nicht sein.* Ich wies die Idee weit von mir, klammerte mich an meine Unwissenheit wie ein Ertrinkender an ein Stück brüchiges Treibholz.

Die zweite Nacht im Schlafzimmer war die Hölle. Aus dem Zittern wurden Krämpfe, und manchmal bekam ich keine Luft mehr. Angst und Panik schnürten mir den Hals zu, unsichtbare Hände quetschten mein Herz. Ich überstand es jedes Mal, wusste aber stets, dass das nächste Mal direkt hinter der Ecke lauerte. *Es kann nicht das sein. Es ist der Stress. Die Schuldgefühle. Das Trauma, das wieder da ist. Es kann nicht DAS sein.* Je mehr Zeit verging, umso schwerer fiel es, solche Ideen im Keim zu ersticken, aber der Gedanke stemmte sich gegen meine geistige Bärenfalle und öffnete sie langsam, drohte, die Wahrheit herauszulassen, war unbestreitbar und verheerend.

Als ich am nächsten Morgen erwachte, nachdem ich nur ein paar Minuten lang bewusstlos gewesen war, musste ich mich übergeben. Ich versuchte das Matratzendach rechtzeitig wegzustoßen, aber meine Arme waren schwach und unbeholfen, und die Matratze fiel einfach auf mich. Ich kotzte mich und die

Wand voll und geriet noch mehr in Panik, denn ich war davon überzeugt, gleich zu ersticken. Das löste eine richtige Panikattacke aus, die meine Lunge erstarren ließ, während ich verzweifelt versuchte, aus meinem Fort zu kommen. Die Matratze war plötzlich ein Angreifer, der sich um meinen geschwächten Körper schlängelte und mich zwingen wollte, mein eigenes Erbrochenes einzuatmen. Schweißgebadet und mit Kotze verschmiertem Gesicht und Brust schaffte ich es schließlich über das umgekippte Bett, fiel zu Boden und schnappte nach Luft. Aber es gab keine Erleichterung; ich befand mich ungeschützt im Offenen, und mein Verstand brüllte mir zu, einen Unterschlupf zu finden, einen besseren Unterschlupf, sich im *BODEN ZU VERKRIECHEN, WO ES SICHER IST.*

Ich krümmte mich zu einer Kugel zusammen und gab Geräusche von mir, die irgendwas zwischen Schluchzern und Schreien darstellten, während mir mögliche Gefahren im Kopf herumschwirrten. *Gefahr.* Das führte dazu, dass mein Verstand reflexartig zugriff und diesen mentalen Muskel wieder anspannte. Er erinnerte sich daran, wie das funktioniert hatte, und fing an zu tasten, wie ich es so oft in den letzten Wochen versucht hatte.

Ich schaltete mich ein.

Als das plötzliche, ohrenbetäubende Kreischen lauter als je zuvor in meinem Geist einschlug, mich fand, mein Gehirn mit seinem qualvollen weißen Rauschen füllte, wusste ich, dass das, was ich die ganze Zeit vermutet hatte, die Wahrheit war, so wie ich im selben Augenblick wusste, dass ich verdammt war.

Sie hatten uns in der Tat bemerkt. Wir hatten ihre Aufmerksamkeit erregt, dann hatten wir uns eingemischt. Darum waren sie beim nächsten Mal bereit gewesen, als wir es erneut getan hatten, und als wir uns zu lange eingeschaltet hatten, hatten sie uns nicht nur abgeschnitten, sondern auch eine Entscheidung getroffen. Sie hatten genug von uns.

Hatten genug von Paul und mir.

Aufgespießt wie ein Käfer lag ich da, wie ein Kind, das in die Scheinwerfer eines heranrasenden Zuges blickte. Sie wussten, wo ich war, sie kannten *mich*, und in diesem Augenblick glaubte ich den Grund zu kennen, aus dem sie überhaupt erst gekommen waren – vielleicht kam mir die Erkenntnis, weil ich jetzt die Zielperson war. Oder sie *wollten*, dass ich es wusste, erfreuten sich vielleicht sogar hämisch daran, dass ich meine Strafe begriff.

Ich stieß einen Schrei aus und schluchzte hemmungslos in meine Hände, aber jetzt gab es dafür einen Grund. Die Kontaktaufnahme mit der Quelle hatte ihre Beeinflussung kurzgeschlossen und die Illusion zerbrochen. Mein Verstand gehörte wieder mir, aber jetzt waren Furcht und Verzweiflung echt und kamen aus dem Herzen. Ich würde sterben.

Ich kann das Gefühl wirklich nicht beschreiben. Die Erkenntnis, dass einem der Tod nicht nur plötzlich ohne Vorwarnung bevorsteht, sondern auch noch innerhalb weniger Tage. Ich konnte es nicht akzeptieren. Es war zu groß. Während ich dort lange Zeit lag und weinte, sprangen meine Gedanken von einem verrückten Thema zum nächsten. Ich fragte mich, was aus meiner Hypothek werden und wer mein Haus kaufen würde. Ich fragte mich, wer sich um meine Beerdigung kümmern würde. Würde überhaupt jemand kommen? Ich fragte mich sogar, was aus dem Essen in meinem Kühlschrank werden würde, sah eine Aufräummannschaft grimmig Anspruch auf die Gerichte anmelden, die ihnen zusagten. Dann fragte ich mich, was nach dem Tod kam, und ob es wehtun würde, ob ich die Schritte des Stone Man überhaupt mitbekommen würde, wenn sie hinter mir über die Straße dröhnten.

Ich dachte an all die Dinge, die ich noch erledigen musste, und all die Dinge, um die man mich bringen würde. Wie ungerecht das doch war. Ich weinte ungehemmt und dachte an die anderen Zielpersonen, wie ich sie aufgespürt hatte. Dann fragte ich mich, ob es vielleicht doch nicht so ungerecht war.

Wie Sie sich vorstellen können, dauerte das alles eine Weile. Ich werde Sie nicht damit langweilen. Ich könnte dieser Phase sowieso nicht gerecht werden. Herausfinden zu müssen, dass man nur noch wenige Tage zu leben hatte, und das ohne Vorwarnung … Ich kann es einfach nicht in Worte fassen. Ich kann es nicht einmal versuchen. Warten Sie, eines fällt mir doch ein. Bedauern. Davon gab es eine ganze Menge.

Nachdem ich schließlich eine Million Dinge durchgegangen war, dachte ich an Henry, und etwas blieb an diesem Gedanken hängen und ließ nicht los, kehrte immer wieder dazu zurück, obwohl meine Gedanken zu den Kindern weiterwandern wollten, die ich nie haben würde, die ich nie hatte haben wollen, jetzt aber wie die größte verpasste Gelegenheit erschienen. Und während ich an Henry dachte, bildete sich selbst in den schlimmsten Augenblicken der Verzweiflung der Kern einer Idee. Sie gefiel mir nicht, und zuerst konnte ich es nicht einmal über mich bringen, darüber nachzudenken – die Idee war nicht weniger furchteinflößend als das Wissen, dass der Stone Man zu mir kam –, aber als die Stunden verstrichen und meine Tränen trockneten, während das praktische Denken sich durchsetzte, kehrte ich immer wieder dazu zurück, wusste, dass sie richtig war, und ließ sie Wurzeln schlagen.

Ich ging nach unten, machte mir eine Tasse Tee. Während ich sie mit zitternden Händen trank, überwältigte mich die ganze Sache immer wieder erneut, und ich brach in Tränen aus, aber das hielt nie lange an. Ich war noch immer über alle Maßen entsetzt und hoffte noch immer verzweifelt, dass es eine andere Möglichkeit gab, aber ich wusste, dass das nicht der Fall war. Die Entschlossenheit, die langsam in mir wuchs, ließ mich immerhin funktionieren. Wäre ich zuvor glücklich gewesen, wäre alles vermutlich schwerer gefallen, wäre es viel schwerer gewesen, alles zur Seite zu schieben und an die Arbeit zu gehen. Aber wenn ich ehrlich bin, wenn ich mein Leben betrachte … ich weiß nicht. Ich war müde, immerzu müde. Aber *das* wollte ich noch immer nicht tun. Der zusätzliche Zeitdruck ließ mir keine Wahl, als loszulegen; und wie ich bereits sagte, war Pragmatismus noch nie ein großes Problem für mich gewesen. Wenn ich meinen bevorstehenden Tod nicht verarbeiten konnte, würde ich es auch nicht versuchen. Ich würde einfach weitermachen. Das konnte ich tun, wie mir klar wurde.

Als Erstes musste ich Paul erwischen. Und das würde kein angenehmer Anruf werden.

Ich schätze, die Zeit ist fast vorbei. Ich glaube, ich habe mich wieder nüchtern getrunken. Ich hätte so etwas nie für möglich gehalten, aber ich glaube, die derzeitige … Situation hat damit mehr zu tun als alles andere. Ich habe noch immer nicht genug Zeit gehabt, um es wirklich zu begreifen, aber ich habe mein Bestes getan, über alles andere nachzudenken.

Gerade genug Zeit, um diese Version der Geschehnisse zu beenden, ja? Mein Gott, wie lange bin ich schon hier? Ich glaube, den ganzen Tag. Ich habe das Zeitgefühl verloren, *das* wird am Alkohol liegen. Ich versuche mich daran zu erinnern, wann sie eingetroffen sind … bei den letzten beiden Malen lagen ungefähr acht Stunden zwischen der Ankunft und dem Augenblick, in dem sie losmarschierten. Große Scheißkerle aus Stein. Bastarde. Man sollte denken, dass ich mich daran erinnere, wann genau sie auftauchten, denn das war der Augenblick, der bestätigt hat, dass ich recht hatte. Sobald die Blauen zurückkehrten, bewiesen sie, dass ich mit dem Grund ihrer Anwesenheit richtig lag.

Ich wusste, dass er erst einmal nicht rangehen würde. Ich ging davon aus, dass er, selbst wenn er die gleiche extreme Paranoia durchlitt, die ich erfahren hatte, irgendwann den Hörer würde abnehmen müssen, um das Klingeln abzustellen. Weil es ihn in den Wahnsinn treiben würde. Das wusste ich aus Erfahrung. Die Idee bestand darin, dass er meine Nummer erkennen und vielleicht antworten würde. Leider war sein Handy bereits abgestellt, der Anruf ging direkt auf die Mailbox. Ich hatte auch die Festnetznummer, wusste aber nicht, ob er überhaupt noch dort wohnte. Erst recht angesichts der kommenden Scheidung. Aber ich hatte keine anderen Möglichkeiten; wenn das nicht funktionierte, musste ich nach Sheffield fahren.

Als das Klingeln ertönte, war ich zumindest teilweise erleichtert. Falls er dort noch wohnte, hatte er den Stecker nicht herausgezogen. Aber nach sieben erfolglosen Anrufen kamen mir ernsthafte Zweifel. Ich entschloss mich, es noch dreimal zu versuchen, bevor ich mich ins Auto setzte, aber schließlich nahm er beim nächsten Klingeln ab. Es war sofort deutlich, dass ihn die Furcht noch immer gepackt hielt. Er hatte keine Verbindung hergestellt und ihren Griff gebrochen.

»Lass mich in Ruhe!«, zischte die Stimme am anderen Ende. Sie klang erstickt und heiser, der verzweifelte Tonfall eines Verrückten. Ich hatte Mühe, etwas von dem Mann zu erkennen, der dort drinsteckte und den ich kannte. *»Du verfluchter Bastard, lass mich in Ruhe, ich will nur …«*

»Paul, Paul, es ist okay, es ist okay. Ich bin es, Andy«, unterbrach ich ihn und versuchte so ruhig wie möglich zu klingen, obwohl ich es im Inneren bestimmt nicht war. Fast erschien es sinnlos, ihn zu beruhigen, um ihm eine so schreckliche Nachricht zu überbringen, aber er sollte bei Verstand sein, wenn ich es ihm sagte. Zumindest das hatte er verdient. »Ich weiß, dass du ausrastest, aber du musst zuhören, okay? Ich weiß, was nicht stimmt, und ich kann dafür sorgen, dass du aufhörst, dich so zu fühlen.«

»Andy?«, sagte die Stimme des Fremden am anderen Ende der Leitung und brach, weil sie die Stimme eines Freundes hörte. Ich wusste nicht, wie viel Zeit mir blieb, bevor sich die derzeitige Erleichterung in Misstrauen und Angst verwandelte und sich gegen mich wandte, als wäre ich ein Eindringling. Ich musste mich beeilen. *»Andy, was geschieht hier? O Gott, was passiert mit mir? Ich fühle mich … ich kann nicht aufhören …«*

»Ich erkläre es dir, ich erkläre es dir«, sagte ich in meinem besten beruhigenden Tonfall und bemühte mich, meine kaum aufrechtzuerhaltende Selbstkontrolle nicht zu verlieren, weil ich hören musste, wie sich ein so großer Mann wie Paul in ein wimmerndes Wrack verwandelte. »Du musst dich einen Augenblick lang für mich entspannen und nachdenken, okay?«

Abgesehen von einem leisen Schluchzen kam keine Erwiderung. Sich das anhören zu müssen, war schrecklich.

»Paul, du musst mir zuhören. Komm schon. Bitte. Ich werde

dafür sorgen, dass das Zittern aufhört«, sagte ich so sanft, wie ich konnte, aber ich konnte das Beben aus meiner Stimme nicht raushalten. Meine eigene, sehr reale Furcht drohte sich wieder einzuschleichen, und ich strengte mich an. Mein Kopf und die Hände fühlten sich kalt und seltsam schwerelos an.

»Hilf mir«, flüsterte die Stimme am anderen Ende der Leitung, und ich nickte, obwohl sich niemand im Raum befand, der es hätte sehen können.

»Das werde ich, Paul. Du musst etwas für mich versuchen. Erinnerst du dich, wie es sich angefühlt hat? In deinem Kopf? Erinnerst du dich, wie es sich angefühlt hat, als du versucht hast, die Verbindung zu dem Stone Man herzustellen?«

Eine kleine Pause trat ein, dann ein Schniefen und ein Wimmern, das eine Bestätigung sein sollte.

»Okay. Das musst du jetzt für mich in deinem Kopf versuchen.« Als würde ich mit einem Kind reden. Das zu tun, setzte mir zur. »Okay? Ich weiß, dass es kein Leitsignal gibt, aber du musst für mich danach tasten, so wie du es schon einmal getan hast. Das musst du für mich tun. Du weißt doch, was ich meine, oder?«

Wieder trat Schweigen ein. Dieses Mal dauerte es länger, bis ich mir nicht länger sicher war, dass Paul noch immer zuhörte. Ich sparte mir die Frage, ob er überhaupt dazu fähig sein würde; zwar hatte er mich dazu gebraucht, um Patricks Signal aufzuspüren, andererseits war ich davon ausgegangen, dass er sich jetzt ohne Probleme würde dazuschalten können. Wo er das Ziel war. Berichtigung: Jetzt waren *wir* die Zielpersonen. Ich wollte wieder etwas sagen, als ich am anderen Ende der Leitung plötzlich einen leisen Aufschrei hörte, gefolgt vom Geräusch des auf dem Boden landenden Hörers. Mehrere Schreie erschollen, dann vermutlich der Laut stolpernder Füße, auf den wieder Stille folgte. Er hatte es getan. Er war drinnen gewesen und wieder rausgeworfen worden, die Beeinflussung durch Angst war auf die gleiche Weise kurzgeschlossen worden wie bei mir. Jetzt, wo ihm sein Verstand wieder gehörte, wusste er, dass er sterben würde.

Ich setzte mich auf den Boden, seufzte und rieb meine Schläfen. Dann wartete ich. Ich wusste nicht, wie Paul reagieren würde, wenn er wieder er selbst war. Er war schon zuvor hysterisch gewesen, aber das hatte an äußeren Einflüssen gelegen. Jetzt war er ganz allein. Gute zwei oder drei Minuten mussten vergangen sein, und noch immer war vom anderen Ende nichts zu hören. Falls er das Bewusstsein verloren hatte, wie sollte ich dann mit ihm sprechen? Schließlich konnte ich nicht wieder das Telefon klingeln lassen, denn er hatte den Hörer abgenommen. Aber schließlich war seine Stimme wieder zu hören.

»Andy?«, fragte er leise. Seine Stimme war nun ruhiger, aber noch immer heiser. Und verängstigt.

»Ja.«

»Hast du … bist du …«

»Ja.« Meine Lippen zitterten, aber ich würde nicht die Beherrschung verlieren.

»Ach, *Andy* … ach, Scheiße …«

»Ich weiß. Ich weiß.« Ich brauchte einen tiefen, schnaubenden Atemzug, um alles unter Kontrolle zu halten. Wenn er nicht in Tränen ausbrechen würde, würde ich es auch nicht tun.

»Was sollen wir … was sollen wir …«, plapperte er, und sich das anhören zu müssen, war das Schlimmste. Das war er. Das kam von dem richtigen Paul. »Straub. Wir … wir werden Straub anrufen.« Seine Stimme hatte sich etwas aufgehellt, seine Worte überschlugen sich beinahe, während er sich an etwas festklammerte, das wie Hoffnung aussah.

»Vermutlich die schlechteste Person, die wir anrufen können, Kumpel«, sagte ich mit einem tiefen, resignierten Seufzer. »Ich glaube, wir wissen beide, wie ihre Lösung aussehen würde.«

»Lieber Gott.« Pauls Stimme klang gedämpft, und ich glaubte, er sprach mit der Hand vor dem Mund. Eine Minute oder länger trat Schweigen ein, dann sprach er wieder. »Wir waren zu lange im Signal, nicht wahr?« Seine Stimme war leise und resigniert. »Sie haben uns gesehen.«

»Vielleicht, vielleicht«, erwiderte ich. »Aber vermutlich hätten sie uns sowieso entdeckt. Schließlich befanden wir uns auf ihrer Frequenz.« Wut schoss plötzlich in mir hoch, ich trat gegen die nächste Küchenschranktür. Mit einem lauten Knall flog sie aus ihren Angeln, und ich schleuderte die Tasse, die ich noch immer in der Hand hielt, gegen die Wand, wo sie zerschellte. Es war verflucht noch mal nicht fair, und ich wollte das ganze Haus zerstören, aber ich durfte diesem Verlangen nicht nachgeben. Ich hatte viel zu erledigen. Also holte ich tief Luft und konzentrierte mich wieder auf das Telefon.

»Was zum Teufel war das?«, keuchte Paul überrascht.

»Tut mir leid, das war ich. Ich habe nur … meinem Abscheu Ausdruck verliehen.«

»Lass das, ich bin schon angespannt genug, du Arschloch!«

»Entschuldige. Es tut mir leid.«

»Nein, schon gut. Mein Gott, wenn du dazu jetzt keine Berechtigung hast, wann dann?« Wieder kehrte dieses Schweigen ein. Ich hatte keine Ahnung, was ich sagen sollte. Was konnte ich ihm schon sagen? Warum rief ich überhaupt an? Darüber hatte ich mir nicht die geringsten Gedanken gemacht, ich hatte ihm nur seine Würde zurückgeben wollen und … Was? Ihm meinen Respekt erweisen? Dann wurde mir klar, dass es genau das war. Ich wollte Paul meinen Respekt erweisen.

»Hör zu, ich weiß nicht, was du machen wirst, Paul«, sagte ich leise. Ein seltsames Gefühl von Ruhe und Entschlossenheit überkam mich. So etwas hatte ich noch nie zuvor erlebt. »Aber ich werde … ein paar Dinge erledigen. Frühzeitig. Das Richtige tun, verstehst du? Versuchen zu verhindern, dass Menschen zu Schaden kommen.«

»Hm«, machte Paul am anderen Ende der Leitung. Seine Stimme zitterte wieder.

»Es ist etwas einfacher, wenn man den Tag rettet, indem man andere ausliefert, was?« Und die Tränen kamen, und ich konnte sie nicht aufhalten, und Paul fiel ein. Das ging eine Weile so weiter, aber keiner von uns schämte sich deswegen.

»Hör zu, hör zu«, schaffte ich zu sagen, als wir uns so sehr beruhigt hatten, wie zu erwarten war. »Ich wollte nur sagen, was auch immer du tust, das ist allein deine Sache, und ich werde nicht über dich urteilen, okay? Ich wollte nur sagen, dass du ein guter Kerl bist und … und nichts von den anderen Sachen war deine Schuld, in Ordnung? Du hast das Richtige getan.« Die Worte kamen kaum verständlich heraus, waren eher ein Piepsen als die männlichen Töne, die ich mir gewünscht hätte, aber er verstand mich.

»Ja, ja«, keuchte er. »Du … auch. Du bist ein anständiger Kerl, Andy, ich … ich mag dich, und du bist ein anständiger Kerl.«

Ich kicherte kurz, ein grimmiges, kurzes Bellen, das Speichel durch den Raum fliegen ließ.

»Das bin ich nicht, und das weißt du.« Traurig schüttelte ich den Kopf. »Ich habe mich auch nicht unbedingt darum bemüht. Ich mag andere Menschen nicht besonders, ich glaube, ich bin ziemlich oberflächlich, und ich habe mich eigentlich immer nur dafür interessiert, ein Stück voranzukommen … Nicht um jeden Preis, ich bin nicht Hitler, verfluchte Scheiße, aber meistens habe ich … Mir fallen nicht die richtigen Worte ein, um die Absichten zu beschreiben, die ich erst kürzlich entdeckt habe, das Gefühl von verfluchter *Würde*, das damit einhergeht. Aber das … ich glaube, das schaffe ich.« Das Gefühl der Ruhe hüllte mich ein, eine melancholische, aber unerschütterliche Resignation, die mir verriet, dass ich mir zum ersten Mal in meinem Leben über einen Weg sicher sein konnte. »Das ist eine gute Sache. Diese letzte Sache … ist eine gute Sache. Und ich werde sie tun. Ich bin nicht glücklich darüber, verflucht noch mal, aber … es ist etwas *wert*. Ich weiß nicht, ob das für dich einen Sinn ergibt.«

Durch den Hörer kam nur Schweigen.

»Du hast recht«, sagte Paul schließlich ernst. »Das ist es wert. Ich wünschte nur … Scheiße, Andy, ich wünschte nur, das wären nicht wir.«

»Ja«, erwiderte ich, sparte mir aber das ehrliche *Ich auch*, das mir auf den Lippen lag. Irgendwie würde das meiner Meinung nach die edle Aussage entwerten, die ich gerade gemacht hatte.

»Wie wirst du …?«, fragte Paul und brauchte die Frage nicht zu beenden.

»Ich denke mir etwas aus«, antwortete ich. Mein Plan stand bereits fest. Ich wollte nur nicht darüber reden. Ich würde es allein für mich tun; ungestört und zu meinen eigenen Bedingungen. Sie würden nicht durch mein Land marschieren und es zerstören, oder zumindest nicht derjenige, der zu mir kam. Ich würde schon lange weg sein. Mir kam der Gedanke, dass der Tod des kleinen Kindes – Zielperson Drei, die Bezeichnung, unter der ich es immer nur kennen würde – vielleicht doch nicht umsonst gewesen war. Er hatte uns Informationen verschafft, wie man sie zumindest frühzeitig aufhalten konnte. Aber der Gedanke brachte keinen Trost. Ich musste mich um meinen eigenen Tod kümmern.

»Wirst du erst mit Straub sprechen?«

»Ja. Aber noch nicht. Ich werde warten, bis sie eingetroffen sind. Das wird bald sein, in ein paar Stunden, spätestens heute Abend. Dann werde ich die Karte ausprobieren, sehen, ob ich etwas finde. Ihnen falls möglich einen Vorsprung verschaffen.«

»Die Dritte Ankunft. Was für eine Scheiße.« Pauls Stimme war leise. »Ich glaube … ich glaube, ich rufe Straub auch an. Spreche mit ihr darüber … etwas Hilfe zu bekommen. Du weißt schon. Damit alles schnell geht.«

»Okay, Kumpel. Aber vergiss nicht. Nach sieben oder acht Stunden … nachdem sie sich in Bewegung gesetzt haben …«

»Ja, ja. Diese Dinger, die Barrieren.« Er klang, als wäre ihm schlecht.

»Ja, die. Denk einfach daran, also was die Zeit angeht, meine ich. Ich sollte, äh, ich sollte besser los.«

»Ja. Ja, okay.«

»Viel Glück, Paul. Ich hoffe, es läuft … ach, Scheiße, streich das. Es war schön, zu … Verflucht, das ist ja noch schlimmer. Tut mir leid.« Paul lachte tatsächlich zur Erwiderung, aber es wurde von leisem Schluchzen unterbrochen.

»Eine fantastische Abschiedsrede, Kumpel, einfach brillant.« Seine Stimme zitterte noch mehr, aber meine Erwiderung bestand selbst aus einem Schluchzen und Lachen. »Aber ich weiß den Gedanken zu schätzen«, sagte er, »und ich wünsche dir das Gleiche, Alter ... Mir ist egal, was du sagst. Ich halte dich für einen anständigen Kerl.«

»Danke, Paul.«

Da war noch viel mehr zu sagen, und zugleich auch nicht.

»Dann ... pass auf dich auf.«

»Ja. Ja, du auch. Bye.«

»Bye.«

Mit einem Gefühl von Endgültigkeit, das beinahe überwältigend war, drückte ich die Taste auf dem Hörer und trennte die Verbindung. Es war das letzte Mal, dass wir miteinander sprachen.

Als ich anfing, das hier aufzunehmen, Paul, habe ich mit dir angefangen, und ich wünschte bei Gott, du hättest es hören können. Ich hätte zu gern gewusst, ob ich etwas vergessen habe. Oder falsch dargestellt habe. Das ist eine echte Schande.

Aber wie dem auch sei. Die Uhr tickt ... Aber das tut sie ja immer, nicht wahr? Na ja.

Es gibt nur noch eine Kleinigkeit zu berichten. Gerade noch genug Zeit für etwas mehr. Nur noch einen Moment länger.

Ich fuhr nach Birmingham, nachdem ich das Hotel angerufen hatte, in dem ich während der Renovierung gewohnt hatte. In dem Haus in Coventry wollte ich die Sache nicht erledigen; hoffentlich würde hier eines Tages wieder jemand wohnen, vielleicht eine Familie, und es fühlte sich einfach falsch an. Leute starben ständig in Hotels, nicht wahr? Zumindest war das meine Meinung. Und es würde die Zeit angenehm verkürzen, wie ich ohne jede Scham zugebe. Ich hätte bis zu dem Augenblick warten können, in dem sie tatsächlich wieder da waren, aber das wäre eine schlechte Idee gewesen. Je länger ich wartete, umso mehr Zeit hätte ich, es mir auszureden.

Alles auf dieser fünfundzwanzigminütigen Fahrt wurde zu etwas Besonderem. Die Songs im Radio, auch die, die mir immer egal gewesen waren, klangen jetzt wie Meisterwerke, und das dämliche Geplapper des DJ klang wie das Leben selbst. Die Fabrikgebäude zu beiden Seiten der M6 hatten jetzt eine dunkle Schönheit, Gebäude, die ich in der Vergangenheit angesehen und kein Verlangen gehabt hatte, jemals wiederzusehen. Meine Sicht verschwamm oft vor Tränen, und beinahe hätte ich ein- oder zweimal angehalten, als mir plötzlich die Ungeheuerlichkeit dessen bewusst wurde, was ich zu tun hatte. Und dann dachte ich an Henry und wie er die Dinge gehandhabt hatte, wie er es selbst in diesem von außen erzeugten Zustand geschafft hatte, und ich fasste das Steuer fester und fuhr weiter.

Unterwegs rief ich Straub an. Ich hatte meinen Plan noch einmal überdacht und mich entschieden, sie zumindest zu informieren. Sie brauchte die Gelegenheit, die Räder so früh wie möglich in Bewegung zu setzen, die Einheiten zum Aufbruch vorzubereiten, selbst wenn ich ihr nicht sagen konnte, wo sie eigentlich hin mussten. Aber dieses eine Mal würden sie wissen, dass die Stone Men kamen, bevor sie schließlich eintrafen. Wenn ich mich in die Frequenz einklinkte, kam nur dieser schreckliche, kreischende Wind, der meinen Tod signalisierte, und diesem Lärm konnte ich mich unmöglich erneut stellen. Als würde man das Gebell eines albtraumhaften Hunderudels hören, während es über einen herfiel, und die Erinnerung an diesen Laut ließ mich Zähne sehen, die sich in mein Rückgrat gruben. Ich tat schon mehr als genug für mein Land. Ich würde einfach warten müssen, bis die Stone Men da waren, um dann zu versuchen, falls möglich ihre Ziele zu bestimmen. Ich bezweifelte es zu schaffen, aber den Versuch war es wert.

Sobald sie sich meldete, informierte ich sie. Ich sagte ihr, dass sie sich auf die Dritte Ankunft vorbereiten musste, wer zumindest zwei der Zielpersonen waren, und was ich tun wollte. Wie erwartet reagierte Straub wie ein Profi.

»Mr. Pointer … Andy … tut mir leid, das zu hören«, sagte sie und holte tief Luft. »Sie scheinen es gut aufzunehmen.«

»Um ehrlich zu sein, hatte ich davor nicht gerade die beste Zeit meines verfluchten Lebens«, erwiderte ich und wünschte mir zum vierten oder fünften Mal auf dieser Fahrt, eine Flasche dabei zu haben. Und ich war voller Selbstmitleid. »Und das trotz dieser ganzen Kohle, was? Was für ein Arschloch. Was für ein verfluchtes *Arschloch.*« Ich hieb auf das Steuer ein, und die Hupe ging los, was den Fahrer des Nebenwagens zu mir herübersehen ließ. Ich erwiderte seinen Blick nicht.

»Sie haben ein paar schreckliche Dinge gesehen, für die Sie nicht ausgebildet waren, Andy. Und Sie waren tief darin verstrickt. Sie konnten nicht erwarten, das alles einfach so abzuschütteln.« Sie seufzte, und es klang, als würde sie sich auf einen Stuhl setzen. Von Straub war das eine seltene Gefühlsregung, die von Herzen kam. »Ich mache mich dafür verantwortlich. Ich hätte dafür sorgen sollen, dass wir Ihnen psychologische Betreuung zukommen lassen, oder zumindest eine Traumatherapie. Die Dinge waren einfach so verrückt danach, und unsere erste Priorität bestand darin, sich auf eine Rückkehr vorzubereiten. Hätten Sie darum gebeten … nein, das wäre nicht Ihre Aufgabe gewesen. Es tut mir leid, Andy. Wir haben Sie im Stich gelassen.«

»Das ist egal, Brigadier«, sagte ich und würgte die nächsten Scheißtränen herunter. »Ich wäre jetzt auf jeden Fall gefickt. Wenigstens bin ich auf diese Weise dafür in der richtigen Stimmung.«

»Andy.« Ihre Stimme war nun weicher, ihr Mund ganz nahe am Hörer. »Gibt es irgendetwas, das wir tun können? Um es … leichter zu machen? Wir könnten Sie sedieren. Dann eine letzte Injektion. Sie würden nichts fühlen. Ganz friedlich.«

»Vielen Dank, Brigadier, aber ich glaube, ich will allein sein. Um ehrlich zu sein, glaube ich, dass es ziemlich schmerzlos werden wird. Ich lasse das Spionhandy angestellt, damit Sie wissen, wo ich bin. Sie brauchen sich keine Sorgen zu machen, dass ich kalte Füße bekomme. Ich werde …« Ich seufzte und erkannte, dass die Sonne im Begriff war, am grauen Horizont unterzugehen. *Mein Gott*, dachte ich. *Das ist vielleicht eine düstere Scheiße.* »Ich ziehe das durch.«

»Sie werden ein Held sein, Andy. Dafür sorgen wir.«

»Ja, ja. Geben Sie mein Geld dem Coventry-Flüchtlingsfond, okay?«

»Ich kümmere mich darum.«

»Gut.«

»Andy ... Wie viele kommen dieses Mal?«

»Keine Ahnung. Wie stellen sich Ihre Ersatzleute so an?«

»Bei dreien von ihnen kommt alles zusammen. Sie wissen Dinge, die sie unmöglich wissen können, und das mit völliger Treffsicherheit. Wenn wir sie zusammenbringen, so wie Sie und Paul, haben wir eine weitere Jagdeinheit. Davon sind wir überzeugt. Keine Sorge, Sie lassen uns nicht unbemannt zurück.«

»Und was werden Sie ihnen sagen? Darüber, was Paul und mir passiert ist?«

Sie schwieg, aber nur kurz.

»Wir werden ihnen sagen, was sie wissen müssen. Dass man Sie vom Signal abgeschnitten hat.«

»Ich verstehe.«

»Es ist mein Job, die Interessen des Landes im Auge zu haben, Andy. Das wissen Sie.«

»Hm.« Mir kam ein finsterer Gedanke. »Hatten Sie einen Verdacht? Haben Sie geglaubt, dass das passieren könnte? Mir und Paul?«

Wieder seufzte Straub, aber es war ein trauriger, zögernder Laut. Als sie sprach, war sie so direkt wie immer. Aber die Weichheit in ihrer Stimme war verschwunden, und die Distanz war wieder da.

»Es war eines der von uns entwickelten Szenarien, ja. Natürlich konnten wir uns nicht sicher sein, aber wir hielten es für möglich, nachdem man Sie blockiert hatte.«

»Was Sie nicht sagen.« Ich war nicht einmal wütend. Hatte ich bei den anderen nicht genau das Gleiche gedacht, dass es getan werden musste? Wie konnte ich mich jetzt zu einem Urteil aufschwingen, wo ich derjenige war, der als Opfer angeboten wurde?

»Die Zielpersonen weisen einen gemeinsamen Faktor auf«, sagte Straub. »Menschen, die zu einer gewissen genetischen Gruppe gehören. Die Stone Men gehen mit ihnen eine Verbindung ein, dann jagen sie sie. Und die Zielpersonen scheinen irgendwie zu wissen, dass man sie auserwählt hat, sie verfügen über die Fähigkeit, das Signal zu empfangen oder so. Dann gibt es die, die lediglich sensibel darauf reagieren, die Migräne bekommen oder denen es übel wird, die sich vielleicht am Rand dieser genetischen Gruppe befinden. Am anderen Ende der Skala sind Leute wie Sie und Paul, die dieses Signal nicht nur empfangen, sondern auch danach *suchen* können, die sich zwischen verschiedenen Frequenzen darauf einstellen können. Und all diese Menschen, so unsere Theorie, müssen etwas gemeinsam haben, das die Stone Men oder ihre Herren wollen. Bestimmt hatten auch Sie den Verdacht, dass sie einfach das erste Ziel nehmen, das sie finden können, nicht wahr? Entfernung und Zeit spielen für sie keine Rolle, schließlich gehen ihre Ziele nirgendwohin, sobald sie an Ort und Stelle festgesetzt sind.«

Ich hörte, wie sie tief einatmete, als ihr klar wurde, mit wem sie da sprach. Aber da Straub nun einmal war, wie sie war, hielt das nicht lange an.

»Tut mir leid. Das war unsensibel. Was ich eigentlich damit sagen wollte: Da die Zielpersonen festsaßen, haben wir eine Theorie entwickelt, die noch untermauert wurde, nachdem man Sie bemerkt und von dem Signal abgeschnitten hatte. Unserer Meinung nach wollte man hier ...« Sie verstummte, und der Ausdruck *zwei Fliegen mit einer Klappe schlagen* wollte offensichtlich über ihre Lippen, wurde aber zurückgehalten. »Man wollte Sie und Paul permanent neutralisieren und bekommen, was man auch immer von Ihnen beiden haben wollte. Da Sie beide zu der richtigen Gruppe gehören, falls unsere Theorie stimmt. Natürlich könnte es auch nur eine Tötungsmission sein. Möglicherweise schicken sie auch einfach zwei ihrer Stone Men los, um Sie auszuschalten, und verschwenden dafür einen Genjagdausflug. Zeit scheint für sie schließlich nicht von Belang zu sein, also warum nicht.«

»Warum nicht, in der Tat«, wiederholte ich leise und wünschte mir, ich hätte sie nicht angerufen. Ich musste daran denken, welche Bedeutung ich Zeit immer beigemessen hatte, wie ich mein ganzes Leben damit verbracht hatte, mir des

Tickens der Uhr nur zu bewusst zu sein (zumindest bis die Ereignisse der unmittelbaren Vergangenheit mich in einen unfähigen Säufer verwandelt hatten). Und jetzt war meine Zeit um.

»Darf ich Sie um einen Gefallen bitten, Andy?«

»Was auch immer Sie verdammt noch mal haben wollen, Brigadier, Ma'am. Ich gehöre ganz Ihnen«, erwiderte ich ausgelassen und zugleich innerlich tot.

»Warten Sie bis zu ihrer Ankunft? Sehen für uns auf eine Karte, verschaffen uns vielleicht einen Vorsprung? Wir haben die ... Ersatzleute schon bereitstehen, aber nur für alle Fälle. Helfen Sie uns dabei, alles abzugleichen. Möglicherweise finden Sie ja nichts, aber ...«

»Keine Sorge, Straub«, unterbrach ich sie und wollte das hier beenden. Ich hatte genug. »Das hatte ich sowieso vor. Ich lasse es Sie wissen.«

»Laura«, sagte sie.

»Was?«

»Ich heiße Laura.« Es hätte etwas bedeuten sollen, aber das tat es nicht.

»Aha. Gut. Nun ... viel Glück, Laura.«

»Viel Glück, Andy. Vielen Dank. Die Nation dankt Ihnen.«

Ich dachte über diese Worte nach, suchte nach einer gewichtigen Antwort, und gab auf.

»Nein, tut sie nicht.«

Ich legte auf. *Aber ich tue es trotzdem,* hätte ich hinzufügen sollen, um das Ganze heroischer klingen zu lassen. Aber dann kam ich zu dem Schluss, dass es so besser war. Ich konnte unmöglich ins Grab gehen, während so viel Schmalz in den Schlagzeilen erschien.

Nachdem ich eingecheckt und mit der Frau hinter der beeindruckenden Theke auf Autopilot Höflichkeiten ausgetauscht hatte, dachte ich ein- oder zweimal darüber nach, Paul noch einmal anzurufen – ich weiß nicht einmal, warum, ich verspürte einfach nur den Drang –, konnte mich aber zurückhalten. Es war besser, ihn in Ruhe zu lassen; schließlich hatte ich ihn in die ganze Sache verstrickt. Aber falls Straubs Leute recht hatten, hätten sie ihn früher oder später sowieso aufgespürt. Ich schleppte genug Schuld mit mir herum, dass ich mich in dem Fall mal zu meinen Gunsten entschied.

In meinem luxuriösen Zimmer (ich wollte verdammt sein, wenn ich mir nicht das Beste gönnte) bestellte ich mir Pizza – ich liebe sie und habe sie immer geliebt –, dann ließ ich mir ein Bad ein. Ich entschied mich, die Pizza im Bad zu essen. Das warme Seifenwasser auf meiner Haut sorgte für eine köstliche Kombination, die noch von dem Wissen verstärkt wurde, dass das meine letzte Mahlzeit war. Aber ich hielt mich nicht nur durch grimmige Entschlossenheit aufrecht, denn im Inneren war ich über jeden Schrecken hinaus. Ich ließ mir mit dem Abtrocknen Zeit, sah Nachrichten und wartete in meinem weißen, flauschigen, vom Hotel zur Verfügung gestellten Bademantel. Den Atlas hatte ich aus dem Wagen mitgebracht.

Ich dachte über die Zukunft nach und wie sich das Land jemals an all das hier gewöhnen sollte. Wie sollten wir bauen und wieder aufbauen in dem Wissen, dass uns alles in jedem Augenblick weggenommen werden konnte? Aber vermutlich würde sich eine Kultur darum entwickeln. Wenn Straubs Leute recht hatten, würden die Menschen, die sensibel auf die Stone Men reagierten – die Migräne und Zittern bekommen, die das Bewusstsein verlieren –, auch die zukünftigen Zielpersonen darstellen. Sobald das allgemein bekannt geworden war, sobald man wusste, dass man die eigenen Interessen beschützen konnte, indem man die Leute, die die Stone Men wollten, aufspürte und ihrem Leben frühzeitig ein Ende bereitete, würde man zwei und zwei zusammenzählen und nach den Symptomen Ausschau halten. Und Gott allein wusste, wie der nächste Schritt aussehen würde. Ich hatte Visionen von Lagern für potenzielle Zielpersonen, die man entlang früherer Vernichtungswege baute, um Sicherheitszonen auf bereits zerstörtem Land zu schaffen. Hexenjagden von mit Panik erfüllten Mobs. Dem Land würden ein paar interessante Jahre bevorstehen, während es diese schrecklichen Macken ausarbeitete. Aber es würde sich ein System entwickeln, da war ich mir ziemlich sicher.

Ich dachte an Freunde und geliebte Menschen und erkannte, wie wenig es davon gab. Ich nahm mein Handy und legte mein Facebook-Profil still, nachdem ich mich dagegen entschieden hatte, einen letzten dramatischen Status zu posten, der vage genug blieb, um eine ominöse Botschaft zu hinterlassen, die unverständlich bleiben würde, bis die Neuigkeit von meinem Tod bekannt und damit alles klar wurde. Natürlich war ich in Versuchung – die darin befindliche Dramatik war beinahe eine zu große Versuchung –, aber dann kam ich zu dem Schluss, dass, wenn ich etwas Würdevolles tun wollte, es aber auch in jeder Hinsicht geschehen musste. Davon abgesehen ist ein vager, um Aufmerksamkeit heischender Facebook-Status etwas für dreizehnjährige Mädchen.

Ich verschickte keine SMS oder persönliche Nachrichten. Das hätte nur meine Entschlossenheit untergraben, davon abgesehen hatte ich keine Ahnung, wie Straub – oder vielmehr David und seine Komplizen – meinen Tod darstellen würden, und ich hatte mich noch nicht endgültig entschieden, ob ich ihnen dazu Gelegenheit geben würde. Das war der Augenblick, in dem mir die Idee mit diesem Bericht kam. Schließlich hatte ich Zeit, wie ich glaubte ... aber zuerst würde ich es genau wissen müssen. Ich würde wissen, wenn ich recht hatte; das brauchte ich.

Ich ging in nichts als in meinen Bademantel gekleidet durch das Hotelfoyer und nahm jeden erstaunten Blick mit einem verrückten, albernen Grinsen und einem Winken zur Kenntnis, während mir Tränen einer Beinahe-Hysterie in die Augen schossen. Ich muss zugeben, das war ein letztes kleines Vergnügen; trotz der Situation machte es Spaß, andere Leute zu verunsichern. Ich ging zum Parkplatz, nahm das neue Diktafon aus dem Handschuhfach meines Wagens und kehrte in mein Zimmer zurück. Die Tür verschloss ich hinter mir. Der Riegel schnappte mit einem satten Laut ein und rief mir ins Bewusstsein, dass ich diesen Korridor nicht noch einmal betreten würde. Ich hatte mir weder dort noch in der Lobby Zeit gelassen; eigentlich hatte ich mir nirgendwo zugestanden, mir Zeit zu lassen oder die Aussicht zu genießen, seit diese Sache begonnen hatte. Das wäre eine schlechte Idee gewesen, aber es sich in dem Zimmer gemütlich zu machen, war etwas anderes. Das war mein Raum, in dem ich mich vorbereitete.

Kurze Zeit später kippte die Welt, und ich bekam Gänsehaut am ganzen Körper, dann erlangte ich auf dem Boden das Bewusstsein wieder. Speichel trocknete auf meinem Gesicht.

Zu meiner Überraschung rastete ich nicht aus. Zwar hatte ich eigentlich nicht damit gerechnet, da ich sowohl die Zielperson wie auch vom Signal abgeschnitten war, soweit ich wusste. Aber es überraschte mich auch nicht wirklich. Anscheinend war ich nicht völlig blockiert. Ich konnte noch genug empfangen, um zu wissen, wann der erste Stone Man auftauchte. Vielleicht hatten das ja alle Zielpersonen gespürt. Jetzt würde das Ding auf seine Freunde warten, und die waren es, die ich sehen wollte. Ruhig, aber zittrig kam ich wieder auf die Füße und machte mich weiter fertig. Ich wusch mir das Gesicht und rasierte mich. Ich würde mich nicht drängen lassen.

Kurz darauf (ich hatte gerade mein bestes Hemd sowie meinen besten Anzug mit passender Krawatte angezogen, was bei dem Geld, das ich dafür hatte ausgeben müssen, schon etwas heißt) kam die Eilmeldung im Fernsehen, die einen Bericht über die Präsidentschaftswahl unterbrach. Das hier war wichtiger.

Die Liveübertragung zeigte einen Anblick, der einst vertraut gewesen wäre. Aber das lag in der Vergangenheit. Der künstliche See, wo einst der Millennium Place gelegen hatte, machte die ganze Gegend unkenntlich. Ein ordentliches Stück vom Ufer entfernt stand die Barriere, dahinter befand sich der lockere Kreis aus Militärfahrzeugen. Und natürlich konnte man beinahe in der Seemitte den Kopf des Original-Stone Man sehen, der fast vollständig aus dem Wasser ragte. Der restliche Körper blieb unter der Oberfläche verborgen. Natürlich wies der Kopf keine Augen auf, aber in diesem Augenblick hatte ich beinahe das Gefühl, dass mich das Monstrum direkt ansah, durch den Bildschirm nach mir suchte und mich durch den Äther jagte.

Meine Lippen fingen an zu zittern, aber ich biss hart darauf. Ich hatte genug geweint und würde nicht zulassen, dass diese Dinger mir noch etwas wegnahmen. Nicht mehr das Geringste. In mir stieg Zorn auf, in meinem Bauch ballte sich eine weiß glühende Faust, aber ich würde nicht die Beherrschung verlieren. Diese Befriedigung würde ich ihnen nicht geben.

Mich nicht, Arschgesicht, dachte ich. *Mich bekommst du nicht. Dieses Hotel hat achtzehn Stockwerke, und ich befinde mich im Penthouse. Falls du nicht draußen auf mich wartest, um mich auf dem Weg nach unten aufzufangen, viel Glück dabei, in dem rumzuwühlen, was dann noch übrig bleibt.*

Darüber musste ich lachen, was ich dieses Mal zuließ. Ich zeigte dem Bild im Fernsehen den Finger und machte Bilanz vom Inhalt der Minibar.

Gelegentlich warf ich einen Blick auf die Berichterstattung; die Verstärkung des Stone Man war noch nicht eingetroffen. Ich starrte das Diktafon an, dann entschied ich mich, den Ton der Nachrichten abzustellen, wenn auch lediglich für den Anfang meines Berichts. Ja, ich wartete nur auf die blaue Verstärkung des Stone Man – aber nicht, um für Straub die Ziele herauszufinden; zwar würde ich es versuchen, doch aus anderen Beweggründen –, hatte aber die Befürchtung, sie würden in dem Augenblick auftauchen, in dem ich den Apparat ausschaltete. Aber selbst wenn das geschehen sollte, würden zehn Minuten bestimmt keinen Unterschied machen. Also schaltete ich das Gerät aus. Und … ich schinde Zeit, nicht wahr? Ich nähere mich dem Ende und schinde Zeit. Mein Gott.

Das Letzte *muss* noch dokumentiert werden, dann bin ich fertig. Das soll keine Entschuldigung sein; es muss getan werden. Ich muss sichergehen, dass Straub es vor dem nächsten Mal weiß, was dämlich ist, weil es a) vermutlich keinen Unterschied machen wird und ich b) mir verflucht sicher bin, dass Boldfields Denkfabrik es vermutlich ebenfalls weiß. Wenn ich schon darauf komme. Es ist schließlich verdammt offensichtlich, um Himmels willen, aber ich konnte es nicht mit Sicherheit wissen, bevor die Blauen auftauchten. Straub wird es bereits wissen …

aber ich muss das aufnehmen, damit ich mir sicher sein kann, dass sie es weiß.

Ich könnte sie anrufen, aber … das ist jetzt die Welt dort draußen. Ich bin hier. Ich habe die Tür abgeschlossen. Aber das ist Schwachsinn, Andy, nicht wahr, und jetzt schindest du wirklich Zeit, denn du hast Straub schon vor ein paar Stunden eine SMS geschickt, also hättest du ihr auch diese kleine Information schicken können, statt sie nur darüber zu informieren, wo sie deine blöde Aufnahme abholen soll, oder? Also warum kommen wir nicht zur Sache, Mr. Seelenfrieden? Zum Teufel, sie hätten schon vor Stunden marschieren müssen, du hättest gar nicht die Zeit haben sollen, so weit zu kommen, also hör endlich auf, es hinauszuschieben.

Ich bin *Geschichtenerzähler.* Okay? Das war ich schon immer, so habe ich mir mein ganzes Erwachsenenleben den Lebensunterhalt verdient. Ich habe das schon vor langer Zeit aus den Augen verloren, genau wie viele andere Dinge, und das … das ist meine größte Geschichte. Und ich will sie beenden. Ich will sagen, dass ich ein Teil davon war und dass ich dabei war, und ich weiß, dass sich das jemand anhören wird. Ich will nur diesen Teil von mir zurück.

Also. Als ich zuvor sagte, ich müsste noch etwas tun? Vielleicht erinnern Sie sich ja, wer auch immer Sie sind – oder Sie, Straub, falls Sie zuhören –, dass ich das gesagt habe. Bei dieser besonderen Sache ging es darum, dem Brigadier eine SMS zu schicken, denn ich hatte zumindest *eine* Antwort.

Ich weiß, warum die Stone Men zu uns kommen.

Warum sie gekommen sind, um Stücke aus uns herauszubeißen.

Als ich das erste Mal diese beiden Blauen sah, hatte ich bereits eine Ahnung, die sich nach dem Tod von Ziel Zwei – nein, nein, nachdem Theresa Pettifers Baby gestorben und dieser letzte Blaue stehengeblieben und verschwunden war – verdichtet hatte. Damals hatte ich eine Zahl, die ich nach den Gesetzen der Logik weiterentwickelt hatte. Aber ich wusste nur, dass sich bei der Rückkehr der Stone Men – falls sie zurückkehrten und ihre

Gesamtzahl der von mir vermuteten Zahl entsprach – mein Verdacht mit ziemlicher Sicherheit bestätigen würde. Ich musste nur abwarten.

Dieses Mal würden es *sieben* Stone Men sein.

Vor mehreren Stunden zeigte mir die Liveübertragung, dass ich recht gehabt hatte. Dieses Mal war es das Original plus sechs Blaue.

Das Original hatte Patricks Wirbelsäule geholt, aber aus seiner Brust waren zwei Auswüchse gekommen, richtig? Die waren miteinander verschmolzen, hatten einen Teil von Patricks Wirbelsäule entfernt und sich beim Einfahren wieder voneinander getrennt. Hatten das Stück Wirbelsäule im Prinzip in zwei Teile geteilt.

Also, danach tauchen zwei Blaue auf. Jetzt gibt es drei Stone Men, die dieses Mal drei Ziele haben. Aber eines dieser Ziele wird nie erreicht, weil das Signal, die Anziehungskraft, entfernt wird. Also erreicht man nur *zwei* Ziele. Sie werden abgeerntet, die Ausbeute jeweils in zwei Hälften geteilt. Also nimmt man insgesamt *vier* neue Teile mit.

Darum würden dieses Mal neben dem Original und den ersten beiden Blauen *vier* neue Blaue eintreffen. Sieben.

Was auch immer die Stone Men sind, sie brauchen uns, um sich zu *vermehren.*

Vielleicht ist das Original ein Vertreter der Rasse, und die Blauen sind Marionetten. Vielleicht sind die Originale *auch ohne die richtigen Körperteile* oder die richtige genetische Art von Rückenmark, die ihr zentrales Nervensystem steuern kann, nur einfach *schwieriger* herzustellen – aber das spielt alles keine Rolle. Das sind alles nur Spekulationen, und bis wir wissen, wo sie herkommen, werden wir es nie erfahren. Der *Zweck* ist trotzdem derselbe.

Das ist keine Invasion. Wie sollten sie eine Invasion durchführen, wenn sie alle paar Monate eine Handvoll neuer Soldaten produzieren, während wir jeden Tag Tausende neuer Versionen unserer Selbst reproduzieren? Sie haben es nicht eilig, Zeit spielt für sie keine Rolle, wohingegen wir rennen müssen, um mit jedem einzelnen Tag mithalten zu können, bevor er vorbei ist. Ich bin davon überzeugt, dass sie uns deswegen auslachen. Aber selbst, wenn sie Jahrtausende durchhalten, würden wir immer noch mehr von uns machen, also können sie niemals den endgültigen Sieg davontragen. Davon abgesehen würden wir vermutlich eine Möglichkeit finden, die Scheißkerle zu pulverisieren, wenn wir nur genug Zeit haben. Eine Invasion verfolgt außerdem das Ziel, sich ein Land zu greifen, um es zu übernehmen und zu behalten, und ich glaube nicht, dass sie daran interessiert sind. Sie verfolgen einen Langzeitplan, und ich erwarte, dass wir es für eine sehr lange Zeit mit Stone Men zu tun bekommen werden. Sie sind nur wegen unseres Menschenmaterials an unserem Territorium interessiert.

Es ist keine Invasion. Es ist ein *Fortpflanzungsprogramm*.

Aber wie ich schon sagte, werde ich nicht der Einzige sein, der darauf kommen wird. Klügere Köpfe als ich haben sich mit der Situation beschäftigt, seit der erste Stone Man vor so vielen Monaten in Coventry aufgetaucht ist, und sie werden auch das herausgefunden haben, und vielleicht haben sie ja ein paar neue Tricks parat. Wer weiß? Um unser aller willen kann ich es nur hoffen. Wie dem auch sei, unserem Land stehen schwere Zeiten bevor. Bis jetzt gab es noch keine Berichte über die Ankunft an anderen Orten der Welt, also kann ich lediglich annehmen, dass sie nur an einer Stelle unseres Planeten eintreffen können. Oder an einer Stelle, an der es für sie am leichtesten ist.

Ich sollte lieber die Karte holen und sehen, ob ich etwas herausfinden kann. In gewisser Weise wird das mir meine … Aufgabe bedeutend erleichtern. Wenn ich dabei helfen kann, anderen Leuten ihr Todesurteil zu überbringen, ist es nur gerecht, wenn ich das Gleiche für mich tue, oder?

Erledigt. Mist. Anscheinend haben sie mich dieses Mal richtig ausgeschaltet. Dieser endlose Schrei … oh, er ist schrecklich. Aber ich werde davor nicht einknicken.

Ich habe es Straub wissen lassen. Ja … und ich schinde wieder Zeit, nicht wahr? Ich bin kein edler Mensch, und ich habe in meinem Leben auch nicht viele edle Dinge getan. Würde ich das hier tun, wäre da dieses Arschloch Henry nicht gewesen? Ich weiß es nicht. Aber ich tue es wenigstens. Diese eine letzte Sache.

Mein Gott. Ach … mein Gott. Ich kann es nicht tun. Ich kann es nicht tun! Jesus.

Die Würde! Nur ein einziges Mal in meinem verfluchten Leben. Bitte …

Gut. Gut. Ich werde diese Aufnahme beenden, dann bin ich fertig. Mir fallen keine großartigen letzten Worte ein, und wenn ich noch mehr Zeit damit verschwende, danach zu suchen, überlege ich es mir vielleicht anders. Aber ich *werde* es tun.

Und das ist bei allem die große Überraschung für mich. Wenn es wirklich darauf ankommt, können manche Menschen einfach tun, was getan werden muss … und wie sich herausstellt, gehöre ich dazu. Dabei bin ich mein ganzes Leben ein Feigling gewesen. Wer hätte das gedacht? Ich bin immer …

Nein. Ich tue es schon wieder.

Ich gehe jetzt.

Bye.

Paul saß mitten auf einem Feld und schaute abwechselnd auf die Dunkelheit des Himmels und die Dunkelheit des Displays seines ausgeschalteten Handys. Eigentlich war es gar nicht sein Handy, um präzise zu sein (das hielt er in der anderen Hand und empfing trotz der ländlichen Umgebung noch immer ein Signal, das ihn auf dem neuesten Stand der Nachrichten hielt), für ihn war es Straubs Handy, das Regierungsgerät, das ständig in Betrieb sein musste. Seit seinem Gespräch mit Andy über das Festnetz war es ausgeschaltet.

Die seitdem vergangenen Stunden hatte er mit ruhelosem Umherlaufen, Weinen, Brüllen, dem Versenden kryptischer Nachrichten an enge Freunde und keiner Antwort auf besorgte Nachfragen verbracht. Es wäre in letzter Zeit nicht das erste Mal gewesen, dass sie Grund dazu hatten. Seine Freunde machten sich schon seit vielen Monaten Sorgen um ihn.

Nach langer Zeit hatte er aus dem Haus gemusst, um eine

Art von Entspannung zu finden. Er war auf dem Weg zur Tür nervös gewesen, hatte gefürchtet, dass die Barriere früh errichtet wurde, aber nach dem Zeitrahmen der früheren Stone Man-Besuche hatte er das Gefühl gehabt, vor der Ankunft der Blauen ein paar Stunden zu haben. Bevor sie alle losmarschierten. Sobald das passierte, würde er nirgendwo mehr hingehen, und er wollte seine Freiheit so lange wie möglich behalten. Außerdem glaubte er, diese Veränderung fühlen zu können.

Er war jetzt ein verzweifelter Mann, und diese Verzweiflung wuchs.

Nachdem er sich warm angezogen und auf dem Weg aus dem Haus eine Taschenlampe geschnappt hatte, hatte er Sheffield in westlicher Richtung verlassen. Er hatte so lange wie möglich draußen bleiben wollen, und bei seinem Aufbruch war die Sonne bereits untergegangen. Er hatte keine große Lust verspürt, sich die letzten Stunden seines Lebens mit einem gebrochenen Knöchel herumschlagen zu müssen, weil er einen Kaninchenbau übersehen hatte.

Eine halbe Stunde später fuhr Paul durch die wunderschönen Felder um das Ladybower Reservoir. Er wusste die Gegend durch frühere Erkundungen zu schätzen; mittlerweile war es viel zu dunkel, um etwas außerhalb des Lichts seiner Scheinwerfer erkennen zu können. Das würde reichen müssen. Das Fahren wurde sowieso zusehends schwieriger, ständig musste er Tränen aus den Augen und Rotz von der Nase wischen, und die ganze Zeit bewegte sich seine Brust angestrengt.

Als er aus dem Wagen stieg, ließ die kühle Luft des Februarabends seinen Atem zu einer Wolke erstarren. Er suchte in den Taschen nach den Handschuhen. Zum unzähligsten Mal fühlte er dort das Gewicht von Straubs Handy, tastete behutsam über seine Kanten.

Sie kann warten. Scheiß auf sie. Sie alle können warten. Eine halbe Stunde, das ist nicht zu viel verlangt.

Er zog die Handschuhe an, nahm die Taschenlampe vom Beifahrersitz und schaltete sie ein. Der kräftige Strahl enthüllte einen erhöhten Straßenrand auf der anderen Seite, dahinter befanden sich ein niedriger Graben und ein Holzzaun. Diese Hindernisse waren leicht zu bezwingen, selbst für einen Mann seiner Größe und mangelnden Fitness. Dann würde er Zugang zu den offenen Feldern haben. Ein Ort, an dem man sich hinsetzen konnte. Ein Ort, der so weit unter offenem Himmel war, wie man sich vorstellen, wo er sich und die Erde atmen fühlen konnte.

Der Gedanke ließ ihn innehalten. Was zum Teufel machte er hier? Wie hatte er so enden können, verzweifelt und von dem Wunsch getrieben, sich in den Dreck zu setzen, weil er sich dann irgendwie lebendig fühlte? Vor genau einem Jahr hatte er den fünfzigsten Geburtstag seines Kumpels Rich gefeiert. Holly war natürlich auch dabei gewesen. Sie hatten getrunken und gelacht, Mick und Jennys Kindern zugesehen und halb im Scherz davon gesprochen, selbst welche zu bekommen. Aber als er hier jetzt in der Nachtluft stand, die seine Wangen brennen ließ, dachte er, dass das möglicherweise der letzte Augenblick gewesen war, in dem er sich wirklich gut gefühlt hatte. Er hatte nicht die geringste Ahnung gehabt, was auf ihn zukam. Dass er hier in der Dunkelheit stehen würde, weinte, tiefschürfende existenzielle Gedanken wälzte und gezwungen war, den Selbstmord zu planen.

Er brach auf, überquerte die Hindernisse mit mehr Anstrengung als erwartet, verspürte aber noch immer ein leichtes Gefühl der Ruhe, als er die eigenen Stiefel im weichen, feuchten Gras hörte. Die Taschenlampe erleuchtete einen Pfad direkt vor ihm; hier und dort enthüllte sie Stellen mit trockenem, dichtem Buschgras, dazu standen ein paar kleine, blattlose Bäume zufällig verteilt in der Gegend. In der Ferne erhob sich der Fuß eines großen Hügels. Ein schneller Blick zeigte, dass er sich in beide Richtungen ausbreitete.

Eine Sekunde lang schaltete Paul die Taschenlampe aus, um seinen Augen Zeit zu geben, sich an das Dämmerlicht zu gewöhnen. Sobald es soweit war, ließ ihn der Anblick der Sterne am Himmel doch tatsächlich grinsen. Genau das hatte er gewollt, unter freiem Himmel zu sein, und solange er sich das gönnte, konnte er sich einreden, dass er nicht in der Falle saß, dass das alles ihm gehörte und er nach Belieben umherwandern konnte. Nur für eine Weile.

Er entschied sich weiterzugehen, bis er eine trockene Stelle gefunden hatte, an der er sich setzen konnte. Dann würde er Straub anrufen, und das Militär würde übernehmen. Schließlich würde er wissen, wenn die Barriere errichtet wurde. Er würde es fühlen, davon war er überzeugt.

Das alles war vor mehreren Stunden gewesen; er hatte vier Felder überquert, bevor er bei einem Zauntritt stehengeblieben war. Es war der perfekte Sitz; der Zauntritt selbst bildete den Sitz, die Latten dienten als Rückenstütze. Nachdem er sich gesetzt hatte, hatte er eine Weile geweint, dann hatte er in den Himmel gestarrt und an Sheffield United gedacht, ausgerechnet, und dass er nicht mehr miterleben würde, falls der Verein jemals wieder in die Premier League kam. Das hatte ihn beinahe wieder losheulen lassen, aber stattdessen war ihm ein Gedanke gekommen, der ihn in der Dunkelheit hatte lächeln lassen. Selbst ohne die Ankunft der Stone Men hätte er das nicht mehr zu Lebzeiten erlebt.

Seitdem saß er auf dem Zauntritt. Er verspürte eine seltsame Ruhe, die immer nur dann in Panik umschlug, wenn er an den Anruf bei Straub dachte. Er wartete, obwohl er wusste, dass sie alle bald marschieren würden. Zuerst hatte er das mit Zorn gerechtfertigt *(ich habe genug getan, es hat mich genug gekostet, und jetzt werde ich alles verlieren)* und dann mit Logik *(ich werde es spüren, wenn sie sich in Bewegung setzen, und Straub kann einen Hubschrauber in zwanzig Minuten hier haben oder einen Kerl mit einer Knarre. Diese Zeit steht mir sicherlich zu, oder nicht?)*, aber selbst als er spürte, wie die Vibrationen seine Knochen in Schwingungen versetzten, was ihm verriet, dass zumindest sein Stone Man – der, der zu ihm unterwegs war – sich in Bewegung setzte, griff er nicht nach dem Handy. Nach einer Weile hörte er auf, sich zu rechtfertigen, und irgendwie fühlte sich das okay an. Je weiter er den Gedanken von sich schob, umso ruhiger war er. Das Einzige, das sich schlecht anfühlte, war die Idee, Straub anzurufen.

Wenn er daran dachte, brachte das alles nur zurück, also tat er es immer seltener. Dennoch war er sich eines starken Gefühls der Beklemmung bewusst; während er auf dem Zaun saß und die Zeit verstrich, kam er zu der Ansicht, dass man für manche Menschen alles aufgeben konnte. Solange es nicht das Leben war. Das überraschte ihn.

Er war sich der Kälte bewusst, aber dank seiner vielen Schichten Thermostoff glaubte er das ertragen und für alle Zeiten dort sitzen zu können. Die Vorstellung war sehr verlockend; sein eigener stiller kleiner Raum, wo er mit seinen Gedanken allein sein konnte. Er fragte sich, wie viel Platz er am Ende haben würde, sobald man seine Barriere errichtet hatte, wie viel Platz man ihm ließ, damit er laufen und atmen konnte. (Natürlich würde es nicht so weit kommen, zuvor würde er Straub anrufen. Irgendwann. Er wollte nur noch etwas mehr Zeit.) Er ließ den Gedanken einen Moment verweilen. Wie groß war das Innere einer Barriere eigentlich? Sein Verstand stürzte sich sofort auf den letzten Hinweis, ging die vorhandenen Beweise durch und fand den besten. *Patrick.* Wie weit war er aus dem Haus gekommen, bevor er in blinder Panik in die Barriere lief und sich im Spinnennetz verfing? Ungefähr zwölf Meter? Vielleicht fünfzehn?

Paul sprang wie elektrisiert auf die Füße.

Jesus, Maria und Josef. Sicherlich … sicherlich …

Er wagte kaum zu glauben, dass er da möglicherweise auf etwas gestoßen war. Selbst wenn es stimmte, war es so geringfügig, die Chance so minimal, dass er seine Hoffnungen nicht daran hängen konnte, sich nicht gestatten durfte, eine Rettung überhaupt in Betracht zu ziehen, denn es würde unvorstellbar grausam sein, wenn er das tat und es sich als Irrtum herausstellte. Er war ein Ertrinkender, der einen kleinen Umriss am Horizont gesehen hatte, sich nicht sicher war, worum es sich handelte und ob es ihn rechtzeitig erreichen würde. Dennoch war der Umriss da. Sie wussten nicht alles über den Stone Man, die Variablen waren gewaltig, also musste zumindest die Chance bestehen, dass er recht hatte …

Er fing an, schnell hin und her zu gehen, rieb sich das Gesicht und sprach seine Gedanken laut aus, ohne sich dessen bewusst zu sein. Seine Finger zuckten, und sein Atem beschleunigte sich – beinahe hyperventilierte er –, während er sämtliche ihm bekannten Fakten über den Stone Man überprüfte und erneut überprüfte. Er ging umher, während er versuchte, Löcher in seine Erkenntnisse zu bohren, sie ausführlich prüfte und zugleich verzweifelt hoffte, dass sie standhielten. Wie ein vom Glauben abgefallener Mann, der mit einem Wunder konfrontiert wurde. Während er das tat und seine Idee trotz aller Gegenargumente immer festere Formen annahm, wuchs seine fiebrige Aufregung trotz aller Anstrengungen, sie in Zaum zu halten.

Das konnte funktionieren. Das konnte wirklich FUNKTIONIEREN!

Aber Straub! Er würde sie davon überzeugen müssen, eine … was genau sollte sie tun? Paul erkannte, dass er tatsächlich einen vagen Plan hatte, aber das war es auch schon. Keine *Details*, keine Logistik. Wenn er auch nur den Hauch einer Chance haben wollte, Straub davon zu überzeugen, würde er die ganze Sache perfekt und in allen Einzelheiten ausarbeiten müssen, und so viele Variablen wie nötig abdecken. Er warf einen Blick auf die Uhr: fast schon elf. Er hatte es schon so lange hinausgezögert, und sie waren nun unterwegs. Er wusste, dass er nicht mehr viel länger warten konnte, aber seine Geschichte musste Hand und Fuß haben.

Möglicherweise würde sein Leben davon abhängen.

Paul rief die Textverarbeitung seines Smartphones auf. Hektisch fing er an, alles niederzuschreiben, schwitzte tatsächlich trotz der Kälte. Seine zitternden Daumen machten ihn dabei verrückt, und er musste mehrere Male innehalten und seinen Frust in den Nachthimmel schreien. Seine Versuche, den mit Adrenalin überfluteten Körper dazu zu bringen, die Wünsche seines Verstandes mithilfe eines Präzisionsinstruments niederzuschreiben, waren eine wahre Folter, trotzdem war er sich nicht des stetigen Tränenstroms bewusst, der ihm das Gesicht hinunterlief und seine Wangen in der kühlen Nachtluft erstarren ließ.

Das verrückte Grinsen auf seinem Gesicht war verzweifelt, seine Augen waren riesige rot-weiße Kreise in der Dunkelheit.

Nachdem er endlich fertig war und alles mehrere Male gelesen hatte, wobei er hier und dort kleine Verbesserungen machte, war er endlich so weit. Er holte tief Luft und schaltete Straubs Handy ein.

Als er ihren Namen im Adressbuch drückte – sonst war dort nur David verzeichnet, aber Paul würde sich bestimmt nicht mit diesem Kerl rumschlagen –, kam die Verbindung zu seiner nervenzerfetzenden Frustration nicht zustande, aber der Grund dafür wurde schnell ersichtlich. Die Flut an SMS, Voicemail und E-Mails, die nach ein paar Minuten vergeblicher Anrufversuche hereinströmten, verriet ihm, dass das Handy nach dem Einschalten zu sehr damit beschäftigt war, die auf ihn wartenden Kommunikationsinformationen zu laden, und dass Straub und ihre Leute sich in der Tat sehr bemüht hatten, ihn zu erreichen. Beinahe hätte er ein paar der SMS gelesen und sich ein paar Voicemail angehört, aber dann entschied er sich dagegen und machte ungeduldig weiter. Falls etwas darin stand, das ihm Rettung versprach, würde ihm das Straub sicherlich sofort persönlich sagen … aber er bezweifelte doch sehr, dass sich diese Nachrichten um Rettung drehten.

Der nächste Anruf, den er versuchte, kam durch, am anderen Ende wurde nach dem ersten Klingeln abgenommen. Paul wartete darauf, dass sie das Wort ergriff, aber zuerst herrschte abgesehen von einem leisen Rascheln eine seltsame Stille. Diesen Laut kannte Paul gut; das Geräusch, wenn jemand die Sprachöffnung eines Handys an die Brust drückte, um es zu dämpfen. Er konnte sich Straub genau vorstellen, wie sie dem Rest des Raumes zubrüllte, *verflucht noch mal die Klappe zu halten,* weil er am Apparat war.

Das gedämpfte Geräusch verschwand, im Hintergrund waren nun die Geräusche von Maschinen zu hören, aber sonst nichts. Straub wartete, bevor sie sprach, und als sie es tat, war ihre Stimme ruhig, beruhigend und kontrolliert … aber die Anstrengung, die sie das kostete, war aus jeder Silbe herauszuhören.

»Paul!« Sie versuchte warmherzig zu klingen, brachte aber nur Eiseskälte zustande. »Wir haben versucht, Sie zu erreichen. Sind Sie in Ordnung?«

»Ja ... das heißt nein, nein ... Hören Sie, ich war beschäftigt«, blökte Paul zurück und zuckte trotz seiner Aufregung bei dem *Ich war beschäftigt* zusammen. Angesichts weltverändernder Ereignisse war das die lahmste Erwiderung, die man sich vorstellen konnte. »Ich meine ... es tut mir leid, es tut mir verdammt noch mal leid. Das ist einfach nur schwer zu ertragen, das alles. Ich bin nur ...« Er verstummte, betrachtete das Feld, den sternenerfüllten Nachthimmel, fühlte den kalten Wind, der seine Haut brennen ließ. Er musste neue Tränen unterdrücken.

Nicht jetzt, Winter. Das ist NICHT der Augenblick. Reiß dich zusammen.

»Natürlich ist es das, niemand macht Ihnen einen Vorwurf«, erwiderte Straub, und Paul glaubte, dass das möglicherweise trotz der Belastung ihrer Situation vielleicht sogar ernst gemeint war. Konnte ihm wirklich jemand übel nehmen, dass er sich nicht einfach stellte? Konnte man das? »Das ist keine normale Situation, Paul. Aber jetzt rufen Sie mich ja an, nicht wahr, und das ist ein Anfang. Ich kann mir nur vorstellen, wie schwer Ihnen schon das gefallen sein muss, also unternehmen Sie eine gewaltige Anstrengung, und das weiß ich zu schätzen, das tue ich wirklich.«

Paul hörte genau zu, glaubte in ihrer Nähe eine andere Stimme hören zu können, einen geflüsterten Wortschwall im Hintergrund. Er konnte nichts verstehen, aber er konnte es sich denken. Der Berater, der Verhandlungsführer, hörte mit und gab Straub Anweisungen, was sie sagen sollte. Schließlich waren das alles Profis. Paul vergegenwärtigte sich, dass er sich wirklich bewusst sein musste, mit wem er es hier zu tun hatte.

»Gut, gut. Das freut mich. Vielen Dank.« Pauls Stimme fing an zu zittern, als er mit seinem Verhandlungsspiel anfing. »Ich wollte mit Ihnen sprechen.«

»Ich höre zu«, sagte Straub nach einer vielsagenden Pause, »das ist das Mindeste, was ich tun kann, wenn man bedenkt, was wir … von Ihnen verlangen.« Die zweite Pause war zu kurz, um Nachdenklichkeit zu signalisieren, und die folgenden Worte waren zu schnell erfolgt. Straub hatte die Tatsache verschleiern wollen, dass ihr jemand Stichworte gab, und war gescheitert. Paul entschied sich, sie nicht wissen zu lassen, dass er Bescheid wusste. Er holte tief Luft und begann das Spiel, das vielleicht sein Leben retten würde.

»Ich möchte etwas vorschlagen.« Er sprach langsam und überlegt, mit geschlossenen Augen. »Mir ist klar, dass Sie vermutlich bereits wissen, wo ich jetzt bin, und dass Sie vermutlich auf dem Weg sind. Und das ist in Ordnung. Ich weiß, ich habe mir mit der Kontaktaufnahme viel Zeit gelassen, und Sie haben einen Auftrag zu erledigen. Das verstehe ich alles. Also gehe ich nirgendwohin, ich werde hier sitzen bleiben und Ihre Ankunft abwarten. Das verspreche ich. Die Barriere wird sowieso bald errichtet werden, und ich weiß, dass Sie versuchen werden, mich vorher zu erwischen, damit Sie sich um die Dinge … kümmern können. Auch das ist völlig in Ordnung, wissen Sie? Ich möchte nur, dass Sie mir ein paar Minuten lang zuhören, sich anhören, was ich zu sagen habe, dann können Sie damit machen, was Sie wollen. Immer heraus mit der Sprache, die Karten auf den Tisch. Einverstanden?«

Schweigen erfüllte die Leitung – abgesehen von dem ständigen Hintergrundlärm der Geräte, die Straubs Team bediente. Langsam stieg Panik in Paul auf.

»Einverstanden?«, wiederholte er deutlich nervöser, als ihm gefiel.

»Warten Sie«, sagte Straub schließlich. Nun war sie völlig geschäftsmäßig, das vorgetäuschte Verständnis war aus ihrer Stimme verschwunden. Dann ertönte wieder das gedämpfte Scharren. Darüber hinaus konnte Paul nichts hören, abgesehen von dem beinahe ohrenbetäubenden Herzschlag in seiner Brust. Das Scharren verschwand, und als Straub sich wieder meldete, kam sie gleich zur Sache.

»Okay, Winter, heraus damit. Wir sind ganz Ohr. Sie haben ungefähr zehn Minuten bis zum Eintreffen unseres Teams, also werde ich sie nutzen. Um ehrlich zu sein, waren wir gar nicht so weit von Ihrer Position entfernt. Unsere neuen Leute, die sich freiwillig gemeldet haben, haben sich als nützlich erwiesen. Gemeinsam hatten sie Ihren Aufenthaltsort auf einen hundert Meilen umfassenden Radius eingegrenzt, und sie kamen näher. Sie sind nicht so gut, wie Sie beide es waren, was auch erklärt, warum wir so lange gebraucht haben, uns von ihnen überzeugen zu lassen. Immerhin kann man mit ihnen arbeiten.« Sie stockte kurz, dann seufzte sie zu Pauls Überraschung. »Das kam jetzt falsch rüber. So habe ich das nicht gemeint. Sie sollten sich besser fühlen, weil wir Leute haben, die weiterhin helfen können. Die Leben retten können.« Wieder seufzte sie. »Es geht nicht darum, über Sie zu urteilen, Paul. Ich bin nur wütend, dass Sie so lange gebraucht haben, sich zu melden – und wenn ich ehrlich bin, hat mich das auch überrascht. Aber ich kann nicht behaupten, dass Sie deshalb ein schlechter Mensch sind. Schließlich ist es das größte Opfer, das man jemandem abverlangen kann.«

»Die Neuen«, fragte Paul. »Wissen sie, was mit mir und Andy passiert ist? Also mit anderen Worten, wissen sie, dass zwei ihrer Zielpersonen die Leute sind, die früher dafür ...«

Wieder trat ein längeres Schweigen ein.

»Nein«, sagte Straub schließlich und ohne jedes Zögern. »Das tun sie nicht. Und ich bin davon überzeugt, dass selbst Sie zustimmen würden, dass es auch so bleiben muss. Oder?«

»Ich weiß es nicht«, antwortete Paul. Er rieb sich die Augen, denn plötzlich verspürte er eine unglaubliche, unerträgliche Müdigkeit. Sein Kopf fing an zu dröhnen. »Ich weiß es nicht, verfluchte Scheiße.« Ein Gedanke kam ihm. »Andy. Haben Sie ... Wo ist er?«

Dieses Mal zögerte Straub nicht. Offensichtlich war sie erfahrener darin, schlechte Neuigkeiten weiterzugeben.

»Er hat sich selbst darum gekümmert. Er wollte unsere Hilfe nicht. Ich habe heute Morgen mit ihm gesprochen. Seine Leiche wurde vom Parkplatz eines Hotels in Birmingham geborgen; er ist aus dem Penthousefenster gesprungen. Ein Sprung aus dieser

Höhe, Paul, er wird nicht gelitten haben. Der Tod ist sofort eingetreten. Er ist als Held gestorben.«

Die Last in Pauls Magen verdoppelte sich, und er musste sich festhalten, als ihn eine Woge der Übelkeit übermannte. Er wusste, was kam, aber dass es so endgültig war, war zu viel. Beinahe genauso sehr wie das Wissen, dass Andy die Eier gehabt hatte, alles hinter sich zu bringen ... und er sie nicht hatte. Er wollte etwas sagen, aber einen Augenblick lang kam nichts heraus als ein schrilles, fast unhörbares Wimmern.

»Winter? Paul? Sind Sie noch dran?«

»Ich bin hier«, flüsterte Paul und sorgte durch reine Willenskraft dafür, dass er wieder funktionierte. »Ich brauche ...« Er hustete. »Sie müssen mir zuhören.«

»Das haben ich Ihnen bereits versprochen, Paul.«

»Äh, ja. Ja. Ich ...«

»Atmen Sie durch, lassen Sie sich Zeit. Das ist Ihr Augenblick.«

Paul trat sich mit dem linken Absatz fest gegen das Schienbein, der scharfe Schmerz half ihm, sich zu konzentrieren.

»Okay. Ja. Ich habe da einen Vorschlag für Sie«, sagte er und atmete tief und langsam. »Ich habe ein Angebot.«

Paul sprach ungefähr drei Minuten, in denen er seinen Plan umriss. Seine Stimme zitterte schrecklich, als er zu dem hauptsächlichen Punkt kam. Straub hörte die ganze Zeit stumm zu, ließ sich nicht anmerken, ob sie zustimmte oder nicht. Er erklärte so viele Einzelheiten, wie er konnte, hielt alles so realistisch, wie er es für möglich erachtete. Wiederholt unterstrich er den möglichen Nutzen, den das ganze Land davon hatte. Seine Hoffnung bestand darin, dass er seinem Plan damit mehr Gewicht verlieh, damit man ihn nicht nur als Versuch betrachtete, seine eigene Haut zu retten.

Sobald er geendet hatte und ihm der Atem stockte, hörte er in der Leitung nur das gleichmäßige Summen der Geräte. Es hatte sich während des ganzen Gesprächs nicht verändert, erschien beinahe genauso gnadenlos und endlos wie die Verfolgung des Stone Man. Er wartete auf Straubs Erwiderung. Bald würde er herausfinden, ob sein Leben in den nächsten paar Minuten enden würde oder man seine Hinrichtung aufschob. Das Letztere würde keinesfalls eine Rettung bedeuten – jedenfalls nicht mit Sicherheit –, aber immerhin eine Chance. Diese Vorstellung war wie ein Adrenalinschub.

Schließlich ergriff Straub das Wort.

»Geben Sie mir einen Moment Zeit«, sagte sie, und Paul konnte nichts aus ihrer Stimme heraushören. Er hockte eine ganze Minute in der Dunkelheit, während wieder das textilgedämpfte Scharren ertönte, und als sie sich wieder meldete, sagte sie lediglich: »Ich rufe zurück. Bleiben Sie dort.«

Es wurde aufgelegt, und Paul starrte das wieder zum Leben erwachte Display seines Handys mit offenem Mund an.

Es war kein Nein. Es war kein Nein. Möglicherweise gehen sie darauf ein.

Minuten verstrichen. Paul starrte weiterhin das Display an, während er langsam von einem Fuß auf den anderen hüpfte und dabei wie ein katatonischer Patient schwankte. Nur einmal wandte er den Kopf, schaute nach Westen, als er die Geräusche mehrerer sich nähernder Hubschrauber zu hören glaubte.

Das Display leuchtete auf. Straubs Name erschien. Pauls Finger senkte sich so schnell auf die Annahmetaste, dass er in der Dunkelheit kaum sichtbar blieb.

»Ja?« Paul war über die Verzweiflung in seiner Stimme beschämt und zugleich zu verzweifelt, um sich wirklich darüber zu ärgern.

»Die Barriere«, sagte Straub mit undeutbarer Stimme, »ist sie errichtet? Können wir Sie transportieren?«

Paul zögerte, hin- und hergerissen zwischen einer dummen, instinktiven Lüge als Erwiderung und der Notwendigkeit, sich vorher informieren zu müssen. Das dauerte einen Moment lang, dann obsiegte die Vernunft. Er staunte über seine eigene kurzzeitige Verrücktheit; wie kurz er davorgestanden hatte, alles zu versauen.

»Ich weiß es nicht«, erwiderte er, bevor er hastig hinzufügte:

»Aber ich sehe nach. Ich sehe nach.« In seiner Verzweiflung hatte er gar nicht in Betracht gezogen, dass man ihn an einen anderen Ort bringen wollte. Sein Plan hatte darauf basiert, dort zu bleiben, wo er gerade war. Seine Gedanken rasten, plötzlich sah er überall Lücken in dem Plan, die sein Scheitern bedeuten konnten, aber dann wurde ihm schnell klar, dass es keinen Unterschied machte. Ob er hier war oder sonst wo, spielte keine Rolle. Aber wollte er wirklich das Risiko eingehen, dass die Barriere während des Transports errichtet wurde? Das würde katastrophal sein.

»Warten Sie«, sagte er und hielt die Hand hoch, um jemanden aufzuhalten, der gar nicht da war. »Ich werde es herausfinden, aber Sie können mich nicht transportieren. Wenn Sie es versuchen wollen, wenn Sie meine Idee ausprobieren wollen, dann muss das hier geschehen. Die Barriere könnte auf dem Weg errichtet werden. Ja, Sie werden mich in Ihrer Gewalt haben und nach Belieben ausschalten können, aber dann können Sie es nicht ausprobieren, und es könnte die Antwort auf die ganze Angelegenheit sein. Wenn Sie mich transportieren, könnten Sie genauso gut ein Hinrichtungskommando schicken und es hinter sich bringen.«

»Winter, ist Ihnen eigentlich klar, was Sie da vorschlagen?«, erwiderte Straub. Der Tonfall war nicht aggressiv, sondern noch immer sachlich. Beinahe so, als wollte sie ihn auf die Probe stellen. »Der Schaden, der in der Zwischenzeit verursacht würde, wenn man Sie dort lässt? Der potenzielle Verlust an Menschenleben, direkt oder indirekt?«

Paul holte tief Luft und stellte sein Glück auf die Probe.

»Wollen Sie mir ernsthaft sagen, dass Ihre Jungs im Hinterzimmer nicht schon etwas Ähnliches in Betracht gezogen haben?«

Straub seufzte, und es klang eine gewisse Ungeduld durch.

»Ja, Winter, aber bei einem völlig anderen Szenario«, sagte sie, klang jedoch von ihrer Antwort nicht besonders überzeugt, fand Paul. »Also erstens saß die Zielperson nicht im Norden fest. Wir sprechen hier von einer völlig kontrollierten, nur für diesen

Zweck errichteten Umgebung, direkt in der Mitte des verfluchten Coventry, am Ground Zero, und bei diesem Szenario wird eine Zielperson früh genug entdeckt, um dorthin geschafft zu werden. Es gibt Einsatzkräfte, die speziell für die damit verbunden Abläufe ausgebildet wurden, die nötigen Mittel sind bereits an Ort und Stelle, und was am wichtigsten ist: Die ganze Sache spielt sich außerhalb der neugierigen Blicke der Medien ab. Davon abgesehen sollte die ganze Sache erst in Betracht gezogen werden, nachdem andere Protokolle, die wir entwickelt haben, gescheitert sind. Protokolle, die übrigens viele *Milliarden* Pfund verschlungen haben.«

»Und sind sie gescheitert?«

Zuerst ließ eine Antwort auf sich warten, aber als sie kam, wurde Pauls frische Hoffnung zunichte gemacht.

»Das sind sie, Winter, und nur ein Protokoll ist übrig geblieben. Die sofortige Eliminierung der identifizierten Zielpersonen. Danach sollten *sofort* die Vorbereitungen für die nächste Ankunft beginnen. Es tut mir leid. Wir reden hier von dem Leben von sechs gegen ... nun, wer weiß. Diese Entscheidung fällt nicht schwer.« Trotz ihrer Worte klang Straub, als würde es ihr tatsächlich leid tun.

Bevor Paul von blinder Panik überwältigt wurde, machte in seinem Verstand etwas Klick. Es hatte einen oder zwei Momente gedauert, aber Straub hatte gerade etwas enthüllt.

»Die Bluthunde«, sagte er fast flüsternd. »Die neuen Leute. Haben sie alle erwischt?«

»Entschuldigung?«

»Die Zielpersonen. Sie haben von dem Leben von sechs Leuten gesprochen. Es müssten sieben sein. Haben Sie alle Zielpersonen gefunden? Haben Sie nicht, oder?«

Wieder trat Schweigen ein, diesmal aber nur kurz.

»Nein«, gestand Straub ein. »Man hat sie ... abgeschnitten, bevor sie die siebte aufspüren konnten. Anscheinend sind unsere Freunde in der Ferne besser darin geworden, Eindringlinge zu bemerken. Vermutlich haben sie dank Ihnen beiden gelernt, danach Ausschau zu halten.«

Sanft hob die Hoffnung wieder ihr niedergeschlagenes Haupt; sie war kaum lebendig, klammerte sich aber noch immer fest.

»Und Ersatzleute«, sagte er, und sein Atem beschleunigte sich wieder, »wie viele verlässliche Ersatzleute haben sich gemeldet? Offensichtlich werden die Leute, die Sie im Augenblick haben, als Nächste an die Reihe kommen, aber solange Sie nicht sieben solcher Leute haben, werden Sie doch nie erfahren, wo sich die nächsten Zielpersonen befinden, wenn die großen Steinbastarde zurückkehren. Habe ich recht?«

»Worauf wollen Sie hinaus, Winter?«, fauchte Straub, und jetzt kam ihr Temperament zum Vorschein. Sie erschien als jemand, der unter Druck aufblühte, aber auch sie war nur ein Mensch. »Es werden sich weitere Leute melden. Falls dieses Muster so weitergeht, werden wir vermutlich Monate Zeit haben, sie zu finden, und wir planen unsere eigenen großflächigen Rekrutierungstests. Wir werden sie schon bekommen.«

»Aber das können Sie nicht *wissen*!«, rief Paul. Verzweiflung und Hoffnung machten seine Stimme zu einem Brüllen. »Diese Scheißdinger könnten zurückkehren, und dann haben Sie *niemanden*, während sie das halbe Land auf der Suche nach ihren Zielpersonen in Schutt und Asche legen. Und die einzige Chance, die Sie hatten, um etwas auszuprobieren, die letzte Chance, um mit Ihrer Zielperson ein *Experiment* durchzuführen, mit genug Zeit, bevor der Stone Man sie erreicht hat und Sie ihr das Gehirn im letzten Moment aus dem Schädel pusten müssen, um zu verhindern, dass man sie erwischt … Sie wollen dieser letzten Chance eine Kugel in den Arsch jagen. Und was noch besser ist, ich stehe direkt in der Mitte des verdammten Nichts!« Die letzten Worte brüllte er dem Feld zu, das ihn umgab, riss den freien Arm in die Höhe und drehte sich auf der Stelle. »Das ist das beste verdammte Szenario, das Sie haben! Ja, es wird nicht geplant sein, es muss kurzfristig auf die Beine gestellt werden, aber eine gewisse Vorbereitungszeit haben Sie, nicht wahr? Sie sind doch dazu fähig, sich an die Situation anzupassen? Oder nicht?«

Als nicht sofort eine Antwort kam, konnte Paul es nicht länger ertragen. Sämtliches Vortäuschen löste sich in Luft auf, und die Tränen kamen, als er an seine Frau und sein Leben dachte. Selbst an Andy.

»Schuldet man mir nicht diese kleine Chance?« Er schluchzte, schmeichelte und flehte, dachte allein an seinen Verlust und wie unfair das alles doch war. »Bin ich nicht nützlich gewesen? Sie wissen jetzt über viele Dinge Bescheid, und das haben Sie mir und Andy zu verdanken. Habe ich keinen wertvollen Beitrag geleistet?« Paul begrub das Gesicht in der freien Hand und verfluchte sich, als er seine dreckigste Karte ausspielte. »Ist *Andys* Tod denn gar nichts wert? Sein … sein … verfluchtes Opfer? Er war ein guter Diener, oder nicht? Er würde wollen, dass Sie es versuchen.«

»Ich fürchte, da sind Sie bei mir an der falschen Stelle, Winter«, erwiderte Straub und schockierte ihn mit ihrer Kälte. »Andy hat etwas extrem Mutiges getan und seinem Land einen großen Dienst erwiesen, aber so sehr ich das auch respektiere, habe ich *demselben* Land meinen Dienst zu erweisen. Und auch wenn ich viel Verständnis für Ihre Zwangslage habe, haben Sie schrecklich lange gewartet, sich mit uns in Verbindung zu setzen, obwohl Sie genau wissen, was in der Zwischenzeit alles passieren kann. Und mir ist nicht entgangen, dass Sie es anscheinend erst getan haben, sobald Ihnen dieser Plan eingefallen ist, um dem Land zu helfen … und rein zufällig sich möglicherweise auch selbst.«

Du dämliche Schlampe, wollte Paul sie anbrüllen, aber das konnte er nicht tun, denn möglicherweise lag seine Rettung in ihren Händen, und ihre Worte hatten Gewicht, so schrecklich viel Gewicht. Also stand er schweigend da und wartete darauf, dass sie fortfuhr.

»Aber ich werde Ihren Plan mit anderen besprechen«, sagte sie schließlich in einem leisen Tonfall, den Paul noch nie zuvor bei ihr gehört hatte. »Wäre nicht bereits über einen ähnlichen Plan diskutiert worden, den man ohne zu viele Vorbereitungen adaptieren könnte, würde ich dafür nicht einmal meinen

Atem verschwenden. Aber zu Ihrem Glück ist das geschehen, und trotz meiner Vorbehalte wegen Ihres Verhaltens hat Ihr Beitrag in der Vergangenheit Leben gerettet. Wiegt man das gegeneinander auf, schuldet man Ihnen genug, dass ich zumindest frage. Und es macht einen gewissen Sinn. Ich rufe Sie wieder an.« Sie seufzte erneut, diesmal klang es leicht traurig. »Es könnte eine Weile dauern. Unsere Männer werden sowieso bald bei Ihnen sein.«

Ihre Stimme wurde leiser, sie würde gleich auflegen, also brüllte er ins Handy.

»Warten Sie!«

»Mein Gott, Winter, was?«

»Werde ich wieder mit Ihnen sprechen? Ich meine … ich meine … egal, was dabei rauskommt?«

Das Zittern in seiner Stimme machte deutlich, was er tatsächlich meinte. Da die Realität so nahe war und die Hubschrauber immer lauter wurden – am Nachthimmel kamen nun ihre Scheinwerfer in Sicht – schaffte er es einfach nicht, es auszusprechen.

Straub legte auf.

Kurz danach saß Paul hinten in einem gelandeten Hubschrauber, der vom Suchscheinwerfer seines Zwillings hell beleuchtet wurde. Sie standen nebeneinander auf dem nun teilweise erleuchteten Feld. Man hatte ihm Handschellen angelegt, war aber nicht grob vorgegangen, und es war auch nicht viel gebrüllt oder geschubst worden. Beinahe so, als hätte man ihnen befohlen, ihn mit einem gewissen Respekt oder zumindest Rücksicht zu behandeln, und vielleicht hatte seine deutliche Bereitschaft, bei ihrer Ankunft zu kooperieren, seiner Sache geholfen. Schließlich hatte er alles freiwillig getan. Trotz der Kälte war seine Kleidung schweißnass.

Bestimmt können Sie es nicht riskieren, dachte er und erkannte, dass er das tatsächlich auch glaubte. *Da die Bluthunde jetzt für das nächste Mal nutzlos geworden sind, können sie mich nicht loswerden, bevor sie das ausprobiert haben. Ich bin viel weiter weg, als ihnen gefällt … aber bestimmt müssen sie alle Möglichkeiten nutzen, selbst wenn der Preis dafür hoch ist? Das müssen sie doch bestimmt tun? Sie müssen doch experimentieren, wo jetzt alles andere gescheitert ist?* Er war verzweifelt, wie er nur zu genau wusste, das Wort beschrieb den tobenden Schrecken in seinem Inneren nicht mal annähernd, aber er glaubte nicht, dass diese Gedanken verrückt waren.

Plötzlich hielt ihm jemand ein Funkgerät hin.

»Sie will mit Ihnen sprechen«, sagte die überraschend gebildete Stimme aus der Sturmmaske, die den Kopf des Soldaten verhüllte, der an der Hubschraubertür aufgetaucht war. Er drückte Paul das Funkgerät in die Hand und ging, überließ ihn der Fürsorge der Männer, die zu beiden Seiten neben ihm saßen und vor dem Hubschrauber standen. Sein Herz klopfte wie ein Dampfhammer, als er das Gerät ans Ohr führte. Als er sprach, waren sein Hals und sein Mund so trocken, dass seine Stimme kaum mehr als ein Krächzen war.

Wenn sie anruft ... gibt es eine Chance.

»Hallo?«

»Finden Sie die Barriere«, sagte Straubs Stimme, die aus dem Lautsprecher des Funkgeräts blecherner klang als über das Handy. »Wir müssen wissen, wie viel Platz wir haben.« Erleichterung schlug wie eine Woge über Paul zusammen, und beinahe verstand er ihre nächsten Worte nicht, aber er zwang sich zur Konzentration. »Ich werde Sie nicht anlügen, Winter. Sollte es nötig werden, Sie genau wie Patrick Marshall in einen debilen Idioten zu verwandeln, um diesen Versuch bis zum Ende durchzuführen, Sie dabei aber am Leben bleiben und wir sehen können, ob es funktioniert oder nicht ... werden wir genau das tun. Natürlich steht Ihr Leben für uns an erster Stelle, soweit es dieses Experiment betrifft, aber das gilt nicht für Ihren geistigen Zustand. Das müssen Sie verstehen.«

»Das tue ich, das tue ich«, erwiderte Paul. Es war ihm egal, und er dachte nur daran, was nun folgte. Wie lange würde es dauern, bis sie Antworten hatten oder entschieden, dass es reichte, und den Stecker zogen? Monate oder Jahre? Den Rest seines Lebens? Es spielte keine Rolle, es war *Zeit*, und Paul wurde sich in diesem Moment bewusst, was er auf diesem Feld verloren hatte. Er war jetzt ein anderer, aber das war seiner Meinung nach besser als die Alternative.

»Aber wenn wir Ihr Bewusstsein bewahren und die Operation zugleich effizient durchführen können, würden wir es lieber auf diese Weise tun«, fuhr Straub fort. »Möglicherweise müssen wir Ihnen Anweisungen geben, und Sie müssen reagieren können; schließlich haben wir nicht die geringste Ahnung, wozu dieses Ding fähig sein könnte. Also würden wir Sie lieber *compus mentis* halten, um es einmal so auszudrücken. Aber Ihnen muss klar sein, dass die Grundvoraussetzung für das Gelingen dieses Experiments darin besteht, Sie am Leben zu erhalten. Und sollte es nötig werden, Sie dafür hinter die Barriere zu bringen, werden wir das tun.«

Dieses Mal durchdrangen die Worte Pauls deliriösen Optimismus. Das würde das Gleiche wie der Tod sein, aber der Tod seines Verstandes, auch wenn sein Körper weiterleben würde. *Aber das wird vielleicht nicht passieren, wird vielleicht nicht NOTWENDIG sein,* sagte die Stimme in seinem Kopf, und damit war er wieder woanders und hörte nicht richtig zu.

»So wie ich es verstanden habe, waren die Leute in der Führungsetage sich sehr uneins darüber, aber die Entscheidung lag beim Premierminister, und er hat es genehmigt«, sagte Straub, ohne sich seiner mangelnden Aufmerksamkeit bewusst zu sein. »Operation Paquirri hat jetzt offiziell begonnen. Aber Sie müssen die Barriere finden, Paul, um Ihretwillen. Gelingt Ihnen das nicht, werden wir trotzdem weitermachen, und das wird mit ziemlicher Sicherheit darauf hinauslaufen, Sie dauerhaft Ihrer höheren Hirnfunktionen zu berauben. Also finden Sie die Barriere, wenn Sie können, und zwar schnell. In kurzer Zeit wird es auf diesem Feld und seiner Umgebung unglaublich laut werden. Also, wenn Sie umhergehen und sich konzentrieren müssen, dann müssen Sie das jetzt tun. Glauben Sie, Sie schaffen das?«

»Ja, ja«, sabberte Paul, weinte beinahe vor Erleichterung, obwohl er nicht die geringste Ahnung hatte, ob er die Barriere finden würde oder nicht. Aber er glaubte schon. Man hatte ihn von dem Signal abgeschnitten, aber da die Verbindung mit dem Stone Man noch ausreichte, um zu wissen, dass er zur Zielperson geworden war, um zu fühlen, wie sie sich in Bewegung setzten, konnte er bestimmt auch die Barriere finden. Vielleicht hätten auch Patrick und Henry es schaffen können, hätten sie gewusst, wonach sie suchen mussten. *Wäre Patrick nicht in blinder Panik davongestürmt, hätte er es auch spüren können. Als würde man in eine Glastür laufen. Sieht man sie vor lauter Eile nicht, weiß man nicht einmal, dass es sie gibt. Aber geht man langsam, ertastet sich dabei den Weg …*

Sobald Straub aufgelegt hatte, wurde Paul von zwei Soldaten aus dem Hubschrauber eskortiert, und kurz darauf wanderte er im Scheinwerferlicht in der unmittelbaren Gegend herum und konzentrierte sich mit seiner ganzen Willenskraft. Es war ein ganz neuer Schrecken, als würde man ihn zwingen, durch ein Minenfeld zu gehen. Schließlich hatte er keine Ahnung, ob es funktionieren würde; reichte bereits die Berührung der Barriere aus, um ihn in Katatonie verfallen zu lassen? Oder würde er sich in sie hineinbegeben müssen, damit das geschah? Würde er sie vorher wahrnehmen, spüren, dass er sich ihr näherte? Gab es sie überhaupt schon, auch wenn die vorherigen Beweise keinen anderen Schluss zuließen? Mit ängstlichen Schritten schlurfte er vorwärts, tastete mit seinem Verstand und seinen Händen und wartete ständig auf den Schock, der das Ende seines Verstandes signalisierte.

Sein Körper schrie ihn an, doch stehenzubleiben, hündische Furcht flehte ihn an, auf der Stelle wie angewurzelt stehenzubleiben, aber er ging blindlings weiter, obwohl das sein Ende bedeuten konnte. Aber wenn man ihn gefragt hätte, hätte er es nicht als Mut bezeichnet. Sein Leben hing davon ab, dass er es riskierte, und diese Tat würde ihn nur retten. Furcht, die von größerer Furcht vor etwas viel Schlimmeren besiegt wurde, ist immer noch *Furcht*, und er wusste nicht, ob es eine Bezeichnung für große Anstrengungen gab, die daraus resultierten.

Während er weiterging und sich so verbissen konzentrierte, dass er schreckliche Kopfschmerzen bekam, fühlte er den Anfang einer Veränderung, außerdem war ein leichtes Kribbeln in den Fingerspitzen. Er ging nur noch ein kleines Stück weiter, bis er bestätigen konnte, dass er sich das nicht einbildete, dann blieb er stehen. Mehr würde er nicht riskieren. Er war nahe dran, sehr nahe, und er kannte den exakten Umkehrpunkt nicht. Er wollte es nicht auf die harte Weise herausfinden.

»Dort«, sagte er zu dem Soldaten zu seiner Rechten und deutete mit dem Fuß auf den Boden. Als der Soldat vortrat und einen kleinen Metallstab in die Erde steckte, dachte Paul unwillkürlich, dass der Mann, der gerade von ihm einen Befehl entgegengenommen hatte, genauso gut von jemand anderem den Befehl erhalten haben konnte, ihm eine Kugel in den Kopf zu jagen. Er verdrängte den Gedanken und schlug einen geraden Weg in die entgegengesetzte Richtung ein, aus der er gekommen war. Von ihrem Aufbruchspunkt – direkt neben den Kufen des gelandeten Hubschraubers – waren es ungefähr zwölf Meter gewesen. Die Hubschrauber waren so nahe neben ihm gelandet wie möglich, und da hatte er ungefähr drei Meter von dem Zauntritt entfernt gestanden, auf dem er gesessen hatte.

Auf dem Weg fing er an zu rechnen:

Also waren die Hubschrauber ungefähr drei Meter weit weg? Und ich hatte stundenlang auf diesem Holz gesessen, und während dieser Zeit ist die Barriere vermutlich errichtet worden. Das würde den Zaun also zur Mittellinie machen, denn genau dort befand ich mich bei ihrer Errichtung. Also, ich stand etwa drei Meter vom Zaun entfernt, und die Hubschrauber drei Meter von mir, und die Barriere beginnt ungefähr zwölf Meter weiter. Das sind achtzehn Meter. So ungefähr.

Paul erreichte den Zaun, entspannte sich auf dieser Seite, stieg über den Tritt und verkrampfte sich dabei wieder. Wenn die Barriere einen Kreis darstellte, aber selbst, wenn sie ein Rechteck war, musste er ungefähr weitere achtzehn Meter bis zur anderen Seite gehen. Aber er ging kein Risiko ein. Er streckte die Hände aus und verfiel wieder in seinen nervösen, schlurfenden Gang, diesmal jedoch mit etwas weniger Angst, in dem Wissen (er konnte sich nicht sicher sein), dass er eine ausreichende Vorwarnung erhalten würde, dass er den Rand spüren sollte, bevor er dagegenstieß.

Schließlich fing es in seinen Fingern und seinem Verstand an zu kribbeln, und er stieß einen Seufzer der Erleichterung aus und deutete wieder mit dem Fuß auf den Boden. Während die Soldaten ein Seil zwischen beiden Stäben spannten und dafür den Zaun überqueren mussten, betrachtete Paul die Distanz, die er zurückgelegt hatte. Anscheinend waren die Stäbe auf beiden Seiten des Zauns ungefähr gleichweit davon entfernt. Natürlich würde man den Zaun mit einem Bulldozer entfernen müssen.

Nachdem Paul das Perimeter genau vermessen hatte, standen die Werte fest. Jede Seite maß 40,72 Meter. Das Perimeter war doch ein Quadrat.

Sie werden auf Nummer sicher gehen, dachte Paul, *und das geht von mir aus völlig in Ordnung. Man wird eine Fehlertoleranz einbauen und innerhalb einer bedeutend kleineren Fläche operieren. Ungefähr dreißig Meter? Reicht das? Das ist doch eine ziemlich große Fläche. Dreißig Meter?*

Während Paul auf dem Feld stand und ihm das Herz im Hals schlug, sah er acht Soldaten bei der Arbeit zu (die letzten beiden mussten sich auf etwas anderes konzentrieren; ihre Blicke waren auf ihn gerichtet). Die Männer brachten Markierungen an, führten die allerersten Schritte von etwas durch, das bald zu einer gewaltigen Operation werden würde, um die Umgebung rechtzeitig vorzubereiten. In der Ferne erklang bereits neuer Lärm – Rotorblätter in der Luft, Motoren auf der Straße –, und weit weg erschienen wieder Lichter am Himmel, aber diesmal mehr als zuvor. Paul konnte das nicht wissen, aber der Premierminister hatte den Plan mit seinem ganzen Einfluss unterstützt. Die Reaktion der Regierung würde das beweisen, und es nahm seinen Anfang. Als Paul begriff, dass er viele Stunden lang nichts zu tun haben würde, bemühte er sich, seine Atmung zu verlangsamen, um sich zu beruhigen. Wie lange hatte der Stone Man beim letzten Mal gebraucht, um nach Sheffield zu laufen? Und wie lange war er bereits unterwegs? Paul hatte nicht die geringste Ahnung, aber er war sich ziemlich sicher, lange warten zu müssen, und die meiste Zeit durfte er nicht im Weg stehen. Nicht nur würde man das Terrain um die Barriere von allen Hindernissen säubern müssen, sondern auch die Umgebung sichern. Er fragte sich, was man den Medien erzählen würde, und ihm wurde klar, dass man vermutlich auch für eine Art Abdeckung sorgen musste, um sämtliche Blicke von oben garantiert zu blockieren. Bei Patrick war vermutlich keine Zeit gewesen, um sich um Satellitenbilder zu kümmern, aber das hier … Solange es keine Überraschungen gab *(du weißt nicht, welches Ass das Ding im Ärmel hat, Paul),* konnte das jahrelang dauern, was Interesse wecken würde.

Er fing an, langsame, tiefe Atemzüge zu nehmen, und nach ein paar Minuten trat etwas von dem alten Paul – der in seinem Leben nun ein Fremder war – zum Vorschein, und er kicherte leise, als er an die damit verbundene Arbeit dachte. Alles nur, um einen idiotisch simplen Plan in die Tat umzusetzen. Die Vorbereitung der Gegend, der Kauf von Grund und Boden, die Unterdrückung der Medien, die Versorgung mit Essen und Wasser, die Arbeitsstunden, Strom, Überwachung, Sicherheit, die nötigen Geldmittel … ein gewaltiger Aufwand an Verwaltung, Personal und Schreibkram, um eine im Prinzip simple, idiotisch einfache Arbeit auszuführen.

Der alte Paul schüttelte den Kopf, und obwohl er danach fortging und eigentlich nie richtig zurückkehrte, kicherte er weiter leise in der Dunkelheit, ein Verdammter, der über die Absurdität von allem lachte.

KAPITEL NEUN

Durchführung

Zum dritten Mal in dieser Minute schaute Paul auf die Uhr, dann starrte er wieder auf die große Öffnung in der über dreißig Meter entfernten Metallwand. Innerhalb der Halle – eine Konstruktion, die man am besten als Hangar hätte beschreiben können, hätten hier Flugzeuge gestanden – war es relativ still. Vom Personal sprach natürlich niemand, die meisten Geräusche wurden vom Brummen der Lufterhitzer und diversen Computern an den Wänden verursacht. Der Motor des Jeeps tickte ebenfalls – seit er dort eingestiegen war –, aber es war eine hervorragend gewartete Maschine, also war das Geräusch minimal. Gelegentlich rauschte ein Funkgerät, wenn Updates kamen, die seit Beginn der letzten Stunde immer häufiger eintrafen. Aber Paul war sich sicher, dass, hätte er näher bei dem Kommandozelt in der fernen Ecke gestanden – der einzige sonstige separate Bau in der Halle –, er bestimmt viele Meldungen gehört hätte. Seit man ihn vor zwei Stunden in den Jeep gesetzt hatte, hatte niemand mehr mit ihm gesprochen. Straub hatte er auch nur bei ihrer Ankunft gesehen. Und zwar nur aus der Ferne, und er war sich ziemlich sicher, dass sie seinem Blick absichtlich ausgewichen war. Schließlich war er jetzt nur noch als Köder nützlich.

Mach das Beste daraus, sagte die Stimme in seinem Kopf zynisch. *Du weißt nicht, was das verfluchte Ding machen wird, sobald das hier anfängt.* Paul musste zugeben, dass die Stimme da nicht unrecht hatte. Was die Stone Men betraf, gab es absolut keine Sicherheiten, und das trotz der ganzen Forschungen, die im letzten Jahr auf der ganzen Welt unternommen worden waren. Sie arbeiteten auf der Basis von Annahmen, die sich nur auf das gründeten, was man bis jetzt beobachtet hatte, sowie der kleinen Zahl von Energiemessungen, die man hatte durchführen können. Diese Annahmen waren jetzt das dünne, brüchige Fundament, auf dem sein Leben ruhte. Kein großer Trost, und selbst wenn sämtliche bisherigen Theorien korrekt waren, gab es keine Garantie, dass sein Plan irgendwelche Ergebnisse brachte.

Paul betrachtete wieder seine Umgebung, als wäre sie das Letzte, das er jemals sehen würde (*vermutlich ist sie das auch*, fügte die Stimme hinzu), versuchte dieses Mal die Feinheiten in sich aufzunehmen, die Konturen der Erdklumpen auf dem Boden, die Schönheit der Dunstschwaden, die die elektrischen Lampen in der Decke umgaben, die Unebenheiten der dünnen Metallwände. Es gelang ihm nicht. Es sah noch immer aus wie eine große Metallscheune.

Der Boden war bearbeitet worden, jedenfalls so sehr das in der zur Verfügung stehenden Zeit möglich gewesen war. Das Areal, das man begradigt hatte, um eine so ebene Oberfläche wie möglich zu erhalten, hatte eine Länge von einundneunzig Metern. Vermutlich wollte man genug Platz haben, um falls nötig manövrieren zu können. Die gerippte Decke war sehr hoch – Paul konnte nur raten, wozu das nötig war –, mindestens dreißig Meter. Obwohl draußen die Wintersonne am Himmel stand und Paul das graue, bewölkte Firmament durch die hastig errichteten Hallentore sehen konnte, war das Licht hier drinnen bedeutend wärmer. An der westlichen Wand parkten ein paar Jeeps, am Ende der Reihe ragte ein Panzer auf – vermutlich für den Fall, dass sich eine Gelegenheit bieten sollte, auch wenn sie in der Vergangenheit nutzlos gewesen waren. An den entgegengesetzten Ecken gab es sogar zwei Kameras, die von einem Drei-Mann-Team besetzt waren. Sie waren bestimmt nicht für die Medien gedacht; sie sollten alles für die Nachwelt festhalten und zu Forschungszwecken dienen. Da er von der Außenwelt abgeschnitten war (*wieder abgeschnitten*, sagte die Stimme), hatte er nicht die geringste Ahnung, was die Medien tatsächlich wussten, ob sie viel zu sehr damit beschäftigt waren, die sieben Richtungen zu verfolgen, die die Stone Men eingeschlagen hatten, oder ob sie Wind von der Operation auf zwei Feldern in Sheffield bekommen hatten. Er hielt das Letztere für wahrscheinlich. Der Stone Man, der für ihn kam, würde mittlerweile in der Nähe sein, und selbst wenn die Medien einfach seinem Weg folgten, würden sie auf militärische Sperren gestoßen sein und versuchen, den Grund dafür herauszufinden. Außerdem würde die Sicherung der Felder irgendeinen Kontakt mit dem Grundbesitzer erforderlich gemacht haben, und wenn auch nur, um ihm mitzuteilen, dass man seine Felder beschlagnahmt hatte. Außerdem würden den Nachbarn kaum mehrere Militärkonvois, Paraden von Erdbaumaschinen und in der Luft kreisenden Hubschraubern entgangen sein.

Während man unermüdlich rund um die Uhr geschuftet hatte, hatte man Paul ein Sedativ gegeben und ihn unter Bewachung gestellt, also hatte er nichts davon mitbekommen, aber er hatte den Rest nach seinem Aufwachen gehört. Er hatte das Zelt, in das man ihn mehrere Stunden später verfrachtet hatte, nicht verlassen dürfen, aber als man ihn zur Besprechung und Vorbereitung geholt hatte, hatte er das kleine Dorf aus Zelten und Toilettencontainern gesehen, das wie durch Zauberhand draußen entstanden war. Ein oder zwei Mitglieder des Personals, selbst ein paar Soldaten, hatten kurz seinen Blick aufgefangen und dann schnell weggeschaut. Köder zu sein war ja vielleicht ansteckend.

Der Anblick der Halle war in der Tat beeindruckend. Nicht unbedingt wegen ihrer Größe, sondern wegen der Tatsache, dass diese gewaltige, graue Festung mit dünnen Wänden (wenn das kein Widerspruch war) über Nacht errichtet worden war. Wie eine hässliche Metallwarze hockte sie mitten in der Landschaft.

Beim Anblick der riesigen Schiebetore, die per Hand und nicht durch einen Motor bewegt wurden, verspürte er beim Betreten des kleinen Kommandozelts, das dort stand, einen kurzen Augenblick klaustrophobischer Panik. Er bekam keine Luft mehr. Als würde man ihn in den Boden ziehen.

Geduldig setzte er sich und hörte zu, wie ihm zwei unbekannte Männer – nicht einmal David war da, war vielleicht fleißig damit beschäftigt, andere Elemente der derzeitigen Stone Man-Situation unter Kontrolle zu kriegen – seinen eigenen Plan erklärten. Er nickte bei den passenden Stellen. Als man sich erkundigte, ob er Fragen hätte, hatte er nur zwei:

»Wie sehen die Schlafarrangements aus?«

»Dafür gibt es noch keine konkreten Pläne, da sich alles auf die Vorbereitung und Sicherung der Gegend vor der Ankunft des Caementums konzentriert hat. Darum wird man sich in Kürze kümmern.«

»Wie lange wird diese Operation Ihrer Meinung nach dauern, nach Ihrem jetzigen Informationsstand?«

Blicke wurden gewechselt.

»Im Augenblick? Unbefristet.«

Danach hatte man ihn zu dem wartenden Jeep geführt, der dann ans Ende der Halle fuhr und wendete, damit er dem Eingang gegenüberstand. Das war vor zwei Stunden gewesen, und seitdem war er abgesehen von seinem stummen Fahrer und den beiden bewaffneten Wächtern allein gewesen. Während dieser Zeit war Straub in die Halle gekommen, flankiert von ihrem kleinen Gefolge. Paul gefiel der Gedanke, dass ihre mangelnde Kommunikation daran lag, dass sie einfach zu beschäftigt war, aber in Wirklichkeit glaubte er nicht daran. Er hielt auch die Fesseln für unnötig – seine Knöchel waren an den Sitz gebunden –, aber er konnte sie verstehen. Man wusste nicht, ob er nicht doch in Panik verfallen würde, obwohl das alles seine Idee gewesen war. Wo sie sich jetzt entschieden hatten, mussten sie ihn kontrollieren. Das Hemd klebte ihm am Rücken. Bevor das alles begonnen hatte, hatte er ein paar Sachen ausgezogen – in der Halle war es warm genug –, aber er schwitzte noch immer stark.

Das wird funktionieren. Das wird funktionieren. Diesen Dingern ist Zeit egal. Sie erwarten, dass ihnen ihre Beute direkt ins Netz geht. Warum sollten sie die Mistkerle sonst so groß bauen? Ihre Konstruktion soll einschüchtern. Gesichtslos. Unaufhaltsam. Groß.

Weitere Zeit verging, und aus dem fernen, unregelmäßigen Geschnatter der Funkgeräte wurde plötzlich ein beständiger Strom.

Bald. Lieber Gott, es ist fast da.

Eine Abteilung bewaffneter Soldaten lief in Formation in die Halle und reihte sich an den Wänden auf. Durch den Eingang konnte Paul verfolgen, wie immer mehr Leute umhereilten und die letzten Vorbereitungen begannen. Falls der Plan funktionierte, würden sie mehr Zeit als je zuvor haben, den Stone Man zu studieren.

Ich will nicht, dass es das Original ist. Es wird schlimmer sein, wenn es das Original ist. Ich habe gesehen, was es anrichtet.

Draußen ertönte ein Ruf, beinahe im gleichen Augenblick verstärkte sich der Hubschrauberlärm auf dramatische Weise und blieb so. Die Maschinen kamen näher und nahmen ihre Positionen ein. In diesem Moment glaubte Paul, den ersten schweren Schritt zu spüren, der den Boden erschütterte.

Warte, es ist hier? Es ist bereits so nahe? O Scheiße, o Scheiße.

Plötzlich hörte das Funkgeschnatter fast vollständig auf; es war nur zu hören, wenn kurze Ausbrüche unverständlicher Informationen in regelmäßigen Abständen ertönten. Paul fand, dass es wie ein Countdown in der Ferne klang.

Während dieser Zeit hörten die Erschütterungen nicht auf, waren zuerst sanft und kaum zu spüren, dann wuchsen sie (zumindest für Pauls Ohren) zu einer den Boden erschütternden Reihe dumpfer Laute.

So ging es eine Weile, Paul hätte sie auf eine halbe Stunde geschätzt, tatsächlich betrug sie aber nur sechs Minuten. Am Ende dieser Zeitspanne sah Paul, wie einer der Soldaten sein Funkgerät hob und eine Meldung durchgab. Er stand direkt am Eingang, am Ende der Reihe aus Männern, die die Ostwand flankierten. Selbst auf diese Entfernung hörte Paul seine von den Nebengeräuschen des Funkgeräts nicht verzerrte Stimme.

»Bestätigte Sichtung.«

Paul starrte hektisch durch die geöffneten Tore, kniff die Augen zusammen, um besser sehen zu können. Das ganze Herumgerenne hatte aufgehört, und wäre nicht der Lärm der Hubschrauber gewesen, hätte Paul beinahe glauben können, dass sich dort niemand mehr aufhielt. In seiner Sichtlinie in die Außenwelt gab es keine Hindernisse, also hatte man den Pfad des Stone Man offensichtlich berechnet und wollte ihn frei haben. Jetzt gab es dort nur das Feld, das sich so weit erstreckte, wie er sehen konnte. Und dann kam in der Ferne eine langsam größer werdende Wölbung in Sicht, auf diese Entfernung klein, aber unverkennbar. Sie schob sich über den Hügelkamm, wurde zu einem Kopf, gefolgt von zwei Schultern, einer Tonnenbrust, einer Taille. Die Oberfläche des Körpers war graubraun.

Es ist das Original!

Langsam schob es sich weiter in Sicht, seine unglaubliche Größe machte selbst auf diese Entfernung Eindruck, etwas Gewaltiges, das man wie die Überreste eines versunkenen Ozeanriesen an die Oberfläche holte. Jetzt konnte Paul die Beine sehen, wie sich die Füße in perfekter Übereinstimmung mit den Vibrationen im Boden senkten. Es war der Stone Man, und er war gekommen, um ihn zu holen.

Reflexartig schoss Paul von seinem Sitz hoch, jede Vernunft war dem unstillbaren Drang zur Flucht gewichen. Bevor der Soldat neben ihm etwas tun konnte, stand er und griff nach der Jeeptür. In einer Millisekunde würde er die Beine darüber schwingen und dann …

Klirr.

Die vergessenen Fußfesseln erreichten ihre volle Länge und rissen seine Beine zurück, während er aus dem Fahrzeug sprang. Seine Hände, die sein ganzes Körpergewicht gehalten hatten, rutschten vom Karosserierand ab. Er krachte mit der Brust auf das Metall. Der Schmerz war intensiv, die Luft wurde aus seinen Lungen getrieben, und einen Augenblick lang wurde die Welt grau, während ihn der Wächter zurück in den Wagen riss. Das Funkgerät des Mannes plärrte, aber Paul konnte nichts verstehen, weil er versuchte, wieder Luft in die Lungen zu kriegen. Seine Augen quollen hervor, sein Brustbein stand in Flammen. Zwei Hände hielten ihn nun an den Schultern gepackt, aber Paul spürte sie kaum, während er um Luft rang und durch die Windschutzscheibe auf die riesige Gestalt starrte, die sich näherte.

Wer auch immer den Weg berechnet hatte, hatte seine Hausaufgaben gemacht. Der Stone Man wurde beinahe auf perfekte Weise von dem gewaltigen Tor eingerahmt, ein grimmiges Bild vor Pauls Augen, das eine gnadenlose Verfolgung darstellte. Die Vibrationen im Boden fühlten sich wie ferne Kriegstrommeln an, und als Paul endlich wieder Luft bekam, versuchte er tief in sein Inneres zu greifen und sich für die intensive Probe zu stählen, der man seine Nerven unterziehen würde.

Man wirft dich ihm nicht zum Fraß vor, sagte die Stimme. *Du bist nicht wie Patrick. Man wird dich ihm nicht einfach übergeben, und man wird dich auch nicht betrügen. Dann hätte man sich wohl kaum die Mühe gemacht, diese ganze Scheiße zu bauen, erst recht nicht, wo man doch nur einen Abzug hätte betätigen müssen, um das Problem zu lösen. Man hat sich der Sache verschrieben. Ihre hauptsächliche Sorge besteht darin, dich am Leben zu halten, nur darum geht es. Du weißt nicht, was das Ding tun wird, sobald der Plan erst einmal angelaufen ist, aber zumindest hast du jetzt etwas mehr Zeit. Du kannst dich entspannen.*

Sein Herz klopfte, als würde es gleich explodieren. Sein Atem ging noch immer keuchend.

Der Stone Man hatte jetzt das Tor erreicht, und Paul bemerkte, dass mehrere der Soldaten, die die Wände flankiert hatten, die Reihen verlassen hatten und sich nun an den Enden der riesigen Schiebetore zu beiden Seiten des Eingangs versammelten. Der Bau war so schnell errichtet worden, dass man keine Automatiktore hatte einbauen können. Als der Stone Man über die Schwelle trat, fing seine Oberfläche das helle Deckenlicht auf und funkelte. Die Wirkung war überraschend, als würde das Ding irgendwie von innen erleuchtet. Es ließ es aussehen, als wäre es noch mächtiger geworden, da es nun seine Beute erreicht hatte. Mit weit aufgerissenen Augen nahm Paul die Gesichter der Mannschaft wahr, die der Soldaten wie auch der Zivilisten. Alle waren blass geworden oder standen mit offenem Mund da.

Nachdem der Stone Man drei Meter im Gebäude war, stemmten sich die Soldaten gegen die Tore und schlossen sie. Zum ersten Mal seit seiner Ankunft nahm Paul den Blick vom Stone Man und schaute auf die Landschaft draußen, was nun durch die Tatsache erschwert wurde, dass das Ding seine Sicht größtenteils versperrte. Obwohl der Anblick grau, kalt und wenig einladend war, sah Paul zu, wie er stetig schrumpfte, weil sich die Tore schlossen, und eine neue Woge der Verzweiflung stieg in ihm auf. Er wusste nicht, wann er die Außenwelt wiedersehen würde, ob er sie überhaupt jemals wiedersehen würde, und als die Torflügel gegeneinanderschlugen und die Soldaten anfingen, sie zu verriegeln, wurde dieses Gefühl des Verlusts zur Gewissheit. In diese Halle gebracht zu werden hatte sich angefühlt, als würde man unter die Erde geschleift, aber das Zuknallen des Tores war wie die erste Schaufel Erde, die auf seinem Sarg landete.

»Alle bereithalten.«

Die Stimme kam aus dem Funkgerät, und Paul war sich nicht sicher, ob sie Straub gehört hatte. Der Stone Man hatte die Entfernung zwischen ihnen beträchtlich verringert und in seinem Sichtfeld nun gewaltige Ausmaße angenommen. Paul konnte den Unterschied zwischen den dröhnenden Schritten und den Hammerschlägen seines Herzens nur noch dadurch feststellen, dass das Letztere so schnell schlug.

Die Größe des Stone Man sprengte jedes Verständnis. Auf diese kurze Distanz musste Paul unwillkürlich wieder über die Geschmeidigkeit seiner Bewegungen staunen, die schweren Steinglieder konnten sich wie Gummi zusammenziehen und strecken, ohne Falten zu werfen. Es war zu Stein gewordene Magie, Schwarze Magie, das gestaltgewordene Böse.

Aber ist es das wirklich? Erledigt das Ding nicht nur einfach seine Arbeit?

Der Stone Man war jetzt fünfzehn Meter vom Jeep entfernt. Paul wurde sich bewusst, dass sich seine Finger bis zum zweiten Knöchel in die Polsterung gegraben hatten. Seine rechte Ferse wippte auf der Gummimatte im Fußraum.

Zwölf Meter. Mit hervortretenden Augen starrte Paul den Soldaten am Lenkrad an, der stoisch nach vorn blickte und dessen einziges Anzeichen für sein Unbehagen in zwei Schweißbahnen bestand, die ihm das Gesicht herunterliefen. Mit der einen Hand hielt er das Funkgerät ans Ohr und wartete auf seine Befehle. JETZT, wollte Paul ihn anbrüllen und schaffte es nur durch reine Willenskraft, es nicht zu tun. Die Soldaten mussten alles leiten. Er musste sie machen lassen.

Neun Meter.

»Bereithalten.«

Pauls nervös aufstampfende Ferse wurde zu einer Geste, sein Fuß suchte nach einem Gaspedal, das nicht da war.

Sechs Meter.

Es ist zu groß, um real sein zu können. Das kann unmöglich real sein. Diese ganze Sache ist ein Albtraum. Diese ganze Sache ist ein langer Fiebertraum. Ich liege im Koma, ich bin bereits tot. LIEBER GOTT, SCHAFF MICH HIER RAUS.

Drei Meter.

»Freigabe.«

»Verstanden«, erwiderte der Soldat mit einer bedeutend tonloseren Stimme, als seine Miene hätte denken lassen. Er gab Gas und drehte am Lenkrad. Der Motor des Jeeps brüllte leise auf, das Fahrzeug schwang nach links, aus dem Weg des Stone Man, auf den gelben Plastikstreifen zu, der sich an der Westseite der Halle den Boden entlang zog. Paul hatte Recht behalten, dass sie innerhalb der Grenzen der Barriere operieren würden; die Streifen, die im Quadrat durch die Halle führten, waren nur ungefähr dreißig Meter voneinander entfernt. Sobald der Jeep den Streifen erreicht hatte – dazu brauchte er ungefähr zwei Sekunden –, fuhr der Fahrer ihn schnell entlang.

Paul sah wild nach hinten und beobachtete den Stone Man.

Bewegte er sich noch? Bei den schnellen, holprigen Bewegungen des Jeeps vermochte er es nicht genau zu sagen. Der Fahrer schwang das Fahrzeug herum, die Reifen ließen Erde aufspritzen, dann standen sie vor der Nordwand. Sofort setzte der Soldat in die andere Richtung zurück. Der Jeep fuhr rückwärts in die nordwestliche Ecke und hielt an. Die ganze Prozedur hatte weniger als fünf Sekunden gedauert.

Paul stieß die Luft aus, die er unbewusst angehalten hatte, gab dabei ein leises Stöhnen aus Erleichterung und Verzweiflung von sich. Der erste Teil, das erste Mal, hatte funktioniert. Obwohl jeder damit gerechnet hatte, war die erste Erleichterung gewaltig.

Aber was würde jetzt geschehen? Sämtliche Blicke waren auf den Stone Man gerichtet.

Das Ding drehte sich bereits, die rechte Schulter führte den ganzen Körper, der Kopf starrte dabei geradeaus. Da war kein Gefühl von Eile oder einer Neuberechnung der Bewegungen. Es folgte ihm einfach, und Paul verspürte ein winziges Aufflackern von Hoffnung.

Das ist es. Der Gedanke kam überraschend. *Auf diese Weise.*

Nachdem sich der Stone Man relativ langsam umgedreht hatte, ging er weiter, hielt dieses Mal auf die nordwestliche Ecke des gelben Quadrats zu, in der der Jeep wartete. Pauls Hoffnungen und Selbstvertrauen starben einen grausamen Tod. Und zwar so gründlich, dass er sich kurz fragte, ob dieses Ding diese Furcht, diese intensive Verzweiflung ausstrahlte. So wie in den Tagen vor seiner Ankunft der Ort, von dem auch immer es gekommen war. Es war die gleiche intensive Furcht, deren Kreislauf er und Andy gebrochen hatten, als sie sich darin eingeschaltet hatten …

Ist das seine Absicherung? Sorgt es auf diese Weise dafür, dass seine Ziele in die Barriere rennen, sobald es in die Nähe kommt? Hätten Andy und ich uns nicht vor ihrer Ankunft in das Signal eingeschaltet, hätte das nicht irgendwie die Wirkung zerstört, würde ich dann durch den Drang zur Flucht den Verstand verlieren, statt mir nur in die Hose zu scheißen?

Er konnte nicht länger darüber nachgrübeln, denn es war fast Zeit, sich wieder in Bewegung zu setzen. Der Countdown kam durch das Funkgerät, verringerte die Distanz verbal, so wie sie der Stone Man körperlich verringerte. Paul hatte eine Vision, wie sich diese Arme plötzlich ausstreckten, so wie es die Auswüchse aus der Brust getan hatten, als es Patrick geholt hatte, und ihn aus dem Jeep zerrten. Die Fußfesseln würden sich in seine Knochen graben, bis die Ketten rissen, dann würde er zu dem Stone Man gezogen, dessen Brust sich wieder öffnen würde. Er würde Paul umdrehen, um seine Wirbelsäule zu entblößen …

»Freigabe.«

Der Motor dröhnte auf, und eine Millisekunde gefror Pauls Blut zu Eis, als die Räder durchdrehten, bevor sie Halt fanden und den Jeep rechts am Stone Man vorbeischießen und an der Ostwand entlangfahren ließen, bevor er wendete und in der Südostecke parkte.

Alle in der Halle sahen zu, wie der Stone Man die gleiche Prozedur erneut durchmachte – die langsame Drehung über dieselbe Schulter – und sich auf einen weiteren Vorstoß vorbereitete. Dieses Mal flackerte die Hoffnung in Pauls Herz heller auf, aber das Gefühl brachte auch eine gewisse Relativierung mit sich.

Es funktionierte. Sie würden abwarten müssen, sie würden der Sache Zeit geben müssen, aber es funktionierte. Doch wenn es tatsächlich auch weiterhin funktionierte, würde er sich jemals daran gewöhnen? Er wusste es nicht, aber wenn er tatsächlich die ganze Zeit recht gehabt hatte, würde er das einfach tun müssen.

Darauf ist es nicht programmiert, hatte er bei seiner hektischen, verzweifelten Erklärung zu Straub gesagt. *Ich glaube nicht, dass das in den Standardeinstellungen oder was auch immer vorgesehen ist. Offensichtlich kennen sie uns bis zu einem gewissen Punkt, kennen unsere grundsätzlichen Instinkte und Triebe, vielleicht weil sie in mancherlei Hinsicht auf ähnliche Weise denken. Ich habe nicht die geringste Ahnung. Aber ich glaube, bei ihnen … ist das so. Sie funktionieren in geraden Bahnen.*

Der Stone Man hatte seinen Halbkreis vollendet und kam wieder auf sie zu.

Denken Sie daran, wie die Stone Men operieren, hatte er gesagt. *Die Lenker denken eingleisig, an die einfachste Prozedur, denn die dafür nötige Zeit interessiert sie nicht, richtig? Sie interessieren sich nicht für Eventualitäten, denn für sie sollte die logische Lösung jedes Mal funktionieren. Darum konstruieren sie diese unaufhaltsamen Kreaturen und schicken sie einfach los, warten auf die Ergebnisse, denn soweit es sie betrifft, sollte damit alles erledigt sein. Aber wenn wir nicht blindlings in die Barriere rennen, wissen sie nicht, was sie tun sollen.*

Die rhythmischen Erschütterungen des Bodens waren wie das Ticken des zweiten Zeigers der größten Uhr des Universums, mit jedem Schritt verkürzten sie kostbare Zeit.

Also was passiert, wenn wir nicht fliehen? Was macht das Ding dann? Zumindest das müssen Sie rauskriegen, Straub. Wenn Sie je die Chance haben wollen, diese Dinger zu besiegen, brauchen Sie Zeit. Die Zeit, sie zu studieren, die Zeit, noch mehr von Ihrem Quatsch an ihnen auszuprobieren, ohne Angst um unschuldige Zivilisten und einstürzende Gebäude haben zu müssen. Richtig? Also was wäre, wenn es nur zur Verfolgung fähig ist, wenn es keine anderen Möglichkeiten hat? Mir ist klar, dass das nur eine weitere dämliche Theorie ist, aber nichts deutet darauf hin, dass das Ding einen anderen Trick in der Hinterhand haben könnte. Also was ist, wenn wir das Scheißding für alle Ewigkeit in Bewegung halten? Was ist, wenn wir das tun und diesem Bastard nach einer Weile, nach Wochen oder Monaten, einfach der Saft ausgeht? Wir könnten so viel erfahren, und um völlig ehrlich zu sein, möglicherweise finden Sie dabei etwas heraus, das mir das verdammte Leben rettet. Oder das Monstrum bricht zusammen, bevor es mich erwischen kann. Also, was ich damit sagen will, falls ich herausfinden kann, wie groß die Barriere ist, und wenn sie groß genug ist, um damit arbeiten zu können …

»Freigabe.« Paul griff nach der Türklinke, als der Jeep wieder einen Satz machte. Zu dem Zeitpunkt wusste er es nicht, aber diese Handbewegung würde im Laufe der Zeit so automatisch wie das Atmen werden.

Warum lassen wir es mich nicht einfach jagen, solange wir können?

Als der Jeep wieder nach links steuerte und Pauls voreilige Überzeugung wuchs, dass sein Plan Ergebnisse bringen würde, kam ihm auch plötzlich ein klarer, aber flüchtiger Gedanke. Er verdrängte ihn beinahe so schnell, wie er da war – trotz allem hatte er jetzt wirklich keine andere Wahl mehr –, aber etwas daran ließ ihn nicht los, und im Verlauf der vielen vorausliegenden Monate würde dieser Gedanke stetig wachsen und ihm immer größeres Unbehagen bereiten.

In diesem Augenblick hatte er den Erfolg des Plans kurz vor sich gesehen. Welche Konsequenzen es haben würde, wenn es ihm gelang, tatsächlich für alle Ewigkeit in Bewegung zu bleiben. Wenn er in dieser Halle blieb, für die vorhersehbare Zukunft in diesem winzigen Raum nahe Sheffield Runden drehte, ohne auch nur die geringste Vorstellung zu haben, wie lange das dauern würde.

Es gab drei verschiedene Möglichkeiten, wie das endete: Sie hielten den Stone Man auf, er blieb von selbst stehen, oder die Behörden entschieden, die ganze Sache zu beenden, und schossen Paul eine Kugel in den Kopf. Er war für jede davon bereit, oder zumindest so sehr, wie das jemandem möglich war.

Aber es bestand die geringe Chance einer weniger wahrscheinlichen, vierten Möglichkeit.

Aus irgendeinem Grund konnte er sich nicht entscheiden, wie er sie beurteilen sollte. Falls es im Interesse der Behörden sein sollte, ihn weiterhin am Leben zu erhalten, würden sie das auch tun, und das Experiment würde an diesem winzigen, fensterlosen Ort fortgeführt werden. Ein Experiment, das durchaus jahrelang laufen konnte, falls man es für nötig hielt, ohne dass je ein Ende in Sicht kam. Und Paul wusste nicht, wie lange das erträglich sein würde. Aber dann dachte er an die Alternative und kam zu dem Schluss, dass diese Alternative immer schlimmer sein würde. Natürlich wäre sie das.

Er blickte zu den Wänden und dem verschlossenen Tor und dem näherkommenden Stone Man und wusste, dass das alles seine Entscheidung gewesen war. Und er musste sich wieder daran erinnern, dass die Alternative stets schlimmer sein würde. Es war ein Gedankenprozess, der ihm viele Male durch den Kopf gehen würde, um ihn in den kommenden Jahren mit immer weniger Überzeugung zum selben Schluss zu führen. Aber jetzt fassten seine Finger den Griff fester; der Jeep fuhr los und setzte wieder rückwärts in die gegenüberliegende Ecke.

Sie sagen, ich soll etwas mit diesem Ding aufnehmen. Ich weiß nicht, was zum Teufel sie von mir erwarten, was ich sagen soll.

Test. Test. Eins, zwei. Hallo. Hal-LO.

Ein Teil der Therapie soll angeblich helfen, zu externalisieren. Ich glaube, so hat sich der Therapeut ausgedrückt, aber für mich hört sich das alles wie Unsinn an. Persönlich glaube ich, dass man es nur für zukünftige Untersuchungen haben will. Teil des großen Bildes oder was weiß ich. Das ist nicht zu meinem Nutzen, soviel ist klar. Ich glaube nicht, dass man sich allzu große Sorgen um meine geistige Gesundheit macht, und um ehrlich zu sein, glaube ich auch nicht, dass das jemals der Fall war. Solange ich Befehle befolgen kann, würde es sie nicht mal kümmern, wenn sie mich dabei erwischen, wie ich in meine Hand scheiße und es an die Wand schmiere.

Hören Sie das? Das ist Ihnen doch alles scheißegal. Das weiß ich. Ich bin kein Idiot. Ich weiß auch nicht, wozu Sie diese dämliche Aufnahme brauchen. Ich hätte gedacht, dass Ihnen die verfluchte Kamera genug Big-Brother-Momente beschert, bei denen Ihnen einer abgeht, aber anscheinend ist das doch nicht der Fall. Also werde ich externalisieren, aber nicht für Sie. Ich werde das aufnehmen, dann wieder alles löschen. Stecken Sie sich das Ding in den Arsch.

Ach … Scheiße. Vielleicht bin ich unfair. Vielleicht habe ich einen meiner schlechten Tage. Manche Tage sind fraglos schlimmer als andere. Viel schlimmer. Ich dachte, heute wäre einer der Tage, in denen ich guter Stimmung bin – darum habe ich mich endlich entschlossen, es zu versuchen –, aber vielleicht war das ein Irrtum.

Vermutlich *müsste* man keinen Therapeuten schicken. Und man hätte diese Hütte auch nicht so nett machen müssen. Ein Bett und ein Fernseher hätten auch gereicht. Aber es ist wie eine kleine Wohnung, wenn auch auf Rädern, und ich kann sogar meine eigenen Mahlzeiten zubereiten, habe meinen eigenen Kühlschrank. Ich bekomme sogar Bier, eine vernünftige Marke, wenn auch in begrenzter Menge. Zum Teufel, sie konnten die Unterkunft sogar ein bisschen schalldicht machen, also bemerkt man wirklich nicht, dass man sich bewegt, soweit es den Lärm angeht.

Aber man fühlt es. Man fühlt es ununterbrochen. Die Fahrer sind gut, wirklich gut, und selbst bei der Ablösung unterbrechen sie den Rhythmus nie. Und das kann nur meinetwegen sein. Sie wissen, dass ich an den Rhythmus gewöhnt bin. Das habe ich dem Therapeuten gesagt. Sie wissen, dass ich daran gewöhnt bin, beim Wenden nach einem Haltegriff zu greifen, beim Rücksetzen, beim Bremsen. Wenn ich ehrlich bin, macht es mich sogar ein bisschen stolz, das ohne nachzudenken tun zu können, im richtigen Augenblick, bevor es passiert. Zweimal in der Woche schickt man auch den Physiotherapeuten, um nach mir zu sehen und mich von meinen Verspannungen im Rücken zu befreien.

Aber Knie und Hüften machen mir Sorgen. Ich glaube, die ersten Schmerzen in der rechten Hüfte habe ich im dreiundzwanzigsten Monat bemerkt, und links hat es auch angefangen. Natürlich treten sie nur auf, wenn ich stehe, wenn nicht einmal die Griffe einen Unterschied für die Kniebelastung machen. Ich versuche jetzt, hauptsächlich zu sitzen, mal abgesehen von der Zeit, in der ich an dem Mehrzweckgerät Sport treibe. Natürlich bin ich in der besten körperlichen Verfassung meines Lebens, dafür stecke ich in einem verdammten Kasten. Typisch. Wie dem auch sei, die neue Kabine kann nicht schnell genug kommen. Sie ist genau wie die hier – zumindest hoffe ich das seltsamerweise –, ist aber mit einer Art Gyroskop oder einer Superaufhängung versehen, keine Ahnung, auf jeden Fall soll sie achtzig Prozent der Bewegung auffangen. Seit wir die Jahresmarke überschritten haben, ist davon die Rede, als ihnen klar wurde, dass das Spiel dauern könnte. Ich glaube, sie haben das ganze zweite Jahr gebraucht, um zu dem Schluss zu kommen, dass es tatsächlich so ist. Erst *dann* hat man angefangen, das Budget dafür zu entwickeln. Was auch immer. Es ist genau, wie ich sage, sie sind mehr um ihre »Forschung« besorgt als um den armen Bastard, der in ihrem Mittelpunkt steht.

Allerdings erfüllt man meine Essenswünsche, zumindest solange sie im Rahmen bleiben, und an einem Tag in der Woche zieht man die gleiche Prozedur durch. In allen Ecken nehmen Einheiten Aufstellung, die mir Tüten reichen, die ich dann nehme, bevor wir weiterfahren. Aber selbst jetzt noch steht an jedem Ende ein Mann mit einem Betäubungsgewehr.

Zumindest *halte* ich es für ein Betäubungsgewehr. Ich habe nach den Namen der Soldaten gefragt, mit denen ich es regelmäßig zu tun habe, und sie sind freundlich – anscheinend halten sie mich alle für einen anständigen Kerl –, aber sie haben sich immer höflich der Antwort enthalten oder das Thema gewechselt. Im Großen und Ganzen vertraut mir das Militär mittlerweile mehr, aber wer weiß. Vielleicht glaubt man ja, dass ich langsam unruhig werde. Sie könnten recht haben. Verdammt, ich weiß es wirklich nicht. Ich hoffe nicht.

Man füllt das Wasser für die Duschkabine und die Spüle auf, und das ist ziemlich eindrucksvoll. Wie bereits gesagt, die Fahrer sind sehr gut. Sie nehmen den Schlauch des Minitankers auf und fahren synchron, bis es erledigt ist. Um das zu schaffen, muss man wohl gut in seinem Job sein.

Ich habe On-Demand-Fernsehen, aber es gibt keine Nachrichten, keine Liveübertragung. Filme sind auch in Ordnung, aber ich bekomme kein Internet, was für mich anfangs ein großes Problem war. Jetzt kann ich mir kaum noch vorstellen, so einen Luxus zu haben. Man lässt mich auch Hobbymaterial bestellen. Es ist fast lachhaft, dass ich zuerst um Handwerkszeug gebeten habe in dem Glauben, es würde die Zeit vertreiben. Die Teile landeten nur überall. Vielleicht versuche ich es erneut, sobald das Gyroskop eingebaut ist. Ich habe auch mit ein paar Fremdsprachenlektionen angefangen, aber es fällt schwer, die Motivation nicht zu verlieren, wo ich doch nicht weiß, ob ich sie jemals benutzen werde. Man schickt mir auch Pornos, ich musste nicht einmal darum bitten. Das war eine angenehme Überraschung.

Die ersten beiden Wochen waren die schlimmsten. Im Jeep. Das war schlimm. Richtig schlimm. Ich konnte nicht einmal schlafen. Dann schaffte man mich in einen Lieferwagen mit einer Matratze, und für eine Weile war das fast wie der Himmel auf Erden. Ich weiß nicht, warum man so lange damit gewartet hat. Die Nerven? Hat man gefürchtet, dass der große Bastard jeden Augenblick etwas Unerwartetes tut? Ich weiß es nicht. Man hat einen Monat gebraucht, um die Hütte fertigzustellen.

Alles wurde improvisiert, und meine Bedürfnisse standen ganz unten auf der Liste, während man sich darum kümmerte. Aber ich weiß nicht, ob ich ihnen das wirklich zum Vorwurf machen kann. Früher konnte ich ihren Standpunkt ziemlich mühelos verstehen, aber mittlerweile sind drei Jahre vergangen, und es fällt schwer, die richtige Perspektive zu bewahren.

Das Fenster war allerdings fast schon eine Verarschung. Was zum Teufel soll das? Mittlerweile lasse ich die Vorhänge die meiste Zeit geschlossen. Anfangs habe ich noch nachgesehen, ob dieser Caementum … Scheiße … ich meine den Stone Man, mir noch immer folgte. Und zwar alle paar Minuten. Es hat gute sieben oder acht Monate gedauert, bevor ich damit aufgehört habe. Jetzt lasse ich die Vorhänge einfach zugezogen.

Ich weiß nicht, was man den Medien erzählt hat. Ich weiß nicht, was man meiner Familie erzählt hat. Ich habe gefragt, ob ich Besucher empfangen darf, aber das hat man mir verweigert. Der Therapeut und der Physiotherapeut sind meine Besucher. Und auch wenn die Therapie logischerweise ziemlich einseitig ist, ist Tony der Physiomann ziemlich geschwätzig. Frage ich nach Dingen, die ich nicht wissen darf, sagt er mir auf der Stelle, dass ich nicht danach fragen soll, wie ich nur zu gut weiß, und wechselt sofort das Thema. Ich glaube, er würde mir mehr erzählen, wäre bei seinen Besuchen kein Wachtposten anwesend oder würde die Kamera nicht laufen. Sämtliche Themen vor meiner Zeit hier sind in Ordnung, alles, was auf der Welt danach geschah, ist es nicht. Angeblich ist das besser für mich, behauptet Dr. Palmer, aber ich sehe das anders.

Egal. Die Leute, mit denen ich es zu tun habe, sind nett, das will ich damit sagen. Die Regeln, die sie durchsetzen, haben gute Gründe, das glaube ich schon. Über ein paar Entwicklungen werde ich auf dem Laufenden gehalten, das muss ich ihnen zugestehen. Sogar Straub hat mich vier- oder fünfmal besucht, was eine Überraschung war. Sogar eine angenehme, wie ich sagen muss. Sie lässt mich wissen, was man versucht und erfahren hat, und auch wenn es für gewöhnlich leicht geschönte Geschichten von Misserfolgen sind, gab es doch ein paar Fortschritte beim Verständnis der »Molekularstruktur«. Sie hatte mit der Terminologie zu kämpfen (schließlich ist sie keine Wissenschaftlerin), aber so wie ich es verstanden habe, ist das Ding aus einem Material hergestellt, wie man es noch nie zuvor auf der Erde gesehen hat. Erst jetzt gibt es Ansätze, das zu verstehen, denn es widerspricht völlig unserem Wissen. Allerdings wollte sie mir nicht verraten, ob man schon Ideen hat, wie man das Ding damit ausschalten kann. Der Begriff »Geheim« lässt mich mittlerweile jedes Mal zusammenzucken, wenn ich ihn höre.

Es gibt Theorien, warum der unbekannte Schöpfer, der die Stone Men geschickt hat, noch mehr davon herstellen will. Der allgemeine Konsens läuft darauf hinaus, dass man kein Heer aufstellt, das uns erobern soll. Und wozu sollten sie das auch brauchen? Schließlich würde reichen, drei oder vier zu schicken, dann könnte man darauf warten, dass sie unsere Infrastruktur zerstören. Soweit ich es verstanden habe, besteht eine der populäreren Ideen darin, dass die Stone Men eine Art Arbeitstiere sind.

Es fällt schwer, sie als etwas anderes als Mordmaschinen zu betrachten, wenn ich bedenke, was ich erlebt habe und wie ich lebe, aber so lautet nun einmal die Annahme. Wegen der »Unzerstörbarkeit, den keilförmigen Händen und der mutmaßlichen Fähigkeit, die eigene Masse zu kontrollieren«, vertreten Straub zufolge viele Menschen die Annahme, dass ihre Hauptfunktion die Arbeit als Erdbewegungsmaschinen ist – mal davon abgesehen, dass sie herkommen und mehr von ihnen herstellen –, möglicherweise für gefährliche Arbeiten wie Flussbegradigungen oder auch einfachere Aufgaben wie die Vorbereitung von Bauland. Viele Leute haben die Frage gestellt, wie man dann den ersten hergestellt hat, falls man Teile von uns brauchte, um noch mehr zu produzieren, aber bedeutend mehr Leute hatten darauf eine ziemlich offensichtliche Antwort: Wir werden nicht unbedingt dazu gebraucht, um mehr von ihnen herzustellen, aber vielleicht machen unsere Körperteile es einfacher oder man kann damit die größeren, blauen Stone Men herstellen, die möglicherweise andere Funktionen haben, die uns bis jetzt verborgen geblieben sind.

Ich weiß nicht, was ich von diesen Ideen halten soll. Meiner Meinung nach lassen sie ihre Herren oder auch sie in einem ganz anderen Licht erscheinen. Ich halte sie für das ... nun ... das Böse. Sie sind die Bösen. Aber solche Vorstellungen lassen an andere Dinge denken, dass sie uns einfach als Vieh betrachten, als Mittel zum Zweck. Wir haben alles die ganze Zeit als eine Art finsteren Meisterplan betrachtet, aber für sie könnte es etwas ganz Normales sein, das sie bereits seit Jahrhunderten machen, von ihrer Heimat gehen sie zu anderen Orten wie unserem und erschaffen ... keine Ahnung, Stone Men, andere Dinge, andere Arbeiter, andere Helfer? Was auch immer sie brauchen, damit bei ihnen alles läuft. Für sie könnte das so normal sein, wie für uns das Verwaltungsbudget für das nächste Jahr auszuarbeiten.

Mir gefällt das alles nicht. Es macht es schwerer, sie zu hassen. Egal, welcher Grund dahintersteckt, sie kommen her und jagen Leuten Angst ein, bis sie einen grausamen Tod sterben. Scheiß auf ihre Gründe. Ich hasse sie.

Ach, ich mag dieses Aufnahmegerät nicht. Es lässt mich an Andy denken. Man hat mich seinen Bericht hören lassen, nachdem ich monatelang darum gebeten habe. Man musste vorher erst ein paar Beurteilungen durchführen. Es fiel schwer, sich das anzuhören, sogar sehr schwer, aber ich war froh, dass ich es getan hatte. Dort gab es Dinge, von denen er wollte, dass ich sie höre. Ich habe sie gehört, Kumpel. Ich habe dich auch gemocht. Ich mache dir nicht zum Vorwurf, dass du mich in diese Sache verwickelt hast.

Ich bereue nicht, dass ich nicht Andys Ausweg genommen habe. Ich bereue es nicht im Mindesten. Er war ein Held? Gut. Schön für ihn. Das ist mein Ernst. Aber wollen wir doch sehen, wer am Ende mehr Leben gerettet hat, was? Allein das zählt. Ich habe unter großem Druck nachgedacht. Mir ist eine Lösung eingefallen. Und hier bin ich nun, und so schlimm es auch sein kann – und manchmal wird es richtig schlimm –, bin ich mir noch immer ziemlich sicher, dass es besser als die Alternative ist. (Fragt mich noch einmal, falls ich in zehn Jahren noch immer hier sitze, mal sehen, was ich dann zu sagen habe, aber im Augenblick bin ich mir ziemlich sicher.) Und diese Lösung hat nicht nur mich am Leben erhalten – und wenn wir mal wirklich ehrlich sind, so richtig ehrlich, ist es mir nur aus diesem Grund eingefallen, alles andere war ein Bonus –, sie könnte auch bedeuten, dass wir herausfinden, wie wir sie besiegen können. Andy mag vielleicht der tapferere Mann gewesen sein, aber ich bin vielleicht der Kerl, der einen Unterschied gemacht hat, und ich war der »Feigling«. Also was zum Teufel soll uns das jetzt sagen, hm?

Und was hat es mir persönlich gebracht? Ich könnte noch gerettet werden. Ich könnte überleben und meine Freiheit zurückgewinnen, während Andy irgendwo begraben liegt. Ich könnte belohnt werden, und was würde das dann bedeuten? Der tapfere Mann stirbt und der Feigling lebt, wie geht das?

Ja, okay, es könnte immer noch anders ausgehen, vor allem, weil … Scheiß drauf, ich werde das hier sowieso löschen, trotzdem …

Gut. Ich habe es aussehen lassen, als wäre ich fertig, und bin zu Bett gegangen, damit man mir nicht von den Lippen ablesen kann. Wenn ich leise spreche, dürfte man mich unter der Decke nicht hören, und ich werde alles sowieso wieder löschen, aber ich muss das laut aussprechen. Für mich.

Letzte Woche hat sich Tony verplappert. Ganz kurz, und er hat es überspielt, aber seitdem kommt ein anderer Physiotherapeut. Tony sei im Urlaub, hat er gesagt, aber ich weiß nicht so recht. Wie dem auch sei, bei seinem letzten Besuch plauderte Tony über den Verkehr an seinem Wohnort – er neigt manchmal dazu, sich in etwas reinzusteigern, ich glaube nicht, dass ihm das bewusst ist – und erzählte, dass seine Frau mit ihm im Auto saß.

»Sie sagt also, ich soll mich nicht beschweren«, sagte Tony zu mir, »es sei nicht mehr so schlimm wie noch vor ein paar Jahren, als wir alle paar Monate diese Probleme hatten …« Plötzlich hielt er inne, und die Pause war nur kurz, aber ich sah nach rechts, zu dem Wächter, der Tony einen Blick zuwarf. Nicht mal böse, sondern so, als wäre er auch besorgt. Er wollte ebenfalls keinen Ärger kriegen, und beide wussten, dass Kamera und Mikrofon laufen. Dann hat Tony weitergeredet und das Thema auf den Verkehr beim Fußball gelenkt. Der Übergang war recht glatt, aber die Weise, auf die der Wächter mich hinterher angesehen hat – um dann plötzlich den Blick zu senken – verriet mir, dass beinahe etwas verraten worden wäre. Und ich kann mich noch immer nicht entscheiden, ob es gut oder schlecht für mich ist.

Also ich glaube, dass es bei dem »Probleme alle paar Monate« um die Ankünfte ging. Und ich glaube, dass es, da es »nicht mehr so schlimm wie zuvor« ist, als sie die »Probleme« hatten, keine weitere Ankunft mehr gegeben hat. Ich glaube, dass wir das Original hier eingefangen und in diese Endlosschleife mit mir gezwungen haben, das hat irgendwie den Betrieb gestört. Keine Ahnung, vielleicht müssen sie alle zurückhaben, bevor sie wieder loslegen können, vielleicht brauchen sie auch das Original zurück, damit das System funktioniert, so als wäre es der Dreh- und Angelpunkt oder dergleichen – was ich für wahrscheinlicher halte, denn es war immer das Original, das vor den anderen auftauchte. Vielleicht haben sie auch einfach nur aufgegeben und einen anderen Ort heimgesucht, sind besorgt, dass wir ihnen auf die Schliche kommen. Oder dass wir einfach zu viel Ärger machen. Ich habe nicht die geringste Ahnung. Aber wie dem auch sei, ich glaube, vom Standpunkt der Regierung aus gesehen präsentiert sich folgende Situation:

Solange man das Original hier festhält und es mir folgt, kommen die anderen nicht zurück. Und ich glaube, das wird auch die grundsätzliche Reaktion bleiben, falls die Forschung nicht bald Ergebnisse bringt. Und was das für mich bedeutet, darüber will ich lieber nicht nachdenken.

Besser als die Alternative? Davon bin ich noch immer überzeugt. Ich *glaube* es zumindest. Im Moment gibt es mich noch. Ich atme, mein Herz schlägt. Ich will noch immer, dass es auch so bleibt.

Paul hielt kurz inne, atmete langsam, dann drückte er die Stopptaste des Diktafons. Er sah aus, als wollte er die Aufnahmetaste erneut drücken und etwas hinzufügen, aber dann betätigte er stattdessen die Löschtaste.

Er warf die Decke zurück, setzte sich im Bett auf und schwang die Beine über den Rand, rieb sich das Gesicht. Er blickte in die rechte Ecke der Hütte zu der schwarzen Kameralinse und deutete auf das Bett hinter ihm. Dann zuckte er mit den Schultern, legte das Gesicht auf die zusammengelegten Hände, um Schlaf anzudeuten, und zuckte wieder mit den Schultern. Es würde nicht ungewöhnlich aussehen; er machte während des Tages oft Pantomime, obwohl man ihn hören konnte. Aus irgendeinem Grund redete er nicht gern mit dem Gerät.

Er stand auf, griff nach einem Haltegriff, als die Hütte wendete, und ging die paar Schritte zur Kommode. Er schnappte sich eine Tasse aus der Gummihalterung, stellte den Kessel an und seufzte leise, während das Wasser kochte. Während er wartete, drückte er den Knopf des CD-Players, und Musik kam aus den in den Wänden eingebauten Surround-Lautsprechern. Ihm kam ein Gedanke, und zum ersten Mal seit vielen Monaten griff er nach den Vorhängen, die das kleine Bullauge in der Wand bedeckten.

Wie immer, wenn er das Ding wirklich sehen wollte, musste er das Gesicht gegen das Glas drücken. Man hatte es absichtlich so konstruiert, dass er von diesem besonderen Ausblick so wenig wie möglich mitbekommen würde, aber er hatte herausbekommen, dass er es sehen konnte, wenn er wirklich wollte. Der beste Augenblick dafür war immer beim Wendemanöver. Er erinnerte sich daran, dass Straub ihm von einem Bericht erzählt hatte, einem strahlenden Hoffnungsfunken, der besagte, dass es in einer der Energiemessungen einen Abfall gegeben hatte. Aber er hatte nur wenige Tage gedauert, bevor alles wieder zu den Normalwerten zurückgekehrt war. Trotzdem war man davon überzeugt, dass das etwas zu bedeuten hatte. Aber Paul wagte nicht, daran zu glauben.

Er schob die Vorhänge zur Seite und drückte das Gesicht gegen die Scheibe.

Der Stone Man war natürlich noch immer da und marschierte unbeirrt hinter ihm her. So wie er es immer getan hatte.